HEYNE <

3

MIRIAM COVI

Sehnsucht nach Whale Island

ROMAN

WILHELM HEYNE VERLAG
MÜNCHEN

Sollte diese Publikation Links auf Webseiten Dritter enthalten,
so übernehmen wir für deren Inhalte keine Haftung,
da wir uns diese nicht zu eigen machen, sondern lediglich
auf deren Stand zum Zeitpunkt der Erstveröffentlichung verweisen.

MIX
Papier | Fördert gute Waldnutzung
FSC® C083411
FSC www.fsc.org

Penguin Random House Verlagsgruppe FSC® N001967

3. Auflage
Originalausgabe 10/2022

Redaktion: Diana Mantel
Printed in the Czech Republic
Umschlaggestaltung: UNO Werbeagentur, München
unter Verwendung von FinePic®, München
Satz: Leingärtner, Nabburg
Druck und Bindung: CPI books GmbH, Leck
ISBN: 978-3-453-42571-2

www.heyne.de

Die Zukunft gehört denen,
die an die Wahrhaftigkeit ihrer Träume glauben.

Eleanor Roosevelt

Für meine Großeltern:
Gerda, Hubert und Gottfried,
die ich nie kennenlernen durfte.
Und für meine Oma Charlotte,
die zu früh von uns gegangen ist.

1

Viola

Mein erster Gedanke, als ich die Augen aufschlage, ist: So sehen Engel also aus. Sie müssen gar keine langen blonden Locken haben wie auf kitschigen Bildern. Nein, dieser Engel hat kurzes, recht verstrubbeltes rotes Haar und bernsteinfarbene Augen.

»Hallo, Viola«, sagt der Engel und lächelt mich freundlich an.

Der Engel kennt meinen Namen. Klar, das ist wohl nicht verwunderlich. Engel müssen sicherlich von Berufs wegen alles über uns wissen.

»Hallo«, krächze ich mühsam, weil sich mein Mund staubtrocken anfühlt.

»Wie geht es dir?« Der Engel mustert mich eingehend, und ich überlege, wie es mir geht. Mein Kopf tut weh, mein Oberkörper auch, und mir ist schwindelig. Irgendwie … fühlt sich das hier gar nicht himmlisch an. Der Sicherheitsgurt ist zu straff, er lässt mich kaum atmen. Mühsam ringe ich nach Luft.

Stopp. Sicherheitsgurt? Irritiert will ich nach unten sehen, aber mein Kopf protestiert mit pulsierenden Schmerzen. Gequält stöhne ich auf.

»Bitte nicht bewegen«, sagt der Engel rasch, in hörbar besorgtem Tonfall. »Hilfe ist unterwegs. Du solltest im Auto sitzen bleiben, bis die Sanitäter dich durchchecken können.«

»Sanitäter?«, stammele ich mühsam und sehe den Engel entgeistert an. Was denn für Sanitäter? Die haben doch nun wirklich nichts im Jenseits verloren!

Während der Engel nur nickt und mich beruhigend anlächelt, dämmert mir ganz langsam eine unglaubliche Tatsache: Ich bin nicht tot. Oder? Zögernd bewege ich meine Finger. Dann einen Fuß. Den anderen. Alles da. Alles funktioniert. Außerdem – wenn ich tot wäre, hätte ich ganz sicher keine Schmerzen.

»Sie sind kein Engel«, stelle ich mit belegter Stimme fest und mustere das Gesicht der Rothaarigen fassungslos. Ihre Augen werden von vielen Fältchen umrahmt und wirken irgendwie … weise. Jetzt erkenne ich das Silbergrau an ihren Schläfen und zwischen den leuchtend roten Strähnen. Spontan frage ich mich, ob ich in einigen Jahren auch so aussehen werde, mit Silber in meinem roten Haar, das nicht ganz so leuchtend ist wie das dieser Frau.

Moment mal – habe ich gerade wirklich gedacht, in einigen Jahren? Nein … bloß nichts überstürzen, Viola! Nur, weil du nicht tot in diesem Wrack klemmst, heißt das noch lange nicht, dass du die Chance haben wirst, graue Haare zu bekommen!

Die Fremde lacht amüsiert auf. »Ich soll kein Engel sein? Oh, das ist wohl Ansichtssache, meine Liebe. Manche sagen ja, mache sind anderer Meinung. Aber für alle bin ich Rae MacLaughlin, die fahrende Bibliothekarin.«

Ein paar Herzschläge lang mustere ich die Rothaarige sprachlos, und da wird auch sie wieder ernst und hakt sanft nach: »Du dachtest wirklich, du seist tot, hm?«

Ich muss schlucken, bevor ich leise wispere: »Ja.«

»Nun, ich kann dir versichern, meine Liebe, dass du noch einen Puls hast. Das habe ich eben selbst kontrolliert, als ich dich hier aufgefunden habe. Und du warst auch nicht lange ohne Bewusstsein, höchstens fünf Minuten. Ich habe nämlich aus der Ferne gesehen, wie die Lichter deines Wagens von der Straße abgekommen sind. Als ich hier eingetroffen bin, hat dein Auto mitten im Unterholz gesteckt. Nur gut, dass ich die Fahrertür aufbekommen habe, zwischen all diesen Ästen.«

Erneut versuche ich, meinen Kopf zu bewegen, um mich umzusehen, doch wieder protestiert mein Schädel mit Schmerzen, und so bleibe ich ergeben sitzen. Draußen ist es ohnehin zu dunkel, um etwas zu erkennen, nur die Scheinwerfer meines Mietwagens leuchten in das schwarze Unterholz, als wäre nichts geschehen.

Da kommt mit einem Schlag die Erinnerung zurück.

Der Elch.

Ich bin einer gewundenen Straße durch dichten Wald gefolgt, und hinter einer Biegung stand mit einem Mal dieser ausgewachsene Elchbulle mit eindrucksvollem Geweih vor mir. Ich weiß noch, dass ich gedacht habe: So geht es also zu Ende. Eine Kollision mit einem Elch. Wie passend, mitten in der kanadischen Wildnis. Ich bin auf die Bremse gestiegen wie noch nie in meinem Leben. Der Wagen schlingerte, ich riss das Lenkrad herum … das Unterholz kam auf meine Windschutzscheibe zugerast. Lautes Knirschen und Knacken und dann … Stille. Dunkelheit.

»Wo ist der Elch?«, frage ich heiser und sehe die Frau aus den Augenwinkeln an, ohne den Kopf zu drehen. Ein Lächeln flackert über ihr Gesicht.

»Es war also ein Elch, ja? Dachte ich es mir doch. Elche sind oft schuld an Unfällen in dieser Gegend. Keine Sorge,

Kindchen, der Bursche ist längst über alle Berge. Du hast ihn schließlich nicht erwischt. Glaub mir, dein Auto sähe anders aus, wenn du mit ihm kollidiert wärst. Oder mit dem Baum dort.« Die Frau zeigt auf einen dunklen Schatten, der nur wenige Schritte von meiner Motorhaube entfernt aus dem Unterholz in die Höhe ragt. »Das dichte Gestrüpp hat dich zum Glück abgebremst, sonst wärst du gegen die Kiefer gerauscht.«

Erschüttert schließe ich kurz die Augen und atme tief durch, während ich an einen anderen Unfall denken muss. An ein anderes Auto, das nicht vom Unterholz abgebremst wurde. Das gegen einen Baum geprallt ist. An meine Mutter, die nicht das Glück hatte, fünfunddreißig werden zu dürfen.

Aber … noch bin ich auch nicht fünfunddreißig. Noch kann so viel passieren.

»Wie spät ist es?«, frage ich die Rothaarige. Wie hieß sie noch? Rae.

»Kurz nach einundzwanzig Uhr«, erwidert sie nach einem Blick auf ihre Armbanduhr. »Keine Sorge, die Ambulanz vom Seaside Hospital in Scott's Harbour müsste bald hier sein, und die Feuerwehr und der Sheriff auch.«

»Hm«, murmele ich gedankenverloren. Dabei wollte ich gar nicht deshalb hören, wie spät es ist. Vielmehr wollte ich wissen, wie lange ich womöglich noch auf dieser Erde habe.

Drei Stunden bis Mitternacht.

Hat sich Esmeralda damals womöglich vertan? Dachte sie … ich würde dem Elch nicht ausweichen? Würde hier sterben, mitten im dichten Wald an der Ostküste Kanadas, in der Atlantikprovinz Nova Scotia? Oder … wird noch etwas geschehen, bis Mitternacht ist? Bis ich die Chance bekomme, tatsächlich fünfunddreißig zu werden?

Eine entfernte Sirene reißt mich aus meinen durcheinandergaloppierenden Gedanken. Und dann noch eine. Und noch eine. Himmel, ich habe wirklich einen ganz schönen Aufruhr in diesem stillen nächtlichen Wald verursacht! Was der Elch jetzt wohl macht?

»Ah, da sind sie ja«, sagt Rae mit einem zufriedenen Lächeln und nickt mir aufmunternd zu, bevor sie sich von mir abwendet und den rot und blau aufleuchtenden Lichtern entgegengeht, die nun den schwarzen Wald um uns herum erhellen.

Während sie sich von meinem Mietwagen entfernt und mich zurücklässt, den Blick auf den aufgeblasenen Airbag und die Windschutzscheibe mit dem Spinnennetz aus Rissen dahinter gerichtet, flackert plötzlich eine Frage durch meinen schmerzenden Kopf: Hat diese Rae mich eben bei meinem Namen genannt? Hat sie wirklich Viola zu mir gesagt? Woher … wie konnte sie wissen, dass ich so heiße? Liegt mein Pass hier herum? Aber nein, der steckt in den Tiefen meines Rucksacks, und der ist im Kofferraum. Und mein Führerschein ist in meinem Portemonnaie. Hat sie womöglich meine Handtasche geöffnet, um herauszufinden, wie ich heiße? Ganz vorsichtig und langsam drehe ich meinen Kopf ein wenig und spähe angestrengt zum Beifahrersitz. Meine Handtasche liegt im Fußraum, sie ist verschlossen. Es ist unmöglich, dass diese Rae von meiner geöffneten Fahrertür aus an mir vorbei bis in den Fußraum des Beifahrersitzes reichen konnte.

Aber … woher …? Oder … habe ich mir das nur eingebildet?

Ja, das wird es sein. So muss es sein. Um Himmels willen, ich habe doch hoffentlich kein schwerwiegendes Schädel-Hirn-Trauma?

Vielleicht sterbe ich doch noch, bevor ich fünfunddreißig bin, wispert die Stimme der Angst in meinem Kopf, die mich seit so vielen Jahren begleitet. Drei Stunden. Drei Stunden, in denen so viel passieren kann. Nur weil ich noch lebe, heißt das doch nicht, dass ich überlebe! Eine Hirnblutung vielleicht.

Oder eine andere innere Verletzung, von der ich noch gar nichts ahne. Oder …

Schritte nähern sich, schwerere diesmal, das ist nicht Rae. Der Lichtkegel einer Taschenlampe scheint in meinen Mietwagen, und eine männliche Stimme fragt in ruhigem Tonfall: »Guten Abend, Ma'am, wie geht es Ihnen?«

»Ähm … ganz gut«, ächze ich leise. Soll ich sagen, dass ich Halluzinationen hatte? Noch ehe ich mich dazu durchringen kann, beugt sich der Sanitäter zu mir herein und sieht mich freundlich an.

»Das hören wir gern. Mal wieder ein Elch, hm? Cape Breton ist voller Risiken. Jetzt wollen wir mal sehen, wie es Ihrem Kopf geht, und dann holen wir Sie hier heraus. Können Sie sich denn an den genauen Ablauf des Unfalls erinnern?«

Ich beantworte die Fragen des Mannes und lasse mir in die Augen leuchten. Nach einer Weile redet er mit seinen Kollegen und den Feuerwehrleuten, die ich draußen um das Auto herumlaufen höre, und dann nickt er mir zu und sagt: »Also, dann wollen wir Sie mal aus dem Wagen holen, Viola.«

»Woher … kennen Sie meinen Namen?«

Das hatte ich ihm doch nicht gesagt! Ich habe ihm nur erzählt, dass ich aus Deutschland komme, dass ich vierunddreißig bin (noch!) und auf einer Rundreise durch Kanada war, von der Westküste bis zur Ostküste. Ehrlich gesagt hatte ich mich schon gewundert, dass er mich nicht nach meinem Namen gefragt hat.

»Den haben wir von Rae«, sagt er.

Leider komme ich nicht mehr dazu, Rae zu fragen, woher zum Teufel sie meinen Namen kennt, denn während ich aus dem Wrack geborgen und mit der Liege zum wartenden Krankenwagen geschoben werde, muss Rae ihr eigenes Auto aus dem

Weg fahren, damit die Ambulanz besser wenden kann. Allerdings handelt es sich gar nicht um ein normales Auto, merke ich mit einem Mal, nein: Aus den Augenwinkeln erkenne ich einen richtigen Bus – offenbar einer dieser typischen nordamerikanischen Schulbusse in leuchtendem Gelb. Aber … sie hat sich als fahrende Bibliothekarin bezeichnet, also befindet sich in dem Bus womöglich eine mobile Bücherei? Mir liegen so viele Fragen auf der Zunge, doch da werde ich auf der Liege bereits in den Krankenwagen geschoben, und mir fällt siedend heiß mein Gepäck ein. Das darf nicht einfach hier, in meinem Autowrack mitten im Wald, zurückbleiben! Schon gar nicht meine geliebte Fotokamera, mein Ein und Alles! Die brauche ich, unter anderem für meinen Blog!

»Was ist mit meinem Gepäck?!«, frage ich panisch und will mich ein wenig aufrichten, doch einer der Sanitäter hindert mich sanft, aber dennoch mit Nachdruck, daran.

»Schön liegen bleiben«, sagt er. »Der Sheriff kümmert sich um Ihre Sachen, keine Sorge. Sie werden alles im Krankenhaus wiederbekommen. Da nimmt man dann auch in Ruhe Ihre Personalien auf. Also, dann wollen wir mal. Auf nach Scott's Harbour.«

Die Türen werden geschlossen, und das Letzte, das ich von der Unfallstelle sehe, ist Rae MacLaughlin, die im Scheinwerferlicht vor ihrem Bus steht, ihr Haar rot leuchtend, den Blick auf mich gerichtet. Um ihre Lippen spielt ein leichtes Lächeln, das merkwürdig zufrieden wirkt.

2

Oh, ich muss eingenickt sein. Als ich die Augen öffne, weiß ich einen Moment lang nicht, wo ich bin. Dann jedoch drehe ich den Kopf, und der pulsierende Schmerz ruft es mir in Erinnerung: richtig. Ich bin in der Notaufnahme des Seaside Hospitals in Scott's Harbour.

Eine Bewegung lässt mich den Blick heben, und ich erkenne eine Krankenschwester, die durch den Vorhang, der mein Bett vom Nachbarbett abschirmt, hindurchsieht.

»Happy Birthday, Viola.«

Geradezu erschrocken starre ich die Frau mit dem schwarzen Pferdeschwanz und den himmelblauen Augen an, die vorhin, als ich eingeliefert wurde, nicht hier war. Woher weiß denn diese Fremde, wie ich heiße – und dass ich Geburtstag habe?

Moment mal. Wie bitte? Nein! Das kann nicht sein!

»Ähm – was?«, stammele ich und versuche, mich zu räuspern, weil sich meine Stimme so schrecklich nach Reibeisen anhört. »Ist etwa schon Mitternacht?«

»Ja. Es ist viertel nach zwölf.« Die Krankenschwester tritt lächelnd an mein Bett und hält mir zum Beweis eine pinkfarbene Smartwatch vor das Gesicht. Auf dem Display steht es ganz eindeutig, in blauen Leuchtziffern: 9. September.

Ich bin fünfunddreißig Jahre alt geworden.

»Oh. Das … das ist ja … der Wahnsinn«, murmele ich überwältigt und muss kurz meine Augen schließen, weil mir ein wenig schwindelig wird. Als ich sie wieder öffne, sagt die Krankenschwester in verständnisvollem Tonfall: »Ich weiß, es gibt schönere Orte als die Notaufnahme, um Geburtstag zu feiern, aber, hey, immerhin *kannst* du Geburtstag feiern. Dafür sollte man ja immer dankbar sein, aber erst recht nach einem Beinahezusammenstoß mit einem Elch, hm?«

Sie betrachtet mich freundlich, und ich stelle zu meiner Verwunderung fest, dass die Leute hier, im Norden der Insel Cape Breton in Nova Scotia, wirklich sehr herzlich sind. Und das, obwohl ich nur eine dumme Touristin aus Deutschland bin, die fast in einen Elch gerast wäre.

»Ja, das stimmt«, wispere ich.

Ich kann es nicht fassen, dass ich fünfunddreißig bin! Als ich merke, dass die Krankenschwester nach einem Clipboard greift, das am Fußende meines Bettes hängt, wird mir klar, warum sie meinen Namen und mein Geburtsdatum kennt. Natürlich, meine persönlichen Angaben wurden doch vorhin aufgenommen.

Aber Rae – die konnte wirklich nicht wissen, wie ich heiße. Oder erinnere ich mich einfach nicht an alles, was sich an der Unfallstelle abgespielt hat?

Als habe die Fremde meine Gedanken lesen können – die Leute hier werden mir langsam unheimlich, so nett sie auch sind! –, fragt die Schwester jetzt: »Mir wurde erzählt, dass Rae MacLaughlin dich gefunden hat, stimmt das?«

»Ja«, erwidere ich und muss wieder an die mysteriöse Rothaarige denken.

»Mensch, da hast du großes Glück gehabt, dass Rae mit ihrem Bücherbus vorbeigekommen ist, Viola. Die Straße, wo du den Unfall hattest, ist ziemlich einsam, vor allem nachts.«

»Ja, das war … ein glücklicher Zufall«, sage ich leise.

»Nein, das war bestimmt kein Zufall«, höre ich die Dunkelhaarige da murmeln und sehe sie überrascht an.

»Wie bitte?«, hake ich ratlos nach.

»Ach, schon gut«, winkt sie lächelnd ab. »Auf jeden Fall wollte ich dir sagen, dass du dich nur noch ein paar Minuten gedulden musst, dann wirst du endlich hoch in die Radiologie gebracht. Ich bin übrigens Skye Cameron.«

»Freut mich, Skye«, erwidere ich, und zum ersten Mal, seit der Elch hinter der Biegung auf der Straße stand, bekomme ich ein echtes Lächeln zustande. Im nächsten Moment jedoch merke ich, wie die Emotionen über mich hereinbrechen, und zu meinem Entsetzen schluchze ich heiser auf, bevor ich es verhindern kann. Peinlich berührt presse ich meine Lippen fest aufeinander.

»Hey«, sagt Skye sanft und greift nach meiner Hand. »Das war ein ganz schöner Schreck, hm?«

»Ja«, flüstere ich. »Ich … ich war mir sicher, dass ich sterben würde.«

»Das hast du gedacht, als du im Wrack auf Hilfe gewartet hast?«, hakt Skye nach und drückt mitfühlend meine Hand.

Ich schüttele den Kopf, was dieser mit einem heftigen Stechen kommentiert. Aua. Lieber ruhig liegen bleiben.

»Ich … ich habe immer gedacht, ich würde nie fünfunddreißig werden«, sage ich heiser.

Warum um alles in der Welt erzähle ich dieser Fremden das? Skyes Augen weiten sich vor Überraschung.

»Warum das denn?«

»So, jetzt zu unserer deutschen Patientin«, reißt uns eine Stimme aus unserer Unterhaltung. Ich weiß nicht so recht, ob ich enttäuscht oder erleichtert sein soll. Einerseits strahlt diese Skye eine so warme Freundlichkeit aus, dass ich mich gern länger mit ihr unterhalten würde. Andererseits möchte ich jetzt nicht erklären, warum ich nicht nur im Wrack meines Mietwagens überzeugt davon war zu sterben, bevor ich fünfunddreißig werden konnte.

Aber jetzt bin ich es. Fünfunddreißig. Unfassbar. Oder … Moment mal. Vielleicht bin ich in Deutschland noch gar nicht fünfunddreißig? Vielleicht … schwebt das Damoklesschwert doch noch über mir? Angestrengt versuche ich, in meinem Gehirn, das sich merkwürdig benebelt anfühlt, die Antwort auf die Frage zu finden, wie spät es in meiner Heimat jetzt ist. Als sich ein grauhaariger Mann in weißem Kittel über mich beugt und mich aufmerksam betrachtet, frage ich heiser: »Wissen Sie zufällig, wie spät es in Deutschland ist?«

Er zieht überrascht seine Augenbrauen in die Höhe, dann fragt er über seine Schulter: »Skye, googelst du das bitte mal?«

Ich merke, wie Skye ein Telefon aus einer Tasche ihres Kittels zieht – dann sehe ich erst einmal nichts, weil mir der Arzt mit einer kleinen Taschenlampe abwechselnd in die Augen leuchtet.

»Mhm«, murmelt er und zeigt mir eine Anzahl von Fingern. »Wie viele Finger sind das?«

»Drei«, murmele ich und fühle mich mit einem Mal sehr müde. Der Arzt nickt mit einem Lächeln.

»In Deutschland ist es zwanzig nach fünf am Morgen«, erklärt Skye in diesem Moment.

Richtig, denke ich. Das wusste ich doch. Hier, in Nova Scotia, an Kanadas wildromantischer Atlantikküste, ist es fünf Stunden früher als in Europa.

Das heißt … dass ich in meiner Heimat auch fünfunddreißig bin. Sogar schon seit etwas mehr als fünf Stunden. Ich war dort schon fünfunddreißig, als ich dem Elch begegnet bin.

»Möchtest du mit jemandem zu Hause sprechen?«

Ich verstehe Skyes Frage im ersten Moment nicht. Erst als sie mir ihr Telefon hinhält, während der Arzt etwas auf seinem Clipboard notiert, ahne ich, was sie meint.

»Deine Eltern?«

Ich schüttele schon wieder unüberlegt den Kopf und werde erneut von einem stechenden Schmerz durchzuckt.

»Bitte ruhig liegen bleiben«, schaltet sich der Arzt mahnend ein. »Ihr Kopf muss die wilde Fahrt ins Unterholz erst einmal verkraften, liebe Viola.«

»Ich habe keine Eltern mehr«, wispere ich, weil mir Skyes Frage wieder einfällt. Ihr mitleidiger Blick entgeht mir nicht. An solche Blicke bin ich gewöhnt.

»Sonst jemanden?«, hakt sie sanft nach.

Erneut will ich meinen Kopf schütteln, besinne mich aber rechtzeitig eines Besseren und flüstere stattdessen: »Nein. Da gibt es niemanden.«

Doch, es gibt Luigi und Tim, wabert der vage Gedanke an meine zwei besten Freunde durch mein vernebeltes Hirn. Aber … das hat Zeit. Ich werde die zwei später anrufen. Jetzt möchte ich eigentlich nur noch schlafen, meine Lider fühlen sich plötzlich sehr schwer an. Ich spüre, wie Skye erneut nach meiner Hand greift und sie leicht drückt.

»Okay, wir können Miss Willmers nach oben bringen«, höre ich da eine weitere männliche Stimme, und ein Pfleger taucht neben meinem Bett auf. »Hey, Skye, hast du nicht Feierabend?«, fragt der junge Mann, während der Arzt noch ein paar weitere Notizen auf dem Clipboard macht.

»Ja, ich müsste längst weg sein, vor allem, weil ich in ein paar Stunden schon wieder hier bin – Betty ist ausgefallen. Darum gab es heute einfach so viel zu tun«, seufzt Skye. Als ich sie ansehe, merke ich, wie sie mich nachdenklich mustert. Ein Lächeln huscht über ihr Gesicht, als sie hinzufügt: »Aber ich wollte unbedingt unserer deutschen Patientin alles Gute zum Geburtstag wünschen, bevor ich verschwinde. Ich war mir fast sicher, dass ihr Kerle das vergessen würdet.«

»Geburtstag?«, fragt der Arzt prompt ein wenig erstaunt, wirft einen Blick auf sein Clipboard, sieht mich dann wieder an und sagt mit einem Kopfschütteln: »Na, dann, Happy Birthday! Also, da gibt es ja wirklich schönere Arten, in seinen fünfunddreißigsten Geburtstag zu starten.«

Na ja, denke ich. Wenn man bisher überzeugt davon war, tot in seinen fünfunddreißigsten Geburtstag zu starten, ist die Notaufnahme eine gar nicht so schlechte Alternative. Es ist, wie immer im Leben, eine Frage der Perspektive.

»Alles Gute«, sagt auch der jüngere Mann mit dem blauen Kittel, und dann hantiert er an meinem Bettende herum, und mir wird klar, dass er die Feststellbremse gelöst hat. »So, Ihr Geschenk ist jetzt, dass Sie auf schnellstem Wege in die Radiologie gebracht werden, wo man Sie röntgen wird. Dann können wir sehen, ob in Ihnen alles so ist, wie es sein sollte, Geburtstagskind.«

»Danke«, murmele ich, wobei ich jedoch nicht den jungen Mann ansehe, sondern Skye. Dass sie mir noch gratulieren wollte, bevor sie in ihren sicher wohlverdienten Feierabend startet, rührt mich sehr.

»Gern geschehen.« Sie zwinkert mir zu und sagt, während sie meine Hand loslässt: »Ich werde später wieder nach dir sehen, okay? Bis dann, Viola.«

3

Fast bin ich enttäuscht, als Skye später an diesem Tag nicht auftaucht. Zumindest glaube ich, dass sie nicht aufgetaucht ist – immerhin habe ich mehrere Stunden geschlafen, nach der größtenteils schlaflosen vergangenen Nacht. Allerdings habe ich die Krankenschwester, die eben mein viel zu frühes Abendessen gebracht hat, gefragt, ob jemand für mich hier war. Sie hat bedauernd erwidert, dass sie niemanden gesehen habe, und mich mitleidig angelächelt – schließlich habe ich Geburtstag. Ich habe tapfer zurückgelächelt und mir eingeredet, dass das nicht schlimm ist. Denn, ganz ehrlich … hatte ich wirklich erwartet, dass Skye mich besuchen würde? Hatte ich etwa gehofft, einfach so eine neue Freundin zu finden? Hier, mitten in der Einsamkeit der Insel Cape Breton? Das ist doch lächerlich. Skye ist eine Krankenschwester, und sie hat heute Nacht nur ihren Job gemacht. Selbst wenn sie länger geblieben ist als nötig, um mir noch zum Geburtstag gratulieren zu können.

Außerdem bin ich in den letzten Wochen auch sehr gut allein zurechtgekommen.

Doch, natürlich habe ich Freunde. Und meine zwei allerbesten Freunde warten in Hamburg sicherlich auf Neuigkeiten von mir: Tim und sein Mann Luigi, die mir in den letzten

Wochen ständig Nachrichten geschickt und sich Sorgen gemacht haben. Sorgen, weil auch sie sich vermutlich nicht sicher waren, ob man der Wahrsagerin von damals glauben sollte oder nicht.

»Du schickst einmal am Tag ein Lebenszeichen per WhatsApp!«, hat Tim mir eindringlich mit auf den Weg gegeben, als er mich zum Abschied am Hamburger Flughafen so fest an sich gedrückt hat, dass ich Angst hatte, er würde mir ein paar Rippen brechen. Das allerdings hat im Endeffekt nicht mein fast zwei Meter großer blonder Hüne von einem Freund geschafft, sondern ein kanadischer Elch – zumindest indirekt. Eine Rippe ist gebrochen, ich habe eine Prellung an der Schulter und eine leichte Gehirnerschütterung. Alles nicht dramatisch, wie der Arzt mir versichert hat.

»Ja, ich verspreche es«, habe ich Tim vor fast drei Monaten, Mitte Juni, am Hamburger Flughafen feierlich versichert und mich sehr darum bemüht, nicht in Tränen auszubrechen, als ich in sein besorgtes Gesicht gesehen habe. Luigi hatte diesen Kampf längst aufgegeben und schluchzte hemmungslos, als auch er mich zum wiederholten Mal fest an sich gedrückt und mir noch den Wunsch mit auf den Weg gegeben hat, in Kanada den Mann meiner Träume zu finden.

»Wieso denn das?«, habe ich ungläubig gefragt, während sich Luigi die Tränen von den Wangen tupfte. Ich wollte hinzufügen, dass es doch Schwachsinn ist, sich zu verlieben, wenn man eh bald stirbt. Darum habe ich mich ja auch in den letzten Jahren nicht verliebt. Habe es nicht zugelassen, dass sich jemand in mich verliebt, denn wie hätte ich das geschehen lassen können, wenn ich doch wusste, dass ich dem Mann unweigerlich das Herz brechen würde? So wie mir das Herz schon gebrochen wurde, durch den Tod eines geliebten Menschen?

Nein, das wollte ich niemandem antun, und so hatte ich die letzten Jahre konsequent ohne Liebe verbracht. Und ich würde auch meine letzten Wochen auf dieser Erde nicht mehr damit anfangen, mich plötzlich, sozusagen auf den letzten Metern, zu verlieben.

Aber Luigi hat mich am Hamburger Flughafen eindringlich aus seinen großen braunen Augen mit dem sehr dezent aufgetragenen schwarzen Lidstrich angesehen und beharrlich wiederholt: »Weil die Liebe alles verändert, Violetta.«

Nicht den Tod, wollte ich erwidern, habe jedoch tapfer die Lippen zusammengebissen, weil ich Luigi, dem unheilbaren Romantiker, nicht seine Hoffnung rauben wollte.

»Mal schauen«, habe ich daher nur ausweichend erwidert und ihn schief angelächelt.

Und jetzt liege ich an diesem 9. September am frühen Abend im Bett des Seaside Hospitals und habe den größten Teil meines Geburtstags verschlafen, nachdem ich in der letzten Nacht kaum ein Auge zugemacht hatte. Zu aufgewühlt und durcheinander war ich, als ich nach dem Röntgen gegen vier Uhr morgens endlich in dieses Zimmer gebracht worden war. Trotz der bleiernen Müdigkeit habe ich noch eine ganze Weile über die unfassbare Tatsache nachgedacht, dass ich lebte. Atmete. Dass mein Herz noch schlug. Und wie es das tat, es hämmerte vor lauter Aufregung wie verrückt gegen meinen Brustkorb! Ich traute mich nicht, die Augen zu schließen. Was, wenn ich dann doch nicht mehr aufwachen würde?

Schließlich war die Müdigkeit jedoch größer als meine Angst. Zwar hat mich, kurz nachdem ich erschöpft eingenickt war, eine Krankenschwester wieder geweckt, um meine Temperatur zu messen, aber das Frühstück habe ich verpennt und auch das Mittagessen. Jetzt, da sich der ungewöhnlichste Geburtstag meines Lebens tatsächlich bereits seinem Ende entgegenneigt, bin ich endlich ausgeruht genug, um mir auf meinem Telefon meine Geburtstagsnachrichten durchzulesen und abzuhören. Der Sheriff hat mein Gepäck letzte Nacht tatsächlich in mein Zimmer gebracht, während ich bei den diversen Untersuchungen war. Hoffentlich hat meine heißgeliebte und wirklich nicht billige Fotokamera den Unfall überlebt! Bisher habe ich mich nicht getraut, die Tasche zu öffnen, um mir den Zustand der Linse und der Objektive anzusehen.

Ungläubig lese ich die Glückwünsche von Bekannten aus aller Welt, die mich erreicht haben, während ich immer noch versuche zu begreifen, dass ich lebe. Dass ich fünfunddreißig bin.

Mit einem gerührten Lächeln nehme ich die vielen ungelesenen Nachrichten in der WhatsApp-Gruppe *La Famiglia* wahr, deren Mitglieder Tim, Luigi und ich sind. Gegründet hat diese Gruppe Tim, aber den Namen vergeben hat Luigi, der zur Hälfte Italiener und ganz und gar südländisch temperamentvoll und leidenschaftlich ist. Und der Name passt so gut, denn er und sein Göttergatte Tim sind in der Tat das, was ich als meine Familie bezeichnen würde. Eine tatsächliche Familie im Sinne von Blutsverwandtschaft habe ich nämlich nicht mehr.

Meine Familie war schon immer sehr klein, was daran liegt, dass ich meinen Vater und auch dessen Verwandtschaft nie kennengelernt habe. Ich bin das Ergebnis einer einzigen leidenschaftlichen Nacht, hat meine Mutter, die mindestens so romantisch veranlagt war wie Luigi, immer gesagt. Leider blieb es jedoch bei dieser einen Nacht, denn mein Vater war Seemann und musste am folgenden Morgen fort, auf sein nächstes Schiff, das im Hamburger Hafen auf ihn wartete. Nach einem langen Abschiedskuss hat Mama nie wieder von ihm gehört, obwohl er versprochen hatte, sich zu melden. Ich glaube, meine Mutter hat das nie verkraftet. Sie war ein Mensch, der verzweifelt an die große Liebe im Leben geglaubt hat, und obwohl sie später hin und wieder einen Freund hatte, bin ich fest davon überzeugt, dass für sie mein Vater diese große Liebe war, auch wenn sie nur eine Nacht zusammen hatten. Oft hat sie mich angesehen und nachdenklich gemeint: »Du hast seine wunderschönen braunen Augen, Herzenskind.«

Meine Augen werden ein wenig feucht, als ich an Mamas Kosenamen für mich denke: Herzenskind. Es ist jetzt zwanzig Jahre her, seit sie gestorben ist. Ich war damals fünfzehn. Meine Mutter war vierunddreißig – nur wenige Tage von ihrem fünfunddreißigsten Geburtstag entfernt.

Ich bin fünfunddreißig, denke ich erneut fassungslos, während ich die älteste ungelesene Nachricht in der Gruppe *La Famiglia* öffne. Sie ist von Luigi und er hat sie gestern Abend geschrieben, als es in Deutschland schon nach Mitternacht war. Das war noch vor meinem Unfall, überlege ich erstaunt, aber dann wird mir bewusst, dass ich auf der einsamen Strecke durch den dichten Wald von Cape Breton gestern Abend größtenteils keinen Handyempfang hatte.

Was für ein Glück, dass Rae anscheinend mit ihrem Telefon den Notruf absetzen konnte, fährt es mir durch den Kopf. Und überhaupt, was für ein Glück, dass diese merkwürdige Frau mich gefunden hat – wer weiß, wann das nächste Fahrzeug vorbeigekommen wäre? Mir sind nicht viele Autos begegnet, als ich auf der Strecke unterwegs war. Mit einem Schaudern versuche ich, die Erinnerung an meinen Unfall und die Überlegung, wie viel schlimmer es hätte werden können, zur Seite zu schieben, und lese stattdessen Luigis Nachricht:

Bella, hier in Deutschland bist du schon fünfunddreißig! *Auguri! Buon compleanno!* Melde dich bitte, wir denken an dich!

Nur wenige Minuten später eine Nachricht von Tim:

> Auch von mir die herzlichsten Glückwünsche, Süße! Wo bist du? Melde dich doch mal, wir würden gern singen!

Zehn Minuten später haben die beiden ein Video geschickt, auf dem sie zu sehen sind: Luigi hält eine Kerze, Tim seine Gitarre. Sie tragen blau-weiß gestreifte Schlafanzüge im Partnerlook, was mich grinsen lässt.

»*Bella*, es ist hier halb eins, und wir müssen wirklich ins Bett, du weißt ja, dass ich kein Nachtmensch bin«, sagt Luigi. »Bei weniger als sieben Stunden Schlaf bekomme ich Migräne.«

»Was Luigi sagen will …«, schaltet sich Tim ein und spielt einen Akkord auf seiner Gitarre, »wir singen jetzt per Video für dich und gehen dann ins Bett. Morgen telefonieren wir dann richtig, ja? Wenn du auch in Kanada fünfunddreißig geworden bist.«

Er zählt leise bis drei, und trotzdem fängt Luigi bereits bei »zwei« an, *Happy Birthday* loszuschmettern, als würde er eine italienische Operette singen. Tim wirft seinem Mann einen Blick zu, der zu gleichen Teilen verzweifelt und amüsiert ist, bevor er sich beeilt, in das Ständchen einzusteigen.

»O wie schön, Glückwünsche aus der Heimat?«, unterbricht mich eine Stimme, und ich lasse mein Telefon sinken. Mein Herz macht einen kleinen Freudensprung, als ich Skye in der Tür stehen sehe. Sie hat mich doch nicht vergessen!

»Ja, von meinen besten Freunden«, antworte ich und lege das Telefon zur Seite, während Skye mein Zimmer betritt. In diesem Zimmer stehen zwei Krankenbetten, aber das zweite ist momentan nicht belegt, weshalb ich in den Luxus eines Einzelzimmers komme.

»Du hast also doch jemanden in Deutschland«, bemerkt sie und klingt regelrecht erleichtert, als sie das sagt.

»Ja, Freunde schon.« Ich atme tief durch. »Nur keine Familie. Aber Tim und Luigi, die fühlen sich fast an wie Familie.«

Skye zieht sich den Besucherstuhl neben mein Bett und mustert mich interessiert. »Zwei Männer?«, hakt sie nach, und ich nicke.

»Ja. Zwei wunderbare, sehr attraktive, kluge, manchmal urkomische und immer extrem liebenswerte Männer, die miteinander seit vielen Jahren glücklich und seit Kurzem auch verheiratet sind.«

Skye lacht auf, als ich sie breit angrinse.

»Hach, die besonders netten und attraktiven Exemplare der männlichen Spezies sind oft schwul, oder?«, bemerkt sie, bevor sie innehält und nachdenklich hinzufügt: »Und genau da liegt vermutlich das Problem. Die wirklich Netten sind für uns unerreichbar. Und die, mit denen wir uns fortpflanzen könnten, sind leider nicht selten Arschlöcher.«

»Wow«, mache ich überrascht und starre Skye aus weit aufgerissenen Augen an. »Du scheinst aber keine positiven Erfahrungen mit Männern gemacht zu haben!«

Skye seufzt leise und zuckt mit den Schultern. »Geht so«, gibt sie dann zögernd zu und sieht sich rasch in meinem Krankenzimmer um, als wolle sie sich vergewissern, dass sich in dem zweiten Bett nicht doch noch ein Patient versteckt hat. »Ein Grund, warum ich jetzt erst zu dir komme, ist der Chefarzt der Inneren«, sagt sie schließlich leise. »Ich bemühe mich darum, Dr. Jeff Montgomery aus dem Weg zu gehen.«

Ich merke, dass sie mit einem Zwinkern versucht, ihren Worten die Schwere zu nehmen, doch in ihren Augen erkenne ich genau, dass es ihr sehr wohl ernst damit ist.

»Warum?«, flüstere ich und werde ein wenig nervös. Zwar

bin ich nicht vom Chefarzt untersucht worden, aber, wer weiß, vielleicht kommt er noch? »Gehört er etwa zur Arschloch-Kategorie?«

»Und ob«, lacht Skye bitter auf. »Er ist mein Ex-Freund. Und wir sind nicht im Guten auseinandergegangen.« Sie seufzt bei ihren Worten tief auf.

»Er hat dir aber nicht wehgetan, oder?« Besorgt mustere ich die lebensfrohe Frau vor mir, die gerade so bekümmert wirkt.

»Nein, das nicht. Also … nicht physisch zumindest.« Skye lacht erneut heiser auf. »Aber egal – das mit Jeff und mir ist vorbei, und er hat heute auch keinen Dienst mehr, darum muss ich keine peinlichen Begegnungen auf dem Flur befürchten.« Sie grinst mich schief an.

»Hm«, mache ich und betrachte sie nachdenklich.

»Himmel, wir kennen uns kaum, und ich erzähle dir schon von meinem Ex«, sagt Skye mit einem Augenrollen. »Dabei waren wir gerade bei deinen besten Freunden. Die klingen toll, wirklich. Mein jüngster Bruder ist auch schwul. Also … zumindest sagt mir das mein *Gaydar*.«

»Dein … was?«, hake ich amüsiert nach und lege mein Telefon zur Seite. Tim und Luigi müssen warten – Skye zieht mich ganz und gar in ihren Bann. Sie schafft es wirklich, einen abzulenken. Vielleicht gehört das in Kanada zum Training der Krankenschwestern in der Notaufnahme dazu? Wenn Skye mit allen Patienten, die eingeliefert werden, so umgeht wie mit mir, kann ich mir gut vorstellen, dass die meisten ihre Ängste und sogar Schmerzen schnell vergessen. Skye wirkt wie eine wandelnde Feel-Good-Pille, selbst wenn sie von ihrem Ex mit Arschloch-Tendenzen erzählt. Ich habe den Eindruck, mich mit jemandem zu unterhalten, den ich schon ewig kenne. Es fühlt sich völlig normal an, hier mit Skye zu sitzen und zu plaudern.

Jetzt sieht sie mich an und lacht auf. »Mein *Gaydar*! Von ›Radar‹, verstehst du?«

»Ach so«, grinse ich. Stimmt, jetzt erinnere ich mich – den Begriff hat Tim mal erwähnt. Sein *Gaydar* täuscht ihn angeblich auch nie – ganz im Gegensatz zu meinem, denn ich war in der Schule ein ganzes Jahr lang heimlich und unglücklich in ihn verliebt. Als mich Tim in der elften Klasse dann tatsächlich endlich gefragt hat, ob wir uns bei ihm zu Hause einen Film anschauen wollten, war ich im siebten Himmel. Doch während wir uns in seinem Zimmer bei Kartoffelchips und Gummibärchen *Shakespeare in Love* angesehen haben, hat sich Tim ein Herz gefasst und mir nicht etwa seine Gefühle für mich gestanden, sondern mir klargemacht, dass er Joseph Fiennes sehr viel anziehender fand als Gwyneth Paltrow. Von dem Abend an war unsere platonische Freundschaft besiegelt, und ich stand Tim wenig später seelisch zur Seite, als er sich geoutet hat.

»Mein *Gaydar* hat mich bisher nie getäuscht«, fährt Skye jetzt mit Nachdruck fort. »Zum Glück, darum habe ich mir bei den besonders gut aussehenden Patienten in der Notaufnahme nie umsonst Hoffnung gemacht! Und bei Glenn schlägt mein *Gaydar* eindeutig an, auch wenn er sich nie richtig geoutet hat. Aber mein Bruder ist ganz eindeutig zu nett, um hetero zu sein.« Sie grinst breit. »Und viel zu attraktiv! Glenn war schon immer sehr … diskret, wenn es um sein Liebesleben ging. Viel diskreter als meine Brüder – ich habe insgesamt drei, weißt du?«

»Oh, wow«, mache ich überrascht. Ich bin Einzelkind. Drei Brüder sind für mich nur schwer vorstellbar. Kein Wunder, dass Skye so voll sprudelnder Energie ist – ich kann mir lebhaft ausmalen, wie sie sich zu Hause als einzige Schwester durchsetzen musste.

»Bei Duncan und Aidan, meinen beiden älteren Brüdern, da habe ich immer gleich mitbekommen, was los war. Für welches

Mädchen sie gerade schwärmten, wann sie Liebeskummer hatten, und natürlich habe ich all ihre Freundinnen kennengelernt. Aber Glenn, unser Nesthäkchen, hat nie eine Freundin mit nach Hause gebracht. Hat auch nie darüber gesprochen, für wen er sich interessiert hat. Okay, auf dem College, da hatte er kurz eine Freundin, die ich auch kennengelernt habe. Aber … ich bin davon überzeugt, dass er diese Diana nur als Alibi vorgeschoben hat, weil meine Mom und ich ihn ständig gefragt haben, ob er endlich jemand Nettes kennengelernt hätte. Dabei war Diana ganz und gar nicht nett! Sie war furchtbar, mit so einer schrecklichen Pferdelache!«

Skye fängt an, wiehernd zu lachen, und ich pruste los. »Genau.« Sie sieht mich bedeutungsschwer an. »Glenn hat wirklich jemand Besseres verdient. Irgendeinen netten, gut aussehenden schwulen Kerl!« Sie grinst breit.

»Aber … er hat dir bis heute keinen Freund vorgestellt?«, frage ich, fasziniert von diesem Glenn, den ich überhaupt nicht kenne.

»Nicht direkt.« Skye zuckt mit den Schultern. »Aber Glenn wohnt seit Jahren mit einem guten ›Freund‹ zusammen.« Sie malt mit ihren Fingern Anführungszeichen in die Luft. »Andy und er teilen sich in Halifax, der Hauptstadt unserer Provinz, eine Wohnung. Die beiden sind garantiert nicht nur platonisch befreundet. Zum einen sieht Andy auch zu gut aus, um hetero zu sein. Und als ich die zwei vor ein paar Jahren mal besucht habe, da wirkten sie wie ein altes Ehepaar. Haben gegenseitig ihre Sätze beendet, ständig über Insider-Witze gelacht, die ich nicht verstanden habe, und einmal hat Andy meinem Bruder den Rücken mit Voltaren eingecremt, weil er sich angeblich etwas gezerrt hatte. Für mich war danach klar, dass da was zwischen ihnen läuft, aber ich wollte nicht so direkt nachfragen, sondern Glenn die Chance geben, das von sich aus anzusprechen. Ich hatte immer die Hoffnung, dass er sich überwindet und Andy mit nach Whale Island bringt. Ihn uns als seinen Partner vorstellt. Aber ich fürchte, dass er sich aus irgendeinem bescheuerten Grund nicht traut, uns zu sagen, dass er schwul ist. Als ob auch nur einer in unserer Familie Glenn dafür verurteilen würde, wen er liebt!« Skye rollt mit den Augen. »Wirklich. Okay, mein Dad ist ziemlich konservativ, aber selbst er würde darüber hinwegkommen, wenn Glenn einen Mann nach Hause brächte. Und … Mom würde sich einfach nur für ihn freuen. Sie … sie ist einer der herzlichsten, liebevollsten Menschen, die ich kenne.«

Ich will etwas sagen, doch da merke ich, dass sich Skyes himmelblaue Augen plötzlich mit Tränen gefüllt haben und sie diskret nach unten sieht und dabei mehrmals blinzelt. Überrascht setze ich mich ein wenig aufrechter hin. »Hey, was ist los?«, frage ich besorgt.

»Ach, meine Mom … Sie ist heute Morgen mit einem Herzinfarkt in diese Klinik gebracht worden«, sagt sie heiser und wischt sich mit dem Ärmel ihrer Schwesternuniform über die Augen.

»Wie bitte? Und das erzählst du erst jetzt?« Erschüttert starre ich sie an. Da habe ich mich gefragt, warum Skye den ganzen Tag nicht bei mir vorbeigeschaut hat … und dabei musste sie nicht nur ihrem Ex aus dem Weg gehen, sondern hatte noch dazu ihr ganz eigenes familiäres Drama in diesem Krankenhaus!

»Ja, ich … ich wollte selbst gern ein bisschen an etwas anderes denken«, erwidert Skye mit einem schiefen Lächeln.

»Geht es ihr gut?«, frage ich tonlos, weil ich mich noch so gut daran erinnern kann, wie es ist, in einem Krankenhaus um das Leben seiner Mutter zu bangen. Auch nach zwanzig Jahren weiß ich das noch.

»Ja, zum Glück«, schnieft Skye, und ich atme erleichtert auf. »Ihr wurde vor ein paar Stunden ein Stent gesetzt und der Eingriff ist gut verlaufen. Sie wird es schaffen, meinten die Ärzte. Es war trotz allem ein riesiger Schock, heute Vormittag die eigene Mutter als Patientin in der Notaufnahme zu haben.«

»Du Arme«, sage ich leise. »Ich kann das sehr gut nachvollziehen.«

Skye tupft sich einmal mehr unter den Augen entlang und strafft entschlossen die Schultern.

»So, genug geweint«, sagt sie dann energisch und zieht eine Packung aus ihrer Handtasche. Es sind Pralinen, stelle ich gerührt fest. Und jetzt zaubert sie noch eine Frauenzeitschrift hervor und legt mir beides auf die Bettdecke.

»Noch einmal alles Gute zum Geburtstag, Viola«, sagt sie feierlich und lächelt mich warm an.

»Danke«, stammele ich verblüfft. »Das war doch nicht nötig. Wir ... wir kennen uns doch eigentlich kaum.«

»Da hast du recht, und das mache ich sicher nicht bei allen Patienten«, lacht Skye unbekümmert auf. »Allerdings haben auch nicht so viele Patienten, die ich in der Notaufnahme behandele, Geburtstag. Okay, letzten Monat war einer da, der sich beim Anschneiden seiner Geburtstagstorte so blöd in die Hand geschnitten hat, dass er ziemlich viel Blut verloren hat. Aber ... das war zum Glück eine Ausnahme!« Sie lacht erneut, und auch ich muss kichern.

Da wird Skye allerdings wieder ernst und fügt nachdenklich hinzu: »Aber ... bei dir hatte ich vom ersten Moment an das Gefühl, dass du anders bist. Besonders irgendwie. Frag mich nicht, warum. Vielleicht liegt es daran, dass Rae dich gefunden hat – sie ist immerhin auch besonders.«

Skye grinst mich schief an, und ich grinse zurück, während meine Gedanken wieder zu der rätselhaften Rothaarigen wandern. Da fällt mir Skyes Bemerkung von heute Nacht ein – »Bestimmt kein Zufall!« –, und ich will sie fragen, was es eigentlich mit dieser fahrenden Bibliothekarin auf sich hat, als sie mir mit ihrer nächsten Frage zuvorkommt:

»Wohin warst du eigentlich unterwegs, als du fast mit dem Elch zusammengestoßen wärst?«

Ich greife nach der Packung Pralinen und beginne, die Folie abzuknibbeln, während ich antworte: »Ich war seit Mitte Juni auf einer ›Coast-to-coast‹-Reise durch Kanada, von der Westküste bis zur Ostküste, und Nova Scotia ist meine letzte Station.«

»Du bist ganz allein unterwegs?«, unterbricht mich Skye überrascht, und ich nicke, während ich den Deckel der Packung öffne.

»Ganz allein, ja. Praline?« Ich halte ihr die Auswahl an Pralinen unter die Nase, und Skye seufzt leise auf.

»Eigentlich habe ich mir vorgenommen, nicht mehr so viel Süßes zu essen, aber … was soll es. Auf dich, Viola.« Sie hält die Praline in die Höhe, als würde sie mir zuprosten, und ich greife ebenfalls nach einer, halte sie auch kurz hoch und stecke sie mir dann genüsslich in den Mund.

»Das Leben ist viel zu kurz, um auf so etwas zu verzichten«, bemerke ich mit vollem Mund, und einmal mehr schießt mir der Gedanke durch den Kopf: Ich bin nicht gestorben. Ich bin fünfunddreißig, und ich lebe noch!

»Apropos«, sagt Skye und leckt sich ein wenig Schokolade vom Zeigefinger. »Gestern Nacht in der Notaufnahme, da … also, da hast du so Bemerkungen gemacht, als wenn du davon überzeugt gewesen wärst, dass …«

»… dass ich den Unfall eigentlich nicht hätte überleben können?«, vollende ich vorsichtig ihren Satz, und Skye nickt.

»Ja. Ganz genau.«

»Das ist eine lange Geschichte«, murmele ich und greife nach einer weiteren Praline. »Dafür brauche ich Stärkung. Musst du gar nicht zurück zur Arbeit?«

»Nein, ich habe den restlichen Tag frei, wegen meiner Mom«, sagt Skye und sieht auf ihre Armbanduhr. »Ich gehe gleich zurück zu ihr … sie liegt auf der Kardiologie, eine Etage über uns.« Sie deutet an die Decke und greift dann ebenfalls nach einer weiteren Praline. »Aber du wolltest von dir erzählen. Warum um alles in der Welt dachtest du, du würdest sterben?«

»Also«, beginne ich langsam und frage mich, wie weit ich mit meiner Geschichte ausholen soll, als es plötzlich an der Tür klopft. »Ja?«, rufe ich, und die Tür geht einen Spalt weit auf. Ein Mann lugt vorsichtig herein.

4

Stumm starre ich den Fremden an und fürchte im ersten Moment, dass dieser Chefarzt mit Arschloch-Tendenzen doch noch im Dienst ist und mich nun untersuchen wird. O mein Gott, wenn das Dr. Jeff Montgomery ist, den Skye eben erwähnt hat, dann verstehe ich, dass sie ihm nach wie vor hinterherzutrauern scheint – das zumindest glaube ich vorhin an ihrem Gesichtsausdruck abgelesen zu haben. Denn, Halleluja, im Türrahmen meines Krankenzimmers steht der absolut attraktivste Mann, den ich je gesehen habe. Oder liegt es vielleicht an meiner Gehirnerschütterung, dass mich dieser Fremde so umhaut? Sein dunkelbraunes Haar ist nicht zu kurz und nicht zu lang, und ein paar unbändige Strähnen fallen ihm leicht zerzaust in die Stirn. Er hat markante Gesichtszüge, ein Grübchen im Kinn, und seine Augen sehen aus dieser Entfernung grünlich aus. Kann er bitte ein anderer Arzt sein? Bitte NICHT Dr. Jeff Montgomery? Bitte, jeder, nur nicht der blöde Ex von Skye!

»O! MEIN! GOTT!«, kreischt Skye in diesem Moment und springt so abrupt von meinem Besucherstuhl auf, dass dessen Lehne nach hinten, gegen die Wand, kippt.

Ist das etwa doch Dr. Montgomery? Aber … Skye klingt eher begeistert als entsetzt. Und, ganz ehrlich, so eine heftige Reaktion wäre bei ihrem Ex, der noch dazu Chefarzt dieser Abteilung ist, wohl ein wenig übertrieben, oder?

»Glenny!«, juchzt Skye nun, bevor sie auf den Mann zustürmt.

Glenny?

Oh. Glenn. Ihr jüngster Bruder. Der schwul ist. Natürlich. Ich versuche, meine Enttäuschung mit dem Rest Praline in meinem Mund hinunterzuschlucken.

Aber, hey – immerhin will ich mich sowieso nicht verlieben. Also kann es mir egal sein, wie attraktiv ich Skyes Bruder auf Anhieb finde. Mal ganz abgesehen davon, dass ich ohnehin nicht mehr lange hier in Kanada sein werde, schließlich bin ich schon am Ende meiner Rundreise angekommen. Mein Flug soll in vier Tagen von Halifax nach Frankfurt gehen.

Es ist das erste Mal, dass ich an meinen Flug nach Deutschland denke, denn bisher war ich mir ziemlich sicher, das Rückflugdatum nicht mehr zu erleben. Ich hatte das Flugticket ohnehin nur gebucht, weil ich sonst bei der Einreise nach Kanada Probleme bekommen hätte. Die Beamten von der Grenzkontrolle hätten sicherlich geglaubt, dass ich vorhätte, illegal in Kanada zu bleiben. Dass ich fest damit rechnete zu sterben, bevor ich länger als die erlaubten sechs Monate ohne Visum in Kanada hätte bleiben können, das hätte mir ja niemand abgenommen. Oder man hätte mich sofort zurück nach Deutschland geschickt, weil man an meiner mentalen Gesundheit gezweifelt hätte.

Ganz ehrlich: Jetzt, da ich fünfunddreißig bin und immer noch atme, frage ich mich mit einem Mal auch, warum ich die ganzen letzten Jahre so fest daran geglaubt habe, dass ich mit vierunddreißig sterben würde. Warum ich …

Nein. Nicht jetzt. Wenn ich jetzt näher darüber nachdenke, dass ich womöglich Jahre meines Lebens vergeudet habe, dann werde ich hier und jetzt wahnsinnig.

Stumm beobachte ich, wie Skye auf ihren Bruder zustürmt und sich mit einem Geräusch, das halb nach Lachen, halb nach Schluchzen klingt, in seine Arme schmeißt. Wie er sie mit beiden Armen umschlingt und sein Gesicht in ihr schwarzes Haar presst, wie er sie hochhebt und sich einmal mit ihr um die eigene Achse dreht, während Skye lachend ihre Hände in seiner dunkelbraunen Lederjacke vergräbt.

Meine Augen werden ohne Vorwarnung feucht. Die beiden scheinen sich eine Weile nicht gesehen zu haben, so wie Skye sich freut. Und Glenn auch.

»Wie konntest du so schnell hier sein?«, fragt Skye jetzt atemlos und löst sich aus der Umarmung ihres Bruders. »Bist du etwa geflogen?«

»Fast«, grinst Glenn, der seine Schwester um einen guten Kopf überragt.

»Jetzt sag bitte nicht, dass du die ganze Strecke auf dem Motorrad gekommen bist!« Skye sieht ihren jüngeren Bruder so streng an, dass mir klar wird, dass sie mit Sicherheit immer schon die Beschützerrolle gespielt hat.

»Doch, Ma'am. Und ich habe mich hin und wieder auch an die Geschwindigkeitsbegrenzung gehalten.«

»Hin und wieder! Glenn!« Als Skye empört schnauft, lächelt ihr Bruder amüsiert. Dann aber wird er ernst und sagt mit rauer Stimme: »Ich … wollte mich beeilen. Die ganze Fahrt über dachte ich … was, wenn ich zu spät komme?«

Skye starrt ihren Bruder stumm an, bevor sie erneut die Arme um ihn schlingt und ihn fest an sich zieht. Während sie ihren Kopf gegen seinen Oberkörper presst, sieht Glenn mich über ihren schwarzen Haarschopf hinweg fast verlegen an. Schließlich löst er sich sanft von Skye und räuspert sich, ohne seinen Blick von mir abzuwenden. Himmel, diese Augen. Muss er so faszinierende Augen haben? Ich kann aus dieser Entfernung immer noch nicht genau ihre Farbe erkennen, aber … sie lassen mich nicht mehr los, diese Augen. Der Mann zieht mich in seinen Bann, ohne dass ich auch nur ein Wort mit ihm gewechselt hätte. Jetzt sieht er wieder seine Schwester an, die sich eine Träne von der Wange wischt, und sagt: »Ich wollte euch nicht stören. Mom hat erwähnt, dass du hier unten bei einer Patientin bist. Allerdings eher privat, weil du nicht mehr im Dienst bist?«

»Genau«, erwidert Skye und wirft mir einen flüchtigen Blick zu, bevor sie aufgeregt nachhakt: »Du warst also schon bei Mom? Ach so, klar, sonst hättest du mich wohl nicht hier aufgestöbert.«

Glenn nickt mit einem schiefen Lächeln. »Ich bin so froh, dass es ihr gut zu gehen scheint. Also … den Umständen entsprechend zumindest.«

»Ja«, haucht Skye. »Du kannst dir nicht vorstellen, was Mom uns heute Morgen für einen Schrecken eingejagt hat.«

»Doch, das kann ich«, erwidert Glenn leise. Einen Moment lang sehen die Geschwister sich ernst an. Dann nimmt Glenn das Gesicht seiner Schwester in beide Hände und sagt mit einem jungenhaften Lächeln, das mir gefährlich gut gefällt: »Du bist keinen Tag älter geworden, seit ich dich zum letzten Mal gesehen habe, Scarlett.«

»Scarlett?«, kann ich mir nicht verkneifen, verdutzt zu fragen. Hatte ich ihren Namen – Skye? – etwa falsch verstanden? Meine Gehirnerschütterung lässt mich immer mehr an mir und meinem gesunden Menschenverstand zweifeln.

Da sehen mich beide an, und mit einem Lachen stellt die sympathische Krankenschwester, die ich kaum kenne und die mir in der letzten halben Stunde dennoch so merkwürdig vertraut geworden ist, klar: »Ach, so nennt mich dieser Kerl gern. Weil ich angeblich so anstrengend sein kann wie Scarlett O'Hara.«

»Starrköpfig, nicht anstrengend«, bemerkt Glenn mit einem gutmütigen Schmunzeln.

»Wie auch immer«, entgegnet Skye. »Er nennt mich so, seit ich elf war und er zehn, weil wir da zum ersten Mal *Vom Winde verweht* geschaut haben.«

»Und du verkündet hast, Rhett Butler heiraten zu wollen«, ergänzt Glenn, woraufhin Skye mit einem Augenrollen sagt: »Mein Gott, ja, jeder hat mal Phasen mit merkwürdigem Geschmack in seinem Leben, oder? Ich fand auch mal Leo DiCaprio heiß. So viel dazu. Nur du …« Sie sieht ihren Bruder nachdenklich an und meint dann: »Du hast immer nur für Bücher geschwärmt. Nachdem wir *Vom Winde verweht* geguckt hatten, hast du den Roman gelesen. Mit zehn. Und zwar gleich zweimal nacheinander. Bücher waren immer schon deine große Liebe, oder, Glenny?«

»Absolut. Irgendwann werde ich die gesammelten Werke von Shakespeare heiraten«, bemerkt Glenn trocken, was mich leise auflachen lässt. Glenn sieht mich an und grinst flüchtig.

»Himmel, ich habe euch ja noch gar nicht vorgestellt!«, fällt es Skye jetzt ein, und sie schlägt sich gegen die Stirn. »Dass du so plötzlich hier aufgetaucht bist, hat mich echt umgehauen, Glenny!« Entschlossen greift sie nach seiner Hand und zieht ihn weiter ins Zimmer, auf mein Bett zu. Befangen zupfe ich meine Haare zurecht, die sich ziemlich zerzaust anfühlen.

»Viola, darf ich vorstellen, das hier ist mein jüngerer Bruder Glenn, unser Schriftsteller aus Halifax.«

»Wow, du bist Schriftsteller?«, frage ich angetan, während mich Glenn mit einem zurückhaltenden Lächeln fast schüchtern betrachtet. Ich merke, dass er sich nicht sicher ist, ob er hier sein sollte, in diesem Krankenzimmer einer ihm völlig fremden Patientin. Dabei habe ich das skurrile Gefühl, Glenn schon gut zu kennen, nachdem Skye mir eben so viel über ihn, seine Pseudo-Ex mit dem wiehernden Lachen und seinen ›Mitbewohner‹ Andy erzählt hat.

»Ähm, ja, ich schreibe«, erwidert er und kratzt sich verlegen am Kopf, was sein dunkles Haar noch mehr durcheinanderbringt, als es ohnehin der Fall ist. »Allerdings habe ich bisher nichts veröffentlicht.«

»Noch nicht«, wirft Skye betont fröhlich ein. »Glenn wollte immer schon Bücher schreiben, und er hat diesen Traum stur verfolgt. Du wirst sehen, Glenny, irgendwann schaffst du es!«

»Mhm«, macht Glenn ausweichend und lächelt mich erneut flüchtig an. »Viola, ja? Wie aus *Was ihr wollt.*«

Ich nicke. »Genau. Das mit den gesammelten Werken von Shakespeare und dir scheint also wirklich etwas Ernstes zu sein.«

Glenn lacht leise. »O ja, definitiv.« Er zögert, sieht seine Schwester an und hakt nach: »Und … woher kennt ihr zwei euch?«

»Viola ist gestern Nacht in die Notaufnahme eingeliefert worden, als ich Dienst hatte. Sie hat heute Geburtstag, darum wollte ich sie noch einmal besuchen und ihr gratulieren.«

»Oh, alles Gute zum Geburtstag«, sagt Glenn in einer ruhigen, freundlichen Art, die mir sehr gut gefällt. Leider.

»Danke«, erwidere ich und fühle mich plötzlich eigenartig befangen.

»Ich hoffe, es geht dir gut? Ich meine … den Umständen entsprechend?«, fragt Glenn zögernd, und ich merke, wie sein Blick flüchtig über meinen Körper unter der Bettdecke huscht, als versuche er zu verstehen, was mich hierhergebracht haben könnte.

»Gehirnerschütterung, eine gebrochene Rippe und eine Prellung an der Schulter«, zähle ich nüchtern auf. »Dafür, dass ich fast mit einem Elch kollidiert wäre, geht es mir ziemlich gut.«

»Wow. Ein Elch, ja?« Glenn pfeift leise auf.

»Ja. Stand hinter einer Kurve plötzlich vor meinem Auto.« Bei der Erinnerung wird mir ein wenig schummerig.

»War vielleicht ein missglückter Versuch, dir zum Geburtstag zu gratulieren«, bemerkt Glenn todernst, und ich muss loslachen.

»Ja, das könnte natürlich sein. Wobei er dafür ein paar Stunden zu früh dran war.«

»Ah, Elche und Uhren, das ist so eine Sache«, murmelt Glenn, und um seine Mundwinkel zuckt ein Schmunzeln. »Die Kerle bekommen das einfach nicht hin.«

Die Art, wie er das sagt, bringt mich so sehr zum Lachen, dass mich meine gebrochene Rippe vor Schmerz zusammenzucken lässt. »Autsch«, murmele ich, und Glenn wird schlagartig ernst und mustert mich betroffen.

»Sorry, ich wollte nicht … Okay, keine Witze mehr.«

»Aber echt, Glenn, du bist unmöglich. Einfach so diese Patientin zum Lachen zu bringen«, grinst Skye und knufft ihn in die Seite. »Apropos – wir sollten dringend nach Mom sehen. Sie könnte ebenfalls ein paar deiner blöden Witze vertragen. Und sehen will sie dich bestimmt auch ausgiebig, nachdem sie dich so lange nicht zu Gesicht bekommen hat.«

»Danke, dass du mein schlechtes Gewissen noch schlimmer machst, Scarlett. Das kann keine so wie du«, knurrt Glenn und rollt mit den Augen, doch das Lächeln spielt nach wie vor um seine Mundwinkel und nimmt seinen Worten die Schärfe.

»Weiß ich doch. Dafür sind ältere Schwestern da«, kontert Skye ungerührt. Dann sieht sie mich an und fragt: »Viola, können wir dich allein lassen? Ich komme nachher noch einmal vorbei, bevor wir nach Hause fahren.«

»Schon okay«, beeile ich, mich zu sagen. »Geht zu eurer Mom, sie braucht euch jetzt.«

»Ja«, murmelt Skye und mustert mich nachdenklich. »Aber du solltest auch nicht ganz allein sein.«

»Ach, ich habe noch einige Geburtstagsnachrichten, die ich bisher nicht gelesen habe«, werfe ich betont locker ein und deute auf mein Handy. Dabei möchte ich nicht, dass Skye und Glenn gehen. Ich fühle mich in ihrer Gesellschaft so wohl, wie es mir sonst nur bei Tim und Luigi geht. Dabei kenne ich Glenn noch weniger als seine Schwester. Was ist das bloß mit diesen Camerons, das mich geradezu magisch anzieht?

»Bist du etwa ganz allein hier in Nova Scotia unterwegs?«, hakt jetzt Glenn ernst nach. »Ich meine … du bist doch … Also, du wohnst nicht hier, oder?«

Ich merke, dass er ein wenig rot wird. Das finde ich so entzückend, dass ich ihn ein paar Sekunden lang stumm anstarre, sodass Skye für mich antwortet: »Viola kommt aus Deutschland. Sie hat allein eine Reise von der Westküste bis hierher gemacht. Kannst du dir das vorstellen?«

Glenn mustert mich stumm und lächelt dann leicht. »Und auf die letzten Kilometer unseres großartigen Landes ist dir ein Elch in die Quere gekommen, ja?«

»Genau.« Ich grinse ihn breit an, und er grinst mit einem Mal ebenso breit zurück. Mein Gott, wenn er so lächelt, sieht er noch viel besser aus. Das ist nicht fair!

»Wohin wolltest du gestern Nacht noch gleich, bevor dich der Elch aus der Bahn geworfen hat?«, hakt jetzt Skye nach und mustert mich nachdenklich. »Du bist eben nicht mehr dazu gekommen, das zu erzählen, weil ein gewisser Glenn Cameron reingeplatzt kam.« Sie zwinkert ihrem Bruder liebevoll zu.

»Ich wollte eigentlich auf eine Insel hier in der Nähe – nach Whale Island. Kennt ihr die?«

5

Skye starrt mich groß an, und Glenn gibt ein leises Prusten von sich.

»Ähm, ja«, bemerkt er trocken. »Schon mal davon gehört.«

Skye rollt die Augen zur Decke und wirft ihrem Bruder einen strengen Blick zu, bevor sie an mich gewandt erklärt: »Herzchen, wir beide, wir sind auf Whale Island geboren worden, sind dort aufgewachsen, und ich für meinen Teil wohne dort noch immer, und zwar sehr, sehr gern. Ich könnte mir nicht vorstellen, jemals woanders zu leben. Ganz im Gegensatz zu gewissen Leuten, die lieber in einer stinkenden Großstadt leben.«

»Halifax stinkt nicht«, brummt Glenn.

»Ihr kommt von Whale Island?«, hake ich ungläubig nach. »Was für ein Zufall!«

»Und warum wolltest du ausgerechnet dorthin?«, fragt Glenn mich ehrlich ratlos, so als könne er sich kaum vorstellen, was eine Touristin auf seine Heimatinsel führen könnte.

»Ich habe von dem neu eröffneten Whale Sanctuary gehört – das wollte ich mir gern ansehen.«

»Ah, ja«, sagt Skye und nickt. »Die zwei Beluga-Damen Alba und Luna locken momentan ziemlich viele Besucher an.«

»Ach, richtig«, murmelt Glenn nachdenklich. »Das Whale Sanctuary habe ich auch noch nicht gesehen.«

»Wie auch?«, fragt Skye spöttisch. »Wenn du fast nie nach Hause kommst?«

Glenn hebt ergeben die Hände, als wolle er kapitulieren, und Skye sieht wieder mich an. »Also … möchtest du dir das Whale Sanctuary und den Rest von Whale Island nach wie vor anschauen, Viola?«

Ich überlege einen Moment. Möchte ich? Ja, natürlich! Immerhin hatte ich ursprünglich geplant, am Tag vor meinem Geburtstag auf Whale Island anzukommen und die Belugawale zu besuchen. Sozusagen als letzte Station meines Lebensweges. Doch ich hatte für die Strecke bis in den Norden der Insel Cape Breton länger gebraucht, als gedacht – umso mehr erstaunt es mich, wie schnell Glenn anscheinend auf seinem Motorrad von Halifax heraufgekommen ist. Ich hatte spätestens gestern Nachmittag die Fähre nach Whale Island nehmen wollen, doch als ich auf dem Weg durch den immer schwärzer werdenden Wald Richtung Scott's Harbour und Fähranleger unterwegs war, hatte ich meinen Plan, die Insel noch lebend zu erreichen, bereits aufgegeben.

Aber jetzt, mit fünfunddreißig, habe ich wohl tatsächlich doch noch die Chance, die Belugawale und die ganze Insel zu sehen, die im Reiseführer als »charmantes Eiland im wilden Atlantik« beschrieben wurde. Diese Möglichkeit macht mich mit einem Schlag unfassbar glücklich. Ich lebe noch!

»Und ob ich das möchte«, sage ich inbrünstig, während sich ein warmes Glücksgefühl in meinem Bauch ausbreitet. »Allerdings weiß ich noch nicht, wann ich entlassen werde. Und … ich habe keinen Mietwagen mehr.«

Das Glücksgefühl lässt eine winzige Spur nach, als ich an

mein Autowrack und den Papierkram mit meiner Versicherung, der mir noch bevorsteht, denken muss. Jetzt, da ich lebe, muss ich mich wohl oder übel damit auseinandersetzen.

»Also, ich habe noch einen Platz auf meinem Motorrad frei«, wirft Glenn freundlich ein, was ihm einen strengen Blick von Skye einbringt.

»Viola hat eine gebrochene Rippe und eine Gehirnerschütterung«, erinnert sie ihn. »Und Gepäck. Hast du eigentlich keinen Koffer dabei?«

»Einen Rucksack«, bemerkt Glenn schlicht. »Steht bei Mom im Zimmer.«

»Also«, sagt Skye und sieht mich entschlossenen an. »Ich rede mit dem Arzt und bekomme heraus, wann du entlassen wirst. Die werden dich bestimmt nur noch eine Nacht hier behalten – dann könnten wir dich morgen mit auf die Insel nehmen. In meinem Auto, Glenn.«

»Okay«, grinst Glenn, und ich kann mir den Gedanken nicht verkneifen, dass ich sehr gern auf seinem Motorrad mitgefahren wäre.

»Ich freue mich riesig!«, sage ich zu Skye und lächele sie breit an. »Allerdings muss ich dringend herausfinden, ob in dem Hotel, wo ich eine Reservierung hatte, ab morgen überhaupt noch ein Zimmer frei ist. Ich hatte dort von gestern auf heute nur eine einzige Übernachtung gebucht.«

Weil ich dachte, dass ich keine weiteren Übernachtungen brauchen würde. Mein Gott, wie konnte ich nur so überzeugt davon sein, nicht fünfunddreißig zu werden? Bereits jetzt, wenige Stunden, nachdem meine vermeintliche – und wortwörtliche – *Deadline* abgelaufen ist und ich noch atme, kann ich nicht glauben, dass mir dieser Geburtstag so eine Angst bereitet hat. Dass ich keinerlei Pläne über den gestrigen Tag hinaus gemacht habe. Ich sehe Skye nachdenklich an und überlege laut: »Warte mal, wie hieß das Hotel noch? Irgendwas mit ›Lodge‹.«

»Die *Cameron Lodge*«, sagen Skye und Glenn aus einem Mund, und ich nicke, bevor ich sie abwechselnd anstarre. »Moment mal – Cameron! Gehört das Hotel etwa eurer Familie?«

»Allerdings.« Skye grinst mich breit an. »Aber … ich fürchte, dass momentan tatsächlich kein Zimmer frei ist. Mein ältester Bruder hat gesagt, wir wären bis zum nächsten Wochenende ausgebucht.«

»Quatsch, im Ernst?« Glenn starrt sie überrascht an. »So gut läuft es mit der Lodge? Jetzt, nach Labour Day, ist doch schon Nachsaison!«

»Ja, es läuft hervorragend«, bestätigt Skye, und der Stolz in ihrer Stimme ist unüberhörbar.

»Das ist toll«, murmele ich. »Aber … hm. Gibt es noch ein zweites Hotel auf der Insel?«

»Kein Hotel, aber das *Whale Island Inn*«, sagt Glenn mit schief gelegtem Kopf.

»Kommt gar nicht infrage«, widerspricht Skye resolut, und ich sehe sie überrascht an. »Zum einen kann es gut sein, dass das Inn auch ausgebucht ist, eben weil das Whale Sanctuary mehr Besucher als sonst anlockt. Und zum anderen – hey, ich habe immerhin ein Gästezimmer!«

Verdutzt mustere ich Skye. »Im Ernst? Du kennst mich kaum!«

Skye lacht auf. »Du wirst schon keine Axtmörderin sein, oder?«

»Na ja …«, mache ich mit rauer Stimme, und Skye kichert vergnügt.

»Also …«, meldet sich da Glenn zögernd zu Wort. »Du hattest doch sogar mal zwei Gästezimmer, oder?«

Skye starrt ihren Bruder regelrecht erschrocken an, dann

sagt sie rasch: »Natürlich! Sorry, ich hatte ganz vergessen, dass ich dir schon mein Gästezimmer versprochen hatte, Glenny! Aber … du willst wirklich nicht in der Lodge schlafen?«

»Na ja, wenn es bei dir zu voll wird, übernachte ich natürlich bei Mom und Dad«, wirft Glenn ein, und ich merke, dass er verlegen meinem Blick ausweicht. »Ich dachte nur … Dad schaut immer seine Tiersendungen, und du hast wenigstens Netflix.«

Er grinst seine Schwester schief an, und Skye lacht laut auf.

»Du bist so ein sentimentaler Kerl, Glenn, unfassbar.«

»Okay, okay, es geht natürlich nicht nur um Netflix. Du hast außerdem die besseren Matratzen. Bei Mom und Dad in unseren alten Kinderzimmern sind immer noch die Matratzen aus unserer Jugendzeit! Ich muss dann dauernd an meine schlimme Magen-Darm-Grippe denken, wenn ich die Flecken unterm Laken sehe.«

Skye schnaubt amüsiert auf. »Als ob du jemals die Matratze ohne Laken zu sehen bekämst, du verwöhntes Nesthäkchen! Keinen Finger krümmst du im Haushalt, wenn du bei Mom und Dad zu Gast bist! Aber, bitte schön, schlaf gern bei mir. Dein Bett kannst du dann allerdings selbst beziehen, Glenn Cameron.«

Glenn wirft mir einen ernsten Blick zu. »An deiner Stelle würde ich vielleicht doch mal im *Whale Island Inn* nachfragen, Viola. Skyes Gastfreundschaft ist genauso rau wie die ganze Insel.«

»Hey, Freundchen, lass Viola da raus! SIE bekommt ihr Bett von mir selbstverständlich bezogen, immerhin hat sie eine gebrochene Rippe und erholt sich von einer Gehirnerschütterung. So, und jetzt komm, lass uns zu Mom gehen, bevor sie denkt, du wärst schon wieder nach Halifax abgedüst.«

Glenn sieht mich bedeutungsschwer an. »*Whale Island Inn*«,

wispert er mir zu, was mich laut kichern lässt, bevor ich an Skye gewandt sage: »Aber ganz im Ernst: Ich möchte wirklich niemandem zur Last fallen – wenn ihr zwei euch so lange nicht gesehen habt, dann wollt ihr doch bestimmt ein bisschen für euch sein. Ich kann wirklich …«

Skye rollt die Augen gen Zimmerdecke, bevor sie resolut zu mir sagt: »Du fällst niemandem zur Last, meine Liebe. Es sei denn, du hast dieselben nervigen Angewohnheiten wie Glenn, und ich stolpere bald im ganzen Haus über auf dem Boden verteilte Socken und finde die offene Zahnpastatube neben dem Waschbecken.«

»Das habe ich ein einziges Mal gemacht, Scarlett«, wirft Glenn entrüstet ein, aber Skye sieht ihn mit hochgezogenen Augenbrauen an und meint: »Nein, Glenny, das hast du zigmal gemacht.«

»Ich benutze auf jeden Fall meine eigene Zahnpastatube und drehe sie ganz sicher zu«, versichere ich rasch. »Und noch laufe ich barfuß in Sandalen – es sei denn, es wird bald sehr viel kälter. Aber auch dann räume ich meine Socken auf, versprochen.«

»Streberin«, wispert Glenn, aber er schmunzelt dabei.

»Das klingt hervorragend«, grinst mich Skye breit an und gibt ihrem Bruder einen leichten Stoß mit dem Ellbogen in die Rippen, was diesen theatralisch gegen die Wand taumeln lässt. Skye sieht mich an und sagt feierlich: »Ich spreche mit dem Arzt, Viola, und dann kann ich dich hoffentlich morgen auf die Insel bringen!«

6

Tatsächlich kann ich das Krankenhaus am folgenden Tag bereits verlassen. Der Arzt – zum Glück nicht Dr. Jeff Montgomery, den ich gar nicht zu Gesicht bekommen habe! – gibt mir die Anweisung mit auf den Weg, meinen Kopf noch ein paar Tage lang zu schonen (»Nicht zu lang aufs Telefon schauen und wenig fernsehen!«) und wegen meiner gebrochenen Rippe körperliche Anstrengung zu vermeiden. Dann muss ich noch ein langes Telefonat mit meiner Auslandskrankenversicherung führen, um endgültig zu klären, dass die Krankenhauskosten übernommen werden, sodass die Buchhaltung des Seaside Hospitals schließlich grünes Licht gibt und mich ebenfalls ziehen lässt.

Ich habe mich gerade fertig angezogen und will nach meinem Koffer greifen, als es an der Tür klopft. Auf mein »Herein!« habe ich ein Déjà-vu, denn erneut schaut Glenn vorsichtig ins Zimmer.

»Hi«, sagt er mit einem zögernden Lächeln, das sofort erlischt, als sein Blick auf den Koffer neben mir fällt. »Heb bloß nicht den Koffer hoch! Du hast doch eine gebrochene Rippe!«

Ohne auf eine weitere Reaktion von mir zu warten, durchquert er mit ein paar langen Schritten das Zimmer und schnappt sich entschlossen den Griff meines Koffers.

»Danke dir«, sage ich mit einem entzückten Lächeln, das sich wie von selbst auf mein Gesicht zu stehlen scheint, sobald ich Glenn sehe.

»Du hast also alles gepackt?«, erkundigt er sich und mustert mich fragend. Ich nicke.

»Ich hatte ja fast nichts ausgepackt, darum ging das schnell«, bemerke ich.

»Sehr gut«, erwidert er und betrachtet erst mich, dann mein Gepäck. »Dann wollen wir mal, oder?«

Glenn setzt sich mit meinem Koffer in Bewegung, und ich schnappe mir rasch meine Handtasche, den Rucksack und die Tasche mit meiner Kamera, um ihm auf den Flur hinaus zu folgen. Nachdem ich mich von den Krankenschwestern verabschiedet habe und wir auf den Fahrstuhl warten, hake ich nach: »Wo ist denn Skye?«

»Sie musste heute spontan eine Schicht übernehmen, weil eine Kollegin ausgefallen ist«, erklärt Glenn und drückt im Aufzug den Knopf für die Tiefgarage. »Darum hat sie mich gebeten, dich zu ihrem Haus zu bringen.«

Glenn betrachtet eingehend das Display des Fahrstuhls, während er dies sagt, und ich merke, dass er sich nicht wohl dabei fühlt. Ich wollte ihm wirklich keine Umstände bereiten!

»Oh«, sage ich und weiß nicht so recht, wie ich mich verhalten soll. Es ist mir unangenehm, dass Glenn wegen mir durch die Gegend fahren muss. Verstohlen mustere ich Skyes Bruder, der seinen Blick jetzt konzentriert auf meinen Koffer gerichtet hält. Er trägt verwaschene Bluejeans und ein offenes Jeanshemd über einem schwarzen T-Shirt mit einem Aufdruck, den ich nicht richtig erkennen kann. Jetzt sieht er mich doch an und räuspert sich.

»Ich hoffe, es macht dir nichts aus, dass ich dich bringe«, sagt er beinahe unsicher.

»Überhaupt nicht!«, platzt es etwas zu nachdrücklich aus mir heraus, und ich presse verlegen die Lippen aufeinander. Glenns Antwort ist ein schiefes Lächeln, was mich dazu verleitet, ein wenig atemlos nachzuhaken: »Fahren wir auf deinem Motorrad?«

Glenn lacht leise auf und greift mit einem Kopfschütteln erneut nach meinem Koffer, weil sich die Fahrstuhltür nun öffnet. »Leider nicht, denn dann müssten wir dein Gepäck wohl oder übel hier im Krankenhaus lassen. Und ganz abgesehen davon hat mir Skye das natürlich streng verboten.«

»Schade«, seufze ich und folge ihm in die Tiefgarage. Während wir auf einen schwarzen Pick-up-Truck mit ziemlich zerbeulter hinterer Stoßstange zusteuern, wirft mir Glenn einen Blick zu, und er bemerkt: »Allerdings hat Skye nur davon gesprochen, dich auf keinen Fall mit dem Motorrad auf die Insel zu bringen. Von einer Rundfahrt AUF der Insel war nie die Rede.«

Er zieht eine Augenbraue in die Höhe, und ich muss leise kichern. »Wir werden Ärger bekommen, wenn sie das erfährt«, bemerke ich in verschwörerischem Tonfall, während Glenn mein Gepäck auf die Ladefläche des Pick-up-Trucks verlädt.

»Oh, auf jeden Fall«, erwidert er schmunzelnd.

Als er die Klappe an der Ladefläche geschlossen hat, dreht er sich ganz zu mir um, und nun erkenne ich mit einem Mal den Aufdruck seines T-Shirts unter seinem offenen Jeanshemd: Es ist ein verwaschenes Foto in Grautönen von Rufus Wainwright.

Ich liebe die Musik von Rufus Wainwright – genau wie Tim und Luigi. Die beiden schwärmen ziemlich für ihn – und das nicht nur, weil er mit einem Mann aus Deutschland verheiratet ist.

Ich schlucke schwer und wende meinen Blick ab.

Verdammt noch mal. Zum ersten Mal seit … ach was, zum ersten Mal überhaupt in meinem Leben treffe ich einen Mann, bei dem ich plötzlich nachvollziehen kann, warum in Liebesromanen oft von Liebe auf den ersten Blick die Rede ist. Und das auch noch jetzt, da ich zum ersten Mal die vage Hoffnung habe, dass ich doch älter werden könnte, als ich bisher dachte – und dann muss dieser wunderbare Kerl schwul sein. Erst Tim damals, jetzt Glenn. Ich scheine eine Schwäche für schwule Männer zu haben.

Das Leben ist einfach nicht fair.

Wir reden nicht viel, während Glenn den Pick-up zum Fähranleger von Scott's Harbour lenkt – dorthin, wo ich bereits am Abend vor meinem Geburtstag die Fähre nach Whale Island hatte nehmen wollen. Nun bin ich tatsächlich fünfunddreißig und sitze neben einem gut aussehenden, stillen Mann in einem Pick-up und sehe neugierig hinaus in den strahlend schönen Septembertag. Die Sonne scheint von einem knallblauen Himmel, der die ersten roten Ahornblätter am Ufer des Atlantiks leuchten lässt, doch als ich den Wagen verlasse, pfeift mir ein kühler Wind entgegen. Schaudernd schlinge ich meine Arme um mich und lehne mich seitlich gegen die Fahrerkabine, betrachte versonnen das aufgewühlte Meer, das mich stürmisch zu begrüßen scheint.

Was für ein unfassbares Glück, dass ich den weiten Atlantik betrachten darf, wird es mir mit einem Schlag bewusst. Dass ich das Kreischen der Möwen über meinem Kopf höre, dass ich spüre, wie der Wind mein Haar durcheinanderwirbelt, dass ich den Seetang rieche und das Salz auf meinen Lippen schmecke. Wie unglaublich schön, dass ich noch lebe! Dass ich wirklich noch lebe, atme, mein Herz in meinem Brustkorb pochen fühle. Dass ich meine Arme ausbreiten und den Kopf in den Nacken legen und das Gesicht zur Sonne wenden kann, dass ich mich mit geschlossenen Augen im Kreis drehen und aus vollem Herzen lachen kann. Ich lebe, verdammt! Letzte Nacht habe ich im Krankenhaus erneut immer wieder wach gelegen – diesmal jedoch nicht, weil ich Angst hatte, nicht mehr aufzuwachen, sondern vor lauter Aufregung. Ich würde doch noch nach Whale Island reisen! Würde bei der lieben Skye wohnen, sie und ihren Bruder näher kennenlernen, die Belugawale sehen! Ich würde noch ein paar Tage in Kanada verbringen dürfen, bevor ich zurück nach Deutschland fliegen würde, zu Tim und Luigi. All die Möglichkeiten, die sich plötzlich auftaten, hielten mich letzte Nacht wach, und nun, hier, am Ufer des wilden Atlantiks, werde ich erneut von einer wahren Welle aus Glücksgefühlen überrollt. Ich lebe!

Als ich Schritte auf dem Kies des Parkplatzes höre, öffne ich meine Augen und wanke leicht zur Seite, weil ich einen Drehwurm habe. Ich merke, dass Glenn sich seitlich gegen die Motorhaube gelehnt hat und mich nachdenklich betrachtet. Er sieht nicht überrascht aus und auch nicht belustigt, weil ich mich wie ein Kind im Kreis gedreht habe. Glenn mustert mich einfach nur und wirkt ehrlich fasziniert. Ein leichtes Lächeln spielt in seinen Mundwinkeln, und dann stellt er in seiner ruhigen Art fest: »Wie schön, dass dir danach ist, die ganze Welt zu umarmen.«

Ich sehe ihn an und denke: Eigentlich würde ich jetzt gern dich umarmen. Aber die Welt tut es auch.

Laut sage ich: »Ja. Genau so ist es. Ich könnte alles umarmen. Einfach, weil das Leben schön ist. Weil die Welt wunderschön ist. Ich meine, schau dir das doch mal an, Glenn! Das weite Meer, der noch viel weitere Himmel, überall blau, und dann noch die ersten knallroten Blätter an den Ahornbäumen da drüben, wie bei der kanadischen Flagge! Ich hätte nie geglaubt, den Indian Summer noch erleben zu dürfen. Aber jetzt werde ich ihn wohl wirklich mitbekommen, und das macht mich wahnsinnig glücklich!«

Diese überschwänglichen Worte finden wie von selbst aus mir heraus, und ich schäme mich nicht dafür. Nein, das Leben ist viel zu kurz, um sich Gedanken darüber zu machen, ob man sich vor jemandem blamiert oder nicht. Meine Begeisterung wollte raus, und das hat sie geschafft. Ich sehe Glenn mit einem breiten Lächeln an, und ich erkenne an seinem Gesichtsausdruck, dass er mich versteht. Dass er es überhaupt nicht blöd findet, was ich gesagt habe. Das macht mich merkwürdig glücklich.

»Schön, dass du dich so über all das freuen kannst«, sagt er jetzt leise, während sein Blick nachdenklich über das aufgewühlte Meer gleitet. »Manchmal vergesse ich, dass nicht jeder in so einer Umgebung aufgewachsen ist. Dass es ziemlich außergewöhnlich ist, inmitten einer so wilden, dramatischen Natur seine Kindheit und Jugend verbracht zu haben.«

»Allerdings«, bestätige ich, bevor ich vorsichtig nachhake: »Vermisst du all dies gar nicht, wenn du in Halifax bist? Den weiten Himmel, die raue See, die gute Luft?«

Glenn starrt noch ein paar Herzschläge lang Richtung Horizont, dann sieht er mich an und wiegt leicht den Kopf hin und her. »Na ja, Halifax liegt ja auch am Meer. Und es ist eine wirklich schöne Stadt. Aber … manchmal vermisse ich die wilde Natur hier oben schon, ja. In letzter Zeit …« Er unterbricht sich, reibt sich mit einer Hand über das Gesicht und fährt mit einem tiefen Seufzer leise fort: »In letzter Zeit öfter. Das liegt vermutlich daran, dass ich älter werde.« Er lacht leise auf, und ich frage mich spontan, wie alt Glenn eigentlich ist. Ich kann sein Alter schwer einschätzen, würde aber grob Anfang bis Mitte dreißig sagen.

»Nach der Highschool, da wollte ich erst einmal nur weg von

hier«, erzählt Glenn ernst, den Blick wieder auf den Atlantik gerichtet. »Genau wie Duncan und Aidan übrigens. Skye war die Einzige, die hierbleiben wollte. Sie hat sich nie ein Leben ohne Whale Island vorstellen können.« Er schüttelt mit einem leisen Lachen den Kopf.

»Wohnen eure Brüder also nicht mehr hier?«, hake ich nach.

»Doch«, erwidert Glenn. »Jetzt wieder. Duncan, mein ältester Bruder, ist mit Anfang zwanzig ungeplant Vater geworden. Aber … nach dem plötzlichen Tod seiner Frau und seines Kindes hat er Whale Island verlassen und ist ganze dreizehn Jahre nicht zurückgekehrt.«

Ich hole tief Luft und lasse sie langsam entweichen. »Wie furchtbar«, murmele ich betroffen.

»Ja«, bestätigt Glenn mit rauer Stimme und räuspert sich, während er auf seine türkisblauen Converse-Sneakers hinabstarrt. Luigi trägt die gleichen, wird mir bewusst. »Dass Duncan abgehauen ist, lag nicht nur am Tod von Amy und Quinn, sondern auch an einem Streit zwischen meinen Eltern und Duncan. Besonders Dad und er hatten ihre Probleme, vor allem wegen der *Cameron Lodge*. Wie auch immer – Duncan war dann erst einmal weg, und niemand wusste, wo er abgeblieben war. Erst dreizehn Jahre später haben wir erfahren, dass er in New York eine ziemlich eindrucksvolle Hotelkarriere hingelegt und sogar wieder geheiratet hat. Er hatte den Namen seiner Frau angenommen, hieß also gar nicht mehr Cameron mit Nachnamen, darum haben unsere Internetsuchen nichts ergeben.«

Glenn lacht bei der Erinnerung leise auf, wird aber schnell wieder ernst. »Mein zweitältester Bruder, Aidan, war damals, als Duncan verschwunden ist, auf Prince Edward Island, der Nachbarprovinz von Nova Scotia.«

»Anne of Green Gables!«, rufe ich spontan, und Glenn sieht

mich mit diesem jungenhaften Lächeln an, das meinen Magen einen Purzelbaum schlagen lässt. Nicht fair!

»Ganz genau«, bestätigt er mit einem Nicken.

»Ich wurde in der Schule eine Zeit lang Anne Shirley genannt, als in meiner Klasse viele die Fernsehserie zu Anne of Green Gables geguckt haben«, erzähle ich und zupfe am Ende meines roten Pferdeschwanzes, um zu unterstreichen, woher der Spitzname kam. Glenns Lächeln wird breiter.

»Gab es auch einen Gilbert Blythe?«, erkundigt er sich schmunzelnd, und ich schüttele lachend den Kopf, als ich an den Jungen in der Story denke, der Anne »Karotte« genannt und dafür eine Schiefertafel über den Kopf bekommen hatte. In der Geschichte gab es natürlich ein Happy End für die beiden. Ich wünschte tatsächlich, ein wenig Anne zu sein. Allerdings muss ich dafür noch einen Gilbert finden. Der nicht schwul ist.

»Nein, leider nicht.«

»Hm«, macht Glenn und betrachtet mich noch zwei Herzschläge lang nachdenklich, bevor er sich räuspert und sagt: »Tja, also … ach ja, Aidan hat auf Prince Edward Island am Culinary Institute of Canada seine Ausbildung zum Koch gemacht und dort einen tollen Job gefunden, aber als Duncan einfach so verschwunden ist und dann unser Dad auch noch einen Schlaganfall hatte, fühlte er sich als Zweitältester verpflichtet, nach Whale Island zurückzukehren. Er hat seine Kochmütze vorübergehend an den Nagel gehängt und sich ums Management der *Cameron Lodge* gekümmert, obwohl das gar nicht sein Ding war. Kurz nach seiner Rückkehr auf die Insel ist er dann außerdem Vater geworden – Isla, Aidans Tochter, ist jetzt dreizehn.«

Glenn macht eine kurze Pause und starrt mit gefurchter Stirn an den Horizont. »Die Fähre kommt«, sagt er leise.

Ich sehe ebenfalls aufs Meer hinaus und erkenne, dass er recht hat. Mein Herz schlägt vor Vorfreude ein wenig schneller. Inzwischen kann ich es kaum mehr erwarten, Whale Island zu sehen.

»Und jetzt sind deine Brüder also wieder auf der Insel?«

»Ja«, murmelt Glenn gedankenverloren. »Sie sind beide zurück nach Whale Island gezogen.«

7

Die Überfahrt mit der Fähre vergeht schneller, als ich erwartet hatte, was daran liegen könnte, dass ich mich so gut mit Glenn unterhalte. Wir sind aufs Thema Bücher gekommen und tauschen uns über unsere liebsten Schriftsteller aus. Zunächst habe ich mich mit meinen Lieblingsbüchern zurückgehalten, weil ich noch Glenns Bemerkung, die gesammelten Werke von Shakespeare heiraten zu wollen, in den Ohren hatte und fürchtete, dass er nur Klassiker der Weltliteratur liest. Und tatsächlich hat er zuerst von Hemingway und Steinbeck geschwärmt, aber dann, als ich schließlich zögerlich zugab, gern John Grisham und Elizabeth George zu lesen, hat Glenn eine begeisterte Diskussion über Krimis und Thriller mit mir begonnen. Wie sich herausgestellt hat, hat er sämtliche Bücher, die ich besonders liebe, ebenfalls gelesen, und wir waren noch nicht einmal ansatzweise mit unseren liebsten Romanen durch, als sich die Fähre bereits Whale Island näherte. Ich vergesse einen Moment lang den neuesten Stephen King, den wir gerade diskutiert haben, und betrachte neugierig die raue Küstenlinie, die sich mit einem Mal vor uns erstreckt. Zwischen den schroffen Felsen wachsen Kiefern, und ich erkenne auch viele Laubbäume, an deren Ästen sich einige Blätter rot und leuchtend gelb zu färben beginnen.

»Wow, wie wunderschön«, hauche ich beinahe ehrfürchtig, als sich die ersten Häuser in mein Blickfeld schieben – farbenfroh und aus Holz gebaut, genauso wie die meisten Häuser, die ich auf meiner Reise durch das ländliche Kanada gesehen habe. Spontan drehe ich mich zum Pick-up um und ziehe rasch meine schwarze Kameratasche aus dem Fußraum des Beifahrersitzes. Gestern Abend habe ich mich endlich getraut nachzusehen, ob alles heil geblieben ist – und war unendlich erleichtert, als ich festgestellt habe, dass meine gesamte Ausrüstung unversehrt war.

Ich merke, dass mich Glenn interessiert beobachtet, während ich behänd meine geliebte Fotokamera heraushole, mir den Gurt um den Hals lege und zurück an die Reling eile, das Objektiv im Anschlag. Durch den Sucher betrachte ich eingehend die schroffe Küste, schieße ein Foto nach dem anderen – von einem Fischerboot, das auf dem tiefblauen Atlantik vor Anker liegt, von einem weißen Haus mit Schnitzereien am Dachgiebel, das beinahe hoheitsvoll der Fähre entgegensieht, von dem Berg aus bunten Bojen, der sich am Straßenrand türmt, von dem hölzernen Pier, dessen Pfähle von zahlreichen Muscheln bevölkert und von gelbem Seetang umspült werden.

Jetzt legt die Fähre an ebendiesem Pier an, und als ich die Kamera sinken lasse, merke ich, dass mich Glenn immer noch ansieht. Ein Lächeln spielt um seinen Mund, und er schiebt sich mit einer beinahe verlegenen Geste eine dunkle Strähne aus der Stirn, ganz so, als hätte ich ihn bei etwas Verbotenem ertappt.

Habe ich das? Nein, ganz sicher nicht, sagen mir sein Rufus-Wainwright-T-Shirt und die türkisfarbenen Converse-Sneakers, und ich grinse ihn an, wie ich Luigi und Tim oft unbefangen angrinse. Ich vermisse die beiden, wird mir einmal mehr bewusst.

»Deine Insel ist wunderschön, Glenn Cameron«, sage ich voller Inbrunst und schiebe meine Kamera sorgfältig zurück in ihre Tasche.

»Also, ich würde Whale Island wirklich nicht mehr als ›meine Insel‹ bezeichnen«, murmelt Glenn, der seinen Blick jetzt von mir gelöst hat und nachdenklich auf den Pier hinabblickt.

»Ich weiß jetzt also, warum Duncan und Aidan vorübergehend weggegangen und dann wiedergekommen sind«, sage ich ruhig, lehne mich seitlich gegen die Reling und betrachte Glenn ernst. »Aber warum bist du fortgegangen? Und, was ich noch spannender finde: Könntest du dir vorstellen, auch zurückzukommen?«

Glenns Augenbrauen ziehen sich eine Spur zusammen, was ihm sofort ein düsteres Aussehen verleiht. Fasziniert betrachte ich sein Gesicht, als könne ich aus nächster Nähe ein aufziehendes Gewitter beobachten.

»Meine Geschichte ist nicht so interessant«, sagt er mit rauer Stimme und wendet sich abrupt von der Reling ab. »Komm, steig ein, wir müssen von der Fähre fahren, sonst nimmt Dottie uns wieder mit ans Festland.«

Ich merke, wie er der Frau mit dem rötlichbraunen Pferdeschwanz, die über uns auf der Brücke steht und die Kapitänin der Fähre zu sein scheint, zunickt, doch die Frau wendet sich grußlos ab, als habe sie ihn nicht gesehen. Ein wenig ratlos mustere ich wieder Glenn, aber der steigt jetzt entschlossen in den Pick-up, ohne mich noch einmal anzusehen oder mehr zum Thema »Whale Island« zu sagen. Mit einem Mal bin ich mir ziemlich sicher, dass es kein bisschen stimmt, was Glenn gerade gesagt hat: Ganz bestimmt ist seine Geschichte sogar besonders interessant. Und ich bin wild entschlossen, sie herauszufinden.

Als wir bei Skyes Haus ankommen, bin ich hoffnungslos in diese Insel verliebt. Glenn hat irgendwann mit einem ergebenen Lachen akzeptiert, dass er nicht schneller als Schrittgeschwindigkeit fahren kann, und ich hänge förmlich aus dem Beifahrerfenster des Pick-up-Trucks, knipse ein Bild nach dem anderen und bitte Glenn schließlich, mich aussteigen und den Rest der Strecke zu Fuß gehen zu lassen.

»Bist du dir sicher? Ich meine … du kannst doch später immer noch fotografieren«, wirft Glenn ratlos ein, hält jedoch sofort an, um mich aussteigen zu lassen. Mit einem Lachen springe ich aus dem Wagen, sehe ihn über meine Schulter hinweg an und sage inbrünstig: »Ganz ehrlich, Glenn, ich kann mir vorstellen, dass man all das hier nicht mehr zu schätzen weiß, wenn man hier aufgewachsen ist und diese Landschaft jeden Tag um sich herum hatte – aber – mein Gott, sieh dich doch mal um! Ich meine, schau richtig hin!« Ich mache eine ausladende Geste, drehe mich dabei einmal mehr um die eigene Achse, wie ich es vorhin, am Fähranleger in Scott's Harbour, auch schon gemacht habe.

Ich lebe! Ein paar Herzschläge lang muss ich meine Augen schließen, weil mich diese Erkenntnis erneut so überwältigt. Als ich die Augen wieder öffne, sehe ich geradewegs in das Innere des Pick-ups, wo mich Glenn vom Fahrersitz aus stumm mustert. Er wirkt zunächst sehr ernst, und ich starre ernst zurück und frage das Schicksal stumm, warum es mir diesen attraktiven, netten, belesenen und schwulen Mann vor die Nase pflanzen musste. Könnte er nicht wenigstens eine nervige Angewohnheit haben, damit das Ganze weniger schwer wird? Gut, so lange kennen wir uns natürlich noch nicht. Das mit den nervigen Angewohnheiten kann also durchaus noch kommen. Hoffentlich.

In diesem Moment beginnt Glenn, leise zu lachen. Erstaunt

sehe ich ihn an. Er starrt geradeaus, über das Lenkrad, auf den weiten Atlantik, der zu unserer Rechten die Brandung gegen die Klippen donnern lässt.

»Du hast recht«, sagt er schließlich und sieht wieder mich an. Sein Mund ist immer noch zu diesem sexy Lächeln verzogen, das mir nicht wirklich gut bekommt. Ich schlucke und versuche, mich auf Glenns Augen zu konzentrieren. Jetzt im sanften Sonnenlicht, das seitlich in die Fahrerkabine des Pickups fällt, leuchten seine Augen auf, und ich stelle fasziniert fest, dass sie mehr grün als grau sind. Spontan hebe ich die Kamera und schaffe es, ein Bild von Glenn zu knipsen, noch bevor dieses extrem attraktive Lächeln die Chance hat zu verblassen. Fragend zieht er eine Augenbraue in die Höhe, und ich erwidere mit einem Schulterzucken: »Das Licht ist fantastisch. Da muss man fotografieren. Sagst du mir, wohin ich laufen muss? Dann komme ich zu Fuß nach.«

»Folg einfach dieser Straße«, erwidert Glenn ruhig. »Dann kommst du an Skyes Haus vorbei. Du kannst es gar nicht übersehen – es ist türkis.«

Und Glenn behält recht. Nachdem ich ein Foto nach dem anderen von der dramatischen Landschaft mit ihrem wogenden Gras, den schroffen Felsen, den Fischerbooten auf dem tiefblauen Wasser und den Bäumen mit ihren ausladenden Ästen geschossen habe, komme ich um eine leichte Biegung in der Küstenstraße und sehe vor mir, auf einer sanften Anhöhe über dem Atlantik, ein Haus, dessen Farbe in der Nachmittagssonne schimmert: Skyes Haus wirkt genauso lebensfroh wie ihre Besitzerin und ist tatsächlich nicht zu übersehen. Begeistert knipse ich zahlreiche Bilder von dem türkisfarbenen Farbfleck hoch über den Klippen, dann folge ich der Straße mit langen Schritten. Als ich schließlich auf der Rasenfläche ankomme, die sich von der Küstenstraße bis vor die überdachte Veranda von Skyes Haus zieht, erkenne ich, dass Glenn den Pick-up seitlich vom Gebäude abgestellt hat. Die Ladefläche ist bereits leer, anscheinend hat er mein Gepäck schon ins Haus gebracht.

Neugierig betrete ich die überdachte Veranda und öffne die Fliegengittertür, die mich in einen Flur führt, der nach wenigen Schritten in ein Wohnzimmer mündet. Kurz werde ich von Skyes bunter Einrichtung überwältigt: Die Steine eines Kamins sind zitronengelb angemalt, der Teppich davor hat ein kunterbuntes Ringelmuster, der Couchtisch ist dunkelblau, und das gigantische und sehr gemütlich aussehende Samtsofa hat einen ähnlichen Türkiston wie das Haus von außen. Aber ich komme nicht weiter dazu, mich staunend umzusehen, denn da wird mir klar, was Skye für einen Ausblick hat: Regelrecht ehrfürchtig trete ich an die Front aus bodentiefen Sprossenfenstern und betrachte überwältigt die Wellen, die gleichmäßig auf die Küste zurollen.

»Ich habe deinen Koffer und den Rucksack schon nach oben gebracht«, höre ich Glenns Stimme hinter mir und drehe mich zu ihm um. Er steht im Türrahmen und betrachtet mich mit einem schiefen Lächeln. »Schöner Ausblick, oder?«

»Und ob«, sage ich inbrünstig und sehe wieder hinaus, obwohl ich Stunden damit verbringen könnte, Glenn anzustarren. Aber das kann ich ja schlecht machen, darum ist es sicherer und weniger peinlich, den Atlantik anzuschmachten.

Ich merke, dass er neben mich tritt und ebenfalls hinaussieht. So stehen wir eine Weile schweigend nebeneinander und betrachten das Meer, und die Frage schiebt sich wie von selbst über meine Lippen, auch wenn ich weiß, dass er nicht darauf antworten möchte: »Und du willst nicht wieder hierherziehen, wenn du diesen Ausblick siehst? Ich meine – schreiben kannst du doch überall, oder nicht?«

Glenn schweigt eine Weile, dann lacht er leise auf und

seufzt: »Tja, das sollte man meinen, ja. Das Problem ist nur: Momentan habe ich das Gefühl, dass ich überhaupt nicht schreiben kann – und zwar ganz egal, wo ich bin, ob nun in Halifax oder hier.«

Neugierig betrachte ich ihn von der Seite. »Du kommst mit deinem Roman nicht weiter?«

Glenn schüttelt mit einem weiteren Seufzer den Kopf. »Nein. Es ist ohnehin nur der Beginn eines Romans. Beziehungsweise – es sind die Anfänge diverser Romane. Ich habe in den letzten Monaten verschiedene Bücher angefangen, bin aber meistens über die ersten Kapitel nicht hinweggekommen.«

»Das ist bestimmt sehr frustrierend«, bemerke ich vorsichtig, weil ich spüre, wie sehr das Thema Glenn belastet.

»Und ob.« Glenn lacht leise auf, und man hört deutlich die Bitterkeit in seiner Stimme. »Vor allem wenn man seit Jahren diesem Traum vom veröffentlichten Buch hinterherläuft, während einen manche Menschen im engen Umfeld deswegen für bescheuert erklären.«

Betroffen mustere ich ihn. »Wer denn?«, hake ich sanft nach.

Glenn zuckt beinahe verlegen die Schultern und schweigt zunächst ein paar Herzschläge lang, bevor er langsam antwortet: »Mein Dad zum Beispiel.« Er atmet tief durch und fügt dann, bevor ich reagieren kann, hinzu: »Das ist einer der Gründe, warum ich nur noch selten nach Whale Island zu Besuch komme. Mein Dad – er reitet einfach immer auf diesem Thema herum. ›Und, hattest du endlich deinen Durchbruch als Schriftsteller, Glenn?‹ Oder: ›Träumst du immer noch von der Karriere als Autor, oder bemühst du dich nun doch um einen richtigen Job?‹«

»Oh, wow«, murmele ich ernst. »Das ist hart.«

»Ja«, lacht Glenn leise auf. »Ich meine, versteh mich nicht falsch – ich liebe meinen Vater, und er liebt mich auch, das weiß ich. Im Grunde genommen will er ja nur, dass ich glücklich werde, und er fürchtet nun einmal, dass ich mit der ›Schreiberei‹, wie er es gerne nennt, auf dem Holzweg bin, weil ich davon nie werde leben können, wie er meint. Und eigentlich liebe ich auch diese verdammte Insel. Aber … wenn einen alle kennen und man alle paar Meter gefragt wird, ob man endlich sein Buch fertig geschrieben und vor allem veröffentlicht hat … dann ist das einfach nur zum Kotzen. Entschuldige meine Ausdrucksweise.«

Ich lache laut auf und Glenn sieht mich fast überrascht an.

»Ist schon okay«, erwidere ich vergnügt. »Ich finde es mehr als angenehm, wenn jemand, der eigentlich gern die gesammelten Werke von Shakespeare heiraten würde, zum Kotzen sagt. Dann fühle ich mich weniger schlicht, verstehst du?«

»Warum um alles in der Welt sollte sich jemand wie du denn jemals schlicht fühlen?«, fragt Glenn und klingt dabei so ehrlich fassungslos, dass ich überrascht nach einer Antwort suche.

»Tja«, beginne ich und bin mit einem Mal verlegen. »Zwar habe sogar ich in der Schule Shakespeare gelesen – *Was ihr wollt* und *Der Kaufmann von Venedig* – aber … ich habe nicht studiert. Und … ich habe auch keine berufliche Ausbildung gemacht.«

Meine Wangen beginnen zu brennen, als ich dies sage, und ich starre ernst auf den Atlantik hinaus, weil ich den Blick aus Glenns graugrünen Augen plötzlich zu intensiv finde. Als Glenn nichts erwidert, bemerke ich mit einem atemlosen Lachen: »Jetzt bist du bestimmt völlig entsetzt, oder?«

Glenn antwortet immer noch nicht und ich sehe ihn unsicher an. Er lehnt seitlich an der Wand neben dem Sprossenfenster und mustert mich mit leicht schief gelegtem Kopf so gedankenversunken, als wäre er gerade dabei, ein kompliziertes Rätsel zu lösen. Ein Lächeln zuckt um seine Mundwinkel, als er schließlich mit einem Kopfschütteln fragt: »Warum sollte ich entsetzt sein? Erstens kenne ich viele Idioten, die zur Uni gegangen sind. Das allein bedeutet auf keinen Fall, dass man intelligenter ist als andere. Und zweitens – jeder hat seine eigene Lebensgeschichte, Viola. Und keine Geschichte ist so wie eine andere. Ich finde deine Geschichte faszinierend, ohne dass ich viel über dich weiß. Ich würde echt gern mehr über dich erfahren.«

Meine Wangen glühen immer stärker. Nach einem schnellen Räuspern frage ich: »Was willst du denn über mich wissen? So interessant bin ich nicht, glaub mir.«

»Sag das nicht«, meint Glenn ernst. »Ich würde zum Beispiel gern wissen, was dich hierhergeführt hat. Ich meine – wie kommt eine junge Frau dazu, ganz allein von Westkanada bis nach Ostkanada zu reisen?«

Ich wende mich ihm zu und verschränke die Arme vor dem Oberkörper, während ich ihn mit einem herausfordernden Grinsen mustere. »Würdest du das einen Mann auch fragen?«, erkundige ich mich spitz.

Glenns Augenbrauen schießen in die Höhe, und er hebt mit einem Lachen die Hände, verteidigt sich rasch: »Sorry, ich meinte nicht ... ja, vermutlich würde ich das! Ganz ehrlich, es gehört doch verdammt viel Mut dazu, ganz allein über einen Kontinent zu reisen. Ob nun als Mann oder als Frau. Aber ... als Frau kann es allein natürlich noch gefährlicher sein.«

»Ja«, murmele ich und senke den Blick. Verdammt, diese Augen!

»Du hast recht. Und ... es ist nicht so, dass ich unbedingt eine Einzelgängerin wäre. Okay, ich bin Single. Aber ... ich habe Freunde. Allerdings wollte ich diese Reise allein machen. Weil ich eigentlich gern allein reise. Wenn man allein reist, findet man zu sich selbst. Das zumindest habe ich mal gehört.« Ich lache kurz auf, bevor ich ernst hinzufüge: »Und ... ich wollte allein durch Kanada reisen, weil ich fest davon ausgegangen bin, dass es … die letzte Reise meines Lebens sein würde.«

Glenn reißt seine Augen überrascht auf, und ich merke, wie sein Blick rasch über meinen Körper huscht, ganz so, als habe er den Gedanken, dass ich sterbenskrank sein könnte, und versuche zu erkennen, was mir fehlen könnte. Ich muss auflachen und will das Ganze richtigstellen, doch da hören wir die Haustür aufgehen.

»Glenn? Bist du da?«

8

Es ist eine Männerstimme, dann ertönt auch die Stimme eines Mädchens: »Hey, Onkel Glenn!« Und schon kommt ein Teenager mit langem feuerrotem Haar um die Flurecke gestürmt.

»Isla!« Gerührt beobachte ich, wie Glenn einen Schritt vom Fenster fort macht, die Arme ausbreitet und das Mädchen mit einem Lachen an sich drückt. Hinter dem Teenie betritt ein Mann das Wohnzimmer. Er ist ungefähr so groß wie Glenn, allerdings hat er pechschwarzes Haar und einen kurzen, gepflegten Bart. Seine Augen leuchten hellblau, als er mich durch das Wohnzimmer interessiert mustert.

»Hi«, sagt er, geht an Glenn und dem Mädchen vorbei, auf mich zu und streckt mir seine Hand entgegen. »Du musst Viola sein, die fast mit einem Elch zusammengestoßen wäre.«

»Die bin ich«, erwidere ich mit einem schiefen Grinsen und schüttele die Hand des Mannes, von dem ich annehme, dass er Glenns Bruder ist, denn das Mädchen hat ihn »Onkel Glenn« genannt. Ach, richtig – das muss der Bruder mit der Tochter sein. Der auf der Insel von Anne of Green Gables die Ausbildung zum Koch gemacht hat.

»Ich bin Aidan«, bestätigt der Mann mit den stechend blauen Augen jetzt mit einem freundlichen Lächeln meine Vermutung, und ich nicke und erwidere: »Freut mich. Glenn hat schon von dir erzählt.«

»So, hat er das?« Aidan mustert seinen Bruder mit hochgezogenen Augenbrauen. »Glaub nur die Hälfte von dem, was er behauptet, Viola. Er ist fürs Geschichtenerfinden bekannt.«

»Haha«, macht Glenn, der sich von seiner Nichte gelöst hat und seinen Bruder mit einem Kopfschütteln angrinst. »Sehr witzig, Aidan. Viola, das hier ist Isla, meine Nichte. Sie kommt zu ihrem Glück sehr nach ihrer Mom.«

»Haha«, lacht jetzt Aidan auf und gibt seinem Bruder einen Fausthieb gegen den Oberarm, was Glenn mit einem leisen Stöhnen kommentiert.

»Hi, Viola.« Isla mustert mich ernst. »Ich habe gehört, dass du fast gestorben wärst.«

Verlegen lache ich auf und spüre sofort wieder Glenns forschenden Blick auf mir. »Na ja, zum Glück bin ich dem Elch rechtzeitig ausgewichen«, erkläre ich dem Mädchen ruhig.

»Gut, dass Rae dich gefunden hat«, bemerkt Isla. Dann sieht sie wieder Glenn an und fügt hinzu: »Und super, dass du hier auf Whale Island bist, Onkelchen!«

An der Art, wie sie ihren Onkel anschaut, merkt man, dass sie ihn sehr gern mag, vielleicht sogar bewundert. »Ich hätte dich gestern gern schon begrüßt, aber Mom hat darauf bestanden, dass ich rechtzeitig ins Bett gehe, wegen der Schule.« Sie rollt mit den Augen, als sie dies sagt, und Glenn und Aidan erwidern wie aus einem Munde: »Da hatte sie recht.«

Sie sehen sich an und grinsen, bevor Glenn hinzufügt: »Gestern war es wirklich spät, als Skye und ich hier auf der Insel angekommen sind. Schade, dass wir uns auch im Krankenhaus verpasst haben, aber umso schöner, dich jetzt zu sehen, Süße.« Er streicht ihr eine Strähne aus der Stirn und hakt nach: »Das war bestimmt ein ganz schöner Schock, als dein Dad dich gestern von der Schule abgeholt hat, damit du deine Grandma im Krankenhaus besuchen konntest, oder?«

»Und ob«, erwidert Isla und erschaudert leicht. »Und das am ersten Schultag nach den Ferien! Im ersten Moment dachte ich, Grandma sei tot.« Sie sieht Aidan an, der mit einem Kopfschütteln einen Arm um die Schultern seiner Tochter legt. »Wann kommt Grandma eigentlich nach Hause?«

»Skye meinte, dass man nach einem Herzinfarkt mindestens eine Woche in der Klinik bleiben muss«, erwidert Glenn ruhig.

»Und ... du bleibst so lange, bis Grandma zurück auf Whale Island ist, oder? Du reist nicht sofort wieder ab?«, fragt Isla aufgeregt. »Bitte, sag nicht, dass du übermorgen schon wieder zurück nach Halifax musst!«

»Nein, muss ich nicht.« Glenn schüttelt den Kopf und streicht seiner Nichte liebevoll über das rote Haar.

»Sehr gut, ich habe nämlich einige Fragen an dich!«, redet das Mädchen eifrig weiter. »Ich möchte dieses Jahr den Extra-Kurs ›Kreatives Schreiben‹ belegen, und heute war die erste Stunde. Wir sollen im Laufe des ersten Halbjahres eine Kurzgeschichte schreiben. Ich möchte unbedingt mit dir darüber sprechen, okay?«

»Klar«, sagt Glenn, und ich merke, dass er ein wenig gequält dabei wirkt. Liegt das daran, dass er selbst in einer Schreibkrise steckt?

»Mache ich gern, Süße.« Er sieht Aidan an und fragt: »Du wolltest bestimmt deinen Wagen abholen, oder?«

»Ja, genau. Isla hat sich schon beschwert, weil sie von der Fähre aus hierherlaufen musste.«

»Habe ich gar nicht!« Isla sieht ihren Vater empört an, und dieser lacht auf.

»Hat sie wohl. Dabei habe ich sogar ihre Schultasche getragen. Aber als sie gehört hat, dass DU meinen Pick-up hast und wir ihn jetzt bei dir abholen, war sie Feuer und Flamme.«

Isla rollt verlegen den Blick gen Decke und wird ein wenig rot, was ich gut verstehen kann. Onkel hin oder her – Glenn ist einfach umwerfend, das ist völlig klar. Ich lächele sie breit an, und als sie meinen Blick auffängt, grinst sie schief zurück.

»Oh, dann haben wir uns auf der Fähre knapp verpasst«, sagt Glenn zu seiner Nichte. »Viola und ich sind auch erst vor nicht einmal einer Stunde mit der Fähre angekommen – das war wahrscheinlich die vorherige Überfahrt. Sorry, ich hätte dir den Pick-up gleich vorbeigebracht, Aidan.« Glenn greift nach dem Autoschlüssel, der auf einem Beistelltischchen liegt.

»Hey, kein Problem. Ein bisschen Bewegung an der frischen Luft hat mir gutgetan, und das Wetter heute ist einfach fantastisch«, winkt Aidan entspannt ab, während sein Blick wieder nachdenklich zu mir wandert. »Sagt mal, ihr zwei, habt ihr heute Abend schon Pläne fürs Essen?«

»Was sollten wir für Pläne haben?«, lacht Glenn auf. »Wir sind doch eben erst angekommen. Ich habe mir noch nicht einmal Skyes Kühlschrankinhalt näher angesehen. Gestern haben wir noch in Scott's Harbour einen Burger gegessen, und heute Morgen war nur noch Zeit für eine von Birdies Zimtschnecken aus dem Inselladen, die ich auf der Fähre gegessen habe. Ich wollte keine Zeit verlieren und so früh wie möglich wieder bei Mom sein.«

»Ja«, murmelt Aidan ernst und seufzt tief auf. »Morgen werde ich auch wieder zu Mom fahren. Heute konnte ich einfach nicht weg aus dem Restaurant.«

»Ist doch klar«, erwidert Glenn rasch. »Dich hat sie in den letzten Monaten immerhin wesentlich öfter zu Gesicht bekommen als mich.«

»Wohl wahr«, grollt Aidan und bedenkt seinen jüngeren

Bruder mit einem finsteren Blick, bevor er sich räuspert und wieder mich ansieht. »Wie es sich anhört, könnt ihr zwei also ein ordentliches Essen gebrauchen. Ich reserviere euch für heute Abend einen Tisch, okay? Sagen wir 18:30 Uhr?«

Erstaunt sehe ich von Aidan zu Glenn und wieder zu Aidan. Glenn lächelt mich fast unsicher an und meint mit einem Nicken in Richtung seines Bruders: »Aidan ist der Küchenchef im *Four Whales*, dem Restaurant der *Cameron Lodge*, unserem Familienhotel. Hey, seid ihr wirklich so ausgebucht, dass wir eine Reservierung brauchen?«

»Und ob«, verkündet Isla mit vor Stolz glühenden Wangen. »Das Restaurant läuft richtig gut, stimmt's, Dad?«

»Ja, es läuft ordentlich«, sagt Aidan mit einer gewissen Bescheidenheit.

Ich schnappe nach Luft. »Moment mal – DU bist der Küchenchef im *Four Whales?*«, hake ich atemlos nach. Aidans Augenbrauen wandern in die Höhe, und er sieht mich mit einem schiefen Lächeln an.

»Allerdings. Ich hoffe, du bist positiv überrascht und nicht negativ«, erwidert er trocken.

»Positiv! Oh mein Gott, ich habe schon so viel über das *Four Whales* gelesen! Ich wollte unbedingt bei euch essen gehen, bevor ich …«

Sterbe. Gerade noch rechtzeitig unterbreche ich mich und beiße mir auf die Unterlippe. Erneut spüre ich Glenns forschenden Blick stumm über mich gleiten, bevor er mir fragend in die Augen sieht. Ich grinse flüchtig und schiebe dann rasch, an Aidan gewandt, hinterher: »… bevor ich den Unfall hatte.«

»Dann ist es ja umso besser, dass ich für euch zwei heute Abend noch einen Tisch habe«, sagt Aidan mit einem stolzen Lächeln. Er freut sich sichtlich darüber, dass ich schon von seinem Restaurant gehört habe und dort essen gehen wollte. »Also, darf ich heute Abend mit euch rechnen?«

Ich sehe Glenn fragend an. »Von mir aus«, erwidert er betont lässig und wirft Aidan einen verschmitzten Blick zu. »Wie ich gehört habe, kann mein Bruder einigermaßen ordentlich kochen.«

»Danke, keiner kann einem so schmeicheln wie du«, frotzelt Aidan gut gelaunt.

»Oh, ich freue mich!«, juchze ich glücklich, bevor ich mir schon wieder auf die Unterlippe beiße. O Gott, hoffentlich denken jetzt nicht alle, dass ich mich auf das Essen mit Glenn freue. Wegen Glenn. Glauben die anderen womöglich, dass ich glaube, dass wir ein Date haben? Und … wissen Aidan und Isla, dass Glenn schwul ist? Oder vermutet das nur Skye? Hilfe, ist das hier kompliziert!

Rasch sehe ich Aidan an und füge hinzu: »Ich bin sehr gespannt auf dein Restaurant, Aidan!«

»Darf ich heute Abend auch mitessen, Dad?«, bettelt Isla, aber Aidan schüttelt mit einem gutmütigen Lächeln den Kopf, schlingt einen Arm um den Oberkörper seiner Tochter und zieht sie an sich. Der Ärmel seines Holzfällerhemdes rutscht ein wenig in die Höhe, sodass ich das Tattoo an seinem linken Unterarm erkennen kann: Dort steht in Schreibschrift »Isla«. Wie süß!

»Nein, Honey, du hast morgen Schule und musst noch Hausaufgaben machen.«

»Dad! Ich bin kein Baby mehr, das um 20 Uhr ins Bett muss!«

»Trotzdem«, beharrt Aidan mit einem leichten Augenrollen.

»Trotzdem, trotzdem! Du ruinierst mein Leben, Aidan, wieder und wieder!« Mit einem theatralischen Schnauben dreht Isla sich um und rauscht mit wehendem rotem Haar aus dem Wohnzimmer ihrer Tante. Glenn und ich tauschen einen amüsierten Blick und sehen dann Aidan an, der sich mit einem tiefen Seufzen über das Gesicht reibt und murmelt: »Kinder, sie geben einem so viel zurück.« Dann jedoch erhellt ein Schmunzeln sein Gesicht.

»So, dann wird dieser schlimmste Dad der Welt mal seine Tochter zu deren Mom bringen und dann zur Arbeit fahren. Ich sehe euch zwei also um 18:30 Uhr.«

Er grinst uns an, bevor er sich abwendet und mit langen Schritten seiner Tochter folgt.

Nachdenklich sehe ich Aidan nach. »Er lebt also getrennt von Islas Mutter?«, frage ich schließlich leise, als ich draußen die Autotüren des Pick-ups zuschlagen und den Motor anspringen höre.

Glenn nickt. »Ja«, sagt er und wendet sich dann der Treppe in der Ecke des Wohnzimmers zu, die in den ersten Stock hinaufführt. »Komm, ich zeige dir das Gästezimmer, okay?«

Neugierig folge ich Glenn über knarzende und teilweise sehr ausgetretene Holzstufen in den ersten Stock hinauf, wo es einen Flur mit vier Zimmertüren und einem Erker an der Stirnseite gibt. In diesem Erker lädt eine Sitzbank mit vielen bunten Kissen dazu ein, aus dem tiefen Sprossenfenster nach draußen zu sehen, wiederum direkt auf den Atlantik, wie ich staunend erkenne. Glenn öffnet eine der Zimmertüren und deutet hinein.

»Das hier ist das richtige Gästezimmer«, erklärt er. »Das hat Skye für dich vorgesehen.«

Neugierig gehe ich an ihm vorbei über die Türschwelle und sehe mich in dem hübschen Zimmer um, das hell, freundlich und sehr fröhlich ist: Auf dem Holzfußboden liegt ein grasgrüner Teppich mit einem Muster aus weißen Gänseblümchen, der Lampenschirm unter der Decke erinnert an eine pinkfarbene Pusteblume, über die Tapete fliegen zahllose kleine, kunterbunte Vögel, und das breite Ehebett ist ebenso bonbonrosa gestrichen wie die Kommode und der kleine Frisiertisch unter dem schrägen Dachfenster. Ich muss lachen.

»Oh, wie wunderschön! Das sieht so sehr nach Skye aus!«, verkünde ich und grinse Glenn an, der mein Lachen erwidert.

»Puh, zum Glück«, sagt er. »Es gibt bestimmt Leute, die hier Augenschmerzen bekommen würden.«

»O nein, Rosa geht immer«, erkläre ich mit Nachdruck und lasse mich auf die Patchworkdecke mit dem Muster aus verschiedenen Rosétönen sinken. »Tolle Decke!«

»Die hat meine Mom gemacht«, erklärt Glenn und klingt mit einem Mal wieder ernst. Hoffentlich kommt seine Mutter bald nach Hause, denke ich. Es ist offensichtlich, dass Heather Cameron hier allen fehlt.

»Und – wo schläfst du, wenn ich das ›richtige‹ Gästezimmer bekomme?«, hake ich nach, während meine Finger über die gleichmäßigen Nähte der Patchworkdecke gleiten.

»Nebenan«, erklärt Glenn und deutet auf die Wand mit der Vogeltapete. »Du kannst es dir gern ansehen.«

Interessiert folge ich ihm zurück in den Flur und schaue dann durch die geöffnete Zimmertür in den Nachbarraum. Hier fliegen bunte Heißluftballons über die Tapete, und auch der Lampenschirm ist ein Ballon und sieht nach Kinderzimmer aus – oder eben nach der fröhlichen Skye, die sich anscheinend nicht darum schert, was andere von ihrer unkonventionellen Einrichtung halten. Statt eines rosa Bettes gibt es in diesem Zimmer unter der Dachschrägen ein lindgrünes Sofa, das momentan zum Schlafen ausgezogen ist und Glenns zerwühlte Bettwäsche beherbergt. Richtig, er hat ja schon eine Nacht hier verbracht. Am Fenster steht ein gelb gestrichener Schreibtisch mit einer Nähmaschine darauf.

»Ups, ich habe heute Morgen mein Bett gar nicht gemacht«, murmelt Glenn, beugt sich verlegen über die ausziehbare Matratze, schiebt die herunterhängende Decke nach oben und streicht das Laken halbherzig glatt.

»Keine Sorge, ich verurteile niemanden, der sein Bett nicht macht«, versichere ich Glenn lachend, als mir ein Gedanke kommt. »Du nimmst es mir hoffentlich nicht übel, dass du nur ein Ausziehsofa bekommst und ich das richtige Bett?«

»Quatsch. Ich liebe dieses Sofa«, beteuert Glenn. »Und … es ist schön, dich hier zu haben.«

Ein wenig überrascht und auch verlegen lasse ich diese Worte sacken, während ich mich weiterhin aufmerksam umsehe. »Skye näht also?«

»Bisher nicht – das ist die alte Maschine meiner Mutter. Mom hat inzwischen eine neue, und Skye wollte eine Nähmaschine haben, um sich von Stella Nähen beibringen zu lassen«, meint er mit einem Blick auf Skyes Arbeitsplatz, auf dem sich verschiedene, natürlich sehr bunte, Stoffreste tummeln. Er sieht mich an und schiebt erklärend hinterher: »Stella ist die Freundin von Aidan. Sie bringt auch Isla das Nähen bei – neuerdings will meine Nichte Modedesignerin werden, habe ich gehört.« Er grinst mich flüchtig an.

Ich lächele zurück, während ich mich weiterhin neugierig umsehe. Als ich den schwarzen Laptop entdecke, der auf dem Stuhl vor dem kleinen Schreibtisch liegt, muss ich wieder an Glenns Romanprojekte denken. Ich würde gern wissen, woran genau er schreibt und woran es hakt, aber ich bezweifele, dass er mit mir darüber sprechen will.

»Also«, sagt Glenn und fährt sich mit einer Hand durch sein dunkelbraunes Haar. »Skyes Zimmer ist gegenüber von deinem, und das Bad ist am Ende des Flurs rechts. Handtücher hat Skye für dich aufs Bett gelegt, soll ich dir ausrichten.«

»Klingt perfekt«, erwidere ich. »Dann fahren wir nachher also ins Restaurant deines Bruders, ja?«

»Nur, wenn du wirklich möchtest.« Glenn schiebt die Hände in die Taschen seiner Jeans und sieht mich zögernd an. »Ich meine … wir können auch hier etwas essen, falls du zu müde bist – du hast immerhin eine Gehirnerschütterung.«

»Nein! Ich bin nicht müde«, beteuere ich rasch. »Ich liebe es, neue Restaurants auszuprobieren. Und vom *Four Whales* habe ich tatsächlich schon in mehreren Food Blogs gelesen, auf meinem Weg Richtung Atlantikküste. Ich möchte da heute so gern essen, Glenn.«

Glenn nickt mit einem flüchtigen Schmunzeln. »Okay. Sehr gut.«

Ich wende mich ab, als mir ein Gedanke kommt. »Sag mal – haben wir jetzt überhaupt ein Auto, solange Skye nicht von der Arbeit zurück ist?«

Glenn schüttelt bedauernd den Kopf. »Nein, leider nicht. Wir müssen wohl zu Fuß gehen. Es sei denn …«

»Ja!«, rufe ich und grinse ihn breit an, als er überrascht auflacht.

»Du bist aber schnell mit deinen Antworten auf Fragen, die du noch gar nicht kennst.«

»Oh, ich kenne die Frage. Und die Antwort ist: Ja, meinem Kopf und meiner Rippe geht es gut genug, denn du bist ja bestimmt ein vorsichtiger Motorradfahrer, oder?«

»Und ob«, lächelt Glenn, und sein Zwinkern verfolgt mich bis in mein Gästezimmer, wo ich die Tür schließe, mich auf das rosa Bett lege und mich zum tausendsten Mal frage, wo das alles hinführen soll mit diesem viel zu netten Mann nebenan.

9

Glenn

»Okay, kann losgehen«, höre ich ihre Stimme auf der Veranda und drehe mich zu ihr um. Viola trägt graue Jeans, und unter ihrem dunkelblauen Anorak lugt eine weiße Bluse hervor. Ihre schwarze Kameratasche hat sie sich schräg über die Schultern geschlungen – klar, dass sie nicht ohne ihren geliebten Fotoapparat das Haus verlässt! Gerade wickelt sie sich ein bunt gemustertes Tuch um den Hals, denn der Wind weht heute Abend ziemlich kühl über Whale Island und lässt ihr schulterlanges rostrotes Haar durcheinanderwirbeln. Ihr Haar ist nicht so feuerrot wie das meiner Nichte Isla, aber dennoch rot genug, um mich jedes Mal an Anne of Green Gables denken zu lassen, wenn ich Viola auf mich zukommen sehe, so wie jetzt. Wobei Anne Shirley meines Wissens keine braunen Augen hatte, aber so genau weiß ich das nicht mehr. Die Tatsache, dass ich die Story rund um das Waisenmädchen Anne als Neunjähriger so gern gelesen habe, hat mir genug Hänseleien seitens meiner Brüder eingebracht, dass ich eigentlich eine Abneigung gegen sämtliche rothaarige weibliche Wesen haben müsste. Aber dem ist nicht so, denke ich, während Viola vor mir stehen bleibt und mit einem erwartungsvollen Lächeln fragt: »Wollen wir?«

»Klar«, erwidere ich und reiche ihr meinen Helm. »Aber sei bloß vorsichtig mit deinem Kopf«, schiebe ich dann rasch hinterher, als sie sich daranmacht, den Helm über ihren Schädel zu ziehen. »Skye bringt mich um, wenn ich es zulasse, dass du irgendwie zu Schaden kommst.«

Sofort muss ich wieder daran denken, was Viola vorhin im Wohnzimmer gesagt hat, bevor Aidan und Isla uns unterbrochen haben: Dass sie davon ausgegangen ist, die letzte Reise ihres Lebens zu unternehmen. Warum hat sie das gedacht? Ist sie womöglich unheilbar krank? Der Gedanke ist so furchtbar, dass ich ihn für einen Moment zur Seite schiebe. Doch ganz los werde ich die Sorge um Viola nicht, denn ich sehe genau, dass sie leicht zusammenzuckt, als der Helm über ihren Schädel nach unten rutscht.

»Tut es weh?«, frage ich besorgt und beuge mich ein wenig zu ihr hinab, um ihr durch das hochgeklappte Visier in die Augen sehen zu können. Viola erwidert meinen Blick und schüttelt den Kopf, wobei sie erneut eine Grimasse zieht.

»Okay, wir sollten doch zu Fuß gehen«, winke ich ab und will schon nach dem Helm greifen, um ihn ihr vorsichtig wieder vom Kopf zu ziehen, aber Violas Hände legen sich entschlossen um meine, und sie sagt mit Nachdruck: »Es ist okay, Glenn, wirklich. Ja, ich habe noch leichte Kopfschmerzen, aber der Arzt meinte, das sei normal. Solange du nicht mit mir über die Klippen rast und wir keinem Elch begegnen, sollte alles okay sein.«

Sie grinst mich an, und ich bemühe mich, mir nicht anmerken zu lassen, wie sehr mich das »über die Klippen rasen« auch nach all diesen Jahren immer noch mitnimmt. Der Unfall. Amy und Quinn, meine Schwägerin und mein Neffe. Ich war damals gar nicht zu Hause, sondern im College auf dem Festland. Aber bei der Beerdigung war ich natürlich hier, und ich habe Duncan und den ohnmächtigen Schmerz auf seinem Gesicht gesehen. Eine Art Schmerz, wie ich ihn bis dahin nur aus Büchern und Filmen kannte.

Hoffentlich muss ich nie so leiden, habe ich damals fast panisch gedacht, während ich noch hilflos überlegt habe, was ich zu Duncan sagen könnte, wie ich mich verhalten sollte. Dann war es für alles zu spät, denn Duncan war plötzlich fort, und er blieb dreizehn Jahre lang fort. Dabei haben er und ich sogar ein paar Monate lang gleichzeitig in Halifax gelebt, wie ich erst später erfahren habe. Ich war auf der Uni, er hat in einem Hotel gearbeitet, bevor er nach New York gezogen ist. Halifax ist zwar nicht New York, aber dafür ist die Stadt dann doch groß genug, dass man sich nicht sieht, wenn man sich nicht sehen will. Und Duncan wollte ganz eindeutig niemanden von seiner Familie sehen. Erst im letzten Sommer, als er plötzlich wieder auf Whale Island aufgetaucht ist, konnte ich also endlich mit ihm reden. Ich bin so froh, dass Duncan mit Greta und ihrem gemeinsamen Baby wieder glücklich werden durfte.

Und ich, ich bin zwar gnädigerweise bisher von so einer Tragödie verschont geblieben, wie Duncan sie damals mit Amy und Quinn erlebt hat – aber seelisch völlig unverletzt bin auch ich nicht durchs Leben gegangen. Nein, jetzt nicht an Andy denken. An den Verrat.

Rasch senke ich den Blick auf meine Hände, die sich wieder vom Helm gelöst haben.

»Ähm – hier auf der Insel gibt es gar keine Elche«, sage ich und klinge ein wenig heiser. Mit einem Räuspern wende ich mich ab. »Also gut, wenn du dir sicher bist, dann … dann werde ich einfach sehr vorsichtig fahren. Und darauf hoffen, dass Skye niemals davon erfährt.«

Als ich Viola fast vergnügt auflachen höre, sehe ich sie an und muss auch grinsen. »Das meine ich völlig ernst«, sage ich, ohne ernst bleiben zu können.

»Wo ist denn dein Helm?«, erkundigt sich diese sonderbare Frau mit dem Funkeln in den braunen Augen.

»Auf deinem Kopf«, erwidere ich trocken und schwinge mich auf die Maschine.

»Wie bitte?«, höre ich Viola hinter mir entsetzt fragen und lache leise auf. Ich sehe sie über meine Schulter an und wiederhole ruhig: »Ich habe ja gesagt: Skye darf niemals davon erfahren.«

»Aber … hast du keinen zweiten Helm?«, hakt sie nach. Sie steht nach wie vor auf dem Gras neben meinem Motorrad und sieht mich unsicher an.

»Doch, in Halifax«, erwidere ich geduldig.

Nicht an Andy denken. Daran, wie oft er hinter mir auf dem Motorrad saß.

»Ich hatte nicht genug Platz für mein Gepäck und einen zweiten Helm«, erkläre ich. »Außerdem konnte ich ja nicht ahnen, dass ich eine Mitfahrerin haben würde.«

»Aber … ich will nicht, dass du verletzt wirst, wenn wir doch einem Elch begegnen oder …«

»Ich fahre vorsichtig«, verspreche ich rasch, damit sie nicht wieder die Klippen erwähnt. »Und wenn wir zwei heute Abend hier auf der Insel einem Elch begegnen, dann sollten wir Lotto spielen. Die Wahrscheinlichkeit, eine Million zu gewinnen, ist entschieden größer.«

Viola lacht auf und gibt sich offenbar einen Ruck. Ich merke, wie sie ein wenig unsicher einen Schritt auf meine Maschine zumacht und zu überlegen scheint, wie sie aufsteigen soll.

»Bist du schon einmal auf einem Motorrad mitgefahren?«, erkundige ich mich und drehe mich weiter zu ihr um, sodass ich sie ansehen kann.

»Ähm, nein«, gibt sie zu und lächelt mich so verlegen an, dass ich grinsen muss. »Aber ich wollte immer schon. Seit …

seit ich *Top Gun* gesehen habe. O Gott, warum habe ich das jetzt laut zugegeben?«

Sie stöhnt leise und schlägt sich mit der flachen Hand gegen den Helm. Ich lache amüsiert auf und beobachte geradezu fasziniert, wie sich der Teil von Violas Gesicht, den ich erkennen kann, rot verfärbt. »Also«, redet sie rasch weiter, »nicht, dass wir uns falsch verstehen: Ich bin Pazifistin, und ich … ich finde diese Art glorifizierende Kriegsfilme eigentlich schrecklich. Und ich finde heutzutage auch Tom Cruise schrecklich. Aber … damals war er irgendwie noch … süß.« Sie räuspert sich und will sich offenbar am Kopf kratzen, merkt dann jedoch, dass sie nach wie vor den Helm trägt, und lässt ihre Hand wieder sinken.

»Hey, ist schon gut«, werfe ich ein, immer noch lachend. Diese Frau hat wirklich großen Unterhaltungswert. »Ich habe den Film als Teenager mehrfach gesehen. Und es stimmt: Damals war Tom Cruise noch großartig.«

Sie sieht mich an und grinst fast erleichtert. »Ja. Und seitdem wollte ich auch mal als Beifahrerin auf so einer Maschine mitfahren«, erklärt sie jetzt. »Aber … ich habe mich nie getraut.«

Ein wenig erstaunt mustere ich sie. Und das von der Frau, die ganz allein von Westkanada bis hierher, an die Atlantikküste, gereist ist? Viola erwidert meinen Blick, plötzlich ernst, und sagt: »Das kannst du nicht verstehen. Noch nicht. Ich erkläre es dir gleich, beim Essen, wenn du willst.«

Fasziniert nicke ich. »Okay. Klingt gut. Na komm, es gibt für alles ein erstes Mal. Ich helfe dir.«

Als ich ihr die Hand reiche, greift sie danach, umschlingt mein Handgelenk mit ihren schlanken Fingern und lässt sich hinter mich auf den Sitz der Honda Rebel ziehen.

»Halt dich an mir fest«, weise ich sie an und kontrolliere

rasch den Sitz des Helmes. Zum Glück passt er ihr gut. Somit bin ich vielleicht nicht völlig dem Tode geweiht, falls Skye uns doch erwischt.

»Bereit?«, frage ich sie und warte ab, bis sie mich anstrahlt und nickt.

»Ja, bereit. Pass auf die Elche auf.«

Mit einem leisen Lachen drehe ich mich nach vorn und lasse den Motor an, der mit dem üblichen Röhren zum Leben erwacht. Ich warte, bis Viola von hinten ihre Arme um meinen Oberkörper schlingt. Dann fahre ich los.

10

Ich habe noch nie so lange gebraucht, um mit meiner Maschine eine Entfernung wie die von Skyes Haus zur *Cameron Lodge* zurückzulegen. Das liegt zum einen daran, dass ich vorsichtig jedes Schlagloch umrunde und an jeder Unebenheit im Boden verlangsame, weil ich ständig in Sorge um Violas Kopf und ihre gebrochene Rippe bin. Aber es liegt auch daran, dass Viola ein paar Mal von hinten in mein Ohr ruft, dass wir bitte anhalten sollen. Als sie mich das erste Mal darum bittet, denke ich noch alarmiert, dass sie Schmerzen hat. Oder Angst. Oder dass sie geglaubt hat, einen Elch zu sehen. Aber es war nur das Licht der Abendstimmung, wurde mir klar, als Viola ihre Kamera zückte.

Amüsiert habe ich sie beobachtet, wie sie wieder und wieder aufgeregt Bilder vom Atlantik in der tatsächlich sehr malerischen Dämmerung geschossen hat. Vielleicht hatte sie recht: Vermutlich weiß ich als Inselkind dieses Naturschauspiel wirklich nicht mehr zu schätzen, weil es für mich einfach zu selbstverständlich geworden ist. Heute Abend betrachte ich die Abendstimmung über dem Atlantik bewusster und versuche, unsere Umgebung durch Violas Augen zu sehen. Ja, es ist unfassbar schön hier. Wann ist mir das zum letzten Mal aufgefallen? Ich kann es nicht mehr sagen.

Bei unserem vierten Stopp texte ich schnell Aidan, dass wir uns ein wenig verspäten. Zum Glück haben wir gerade an einer der wenigen Stellen auf Whale Island gehalten, wo es Handyempfang gibt. Das ist eines der tausend Dinge, die sich nicht geändert haben, seit ich von hier fortgegangen bin. Und, ja, in diesem Moment fällt mir wieder ein, warum ich immer von hier wegwollte: Weil die halbe Insel ein Funkloch ist. Weil die Leute gern über alles und jeden reden. Und weil man nicht nur von rosaroter Abendstimmung über dem Meer glücklich wird.

Aber heute Abend, da passiert genau das. Ich beobachte Viola, die sich die Finger wund knipst, und sehe auf den Atlantik hinaus. Zum ersten Mal seit Wochen bin ich merkwürdig gelöst und glücklich. Und das, obwohl Mom im Krankenhaus liegt. Aber – sie wird wieder gesund. Ganz sicher.

Stumm betrachte ich Viola, wie sie am Rande der Klippen steht, konzentriert durch den Sucher der Kamera schaut und wiederholt abdrückt. Ihr Haar leuchtet in der tief stehenden Sonne und schimmert mit den roten Blättern des Ahorns in unserer Nähe um die Wette. Ich sollte Viola die Kamera abnehmen und sie vor diesem Ahorn fotografieren, fährt es mir durch den Kopf, aber dann verspäten wir uns nur noch mehr. Jetzt packt sie ihre Ausrüstung rasch wieder ein und kommt mit einem schuldbewussten Gesichtsausdruck auf meine Maschine zu.

»Sorry, ich halte uns wirklich auf!«, sagt sie, und diesmal braucht sie meine Hilfe gar nicht mehr, als sie sich hinter mir auf die Honda schwingt.

»Kein Problem«, erwidere ich, und ich meine das wirklich. Ich kann mich nicht daran erinnern, wann ich es das letzte Mal so genossen habe, über die Landstraßen dieser Insel zu fahren.

»Da vorne ist schon das Hotel«, rufe ich ihr dann zu, während ich ein wenig Gas gebe, um die abschüssige Straße zur

Cameron Lodge hinaufzufahren. Als das lang gezogene Gebäude im Blockhausstil in Sicht kommt, werde ich von einer merkwürdigen Mischung verschiedener Emotionen überrollt. Der Anblick des Hotels meiner Familie löst ganz eindeutig Stolz in mir aus, vor allem, als ich Viola hinter mir verzückt rufen höre: »Wow, was für ein tolles Gebäude!«

Aber da ist auch Melancholie dabei. Das vertraute Gefühl des Eingesperrtseins auf dieser Insel, das als Jugendlicher mein ständiger Begleiter war. Und gleichzeitig Heimweh, das stärkste aller Gefühle, das mich in Halifax an so manchem langen Tag im Coffeeshop oder in der Uni oder an meinem Küchentisch, am aufgeklappten Laptop, überwältigt hat. Heimweh nach dieser verdammten Insel, nach dieser verdammten Lodge, obwohl ich doch beide hinter mir lassen wollte.

»O mein Gott, das ist so schön hier!«, ruft Viola noch einmal, als wir auf den Parkplatz der *Cameron Lodge* rollen und ich die Maschine nahe dem Lieferanteneingang parke. Sie rutscht vom Sitz und schaut sich begeistert um, nestelt dabei an den Riemen des Helms herum.

»Komm her, ich helfe dir«, murmele ich und gehe einen Schritt auf sie zu. Vorsichtig öffne ich den Verschluss des Helms und mache mich daran, ihn mit äußerster Vorsicht über ihren Schädel zu bugsieren. Ich merke erst, dass ich dabei den Atem angehalten habe, als ich ihren Kopf befreit habe und sie mich amüsiert anlacht.

»Du behandelst mich wirklich wie ein rohes Ei«, bemerkt sie und streicht sich ein paar wirre rote Haarsträhnen aus dem Gesicht.

Ich mustere sie ernst und denke, dass sie auch wirkt wie ein rohes Ei. In manchen Momenten zumindest. Die Verletzlichkeit, die hin und wieder aus ihren braunen Augen hervorblitzt, hinterlässt bei mir Mal um Mal die stumme Frage, wie ihre

Vergangenheit aussieht. Was sie schon erlebt hat. Wovor sie Angst hat.

»Wie geht es deinem Kopf?«, frage ich ruhig.

»Gut. Und der Rippe auch«, versichert sie mit Nachdruck, weil ihr natürlich klar war, was meine nächste Frage sein würde. Ich muss lächeln.

»Sehr gut. Na, dann lass uns mal reingehen. Ich habe so einen Hunger, ich könnte einen ganzen Elch essen.«

Als wir gemeinsam das Hotel betreten, schaue ich mich andächtig um. Zwar habe ich die Lodge schon gesehen, seit der größte Teil der Renovierungsarbeiten im Frühsommer abgeschlossen war, aber ich war zum letzten Mal vor der Neueröffnung hier. So voll wie jetzt habe ich die Lobby der *Cameron Lodge* nicht mehr erlebt, seit ich ein Kind war: An der Rezeption stehen ein junges Paar und eine ältere Dame geduldig an – das Paar tuschelt verliebt, und die grauhaarige Frau wippt mit dem Fuß im Takt der schottisch angehauchten Folkmusic, die sanft aus den Lautsprechern dringt wie eh und je – während die Empfangsmitarbeiterin offenbar damit beschäftigt ist, eine Familie mit drei Kindern einzuchecken. In der gemütlichen Sitzecke vor dem Kamin sind nicht nur alle Sitzsäcke und Sessel durch lesende und plaudernde Gäste belegt, sondern auch das Sofa wird von vier Touristen in Beschlag genommen, die gemeinsam eine auf dem Couchtisch auseinandergefaltete Karte von Whale Island betrachten.

»Wow«, murmele ich und nehme die Szene überrascht in mich auf. »Das wollte ich auch gerade sagen«, sagt Viola, und als ich sie ansehe, merke ich, dass sie staunend das viele Holz um uns herum betrachtet: Der Kronleuchter über dem Empfangstresen ist aus rustikalen Treibholzstücken gemacht, und das Geländer der Treppe, die sich in einem Halbbogen von der

Lobby in den ersten Stock mit seiner offenen Galerie, von der die Zimmertüren abgehen, hinaufwindet, besteht aus honigbraunen Ästen. Ich hatte vergessen, wie verdammt köstlich ein Gebäude riecht, das ganz und gar aus massivem Holz gebaut worden ist. Während mich Viola ansieht, atme ich tief ein.

»Wie lange warst du nicht hier?«, fragt sie neugierig. »Hat es sich sehr verändert?«

Ich schüttele lächelnd den Kopf. »Nein. Und ja. Also, das Hotel ist vom letzten Herbst bis zum Frühjahr tatsächlich renoviert worden – was auch dringend nötig war! –, aber ich habe es im Frühsommer schon gesehen. Da bin ich nämlich wieder Onkel geworden, darum war ich im Juni auf der Insel.«

»Wieder Onkel? Das heißt – Aidan ist wieder Vater geworden?«, hakt Viola interessiert nach.

»Nein, Duncan. Den lernst du auch bald kennen – er ist hier der General Manager.«

»Und – warum hast du eben ›wow‹ gesagt?« Viola sieht mich mit schief gelegtem Kopf forschend an. Mir wird klar, dass ihr nur wenig entgeht. Ich muss mich bei ihr in Acht nehmen, fürchte ich.

»Ich habe das Hotel lange nicht mehr voll erlebt«, erkläre ich und sehe mich einmal mehr staunend in der Lobby um. Die Familie hat inzwischen fertig eingecheckt, und ich sehe einen jungen Mann, der sich einige der Gepäckstücke schnappt und auf die Treppe zugeht.

»Ich zeige Ihnen Ihr Zimmer«, höre ich ihn sagen, und wundere mich darüber, dass die *Cameron Lodge* nun sogar einen Gepäckträger beschäftigt. Aber das ist wohl durchaus sinnvoll, da es keinen Fahrstuhl gibt, überlege ich noch beim Blick auf die ältere Dame, die nach wie vor fröhlich zu der schottischen Musik hin- und herschunkelt, als ich eine vertraute Stimme höre: »Na, wenn das nicht Glenn Cameron ist!«

Mit einem breiten Lächeln drehe ich mich zu Duncan um, der die Lobby mit langen Schritten durchquert und geradewegs auf uns zukommt. Er sieht gut aus, ist mein erster Gedanke – und dieser Gedanke ist immer noch eine riesige Erleichterung, weil die Erinnerung an sein aschfahles Gesicht damals, auf Amys und Quinns Beerdigung, noch so präsent ist. Jetzt hat sein Gesicht eine gesunde Farbe, weil er einen langen Sommer auf dieser Atlantikinsel und bestimmt zahlreiche Spaziergänge mit seinem neugeborenen Sohn hinter sich hat. Sein schwarzes Haar ist länger geworden, als ich es in Erinnerung hatte, und die hellgrauen Augen, die oft so kühl wirken können, glänzen fröhlich, als er mich mustert und mit einem leichten Kopfschütteln sagt: »Glenny-Boy. Da muss unsere Mom erst ins Krankenhaus kommen, damit du deinen Allerwertesten mal wieder auf diese Insel bewegst.«

»Hey, ich war erst im Juni hier«, verteidige ich mich, als ich schon von ihm in eine feste Umarmung gezogen werde.

Mann, es tut gut, wieder mal so von meinem ältesten Bruder umarmt zu werden. Gestern, im Krankenhaus, habe ich nicht nur Aidan, Stella und Isla verpasst, sondern auch Duncan und Greta. Der kleine James hat so geschrien, dass sie nicht lange bleiben konnten, wie Mom mir erzählt hat. Ich glaube, sie war ganz froh, ein wenig Ruhe zu haben – und die Schwestern der Station im Zweifel genauso. Den gesamten Cameron-Clan auf einmal zu ertragen erfordert Nerven aus Stahl.

Als Duncan mich loslässt, knuffe ich ihn leicht gegen den Oberkörper und füge hinzu: »Außerdem sollten Leute, die ganze dreizehn Jahre von der Bildfläche verschwunden waren, besser vorsichtig mit ihren Äußerungen sein.«

»Touché«, sagt Duncan und wird ernster, als er fragt: »Hast du Mom heute gesehen?«

»Ja, ich war bei ihr, bevor ich Viola abgeholt habe. Sie sah heute schon viel besser aus.«

Duncan schließt kurz die Augen und atmet erleichtert durch. Mir wird klar, dass nicht nur ich wahnsinnig an unserer Mutter hänge: Meine drei Geschwister tun das auch. Und unser Dad – wie er es verkraften würde, ohne Mom weiterleben zu müssen, darüber will ich gar nicht genauer nachdenken. Er ist immer noch im Krankenhaus, an ihrer Seite. Skye hat ihm heute Morgen frische Klamotten und eine Zahnbürste mitgebracht.

»Ich werde sie gleich anrufen«, murmelt Duncan jetzt und reibt sich den Nacken. »Heute war hier so viel los, dass ich kaum eine ruhige Minute hatte.«

»Das sehe ich«, bemerke ich mit einem ungläubigen Blick Richtung Kaminecke, wo ein Pärchen gerade glücklich auf zwei frei gewordene Sitzsäcke zustürmt, nachdem ein älteres Ehepaar sich daraus erhoben hat und nun zum Restaurant schlendert. »Unglaublich, was hier los ist. Fehlt nur, dass die Leute Handtücher auf den Sitzsäcken verteilen, um sich einen Platz vorm Kamin zu sichern. So voll habe ich die Lobby nicht einmal in unserer Kindheit erlebt. Die Hauptsaison ist doch schon vorbei!«

»Ja, wir sind auch ganz überwältigt, dass es so gut läuft«, erwidert Duncan mit einem stolzen Glanz in den Augen, bevor er sich an Viola wendet und ihr mit einem warmen Lächeln die Hand reicht. »Und du bist also die Deutsche, die fast mit einem Elch zusammengestoßen wäre.«

»Richtig, die bin ich«, erwidert Viola schmunzelnd, während sie ihm die Hand schüttelt. Dass sie über die Situation lachen kann, finde ich wirklich sympathisch. »Und du bist Glenns ältester Bruder. Duncan, richtig?«

»Genau.« Duncan nickt ihr freundlich zu, bevor er den Kopf

ein wenig schräg legt und nachdenklich meint: »Übrigens sollte Deutschland mal das Konzept seiner Führerscheinprüfungen überdenken.«

Viola prustet amüsiert los. »Wie bitte? Der Elch war eindeutig schuld! Er stand mitten auf der Straße! Ich bin ja froh, dass ich ihm überhaupt noch ausweichen konnte.«

»Hm, ja, die Elche sind bei uns meistens an allem Möglichen schuld«, kontert Duncan mit einem entwaffnenden Lächeln und fügt dann hinzu: »Aber ich finde es schon auffällig, dass du die dritte Deutsche bist, die es seit Sommer letzten Jahres auf diese Insel verschlägt – und die dritte, die einen Verkehrsunfall hatte.«

»Wie – echt?«, hake ich verblüfft nach. »Hatten Greta und Stella etwa auch Unfälle?«

»Und ob.« Duncans Gesichtsausdruck wird schlagartig ernst, als er seine Hände in die Taschen seiner hellen Chinohose schiebt und sagt: »Greta wäre fast mit Rae MacLaughlins Bücherbus zusammengestoßen und über die Klippen geschossen.«

Bei dem »über die Klippen geschossen« bekomme ich eine Gänsehaut.

»Rae MacLaughlin!«, ruft Viola überrascht. »Sie hat mich nach meinem Unfall gefunden! Was für ein Zufall.«

»Hm«, murmelt Duncan und sieht mich an. Dass wir beide dasselbe denken, liegt auf der Hand: kein Zufall.

»Greta ist inzwischen übrigens Duncans Herzallerliebste und die Mutter seines kleinen Sohns«, erkläre ich Viola.

»Und sie kommt aus Deutschland?«, hakt Viola interessiert nach. Duncan nickt.

»Ja, sie wurde in Hamburg geboren.«

»Hamburg! Daher komme ich auch!«, ruft Viola, und ihre Wangen beginnen, vor Aufregung rot zu leuchten.

»Allerdings kann sie sich kaum an ihre Geburtsstadt erinnern, weil sie als Kind ständig umgezogen ist«, schiebt Duncan fast entschuldigend hinterher. »Aber sie wird sich bestimmt trotzdem freuen zu hören, dass ihr zwei dieselben geografischen Wurzeln habt. Es gibt übrigens noch einen Deutschen hier auf der Insel, der ursprünglich aus Hamburg kommt: der alte Gottlieb.«

»Ach, unser Insel-Einsiedler? Der lebt also noch?«, hake ich interessiert nach. Gottlieb Müller habe ich seit einer gefühlten Ewigkeit nicht mehr zu Gesicht bekommen.

»Und ob. Greta und Stella gehen regelmäßig zu ihm. Sie nennen es ihren deutschen Gesprächskreis.« Er lacht leise auf.

»Stella ist also die andere Deutsche auf Whale Island, die einen Autounfall hatte?«, hakt Viola neugierig nach.

»Ja«, nickt Duncan. »Sie ist erst seit diesem Sommer hier, und gleich an ihrem ersten Tag ist sie Aidan in seinen Pick-up gefahren. Ganze zwei Mal nacheinander.«

»Autsch«, mache ich, während mir die zerbeulte Stoßstange von Aidans Pick-up wieder einfällt. »Nebel?«

»Was sonst?« Duncan lacht auf. »Aber Aidan hat es ihr verziehen. Und wie. Neuerdings sieht man die beiden fast nur noch gemeinsam. Sie können die Hände überhaupt nicht mehr voneinander lassen.«

Violas Augen weiten sich überrascht.

»Dein Bruder und du, ihr seid also tatsächlich beide mit deutschen Frauen zusammen? Die nicht gut Auto fahren können?«

Ich muss laut auflachen, als sie das fragt, und auch Duncan grinst mit einem Nicken. »Yep, so könnte man es zusammenfassen.«

Sein Blick schnellt zu mir, dann wieder zu Viola, und er schiebt mit einem neckenden Grinsen hinterher: »Aber, keine Angst, Viola: Nur weil du auch nicht gut Auto fahren kannst, musst du dir keine Sorgen machen. Wegen Glenn, meine ich. Dann nimm lieber den Elch.«

»Womit habe ich das eigentlich verdient?«, frage ich meinen Bruder gespielt empört, der sich vor Lachen biegt, dann aber schnell wieder ernst wird, weil sich die ältere Dame in Begleitung des Gepäckträgers nähert.

»Okay, ich mache mal weiter«, murmelt er und zwinkert Viola zu. »Fühl dich hier wie zu Hause. Greta wird sich morgen bestimmt bei dir melden. Und – hey, wenn ihr jetzt ins Restaurant geht, müsstet ihr Stella treffen, sie arbeitet heute.«

»War nett, dich kennenzulernen«, erwidert Viola. Wir sehen Duncan nach, der auf die Dame zugeht und mit ihr plaudert, während er dem Gepäckträger den Koffer abnimmt und die Seniorin galant die Treppe hinaufbegleitet. Mein Bruder ist wirklich der geborene General Manager, denke ich mit einem gewissen Stolz. Und mit einem gewissen Neid. Duncan wusste schon immer, was er machen wollte. Und Aidan genauso. Zwar hat es bei Aidan etwas länger gedauert, bis er wirklich als Koch arbeiten konnte, aber immerhin hat er sich jetzt seinen Traum von einem eigenen Restaurant erfüllen dürfen.

Ich wusste auch schon immer, dass ich Schriftsteller werden und Bücher veröffentlichen wollte. Aber manche Träume bleiben leider genau das: Träume.

»Komm«, sage ich zu Viola und berühre sie leicht am Ellbogen. »Lass uns etwas essen, bevor dich noch mehr Leute mit einem Elch verkuppeln wollen.«

Violas Lachen erfüllt die Lobby, während wir diese durchqueren und das *Four Whales* betreten.

11

Viola

Das Restaurant ist genauso schön wie die Hotellobby – viel pures Holz, das wunderbar duftet und sehr edel wirkt. In einer Ecke des großen Raums befindet sich eine Bar, an der ein paar Leute auf hohen Hockern sitzen und mit dem jungen Barkeeper plaudern. Über der glänzenden Holztheke hängen dekorative Glasbojen in verschiedenen Blautönen an rustikalen Tauen von der Decke herab, und an der Seite des hölzernen Flaschenregals mit der beeindruckenden Spirituosenauswahl ist ein Fischernetz an der Wand drapiert. Angetan betrachte ich die hohen Sprossenfenster mit dem fantastischen Ausblick auf den Atlantik, als sich eine schwarzhaarige Frau mit Sanduhrfigur und strahlendem Lächeln nähert.

»Glenn!«, ruft sie bereits, bevor sie uns überhaupt erreicht hat. »Wie schön, dass wir uns endlich richtig kennenlernen und nicht mehr nur auf Aidans Telefondisplay sehen! Herzlich willkommen im *Four Whales*!«

Überrascht mustere ich Glenn, der mit einem fast schüchternen Lächeln »Hi, Stella« erwidert.

Dann wird mir klar, dass Glenn Aidans neue Freundin noch gar nicht getroffen hat. Stimmt, er war ja zuletzt im Juni auf der Insel, hat er erwähnt. Und Stella ist selbst erst in diesem

Sommer nach Whale Island gekommen. Fasziniert mustere ich die andere Deutsche, die Glenn gerade beherzt umarmt und dann mich neugierig in Augenschein nimmt. Stella lächelt mich so warm an, als wäre auch ich ein weiteres Mitglied der Cameron-Familie, das sie endlich kennenlernen darf.

»Und du bist bestimmt die Deutsche, die fast mit einem Elch kollidiert wäre«, sagt sie jetzt, auf Deutsch, und ich muss lachen. Diese Geschichte wird mich wohl hartnäckig verfolgen, solange ich auf Whale Island bin. Glenn sieht uns interessiert an, denn er versteht natürlich nicht, was Stella gesagt hat.

»Allerdings«, erwidere ich betont leichthin, weil ich in diesem Moment nicht an meinen Unfall denken will. Daran, dass ich fast tatsächlich nicht fünfunddreißig geworden wäre. »Ich bin Viola.«

»Freut mich sehr, Viola. Wie schön, noch eine Deutsche hier zu haben«, fährt Stella fort. »Hast du Greta schon kennengelernt?«

»Nein, noch nicht.«

»Das holen wir morgen nach!« Stella zwinkert mir fröhlich zu. »Wie lange bleibst du auf Whale Island?«

»Ähm … mal sehen«, erwidere ich ausweichend, weil ich mir noch überhaupt keine Gedanken über meine Abreise gemacht habe. Mein Rückflug geht eigentlich in drei Tagen. Viel zu bald! Ich habe bisher so wenig von Whale Island sehen können! Jetzt, da mein Leben mit all seinen Möglichkeiten vor mir liegt, möchte ich so gern noch länger hierbleiben als lediglich drei Tage. Ob ich meinen Rückflug umbuchen kann?

»Na kommt, ihr zwei, dann genießt jetzt erst einmal das Abendessen«, verkündet Stella vergnügt, diesmal auf Englisch und auch an Glenn gewandt. Der nickt, und wir folgen ihr durch das Restaurant, dessen Tische tatsächlich fast alle besetzt sind. Da sich die Dämmerung draußen immer schneller über die Insel senkt, flackern auf den Tischen überall Teelichter und Kerzen in verschieden großen Gläsern, die mit Meerglas und Treibholzstücken gefüllt sind und ein wunderschönes Ambiente zaubern. An den Wänden hängen grandiose Fotografien in Schwarz-Weiß und Grautönen, auf denen diverse Wale zu sehen sind. Die gedämpften Klänge der schottischen Folksongs, die man, genau wie in der Lobby, im Hintergrund hört, ergänzen diese wunderschöne Atmosphäre perfekt.

»So, hier ist euer Tisch«, erklärt Stella jetzt und zieht meinen Stuhl ein wenig heraus, sodass ich mich setzen kann. Ich danke ihr, während auch Glenn Platz nimmt. Dass er sich ebenfalls sichtlich beeindruckt umsieht, entgeht mir nicht.

»Oh, die Servietten sind in Walform gefaltet – wie schön!«, sage ich begeistert und zücke spontan meine Fotokamera, um den hübsch eingedeckten Tisch zu knipsen. Als ich aufsehe, merke ich, dass Glenn mich ein wenig amüsiert beobachtet, während Stella vor Stolz regelrecht glüht.

»Freut mich, dass sie dir gefallen! Ich habe lange nach einer passenden Falttechnik gesucht, bevor das Restaurant im Sommer eröffnet wurde, kann ich dir sagen!«

»O ja. Damit hat sie mich fast in den Wahnsinn getrieben«, höre ich eine Stimme hinter Stella, und in diesem Moment tritt Aidan neben sie, greift nach ihrer Hand und küsst sie flüchtig. Diese kleine Geste und auch das verliebte Blitzen in Stellas Augen, als sie ihn ansieht, entgehen mir nicht. Aidan schaut sie an, als könne er nicht so recht glauben, dass diese Frau hier, in seinem Restaurant, ist. Spontan hebe ich die Kamera und knipse die beiden. Überrascht sehen sie mich an und lachen gleichzeitig auf.

»Immer diese Paparazzi«, brummt Aidan und zwinkert mir zu. »Schön, dass ihr zwei es heute Abend hierhergeschafft habt!

Wie ihr euch auf der kurzen Strecke so sehr verspäten konntet, ist mir zwar ein Rätsel, aber egal.«

»Ich sage nur: Fotokamera«, bemerkt Glenn trocken und deutet auf das Corpus Delicti, das ich gerade in meiner Tasche verschwinden lasse. Ich setze mein unschuldigstes Lächeln auf, was Aidan mit einem Lachen kommentiert.

»Ah, verstehe. Tja, unsere Insel ist nun einmal sehr fotogen, was soll man da machen? Da halten wir euch gern den Tisch frei. Übrigens kann ich heute Abend als Vorspeise die Kürbis-Kokos-Suppe mit Jakobsmuscheln sehr empfehlen. Wir haben ein saisonales Wochenmenü entwickelt, und die Suppe ist der Renner.«

»Oh, das klingt gut, die nehme ich«, erwidere ich begeistert.

»Ich bringe euch trotzdem erst einmal die Speisekarten, dann könnt ihr euch alles in Ruhe ansehen«, verkündet Stella und wendet sich ab – allerdings nicht, ohne Aidan einen blitzschnellen Kuss auf die Lippen zu hauchen. Aidan starrt ihr mit unübersehbarer Sehnsucht im Blick nach, bevor er sich einen Ruck zu geben scheint, Glenn und mir ein angenehmes Abendessen wünscht und dann zu unserem Nachbartisch geht, um zu fragen, ob das Steak schmeckt.

»Die beiden sind ja süß«, bemerke ich, nachdem Stella uns zwei wunderbar rustikale Speisekarten gebracht hat – es sind Schneidebretter aus schön gemasertem Holz, auf denen die Blätter mit den aufgedruckten Gerichten festgeklemmt sind. Nachdenklich sehe ich Stella hinterher, die zu einem der anderen Tische geeilt ist, wo ein Gast eine Frage zum Weinsortiment zu haben scheint, zumindest zeigt er ihr die Weinkarte.

»Ja«, erwidert Glenn, während sein Blick an seinem Bruder hängt, der jetzt zurück in die Küche geht und im Vorbeigehen freundlich den Gästen links und rechts an den Tischen zunickt.

»Stella tut Aidan so gut. Er ist viel genießbarer geworden, seit es sie in seinem Leben gibt, meint Skye.«

Ich muss lachen. »War er vorher so ungenießbar?«

»Nicht immer. Aber oft«, grinst Glenn. »Dass er jetzt besser drauf ist als in den letzten Jahren, liegt natürlich nicht nur an Stella, sondern auch an diesem Restaurant. Endlich darf er kochen, und ich glaube, das ist für ihn wirklich das Größte.«

Schweigend studieren wir die Speisekarten, und ich habe bei der köstlichen Auswahl Schwierigkeiten, mich zu entscheiden. Aber die Kürbis-Kokos-Suppe mit Jakobsmuscheln muss als Vorspeise auf jeden Fall sein, und als Hauptgang entscheide ich mich für die Crêpes mit Meeresfrüchtefüllung.

Nachdem eine junge Kellnerin unsere Bestellung aufgenommen, unsere Wassergläser gefüllt und uns dann vorerst allein gelassen hat, sehen Glenn und ich uns an. Mit einem Schlag wird mir bewusst, dass wir zu zweit an einem schön eingedeckten Tisch in diesem edlen Restaurant sitzen, eine flackernde Kerze zwischen uns, sanfte Geigentöne im Hintergrund – und dass sich all dies verdammt nach Date anfühlt.

Oder auch nicht. Ich muss mir nur bewusst machen, dass Glenn sich nicht die Bohne für mich interessiert, da ich kein Y-Chromosom habe. Ja, im Grund genommen muss ich mir lediglich vorstellen, mit Luigi oder Tim hierzusitzen.

Genau. Immer schön an Tim denken. Daran, wie ich damals endlich begriffen habe, dass er sich nie so für mich interessieren würde, wie ich mir das in meinen Teenager-Fantasien ausgemalt hatte. Die Zeit, als ich heimlich in ihn verknallt war, immer in der Hoffnung, dass er in mir mehr sehen könnte als eine platonische Freundin, ist mir noch zu lebhaft in Erinnerung. Genau wie die bittere Enttäuschung, als er mir bei *Shakespeare in Love* endlich gestanden hat, wie es um sein Gefühlsleben stand. Zwar bin ich heute einfach nur froh, ihn als besten Freund zu haben, und natürlich habe ich schon seit fast achtzehn Jahren keine Schmetterlinge mehr im Bauch, wenn ich mit Tim zusammen bin. Aber ich weiß noch, wie fassungslos ich damals war, und wie ich mich wieder und wieder gefragt habe, warum ich nicht gleich begriffen hatte, dass Tim schwul ist. »Weil ich das selbst lange nicht begriffen habe«, hat Tim mir damals gesagt, als ich die Frage laut ausgesprochen habe.

Plötzlich frage ich mich, ob Glenn das begriffen hat. Oder ist er auch noch in der Leugnungsphase, wie Tim es mal beschrieben hat? Will er sich nicht eingestehen, dass er schwul ist – oder hat er sich in Halifax schon längst geoutet, nur hier, auf Whale Island, nicht?

»Also«, sagt Glenn in diesem Moment, stützt seine Ellbogen auf die weiße Tischdecke und sieht mich über seine gefalteten Hände hinweg ernst an. »Was wolltest du vorhin erzählen, als wir von Isla und Aidan unterbrochen wurden? Du hast erwähnt, dass du dachtest, diese Reise sei die letzte deines Lebens?«

Ich atme tief durch und nehme erst einmal einen Schluck Wasser, weil ich mich ein wenig davor fürchte, ihm die ganze Geschichte zu erzählen. Aber andererseits möchte ich gern mit Glenn darüber reden. Zwar kann ich nicht genau erklären, woran es liegt, aber ich fühle mich in seiner Gegenwart so wohl, dass es mir ganz natürlich vorkommt, ihm alles zu offenbaren.

Und so beginne ich zu erzählen.

12

Glenn hört aufmerksam zu, als ich versuche, möglichst sachlich und ohne zu viele Emotionen wiederzugeben, wie es war, meine Mutter zu verlieren, als ich fünfzehn war.

»Sie hatte einen Autounfall«, erzähle ich leise, meinen Blick auf das Wasserglas vor mir gerichtet. »Sie … ist mit dem Auto gegen einen Baum gefahren, als sie auf dem Heimweg von der Arbeit war. Sie war Krankenschwester und kam von der Nachtschicht zurück. Die Polizei sprach von Sekundenschlaf.«

Augenblicklich sehe ich wieder das dichte Unterholz vor mir, von den Scheinwerfern meines Mietwagens angestrahlt. Den dunklen Schatten, der dahinter aufragt. Der Baum, gegen den ich nicht gefahren bin, weil ich vom Unterholz abgebremst wurde. Was für ein Glück ich hatte. Ein Glück, das meiner Mutter verwehrt geblieben ist.

»Das tut mir leid«, murmelt Glenn mit ernstem Blick. Ich nicke mit einem Seufzen und versuche, die Bilder von meinem eigenen Unfall zur Seite zu schieben.

»Das … das war ein extremer Schock. Mit fünfzehn von der Polizei wach geklingelt zu werden, mit der Nachricht, dass die Mutter tot ist, das … das …« Ich greife nach meinem Glas und nehme einen weiteren Schluck Wasser. Glenn mustert mich stumm über den Tisch hinweg. Fast erwarte ich, dass er sagt, ich müsse nicht darüber sprechen, wie es so viele Leute tun. Die meisten ertragen es nur schwer, über so ernste Themen zu reden. Dann kommt gern ein »So, und jetzt sprechen wir mal über was Schöneres!«.

Aber das Leben ist nicht immer nur schön. Und Glenn scheint das zu verstehen, denn er unterbricht mich nicht, sondern wartet nur ruhig ab, bis ich weitererzähle.

»Das Problem war, dass ich keine weitere Familie hatte«, sage ich heiser. »Ich habe meinen Vater nie kennengelernt, habe also keine Verwandtschaft väterlicherseits. Meine Mutter war Einzelkind, genau wie ich selbst. Tanten und Onkel fielen da also weg. Und … meine Großmutter und ihre zwei Schwestern sind alle früh gestorben.«

Ich mache eine kurze Pause. »Und genau da lag das Problem. Weißt du, meine Oma ist an einem Gehirntumor gestorben, als sie vierunddreißig Jahre alt war. Meine Mutter war damals zehn und ist allein mit ihrem Vater aufgewachsen, der kurz vor meiner Geburt gestorben ist, sodass ich auch meinen Opa nie kennenlernen durfte. Dann gab es noch die zwei Tanten meiner Mutter – Tante Enna und Tante Wilma, beide jüngere Schwestern meiner Oma. Beide sind ebenfalls mit vierunddreißig Jahren gestorben – zuerst Tante Enna – sie ist im Winter auf einer vereisten Fläche ausgerutscht und mit dem Kopf gegen eine Bordsteinkante geschlagen. Ein Jahr später ist Tante Wilma an einer Thrombose gestorben. Meine Großtanten waren beide nicht verheiratet, und mein Opa war Einzelkind. Also … also hatte ich außer meiner Mutter keine lebende Verwandtschaft, als Mama schließlich auch starb.«

»Und … wo hast du dann gelebt?«, fragt Glenn, und das Mitgefühl in seiner Stimme lässt mich aufsteigende Tränen wegblinzeln. Ich habe schon so viele Tränen deswegen vergossen –

die reichen für ein ganzes Leben. Oder für zwei. Heute Abend, in diesem gemütlichen Restaurant, möchte ich nicht schon wieder deshalb weinen.

»Ähm … ich bin in eine Pflegefamilie gekommen«, erzähle ich, wische mir rasch unter den Augen entlang und lächele Glenn tapfer an. »Und ich hatte Glück. Meine Pflegefamilie war … nett. Holger und Anne haben mich herzlich aufgenommen. Außer mir hatten sie noch einen leiblichen Sohn, Stefan. Er ist zwei Jahre jünger als ich, und wir verstehen uns ganz gut.«

»Ganz gut?«, hakt Glenn ruhig nach und betrachtet mich aufmerksam. »Das klingt nicht unbedingt nach enger Verbindung.«

Mit einem leisen Lachen schüttele ich den Kopf. »Nein, keine enge Verbindung. Ich meine – er war dreizehn, als ich in seine Familie kam. Vor mir waren schon zwei Pflegekinder bei Anne und Holger gewesen. Einer von ihnen hatte ein Drogenproblem und musste nach einem Jahr wieder gehen, weil er die beiden ständig bestohlen hat, um Stoff zu kaufen. Und der andere hatte Depressionen, weil sich seine Mutter umgebracht hatte, und musste schließlich in eine Klinik, um dort stationär behandelt zu werden. Also war es verständlich, dass Stefan nicht mehr wild darauf war, Pflegegeschwister zu bekommen. Aber Anne und Holger hatten – haben, sollte ich sagen – ein typisches Helfersyndrom. Ihr letztes Pflegekind ist volljährig geworden, als sie bereits Anfang sechzig waren. Stefan ist schon lange verheiratet und hat zwei Kinder – er war gerade mal dreiundzwanzig, als seine erste Tochter geboren wurde. Ich habe ihn seit … ähm … oh, ich glaube, es sind fünf Jahre. Ja, ich habe ihn seit fünf Jahren nicht gesehen. Das letzte Mal bei Holgers 60. Geburtstag.«

»Und deine Pflegeeltern?« Glenn mustert mich eingehend.

»Sie rufen mich ungefähr zwei Mal im Jahr an und fragen, wie es mir geht«, erzähle ich und versuche, dabei sachlich zu klingen. Dabei tat es sehr weh, als ich irgendwann – ich war Mitte zwanzig, und Stefan war gerade Vater geworden – nicht mehr zum Weihnachtsfest eingeladen wurde. Rückblickend vermute ich, dass sie einfach viel um die Ohren hatten und dachten, ich würde mich schon melden, wenn ich zu ihnen kommen wollte. Immerhin war das ihr erstes Weihnachten mit ihrem Enkelkind, und sie hatten außerdem zwei Pflegekinder, von denen eines wieder ein ziemlicher Problemfall war. Vermutlich hätte ich mich selbst einladen können, aber dafür war ich irgendwie zu stolz. Vielleicht war ich eifersüchtig auf Stefan, der seine Eltern und dann auch noch eine nette Frau und ein eigenes Baby hatte, während ich so einsam und allein auf der Welt war und noch dazu meine Lebenszeit überdeutlich davonrinnen sah. Drei Tage vor Weihnachten beschloss ich damals, meine letzten Jahre auf dieser Erde mit Reisen zu verbringen. Weihnachten allein in meinem WG-Zimmer zu hocken, während meine Mitbewohnerinnen bei ihren Familien feierten, das war viel zu deprimierend. Tim war damals schon seit zwei Jahren mit Luigi zusammen, aber sie wollten zum ersten Mal Weihnachten bei Luigis Verwandten in Italien verbringen. Sie haben mich gefragt, ob ich mitkommen wollte, aber … ich wusste, dass es wichtig für Tim war, Luigis Familie in Ruhe kennenzulernen, ohne mich als fünftes Rad am Wagen. Also machte ich etwas, von dem ich nie gedacht hatte, es mich zu trauen: Ich packte einen Koffer, nahm meinen Pass und fuhr zum Flughafen, wo ich an einem der Last-Minute-Schalter einen Flug gebucht habe. Zuvor hatte ich mich immer gefragt, wer so etwas wagte: Zum Flughafen aufzubrechen, ohne zu wissen, wohin die Reise gehen würde. Und dann stand ich, mit meinen fünfundzwanzig Jahren, selbst dort und hatte plötzlich ein Ticket für Thailand in den Händen. Das war das erste von inzwischen neun Weihnachtsfesten, die ich im Ausland verbracht habe: Im Jahr drauf bin ich nach Vietnam geflogen, ein weiteres Jahr später nach Laos und Kambodscha, das Weihnachten danach nach Australien, im Jahr drauf nach Neuseeland. Mit dreißig war ich zum Jahreswechsel in Costa Rica, ein Jahr später auf Kuba, vorletztes Jahr in Brasilien, und das letzte Weihnachtsfest habe ich in Südafrika verbracht. Ich dachte, es würde mein allerletztes Weihnachtsfest, mein allerletztes Silvester sein und habe den Urlaub so intensiv genossen wie keinen anderen.

Und nun bin ich hier, in Nova Scotia, auf dieser Insel im Atlantik. Ich sehe Glenn an und frage mich, wie ich, mit nun tatsächlich fünfunddreißig Jahren, diesem Mann erklären soll, warum ich mich in den letzten Jahrzehnten so verrückt gemacht habe.

Der Weißwein, den wir bestellt haben, wird von unserer Kellnerin gebracht und in die bereitstehenden, auf Hochglanz polierten Gläser gegossen. Ich will schon nach meinem Glas greifen und Glenn zuprosten, aber seine nächste Frage hält mich davon ab: »Viola … was ich immer noch nicht verstehe … also …« Er bricht ab und atmet tief durch, bevor er hörbar angespannt hervorstößt: »Hast du … irgendeine Krankheit?«

Überrascht starre ich ihn an, dann schüttele ich rasch den Kopf. »Nein, zum Glück nicht. Aber ich verstehe, warum ich dich auf den Gedanken gebracht habe, und das tut mir leid.«

»Und warum hast du dann von deiner letzten Reise gesprochen?« Glenn sieht so ratlos aus, dass ich mir ein Schmunzeln verkneifen muss, obwohl das Thema ja alles andere als lustig ist. Ich atme tief durch und straffe meine Schultern, bevor ich hervorstoße: »Wegen der Prophezeiung einer Wahrsagerin, als ich achtzehn war.«

So, jetzt habe ich es gesagt. Ich hebe mein Weißweinglas und proste Glenn flüchtig zu, bevor ich es eilig an meine Lippen setze und einen großen Schluck trinke. Glenn starrt mich ernst über den Tisch hinweg an.

»Ich weiß, völlig albern«, schiebe ich schnell hinterher und grinse verlegen. »Im Nachhinein frage ich mich, warum ich mich so verrückt gemacht habe.«

Verdammt, die Tränen in meinen Augen gehören dort doch gar nicht hin! Warum fange ich denn jetzt an zu weinen? Peinlich berührt starre ich auf die weiße Tischdecke hinab und atme tief ein und aus, versuche, die Fassung zu wahren. Da legt sich Glenns Hand auf meine, die neben meinem Teller die Wal-Serviette umklammert hält.

»Hey«, sagt er leise und drückt sanft meine Finger. »Ich würde niemals sagen, dass das albern ist. Glaub mir.« Ich sehe auf und starre in seine graugrünen Augen. Dieser Mann macht mich fertig. Kann er nicht einmal das Falsche sagen oder tun?

»Was genau hat die Wahrsagerin dir denn damals prophezeit?«, hakt er jetzt in ruhigem Tonfall nach, ohne meine Hand loszulassen. Ganz so, als wäre dies das Natürlichste der Welt. Und so fühlt es sich auch tatsächlich an.

Und so erzähle ich Glenn, wie ich an jenem lauen Sommerabend mit Tim, der sich bereits geoutet hatte und mein platonischer bester Kumpel geworden war, und mit seiner damaligen großen Liebe Lutz über den Hamburger DOM gegangen bin. Wie wir am Zelt einer Wahrsagerin vorbeikamen: Esmeralda. Sie sah aus, wie man sich eine Wahrsagerin vorstellt: mit geheimnisvollen dunklen Augen und pechschwarzem Haar, von dem nur vereinzelte Strähnen unter ihrem dunkelblauen, von Goldfäden durchwirkten Kopftuch herauslugten. Sie trug ein weites Gewand, und es fehlte nur eine Glaskugel vor ihr auf dem Tisch, um die typische Jahrmarkt-Hexe perfekt zu machen.

Tim, Lutz und ich amüsierten uns über die Leute, die zu ihr hineingingen, und schließlich beschlossen wir aus einer Laune heraus, dass wir Esmeraldas Prophezeiungen auch ausprobieren würden.

Lutz ging zuerst hinein und kam mit einem breiten Grinsen wieder heraus. »Ich werde mal berühmt«, meinte er und strahlte selbstzufrieden. »Siehst du, Tim, aus meiner Gesangskarriere wird doch noch etwas!«

Tim und ich krümmten uns vor Lachen, weil Lutz überhaupt nicht singen konnte, und das war ihm selbst ebenfalls klar. Keiner von uns hatte eine Ahnung, womit Lutz jemals berühmt werden könnte – bis mir vor rund zehn Jahren beim Frühstück fast die Kaffeetasse aus der Hand gefallen wäre, als ich die Zeitung aufgeschlagen habe und mir das sommersprossige Gesicht von Lutz entgegenlächelte: »Hamburger Lutz van Dreesen revolutioniert Online-Dating.« Ja, Lutz, der immer schon ein Nerd mit Tendenzen zum Hacker gewesen war, hatte diverse Apps entwickelt, von denen eine – so etwas wie Tinder, nur in netter und speziell für homosexuelle Männer – extrem erfolgreich wurde. Der Knaller war jedoch der Name: »Love Tim«.

Damit hatte Lutz seine Liebe zu Tim verewigt, fast trotzig, und ich fand das süß. Luigi, der zu dem Zeitpunkt schon mit Tim zusammen und immer sehr eifersüchtig auf dessen Ex Lutz war, natürlich nicht. Aber süß hin oder her: Lutz war in den folgenden Jahren in einigen Talkshows zu Gast, wo er über schwules Dating im modernen Zeitalter, über die Herausforderungen beim Entwickeln der Dating-App und so weiter interviewt wurde. In Hamburgs Schwulenszene kannte bald jeder Lutz' Namen, und das machte ihn ja durchaus berühmt.

Tim selbst hatte damals von Esmeralda gesagt bekommen, dass er in einigen Jahren »in verschiedenen Sprachen sprechen« würde. Auch darüber hatten wir gekichert, weil Tim immer eine Vier in Englisch und eine Fünf in Französisch hatte und sich nicht die Bohne für Sprachen interessierte. Knapp fünf Jahre nach Esmeraldas Prophezeiung lernte er Luigi kennen und lieben. Wegen ihm begann Tim, abends zur Volkshochschule zu gehen und Italienisch zu büffeln, um bei seinem ersten Besuch bei der Verwandtschaft in Neapel zu glänzen. Und das tat er, denn Tim hatte tatsächlich »seine« Fremdsprache entdeckt und war bald fließend darin. Diese Tatsache wurde mir erst vor wenigen Jahren bewusst, als ich mal wieder über Esmeralda nachdenken musste. Lutz war in gewisser Weise berühmt und Tim zweisprachig. Blieb nur noch die Erfüllung meiner Prophezeiung.

»Mir hat sie gesagt, dass ...« Ich schlucke und fahre mir mit meiner freien Hand über das Gesicht, dann lächele ich Glenn schief an und sage mit fester Stimme: »Esmeralda hat mich angesehen und ist ganz ernst geworden. Dann hat sie mit so seltsam entrücktem Blick etwas von ›dasselbe Schicksal wie ihre Mutter ...‹ gemurmelt. Und dann auch noch: ›Dasselbe Schicksal wie die anderen Frauen in ihrer Familie ...‹«

Bei der Erinnerung an den glasigen Blick der Wahrsagerin bekomme ich wie immer eine Gänsehaut. »Ich ... ich bin dann panisch aus dem Zelt geflüchtet, weil ich nicht hören wollte, was sie sonst noch zu sagen hatte.« Mit einem bemühten Lächeln zucke ich mit den Schultern. »So, da hast du es. Dasselbe Schicksal wie die Frauen in meiner Familie. Was könnte das wohl noch heißen, außer, dass ich nicht alt werde?«

Da sind schon wieder diese lästigen Tränen, die ich genervt wegblinzele. Ich merke, dass Glenn etwas sagen will, aber in diesem Moment tritt Aidan persönlich an unseren Tisch heran, zwei dampfende Teller in den Händen. Rasch zieht Glenn seine Finger von meinen fort, damit Aidan Platz hat, um meine Suppe vor mir abzustellen. Ich merke genau, dass ihm die

Hand seines Bruders auf meiner nicht entgangen ist, und ein Lächeln zuckt um seine Mundwinkel, als er meinen Teller vor mir abstellt. Dann jedoch fällt sein Blick auf mein Gesicht, und er stockt, sieht besorgt Glenn an, dann wieder mich.

»Alles okay?«, fragt Aidan leise und beugt sich ein wenig weiter zu meinem Platz hinüber, damit die anderen Gäste nichts hören. »Ist es wegen ihm?« Er deutet auf Glenn, der mit Unschuldsmiene nach seiner Serviette greift und sie auseinanderfaltet. »Ich kann ihn an einen anderen Tisch setzen.«

Obwohl er dies todernst fragt, ist klar, dass Aidan versucht, mich aus meiner emotionalen Ecke zu holen, was ihm hervorragend gelingt. Als Glenn mit einem Augenrollen »Schönen Dank, Bruderherz!« knurrt, muss ich auflachen.

»Nein, Glenn ist unschuldig«, versichere ich rasch und tupfe einmal mehr unter meinen Augen entlang. »Er musste sich gerade meine Lebensgeschichte anhören, das ist alles.«

»Oh. Okay. Na … dann lasse ich euch mal in Ruhe weiterreden«, meint Aidan und nickt uns beiden zu. »Guten Appetit, ihr zwei.«

»Danke dir«, erwidere ich und sehe ihm nach, wie er mit langen Schritten zurück in die Küche geht. »Du hast zwei wirklich nette Brüder«, bemerke ich an Glenn gewandt und greife nach meinem Suppenlöffel.

»Hm, wenn man nicht mit ihnen aufwachsen musste, wirken sie sehr nett«, murmelt Glenn, aber er grinst dabei leicht, während er auch nach seinem Löffel greift. »Guten Appetit«, sagt er, jetzt wieder ernst, ohne jedoch mit dem Essen anzufangen. Ich lasse meinen eigenen Löffel zurück auf die Tischdecke sinken und seufze leise.

»Ich wollte die Stimmung nicht so runterziehen«, murmele ich. »Aber … du solltest auch nicht glauben, dass ich unheilbar krank bin oder so. Ich … ich habe im Grunde genommen nichts. Und trotzdem … trotzdem habe ich nie eine Zukunft geplant, weißt du?«

Glenn legt seinen Löffel zur Seite und langt wieder über den Tisch, um nach meiner Hand zu greifen. Warum können heterosexuelle Männer nicht so wunderbar einfühlsam und sensibel sein wie schwule Männer?

»Du hast dein Leben also nicht weiter geplant als bis … jetzt?« Er starrt mich ernst an, und ich nicke.

»Ja. Genau. Ich war überzeugt davon, mit vierunddreißig das Zeitliche zu segnen – vor allem, als Esmeraldas Prophezeiungen bei Lutz und Tim wahr geworden sind. Aber auch vorher, in den Monaten und Jahren direkt nach dem Jahrmarktbesuch, hat mir ihre Vorhersage eine wahnsinnige Angst gemacht. Ich habe mich so in diese Vorstellung verrannt, genauso jung zu sterben wie Mama und Oma und meine Großtanten – alle mit vierunddreißig! –, dass ich gar keinen Sinn darin gesehen habe, nach der Schule eine Ausbildung oder sogar ein zeitfressendes Studium zu machen. Ein Jahr nach der Begegnung mit Esmeralda habe ich mehr schlecht als recht mein Abi geschafft, und danach habe ich begonnen, als Kellnerin zu arbeiten. Ich bin bei meinen Pflegeeltern ausgezogen, habe mir ein WG-Zimmer gesucht. Erst war ich in einer Mädels-WG, dann habe ich eine Zeit lang mit Tim zusammengewohnt, bis er Luigi kennengelernt hat und ich der jungen Liebe nicht im Weg stehen wollte. Bis vor Kurzem habe ich wieder in einer WG mit drei anderen Frauen gelebt – aber vor meiner Reise habe ich das Zimmer gekündigt und meine Sachen bei Tim und Luigi untergestellt. Offiziell habe ich den beiden gesagt, dass ich die Miete während der drei Monate sparen wollte. Aber … sie wissen genau, warum ich das getan habe. Und sie wollten mich eigentlich auf dieser Reise begleiten, auf mich aufpassen. Ich aber wollte allein sein.«

Ich sehe Glenn ernst an, und er erwidert meinen Blick ebenso ernst.

»In all diesen Jahren habe ich vor so vielen Dingen Angst gehabt«, gestehe ich mit belegter Stimme und ringe um Fassung. »Aber ganz besonders in diesem letzten Jahr. Seit ich vierunddreißig geworden war. Ich bin ständig zum Arzt gegangen, weil ich überzeugt davon war, irgendeine unentdeckte Krankheit zu haben. Ich habe permanent mit einem Gehirntumor oder einer Thrombose gerechnet, wie bei meiner Oma und Großtante, und als es im letzten Winter ein paar Tage lang sehr glatt auf den Straßen war, habe ich mich krankgemeldet, um nicht nach draußen zu müssen. Tim hat sich vor ein paar Monaten ein Motorrad gekauft, aber ich habe mich nie getraut mitzufahren. In meinem Hamburger Alltag habe ich es in den letzten Jahren sogar versucht zu vermeiden, Auto zu fahren, wegen Mamas Unfall. Dort kommt man auch gut mit Bus und U-Bahn aus. Aber hier, in Kanada, da konnte ich es nicht mehr vermeiden, selbst zu fahren – ohne Auto wäre ich nicht so leicht von Westkanada an den Atlantik gekommen.« Ich mache eine kurze Pause und schüttele ungläubig den Kopf. »Und prompt wäre ich fast vor einen Baum gerast, wie meine Mutter. Mit vierunddreißig!«

»Ihr Lieben, ich störe ja ungern, aber … schmeckt die Suppe nicht?« Stella ist an unseren Tisch herangetreten und mustert uns fast besorgt.

»Oh, entschuldige, ich habe zu viel erzählt«, lache ich auf und ziehe rasch meine Hand aus Glenns Griff. Er nimmt ebenfalls seinen Löffel, und wir probieren beide die Suppe und machen synchron »Hm«. Wir sehen uns an und müssen grinsen.

»Die Suppe ist köstlich!«, sage ich dann ehrlich begeistert, an Stella gewandt. Diese lächelt zufrieden.

»Das freut mich. Dann genießt eure Vorspeise, ihr zwei!«

Sie wirft uns einen letzten nachdenklichen Blick zu und eilt zum nächsten Tisch. Glenn starrt mich über seinen Löffel hinweg an.

»Du hast also all diese Jahre in Angst gelebt und tatsächlich nie die Zeit in eine Ausbildung investiert, weil du dachtest, es lohnt sich nicht?«

»Ja«, bestätige ich mit einem schiefen Grinsen und zücke meine Fotokamera, um ein Bild von der Suppe zu machen. Die ist einfach so göttlich, dass ich sie festhalten muss. »Ich weiß, das hört sich irre an. Komplett irre. Vielleicht war Esmeraldas Prophezeiung auch nur eine Entschuldigung für mich, weil ich eh nur mehr schlecht als recht durch die letzten Jahre des Gymnasiums gestolpert bin, nachdem Mama gestorben war. Ich hatte mittelmäßige Noten und absolut keine Ahnung, was ich beruflich machen sollte. Dann kam der Gedanke hinzu ›es lohnt sich ja sowieso alles nicht‹, und ehe ich mich versah, waren sechzehn Jahre vergangen, und ich kellnerte immer noch.«

Ich packe die Kamera weg und greife wieder nach meinem Löffel, ohne Glenn anzusehen. Irgendwie werde ich gerade sauer auf mich selbst. Und auf Esmeralda. Warum bin ich damals bloß in ihr verdammtes Zelt gegangen? Wie anders wäre mein Leben wohl verlaufen, wenn ich das nicht getan hätte? Ob ich jetzt eine befriedigende Karriere hätte? Womöglich sogar eine Familie? Denn die Liebe habe ich mir ja auch immer verboten. Ich wollte niemanden mit gebrochenem Herzen zurücklassen auf dieser Welt, so wie ich von Mama zurückgelassen wurde.

Erneut blinzele ich Tränen fort und löffele entschlossen die köstliche Suppe.

»Darf ich nachhaken, wie du das geschafft hast … ich meine,

finanziell? Auch ein WG-Zimmer ist in Hamburg bestimmt nicht billig, oder? Und … deine vielen Reisen …«

Glenn klingt hin- und hergerissen zwischen Verlegenheit, so auf diesem Thema herumzureiten, und purer Faszination. Ich muss grinsen.

»Na klar darfst du nachhaken. Und du hast völlig recht, das hätte ich mir von meinem Gehalt plus Trinkgeld niemals leisten können. Aber … ich habe von meiner Mutter geerbt. Eine Wohnung in Altona, die ihr schon von ihrer eigenen Mutter hinterlassen worden war. Dort zogen Mieter ein, als ich zu meiner Pflegefamilie kam, und die Miete hat mir über die Jahre ein gutes Einkommen beschert, sodass ich selbst lieber in den diversen WG-Zimmern gewohnt habe. Außerdem hat Mama mir Geld vererbt. Keine gigantische Summe, aber es hat gereicht, um die Flugtickets der letzten Jahre zu finanzieren. Vor Ort habe ich bei meinen Reisen immer sehr schlicht gelebt, habe nur in Jugendherbergen übernachtet, mich oft lediglich von Toast und Dosenravioli ernährt. Und das, obwohl ich gutes Essen so liebe!«

»Das merkt man«, erwidert Glenn.

»Woran merkt man das denn?«, hake ich belustigt nach.

»An der Begeisterung, mit der du isst«, lächelt Glenn. »Und mit der du Fotos von deinem Essen schießt.«

»Stimmt. Das habe ich mir in den letzten Jahren tatsächlich angewöhnt, wegen meines Blogs«, rutscht es mir heraus.

Verdammt. Den Blog wollte ich eigentlich nicht erwähnen.

13

Glenn starrt mich überrascht an. »Du schreibst einen Blog?«

Ich schiebe mir den nächsten Löffel voll köstlicher Suppe, garniert von einer wunderbaren Jakobsmuschel, in den Mund, um mir für meine Antwort ein paar Sekunden Zeit lassen zu können. Glenn wartet geduldig und löffelt in der Zwischenzeit selbst seine Suppe.

»Ja«, sage ich schließlich und tupfe mir mit der Serviette den Mund ab. »Als ich vor Jahren meine erste Reise allein gemacht habe – nach Thailand –, da habe ich angefangen, eine Art Reisetagebuch im Blog-Format zu schreiben. Das war hauptsächlich für Luigi und Tim gedacht, damit sie auf dem Laufenden blieben. Aber nach einer Weile habe ich gemerkt, dass ich besonders gern über das köstliche Essen geschrieben habe, das ich auf meiner Reise durch Thailand kennengelernt habe. Ich habe angefangen, Fotos der Gerichte in meinem Blog zu posten, und bald hatte ich begeisterte Kommentare, und wildfremde Leute fragten mich nach den Rezepten. Also habe ich begonnen, Rezepte zu posten. Zu Hause in Hamburg habe ich die dann selbst nachgekocht und sie zum Teil abgewandelt und verfeinert. Die neuen Versionen habe ich dann wieder gepostet und darüber berichtet, was ich verändert hatte. Tja, so ging es weiter – bei meinen nächsten Reisen durch Vietnam, Kambodscha und Laos habe ich neue Gerichte kennengelernt, neue Rezepte gepostet und so weiter.«

»Also wird es bald auf deinem Blog einen Post zu einer Kürbissuppe mit Jakobsmuscheln geben?«, hakt Glenn neugierig nach.

Ich muss lachen. »Du hast es durchschaut. Ich muss unbedingt versuchen, diese göttliche Suppe nachzukochen und sie in meinem Blog zu dokumentieren!«

Kurz muss ich an den letzten Beitrag denken, den ich gepostet habe – das war vor über einer Woche, als ich in Québec die hier in Kanada sehr beliebte »Poutine« probiert habe – Pommes Frites mit einer Käsesoße. Ich fand die Idee zunächst abartig, bevor ich mich schlagartig in dieses sündhaft ungesunde Gericht verliebt und mir vorgenommen habe, in Deutschland eine Variante à la Viola zu entwickeln. Dann ist mir aufgegangen, dass ich womöglich nicht lebend nach Deutschland zurückkehren würde, sodass ich nur ein Foto und das Rezept der Poutine in meinem Blog gepostet und mir seitdem nicht einmal die Kommentare angesehen habe. Ich war tatsächlich überzeugt davon, dass auch mein Blog zu Ende gehen würde, so wie ich.

Und nun sitze ich hier, löffele göttlich gute Kürbis-Kokos-Suppe und realisiere, dass es weitergehen könnte. Immer weiter. Vielleicht werde ich eine uralte Frau! Der Gedanke lässt mich grinsen.

»Na, das sieht ja schon besser aus«, höre ich Aidans Stimme und sehe auf. Er betrachtet mit sichtbarer Erleichterung mein lächelndes Gesicht. »Hat es geschmeckt?«

»Es war unfassbar köstlich«, erwidere ich enthusiastisch, doch im nächsten Moment fällt mir vor Schreck alles aus dem Gesicht, als Glenn seinem Bruder erzählt: »Viola hat einen

Food-Blog und würde diese Suppe gern dort vorstellen, weil sie so begeistert davon war.«

Besorgt sehe ich Aidan an, weil ich nicht weiß, wie er reagieren wird ... aber er mustert mich seinerseits nur verblüfft und hakt nach: »Ein Food-Blog, ja? Das hört sich spannend an!«

»Ähm, na ja ...«, winde ich mich verlegen, aber Glenn ergänzt schon regelrecht enthusiastisch: »Sogar ein Food-und-Reise-Blog. Viola war schon auf allen Kontinenten unterwegs und hat auf ihren Reisen Rezepte gesammelt.«

»Wow.« Aidan mustert mich ehrlich beeindruckt. »Das klingt wirklich interessant. Das musst du mir demnächst mal in Ruhe erzählen. Stella würde dich ohnehin gern einladen. Und dich natürlich auch, Glenny-Boy.«

»Freut mich«, lacht Glenn leise und reicht seinem Bruder den leeren Teller. »Mir hat es übrigens ebenfalls sehr gut geschmeckt, vielen Dank, Aidan.«

»Wirst du auch über die Suppe schreiben?«, fragt Aidan seinen Bruder mit hochgezogenen Augenbrauen, und ich merke, dass Glenn bei dieser – ganz sicher harmlos gemeinten! – Frage sofort todernst wird.

»Keine Ahnung. Und selbst wenn, dann liest es eh keiner«, flüstert er fast und senkt den Blick auf das weiße Tischtuch.

»Hey, so ein Blödsinn, Glenny. Das wird schon«, murmelt Aidan ein wenig unbeholfen und klopft Glenn mit seiner freien Hand auf die Schulter. »Da reden wir auch mal in Ruhe drüber, ja?«

»Mhhm«, brummt Glenn, ohne aufzusehen. Als wir wieder zu zweit am Tisch sitzen und auf den Hauptgang warten, sehe ich Glenn über den Tisch hinweg an und sage entschlossen: »So, jetzt weißt du also, warum ich nie große Zukunftspläne geschmiedet und meinen Lebensunterhalt bisher mit Kellnern verdient habe. Aber ich weiß von dir nur, dass du in Halifax wohnst und schreibst.«

Glenn hat wieder die Ellbogen auf den Tisch gestützt und sieht mich erneut ernst über seine gefalteten Hände hinweg an. Schließlich zuckt er mit den Schultern und meint schlicht: »Da gibt es nicht viel mehr zu erzählen. Ich bin nach Halifax gezogen, um an der Uni Englisch zu studieren, und als ich meinen Master hatte, habe ich angefangen, Kurse im Kreativen Schreiben zu geben, während ich immer verbissener an diversen Romanprojekten gearbeitet habe, die allesamt von Verlagen und Agenten gleichermaßen abgelehnt worden sind.« Er lacht leise auf, und dieses Lachen ist voller Bitterkeit. Betroffen mustere ich ihn über den Tisch hinweg.

»Um meine Miete zu finanzieren, arbeite ich seit Jahren als Barista in einem Coffeeshop an der historischen Hafenpromenade von Halifax, wo es im Sommer von Touristen wimmelt. Ich kann inzwischen Kaffeebestellungen in vier Sprachen entgegennehmen und verstehe Englisch mit mindestens zehn unterschiedlichen Akzenten.«

Ich lache kurz auf, weil Glenns Gesicht flüchtig von einem Grinsen erhellt wird, bevor er wieder ernst wird und auf seine noch unberührte Gabel hinabstarrt. »Du siehst also – auch ein Studium bringt einen nicht unbedingt zur ersehnten Karriere. Mein Dad hat es immer schon für Schwachsinn gehalten, dass ich Romane schreiben wollte. Meine Mom hat es zwar nie so direkt gesagt, aber sie hat sich ebenfalls Sorgen gemacht und mich immer in Richtung Journalismus drängen wollen, damit ich überhaupt einen ›richtigen Job‹ mit einigermaßen geregeltem Einkommen hätte. Aber ich wollte immer nur Romane schreiben und war lange Zeit überzeugt davon, es zu schaffen. Gut genug zu sein.«

Glenn starrt aus dem Fenster, wo sich die Dunkelheit über Whale Island gesenkt hat. »Inzwischen bin ich schlauer«, bemerkt er, erneut voll Bitterkeit. »Und ich bin froh, wenigstens anderen ein paar nützliche Dinge über das Schreiben erzählen zu können und noch dazu guten Milchschaum hinzubekommen, um weiterhin meine Miete zahlen zu können. Wobei ... das hat sich auch erst einmal erledigt.«

»Warum?«, hake ich erstaunt nach und erkenne sofort, dass Glenn diese letzte Bemerkung so unbedacht herausgerutscht ist wie mir die Sache mit dem Blog. Er sieht mich flüchtig an, schüttelt dann mit einem Seufzen den Kopf und meint: »Ach ... ich habe in Halifax mit einem Freund zusammengewohnt. Auch eine WG, wie bei dir. Aber ... wir haben uns zerstritten. Ich bin ausgezogen.«

Andy, denke ich sofort, während ich ihn überrascht mustere. Er ist bei Andy ausgezogen?

»Und ... wo wohnst du jetzt?«, frage ich vorsichtig, weil Glenn mit einem Mal so ernst wirkt.

»Bei meiner verrückten Schwester«, erwidert er mit einem matten Lächeln. Erstaunt ziehe ich die Augenbrauen in die Höhe.

»Was ist mit mir?«, hören wir da eine Stimme, und Skye taucht so plötzlich neben unserem Tisch auf, dass ich fast erschrecke.

»Scarlett! Was machst du hier?«, fragt Glenn überrascht.

»Ich habe Feierabend, habe euch zu Hause nicht angetroffen und von unserem Bruderherz erfahren, dass ihr hier seid. Da wollte ich auch auf einen kleinen Drink vorbeikommen.« Sie strahlt von Glenn zu mir. »Worüber habt ihr gesprochen? Was ist mit mir, Glenn? Oder hast du irgendwo noch eine verrückte Schwester, von der ich nichts weiß?«

»Um Gottes willen«, brummt Glenn mit einem schiefen

Grinsen. »Eine von deiner Sorte reicht völlig. Nein, ich habe Viola nur gerade von meiner Wohnsituation erzählt.«

»Von deiner Wohnsituation? Du meinst, deine WG mit Andy?« Skye sieht Glenn ratlos an. Dieser nickt.

»Genau. Andy und ich … wir haben uns vor Kurzem zerstritten«, fährt Glenn fort und spielt mit seiner Gabel, ohne seine Schwester oder mich anzusehen. »Ich … bin bei ihm ausgezogen. Und darum … Also, Skye, könnte ich womöglich etwas länger bei dir bleiben?«

Ach du Schande! Sie wusste noch gar nichts davon?

Skye starrt Glenn so verblüfft an, dass es fast komisch wirkt. In diesem Moment tritt die junge Kellnerin mit zwei großen Tellern an unseren Tisch und serviert uns köstlich duftende Crêpes, die mit einer Meeresfrüchtesoße gefüllt sind, deren Aroma mir das Wasser im Mund zusammenlaufen lässt.

»Hm«, mache ich begeistert und zücke sofort meine Kamera, während Skye antwortet: »Klar kannst du länger bleiben, Glenny. So lange du willst! Aber … ist alles okay mit dir? Muss ich mir Sorgen machen?«

»Quatsch«, winkt Glenn mit seinem jungenhaften Lachen ab. »Natürlich ist alles okay.«

Dabei habe ich die Traurigkeit in seinem Blick gesehen. Ich glaube nicht, dass alles okay ist. Und Skye wirkt auch nicht überzeugt. Wenn sie recht hatte mit ihrer Vermutung, dass Andy und Glenn ein Paar waren, dann … dann ist ihr Bruder ganz frisch getrennt. Der Arme!

Ich merke, dass Skye noch etwas sagen will, doch in diesem Moment fällt ihr Blick auf den Stuhl neben unserem Tisch, und sie reißt ihre Augen weit auf. Ich sehe auch dorthin und stöhne innerlich auf. O nein.

»Glenn Cameron«, sagt Skye vorwurfsvoll und deutet auf den Motorradhelm. »Sag mir bitte, dass nur du allein auf deiner

Maschine gefahren bist und dieser Helm lediglich zufällig neben Violas Platz liegt.« Sie sieht mich an, dann wieder Glenn. Wir werden beide ein wenig kleiner auf unseren Stühlen.

»Möchtest du von unserem Weißwein probieren?«, erkundigt sich Glenn und deutet auf die Flasche, die in einem Kühler steht. Skyes Stirn legt sich in bedrohliche Falten.

»Willst du mich veräppeln, Glenn? Ich habe dir klipp und klar gesagt, dass Viola nicht Motorrad fahren soll, und was machst du?«

»Das war meine Idee«, werfe ich rasch ein, um ihn vor dem Zorn seiner Schwester zu schützen. »Ich wollte unbedingt. Wegen Tom Cruise in *Top Gun* und so.«

Skye sieht mich an, und ich merke, dass sie nicht weiß, ob sie lachen oder erschüttert sein soll. Schließlich sagt sie: »Oh, damals war Tom Cruise noch so sexy.«

»Ja, genau«, pflichte ich ihr bei und grinse schief. Skye grinst zurück und sagt dann trocken: »Aber Tom Cruise hin oder her: Auf dem Rückweg fährst du in meinem Auto. Punkt. Und …«

Sie bricht plötzlich ab und starrt durch das Restaurant zu der Bar hinüber, wo der junge Barmann mit dem blonden Pferdeschwanz gerade geschickt mit einem Cocktailshaker hantiert. Auf ein paar Barhockern sitzen diverse Gäste, manche mit Gläsern in der Hand, die meisten unterhalten sich angeregt.

»O. Mein. Gott«, flüstert Skye.

14

»Wen hast du denn gesehen, Scarlett?«, höre ich Glenn ratlos fragen. »Lebt Elvis doch? Oder hast du im Flaschenregal den Bombay Sapphire entdeckt?«

»Klappe, Glenn«, faucht Skye leise. Dann dreht sie sich wieder zu unserem Tisch um, starrt auf unser Besteck hinab und fragt mit glühend roten Wangen: »Seht ihr den blonden Mann, der eben reingekommen ist?«

Aufmerksam schaue ich zur Bar hinüber und betrachte den großen Mann mit dem hellblonden Haar und einem Vollbart, der sich gerade auf einen Barhocker schwingt. Das wird doch wohl nicht dieser ominöse Dr. Jeff Montgomery aus Skyes Krankenhaus sein, hoffe ich.

»Warte mal – ist das nicht Ian Baker?« Glenn starrt konzentriert zur Bar hinüber. »Aus Aidans Klasse?«

»Ja. Genau.« Skye atmet tief durch und fächert sich verstohlen Luft zu.

»Seit wann ist Ian denn wieder auf Whale Island?«

»Seit gestern. Ich war zufällig mit Aidan und Stella am Fähranleger, als er auf der Insel angekommen ist. Er fängt hier in der Coast Guard Station an. Harold geht in den Ruhestand.«

»Und … warum leuchtest du wie ein Paradiesapfel, wenn du

von Ian redest?« Glenn grinst seine Schwester amüsiert an, und Skye schlägt empört nach seinem Arm.

»Paradiesapfel!«, faucht sie ungläubig. »Du wolltest bei mir wohnen, ja?«

»Schon gut, ich nehme den Apfel zurück«, beeilt sich Glenn zu sagen. »Aber im Ernst: Seit wann stehst du auf Ian Baker?«

»Wer steht auf Ian Baker?« Aidan ist hinter Skye aufgetaucht und mustert uns der Reihe nach aus seinen stechend blauen Augen. Skye stöhnt auf.

»Könntest du noch lauter reden? Ich glaube, Ian hat dich nicht verstanden.«

Aidan lacht leise auf und legt einen Arm um Skyes Taille. »Keine Panik, Schwesterherz, das mit Ian bekommen wir hin.«

»Wie bitte? Was bekommen wir hin? Und wieso überhaupt ›wir‹?« Skye sieht ihren Bruder aufgebracht an. Dieser zuckt ungerührt mit den Schultern.

»Mir wurde mal von einer weisen Frau gesagt, dass das Leben kurz ist und man nicht ewig Zeit für die Dinge hat, die wichtig sind.«

Überrascht sehe ich ihn an und merke, dass Glenn wiederum mich mustert. Das ist wahr, denke ich. Man hat nicht ewig Zeit. Umso schöner, wenn einem plötzlich Lebenszeit geschenkt wird.

»Die weise Frau war nicht zufällig Rae?«, fragt Skye mit einem Augenrollen.

»Und ob«, bestätigt Aidan ruhig. »Zum Glück habe ich auf unsere gute Freundin Rae gehört, und darum bin ich inzwischen mit Stella zusammen. Und ich rate dir jetzt dasselbe, Skye. Nein, warte, ich verteile heute nicht nur Ratschläge! Leute, ich hoffe, die Crêpes schmecken – ich muss mich jetzt um Wichtigeres kümmern.«

Und bevor Skye protestieren kann, greift Aidan nach ihrer

Hand und geht entschlossen mit ihr quer durch das Lokal zur Bar. Erstaunt beobachten Glenn und ich, wie sich Ian auf seinem Barhocker umdreht, als Aidan ihm auf die Schulter tippt. Wir sehen das erfreute Lächeln, das sein Gesicht erhellt. Und wir sehen, dass Skye erneut zu einem Paradiesapfel mutiert – aber zu einem ganz entzückenden. Ian scheint das ganz offensichtlich auch so zu empfinden, was mir die Art sagt, wie er Skye angetan mustert. Aidan wechselt noch ein paar Worte mit Ian, dann verabschiedet er sich und eilt zurück Richtung Küche – allerdings nicht, ohne Glenn und mir regelrecht verschwörerisch zuzuzwinkern.

»Unglaublich«, murmelt Glenn mit einem leichten Grinsen und schüttelt den Kopf. »Normalerweise ist Skye die Emma von Whale Island, habe ich gehört.«

»Emma – wie die Emma von Jane Austen?«, hake ich amüsiert nach. Glenn nickt, während er nach Messer und Gabel greift.

»Ja. Emma hat doch immer versucht, Paare zusammenzubringen. Und Skye hat sowohl bei Duncan und Greta als auch bei Aidan und Stella ihre Finger im Spiel gehabt und ein wenig nachgeholfen, wurde mir erzählt. Tja, dieses Mal ist sie offenbar selbst an der Reihe.«

Nachdenklich beobachte ich noch ein paar Sekunden lang Skye, die sich jetzt neben Ian auf einen freien Barhocker gesetzt hat und bereits in eine angeregte Unterhaltung mit ihm vertieft zu sein scheint. Leichter Neid flackert in mir hoch.

Ich hätte das auch gern. Ja. Jetzt, da ich plötzlich nicht mehr ausschließen kann, doch eine alte Frau zu werden, finde ich den Gedanken plötzlich unerträglich, allein durchs Leben zu gehen.

»Was denkst du?«, fragt Glenn leise, und mir wird klar, dass ich immer noch gedankenverloren zu Skye und Ian hinübergestarrt habe. Rasch reiße ich meinen Blick von der Bar los und grinse Glenn schief an.

»Ach«, murmele ich mit einem leichten Kopfschütteln und zögere einen Moment. Soll ich mich Glenn gegenüber wirklich so weit öffnen? Aber … wegen der Zeitverschiebung ist es momentan kompliziert, mit Tim und Luigi zu telefonieren, und ich möchte mit jemandem sprechen. Zu viele Gedanken und Gefühle toben durch meinen Kopf und machen mich regelrecht schwindelig. Ich komme mit dieser ganzen Situation nicht wirklich klar, merke ich. Ja, Glenn muss jetzt als Tim oder Luigi herhalten.

»Es ist so, dass … dass ich in den letzten Jahren immer allein war. Ich meine, ich hatte Freunde. Habe Freunde. Gute Freunde. Aber … ich habe es immer bewusst vermieden, mich zu verlieben«, erkläre ich heiser und schneide ein Stück von einem meiner Crêpes ab. Ohne die Gabel zum Mund zu führen, sehe ich wieder Glenn an, der mich ernst mustert. Zögernd füge ich hinzu: »Ich habe es selbst erlebt, wie es ist, wenn ein Mensch, den man sehr liebt, zu früh stirbt, und … mit diesem Ballast konnte ich keine Beziehung eingehen, verstehst du? Ich hätte dem Mann von der Sache mit Esmeralda erzählen müssen, denn so ein Geheimnis hätte ich nie ertragen. Aber mit so einem Damoklesschwert führt man keine glückliche Beziehung. Entweder derjenige hätte mich für verrückt erklärt, oder er hätte mir geglaubt und unserer Beziehung keinerlei Chance gegeben.« Zitternd hole ich Luft und blinzele eine Träne fort. »Wahnsinn, was so eine Wahrsagerin alles anrichten kann, oder?«

Rasch senke ich den Blick, weil mir der mitfühlende Ausdruck in Glenns graugrünen Augen zu viel wird. Gerade will ich die Crêpes probieren, als Glenn leise sagt: »Ich erkläre dich wegen Esmeralda keinesfalls für verrückt, Viola.«

Überrascht sehe ich ihn an. »Wir alle hier auf Whale Island

kennen Rae MacLaughlin, und darum würde niemand hier auf die Idee kommen, dich wegen so einer Prophezeiung auszulachen.«

»Rae MacLaughlin?«, frage ich erstaunt. Glenn nickt.

»Ja. Rae hat das, was manche das zweite Gesicht nennen. Niemand kann sich das rational erklären. Wir sprechen auch nicht gern darüber, weil wir uns dann wohl fragen müssten, ob wir hier auf Whale Island eigentlich alle den Verstand verloren haben.« Glenn lacht leise auf. »Aber Fakt ist: Rae sieht und weiß Dinge, die andere nicht wissen.«

Er macht eine kurze Pause, starrt ernst auf seine Hände hinab, und mir wird mit einem Schlag klar, dass ich recht hatte: Rae hat meinen Namen gewusst. Vorgestern, im Wrack, an der Unfallstelle. Sie hat mich Viola genannt, obwohl sie meinen Namen nicht kennen konnte. Eine Gänsehaut überzieht meine Arme.

Glenn sieht mich an und fährt fort: »Sie hat Aidan und Stella gestern Morgen gebeten, unter einem Vorwand mit Mom aufs Festland zu fahren. Mit ihr in der Nähe der Klinik frühstücken zu gehen. Die drei waren nicht einmal an dem Lokal angekommen, als Mom im Auto den Herzinfarkt hatte. Aidan ist direkt zur Notaufnahme durchgefahren – sie waren nur drei Minuten vom Krankenhaus entfernt.«

Ich starre ihn geradezu schockiert an, während er kurz die Augen schließt und tief durchatmet. Dann sieht er mich wieder an und erklärt: »Ohne Rae wäre Mom auf Whale Island gestorben. Der Arzt hat deutlich gemacht, dass sie es wohl nicht geschafft hätte, auch nicht mit dem Rettungshubschrauber. Darum … darum sind wir Rae alle sehr dankbar.«

»Sie hat mich im Wrack gefunden«, sage ich erschüttert. »Meinst du … das war kein Zufall? Dass sie an der Unfallstelle vorbeigekommen ist?«

Glenn zuckt mit den Schultern und lacht leise auf. »Ich glaube, bei Rae MacLaughlin ist grundsätzlich nichts ein Zufall. All die Dinge, die sie im Laufe der Jahre vorhergesehen hat, könnten Bücher füllen. Wirklich.« Er macht eine kurze Pause, bevor er ernst fortfährt, den Blick unbeirrt auf mich gerichtet: »Darum würde dich hier auf Whale Island niemand wegen der Sache mit Esmeralda für verrückt erklären, Viola. Aber … trotzdem bin ich der Meinung, dass sie ihre Prophezeiung damals vielleicht anders gemeint hat. Dass sie nicht unbedingt über deinen frühen Tod gesprochen hat.«

»›Dasselbe Schicksal wie die anderen Frauen in deiner Familie‹?«, wiederhole ich und lache bitter auf. »Was soll sie sonst gemeint haben, außer ein Tod mit vierunddreißig Jahren?«

Glenn zuckt leicht mit den Schultern. »Das kann ich dir nicht beantworten«, sagt er leise. »Oder … na ja, vielleicht lag sie bei dir doch daneben. Wer weiß? Dürfen sich Wahrsagerinnen nicht auch mal irren?«

»Hat sich Rae je geirrt?«, frage ich ernst. Glenn mustert mich und scheint nachzudenken. Schließlich nickt er und sagt: »Ja, schon. Skye hat mir erzählt, dass Rae im Sommer letzten Jahres unbedingt verhindern wollte, dass der alte Gottlieb sein Haus hier auf der Insel verkauft. Warum, das hat sich bis heute nicht geklärt.«

»Gottlieb – der alte Mann aus Deutschland?«

»Genau der. Gottlieb hat übrigens all diese Fotos gemacht«, erwidert Glenn und deutet auf das wunderschöne Bild in Grautönen unweit unseres Tisches, das eine Buckelwalmutter und ihr Junges zeigt.

»Aber das bedeutet doch nicht, dass sich Rae geirrt hat«, werfe ich kritisch ein. »Vielleicht wollte sie ihn vor einem windigen Immobilienmakler bewahren. Oder er wäre irgendwohin gezogen, wo er bei einem Erdbeben, Waldbrand, Vulkanausbruch – was weiß ich! – ums Leben gekommen wäre!«

Glenn sieht mich mit einem vagen Schmunzeln an und breitet dann seine Hände aus. »Mag sein. Das weiß wohl niemand, außer vielleicht Rae. Was ich allerdings weiß, ist: Wer nur auf das Ende wartet, der kann doch die Geschichte nicht genießen. Und niemand weiß, ob es ein Happy End gibt oder nicht. Ob nun mit oder ohne Prophezeiung: Niemand kennt das Ende der eigenen Story, Viola. Niemand. Und dennoch sollte man seine eigene Geschichte lesenswert machen, oder?«

Ich starre ihn an und blinzele ein paar neue Tränen fort. »Du redest wirklich wie ein Schriftsteller«, bemerke ich trocken, was Glenn mit einem leisen Lachen kommentiert.

»Möchtegern-Schriftsteller«, murmelt er. »Was ich damit sagen wollte: Es wird höchste Zeit, dass du dein Leben lebst, Viola. Mit allem Drum und Dran.«

»Du meinst, meiner Geschichte fehlt es bisher an der gehörigen Portion Romantik und Leidenschaft?«, erkundige ich mich, und Glenn verschluckt sich, weil er gerade an seinem Weinglas genippt hat. Er hustet und sieht mich mit tränenden Augen an, dann nickt er.

»Genau. Was ist eine Geschichte ohne Liebe?«, fragt er mit rauer Stimme, senkt den Blick auf seinen Teller hinab und schneidet ein Stück seiner Crêpes ab.

»Wovon haben denn deine bisherigen Romane gehandelt?«, erkundige ich mich. Er macht eine wegwerfende Handbewegung und meint: »Ach. Eine Zeit lang war ich wie besessen von dem Gedanken, den nächsten großen amerikanischen Roman à la Fitzgerald oder Steinbeck zu schreiben. Oder vielmehr einen großen kanadischen Roman. Typisch jugendlicher Größenwahn eben.« Er grinst schief. »Nachdem ich mich immer wieder in viel zu hochtrabende Projekte verrannt hatte, habe ich mich schließlich an politischen Thrillern versucht.«

»Oh!«, mache ich überrascht und mustere ihn, während ich mir eine Gabel mit einem köstlichen Gemisch aus Meeresfrüchten und Crêpe-Teig in den Mund schiebe und nachdenklich kaue. »Der nächste John Grisham, ja?«

Glenn lacht trocken auf, ohne den Blick von seinem Teller zu heben. »Nein, nicht einmal ansatzweise«, murmelt er ernst. »Leider.«

Nachdenklich mustere ich ihn. »Weißt du noch, was Anne of Green Gables geraten wurde?«

Erstaunt sieht Glenn mich an. »Ähm … nein?«

»Sie wollte doch auch immer Schriftstellerin werden und hat wieder und wieder versucht, veröffentlicht zu werden. Da hat ihr jemand geraten, über das zu schreiben, was sie kennt. Über Leute, wie sie in ihrem eigenen Leben vorkommen. Um das Ganze realistischer, greifbarer zu machen.«

Glenn starrt mich schweigend an. Als er nichts erwidert, füge ich hinzu: »Du hast es doch eben selbst gesagt, Glenn Cameron: Mit Raes Vorhersagen könnte man Bücher füllen.«

Seine Augenbrauen schießen regelrecht in die Höhe, während er mich über sein Weinglas hinweg mustert. »Ich soll einen Roman über Rae MacLaughlin schreiben?«

»Nein«, lache ich auf. »Nicht so direkt. Aber … hast du schon einmal daran gedacht, deinen Roman auf einer Insel wie Whale Island spielen zu lassen? Ich glaube, du müsstest dich hier nur aufmerksam umsehen und würdest so viele interessante Charaktere finden!«

Erneut starrt er mich ein paar Sekunden lang stumm an, bevor er einen großen Schluck Wein nimmt. »Mhhm«, murmelt er schließlich und sieht auf seine Hände hinab. »Interessante Charaktere mit Sicherheit. Aber … manchmal ist zu viel reale Vorlage einfach … zu viel, verstehst du? Man ist zu nah dran. Es werden Erinnerungen wachgerüttelt, die lieber vergraben bleiben sollten.«

Überrascht mustere ich ihn und frage mich sofort, an was für Erinnerungen er gerade denkt. Ob es etwas mit seiner sexuellen Orientierung zu tun hat? Hat er sich gegenüber jemandem von der Insel geoutet, und das ist nach hinten losgegangen? Oder hatte er hier, auf Whale Island, womöglich einen heimlichen Freund, von dem niemand wissen durfte? Gibt es diesen Mann hier am Ende noch?

»Allerdings werde ich darüber nachdenken«, fügt Glenn jetzt mit einem flüchtigen Lächeln hinzu und sieht mich mit leicht schief gelegtem Kopf an. »Aber nur, wenn du dir dafür vornimmst, deiner Geschichte die Chance zu geben, eine echte Story mit allem Drum und Dran zu werden.«

»Du meinst, mit Höhen und Tiefen und ganz viel Drama und echten Gefühlen?«, hake ich ein wenig albern nach, weil mir der Wein zu Kopf steigt. Glenn starrt mich ein paar Herzschläge lang schweigend an, dann nickt er.

»Ja. Wobei ich dir weniger Drama und mehr Gefühle wünsche.«

»Klingt gut.« Ich hebe mein Weinglas und grinse ihn an. »Auf unsere Geschichten, Glenn.«

Glenn lächelt mich langsam an. »Auf unsere Geschichten, Viola.«

15

Als ich am folgenden Morgen aufwache, weiß ich einen Moment lang nicht, wo ich bin. Dann jedoch erblicke ich das pinkfarbene Kopfende meines Bettes und daneben das Fenster mit den zugezogenen Vorhängen, durch deren bunt geblümten Stoff gedämpft das Licht dieses Septembermorgens auf die breiten Holzdielen des Fußbodens fällt.

Richtig. Ich bin auf Whale Island. In Skyes Haus, in ihrem Gästezimmer mit dem fröhlich bunten Mobiliar. Und hinter der Wand, an der mein pinkfarbenes Bett steht, schläft Glenn. Oder – vielleicht schläft er auch nicht mehr. Wie spät ist es?

Als ich meinen Kopf drehe und nach meinem Telefon auf dem Nachttisch greife, merke ich zu meiner Erleichterung, dass mein Schädel nicht länger brummt, sobald ich mich zu schnell bewege. Die Fahrt mit dem Motorrad hat anscheinend nicht geschadet. Beim Gedanken an Glenn und mich auf seiner Maschine muss ich unwillkürlich lächeln.

Wir sind natürlich nicht mit dem Motorrad nach Hause gefahren. Skye war zwar immer noch in ihr angeregtes Gespräch mit Ian Baker an der Bar des *Four Whales* vertieft, als wir gegangen sind, aber ihr strenger Blick und der mahnend erhobene Zeigefinger in unsere Richtung haben gereicht, um

Glenn und mich zu Fuß zurück zu Skyes Haus laufen zu lassen. Er hatte ohnehin mindestens ein Glas Wein zu viel getrunken, um noch zu fahren. Das Motorrad will Glenn heute holen.

Bei dem Gedanken an ihn und mich gestern Nacht – auf dem Rückweg von der *Cameron Lodge*, zu Fuß auf der mondbeschienenen Küstenstraße – schlägt mein Herz ein wenig schneller. Aber mein Herz hat einfach immer noch nichts kapiert. Das war kein romantischer nächtlicher Spaziergang! Genauso wenig, wie meine Spaziergänge mit Tim entlang der Alster jemals romantisch waren.

Apropos: Ich habe eine neue Nachricht von meinen besten Freunden, stelle ich fest, als ich mein Telefon eingeschaltet habe.

Luigi: Bella, bist du auf dieser Insel am Ende der Welt angekommen? Melde dich! Pronto!

Tim: Bitte, Süße, schick uns ein Lebenszeichen, sonst treibt mich Luigi in den Wahnsinn.

Als ich gerade anfangen will, eine Antwort zu tippen, beginnt mein Telefon zu klingeln. Luigis unverschämt attraktives Profilfoto (er behauptet steif und fest, keinen Filter benutzt zu haben, was ihm niemand abnimmt) lacht mir entgegen. Mit einem Grinsen nehme ich den Videocall entgegen, ohne auch nur einen Gedanken an mein eigenes Aussehen zu verschwenden. Ich kann noch so blass, mit Ringen unter den farblosen Wimpern und mit zerwühltem Haar im Bett sitzen – es ist mir völlig egal, dass Luigi und Tim mich in diesem Zustand sehen.

»*Amore*, du siehst schrecklich aus!«, ruft Luigi entgeistert, als ich den Anruf annehme.

»Danke!«, lache ich empört auf.

Tim schiebt sich mit einem Schnauben ins Bild und sagt: »Hör nicht auf ihn, Liebes. Zwar könntest du so nicht unbedingt Miss Whale Island werden, aber … hey, es ist ja noch morgens bei euch, oder?«

»Quatsch, da ist es Abend!« Luigi sieht ihn mit einem Augenrollen an. Er wird die Zeitverschiebung nie hinbekommen.

»Nein, es ist tatsächlich neun Uhr morgens, und ich bin gerade erst aufgewacht«, erkläre ich betont ruhig.

»Ach, darum siehst du aus, als hätte sich auf deinem Kopf ein Eichhörnchen eingenistet«, bemerkt Luigi trocken. »Obwohl: Du bist in Kanada, *amore*. Kannst du ausschließen, dass sich auf deinem Kopf ein Nagetier eingenistet hat?«

»Ja, kann ich«, lache ich und glätte zur Unterstreichung meiner Worte mein Haar. »Seht ihr? Kein Nager weit und breit, zumindest nicht auf meinem Kopf. Hier auf der Insel gibt es sie bestimmt – aber dafür übrigens keine Elche, und ich habe ohnehin kein Auto mehr, darum müsst ihr euch nicht länger Sorgen um mich machen.«

»Oh, die machen wir uns trotzdem«, seufzt Luigi, während sich Tim räuspert und fragt: »Und … du wohnst jetzt also bei dieser Krankenschwester? Wie hieß sie noch – Heaven?«

»Skye«, antworte ich glucksend. »Mit ›e‹ am Ende, wie die schottische Insel.«

»Ahhhh«, machen Luigi und Tim gleichzeitig und nicken.

»Die Camerons haben nämlich schottische Vorfahren«, erkläre ich beim Gedanken an die schottische Musik, die gestern Abend das *Four Whales* erfüllt hat.

»Oh, tragen die Männer dort auch Kilts?« Luigis Augen beginnen zu glänzen, doch ich winke lachend ab, muss aber an den gerahmten Tartan-Stoff denken, den ich beim Verlassen der Lodge über dem rustikalen Kamin aus Natursteinen in der Lobby entdeckt habe. Glenn hat mir erklärt, dass das rot-grüne

Karo-Muster tatsächlich das traditionelle Muster des Cameron-Clans aus Schottland ist.

»Nein, sie tragen Jeans, aber der Vater von Skye und Glenn soll tatsächlich einen Dudelsack besitzen, auf dem er hin und wieder spielt.«

»Ach ja, Glenn!« Luigi rückt so nah an die Kamera, dass ich mich von der einwandfreien Arbeit seines Kosmetikers in Sachen Augenbrauen zupfen überzeugen kann. Begierig hakt er nach: »Erzähl mal, wie sieht er aus? Bist du dir sicher, dass er schwul ist?«

Natürlich hatte ich den beiden noch an meinem letzten Abend in der Klinik von dem blendend aussehenden dunkelhaarigen Fremden erzählt, der plötzlich in meinem Krankenzimmer aufgetaucht war und mich umgehauen hatte.

»Er hat gestern ein Rufus-Wainwright-T-Shirt getragen«, sage ich mit einem wehmütigen Seufzen.

»Also das beweist rein gar nichts«, sagt Tim mit einem entschiedenen Kopfschütteln. »Rufus ist einfach ein begnadeter Musiker, da ist es doch egal, ob schwul oder nicht. Bei einem ABBA-T-Shirt wäre ich misstrauisch geworden, aber doch nicht bei Rufus Wainwright.«

»Hach, Rufus Wainwright«, seufzt Luigi verträumt, was ihm einen belustigten Seitenblick von Tim einbringt.

»Und er findet auch, dass Tom Cruise in *Top Gun* noch sexy und nicht peinlich war.«

»Oh, das stimmt«, nickt Luigi. »Da gebe ich ihm absolut recht.«

»Und er hat in Halifax mit einem Mann zusammengelebt. Mit einem ›Freund‹.« Ich male Anführungsstriche in die Luft. »Aber jetzt haben er und dieser Andy sich zerstritten, und darum will er eine Zeit lang hier auf der Insel, im Haus von Skye, bleiben.«

»Hm«, macht Tim nachdenklich. »Tja. Hast du eigentlich inzwischen ein Foto von ihm?«

»Ähm … ja.« Und zwar nicht nur das Bild, das ich auf dem Weg von der Fähre zu Skyes Haus spontan von ihm geknipst habe. Ein wenig beschämt denke ich daran, wie ich gestern Abend so getan habe, als würde ich eine Aufnahme vom *Four Whales* machen, wobei ich Glenn in der vorderen Bildecke mit aufgenommen habe. »Allerdings ist das Foto auf meiner Kamera, nicht auf dem Telefon. Ich schicke es euch später.«

»Ach, *amore,* ich hatte so gehofft, dass du in Kanada die große Liebe findest!« Luigi sieht mich aus weit aufgerissenen Augen an. »Gerade jetzt, da du nicht tot bist!«

»Ja, es ist immer von Vorteil, der großen Liebe im lebenden Zustand zu begegnen«, bemerkt Tim trocken und rollt seinen Blick himmelwärts, bevor er mich schief anlächelt. »Hey, Viola, ich bin unfassbar froh, dass diese Esmeralda damals doch danebenlag.«

»Hm«, mache ich nachdenklich und sehe meinen Freund ernst an. »Bei Lutz und dir lag sie nicht daneben.«

»Können wir NICHT über Lutz sprechen, *per favore?*« Luigi schnauft laut und verschränkt die Arme vor der Brust. Er ist der eifersüchtigste Mensch, der mir je begegnet ist. Ich muss mühsam ein Schmunzeln unterdrücken.

»Ja, ich würde auch gern das Thema Esmeralda vermeiden«, bestätige ich dann und werde wieder ernst. »Vielleicht lag sie nämlich gar nicht daneben, sondern hat sich nur in Sachen Alter verhauen und es erwischt mich erst mit fünfunddreißig.«

»Sie hat ja überhaupt nicht von einem konkreten Alter gesprochen«, wirft Tim entschieden ein. »Und auch nicht davon, dass du früh stirbst.«

»Nein, sie hat vom Schicksal der Frauen meiner Familie gesprochen«, seufze ich. »Was sonst hätte sie meinen können?

Die Tendenz, früh grau zu werden vielleicht? Nun, falls sie das meinte, kann das niemand überprüfen, weil weder meine Mutter noch meine Großtanten oder meine Oma überhaupt die Chance hatten, grau zu werden.«

»Dann wirst du es werden«, sagt Tim mit Nachdruck. »Du wirst irgendwann eine uralte, runzelige grauhaarige Frau sein und zufrieden auf dein Leben zurückblicken.«

»Mit deiner großen Liebe an deiner Seite!«, fügt Luigi in einem Tonfall hinzu, der keinen Widerspruch zulässt. »Und du könntest durchaus alt und rothaarig neben deinem Traummann sitzen, das Haarefärben wurde schließlich nicht umsonst erfunden.«

»Ich vermisse euch«, lache ich auf. »Ihr zwei seid wirklich meine Familie, das wisst ihr, oder?«

»Absolut, *amore*, absolut.« Luigis Augen werden feucht, und er blinzelt konzentriert. Ich weiß, dass er nichts mehr hasst als verwischten Eyeliner. »Höchste Zeit, deine Reise endlich zu beenden und nach Hause zu kommen, würde ich sagen!«

»Das finde ich auch«, bestätigt Tim ruhig und mustert mich ernst. »Wann kommst du zurück, Viola?«

»Ich bin mir noch nicht sicher«, sage ich mit einem tiefen Seufzer. »Mein Flug wäre ja eigentlich übermorgen gegangen, aber jetzt, da ich … nicht tot bin …« Ich unterbreche mich kurz und weiß nicht, ob ich lachen soll oder nicht, entscheide mich dann für die erste Option und grinse meine Freunde breit an, bevor ich fortfahre: »… Jetzt möchte ich mir diese Ecke von Nova Scotia noch in Ruhe ansehen, ohne das ewige Damoklesschwert über mir. Und vor allem Whale Island möchte ich ausgiebig kennenlernen.«

Und Glenn, schwul oder nicht. Denn sehr nett ist er allemal. Und eigentlich ist es so ja ohnehin einfacher. Romantische Gefühle machen schließlich oft alles kaputt. Und Sex erst recht.

»Mach das«, sagt Tim. »Und dann kommst du nach Hause.«

»Vergiss nicht, uns das Foto von Mr. Whale Island zu schicken!«, erinnert mich Luigi noch mit Nachdruck, bevor wir uns mit vielen Luftküssen voneinander verabschieden.

Mr. Whale Island sitzt in Skyes Küche an einem runden Holztisch, der kanarienvogelgelb gestrichen wurde, während die Stühle, die im Kreis darum herumstehen, alle verschiedene Bonbonfarben haben: Mintgrün, Babyblau, Puderrosa und Apricot. Glenn hat seinen aufgeklappten Laptop vor sich, und ich bleibe im Türrahmen stehen, um ihn verstohlen zu beobachten. Seine Finger fliegen behänd über die Tastatur, während er seine Stirn in Falten legt, offensichtlich tief versunken in dem, was er gerade tippt. Er trägt erneut verwaschene Jeans und ein T-Shirt mit einem offenen Hemd darüber – diesmal ist es ein schlichtes weißes Shirt, das Hemd ist aus einem karierten Flanellstoff in Blautönen. Ich traue mich nicht, die Küche zu betreten, weil ich Glenn nicht stören möchte – er wirkt so vertieft in das, was er da schreibt. Doch als ich versuche, mich diskret abzuwenden, knarzt eine Holzdiele unter meinen Füßen, und er schaut auf. Verdammt, muss er so attraktiv sein? Sogar mit offenbar ungekämmtem Haar, das er sich jetzt mit einem verlegenen Lächeln aus dem Gesicht streicht.

»Guten Morgen, Viola«, sagt er und grinst mich schief an. »Gut geschlafen?«

»Ja, wie ein Stein«, erwidere ich wahrheitsgemäß. »Es ist so still hier auf der Insel, nur das Rauschen der Brandung in der Ferne – wie das schönste Schlaflied.«

Glenn sieht mich nachdenklich an und nickt schließlich. »Ja, das stimmt«, erwidert er ernst. »Das habe ich tatsächlich erst in Halifax zu schätzen gelernt, wenn mich frühmorgens mal wieder die Müllabfuhr aus dem Schlaf gerissen hat. Hier weckt einen allerdings oft das Nebelhorn. Aber das ist eigentlich ein schönes Geräusch – zumindest, wenn man gemütlich im Bett liegt und nirgendwo hinmuss.«

Natürlich muss ich sofort daran denken, wie es wäre, mit Glenn gemütlich im Bett zu liegen und nirgendwo hinzumüssen, während draußen das Nebelhorn heult. Meine Wangen beginnen zu glühen, während ich mich der Küchenzeile mit dem altmodisch wirkenden Herd zuwende.

»Ich glaube, ich brauche erst einmal einen Kaffee«, murmele ich, mehr zu mir selbst, aber da hat Glenn schon seinen Stuhl zurückgeschoben und kommt zu mir.

»Sorry, ich habe eben den letzten Kaffee aus der Kanne getrunken«, sagt er in entschuldigendem Tonfall und schwenkt wie zum Beweis die leere Glaskanne der Kaffeemaschine. »Aber, hey, soll ich dir einen richtigen Latte Macchiato machen?«

»Oh, das wäre natürlich fantastisch«, grinse ich. »Hat Skye denn einen Milchaufschäumer?«

»Klar, nachdem ich ihr vorletztes Jahr einen zu Weihnachten geschenkt habe«, nickt Glenn. »Jetzt muss ich den nur noch finden. Und die Espressokanne.«

»Ist Skye schon zur Arbeit gefahren?«

»Ja. Sie kommt am späten Nachmittag zurück, meinte sie. Ach, und wir sind bei Aidan zum Abendessen eingeladen. Ha!« Triumphierend zieht er eine kleine Espressokanne für den Herd aus einem der Oberschränke. »Okay, die hätten wir schon. Und dann … ah, ja, hier ist die Milchkanne. Fehlt nur der Aufsatz.« Konzentriert kramt er weiter, während ich zaghaft nachhake: »Wir sind bei Aidan eingeladen? Also … du und Skye und … ich?«

»Ja, natürlich du auch«, sagt Glenn mit einem trockenen Lachen und zieht dann kopfschüttelnd den Aufsatz der Milchkanne aus der hintersten Ecke einer Schublade, die vor Tupperdosen überquillt.

»Meine Schwester scheint nicht oft Milch aufzuschäumen«, brummt er.

»Muss Aidan denn heute Abend nicht ins Restaurant?«, hake ich ratlos nach.

»Seit die Nebensaison offiziell angefangen hat, ist das *Four Whales* mittwochabends für externe Gäste geschlossen, und die Hotelgäste bekommen nur eine kleinere Auswahl an Gerichten, für die mein Bruder nicht anwesend sein muss«, erklärt Glenn. »Aidan braucht auch mal einen Abend in der Woche, an dem er durchschnaufen kann, wie Mom meinte.«

»Das klingt fair«, erwidere ich.

Glenn füllt die Espressokanne mit Pulver und Wasser, bevor er sich plötzlich mir zuwendet und auf mich zukommt. Fast erschrocken starre ich ihn an. Was will er denn jetzt?

»Ich bräuchte die Milch«, sagt er mit einem vagen Lächeln und deutet auf mich … nein, auf den Kühlschrank, vor dem ich stehe. »Sonst habe ich nichts zum Schäumen.«

»Richtig«, lache ich verlegen auf und mache einen großen Schritt fort von der Kühlschranktür. Mein Telefon piept in meiner Hosentasche, und ich ziehe es heraus. Es ist eine Nachricht von Luigi. Ich warte, bis Glenn mit der Milchpackung an den Herd getreten ist, wo er die Kanne füllt – schließlich will ich nicht, dass er am Ende das Foto sieht, das ich Luigi und Tim von ihm geschickt habe. Das Bild von gestern Abend, auf dem er nachdenklich ins Restaurant starrt.

»OMG« hat Luigi geschrieben, und Tim: *»Ja, sehe ich auch so. OMG.«*

Dann wieder Luigi: *»Aber ich spüre keine schwulen Vibes.«*

»Wie bitte?«, tippe ich und muss ein Lachen unterdrücken. *»So was spürst du, wenn du ein Foto von jemandem siehst?«*

»Absolut«, kommt sofort die Antwort, und fast gleichzeitig poppt eine Nachricht von Tim mit einer ganzen Reihe Tränen lachender Emojis auf. Daraufhin schreibt Luigi etwas nicht sehr Nettes auf Italienisch – zumindest vermute ich, dass es nicht nett ist, weil Tim mit einem Haufen-Emoji antwortet. Ich muss so sehr lachen, dass mir Tränen in die Augen steigen, während ich rasch tippe: *»Kinder, nicht streiten! Ich liebe euch beide, aber ich muss jetzt Schluss machen – Mr. Whale Island schäumt mir Milch auf.«*

»Der soll lieber dich aufschäumen«, schreibt Luigi, und Tim schickt ein Auberginen-Emoji, was ich mit einem Schnauben zum Anlass nehme, mein Telefon rasch wegzustecken.

Fragend sieht mich Glenn vom Herd aus an. »Das sind Lachtränen, oder? Ich muss mir keine Sorgen machen?«

»Nur Lachtränen«, bestätige ich und wische mir grinsend unter den Augen entlang. »Sorry. Das waren meine besten Freunde aus Hamburg.«

Glenn nickt und mustert mich mit einem flüchtigen Schmunzeln, während er duftenden Espresso in zwei hohe Gläser gießt und dann entschlossen beginnt, den Schlegel des Milchaufschäumers hoch und runter zu bewegen, um Milchschaum zu zaubern. Mit brennenden Wangen wende ich mich dem Fenster zu, weil mich Luigis Worte verfolgen: *Der soll lieber dich aufschäumen.*

Puh, ist mir warm.

Gedankenverloren starre ich nach draußen, wo die weite Oberfläche des tiefblauen Atlantiks in der Sonne glitzert. Skye hat so einen unfassbar schönen Ausblick aus ihrer Küche, dass ich mir spontan auch so ein Haus wünsche, hoch über den Klippen, mit einem freien Blick auf den Ozean.

»So, hier ist Ihr Latte Macchiato, Mylady«, reißt mich Glenns Stimme aus meinem versunkenen Starren, und als ich mich umdrehe, merke ich, dass er sogar ein wenig Kakaopulver über die perfekte Milchschaumhaube gestäubt hat.

»Wow«, mache ich anerkennend. »Der sieht ja super aus.«

»Tja, ich habe ja gesagt: Ich bekomme den perfekten Milchschaum hin«, grinst Glenn. »Jeder hat seine Talente.« Ein Schatten gleitet über seine Züge, und er wendet sich ab und nippt an seinem Glas. »Du hast eben ganz schön fleißig getippt«, bemerke ich vorsichtig, während ich Glenn zum Küchentisch folge, wo er den Laptop zugeklappt hat. Er sieht mich an und nickt langsam.

»Ja. Ich ... ich hatte tatsächlich eine neue Romanidee.«

Überrascht reiße ich meine Augen weit auf. »Im Ernst?«

Glenn lächelt mich schief an. »Ja. Im Ernst. Dem Tipp einer gewissen Deutschen sei Dank, die mir geraten hat, über das zu schreiben, das mir nah ist.«

Sprachlos starre ich ihn an. »Wow«, stammele ich. »Das ... das ist ja ... wow.« Ich bin tatsächlich überwältigt, dass mein Ratschlag ihm aus seiner Schreibblockade geholfen hat. So einfach war das?

Glenn lächelt mich immer noch an, und er beugt sich ein wenig vor und sagt: »Ja, ich schreibe meine Geschichte, Viola. Jetzt musst du dich nur noch an deinen Teil halten. Deine Story. Nicht das Happy End aus dem Blick verlieren, hörst du?«

16

Ich verbringe diesen sonnigen Septembertag damit, einen langen Spaziergang über die Insel zu machen. Von der Nordspitze mit ihrem North Point Leuchtturm und der Coast Guard Station bis zur Südwestspitze mit ihrem stillgelegten South Point Leuchtturm und dem Whale Sanctuary ganz in der Nähe sehe ich mir alles an. Das Whale Sanctuary liegt an einer tiefen Bucht, der Deep Bay, die durch Netze im Wasser vom offenen Atlantik abgeschirmt ist, wie mir die Infotafeln im Besucherinformationszentrum erklären. Gemeinsam mit einem Grüppchen aus offenbar spanischen Touristen, die ich gestern Abend in der Lobby der *Cameron Lodge* gesehen habe, wandere ich durch das von Sonnenlicht durchflutete Holzgebäude am Rande der Deep Bay, lese die interessanten Fakten zu den Walen, die hier, an Kanadas Atlantikküste, ihren natürlichen Lebensraum haben – in freier Wildbahn sind das hauptsächlich Buckelwale, Mink- und Pilotwale –, und sehe mir schließlich den Film über die zwei Beluga-Damen Alba und Luna an. Die zwei Weißwale haben die größte Zeit ihres Lebens in einem chinesischen Aquarium verbracht, bis sie dank der Organisation *Second Chance for Whales* ihre Freiheit wiedererlangt haben. Im vergangenen Sommer sind die Meeressäuger erst mit einem

Frachtflugzeug und anschließend an Bord von zwei Schleppern bis hierher, nach Whale Island, transportiert worden. Was für ein wunderbares Happy End für diese beiden schönen Tiere, denke ich gerührt, als ich schließlich wieder in den hellen Sonnenschein hinaustrete und am Rande der Bucht entlangwandere. Wenn meine Geschichte bloß auch irgendwie zu einem Happy End finden würde, überlege ich ernst, weil meine Gedanken wieder zu Glenn und unserer merkwürdigen Abmachung wandern. In meiner Lebensstory waren große Gefühle und Leidenschaft bisher tatsächlich Mangelware – weil ich alles, was über oberflächliche Beziehungen hinausging, rigoros abgeblockt habe. Wenn ich mich auf Männer eingelassen habe, dann fast nie in Hamburg, sondern hauptsächlich auf meinen Reisen – denn dadurch waren die Fronten von vornherein geklärt, und ich musste mich nicht rechtfertigen, weil ich nur etwas für ein paar Nächte suchte. Wer will schon eine Fernbeziehung zwischen Hamburg und Australien führen? Flüchtig muss ich an den netten Surfer Sean denken, der mich in Byron Bay an der australischen Ostküste ein paar Nächte lang in seinen VW-Bulli am Strand aufgenommen hat. Oder an Pepe in Kuba, der mir mehr als nur die schönsten Ecken von Havanna gezeigt hat. Ob mehr aus ihm und mir geworden wäre, wenn ich nicht geglaubt hätte, bald sterben zu müssen? Hätte ich mich auf eine richtige Beziehung mit Pepe eingelassen? Wäre er womöglich irgendwann zu mir nach Hamburg gezogen? Oder ich nach Havanna?

Nein. Nein, auch ohne Esmeralda wären meine Gefühle für Pepe auf gar keinen Fall ausreichend für so einen Schritt gewesen, überlege ich – und umgekehrt wohl auch nicht. Sean in Australien hat von sich aus klargemacht, dass er selbst keine Beziehung wollte, was mir nur recht war. Und die anderen – der nette Tauchlehrer in Thailand, der ziemlich abenteuerlustige holländische Backpacker in Neuseeland und der charmante Musiker in Rio – waren alle nur One-Night-Stands ohne Bedeutung gewesen. Ich hatte es so gewollt – und vermutlich hatte ich mir bewusst immer die Typen ausgesucht, die sowieso nicht auf der Suche nach der Frau fürs Leben waren. Natürlich funktioniert dann das Argument irgendwie nicht mehr, das ich Glenn gegenüber gestern Abend benutzt habe, wird mir in diesem Moment klar: Wollte ich wirklich die jeweiligen Männer davor schützen, sich in mich zu verlieben, weil ich früh sterben würde? Nein – denn die Männer, die ich auf meinen Reisen kennengelernt habe, brauchten nicht geschützt zu werden. Es war klar, dass ich weiterziehen würde, dass wir nicht in Kontakt bleiben würden. Im Grunde genommen wollte ich wohl mich selbst schützen, früher Tod hin oder her. Ich habe mir bewusst nur Affären auf Reisen, fernab von meinem Alltag in Hamburg, eingestanden, weil ich nicht so enden wollte wie meine Mutter: Mit gebrochenem Herzen, immer in der Hoffnung, dass ihre große Liebe zu ihr nach Hamburg zurückkehren würde.

In Gedanken versunken folge ich dem Küstenpfad und atme dabei genüsslich die salzige Meeresluft ein, in die sich der Duft nach Nadelbäumen und feuchter Erde mischt. Als ich im dunklen Wasser der Bucht mit einem Mal einen weißen Schimmer sehe, halte ich an und starre konzentriert auf die Stelle. Ja, da ist er wieder. Und … noch ein zweiter, in ein paar Metern Entfernung. Das sind tatsächlich Alba und Luna! Begeistert packe ich meine Fotokamera aus und schaue durch den Sucher, zoome heran, soweit es mein Teleobjektiv zulässt, und schieße einige Aufnahmen. Erst denke ich enttäuscht, dass die Bilder nichts werden können, weil die beiden weißen Meeressäuger zu weit unter der Wasseroberfläche bleiben. Dann aber, als ich die Kamera fast wieder einpacken will, tauchen Alba und Luna gleichzeitig auf, strecken ihre Köpfe aus dem Atlantik, und ich könnte schwören, dass sie direkt in meine Linse schauen. Atemlos fotografiere ich, was das Zeug hält, bis die zwei Tiere wieder elegant abtauchen und im tiefen Dunkel der Bucht verschwinden.

»Unfassbar schön, oder?«, höre ich eine Stimme in meiner Nähe fragen, und als ich mich umdrehe, steht dort ein hagerer alter Mann mit schlohweißem Haar, dessen dünne Strähnen vom Wind wild durcheinandergewirbelt werden. Seine hellblauen Augen mustern mich eingehend.

»Ja«, erwidere ich und muss breit lächeln, weil mich der Anblick dieser zwei Belugawale so glücklich gemacht hat. »Wirklich unfassbar schön!«

Mit einem Kläffen springt auf einmal ein kleiner, strubbeliger Hund auf mich zu, der nur drei Beine hat, wie ich erkenne, als ich mich zu ihm hinabbeuge. »Na, du kleiner Kerl? Wie heißt denn du?«

»Fiete«, erwidert der alte Mann, und noch während ich mir von einem begeistert hechelnden Hund die Hände abschlecken lasse, fährt er fort: »Eine tolle Kamera haben Sie da.« Mir wird bewusst, dass er zwar astreines Englisch spricht, aber mit einem starken Akzent. »Fotografieren Sie beruflich?«

»Nein, nein«, winke ich lachend ab. »Leider ist es nur ein Hobby.«

»Warum leider? Hobbys sind doch wichtig. Ich fotografiere auch gern. Allerdings ist es ebenfalls ›nur‹ ein Hobby, wie Sie es nennen.« Beim Wort »nur« malt er imaginäre Anführungszeichen in die Luft, und ich beeile mich, klarzustellen: »Ich meinte das überhaupt nicht abwertend, natürlich sind Hobbys toll. Und … ach.« Ich halte inne und betrachte den Mann eingehend. »Sie sind nicht zufällig Gottlieb?«

Der Alte dreht den Kopf und erwidert meinen Blick überrascht. »Der bin ich allerdings, ja. Kennen wir uns?«

»Nein, noch nicht, aber ich durfte im *Four Whales* schon Ihre Bilder bewundern und habe gehört, dass Sie auch aus Deutschland kommen.« Automatisch habe ich ins Deutsche gewechselt, und, ja, Gottlieb versteht mich. Das Strahlen, das sein Gesicht überzieht, ist nicht zu übersehen, selbst wenn ich das Gefühl habe, dass er seine Freude nicht zu offensichtlich machen möchte.

»Ist das denn zu fassen? Schon die dritte Deutsche, die es seit dem letzten Sommer auf diese Insel verschlägt«, brummt er mit einem leichten Kopfschütteln, lächelt aber dabei. »Jetzt sagen Sie bloß nicht, dass Sie auch noch mit dem dritten Cameron-Bruder zusammen sind.«

»Ähm … nein«, lache ich auf und wische mir verlegen eine Haarsträhne aus dem Gesicht. Fast hätte ich spontan hinterhergeschoben: »Glenn ist doch schwul!«, aber das verkneife ich mir gerade rechtzeitig. Der alte Gottlieb, der so ein Einsiedler sein soll, weiß ganz sicher nicht, wie Glenns Liebesleben bisher aussah, und so soll es bleiben. Ich werde sein Geheimnis bestimmt nicht ausplaudern.

»Ich bin Viola«, erkläre ich nun und reiche Gottlieb die Hand.

Seine Finger fühlen sich runzelig und gekrümmt an, sind aber dennoch sehr kräftig, als sie meinen Handschlag erwidern. »Freut mich, Viola, freut mich«, sagt er leise und mustert mich nachdenklich. »Und du machst Urlaub hier auf Whale Island?«

Ich zögere und überlege, wie weit ich ausholen soll. Schließlich nicke ich nur und erwidere: »Ja, ganz genau. Ich habe zufällig Skye Cameron kennengelernt, und sie lässt mich ein paar Tage bei sich wohnen.«

»Skye Cameron, so, so«, brummt der alte Mann mit dem Hauch eines amüsierten Schmunzelns in seinen Mundwinkeln. »Dann kennst du bestimmt auch schon die anderen Deutschen, die hier auf der Insel gelandet sind? Greta und Stella?«

»Stella habe ich gestern Abend kennengelernt, Greta bisher noch nicht«, erwidere ich. »Aber wir sind nachher bei Aidan eingeladen, da sehe ich sie bestimmt.«

»Na, dann grüß bitte sowohl sie als auch Stella von mir«, brummelt Gottlieb und will sich abwenden, doch sein Hund tänzelt nach wie vor begeistert um mich herum und fordert immer neue Streicheleinheiten.

»Na, Fiete, du bist aber wirklich angetan von der jungen Dame«, bemerkt Gottlieb belustigt, und ich muss über das »junge Dame« schmunzeln. »So begeistert ist er von Fremden normalerweise nicht«, fügt er noch hinzu, und ich merke, dass er mich eingehend mustert. »Wenn du heute Abend Greta kennenlernst, könntest du dich ihr morgen anschließen – sie besucht mich donnerstags immer. Dann kannst du die Fotografien sehen, die ich in meinem Haus habe. Ich meine, falls sie dich interessieren.«

Überrascht löse ich meine Hände von Fietes Fell und richte mich auf. »Und ob sie mich interessieren«, sage ich erfreut. »Das wäre wirklich schön. Nicht wahr, Fiete? Dann sehen wir uns hoffentlich morgen wieder, mein Kleiner.«

Whale Island wird in sanftes Dämmerlicht gehüllt, als wir abends aus Skyes altem Ford steigen, den sie schwungvoll vor der *Cameron Lodge* in eine Parklücke manövriert hat. Gespannt sehe ich mich um, als ich Skye und Glenn über den knirschenden Kies der Parkplatzfläche folge. Wir gehen heute nicht zum Hotelgebäude mit seinen hell erleuchteten Fenstern, sondern überqueren eine Wiese und tauchen bald in den Schatten der Bäume eines Waldstücks ein. Der Pfad wird von duftenden Kiefernnadeln bedeckt, und ich atme tief die köstliche Waldluft ein, während ich hinter Skye hergehe, Glenn auf meinen Fersen. Interessiert betrachte ich die kleinen Blockhäuser, die am

Rande des Waldwegs liegen und teilweise ebenfalls erleuchtete Fenster haben. Auf einer Veranda sitzt ein junges Pärchen beim Abendessen. Beide schauen auf, als wir vorbeigehen, und grüßen uns freundlich. Diese kleinen Cottages sehen so heimelig und gemütlich aus, dass ich mir einen Moment lang fast wünsche, doch hier, in der *Cameron Lodge*, übernachten zu können. Den Wunsch verwerfe ich allerdings blitzschnell wieder, als ich an Glenns hervorragenden Latte Macchiato heute Morgen denke, an unsere ausgiebigen Gespräche und an Skyes fröhliches Naturell, das sofort ihr ganzes Haus erfüllt, sobald sie durch die Eingangstür kommt. Nein, ich bin unfassbar froh, in ihrem türkisfarbenen Haus hoch über den Klippen wohnen zu dürfen – und dennoch verliebe ich mich schlagartig in diese hübschen Gästehäuser der *Cameron Lodge*.

Wir passieren ein Schild, auf dem »Staff only« zu lesen ist, und mir wird klar, dass wir den Gästebereich verlassen und nun zu den Blockhäusern kommen, in denen die Mitarbeiter des Hotels wohnen. Skye hat mir im Auto auf dem Weg zur Lodge schon erklärt, dass Aidan eines dieser Häuser bewohnt, und Isla übernachtet regelmäßig hier, wenn sie nicht bei ihrer Mom wohnt, die ebenfalls ein Haus auf Whale Island hat. Stella und ihre Tochter wohnen in einem weiteren Blockhaus, und ein drittes der Angestellten-Cottages wird von dem Barmann Raphaël und seiner Verlobten, der Souschefin Salomé, bewohnt.

Gerade, als ich diese Informationen in Gedanken noch einmal Revue passieren lasse, kommen wir vor dem ersten der Blockhäuser an, und ich höre Gitarrenklänge, die in die recht kühle Abendluft getragen werden.

»Oh, Feli macht Musik«, sagt Skye und sieht mich mit einem breiten Lächeln an. »Felicitas ist Stellas Tochter, und sie hat sich wahnsinnig verändert, seit sie im Juli hier auf der Insel angekommen ist. Anfangs war sie noch völlig introvertiert, aber mit den Wochen hat sie immer mehr aus ihrem Schneckenhaus herausgefunden. Was größtenteils Jackson Porter zu verdanken ist.«

»Dem Musiker?«, hake ich verdutzt nach, während wir an der Veranda des Blockhauses vorbeigehen und ich einen flüchtigen Blick ins Innere erhasche, wo ich einen hölzernen Esstisch und dahinter die Oberschränke einer Küchenzeile erkenne.

»Allerdings«, grinst Skye. »Jackson war unser erster Gast hier in der *Cameron Lodge* – also bei der großen Wiedereröffnung im Sommer. Feli und er haben sich auf Anhieb gut verstanden und oft gemeinsam Musik gemacht. Er hat ihr wirklich gutgetan.«

»Gab es da nicht diesen Skandal … wegen Belästigung einer Minderjährigen?«, frage ich vorsichtig, während ich versuche, mich an die Schlagzeilen zu erinnern, die diesen Sommer die Welt der Klatschzeitschriften dominiert haben.

»Ja«, seufzt Skye. »Jacksons Ex-Freundin wollte sich an ihm rächen und hat falsche Gerüchte in die Welt gesetzt. Zum Glück wurde alles widerlegt, und auch die Minderjährige, um die es ging – nämlich die Tochter der Ex –, hat Jackson öffentlich in Schutz genommen. Inzwischen ist Clementine, die Ex, wohl sogar in einer Klinik, wegen ihrer Drogensucht. Wie auch immer: Jackson ist ein wirklich lieber Kerl, den wir alle hier ins Herz geschlossen haben.« Sie macht eine kurze Pause, während wir am nächsten Blockhaus vorbeigehen, und fügt mit einem Glucksen hinzu: »Na ja, alle außer Aidan.«

»Wieso?«, hake ich neugierig nach, und Skye erwidert lachend: »Weil der gute Jackson ein Auge auf Stella geworfen hatte. Tja, das hat meinen lieben Bruder ganz schön gewurmt.«

»Über welchen deiner Brüder lästerst du gerade?«, hören wir

eine Stimme, und ich merke, dass wir uns dem dritten Blockhaus genähert haben, dessen Veranda von einigen Sturmlaternen mit flackernden Kerzen darin erhellt wird. Aidan steht neben einem Sandsack, der von einem Vordach der Veranda herabhängt, und sieht uns entgegen.

»Über dich, mein Lieber«, kontert Skye keck und geht vor mir die Treppenstufen zur Veranda hinauf. »Ich habe Viola gerade von Jackson erzählt.«

»Ahhh. Jackson«, sagt Aidan, und diese zwei Wörter reichen, um klarzumachen, dass er tatsächlich nicht der größte Fan des smarten Sängers ist, für den weltweit Millionen von Mädchen und junger Frauen – und sicher auch viele Männer – schwärmen. Ich sehe Glenn an, der hinter mir die Veranda betreten hat. Er erwidert meinen Blick mit einem Lächeln, sagt aber nichts weiter zum Thema Jackson.

»Hi, ihr drei!«, hören wir da Stellas Stimme, und die schwarzhaarige Frau mit dem fröhlichen Lachen taucht hinter Aidan auf der Veranda auf. Da stürmt mit einem Bellen ein zotteliger grauer Hund an ihr vorbei und kommt schwanzwedelnd auf uns zu.

»Hi, Johnnie Walker!« Ich sehe, wie Glenn in die Knie geht und den begeistert hechelnden Hund liebevoll begrüßt.

»Johnnie Walker?«, frage ich grinsend.

»O ja«, lacht Stella. »Unser Whiskey-Hund. Er wohnt bei uns, solange Graham in Scott's Harbour bei der Klinik übernachtet.«

Dass Glenns Vater sich weigert, zurück auf die Insel zu kommen, solange Heather im Krankenhaus ist, und stattdessen ein Motel in Kliniknähe bezogen hat, habe ich schon gehört, und es rührt mich sehr.

»Kommt doch rein, es ist schon ziemlich kühl heute Abend, oder?«

»Kühl«, brummt Aidan und sieht seine Stella mit einem Kopfschütteln an. »Es sind 17 Grad, das bezeichnen wir in Kanada als angenehm warme Sommertemperatur. Man merkt, dass du zu lange in den Tropen gelebt hast.«

»Stimmt genau«, grinst Stella unbekümmert und winkt uns alle ins behagliche Wohnzimmer des Blockhauses. »Nur gut, dass ich Abend für Abend meine eiskalten Füße bei dir aufwärmen darf.«

»Ich überlege ernsthaft, dir Bettverbot zu erteilen, wenn du weiterhin deine Eisklumpen von Zehen unter meine Waden schiebst«, knurrt Aidan, aber das verliebte Lächeln, das um seine Mundwinkel spielt, verrät mir, dass er Stella nie im Leben kampflos aus seinem Bett lassen würde. Mein Herz zieht sich ein wenig zusammen vor Sehnsucht, während ich weiter in das gemütliche Wohnzimmer hineingehe. Verdammt, ich wünschte, ich hätte auch jemanden, bei dem ich meine eiskalten Füße wärmen könnte! Jemanden, der mich mit so einem Glanz in den Augen betrachten würde, ganz so, als sei ich der Mittelpunkt seines Universums.

»Ach, als ob du noch ohne deine Stella sein könntest«, spricht Skye amüsiert das aus, was ich gerade gedacht habe, und Aidan grinst regelrecht verlegen. Stella schiebt sich neben ihn und drückt ihm vergnügt einen Kuss auf die Lippen.

»O Mann, könntet ihr bitte mit dem ständigen Herumgeknutsche aufhören? Das ist so peinlich, echt«, hören wir da eine Mädchenstimme, und als ich mich umdrehe, sehe ich Aidans Tochter Isla durch die Eingangstür des Blockhauses kommen, gefolgt von einem schwarzhaarigen Mädchen. Die Dunkelhaarige ist einen halben Kopf kleiner als die langbeinige Isla, und sie ist etwas fülliger. Neugierig mustere ich das hübsche Gesicht des Mädchens und erkenne sofort die Ähnlichkeit zu Stella. Ja, das muss ihre Tochter Feli sein.

»Hey, hey, junge Dame«, sagt Aidan und sieht seine Tochter mit hochgezogenen Augenbrauen an. »Von ›Herumgeknutsche‹ kann nun wirklich keine Rede sein!«

»Jetzt gerade vielleicht nicht«, stöhnt Isla auf und schaut erst Glenn und dann mich mit übertriebener Verzweiflung an. »Ihr könnt euch nicht vorstellen, wie furchtbar es ist, den eigenen Vater wie einen verknallten Teenager zu erleben. Und die eigene Mutter. Oder, Feli?«

Feli grinst schief, und ihre Wangen färben sich rosig, während sie nickt. »Und ob«, murmelt sie, während sie erst Glenn verstohlen mustert, dann mich.

»Das kann ich mir vorstellen«, sagt jetzt Glenn und lacht amüsiert auf. »Es gibt ganz einfach Situationen im Leben, die möchte man nicht mit seinen eigenen Eltern in Verbindung bringen.«

»Allerdings«, hören wir da eine weitere Männerstimme, und Duncan betritt das Blockhaus, ein gewickeltes Tuch vor der Brust. »Ich sage nur: Jacuzzi. Damit hat Mom mich bis in alle Ewigkeit verstört.«

»Jacuzzi?«, hakt Glenn ratlos nach, während Aidan rasch sagt: »Frag nicht nach! Du willst es nicht hören!«

Aber Duncan grinst seinen jüngsten Bruder geradezu diabolisch an, bevor er genüsslich erklärt: »Offenbar bin ich auf der Hochzeitsreise unserer Eltern auf Prince Edward Island entstanden. Und zwar in einem Jacuzzi.«

Glenn lacht leise auf und wirft dann mir einen Blick zu. »Prince Edward Island. Womit wir wieder bei der lieben Anne wären. Nur hatte die keinen Jacuzzi.«

Ich muss kichern, während Isla verzweifelt ruft: »Musstest du das erzählen, Duncan? Ich werde nie wieder ein Vollbad nehmen können, ohne an Grandma und Grandpa zu denken. Das … nein! Das ist schrecklich!«

»Hast du schon gehört, wo ich gezeugt worden sein soll?«, fragt Glenn seine Nichte in süffisantem Tonfall, und Isla sieht ihn aus übertrieben panisch aufgerissenen Augen an.

»Will ich das wissen?«

»Nur, wenn du nicht so der Picknick-Fan bist.«

»Glenn! Du bist beim Picknicken entstanden?« Isla starrt ihren Onkel so entgeistert an, dass ich auflachen muss.

»Das reicht, Glenn, hör auf, meine Tochter zu verstören«, wirft Aidan ein, kann sich jedoch ein breites Grinsen nicht verkneifen.

»Wo seid ihr eigentlich entstanden, Aidan und Scarlett?«, erkundigt sich Glenn jetzt unschuldig, und Skye erwidert mit einem fröhlichen Lachen: »Das, mein Lieber, ist das Geheimnis unserer Eltern.«

»Und ich bin froh, wenn sie das mit ins Grab nehmen«, seufzt Duncan, bevor er sich schuldbewusst eine Hand vor den Mund schlägt und murmelt: »Verdammt. Das wollte ich nicht sagen. Wie ging es Mom, als du gefahren bist, Skye?«

Augenblicklich findet das vergnügte Hin und Her ein Ende und alle sehen Skye ernst an.

»Gut ging es ihr«, versichert sie rasch und wiederholt, was sie Glenn und mir schon im Auto erzählt hat: Dass Heather hoffentlich Anfang kommender Woche entlassen werden kann.

»Halleluja«, seufzt Isla auf.

»Du sagst es«, pflichtet Glenn ihr bei. »Übrigens ein tolles Lied von Leonard Cohen.«

»Stimmt! Aber ich liebe die Version von Rufus Wainwright am meisten«, meldet sich Feli zu Wort, die ich bisher fast gar nicht habe sprechen hören.

»O ja, ich auch.« Glenn lächelt das Mädchen freundlich an und sagt noch etwas zu ihr, aber ich werde von der sich erneut öffnenden Eingangstür abgelenkt. Eine Frau mit langem hellblondem Haar, das ihr offen über die Schultern fällt, kommt herein.

»Hi, Greta!«, ruft Skye, und dann hakt sie sich bei mir unter und zieht mich durch das Wohnzimmer zur Tür, wo Greta gerade eine überdimensionale Wickeltasche abstellt.

»Uff«, macht sie. »Die kleinsten Leute reisen immer mit dem schwersten Gepäck.« Fröhlich sieht sie Skye an und lässt sich von ihr umarmen, bevor Skye sich zu mir umwendet und sagt: »Viola, das hier ist Greta, die es im letzten Jahr nach Whale Island verschlagen hat und die es nicht nur geschafft hat, das Herz meines unterkühlten ältesten Bruders zu gewinnen, sondern den Dickschädel noch dazu zurück auf seine Heimatinsel zu bringen. Greta, das hier ist Viola, die fast mit einem Elch kollidiert wäre.«

Ich muss auflachen, als ich hinter uns Duncans Stimme höre: »Hey, Skye, du hast gerade hoffentlich nicht von mir geredet, oder?«

»Wie viele älteste Brüder habe ich denn? Und die Herzen von wie vielen meiner Brüder hat Greta erobert?«, erkundigt sich Skye unschuldig, was alle mit einem Lachen kommentieren.

»Hallo«, sage ich auf Deutsch, an Greta gewandt. »Freut mich sehr, dass wir uns kennenlernen.«

»Na, und mich erst!« Greta umarmt mich spontan, ganz so, als wären wir schon Freundinnen. »Komm, du musst mir alles von deiner aufregenden Reise erzählen! Ich habe gehört, dass du ganz allein von der Westküste bis hierher unterwegs warst?«

17

Der Abend vergeht wie im Fluge, während wir uns um Aidans großen Holzesstisch drängen und das köstliche Essen genießen, das Stella und er gemeinsam für uns gezaubert haben.

»Ganz ehrlich, da habt ihr im Restaurant einen Ruhetag, und dann kocht ihr freiwillig für so eine große Truppe?«, frage ich ungläubig, während ich mir zum dritten Mal von der köstlichen Pastasoße nehme, die laut Stella ein Familienrezept ist – ihr Vater kommt aus Italien, wie ich mittlerweile erfahren habe, doch er lebt seit vielen Jahren mit ihrer Mutter in Süddeutschland. Johnnie Walker liegt unter dem Tisch sehr dicht an meinen Füßen und sieht mich hin und wieder in der stummen Hoffnung an, dass ich etwas fallen lassen könnte.

»Tja, noch haben wir nicht den Punkt erreicht, an dem wir am Ruhetag des Restaurants nur noch Fertigpizza in den Ofen schieben«, meint Aidan mit einem Schulterzucken und grinst mich über den Tisch hinweg an. Dann sieht er Stella an und fügt in weichem Tonfall hinzu: »Außerdem wird es nie langweilig, zusammen mit Stella zu kochen.«

»Stimmt. Die beiden streiten sich ständig«, bemerkt Isla mit einem Augenrollen. »›Was, du nimmst hierfür keinen

Thymian?‹«, ahmt sie die empörte Stimme ihres Vaters nach, was uns alle zum Kichern bringt.

Feli bemerkt grinsend, den Tonfall ihrer Mutter nachahmend: »›Bist du wahnsinnig? So viel Öl? *Madonna!*‹«

Die zwei Teenies sehen sich an und prusten albern los, während Aidan und Stella auch einen Blick wechseln und sich kopfschüttelnd anlächeln.

»Ich weiß echt nicht, wovon die beiden sprechen«, brummt Aidan und greift nach der großen Schüssel mit den Spaghetti. »Los, Leute, ein paar Nudeln sind noch da, greift zu!«

Als der kleine James, der auf einer Decke auf dem Boden neben dem Sofa geschlummert hat, wach wird und zu weinen beginnt, zieht sich Greta zum Stillen in das offene Schlafloft zurück, in dem ein massives Ehebett aus Holz steht, wie ich von hier unten erkennen kann. Spontan beneide ich Stella, die ja auch erst in diesem Sommer nach Whale Island gekommen ist – nachdem sie mit Feli in mehreren Ländern gelebt und dort für Hotels gearbeitet hat, wie ich erfahren habe. Zuletzt waren sie im thailändischen Bangkok. Und nun darf sie auf dieser wildromantischen Insel leben, in einem wunderschönen Blockhaus wie diesem – zumindest vermute ich, dass das Haus, in dem Feli und Stella wohnen, diesem Haus sehr ähnlich sieht, denn von außen war das der Fall.

Und Stella hat einen Freund, der sie in diesem Moment über den Tisch hinweg anschaut, als wünsche er uns alle irgendwo ans Festland, weil er jetzt gern mit der lebensfrohen dunkelhaarigen Frau allein wäre, die seinen Blick mit einem gewissen Funkeln in den Augen erwidert. Ich unterdrücke ein sehnsüchtiges Seufzen und bin fast erleichtert, als Stella ihren Stuhl zurückschiebt und verkündet, dass es Nachtisch gibt – hausgemachten Blaubeer-Pie mit Vanilleeis. Dabei bin ich eigentlich pappsatt, aber vielleicht kann mich noch mehr

Essen von der aufmuckenden Sehnsucht in meinem Herzen ablenken.

Skye, Duncan und ich helfen Stella und Aidan, den Tisch abzuräumen und Dessertteller zu decken, während Glenn von seiner Nichte und Feli in Beschlag genommen wird. Er sitzt zwischen den Teenies am Tisch und hat sich länger mit Feli über Musik unterhalten, ist aber jetzt in eine Unterhaltung mit Isla vertieft, in der es um ihr Schreibprojekt für die Highschool geht. Als Greta mit dem kleinen James die Treppe aus dem Loft herabkommt, eilt Skye mit leuchtenden Augen auf sie zu.

»Ohhh, darf ich mich um das Bäuerchen kümmern? Bitte, bitte, bitte?«

Lachend drückt Greta ihrem Baby, das sich mit schläfrigem Blick im Raum umsieht, einen Kuss auf die Stirn. »Na, möchtest du zu deiner verrückten Tante Skye, mein Kleiner?«

James gibt ein Glucksen von sich, und Skye juchzt: »Er hat Ja gesagt, ich habe es genau verstanden!«

»Der arme Kleine weiß nicht, worauf er sich da einlässt«, brummt Glenn mit einem Kopfschütteln, woraufhin Skye ihm die Zunge herausstreckt. Ich merke genau, dass Glenn seinem Neffen ebenfalls einen regelrecht verliebten Blick zuwirft. Es ist eindeutig, dass der Kleine seine gesamte Sippe völlig verzaubert hat. Das ist aber auch kein Wunder, mit seinen großen, dunkelblauen Augen, dem flaumigen schwarzen Haarschopf und der süßesten Baby-Stupsnase, die man sich vorstellen kann. Oh, mein Herz gibt gar keine Ruhe mehr. Und meine biologische Uhr meldet sich kurz, aber heftig zu Wort. Auch so eine Sehnsucht, die ich bisher konsequent ignoriert habe, als ich noch dachte, bald zu sterben. Wie hätte ich ein Kind in diese Welt setzen können, während ich gefürchtet hätte, bald nicht mehr für das kleine Wesen da sein zu können? Doch plötzlich tut sich sogar diese Möglichkeit vor mir auf: Ich könnte womöglich tatsächlich Mutter werden, überlege ich fassungslos, während ich den kleinen James betrachte. Vorher sollte ich allerdings erst einmal den potenziellen Vater meines Kindes kennenlernen.

Ich gebe mir wirklich sehr viel Mühe, Glenn nicht anzusehen, aber mein Blick macht sich leider immer wieder selbstständig.

»Hier, nimm auf jeden Fall das Spucktuch – es kommt oft noch ein Schwall Milch raus, wenn er sein Bäuerchen macht«, sagt Greta in diesem Moment und reicht Skye das Baby. Skye drapiert rasch das Spucktuch über ihrer Schulter, bevor sie den kleinen James liebevoll begrüßt: »Oh, hallo, du süßer kleiner Mann! Hier ist deine Lieblingstante!«

»Du bist seine einzige Tante, Skye«, bemerkt Duncan trocken, und Aidan lehnt sich mit verschränkten Armen an den Kühlschrank und meint mit hochgezogenen Augenbrauen: »Du meine Güte, wir müssen die Sache mit Ian beschleunigen. Skyes Muttergefühle nehmen langsam, aber sicher überhand.«

»Du kannst so ein Idiot sein, Aidan Cameron«, faucht Skye, während sie den kleinen James vorsichtig an ihre Schulter legt und ihm mit einer Hand sanft auf den Rücken klopft.

»Immerhin hat sie jetzt Glenny-Boy wieder zum Bemuttern daheim«, sagt Duncan grinsend zu seinem Bruder. »Weißt du noch, als sie Glenn in ihrem Puppenwagen bis zum South Point Leuchtturm gefahren hat? Mom war außer sich vor Sorge, als sie die beiden nicht finden konnte.«

Während der ganze Tisch in Gelächter ausbricht, wirft Glenn mir einen gequälten Blick zu und meint: »Ich habe es ja gesagt: Solange man sie nicht als eigene Sippe an der Backe hat, sind sie alle ganz nett.«

»Pass bloß auf, was du sagst, solange du unter meinem Dach schläfst, Glenn Cameron«, sagt Skye in gespielt ernstem Tonfall, was alle noch mehr lachen lässt. »Und du hör gefälligst auf, mich auf meine tickende biologische Uhr hinzuweisen, Aidan.« In dem Blick, den sie ihrem mittleren Bruder zuwirft, liegt eine Prise Ernsthaftigkeit, die mir nicht entgeht.

»Lass dich nicht ärgern, Skye«, sagt Duncan und fügt in verschwörerischem Tonfall hinzu: »Du solltest mal Stella und Aidan erleben, wenn sie auf James aufpassen dürfen. Ich könnte ja schwören, dass die beiden auch noch einmal über Nachwuchs nachdenken.«

Vom einen Ende des Esstischs ertönen zwei synchrone Aufschreie, die Glenn, der zwischen den entsetzten Teenies sitzt, gequält aufstöhnen und seine Hände schützend auf seine Ohren pressen lassen.

»Niemals! Tut uns das nicht an!«, ruft Isla entgeistert.

»Nee, echt nicht!«, stimmt Feli ihr zu.

Aidan und Stella wechseln einen sichtlich amüsierten Blick. »Niemand hat von Nachwuchs gesprochen, das ist mal wieder Duncans blühender Fantasie entsprungen«, erklärt Stella, aber ich merke genau, dass Aidans Blick zum kleinen James auf Skyes Arm flackert. Ich könnte mir die beiden richtig gut mit einem Baby vorstellen, obwohl sie schon zwei Töchter im Teenageralter haben, die das anders zu sehen scheinen.

»Aber ihr zwei seid doch selbst ganz vernarrt in James«, sagt Aidan jetzt und mustert die Mädchen ein wenig ratlos.

»Ja, als Cousin ist er supersüß«, bestätigt Isla mit Nachdruck. »Aber auf keinen Fall als Bruder! Wenn ich an die stinkenden Windeln und das Gebrüll denke!«

»Also du brüllst oft viel lauter«, bemerkt Aidan trocken. Prompt meldet sich James auf Skyes Arm mit einem lauten Bäuerchen zu Wort, das alle aufjubeln lässt.

»Mensch, das ist noch ein Alter, wenn sich alle freuen, weil man rülpst«, seufzt Glenn.

»Schaut ihn euch an, den Kleinen. So was Süßes«, neckt Stella ihre Tochter und Isla. Dass ihr dieses Thema Spaß macht, ist offensichtlich. »Ich sehe es richtig vor mir, wie ihr zwei auf euer kleines Geschwisterchen aufpasst.«

»Mom, träum weiter!«, empört sich Feli. »Nicht nur, dass Aidan und du euch kaum kennt – ich meine, ihr seid gerade mal ein paar Wochen zusammen!«

»Oh, andere können das toppen«, wirft Skye lachend ein und sieht Greta und Duncan mit hochgezogenen Augenbrauen an. Allgemeines Gelächter ist die Antwort – ich habe schon von Skye gehört, dass Greta nach der ersten Nacht mit Duncan schwanger geworden ist – zu einem Zeitpunkt, als die beiden noch gar nicht richtig zusammen waren.

Feli schnaubt. »Außerdem – was würden denn meine Freunde in der Schule sagen, wenn meine Mom mit dickem Bauch zum Schulkonzert käme?« Sie sieht ihre Mutter düster an. Stella schüttelt grinsend den Kopf.

»Einen dicken Bauch habe ich auch so«, meint sie vergnügt, und ich merke, dass sie ein sehr entspanntes Verhältnis zu ihrer Sanduhrfigur hat, was mir gut gefällt. »Apropos: Kommt, setzt euch mal wieder, es gibt Pie!«

»Wir sind eben vom eigentlich interessanten Thema abgekommen, Skye«, bemerkt Aidan, der gerade mit einer Kanne Kaffee aus der Küche kommt. Er sieht seine Schwester mit hochgezogenen Augenbrauen an. »Wie war es noch mit Ian Baker? Ich habe das Gefühl, dass ihr gestern mindestens zwei Stunden an der Bar im *Four Whales* gesessen habt, oder?«

Dass Skye ein wenig rot wird und ihr Gesicht rasch in den dunklen Haarflaum ihres Neffen presst, entgeht wohl niemandem im Raum. Ich merke, dass Greta und Stella einen vielsagenden Blick austauschen, und als ich Glenn ansehe, mustert auch der seine Schwester mit einem unterdrückten Schmunzeln.

Dann sieht er plötzlich mich an, und einen Moment lang flattert mein Herz nervös auf. Das langsame Lächeln, das um seine Mundwinkel spielt, lässt mich rasch nach meinem Wasserglas greifen, um mich selbst abzulenken.

»Ja, es gab ziemlich viel zu erzählen, immerhin haben wir uns rund fünfzehn Jahre lang nicht gesehen«, meint Skye.

»Und, trefft ihr euch bald wieder?« Greta sieht ihre Freundin mit begierig leuchtenden Augen an. Es ist offensichtlich, dass sie und wohl alle anderen in diesem Blockhaus sich ein Happy End für Skye wünschen. Aber Skye zuckt nur mit den Schultern und meint ausweichend: »Vielleicht. So genau haben wir das nicht besprochen.«

»Hat er nach deiner Telefonnummer gefragt?« Stella reicht mir einen Teller mit einem duftenden Stück Blaubeer-Pie und einer Kugel Vanilleeis, während sie das fragt. Skye lacht auf.

»Ich bitte dich, Stella. Wir sind hier auf Whale Island. Er braucht meine Telefonnummer nicht. Wenn er mich sehen will, kann er auf dem Nachhauseweg von der Coast Guard Station ganz einfach an meinem Haus halten.«

»Der Vorteil einer kleinen Insel«, bemerkt Glenn mit nicht zu überhörender Ironie in der Stimme. »Und deine Nummer würde ihm eh nicht viel bringen, bei dem schlechten Handyempfang auf der Insel.«

»Haha, du arroganter Großstadtschnösel«, knurrt Duncan, was zu allgemeinem Gelächter führt – vermutlich, weil Duncan ja selbst jahrelang in New York City gelebt hat, wie ich von Glenn weiß.

Während wir den Nachtisch essen, fliegen die spöttischen Bemerkungen und liebevollen Frotzeleien weiter zwischen den Geschwistern hin und her, was zu einer immer ausgelasseneren Stimmung führt. Man merkt deutlich, dass Glenn hier schmerzlich vermisst wurde und alle sich sehr freuen, dass er endlich wieder zu Hause auf Whale Island ist.

Wie schön muss es sein, Teil einer so großen, liebevollen Familie zu sein, denke ich spontan. So geborgen zu sein. Immer zu wissen, dass es da mehrere Menschen gibt, die zu einem gehören. Die sich um einen kümmern werden, wenn einem etwas passiert (wenn man zum Beispiel fast mit einem Elch kollidiert). Ich, die ich nur mit meiner Mutter aufgewachsen bin, habe mir zeit meines Lebens immer Geschwister gewünscht. Einen Bruder, der sich als Beschützer aufspielt, so wie es Duncan und Aidan und vielleicht auch Glenn bestimmt immer bei Skye gemacht haben. Eine Schwester wie Skye, mit der ich über meine Sorgen hätte reden können. So oft habe ich nach Mamas viel zu frühem Tod darüber nachgedacht, wie mein Leben mit einem Bruder oder einer Schwester verlaufen wäre. Ob es leichter gewesen wäre weiterzumachen. Wir hätten unsere Erinnerungen an Mama teilen können. So bin ich es ganz allein, die sich an alles erinnern muss. Es gibt niemanden, zu dem ich sagen kann: »Weißt du noch, als wir Weihnachten in der Kirche so sehr lachen mussten, dass wir uns in die Hosen gepinkelt haben?«, wie Aidan gerade grinsend Duncan fragt. Das allgemeine Gelächter verhindert zum Glück, dass ich weiter über meine Einsamkeit nachdenke und am Ende noch ganz sentimental werde. Immerhin habe ich meine *famiglia,* die in Hamburg auf mich wartet!

Als Duncan eine weitere Anekdote aus ihrer gemeinsamen Kindheit erzählt und sich alle Camerons – sogar Isla – vor Lachen krümmen und Tränen von ihren Wangen wischen, werfen Stella, Greta und ich uns amüsierte Blicke zu. Die Verbundenheit, die ich auf Anhieb mit den anderen beiden Deutschen empfinde, erstaunt mich selbst. Normalerweise öffne ich mich Fremden gegenüber nicht so schnell, und ich schließe auch nicht leicht Freundschaften. Aber die wenige Zeit, die ich bisher in der Gesellschaft der lebensfrohen Stella und der stilleren, aber ebenso herzlichen Greta verbracht habe, hat genügt, um den brennenden Wunsch in mir zu wecken, die beiden als echte Freundinnen zu gewinnen. Einmal mehr kann ich den Gedanken nicht verhindern: Wie schön wäre es, ein Teil dieser fröhlichen Gemeinschaft zu sein. Diese Insel nicht mehr verlassen zu müssen.

18

Glenn ist ungewohnt ernst, als wir zurück zu Skyes Haus fahren. Ein paar Mal sehe ich ihn im Auto fragend an, aber er starrt die ganze Fahrt über schweigend nach draußen, während Skye den Ford fröhlich plaudernd heimwärts lenkt, immer am dunklen Wasser des Atlantiks entlang, über dem sich der schönste Sternenhimmel spannt, den ich je gesehen habe. Da sie morgen arbeiten muss, verabschiedet sich Skye rasch, sobald wir in ihrem Haus angekommen sind.

»Nehmt es mir nicht übel, ihr zwei, aber ich muss in die Federn«, gähnt sie. »Gute Nacht!«

Sie drückt erst Glenn, dann mich an sich und eilt die Treppe hinauf, während ich unschlüssig im Eingangsbereich stehen bleibe. Ich merke, dass auch Glenn darüber nachzudenken scheint, ob er noch ins Wohnzimmer oder gleich nach oben gehen soll. Zwar ist es schon halb elf, und ich bin ziemlich k.o. von der vielen frischen Luft meines heutigen ausgiebigen Spaziergangs, aber irgendwie bin ich dennoch zu aufgekratzt nach diesem fröhlichen Abend, um einfach ins Bett zu gehen.

»Wollen wir uns noch einen Film ansehen?«, schlägt Glenn da plötzlich vor, und ich sehe ihn begeistert an.

»O ja! Sehr gern!«

»Super. Ich glaube, Skye hat sogar noch eine offene Rotweinflasche in der Küche.«

Zum Glück ist Glenn nun, in Skyes gemütlichem Wohnzimmer, nicht länger so ernst und in sich gekehrt wie vorhin im Auto, also beschließe ich, nicht weiter darauf einzugehen. Stattdessen überlegen wir eine Weile, was wir schauen könnten – auf Netflix spricht uns nichts wirklich an. Als Glenn mit einem schiefen Grinsen *Top Gun* vorschlägt, jubele ich spontan auf – den Film habe ich seit mindestens zwanzig Jahren nicht gesehen, und ich möchte mir wirklich gern mal wieder den jungen Tom Cruise anschauen. In den Weiten des Internets wird Glenn auch tatsächlich fündig, und bald liegen wir auf Skyes gigantischem Samtsofa – mit unseren Köpfen an den jeweiligen Enden, sodass sich unsere Füße hin und wieder flüchtig in der Mitte streifen, wenn wir die Beine ausstrecken – und amüsieren uns darüber, wie Val Kilmer und Meg Ryan damals aussahen. Bei der ersten Bett-Szene wird mir warm, und ich versuche, möglichst gelassen auszusehen, obwohl mein Herz schneller schlägt. Da kann ich mir noch so oft in Erinnerung rufen, dass auch Glenn gerade sicher nur Augen für Tom Cruise hat und nicht für Kelly McGillis. Konzentriert nippe ich an meinem Wein und bin froh, als die leidenschaftliche Szene vorbei ist und sich mein Herzschlag wieder ein wenig beruhigt.

»Und, war er so gut, wie du ihn in Erinnerung hattest?«, erkundigt sich Glenn, als der Abspann läuft. Nachdenklich starre ich auf den Bildschirm.

»Na ja, geht so«, lache ich dann auf. »So ging es mir schon ein paar Mal bei Filmen, die ich aus meiner Kindheit und Jugend in so guter Erinnerung hatte. Ich sehe sie mir jetzt wieder an und frage mich, warum ich die jemals so toll fand.«

»O ja«, stimmt mir Glenn zu. »Vor ein paar Jahren habe ich

mir mit Isla *Peter Pan* von Disney angeschaut und bin fast vom Glauben abgefallen, weil ich den Film früher so mochte. Heute kann man sich den nicht mehr ansehen, ohne permanent zu denken: ›Nein, so könnt ihr die Ureinwohner Nordamerikas doch nicht darstellen! Das ist politisch dermaßen unkorrekt!‹«

Ich nicke lachend. »Oh, stimmt. Peter Pan. Dabei fand ich den früher so süß.« Heimlich hoffe ich, dass Glenn etwas sagen wird wie »Und ich Wendy«, aber das tut er nicht. Stattdessen sagt er: »Genauso schlimm finde ich inzwischen Filme wie *Independence Day* oder *Armageddon*, die ich früher auch gern gesehen habe. Aber heute geht mir dieser übertriebene amerikanische Patriotismus echt auf den Zeiger. Da bin ich jedes Mal wieder froh, Kanadier zu sein.«

»Stimmt, immer diese ›Die-Amerikaner-retten-die Welt‹-Filme‹«, murmele ich mit einem Kopfschütteln. »Aber dann gibt es auch Filme, die kann man wirklich nach all den Jahren immer noch schauen. *Dirty Dancing* zum Beispiel – den habe ich mindestens einhundert Mal gesehen, und ich werde mich nie daran sattsehen.«

»Stimmt, der ist cool«, nickt Glenn mit einem nachdenklichen Lächeln, was mich sofort vermuten lässt, dass er an den jungen, attraktiven Patrick Swayze denkt, genau wie ich selbst auch. »Mir fallen zum Glück noch ganz viele Filme ein, die zeitlos gut sind. *Rain Man*, zum Beispiel, wo wir wieder bei Tom Cruise wären.«

»Forrest Gump«, sage ich. *»Pretty Woman. Notting Hill.«*

»Sommersby«, sagt Glenn ernst. »Bei der Hinrichtungsszene heule ich immer wieder.«

»Apropos heulen: *Titanic*. Immer wieder herzzerreißend schön«, erkläre ich inbrünstig, und Glenn lächelt mich an, macht aber keinen sarkastischen Kommentar, wie er wohl von den meisten heterosexuellen Männern gekommen wäre.

»*Blues Brothers*«, sagt er jetzt. »Und *Saturday Night Fever*!«

Prompt muss ich daran denken, wie sich Tim und Luigi bei einer Seventies Party vor ein paar Jahren mit Schlaghosen und Plateauschuhen aufgebrezelt und eine bühnenreife Tanzeinlage à la John Travolta hingelegt haben.

»Auch *Sex and the City* kann ich nach all den Jahren immer noch schauen, genau wie die *Gilmore Girls*«, sage ich und nippe an meinem Wein.

Glenn nickt nachdenklich und starrt auf den inzwischen ausgeschalteten Fernsehbildschirm.

»Ist alles okay?«, frage ich, weil er plötzlich erneut sehr still ist. »Du hast auf der Rückfahrt so … ernst gewirkt.«

Fast überrascht sieht Glenn mich an. »Hat man das so deutlich gemerkt?«

Ich zucke mit den Schultern und lächele leicht. »Ich habe es gemerkt«, erwidere ich schlicht.

Glenn nickt langsam. Dann räuspert er sich und sagt: »Ich … ja, es ist alles okay. Ich war nur … in Gedanken versunken.«

»Du hast dich vor unserer Abfahrt sehr lang mit Isla unterhalten«, bemerke ich vorsichtig, weil ich irgendwie spüre, dass seine nachdenkliche Stimmung mit dem fröhlichen rothaarigen Mädchen zusammenhängt. Dass ich den Nagel auf den Kopf getroffen habe, merke ich an der Art, wie er mich fast erschrocken ansieht und dann rasch sagt: »Ja, wir haben über ihr Schulprojekt gesprochen. Sie hat mir Auszüge aus dem gezeigt, was sie geschrieben hat. Und … sie ist wirklich gut. Hat echtes Talent, würde ich sagen.«

»Die Gene des Onkels also«, sage ich lächelnd, woraufhin sich Glenns Gesicht noch mehr verschließt. »Hey, du hast doch eine neue Romanidee«, erinnere ich ihn sanft. »Ich bin ganz sicher, dass das diesmal etwas wird.« Ich mache eine Pause, während Glenn schweigend sein Weinglas leert, und hake vorsichtig nach: »Erzählst du mir von deiner neuen Romanidee?«

Er lässt das Glas sinken und starrt mich zwei Herzschläge lang ernst an, bevor er mit einem entschuldigenden Lächeln den Kopf schüttelt. »Nein, sorry. Ich rede da lieber nicht drüber, bevor nicht wirklich etwas daraus geworden ist. Aber ... verrätst du mir, wie dein Blog heißt? Ich würde mir gern deine Einträge durchlesen.«

Überrascht sehe ich ihn an, winke dann verlegen ab. »Ach, nein, ganz ehrlich ... der ist wirklich nicht professionell genug, um von einem echten Schriftsteller gelesen zu werden.«

Glenn lacht bitter auf. »Was, bitte schön, macht mich denn zum ›echten Schriftsteller‹? Ich habe doch bisher nichts veröffentlicht. Und für die Schreibtischschublade schreiben, das können viele. Glaub mir.«

»Nein, das sehe ich anders«, widerspreche ich vehement und stelle mein leeres Glas ab. »Sich einen ganzen Roman ausdenken zu können, das erfordert so viel Fantasie – glaub mir, die haben nicht viele.«

»Einen guten Blog schreiben kann auch nicht jeder«, beharrt Glenn und sieht mich erwartungsvoll an. Ich seufze tief auf.

»Ich habe nie gesagt, dass er gut ist.«

»Bitte, lass mich ihn lesen.« Glenn stützt seine Ellbogen auf seine Knie und sieht mich eindringlich an. Ich lache leise auf.

»O Mann. Okay. Aber wehe, du machst dich über mich und meine Schreibversuche lustig.«

»Das würde ich nie tun, Viola.« Die Art, wie er das sagt, lässt mein Herz mal wieder unnötigerweise flattern. Ich lächele ihn schief an.

»Ich weiß«, sage ich wahrheitsgemäß.

Die Zeit vergeht wie im Fluge, während wir nebeneinander auf dem Sofa sitzen, unsere Weingläser frisch aufgefüllt, unsere Blicke auf den Laptopbildschirm gerichtet, wo meine Blogeinträge zu sehen sind. Als ich irgendwann auf meine Armbanduhr sehe, bin ich regelrecht erschrocken, weil ich überhaupt nicht gemerkt habe, wie spät es geworden ist. Glenn hat sich von einem Eintrag zum nächsten geklickt, und meine anfängliche Anspannung und Nervosität wurden mit jedem Eintrag weniger, denn Glenn wurde immer begeisterter. Er staunte über die verschiedenen Rezepte aus aller Welt, bewunderte die Fotos, die, wie ich mir eingestehen muss, wirklich größtenteils sehr schön geworden sind. Meine Investition in die gute Kamera sowie in ein Stativ und einen kleinen Scheinwerfer zur richtigen Ausleuchtung der Gerichte hatte sich gelohnt. Glenn wollte alles Mögliche zu den verschiedenen Essenskreationen und vor allem zu den Ursprungsländern wissen, und so erzählte ich ihm von meinen Reisen durch Asien, Neuseeland und Australien, durch Lateinamerika und Südafrika. Begeistert habe ich beschrieben, wie ich im thailändischen Bangkok in einem winzigen Lokal am Chao Praya Fluss, mit Blick auf den Tempel der Morgenröte, ein unfassbar leckeres, aber auch sehr scharfes Green Curry gegessen habe. Ich habe ihm von meiner vietnamesischen Lieblingssuppe Phò erzählt – einer kräftigen Brühe mit dünnen Rindfleischscheiben und Reisbandnudeln, gewürzt mit Chili, Koriander, Minze und Limette, deren Name vermutlich vom französischen »Pot-au-feu« kommt. Jetzt, um drei Uhr morgens, bin ich bei meiner abenteuerlichen Begegnung mit einer giftigen Spinne angekommen, die sich in der Jugendherberge im australischen Cairns in mein Bett verirrt hatte.

»Zum Glück hat eine Mitbewohnerin sie gesehen, während ich beim Zähneputzen war, und so konnten wir jemanden rufen und sie einfangen lassen, bevor ich mich am Ende schwungvoll auf sie gelegt hätte«, erinnere ich mich mit einem Schaudern. »Zur Beruhigung meiner Nerven bin ich noch einmal nach draußen gegangen und habe in einem Coffeeshop gegenüber der Jugendherberge diese köstliche Pavlova-Torte gegessen – ein Baisertraum mit Erdbeeren, benannt nach der berühmten russischen Ballerina Anna Pavlova. Angeblich wurde der Pavlova-Kuchen von einem deutschstämmigen Küchenchef im westaustralischen Perth erfunden, als die Ballerina Ende der 1920er-Jahre durch Australien tourte. Er soll gesagt haben, der Kuchen sei leicht wie die Pavlova. Seitdem hat sich die Kreation zu dem wohl berühmtesten Kuchen in Down Under entwickelt – und es gibt einen hartnäckigen Streit, denn Neuseeland, wo Anna Pavlova damals ebenfalls Auftritte hatte, behauptet, die Pavlova-Torte wäre eine dortige Erfindung.«

Glenn hat mir fasziniert zugehört und sagt jetzt mit einem jungenhaften Grinsen: »Mir ist es egal, ob australisch oder neuseeländisch – ich würde die Torte einfach liebend gern probieren!«

»Oh, das lässt sich einrichten«, erwidere ich fröhlich, während er sich schon zum Eintrag klickt, in dem ich das brasilianische Rezept für die beste Caipirinha teile, die ich an Silvester an der Copacabana getrunken habe.

»Ich wünschte, wir hätten Cachaça und Limetten im Haus«, murmelt Glenn sehnsüchtig, als er den Text liest. Ich muss lachen.

»Vodka tut es auch. Hat Skye welchen?«

»Hm, vielleicht. Ich habe keine Ahnung, was meine Schwester außer diesem Rotwein noch an Alkoholika vorrätig hat. Das letzte Mal, als ich mit ihr etwas getrunken habe, standen ihre Flaschen da hinten im Schrank.«

»Meinst du, ich darf nachsehen? Sie hat nämlich ein paar Zitronen in der Küche, mit denen kann man den Caipi zur Not auch machen.«

»Klar darfst du nachsehen«, murmelt Glenn, der jetzt in einen meiner kanadischen Einträge vertieft ist. Ich fühle mich wirklich geschmeichelt, weil er sich alles so aufmerksam durchliest. Als ich gerade triumphierend eine halb volle Flasche Wodka aus besagtem Schrank hole und damit in die Küche gehe, lacht Glenn auf. »Ah, lecker, Nanaimo Bars«, höre ich ihn sagen und weiß, dass er bei meinem Blogeintrag aus British Columbia gelandet ist. Die Nanaimo Bars sind Kuchenschnitten, die nach der Stadt Nanaimo an der Westküste Kanadas benannt sind und nicht gebacken werden müssen. Sie bestehen aus drei Schichten: Einem Keks-Kokos-Nuss-Boden, einer Puddingfüllung und einer obersten Lage aus Schokolade. Dieser sehr süße, aber verdammt leckere Nachtisch hat mir einen verregneten Nachmittag in Vancouver verschönert.

»Oh, du hast Poutine kennengelernt!«

»Und ob«, erwidere ich.

»Ekelhaft, oder?«

»Meinst du das ernst? Du bist Kanadier, und du magst keine Poutine?« Fast schockiert strecke ich meinen Kopf aus der Küche und sehe Glenn mit hochgezogenen Augenbrauen an. Er zuckt grinsend mit den Schultern.

»Vielleicht bin ich kein so typischer Kanadier.«

»Du trägst ein Holzfällerhemd.«

Beinahe erstaunt sieht er an sich herab, dann nickt er mit einem Schmunzeln. »Okay, wenn ein kariertes Flanellhemd gleich ein Holzfällerhemd sein muss …«

»Oh, absolut.«

Glenn lacht leise auf. »Gut. Abgesehen davon …«

»Isst du gern Hummer?«

»Ja, klar, aber das tun zum Beispiel extrem viele Chinesen auch – glaub mir, ich kann die Reisegruppen nicht zählen, die ich in Halifax schon in den Lokalen an der Waterfront vor Tellern mit Hummern gesehen habe – aber deshalb sind sie noch lange keine Kanadier.«

»Ach komm. Du hörst bestimmt Bryan Adams zum Einschlafen«, necke ich ihn, und bevor Glenn etwas erwidern kann, liefere ich das Totschlagargument: »Und welchen Kaffee trinkst du lieber – den von Starbucks oder den von Tim Hortons?«

Dass die kanadische Coffeeshop-Kette Tim Hortons zum Alltag der Kanadier dazugehört, ist mir auf meiner Reise schnell klar geworden.

»Weder noch, sondern den, den ich im ›Harbour Coffee‹ in Halifax selbst zubereite«, erklärt Glenn todernst.

»Und was ist mit Timbits?« Timbits sind die für Tim Hortons typischen kleinen, süßen Bällchen, die ursprünglich ein Abfallprodukt waren – nämlich die ausgestampfte Mitte der Donuts. Auf meiner Reise von der Westküste bis hierher habe ich mich durch alle möglichen Timbits-Sorten durchprobiert und liebe sie. Ich glaube, ich habe auf dieser Reise schon ganz schön zugenommen – aber darüber habe ich mir nie Gedanken gemacht. Eindeutig ein Vorteil, wenn man davon überzeugt ist, nicht mehr lange zu leben – man genießt ohne Reue.

»Das ist überhaupt nicht aussagekräftig. Alle lieben Timbits, nicht nur Kanadier. Aber … okay, von mir aus, du hast gewonnen. Vielleicht bin ich tatsächlich ein typischer Kanadier.«

»Zum Glück – ich liebe Kanada!«

Als ich Glenns verblüfften Blick auf mir spüre, wird mir klar, wie merkwürdig enthusiastisch das jetzt klang. Verlegen grinsend schiebe ich hinterher: »Äh … so, ich mache dann mal die Drinks.«

Rasch wende ich mich wieder der Küche zu, greife nach den

Zitronen, finde Zucker und sogar jede Menge Eiswürfel im Tiefkühlfach. Als ich schließlich mit zwei Gläsern zurück ins Wohnzimmer komme, stellt Glenn den Laptop auf den Couchtisch und nimmt mir dankend ein Glas ab.

»Das ging ja schnell«, bemerkt er und schnuppert neugierig an dem Getränk.

»Ja, so kompliziert ist es nicht«, erkläre ich und werfe ein: »Aber ich muss dich vorwarnen: Dieser Caipi schmeckt garantiert nicht so gut wie das Original, denn Skye hatte nur weißen Zucker, keinen braunen. Und Limetten sind auch besser als Zitronen. Aber ... wir versuchen es.«

»Absolut.« Glenn lächelt mich an, während wir anstoßen, und als er einen großen Schluck genommen hat, sagt er mit einem zufriedenen Seufzer: »Der schmeckt hervorragend. Okay, ich habe keinen Vergleich mit dem Original an der Copacabana, aber ... der ist super.«

Er zwinkert mir zu, sodass ich mich fast an meinem eigenen Getränk verschlucke.

»So, nachdem wir also festgestellt haben, dass ich angeblich ein typischer Kanadier bin, sollten wir über dich reden«, sagt Glenn und streckt seine langen Beine auf dem Sofa aus. »Bist du eine typische Deutsche, Viola?«

»Hm, schwer zu sagen«, murmele ich, weil mich der Caipirinha schlagartig müde macht. Ich nehme einen weiteren Schluck, während ich über diese Frage nachdenke.

»Erzähl mir von Hamburg«, bittet Glenn leise, und so mache ich es mir erneut an meinem Ende des Sofas gemütlich, den Caipirinha in der Hand, und erzähle Glenn von meiner Heimat: von der letzten WG, in der ich gelebt habe, vom Hamburger Hafen, den ich über alles liebe, von meinen Herzensdingen wie Krabbenbrötchen und Spaziergängen an der Alster und, natürlich, von meiner *famiglia*. Im Gegenzug erzählt Glenn von seinen Lieblingsorten in Halifax – das sind der Point Pleasant Park, die Stadtbücherei und die Hängematten entlang der Promenade am Hafen –, von der Arbeit im Coffeeshop und von den Schreibkursen, die er gibt. Von teilweise nervigen und teilweise netten Kaffee-Kunden und von sehr talentierten bis hin zu schrecklich untalentierten Möchtegernschriftstellern. Ich erzähle von meiner Reise Richtung Nova Scotia und von meinen persönlichen Highlights entlang der Strecke – nach der spektakulären Westküste wurde der Banff-Nationalpark in Alberta mein Lieblingsort – zumindest bis ich die malerische Altstadt von Québec City erkundet und mich schockverliebt habe.

»Aber dann kam Nova Scotia«, sage ich nachdenklich. »Und Whale Island. Ganz ehrlich … das hier könnte mein Lieblingsort der ganzen Reise werden.«

»Was natürlich hauptsächlich an der netten Gesellschaft liegt«, neckt mich Glenn schmunzelnd, und ich nicke.

»Genau«, bestätige ich, und ich muss mich bemühen, locker zu lachen, denn ich meine das gar nicht als Witz. Ich meine das völlig ernst.

19

»Guten Morgen!«, ruft mir Greta fröhlich entgegen, als ich mich auf dem von Skye geliehenen Fahrrad der Gabelung im hölzernen Radweg nähere, wo sie auf mich wartet.

»Hi«, erwidere ich und bemühe mich, nicht zu gequält zu klingen und auszusehen. Aua, scheint die Sonne heute hell von diesem tiefblauen Septemberhimmel!

»Oh, geht es dir nicht gut?« Besorgt sieht Greta mich an, während ich neben ihr anhalte und vom Rad steige.

»Doch, doch«, beteuere ich rasch. »Es ist nur … ich habe Glenn und mir gestern, nach dem Abendessen, noch Caipirinhas gemixt. Wir hätten nach dem ersten aufhören sollen.«

Und wir hätten nicht erst um halb fünf ins Bett gehen sollen. Nach dem zweiten Caipirinha haben wir sogar getanzt. Ich hatte Glenn von meiner Reise-Playlist erzählt, die ich im Laufe meiner diversen Trips zusammengestellt hatte, und kurzerhand haben wir begonnen, zu *One Night in Bangkok* und *Africa* von Toto ausgelassen durch Skyes Wohnzimmer zu tanzen.

»Oha«, macht Greta mit einem kehligen Lachen. Sie trägt einen Fahrradhelm, genau wie ich – immerhin erhole ich mich gerade erst von einer Gehirnerschütterung, wie Skye mich ernst erinnert hat, als sie mir Fahrrad und Helm überlassen hat. Dass ich heute Nacht zu viel getrunken und sogar getanzt habe, darf ich der strengen Krankenschwester auf keinen Fall gestehen, dann bekomme ich Ärger. Unter ihrem Helm lugt Gretas hellblondes Haar zu zwei Zöpfen geflochten hervor, was ihr ein mädchenhaftes Aussehen verleiht. Ihre blauen Augen mustern mich neugierig. »Ihr versteht euch gut, Glenn und du?«

Ich zucke mit den Schultern und grinse schief. Die Tatsache, dass ich im Schlaf letzte Nacht Dinge mit Glenn auf dem Sofa getan habe, die ihn zumindest in meiner Traumwelt nicht schwul wirken ließen, lässt mich erröten.

»Ja, schon. Er ist ... ein netter Kumpel.«

»Mhhm«, macht Greta mit nachdenklichem Blick, und ich habe das ungute Gefühl, dass sie noch mehr zu dem Thema sagen will, aber da hören wir plötzlich Stella rufen: »Guten Mooooorgen! Ist das Wetter nicht herrlich? Im Ernst, ich fand diese Insel ja im Juli und August schon fantastisch, aber jetzt, im September, könnte ich alle paar Meter einen Freudentanz aufführen!«

Ich muss lachen, als die quirlige Brünette auf ihrem Fahrrad näher kommt. »Da hinten waren eindeutig ein paar mehr rote Ahornblätter an den Bäumen als gestern! Ich kann es nicht erwarten, diese Insel im roten Blätterkleid zu sehen!«

Schnaufend und strahlend kommt Stella mit ihrem Fahrrad neben uns zum Stehen. Ihre Wangen leuchten rosig, ihre hellbraunen Augen blitzen fröhlich.

»Sorry, dass ich so spät dran bin, Aidan und ich waren noch beschäftigt«, erklärt sie in süffisantem Tonfall, der mich erneut erröten lässt. Greta rollt mit den Augen und sagt kopfschüttelnd zu mir: »Denk dir nichts weiter dabei, Aidan und sie sind ständig ›beschäftigt‹.«

Stellas Antwort ist ein unbekümmertes Lachen, während sie

sich wieder auf den Sattel schwingt und in die Pedale tritt. Ich beneide sie um diese sorglose und selbstbewusste Art.

»Ich wünschte wirklich, Duncan und ich wären öfter ›beschäftigt‹«, fügt Greta jetzt hinzu, als sie und ich Stella hinterherradeln. Ich bin überrascht, dass auch sie so offen mit dem Thema umgeht, obwohl wir uns kaum kennen. »Aber mit James ist das nicht so einfach. Entweder ich bin zu müde, oder er ist zu müde, oder James ist gar nicht müde und will nicht einschlafen ... oder er wacht auf und schreit, während wir gerade ... beschäftigt sind.«

Stella lacht laut auf und fährt einen gefährlichen Schlenker, der sie fast vom Radweg in die Blaubeersträucher daneben kippen lässt.

»Oh, ich kann mir das lebhaft vorstellen«, grinst sie über ihre Schulter, während der Wind, der den Duft nach Meer mit sich trägt, ihr schwarzes Haar durcheinanderwirbeln lässt. »Das zumindest war ein Problem, das ich als Alleinerziehende ausnahmsweise nicht hatte!«

»Was ... ist denn mit Felis Vater passiert?«, hake ich vorsichtig nach, in der Hoffnung, keinen wunden Punkt zu treffen. Doch Stella antwortet trocken: »Enzo hat sich nicht bereit gefühlt für ein Baby und ist verschwunden, als er von meiner Schwangerschaft erfahren hat. Danach gab es erst einmal nur Feli und mich ... und natürlich meine Eltern, die mir eine riesige Hilfe waren.«

»Wow«, murmele ich betroffen, weil ich an meine eigene Kindheit ohne Vater denken muss. An die nagende Sehnsucht in meinem Inneren. An diese stumme Frage, die mich nie losgelassen hat: Was ist aus ihm geworden? Warum ist er nicht zurückgekommen? Hatte er damals womöglich eine andere, und Mama wollte das in ihrer romantischen Art nicht wahrhaben? Oder ... hat sie mir vielleicht sogar etwas verschwiegen, und er ist erst abgehauen, als er von ihrer Schwangerschaft erfahren hat – genau wie Felis Vater? Das Traurige an dieser Sache ist: Ich werde es wohl nie erfahren.

»Hast du dich eigentlich wegen New York entschieden?«, fragt Greta jetzt und lenkt mich von der Leere in meinem Leben, die mein Vater vielleicht hätte füllen können, ab. Stella schaut erneut über ihre Schulter und antwortet seufzend: »Ja, wir werden fliegen. Ich kann Feli diese Gelegenheit nicht nehmen! Nicht wegen Enzo. Der Kerl hat uns schon genug genommen. Vor allem Feli. Jetzt soll er ihr nicht auch noch die Chance kaputtmachen, so eine einmalige Studio-Erfahrung zu haben.«

»Hach, New York! Ich wünschte, ich könnte dich begleiten«, seufzt Greta sehnsüchtig, bevor sie rasch hinterherschiebt: »Versteht mich nicht falsch, ich liebe Whale Island über alles – aber ein Wochenende in Manhattan, mit Shoppen und Restaurantbesuchen und Drinks im East Village, das wäre toll.«

Dass Greta in New York gelebt und gearbeitet hat, bevor sie wegen Duncan nach Whale Island gekommen ist, habe ich gestern im Laufe des Abendessens erfahren.

»Wenn James deine Milch nicht mehr braucht, dann fahren wir noch einmal«, verspricht Stella. »Ein Mädelswochenende.«

Sofort werde ich wieder von Wehmut erfasst. Ein Mädelswochenende mit diesen beiden fröhlichen Frauen in New York City, dagegen hätte ich auch nichts einzuwenden. Aber bis der kleine James nicht mehr gestillt wird, werde ich längst wieder in meinem Hamburger Alltag sein. Da gibt es zwar keine Mädelswochenenden, aber Wochenenden mit *la famiglia.* Beim Gedanken an Tim und Luigi muss ich lächeln.

»Feli ist gebeten worden, zusammen mit Jackson Porter in Manhattan einen Song aufzunehmen«, erklärt Greta mir jetzt, während wir auf eine windumtoste Landzunge ganz in der

Nähe der Deep Bay, an der Südwestspitze der Insel, hinausradeln. Beeindruckt sehe ich Stella an.

»Wow, das ist ja der Wahnsinn! Natürlich müsst ihr nach New York!«, rufe ich, damit sie mich über den Wind hinweg versteht. Stella nickt.

»Ja, ich weiß!«, erwidert sie laut. »Die Sache ist nur – Enzo, mein blöder Ex, der sich damals verkrümelt hat, arbeitet in New York. Und ich habe Schiss, dass … dass Feli Kontakt zu ihm aufnehmen will, wenn wir dort sind.«

Wir sind vor einem Farmgate angekommen, und Greta ist von ihrem Rad gestiegen, um das Tor zu öffnen. Ernst sehe ich Stella an.

»Und das wäre so schlimm?«, frage ich leise.

Sie reißt ihre hellbraunen Augen fast erschrocken auf und wirft wiederum mir einen ernsten Blick zu. »Ähm … ja!«, erwidert sie, heftiger, als ich erwartet hatte. »Der Idiot hat mich damals hängen gelassen, und er hat sich in all diesen Jahren nie gemeldet, obwohl ich mit meinem normalen Namen bei Facebook und Instagram bin, man mich also leicht finden kann. Aber er wollte mich ganz offensichtlich nicht finden. Und darum … darum will ich nicht, dass Feli ins *Waldorf Astoria* spaziert und sich als seine Tochter vorstellt. Zum einen hat er es nicht verdient, sein wundervolles Kind nach all dieser Zeit kennenzulernen. Und zum anderen …« Sie macht eine Pause und nimmt ihren Fahrradhelm ab, fährt sich mit einer Hand durch ihre zerzausten schwarzen Locken. »Zum anderen habe ich Angst, dass Enzo sie nach wie vor nicht kennenlernen will. Dass er womöglich leugnen würde, ihr Vater zu sein. Dass er … ihr Herz brechen würde. So, wie er damals meins gebrochen hat.«

Ich erkenne deutlich die Tränen in ihren Augen. Betroffen greife ich nach ihrer Hand, die den Lenker umklammert hält.

»Sorry, ich … ich wollte dir nicht zu nahetreten«, sage ich

rasch. »Es ist nur so… Ich bin auch ohne Vater aufgewachsen. Und im Gegensatz zu dir und Feli weiß ich leider nicht, wo er ist. Ich weiß fast nichts über ihn, außer dass er Kanadier war. Und wenn ich die Möglichkeit hätte, meinen Vater nach all diesen Jahren doch noch persönlich kennenzulernen, dann würde ich sie ergreifen. Sofort.«

»Dein Vater war Kanadier?« Erstaunt sieht Greta, die das verwitterte Holztor aufgeschoben hat, mich an. »Woher aus Kanada kam er denn?«

Ich zucke mit den Schultern und lache auf. »Das ist ja das Problem: keine Ahnung. Meine Mutter hatte nur ein Foto von ihm, das sie nach ihrer gemeinsamen Nacht in einem Passbildautomaten in Hamburg gemacht haben, und sie kannte seinen Namen und wusste, dass er Kanadier war. Aber … Kanada ist ja leider riesig, und Mama, die Deutschland nie verlassen hatte, hatte nicht einmal eine Ahnung, aus welcher Ecke Kanadas er kam. Ob von der Westküste, aus den Prärieprovinzen, aus Ontario, von der Atlantikküste oder sogar aus den Nordwestterritorien. Wie gesagt: keine Ahnung.«

»Aber seinen Namen kennst du?«, fragt Stella fasziniert, und ich will antworten, als Greta gerührt sagt: »Darum deine Reise von der Westküste bis zur Ostküste, oder? Hast du unterwegs gehofft, wie durch ein Wunder zu deinem Vater zu finden?«

Ich sehe sie an und nicke mit einem verlegenen Lächeln. »Ganz schön naiv, ich weiß. Wie riesig Kanada ist, das ist mir erst hier klar geworden, als ich Stunden durch Wald, Wald und wieder Wald gefahren bin.«

»Hallo, da seid ihr ja.«

Gottlieb ist am Ende der Zufahrt, die sich durch hohe Bäume und dichtes Unterholz windet, aufgetaucht und sieht uns aufmerksam entgegen. Wir setzen uns wieder in Bewegung, und während wir unsere Räder über den Feldweg mit der hohen

Grasnarbe in der Mitte der Fahrspur schieben, kommt uns der kleine Fiete fröhlich kläffend auf seinen drei Beinen entgegengesprungen.

»Herzlich willkommen«, sagt der alte Mann, als wir ihn erreichen, und ich merke, dass seine blauen Augen mich neugierig mustern. »Na, hast du deine Kamera dabei?«

»Und ob«, erwidere ich und klopfe auf die Tasche, die ich sorgsam im Fahrradkorb auf dem Gepäckträger verstaut habe.

»Sehr schön. Vor zehn Minuten habe ich einen Buckelwal vorbeiziehen sehen. Mit ein wenig Glück taucht er noch einmal auf, solange ihr hier seid.«

Begeistert folge ich den anderen, die ihre Räder nun neben Gottlieb herschieben. Als ich höre, wie Greta leise fragt: »Dorothy?«, und sehe, wie Gottlieb mit einer überdeutlichen Traurigkeit im Blick nickt, frage ich mich sofort, was für eine Geschichte das schon wieder sein mag, die ich noch nicht kenne. Diese Insel und ihre Bewohner faszinieren mich mit jedem Schritt, den ich mache, mehr.

Das Haus, in dem der alte Mann und sein dreibeiniger Hund leben, liegt beeindruckend an der Spitze einer Landzunge, die in den wilden Atlantik hinausragt. Während Greta und Stella, die ja schon oft hier waren, plaudernd die überdachte Veranda und dann das Haus betreten, bleibe ich staunend draußen in der hellen Sonne stehen und schieße einige Fotos.

»Ich hoffe sehr, dass der Wal sich gleich noch einmal blicken lässt«, höre ich Gottliebs Stimme und merke, dass er neben mir stehen geblieben ist. Ich lasse die Kamera sinken und sehe ihn an.

»Hast du den Wal eben Dorothy genannt?«, hake ich sanft nach.

Gottlieb starrt mit gefurchter Stirn und zusammengezogenen Augenbrauen aufs Meer hinaus und nickt schließlich, die Lippen zu einer schmalen Linie zusammengepresst.

»Komm, ich zeige dir meine Aufnahmen«, brummt er dann, wendet sich ab und geht auf die Verandatreppe zu. Fiete springt bellend an meinen Hosenbeinen empor, und ich bücke mich lachend nach ihm, kraule ihn zwischen den Ohren und nehme ihn dann kurzerhand auf den Arm. Fast erstaunt mustert mich Gottlieb, als ich ihm mit seinem Hund folge.

»Da ist aber jemand wirklich angetan von dir«, murmelt er mit einem flüchtigen Lächeln, das sein faltiges Gesicht für einen Herzschlag erhellt.

Als wir die geräumige Wohnküche des Hauses betreten, erkenne ich staunend, dass man aus diesem Raum einen beeindruckenden Blick durch große Sprossenfenster hat, die zu drei Seiten aufs Meer hinauszeigen, der exponierten Lage des Hauses auf der Landzunge sei Dank.

»Wow, ist das schön«, hauche ich begeistert und eile mit meiner Kamera an eines der Fenster, knie mich auf eine Bank davor und fange an zu fotografieren.

»Ein Traum, oder?«, höre ich Stellas Stimme hinter mir. Als ich den Fotoapparat kurz sinken lasse, um mich nach den anderen umzuschauen, merke ich, dass sie Tee gekocht und Tassen auf den großen, recht vollen Küchentisch gestellt haben. Greta ist gerade dabei, ein paar Dinge von diesem Tisch wegzuräumen – einen Stapel Tageszeitungen, ein paar Bücher, ein Handtuch, eine Schale mit einer braun gewordenen Bananenschale darin und eine Haarbürste, von der ich nicht sagen kann, ob sie für Gottlieb oder für Fiete ist.

»Hm, bin heute nicht zum Aufräumen gekommen«, höre ich Gottlieb offensichtlich beschämt murmeln, und Greta meint mit einem gutmütigen Lächeln: »Keine Sorge, das ist mit ein paar Handgriffen erledigt, und dann können wir zusammen einen Tee trinken. Wie geht es dir eigentlich? Du nimmst ja regelmäßig deine Kreislauftropfen, oder?«

»Und ob«, knurrt der alte Herr, und ich muss lächeln, weil ich merke, dass er sich abwendet und dabei mit einem Kopfschütteln vor sich hin schmunzelt. Offenbar freut er sich durchaus, dass Greta und Stella immer wieder nach dem Rechten sehen, aber so richtig zugeben möchte er das nicht.

Gerade, als Stella etwas sagen will, fängt Fiete an zu bellen, springt auf die Bank neben mich und schaut schwanzwedelnd zum Fenster hinaus. Da sehe auch ich es, und der Anblick lässt mich stumm staunen: Ein Buckelwal taucht aus dem dunklen Blau des Atlantiks auf, dreht sich um die eigene Achse, sodass ich seine hellere Unterseite mit den Längsrillen zu sehen bekomme, und lässt sich rückwärts wieder auf die Wasseroberfläche fallen, wobei das Wasser nur so in alle Richtungen spritzt. Ich war viel zu gefesselt von diesem spektakulären Anblick – noch dazu so nah vor Gottliebs Haus! –, dass ich gar nicht daran gedacht habe, die Kamera zu heben und abzudrücken. Mit aufgeregt klopfendem Herzen halte ich den Atem an und hoffe darauf, dass der Wal noch einmal auftaucht – und, tatsächlich, er tut mir den Gefallen: Erneut taucht der Koloss aus den Tiefen des Meeres auf, dreht sich seitlich, scheint mir mit seinen Flossen regelrecht zuzuwinken, bevor er erneut verschwindet. Diesmal reckt er zum Abschied die charakteristische Schwanzflosse aus dem Wasser.

Und wieder habe ich nicht fotografiert, nur geschaut.

»Wunderschön, oder?«, fragt Gottlieb, und ich merke, dass er plötzlich neben mir an der Bank steht. Hinter mir höre ich auch Greta und Stella begeistert tuscheln, anscheinend hat Stella es geschafft, mit ihrem Telefon ein Foto zu knipsen.

»Ja«, hauche ich. »Wunderschön.«

Ein paar Herzschläge lang schweigen wir, dann frage ich: »Zeigst du mir deine Aufnahmen und deine Fotokamera?«

»Natürlich, gern«, erwidert Gottlieb. »Ihr zwei, fangt ruhig schon mit dem Tee an, es wäre schade, wenn er kalt würde. Viola und ich kommen gleich.«

Neugierig folge ich Gottlieb in das benachbarte Wohnzimmer, wo sich auf dem Sofa Bücher und Zeitschriften türmen. Fiete springt hechelnd neben mir her und hofft offenbar darauf, wieder auf den Arm genommen zu werden, also tue ich ihm den Gefallen. Staunend lasse ich meinen Blick dann über die gerahmten Fotografien an den Wänden des Wohnzimmers gleiten. Anhand der Felsen im Vordergrund erkenne ich jetzt, dass viele der Bilder – auch einige von denen, die im *Four Whales* hingen – von Gottliebs Haus aus gemacht worden sind. Was für ein Traum, so ein Haus zu haben.

Während Gottlieb auf einen Schreibtisch in der Zimmerecke zugeht und in einer Schublade herumwühlt, sehe ich mich verstohlen im Raum um. Die Bemerkung mit Dorothy geht mir nicht aus dem Kopf, aber ich traue mich nicht, noch einmal danach zu fragen, denn offenbar redet Gottlieb ja nicht gern über das Thema. Da entdecke ich im Buchregal zwei gerahmte Bilder – eines in Schwarz-Weiß, von einer Frau mit hellen Locken. Atemlos gehe ich einen Schritt näher. Ist das Dorothy? Auf dem Bild sieht sie jung aus. Ob sie gestorben ist?

»So, hier ist meine Kamera«, höre ich Gottliebs Stimme hinter mir, und ich drehe mich um, fühle mich seltsam ertappt. Schweigend sieht er mich an, schaut dann an mir vorbei, zum Regal mit den gerahmten Fotos, bevor sein Blick zu Fiete flackert, der glückselig auf meinem Arm thront und sich zwischen den Ohren kraulen lässt. Gottlieb seufzt leise und lässt die Kamera sinken, die er hält.

»Ich rede nicht so gern über sie«, sagt er und deutet mit dem Kopf auf das Bild der Frau. »Das ist Dorothy. Sie ist vor über dreißig Jahren gestorben. Ist … im Meer ertrunken.«

Erschrocken halte ich den Atem an. »Darum …« Er räuspert sich, starrt zum Fenster hinüber. »Also … Der Wal. Der Buckelwal, der immer hier vorbeizieht. Ich bin überzeugt davon, dass sie das ist. Du kannst mich jetzt für einen alten Narren halten. Das macht mir nichts aus.«

Fast trotzig hebt Gottlieb sein Kinn und schiebt die Unterlippe eine Spur vor. Erschrocken schüttele ich den Kopf. »Das würde ich nie tun«, flüstere ich.

Gottlieb starrt mich einen Moment lang an, dann räuspert er sich umständlich und sagt: »Dorothy … Nun ja. Viele sagen, sie wäre absichtlich ins Wasser gegangen. Aus Kummer.« Er holt tief Luft, während ich selbst den Atem anhalte. »Weil unser Sohn Peter ein Jahr zuvor mit seinem Schiff vor den Philippinen untergegangen war. Er war Funkoffizier.« Er deutet auf das andere gerahmte Foto im Regal, ein Brett weiter oben.

Bei seinen Worten stellen sich die Härchen auf meinen Armen mit einem Mal auf, und mein Herz beginnt zu rasen. Mein Blick heftet sich auf das obere Regalbrett, wo ein Rahmen mit dem Bild eines blonden Jungen steht – und schräg dahinter lehnt noch ein Foto, ungerahmt, mit einem erwachsenen Mann darauf. Ich starre diesen Mann an und denke: nein. Das kann nicht sein. Rasch lasse ich Fiete auf den Boden gleiten, der leise winselnd protestiert. Wie benommen trete ich näher ans Regal heran. Meine Hände greifen nach dem Foto, ich muss mir das genauer ansehen. Mit einem Schlag ist mein Mund staubtrocken, mein Herz schlägt noch schneller. In meinen Ohren beginnt es zu rauschen.

»Viola?«, höre ich Gottlieb fragen. Ich merke, dass er neben mich getreten ist. Stumm erwidere ich seinen ratlosen Blick, suche nach Worten. Mein Kopf ist wie leer gefegt, nur ein einziger Gedanke rotiert dort in Endlosschleife.

Endlich finde ich meine Stimme, endlich kann ich das aussprechen, was so unfassbar ist: »Gottlieb … das hier ist mein Vater.«

20

Der Tee in unseren Tassen ist längst kalt geworden. An Teetrinken ist jetzt einfach nicht zu denken. Gottlieb und ich sitzen einander gegenüber am Esstisch. Stella und Greta haben sich diskret verabschiedet, nachdem klar geworden war, was sich hier abspielt: eine unverhoffte Familienzusammenführung. So unglaublich unverhofft, dass ich es immer noch nicht fassen kann!

Gottlieb wollte und konnte das auch erst nicht glauben. Als ich nur immer wieder die Worte »Das ist mein Vater!«, gestammelt habe, am Buchregal stehend, das Foto des jungen Mannes umklammernd, da hat er heiser gewispert: »Du musst ihn verwechseln, Viola. Peter ist doch seit Jahren tot.«

»Peter! Mein Vater hieß auch Peter! Peter Müller!«, habe ich gestammelt, weil für mich plötzlich alles so klar war. Für Gottlieb noch nicht, aber das konnte ihm wohl wirklich niemand verübeln.

»Wirklich, so hieß mein Vater! Der Name war so ziemlich die einzige Info, die ich zu ihm hatte – sein Name und dass mein Vater Kanadier mit deutschen Wurzeln war!«

»Aber … Peter Müller, davon gibt es doch so unendlich viele in der Welt«, hat Gottlieb mit zittriger Stimme geantwortet, während sein Blick immer wieder fassungslos über mein Gesicht gewandert ist, als suche er nach Anzeichen.

»Ja, darum habe ich ihn ja auch nie gefunden«, habe ich mit einem Lachen, das sich fast irre anhörte, erwidert. »Such mal im Internet nach Peter Müller!« Ich habe tief Luft geholt und hervorgestoßen: »Seit wie vielen Jahren ist er tot?«

»Seit ... etwas mehr als fünfunddreißig Jahren«, hat Gottlieb geflüstert, während er mich beinahe ängstlich musterte. »Wie alt ...?«

»Ich bin gerade fünfunddreißig geworden«, habe ich mit bebender Stimme erwidert, wobei sich meine Augen mit Tränen füllten.

»Aber woher ... warum bist du bei diesem Foto auf die Idee gekommen ...?«

»Weil ich ihn erkannt habe. Ich besitze auch ein Foto von ihm. Es ist in meinem Portemonnaie.«

Rasch habe ich meine Geldbörse geholt, das kleine Foto herausgezogen, das ich immer mit mir herumtrage. Zur Sicherheit, weil es so wertvoll für mich ist, habe ich es sogar eingescannt und in meine Cloud hochgeladen, sodass ich es hoffentlich nie verlieren werde: Immerhin ist es das einzige Foto, das ich von meinem Vater besitze. Das einzige Foto, auf dem meine Eltern gemeinsam zu sehen sind. Gottlieb hat lange schweigend auf das Foto aus dem Passbildautomaten gestarrt. Auf die lachende junge Frau mit dem dunklen Pferdeschwanz und den langen Ponyfransen, mit dem türkisfarbenen Sweatshirt, das so typisch nach Achtzigern aussah. Auf den jungen Mann mit dem dunkelblonden verwuschelten Haarschopf und dem Dreitagebart, der meine Mutter von hinten mit den Armen umschlingt und über ihre Schulter in die Kamera strahlt.

»Peter«, hat Gottlieb geflüstert, während ihm Tränen über die Wangen liefen. »Mein Gott, unser Peter.«

Da fing ich ebenfalls an, haltlos zu schluchzen. Ich weinte vor Kummer, weil Mama gestorben war, ohne ihren Peter wiedergetroffen zu haben. Und ich weinte vor Erleichterung, weil ich das Gefühl hatte, dass ein riesiges Puzzlestück im Rätsel meines Lebens mit einem Schlag an seinen Platz gerückt worden war.

Und nun sitzen wir vor kaltem Tee am Küchentisch und sehen uns staunend an, suchen auf dem Gesicht des anderen ganz offensichtlich nach Erkennungsmerkmalen. Ja, jetzt, da ich es weiß, kann ich in Gottliebs Zügen tatsächlich etwas von dem jungen Mann in der Hamburger Passfoto-Box erkennen. Und er … kann er auf meinem Gesicht vielleicht auch etwas von Peter erkennen? Als habe er meine Frage an meinem Blick ablesen können, räuspert sich Gottlieb und sagt heiser: »Du hast seine Augen.«

Gerührt sehe ich ihn an. »Das hat meine Mutter auch immer gesagt«, wispere ich.

»Ich weiß gar nicht, warum mir das nicht sofort aufgefallen ist. Ich meine … ich habe dich vom ersten Moment an sympathisch gefunden, obwohl mir das bei Fremden sonst selten so geht. Und Fiete … er hat auch gleich kapiert, dass du zur Familie gehörst, obwohl er Peter gar nicht kennengelernt hat.« Gottlieb lacht leise auf und sieht mich kopfschüttelnd an. »Unfassbar«, flüstert er dann.

»Ja«, erwidere ich mit belegter Stimme. »Absolut unfassbar.« Dann kommt mir mit einem Mal ein Gedanke. »Wann genau ist sein Schiff untergegangen?«

»Am 20. Mai 1987«, erwidert Gottlieb heiser.

Der 20. Mai 1987. Da war meine Mutter schon im sechsten Monat mit mir schwanger. Warum hat er es nicht geschafft, sich zwischen Dezember und Mai bei ihr zu melden, wie er es versprochen hatte? Doch bevor ich weiter über diesen Punkt nachdenken kann, schiebt sich eine andere Frage in meinen Kopf.

»Warte mal ... Hast du vorhin nicht gesagt, dass Peters Schiff vor den Philippinen untergegangen ist?« Als Gottlieb ernst nickt, sage ich leise: »Meine Mutter hat immer erzählt, dass er Richtung Mittelmeer und von da aus nach Brasilien unterwegs war.« Hatte mein Vater sie in vielerlei Hinsicht belogen? Ich mag das nicht glauben – schon gar nicht beim Blick in die traurigen Augen des alten Mannes mir gegenüber.

»Das war auch so geplant, ja«, sagt dieser Mann nun mit belegter Stimme, und mir fällt ein Stein vom Herzen. Weil ich an das Gute in meinem mir fremden Vater glauben will ... und an die aufkeimende Liebesbeziehung zwischen ihm und meiner Mutter. Daher höre ich atemlos zu, als Gottlieb zu erzählen beginnt: Dass mein Vater planmäßig mit dem Containerschiff MS Ariane den Hamburger Hafen Richtung Mittelmeer verlassen hatte. Im griechischen Piräus kam es dann zu einer Verzögerung, weil die Hafenarbeiter streikten und die wartenden Container nicht geladen werden konnten.

»Zwei Umstände kamen zusammen, die zu Peters viel zu frühem Tod geführt haben«, erzählt Gottlieb ernst. »Der Streik, der die MS Ariane vor Piräus festhängen ließ – und der Blinddarm eines anderen Funkoffiziers, der für ein Schiff derselben Reederei fuhr.«

Ungläubig höre ich zu, als Gottlieb erzählt, dass dieser andere Funkoffizier mit einer Blinddarmentzündung ins Krankenhaus von Piräus kam und somit sein Schiff – die MS Omega, die fertig zum Auslaufen war – plötzlich ohne Funker dastand. Daher wurde mein Vater gebeten einzuspringen, denn bis die MS Ariane würde weiterfahren können, hatte die Reederei genug Zeit, einen anderen Funker zu organisieren.

»Peter löste also den kranken Kollegen auf der MS Omega ab

und fuhr nicht, wie wir dachten, weiter nach Brasilien, sondern Richtung Südostasien. Es wurde seine letzte Reise.«

Als Gottlieb davon erzählt, wie Dorothy und er erfahren haben, dass Peter mit seinem Schiff untergegangen war, laufen ihm erneut Tränen über die Wangen. »Damals gab es ja noch kein Internet. Keine Handys. Telefonieren, von Münzsprechern, war über die Entfernung unfassbar teuer. 50 Dollar für sieben Minuten hat Peter einmal ausgegeben, als er uns aus Hongkong angerufen hat, um Dorothy zum Geburtstag zu gratulieren. Das war auf seiner ersten Reise – danach hat er sich solche Telefonate verkniffen. Die Verbindung war ohnehin meistens so schlecht, dass man kaum etwas verstand. Wir haben also immer nur per Brief kommuniziert – aber die Post hat Wochen, manchmal sogar Monate gedauert, je nachdem, von wo Peter sie losgeschickt hat. Wir haben uns mit den Jahren daran gewöhnt, dass wir oft sehr lange nichts von Peter hörten. Im Februar 1987 kam sein Weihnachtsbrief aus Hamburg an, der hatte rund acht Wochen bis nach Whale Island gebraucht. Da dachten wir noch, Peter wäre auf dem Weg nach Brasilien.« Gottlieb seufzt schwer. »Danach haben wir lange nichts gehört. Bis ... bis im Mai ein Brief eintraf. Peter hatte ihn im Februar in Dubai abgeschickt. Wir wunderten uns natürlich darüber. Dubai? Nicht Brasilien?«

Er lacht bitter auf. »Nun hatte sich unser Sohn an die Unzuverlässigkeit der Agenten, die die Post der Schiffe einsammelten und weiterleiteten, und auch an die langsame weltweite Post gewöhnt und angefangen, seine Briefe an uns durchzunummerieren. So wussten wir immer, wenn einer seiner Briefe verloren gegangen war. Tja, der Brief, in dem er uns mitgeteilt hatte, dass er überraschend auf dem Weg nach Asien war, der war wirklich verloren gegangen, wie wir anhand der Nummer feststellten. Und dann ...«

Gottlieb schluckt und wischt sich eine Träne aus dem Augenwinkel, bevor er heiser fortfährt: »Dann war auch schon alles vorbei. Dorothy und ich standen hier, in der Wohnküche, und haben Peters Brief aus Dubai gelesen, haben uns noch gewundert, warum unser Sohn auf einem ganz anderen Schiff war, und uns über die Post geärgert, die seinen vorherigen Brief verloren zu haben schien – und dann hörten wir mit einem Ohr die Nachrichten. Ich werde nie vergessen, wie Dorothy zum Radio stürzte, es lauter drehte. Wie … wie ihr alle Farbe aus dem Gesicht wich, als der Moderator vom Schiff MS Omega sprach, das nach einem schweren Sturm vor den Philippinen vermisst wurde. ›Wie hieß das Schiff, auf dem Peter ist?‹, hat sie mich panisch gefragt, und ich habe mich nicht getraut, im Brief nachzulesen. Weil ich es wusste. Und sie wusste es. Wir beide wussten in dem Moment, dass unser Sohn vor den Philippinen vermisst wurde.«

Erschüttert sehe ich Gottlieb an, der jetzt zitternd Luft holt. »Wir haben die Hoffnung trotzdem bis zum letzten Moment nicht aufgeben wollen. Haben uns daran geklammert, dass das Schiff wohlbehalten irgendwo in einer Bucht der zigtausend philippinischen Inseln auftauchen würde. Dass der Funkkontakt aufgrund des schlechten Wetters abgebrochen war, dass es vom Kurs abgekommen war, dass es aber nicht gesunken war.« Er unterbricht sich kurz, fügt dann heiser hinzu: »Schließlich haben wir es nicht von der Reederei erfahren, sondern erneut aus den Medien: Dass vor der Küste einer der Inseln Wrackteile des Frachters angeschwemmt worden waren. Dass es keine Hoffnung auf Überlebende gab.«

Betroffen starre ich Gottlieb an, warte atemlos darauf, dass er weiterspricht.

»Aber selbst da haben wir weitergehofft. Auch als es von der philippinischen Marine hieß, man habe das gesamte infrage kommende Seegebiet durchkämmt und keinerlei Anzeichen von Überlebenden gefunden. Selbst als Taucher das Wrack des Schiffes auf dem Meeresboden fanden und man feststellte, dass keine Rettungsboote zu Wasser gelassen worden waren. Vermutlich, weil alles zu schnell ging.« Erneut holt er zitternd Luft. »Es hat ewig gedauert, viele nervenzerreißende Wochen lang, bis im Wrack endlich die Überreste einiger Seeleute gefunden wurden. Bis diese Überreste untersucht wurden. Aber … keiner dieser Funde stimmte mit der DNA von Peter überein.«

Gottlieb sieht mich mit traurigem Blick an. »Das war rückblickend eigentlich besonders schlimm – dass wir keine abschließende Gewissheit hatten. Es wäre natürlich eine furchtbare Gewissheit gewesen, aber immerhin eine Gewissheit. So aber haben wir uns nach wie vor eingeredet, dass er vielleicht mit Schwimmweste von Bord gesprungen und auf einer der Inseln angespült worden war. Dass er irgendwo noch lebte, womöglich sein Gedächtnis verloren hatte, uns nicht kontaktieren konnte. Dorothy und ich sind sogar auf die Philippinen geflogen. Haben versucht, vor Ort mehr Klarheit zu bekommen, was natürlich lächerlich war. Wir haben gar nichts erreicht, sind nur völlig ernüchtert und frustriert und verbittert zurück nach Nova Scotia gekommen.«

Gottlieb holt tief Luft, starrt aus dem Fenster, hinaus auf den Atlantik. »Das hat Dorothy kaputtgemacht«, sagt er heiser. »Die Tatsache, dass wir nicht einmal Peters Leichnam beerdigen konnten. Zwar gibt es hier, auf Whale Island, ein Grab, aber der Sarg ist leer.«

Er lächelt mich schwach, mit zittrigen Lippen, an und fügt leise hinzu: »Bis heute kann ich es nicht verhindern, dass ich manchmal denke: ›Vielleicht kommt er doch noch nach Hause.‹ Wobei ich natürlich weiß, dass das nach über fünfunddreißig Jahren absolut abwegig ist.«

Auch mir laufen inzwischen Tränen über die Wangen. Mit einem leisen Schluchzen wispere ich: »Das muss eine furchtbare Situation für euch gewesen sein. Und … dass du dann noch Dorothy verloren hast … Wie entsetzlich.«

»Ja«, murmelt Gottlieb ernst. »Dorothy …« Sein Blick gleitet erneut von mir fort, richtet sich auf den Atlantik, in dessen Tiefen seine Frau damals ertrunken ist. »Sie hat sich die Schuld an dem Unglück gegeben.«

Ungläubig starre ich Gottlieb an. »Warum denn das?«

Gottlieb räuspert sich. »Das klingt jetzt merkwürdig«, sagt er heiser, sieht mich ernst an. »Aber Dorothy hatte zeit ihres Lebens gewisse … Ahnungen. Träume. Träume, die manchmal wahr geworden sind. Nicht oft, aber doch regelmäßig, seit ihrer Kindheit. Als kleines Mädchen hat sie zum Beispiel geträumt, dass ihr Hund überfahren werden würde, und genau das ist am nächsten Tag passiert. Und … sie hat damals, vor Peters Tod, von einem Schiff geträumt, das vor den Philippinen unterging. Nur dachten wir zu dem Zeitpunkt ja noch, dass sich unser Sohn auf einem Schiff mit Kurs auf Brasilien befand. Dorothy hat diesen Traum also nicht mit Peter in Verbindung gebracht. Und als der Brief ankam, da … da war es zu spät.«

Gottlieb reibt sich über sein faltiges Gesicht und murmelt mit einem traurigen Kopfschütteln: »Dorothy hat sich das nie verziehen. Dass sie von dem Unglück geträumt hat, aber nicht tätig geworden ist. Was auch immer sie hätte tun wollen – ich habe sie gefragt, ob sie wirklich der Meinung war, dass sie das Schiff hätte retten können? Hätte sie die Reederei über ihren Traum informieren wollen? Die hätten sie ausgelacht! Ich meine, die haben auf dem Schiff doch selbst die Großwetterlage beobachtet. Das war sogar Peters Job als Funkoffizier: Er hat den Wetterbericht täglich abgerufen und an den Kapitän weitergegeben. Warum … warum das Schiff den Sturm nicht umfahren hat, konnte sich niemand erklären. Vermutlich weil sie bereits Verspätung hatten und der Termindruck dem Kapitän im Nacken saß. Zeit war schon damals Geld.«

Erschüttert starre ich Gottlieb an. Schon wieder eine Vorahnung, eine Prophezeiung, die sich erfüllt hat! Leise wispere ich: »Dorothy hat also Dinge sehen können, die wahr geworden sind? So … wie Rae MacLaughlin?«

Gottlieb lacht leise auf und nickt. »Na ja, Rae ist da noch sehr viel extremer. Aber … ja. Die Tendenz war dieselbe. Was vermutlich nicht sehr verwunderlich ist, immerhin war Dorothy mit Rae verwandt.«

Ungläubig reiße ich meine Augen weit auf. »Was, im Ernst?«

»Ja. Ihre Großmütter waren Schwestern, also waren die beiden Cousinen zweiten Grades – allerdings mit fünfundzwanzig Jahren Altersunterschied. Somit hatten sie zu Lebzeiten auch keine so enge Bindung. Aber nach Dorothys Tod hat Rae begonnen, mich regelmäßig zu besuchen, und das tut sie bis heute. Sie fühlt sich wohl irgendwie verantwortlich für mich alten Knacker.« Er lächelt schief.

Ich bin immer noch dabei, diese neuen Erkenntnisse zu verdauen. »Aber, das heißt ja … dass auch ich entfernt mit Rae verwandt bin«, flüstere ich heiser. Gottliebs Augen weiten sich ein wenig, dann mustert er mich fast erstaunt, starrt mein rostrotes Haar an und lächelt schließlich.

»Das stimmt«, nickt er langsam. »Ist das nicht unglaublich? Ich habe mit einem Mal eine Enkelin. Und du hast einen Großvater … und eine verrückte … tja, was ist Rae für dich? Keine Ahnung, sagen wir einfach, eine verrückte entfernte Verwandte.«

Obwohl mir schon wieder Tränen aus den Augen quellen, muss auch ich auflachen. Ich habe einen Großvater!

Dann stockt mir der Atem, denn mir kommt ein Gedanke.

Ein unfassbarer Gedanke. »Rae hat dir doch gesagt, dass du dieses Haus nicht verkaufen sollst, richtig?«, frage ich, während mein Herz schneller hämmert. Gottlieb sieht mich überrascht an.

»Woher weißt du das?«

»Von Glenn. Er ... er wollte mich davon überzeugen, dass nicht einmal Raes Vorhersagen immer wahr werden – wegen einer Sache aus meiner Jugend, die ich dir irgendwann in Ruhe erzählen muss. Aber ... Glenn hatte unrecht. Denn auch dieser Rat von Rae hatte tatsächlich einen Grund.«

Gottlieb nickt ganz langsam, während seine Hand über den Küchentisch langt, nach meinen kalten Fingern greift. Wir sehen uns an, immer noch fassungslos. Denn es ist nun sonnenklar, warum Rae Gottlieb dazu bringen wollte, auf Whale Island zu bleiben – weil sie wusste, dass ich kommen würde.

»Habt ihr zwei euch also gefunden, ja?«

Rae ist so plötzlich in Gottliebs Küche aufgetaucht, dass selbst Fiete überrascht zu sein scheint. Er fängt an zu bellen und springt ihr auf seinen drei Beinen entgegen, während Gottlieb und ich uns erstaunt zu Rae umdrehen.

»Hallo, meine Liebe«, sagt Gottlieb und grinst schief. »Wir haben gerade von dir gesprochen.«

»Dachte ich mir, mein Lieber.« Rae lacht auf. »Ich kann zwar kein Deutsch, aber meinen Namen verstehe ich in jeder Sprache.«

Ich starre sie stumm an, während sie auf den Küchentisch zukommt und dann neben meinem Stuhl stehen bleibt, mich ernst ansieht. Ihre bernsteinfarbenen Augen glänzen.

»Willkommen zu Hause, meine liebe Viola«, sagt sie und lächelt mich breit an. »Endlich bist du hier.«

21

Es ist schon dunkel, als ich zu Skyes Haus zurückkehre. Die Fahrt mit dem Fahrrad über die nächtliche Insel könnte unheimlich sein, doch der schützende Mantel der Nacht, über mir der funkelnde Sternenhimmel und ein aufgehender Vollmond sind mir sehr willkommen. In der nächtlichen Stille, die Whale Island einhüllt, nur unterbrochen vom rhythmischen Krachen der Brandung an die schroffe Küste unweit des Fahrradwegs, kann ich besonders gut meinen Gedanken nachgehen, und die Dunkelheit gibt mir das beruhigende Gefühl, unbeobachtet zu sein. Allein mit meinen ungeheuren neuen Erkenntnissen. Ein paar Mal halte ich auf dem Weg an, steige vom Rad, starre auf den nächtlichen Ozean hinaus. Auf das Meer, das mir, am anderen Ende der Welt, meinen Vater genommen hat.

Wenn meine Mutter gewusst hätte, dass er wenige Monate nach ihrer einzigen gemeinsamen Nacht gestorben ist, denke ich und wische mir eine Träne von der Wange, hätte sie dann wohl anders weiterleben können? Wenn sie nicht länger die Hoffnung mit sich herumgetragen hätte, dass er doch noch zurückkommen würde? Von mir erfahren würde? Wir eine richtige Familie hätten sein können?

Ich werde es wohl nie wissen. Genauso, wie sie nie wusste, was aus ihrem Peter geworden ist. Genauso, wie Peter nie von mir erfahren hat. Und … genauso, wie ich nie wissen werde, warum er sich in den Monaten vor seinem Tod nicht mehr bei meiner Mutter gemeldet hat.

Schließlich, als der Wind zu kühl wird und unbarmherzig an meinem Haar zerrt, das unter dem Helm hervorquillt, steige ich wieder auf den Sattel und radele weiter, nähere mich Skyes Haus, dessen Fenster im Erdgeschoss hell erleuchtet sind. Doch Skyes Auto ist nicht da, merke ich, als ich das Rad parke, auf die Veranda trete und die Haustür öffne.

Aus dem Wohnzimmer höre ich Musik. Leise beginne ich, den Text von *Romeo and Juliet* von den *Dire Straits* mitzusummen, während ich den Flur entlanggehe, meinen Fahrradhelm abnehme und zusammen mit meiner Jeansjacke an die Garderobe hänge. Glenn sitzt auf dem Sofa, seinen Laptop auf dem Schoß, die Hände gleiten wie besessen über die Tastatur. Das gleichmäßige leise Klackern der Tasten mischt sich mit der Stimme von Mark Knopfler, die aus seinem Telefon dringt. Sobald ich das Wohnzimmer betrete, hebt Glenn den Kopf und hört auf zu tippen.

»Viola«, sagt er leise, und sein Blick hängt ernst und fragend an mir. Dass er gehört hat, was sich heute in meinem Leben ereignet hat, ist mir völlig klar – immerhin haben Greta und Stella die ungeheure Geschichte teilweise mitbekommen, bevor sie Gottlieb und mich allein gelassen haben. Mit Sicherheit haben die beiden danach sofort Duncan und Aidan alles erzählt, und die haben bestimmt ihren Bruder und Skye auf den neuesten Stand gebracht. Es ist ja auch eine kleine Sensation, die sich heute auf Whale Island ereignet hat. Oder – eigentlich sogar eine große Sensation, die ich immer noch nicht verdaut habe.

»Hi«, sage ich mit einem schiefen Lächeln und gehe auf das Sofa zu. »Na, wie läuft es mit deinem Roman?«

Ohne seinen Laptop auch nur eines Blickes zu würdigen, stellt Glenn ihn zur Seite und wendet sich mir zu.

»Wen interessiert jetzt mein dummer Roman?«, fragt er ernst und klopft leicht neben sich aufs Sofa.

Mit einem leisen Lachen lasse ich mich in die Kissen fallen, wobei ich kurz Mark Knopflers Stimme dämpfe, weil ich mich versehentlich halb auf Glenns Telefon setze.

»Entschuldige, hier«, sage ich und reiche es ihm. »Toller Song.«

»O ja.« Glenn legt sein Telefon weg und mustert mich wieder eingehend. »Ist es wirklich wahr, was Stella und Greta erzählt haben? Dass Gottlieb Müller dein Großvater ist?«

Ich kann nur nicken, weil mir die Emotionen erneut den Hals zuschnüren. Glenn schüttelt leicht den Kopf. »Wow. Die besten Stories schreibt einfach das Leben selbst«, murmelt er, streckt seine Hand aus und streicht mir fast zärtlich über die Wange.

Das ist eine aufmunternde Geste meines platonischen Freundes, sage ich mir im Stillen, aber mit viel Nachdruck. Zum Glück habe ich jetzt gar keine Zeit, meinem mal wieder wild davongaloppierenden Herzen hinterherzuspüren, denn meine Gedanken sind erneut nur bei Gottlieb. Und bei meinem Vater.

Hastig und ein wenig atemlos erzähle ich Glenn alles – von der Bar in Hamburg, in der sich an einem Dezemberabend die junge Deutsche Marlies Willmers und der Kanadier Peter Müller kennenlernten und sich auf Anhieb voneinander angezogen fühlten, sodass sie die Nacht miteinander verbrachten. Ich erzähle von dem Abschied am frühen Morgen, von dem Erinnerungsfoto im Passbildautomaten der S-Bahnstation. Und ich zeige Glenn das Bild, die lachenden Gesichter meiner Eltern. Den Namen »Peter Müller«, den meine Mutter in ihrer stets so sauberen Schreibschrift hinten auf das Bild notiert hat.

»Sie wusste kaum etwas von ihm – nur, dass er aus Kanada kam, deutsche Wurzeln hatte und als Funkoffizier zur See fuhr. Er sollte an dem Tag, an dem sie sich verabschiedeten, mit seinem Schiff erst ins Mittelmeer und dann nach Brasilien fahren, hat er ihr gesagt – aber dann kam der Blinddarm eines Kollegen dazwischen.«

Als ich Glenn von den Umständen erzähle, die dazu geführt haben, dass mein Vater in den Sturm vor den Philippinen geraten ist, hört er mir gebannt zu.

»Tja, meine Mutter hat dieses untergegangene Containerschiff natürlich nicht mit meinem Vater in Verbindung gebracht, weil sie ihn ja in Brasilien glaubte. Und so hat sie nie erfahren, was ihm zugestoßen ist.«

»Konnte sie denn nicht über die Reederei mehr über ihn in Erfahrung bringen?«, hakt Glenn ungläubig nach. »Immerhin war sie schwanger von ihm!«

Ich schüttele den Kopf.

»Zum einen hatte sie den Namen der Reederei vergessen, und zum anderen gab es ja noch kein Internet, womit man leichter hätte recherchieren können. Meine Mutter war so jung und wohl ziemlich naiv, muss ich leider sagen. Sie hätte sich ja auch seine Anschrift in Kanada geben lassen können. Und sie wusste nicht einmal, aus welcher Provinz er stammte, nur aus Kanada – als ob dieses Land so klein wäre! Aber, na ja, es war ein recht gedankenloser One-Night-Stand, und selbst wenn Mama bis zu ihrem Tod behauptet hat, sich in der einen Nacht unsterblich in meinen Vater verliebt zu haben, frage ich mich schon, ob ihr das nach dieser Nacht wirklich so klar war … oder ob sie eher später, als sie gemerkt hat, dass sie schwanger von ihrem Seemann war, der ganzen Geschichte mehr Raum in ihren Gedanken und in ihrem Herzen gegeben hat. Immerhin war dann ja ich da, und ich habe sie zeit ihres Lebens an meinen Vater erinnert, hat sie gesagt. Und … Gottlieb hat das auch gesagt.« Ich sehe Glenn an. »Er meinte, ich hätte die Augen meines Vaters. Genau, wie Mama immer gesagt hat.«

Glenn nickt ernst. »Ich habe Peter zwar nie kennengelernt, aber ich habe Fotos von ihm gesehen. Und, ja, es stimmt: Du hast eindeutig Ähnlichkeit mit ihm.«

»Und meine rötlichen Haare – es hört sich völlig verrückt an, aber auf der Seite meiner Mutter gab es keine einzige Rothaarige. Sie hat immer betont, dass ich die roten Haare von Papas Familie geerbt haben müsse. Tja. Dorothy war zwar blond, aber …«

»Rae!« Glenn setzt sich aufrechter hin und starrt mich fast erschrocken an. »Ach du meine Güte … du bist ja über einige Ecken auch mit Rae verwandt!«

Mit einem schiefen Grinsen nicke ich. »Ja. So ist es. Unglaublich, oder? Ich habe also wirklich zwei lebende Verwandte!«

Heute haben Gottlieb und ich uns bereits den ganzen Nachmittag über Fotoalben mit vielen, vielen Bildern aus glücklichen Tagen auf Whale Island angesehen: Gottlieb und Dorothy als junges Paar, frisch verliebt, noch in Schwarz-Weiß. Dann die ersten Farbfotos, nach der Geburt von Peter, Anfang der Sechzigerjahre: ein hellblonder Junge, der strahlend mit dem Dreirad einen Feldweg entlangfährt, im Hintergrund die wildromantische Küstenlandschaft der Insel. Peter mit Zahnlücke, auf einer Schaukel stehend. Peter beim Schwimmen im Atlantik, auf einem Segelboot, Peter im Winter beim Eishockey. Mein Vater als gut aussehender Teenager, der mit Sicherheit viele Mädchenherzen auf der Insel und auf dem Festland gebrochen hat. Peter beim Auszug aus dem Elternhaus, auf dem Weg zum College. Und dann der erste Job auf einem Schiff als frischgebackener Funkoffizier: Peter mit Koffer in der Hand und Seesack über der Schulter, ein aufgeregtes Lächeln auf dem Gesicht, die braunen Augen blitzend vor Abenteuerlust.

»Es fühlt sich so unfassbar an, plötzlich mehr als nur das Gesicht und den Namen meines Vaters zu kennen«, sage ich leise, und wie von selbst sinkt mein Kopf gegen Glenns Schulter. »Bisher habe ich es immer vermieden, überhaupt viel über meinen unbekannten Vater nachzudenken, weil ich mir nicht sicher war, was ich fühlen sollte … Sollte ich unglücklich darüber sein, ihn nicht kennengelernt zu haben, oder sollte ich sauer sein, weil er meine Mutter einfach sitzen gelassen, sich nie wieder gemeldet hatte? Na gut, gemeldet hat er sich wirklich nicht. Immerhin hätte er die Chance gehabt, ihr zwischen Dezember und Mai zu schreiben. Ihre Adresse hatte er nämlich, hat Mama immer betont. Es sei denn …«

»Er hat deiner Mutter geschrieben, und der Brief ist auch verloren gegangen, genau wie der an Dorothy und Gottlieb«, vollendet Glenn meinen hoffnungsvollen Gedanken. Ich drehe meinen Kopf, sehe ihn an, und er lächelt leicht.

»Ja«, wispere ich mit belegter Stimme. »Das könnte doch sein, oder?«

»Absolut«, bestätigt Glenn ernst.

Ein paar Herzschläge lang denke ich über diese Möglichkeit nach, bevor ich mich von Glenn löse und ihn aus weit aufgerissenen Augen ansehe. »Oh mein Gott, stell dir mal vor, mein Vater wäre nicht ums Leben gekommen … und meine Eltern hätten eine richtige Beziehung begonnen! Dann wäre ich am Ende hier auf Whale Island geboren worden!«

Glenn starrt mich stumm an, bevor er langsam sagt: »Dann hätten wir zusammen im Sandkasten gespielt und wären gemeinsam zur Schule gegangen.« Ich kann nur nicken. »Verdammter Sturm«, murmelt Glenn ernst.

»Ja.« Ich schlucke. »So ist es. Verdammter Sturm. Verdammter Streik der Hafenarbeiter von Piräus. Verdammter Blinddarm des anderen Seemanns, der sich entzündet hat.« Ich mache eine Pause und füge leise hinzu: »Der hatte wirklich Glück. Er ist dem Tod von der Schippe gesprungen, indem er ins Krankenhaus gekommen ist und nicht anmustern konnte.«

»Stimmt.« Glenn nickt nachdenklich. »Der eine hatte großes Glück. Der andere riesiges Pech.«

Eine Weile schweigen wir beide und hängen unseren Gedanken nach. Mit einem Mal nehme ich bewusst das Lied wahr, das inzwischen gedämpft zwischen den Sitzkissen des Sofas hervordringt, wo Glenns Telefon steckt: *Take My Breath Away* aus *Top Gun*. Ich liebe das Lied und beginne automatisch, leise mitzusummen.

»Schon wieder *Top Gun*«, murmelt Glenn mit einem leichten Grinsen.

»O ja«, lache ich auf.

»Tanzen?«, fragt er, und schon steht er auf, ohne eine Antwort abzuwarten, und zieht mich mit sich. Überrascht starre ich ihn an.

Es war eine Sache, gestern Nacht, im angetrunkenen Zustand, ausgelassen zu schnellen Songs ein paar Runden mit Glenn um das Sofa herumzutänzeln, soweit mein lädierter Kopf das zuließ. Aber es ist etwas ganz anderes, zu diesem romantischen Lied zu tanzen. Doch Glenn zieht mich jetzt kurzerhand in seine Arme und beginnt ganz selbstverständlich, sich langsam mit mir im Kreis über Skyes Wohnzimmerteppich zu bewegen. Mein Gesicht fühlt sich heiß an, weil diese ganze Situation so intim wirkt und so hoffnungslos romantisch. Es tut mir regelrecht weh zu wissen, dass es für Glenn nichts dergleichen ist. Dass er sich mit seiner platonischen Freundin im Kreis über diesen Teppich bewegt, dass er die Hand seiner platonischen Freundin fest umschlungen hält, seine Finger gegen ihren unteren Rücken presst. Dass er sich bei alldem nichts weiter denkt – genau wie Tim damals, wenn wir gemeinsam Eis essen oder im Kino waren und ich noch nicht geahnt habe, dass er sich in Wahrheit nach Michi Schulte aus unserer Stufe sehnte und nicht nach mir.

Um Glenn nicht in die Augen sehen zu müssen, lasse ich meinen Kopf gegen seine Schulter sinken, während die Sängerin von Berlin singt »Watching every motion in this foolish lover's game«, während wir alles sind, nur nicht *lover*.

»Auch wenn du nicht hier geboren worden bist, sondern erst jetzt nach Whale Island gefunden hast: Es ist so schön, dich nun hierzuhaben«, wispert Glenn dicht an meinem Ohr, was zusätzlich zur Hitze auch noch eine Gänsehaut über meinen Hals schickt. Ich kann nur nicken, während ich versuche, nicht vor Sehnsucht nach diesem absolut unerreichbaren Mann zu zerfließen.

Das Lied ist zu Ende, und ich verharre noch einen Moment, um mein sicherlich leuchtend rotes Gesicht nicht aus Glenns Hemd lösen zu müssen. Auch er macht keine Anstalten, mich loszulassen. Im Gegenteil: Seine Hand liegt nach wie vor fest und warm auf meinem unteren Rücken, und ich wünschte, sie würde sich nie wieder von dort lösen.

Oder doch. Vielleicht schon. Ich hätte sie gern auf anderen Stellen meines Körpers, diese Hand.

Das Geräusch der sich öffnenden Haustür lässt mich regelrecht schuldbewusst einen Schritt rückwärts machen, fort von Glenn und seinen gefährlichen Händen. Ich weiche seinem Blick aus, drehe mich zu der Person um, die gerade ins Wohnzimmer gestürmt kommt.

»Gott sei Dank, ihr seid noch wach!«

»Skye, ist etwas passiert?«, fragt Glenn sofort alarmiert, und auch ich reiße meine Augen erschrocken auf. Doch Skye lacht auf und zeigt auf mich.

»Und ob etwas passiert ist! Himmel noch mal, diese Frau hier ist mit dem Einsiedler verwandt – und mit Rae! Ist das denn zu fassen?«

»Woher weißt du das denn schon?«, frage ich amüsiert. »Von Greta und Stella?«

»Von denen auch, ja«, lacht Skye und schmeißt ihre Handtasche auf einen Beistelltisch in der Zimmerecke. »Aber bevor ich überhaupt meine Nachrichten auf dem Telefon lesen konnte, hat Mom es mir erzählt, als ich sie besucht habe. Sie hatte es von Dad, und Dad hatte einen Anruf von Lloyd bekommen. Der wusste es von Dottie, und Dottie hatte es von Rae persönlich.«

»O Mann. Du bist also die Nummer 1 der Insel-Klatsch-und-Tratsch-Charts, Viola«, bemerkt Glenn mit einem Schmunzeln. Ich lache auf, während Skye auf mich zukommt und mir ihre Hände auf die Schultern legt, mich ansieht.

»Wie fühlst du dich?«, fragt sie sanft. »Nachdem du so plötzlich zu einem Großvater und zu einer verrückten entfernten Verwandten mit zweitem Gesicht gekommen bist?«

Ich lächele Skye breit an. »Gut fühle ich mich!«, sage ich inbrünstig. »Es fühlt sich unglaublich an. Unglaublich schön. Endlich bin ich nicht mehr ganz allein auf dieser Welt.«

»Also das warst du auch vor diesem Tag nicht«, bemerkt Skye sanft. »Du hattest doch uns! Und du hast uns immer noch. Stimmt doch, oder, Glenn?«

Glenn nickt, ohne seinen ernsten Blick von mir zu lösen. »Aber einen Teil seiner Familie zu finden, das ist trotzdem noch etwas anderes«, sagt er dann leise. »Das ist gigantisch. Skye, du und ich, wir können das nicht nachvollziehen, mit unserer großen Sippe.«

»Du hast recht«, sagt Skye, und dann zieht sie mich in ihre Arme, sodass ich zum Glück meine Tränen verbergen kann, indem ich mein Gesicht gegen ihre nach Waschmittel duftende Bluse presse.

»Ich hoffe doch sehr, dass du deinen Rückflug jetzt verschiebst?«, fragt Skye gegen meinen Hinterkopf, und ich löse mich aus ihrer Umarmung und wische mir Tränen von den Wangen, während ich mit einem schiefen Lächeln nicke.

»Und ob. Erst einmal bleibe ich hier, auf Whale Island.«

22

»Das muss ja total irre für dich gewesen sein, so plötzlich einen Großvater auf Whale Island zu haben«, sagt Isla zu mir und sieht mich neugierig an, während sie sich ihr langes rotes Haar zu einem Pferdeschwanz zurückbindet, damit ihr die Strähnen nicht ständig in die Augen wehen. Der Wind ist an diesem frühen Samstagnachmittag kühl und fühlt sich eindeutig nach Herbst an, aber mit der Sonne auf dem Gesicht lässt es sich auf der überdachten Veranda des Inselladens sehr gut aushalten.

Es ist gerade mal zwei Tage her, seit ich erfahren habe, dass ich doch nicht ganz allein auf dieser Welt bin, und bei Islas Frage wird mir einmal mehr bewusst, wie völlig irre diese Situation in der Tat ist.

»Allerdings«, erwidere ich mit einem versonnenen Lächeln, weil ich an den gestrigen Tag denken muss, den ich von morgens bis abends mit meinem Großvater verbringen durfte. Er hat mir alte Filmaufnahmen aus der Jugend meines Vaters gezeigt, nachdem er offenbar stundenlang den Projektor und die Leinwand auf seinem Dachboden gesucht hatte, um die alten Filmrollen abspielen zu können. Meinen jungen Vater sogar in Bewegung zu sehen, wenn ich auch leider seine Stimme nicht hören konnte, das war noch einmal eine ganz andere Dimension, und vor lauter Glück und Wehmut wusste ich kaum, wohin mit meinen Emotionen. Wir haben gemeinsam Tränen vergossen, aber auch zusammen gelacht. Ich habe Gottlieb von meiner Kindheit in Hamburg erzählt und einige aktuelle Fotos auf meinem Smartphone gezeigt. Später haben wir einen Spaziergang unternommen – nicht zu weit, weil Gottlieb nicht mehr so gut zu Fuß ist, auch wenn er das nie zugeben würde. Doch das Whale Sanctuary ist von seinem Haus aus gut erreichbar, und so haben wir gestern dort auf einer Bank an der Deep Bay gesessen und nach den zwei Belugawalen Ausschau gehalten, während wir über Gott und die Welt geredet haben. Abends habe ich für uns gekocht – keines meiner exotischen Blog-Gerichte, weil ich im Inselladen von Whale Island dafür nicht die nötigen Zutaten bekommen habe, sondern Kartoffelpuffer nach Mamas Lieblingsrezept, von denen Gottlieb ganz angetan war. Während wir gegessen haben, wurde der Atlantik vor den Fenstern der Wohnküche in ein schwaches Violett des letzten Tageslichts getaucht und schließlich von samtiger Dunkelheit überzogen. Natürlich musste ich von der wunderschönen Stimmung mehrere Fotos schießen, und daraufhin haben wir uns während des ganzen Abendessens über das Fotografieren unterhalten. Als ich Gottlieb von meinem Blog erzählt habe, wollte er unbedingt die Beiträge lesen, genau wie Glenn. Da mein Großvater allerdings kein Internet und auch keinen Computer hat, habe ich ihm versprochen, die Blogeinträge auszudrucken und mitzubringen.

Ich sehe auf meine Tasche hinab, die zu meinen Füßen steht. Außer den Einkäufen, die ich gerade für Gottlieb im Inselladen gemacht habe, ist auch ein dickes Bündel mit den ausgedruckten Blog-Einträgen darin. Außerdem eine Schachtel Pralinen für Skye, die ich ebenfalls gerade gekauft habe – als Dank dafür, dass ich ihren Drucker nutzen durfte. Bei der

Erinnerung daran, wie ich gestern bis spät in die Nacht meine alten Blog-Einträge gedruckt und mich nebenher mit Glenn unterhalten habe, muss ich noch breiter lächeln. Mit jedem Tag fühle ich mich in unserer sonderbaren Wohngemeinschaft wohler, und vor allem in Glenns Gesellschaft bin ich Mal für Mal merkwürdig glücklich – was einerseits schön ist. Aber andererseits auch sehr verwirrend.

»Und, habt ihr schon viele Gemeinsamkeiten entdeckt, dein Großvater und du? Seid ihr euch ähnlich?«

Es ist Feli, die dies fragt, und ich mustere das dunkelhaarige Mädchen, das sonst so still und zurückhaltend ist. Stellas Tochter sitzt neben Isla auf der Bank unter dem Verandavordach des Inselladens und nippt, genau wie ihre Freundin, an einem violetten Blaubeermilchshake. Ich habe beide Mädchen gerade beim Einkaufen im Geschäft getroffen, und da ich dringend einen Kaffee gebraucht habe, habe ich mich ihrer Milchshake-Pause hier auf der Veranda angeschlossen. Wir haben gemeinsam ein Fischerboot beobachtet, das am Pier in unserer Nähe angelegt hat, und während die Fischer die Kisten mit ihrem frischen Fang von Deck gewuchtet haben, habe ich den Mädchen zugehört, als sie über ein paar nervige Jungs in ihrer Highschool gelästert haben. Beim Gedanken an meine eigene, lange zurückliegende Schulzeit musste ich wehmütig lächeln.

»Hm, ja, ein paar Gemeinsamkeiten gibt es tatsächlich«, antworte ich jetzt bedächtig und richte meinen Blick auf den Atlantik, wo ich die näher kommende Fähre erkenne. »Zum einen habe ich wohl die Augen meines Vaters – das hat meine Mutter auch immer gesagt, und Gottlieb hat das bestätigt. Außerdem hat er ebenfalls eine große Schwäche für Lakritze gehabt, genau wie ich. Und ich fotografiere sehr gern – genau wie Gottlieb, und mein Vater hat auf seinen Reisen ebenfalls viele Fotos gemacht.«

Allerdings habe ich die Bilder meines Vaters noch nicht zu Gesicht bekommen. Ich muss Gottlieb dringend darauf ansprechen.

»Cool«, meint Feli und betrachtet mich nachdenklich. »Das … das muss sehr spannend sein. Und sehr … überwältigend.«

Ernst erwidere ich ihren Blick. In ihren dunkelbraunen Augen schimmert dieses Wissen, das nur jemand hat, der ganz genau nachempfinden kann, was bei mir gerade passiert.

»Ja«, sage ich leise. »Es ist extrem überwältigend. So richtig glauben kann ich es eigentlich immer noch nicht.«

Feli nickt und sieht mich schweigend an. Als Islas Handy zu klingeln beginnt und sie sich mit einem fröhlichen »Hi, Mom! Ja, ich bin mit Feli beim Inselladen hängen geblieben …« meldet, scheint sich Feli einen Ruck zu geben und sagt auf Deutsch, an mich gewandt: »Ich wünschte, ich hätte meinen Vater kennengelernt.«

Nachdenklich mustere ich das Mädchen, und Feli fügt erklärend hinzu: »Er hat meine Mutter damals verlassen, als sie ihm gesagt hat, dass sie von ihm schwanger war. Und seitdem hatten die beiden keinen Kontakt mehr. Er weiß also gar nicht, dass es mich gibt. So wie dein Vater damals. Wobei …«

Feli macht eine kurze Pause und nagt an ihrer Unterlippe, bevor sie hinzufügt: »Dein Vater wusste ja wirklich nicht, dass deine Mutter schwanger von ihm war. Mein Vater … er hat sich bewusst gegen Mama und mich entschieden. Er wollte nie wissen, ob ich ein Mädchen oder ein Junge bin. Wie es mir geht. Ob ich ihm ähnlichsehe.« Ihre dunklen Augen haben sich bei ihren letzten Worten mit Tränen gefüllt, und ergriffen nehme ich ihre Hand in meine, drücke sanft ihre Finger.

»Ach, Feli«, murmele ich leise. »Das tut mir leid. Es muss hart sein, damit zu leben.«

Fast wütend wischt sich Feli unter den Augen entlang, blinzelt entschlossen mit den Wimpern, um ihre Tränen zu vertreiben. Kurz sieht sie an mir vorbei, zum Pier, wo die Fähre nun angelegt hat, bevor sie mich wieder anschaut.

»Mama hat mir all das erst vor Kurzem erzählt. Bis dahin dachte ich immer, es wäre so wie bei dir: Dass Mama nach einem One-Night-Stand schwanger geworden war und meinen Vater nicht mehr ausfindig machen konnte. Dabei wusste sie die ganze Zeit, wie er heißt und wo er heute lebt. Sie wollte mich nur vor der Wahrheit schützen. Wollte mir die Enttäuschung darüber ersparen, dass mein Vater sich längst bei uns hätte melden können, wenn er das je gewollt hätte.« Feli atmet tief durch. »Und seit ich weiß, dass er in New York City im *Waldorf Astoria* arbeitet, seitdem … seitdem spiele ich mit dem Gedanken, Kontakt zu ihm aufzunehmen.«

Ernst erwidere ich Felis Blick und nicke langsam.

»Vor allem, weil Mama und ich nächsten Sonntag ohnehin nach New York fliegen.« In die Augen des Mädchens schleicht sich ein hoffnungsvolles Funkeln.

»Deine Mutter hat mir davon erzählt«, sage ich und lächele sie breit an. »Du wirst einen Song mit Jackson Porter aufnehmen! Das ist fantastisch, Feli.«

»Ich weiß, ich kann es auch immer noch nicht fassen! Und weil die Aufnahme im Studio nur unter der Woche stattfinden kann, werde ich sogar vom Unterricht befreit – und das, obwohl das Schuljahr gerade erst angefangen hat! Ich werde zwei Schultage verpassen – aber so eine Aufnahme ist wichtig genug, hat der Direktor gemeint.« Der Teenie strahlt mich an, flüchtig nur, aber der Stolz und die Vorfreude sind deutlich spürbar. Dann jedoch wird das Mädchen rasch wieder ernst. »Mama will nicht, dass ich Kontakt zu meinem Vater aufnehme«, wispert sie hastig, weil Isla ihr Telefonat gerade beendet. »Aber ... ich kann nicht aufhören, darüber nachzudenken, wie es wäre, ihn kennenzulernen.«

Ich nicke ernst, während sich Isla uns zuwendet und verkündet: »Meine Mom kommt mit dem Auto rüber und holt uns ab, Feli ... wir können mit ihr ans Festland ins Einkaufszentrum fahren. Hast du Lust?«

»Ähm, ja, gern«, sagt Feli und lächelt ihre Freundin betont fröhlich an.

Isla runzelt die Stirn und mustert das Mädchen. »Alles okay?«

»Jaja, alles bestens.« Feli nimmt ihren Strohhalm zwischen die Lippen und schlürft eifrig ihren Milchshake, um nicht weiter von Isla verhört zu werden. In diesem Moment ertönt ein mir inzwischen vertrautes Röhren, und Islas Gesicht hellt sich auf, als wir uns alle zur Straße umwenden. Glenn ist mit seinem Motorrad gerade von der Rampe der Fähre gerollt und fährt nun die Länge des Piers entlang, auf die Dorfstraße zu.

»War Glenn im Krankenhaus bei Gran?«, fragt Isla, während sie näher ans Verandageländer herantritt und ihrem Onkel aufgeregt zuwinkt.

»Ja, das war er«, bestätige ich und werfe meinen leeren Kaffeebecher in den Mülleimer, bevor ich mich neben Isla ans Geländer stelle.

Glenn hat uns entdeckt, merke ich. Langsam rollt er mit seiner Honda auf den Vorplatz des Inselladens, wo eine Zapfsäule eine Minitankstelle darstellt, und schaltet den Motor ab.

»Hi, Ladies«, ruft er uns gut gelaunt zu und schwingt sich von der Maschine, nimmt dann seinen Helm ab. Sein dunkles Haar steht zerzaust in alle Richtungen, und Glenn glättet es mit einer Hand, während er auf das Geschäft zukommt. Die beiden älteren Herren, die auf der Bank neben der Treppe zur Veranda sitzen, grüßen Glenn, und er wechselt freundlich ein paar Worte mit ihnen. Die zwei sind alte Freunde, hat mir Isla eben erklärt, und seit der eine verwitwet und der andere geschieden ist, sieht man sie fast jeden Tag gemeinsam hier vor dem Inselladen. Joe und Will, so heißen sie, wenn ich mich richtig erinnere.

Glenn ist jetzt unterhalb der Stelle des Verandageländers stehen geblieben, wo ich oben lehne und zu ihm hinabsehe. Die Septembersonne lässt sein dunkles Haar ganz leicht rötlich schimmern, und seine Augen wirken eher grün als grau, als er zu mir hinauflächelt. Mein Herz rast noch schneller, und ich schlucke mühsam, bevor ich betont spöttisch sage: »Du könntest ja mal Fahrrad fahren, mein Lieber. Das ist besser für die Umwelt.«

Natürlich ist mir völlig klar, dass er nicht bis zum Krankenhaus hätte radeln können – nicht nur wegen der Entfernung, sondern auch wegen der fehlenden Radwege auf dem Festland. Aber mir fällt gerade nichts Sinnvolleres ein, weil mich Glenns Lächeln so aus dem Konzept bringt.

Viola! Denk an das Tim-Desaster!

Glenn legt seinen Kopf schief und entgegnet todernst: »Sie redet. Oh, rede noch einmal, glänzender Engel! Denn so über meinem Haupt schwebend scheinst du diesen Augen so glorreich als ein geflügelter Bote des Himmels …«

Ich ziehe meine Augenbrauen in die Höhe und versuche, meine Verlegenheit in ihre Grenzen zu weisen, als Isla mit einem Juchzen sagt: »*Romeo und Julia*, die Balkonszene! Ich liebe das Stück, wir haben das im letzten Jahr in der Schule gelesen!«

»Richtig, die Balkonszene«, murmele ich und sehe auf Glenn hinab, der mich abwartend anlächelt. »O Romeo, Romeo – warum bist du Romeo?«

So viel Shakespeare kann sogar ich.

Glenns Lächeln wird breiter, und Isla sagt lachend: »Ihr zwei seid so süß, wisst ihr das?«

Hitze beginnt, in meine Wangen zu kriechen, und während Glenn mich immer noch mit seinem jungenhaften Lächeln mustert, senke ich verlegen den Blick. Wenn Isla wüsste!

»Wie geht es deiner Mom?«, erkundige ich mich möglichst neutral.

»Zum Glück immer besser. Sie hat den Arzt davon überzeugen können, schon morgen nach Hause zu dürfen, solange sie sich hier weiterhin schont«, erwidert Glenn und strahlt zu mir hoch.

»Das ist ja toll«, sage ich ehrlich begeistert, und neben mir juchzt Isla erleichtert: »Ja! Gran kommt nach Hause! Endlich!«

Gerührt lächele ich das Mädchen an, das einen kleinen Freudentanz über die Veranda aufführt. Dass Heather Cameron das Herzstück dieser Insel ist und schmerzlich vermisst wird, habe ich bereits deutlich gemerkt.

»Und was hast du Schönes vor?«, fragt mich Glenn nun.

Mit einer Geste in Richtung Einkaufstüte erkläre ich: »Ich habe ein paar Sachen eingekauft und will zu Gottlieb.«

»Soll ich dich schnell hinfahren?«

Ich sehe Glenns Maschine an, dann ihn, und bemerke spitz: »Im Prinzip zwar gern, aber ich bin mit dem Fahrrad hier. Einige von uns machen sich nämlich Gedanken um die Umwelt auf dieser wunderschönen Insel.«

»Und das ist auch wirklich besser so! Schäm dich, Glenn.« Überrascht sehe ich zur Seite, von wo sich eine sportliche Frau mit blondem Pferdeschwanz forschen Schritts nähert. Sie allerdings sieht kaum zu mir hoch, sondern mustert Glenn prüfend, die Hände in die schmale Taille gestemmt. »Glenn Cameron. Welcome home.«

23

»Jenny. Hi.« Glenn hat sich umgedreht und nickt der Frau zu. Ich kann sein Gesicht nicht erkennen, aber er klingt nicht unglaublich begeistert darüber, die Frau zu sehen, sondern eher … verhalten. Noch überlege ich ratlos, wer Jenny sein könnte, als Isla ihren Milchshake-Becher in den Müll wirft und ruft: »Hi, Mom! Wir kommen. Los, Feli, auf geht's – ich möchte unbedingt ein paar neue Jeans kaufen.«

Aha. Das ist also Aidans Ex-Freundin, die Meeresbiologin ist und im Besucherinformationszentrum des Whale Sanctuarys arbeitet, wie ich inzwischen erfahren habe. Als ich neulich da war, hatte sie offenbar ihren freien Tag, denn ich kann mich nicht an sie erinnern. Neugierig betrachte ich die sportliche Blondine, die ihrerseits jetzt zu mir hochsieht und sagt: »Hi, du bist bestimmt Viola, die fast mit dem Elch zusammengestoßen wäre? Und die mit Gottlieb Müller UND mit Rae verwandt ist?«

Lachend nicke ich. »Genau die bin ich, ja.«

»Freut mich sehr – du bist ja eine richtige Berühmtheit hier auf der Insel!« Jenny grinst mich an, und ich winke verlegen ab. Noch bevor ich etwas erwidern kann, sagt sie nun, mehr an Glenn gewandt als an mich: »Hey, wo ich euch zwei hier sehe – Stella und ich haben vorhin überlegt, dass wir Aidan an seinem

Geburtstag mit einer Party überraschen wollen. Was haltet ihr davon?«

Erstaunt mustere ich Jenny. Offenbar versteht sie sich also gut mit Stella, die immerhin Aidans neue Freundin ist, was ich bemerkenswert finde. Das bekommen nicht viele hin.

»O ja!«, jubelt Isla begeistert und hakt sich bei ihrer Mom unter. »Das machen wir! Dad hat eine ordentliche Party verdient!«

Glenn murmelt etwas, das sich hier oben, auf der Veranda, ansatzweise wie ein »Na ja, ich weiß nicht« anhört. Verwirrt mustere ich ihn. Was ist denn bloß in ihn gefahren?

»Wann ist denn Aidans Geburtstag?«, hake ich neugierig nach.

»Nächsten Samstag«, erwidert Isla, bevor sie ihre Mutter zweifelnd ansieht. »Aber wie wollen wir das hinbekommen, Mom? Dad wird am Samstag wieder im Restaurant beschäftigt sein, da kann er nicht feiern. Samstags ist immer besonders viel los.«

»Ich weiß«, erwidert Jenny gut gelaunt. »Darum haben Stella und ich überlegt, dass wir reinfeiern! Wir werden am Freitagabend alles in ihrem Blockhaus vorbereiten, und wenn sie und Aidan nach der Schicht im Restaurant nach Hause kommen – Überraschung!«

Ihre Begeisterung ist ansteckend, sodass auch Isla und Feli und ich selbst nicken und grinsen. Nur Glenn schüttelt leicht den Kopf.

»Meinst du wirklich, dass Aidan nach einem langen Tag in der Küche nach Reinfeiern in seinen Geburtstag zumute ist?«

»Klar, du Griesgram«, neckt Jenny ihn, und ich sehe genau, dass sie ihm leicht den Ellbogen in die Rippen rammt. Glenn jedoch geht nicht auf ihr spielerisches Verhalten ein, sondern wendet sich mit gerunzelter Stirn ab.

»Na, wenn ihr meint«, brummt er. »Bleibt nur die Frage, wer für das Essen sorgt. Aidan kann das ja kaum selbst machen.«

»Nein, aber es gibt zum Glück noch ein paar andere Leute auf Whale Island, die kochen können, Glenn Cameron.« Jenny zieht ihre Augenbrauen hoch und mustert Glenn mit verschränkten Armen.

»Ähm – du aber nicht, Mom«, bemerkt Isla in kritischem Tonfall, was mich überrascht losprusten lässt. Jenny wirft mir einen leidenden Blick zu, bevor sie bemerkt: »Das bekommt man am Ende für all die schlaflosen Nächte, für das Geschrei bei jedem neuen Milchzahn, für die kein Ende nehmen wollenden vollen Windeln, die Kinderkrankheiten, gar nicht erst zu sprechen von den Hormonschüben in der Vorpubertät und dann in der richtigen Pubertät und …«

»Okaaaay, Jenny.« Ich vermute, dass Glenn seine Worte lustig klingen lassen wollte, aber sie kommen eher genervt heraus, was irgendwie gar nicht zu dem Glenn passt, den ich bisher kennengelernt habe. Jenny bricht ab und mustert ihn ebenfalls verdutzt. Ich merke, dass auch Isla unsicher ihren Onkel anschaut, aber da lacht Jenny schon betont unbekümmert auf und verkündet, an ihre Tochter gewandt: »Was ich sagen wollte: Ich werde Tiefkühl-Pizza beisteuern. Du musst dir also keine Sorgen machen, mein Herz.«

»Puh, Glück gehabt«, murmelt Isla, aber ihr Blick hängt immer noch nachdenklich an ihrem Onkel.

»Ich halte mir den Abend auf jeden Fall frei«, sage ich rasch, an Jenny gewandt. »Und ich bringe natürlich etwas zu essen mit – ich koche nämlich gern. Längst nicht so gut wie dein Dad, Isla, aber … ich werde mein Bestes geben.«

Jetzt endlich kommt wieder ein wenig Leben in Glenn, als er den Blick zu mir hebt und mit einem schiefen Lächeln sagt: »Verdammt, ja! Du musst unbedingt den brasilianischen

Bohneneintopf machen, das Rezept klang so gut – und die vietnamesischen Frühlingsrollen! Und natürlich Caipirinhas!«

»Ha, super Idee«, grinse ich und nicke, während Isla etwas wegen der Party-Dekoration zu ihrer Mutter sagt. Da merke ich, dass Feli nach wie vor neben dem Mülleimer, nur wenige Schritte von mir entfernt, steht und umständlich einen letzten Schluck aus ihrem Milchshake-Becher schlürft. Sie sieht mich zögernd an, und ich weiß genau, warum sie noch hier oben auf der Veranda und nicht unten, bei Jenny und Isla, ist. Rasch beuge ich mich näher zu ihr und wispere, auf Deutsch: »Feli, wenn ich du wäre und die Chance hätte, meinen Vater kennenzulernen – ich würde es wagen. Im schlimmsten Fall will er nichts mit dir zu tun haben. Wenn du glaubst, damit klarzukommen, dann trau dich. Sonst wirst du dich womöglich dein Leben lang fragen, ob du eine Beziehung zu deinem Dad hättest aufbauen können.«

Feli sieht mich aus ihren dunkelbraunen Augen ernst an, dann nickt sie rasch. »Ja, du hast recht«, murmelt sie und schmeißt entschlossen ihren leeren Becher weg. »Danke dir, Viola.«

»Aber gern.« Ich zwinkere dem Mädchen zu und wünsche ihm viel Spaß beim Einkaufstrip. Dann sehe ich von der Veranda aus zu, wie die zwei Teenager aufgeregt plaudernd auf den Pier des Fähranlegers hinauslaufen, während Jenny zum Abschied Glenn und mir zuwinkt und dann mit ihrem Auto langsam hinter den Mädchen her und an Deck der Fähre rollt.

»Das war also Islas Mutter«, sage ich, stütze mich auf das Verandageländer und schaue dem Wagen nachdenklich hinterher.

»Mhhm«, murmelt Glenn, der immer noch unterhalb des Geländers steht und mit verschränkten Armen ebenfalls Richtung Fähre starrt.

»Sie wirkt nett.«

»Ja.« Seine knappe Antwort lässt mich verwundert nach unten sehen. Der Wind spielt mit Glenns dunklen Strähnen. Als könne er genau meinen erstaunten Blick spüren, sieht er kurz auf. In seinen graugrünen Augen liegt jetzt kein Necken mehr. Kein Romeo-und-Julia-Geplänkel. Stattdessen purer Ernst.

»Ist alles okay?«, frage ich ratlos.

»Ja. Klar.« Glenn zuckt mit den Schultern und stülpt sich seinen Motorradhelm wieder auf den Kopf. »Was soll sein?«

»Du wirkst nicht so, als ... als würdest du Jenny sehr mögen.«

Glenn weicht meinem Blick aus und gibt einen unbestimmten Laut von sich. Dann will er noch etwas sagen, als wir ein dumpfes Donnergrollen hören. Überrascht sehe ich zum Himmel hinauf und stelle fest, dass sich schwarze Wolken zusammengezogen haben.

»Oh«, mache ich verdutzt. »Es war doch eben noch so schön sonnig!«

»Ja. Das Wetter schlägt hier auf der Insel schnell um«, seufzt Glenn. Rasch suche ich meine Einkäufe zusammen und eile über die Verandatreppe hinab. Die zwei alten Herren haben sich bereits von ihrer Bank erhoben. Einer der beiden – keine Ahnung, ob Joe oder Will – sieht mich an und ruft mit einem freundlichen Lächeln: »Jetzt aber schnell nach Hause, junge Dame!«

»Und ob«, erwidere ich und muss über das »junge Dame« schmunzeln, während sich die beiden Freunde abwenden und gemeinsam über die Dorfstraße davongehen. Sie haken sich dabei unter – vermutlich sind beide nicht mehr so gut zu Fuß unterwegs. Ich sehe ihnen noch nach und frage mich, was sie in ihren vielen Jahren auf dieser wilden Insel im Atlantik wohl schon alles erlebt haben, als die ersten dicken Tropfen vom Himmel fallen. Irritiert blinzele ich in den Regen und bleibe unschlüssig neben meinem Fahrrad stehen. Na toll!

»Komm, junge Dame, steig auf – mit der Honda geht es wenigstens schneller. Aber nass wird man auch, fürchte ich.« Glenn hat seinen Helm schon wieder abgenommen und hält ihn mir hin.

»Ich habe ja den Fahrradhelm«, sage ich zögernd, aber Glenn schüttelt mit einem grimmigen Gesichtsausdruck den Kopf.

»Wenn Skye uns wieder erwischen sollte und du dann auf dem Motorrad einen Fahrradhelm trägst, bin ich wirklich ein toter Mann.«

Ich lache leise und gehe auf Glenn zu. »Du könntest den Fahrradhelm tragen«, bemerke ich.

»Könnte ich«, brummt Glenn, nimmt mir meine Einkaufstüte ab und verstaut sie auf einer Seite der Maschine in der Satteltasche aus braunem Leder. »Und du könntest einfach kommentarlos aufsteigen und dich nach Hause fahren lassen. Beziehungsweise … zu Gottlieb.«

»Lass mal. Lieber zu Skyes Haus, das ist näher«, seufze ich, als es erneut heftig donnert und der Regen stärker wird. Schnell ziehe ich den Helm auf, schwinge mich hinter Glenn auf die Maschine und schlinge meine Arme um ihn. Glenn fährt langsam und vorsichtig, weil sich die größtenteils ungeteerte Küstenstraße schnell in eine schlammige Piste verwandelt, und ich presse mich gegen seinen Rücken, während immer dickere Regentropfen auf uns herabprasseln. Bis wir an Skyes Haus ankommen, klebt meine Jeans klatschnass an meinen Beinen, und ich flüchte mich mit einem Quietschen unter das Vordach der Veranda, während Glenn noch das Motorrad parkt und mit einem leisen Fluchen die Stufen zum Eingang hochjoggt. Er bleibt vor mir stehen und reicht mir meine Einkaufstüte, sieht mich dann stumm an. Sein dunkles Haar klebt an seinem Kopf, nasse Strähnen hängen in seine Stirn, lassen einzelne Tropfen über sein Gesicht rinnen. Ich muss mich sehr zusammenreißen, um nicht die Hand auszustrecken und einen der Tropfen aufzufangen. Stattdessen ist es Glenn, der seine Hände nach mir ausstreckt, und mein Herz hämmert heftig gegen meinen Brustkorb, bis ich realisiere, dass er mir nur mit dem Helm helfen will. Ich möchte selbst den Verschluss unterm Kinn öffnen, aber ich halte ja die Tüte mit meinen Einkäufen und mit den Blogausdrucken, sodass ich Glenn nur stumm mustere, während er sanft den Helm öffnet und mir vorsichtig über den Kopf schiebt. Atemlos starre ich ihn an, und er erwidert meinen Blick schweigend. In seinen Augen liegt ein Ausdruck, den ich bei ihm noch nicht gesehen habe – nicht so fröhlich und unbekümmert wie sonst, sondern eine Ernsthaftigkeit, die mich nervös meine Lippen befeuchten lässt. Im nächsten Augenblick klingelt ein Telefon, und kurz denke ich, dass es meines ist, aber Glenn greift schon in die Tasche seiner Lederjacke und zieht sein eigenes Smartphone heraus. Er steht so dicht vor mir, dass ich deutlich den Namen »Andy« auf dem Display erkenne und dazu das Profilfoto eines gut aussehenden dunkelhaarigen Mannes, der charmant in die Kamera lächelt. Ich sehe Glenn an, und der Schmerz auf seinem Gesicht ist so deutlich, dass es mir den Atem stocken lässt. Dann verfinstert sich sein Blick, und er schiebt sein Telefon mit einer heftigen Bewegung in seine Jackentasche, ohne den Anruf anzunehmen.

»Was ist denn zwischen Andy und dir vorgefallen?«, frage ich sanft und greife nach Glenns Arm, doch er wendet sich rasch von mir ab. Über uns grollt lauter Donner, lässt mich zusammenzucken, während Glenn mit einer wütenden Bewegung die Haustür aufreißt.

»Ich will nicht darüber reden«, höre ich ihn noch murmeln, bevor er in Skyes Hausflur verschwindet und mich ratlos auf der Veranda zurücklässt.

24

Glenn

Als ich am Montagnachmittag mein Motorrad vor der *Cameron Lodge* parke und mir den Helm vom Kopf ziehe, muss ich daran denken, wie ich dasselbe am Samstag bei Viola gemacht habe, als wir klitschnass auf Skyes Veranda standen. Prompt schnellen meine Gedanken weiter, zu Andys Anruf. Und zu seiner Textnachricht, nachdem ich nicht drangegangen war, auch nicht beim zweiten und dritten Versuch. Seine leeren Worte. Die Bitte, ihm zu verzeihen. Uns noch eine Chance zu geben. Ich könnte kotzen. Als ob wir noch eine Chance hätten. Als ob ich ihm das, was er getan hat, verzeihen könnte. Ihm wieder vertrauen könnte.

Ich atme tief durch, wende mich von meiner Maschine ab und lasse meinen Blick über die Rasenfläche schweifen, die sich von der Lodge bis zum Atlantik erstreckt. Seit dem Regenschauer, der Viola und mich vorgestern so durchweicht hat, ist es trocken geblieben. Heute spannt sich der Himmel wolkenlos und in einem tiefen Blau über Whale Island, wie es nur im September möglich ist. Septemberblau, geistert es mir beim Blick nach oben durch den Kopf, und ich ziehe mein ziemlich zerfleddertes Notizbuch aus der Gesäßtasche meiner Jeans. Es ist lange her, seit ich so viele Ideen und Gedankenfetzen festgehalten habe. Seit ich so inspiriert war. Mein rechtes Handgelenk schmerzt schon vom vielen Tippen, und ich fürchte fast, eine angehende Sehnenscheidenentzündung zu haben. Es ist, als ob mich die Muse permanent küssen würde, seit ich wieder auf Whale Island bin.

Seit ich Viola kennengelernt habe. Sie inspiriert mich, wie mich seit einer Ewigkeit niemand mehr inspiriert hat. Im Grunde genommen hat mich wohl noch nie jemand so sehr inspiriert. Aber ich habe auch noch nie jemanden mit so einer interessanten Geschichte kennengelernt.

Ich zücke meinen Kugelschreiber, den ich immer griffbereit in der Innentasche meiner Lederjacke habe, und notiere mir »Septemberblau«. Und dann auch noch »ihr Lachen erfüllte den Raum wie der erste Sonnenstrahl nach einem Regenschauer«, weil … tja. Weil mir das so in den Sinn gekommen ist, als ich Viola eben, kurz vor meiner Abfahrt, lachen gehört habe. Ehe sie ebenfalls das Haus verlassen hat, um wieder ihren Großvater zu besuchen. Meine Gedanken bleiben, wie so oft in letzter Zeit, bei Viola hängen, während ich Notizbuch und Stift wegstecke und mich dem Eingang der Lodge zuwende. Es ist so leicht, mit ihr zu lachen und sich mit ihr zu unterhalten. Manchmal habe ich das Gefühl, sie schon ewig zu kennen. Am Samstagabend haben wir mal wieder lange auf Skyes Sofa gesessen – ohne Skye, die Nachtschicht hatte. Ich hatte mich ein wenig beruhigt, und falls Viola sich noch fragte, warum ich wegen Andys Anruf so wütend gewesen war, ließ sie sich das nicht anmerken. Wir haben über Gott und die Welt geredet, und obwohl ich gewisse Themen strikt ausgeklammert habe – Andy zum Beispiel –, so habe ich doch das Gefühl, mit Viola eigentlich über so ziemlich alles sprechen zu können.

»Wo siehst du dich in zehn Jahren?«, hat sie mich unvermittelt gefragt und mich von ihrem Sofaende aus nachdenklich angesehen.

Die Frage hat mich aus dem Konzept gebracht. Wo sah ich mich in zehn Jahren? Ich habe sie ehrlich ratlos angestarrt. Und dann habe ich begriffen, dass es eine Antwort gab, die ich ihr gern gegeben hätte. Hätte sie mich einen Tag zuvor gefragt – bevor wir Jenny vor dem Inselladen begegnet waren und mir erneut klar geworden war, warum ich so selten nach Whale Island komme –, hätte ich es vielleicht laut ausgesprochen. Hätte geantwortet: »Ich sehe mich hier. Auf Whale Island.«

So aber habe ich betont gelassen mit den Schultern gezuckt und erwidert: »Hoffentlich mit mindestens einem veröffentlichten Roman, der es womöglich sogar auf die New-York-Times-Bestsellerliste geschafft hat.«

Ich habe Viola schief angegrinst, aber sie ist ganz ernst geblieben, als sie erwidert hat: »Ich glaube fest daran, dass das klappt, Glenn.«

»Danke dir. Wo siehst du dich in zehn Jahren?«, habe ich sie gefragt, um mich nicht von dem Sturm der Gefühle in meinem Inneren umreißen zu lassen.

»Das fragst du diejenige, die bis vor ein paar Tagen nicht einmal Pläne für den nächsten Monat hatte«, hat Viola aufgelacht, und ich musste noch mehr grinsen. Sie hat so eine selbstironische Art, die mich immer wieder überrascht. Sich mit Viola zu unterhalten, macht einfach Spaß. Wenn ich mit ihr zusammen bin, merke ich selten, wie die Zeit verfliegt.

»Keine Ahnung«, hat sie offen zugegeben. »Ich, die in Hamburg kein WG-Zimmer mehr hat. Und keinen Job. Nicht einmal eine Ausbildung.«

»Aber so viele Talente«, habe ich ernst erwidert. »Du machst fantastische Fotos. Kochst sehr gut.«

»Ach komm, du hast noch gar nichts von mir gegessen, nur Caipirinhas getrunken!«

»Aber du schreibst so gut übers Kochen – da kann dein Essen nicht schlecht sein«, habe ich bestimmt erwidert. »Außerdem sind gute Drinks auch sehr wichtig. Und, was noch wichtiger ist: Du bringst mich zum Lachen.«

Das wiederum hat sie ihrerseits mit einem herzhaften Lachen kommentiert, das mich angesteckt hat. Wir saßen auf dem Sofa und grinsten uns an, und dann meinte sie plötzlich, aus heiterem Himmel – ganz so, als habe sie meine Gedanken zu Beginn unserer Unterhaltung lesen können: »Du könntest nach Whale Island zurückziehen, Glenn.«

Überrascht habe ich sie angestarrt. Fing sie jetzt etwa an wie Rae mit ihren weisen Ratschlägen?

»Wie kommst du darauf?«, habe ich heiser gefragt und mich geräuspert. »Mein Leben ist doch in Halifax.«

»Ist es das?« Nachdenklich hat sie mich gemustert und den Kopf schief gelegt.

Seufzend habe ich mit den Schultern gezuckt. »Ganz ehrlich: Ich weiß selbst nicht mehr, wo ich hingehöre. Es ist verrückt, weil ich ja eigentlich immer nur von hier wegwollte. Aber ... vielleicht liegt es daran, dass ich älter geworden bin. Dass meine Mom einen Herzinfarkt hatte. Dass mein ältester Bruder auch zurück ist und hier sogar eine neue Familie gegründet hat. Oder daran, dass ich auf Whale Island plötzlich so gut schreiben kann wie in Halifax in all den vergangenen Jahren nicht.«

Dass das zum großen Teil mit Viola zu tun hat und nicht nur mit der Umgebung, das habe ich ihr natürlich nicht unter die Nase gerieben. Keine Ahnung, wie sie darauf reagieren würde, wenn sie wüsste, dass sie mich inspiriert. Sie und ihre ganze, unglaubliche Geschichte.

Viola hat mich aufmerksam gemustert und dann mit einem langsamen Lächeln gesagt: »Das klingt für mich so, als wäre eine Heimkehr nach Whale Island tatsächlich eine Option für dich, mein Lieber. Deine Familie würde sich so freuen!«

»Na ja«, habe ich gebrummt, was mir von ihr natürlich einen fragenden Blick eingebracht hat. Erklärend habe ich hinterhergeschoben: »Ich hatte doch schon erzählt, dass es mit meinem Dad manchmal schwierig ist.«

»Aber er freut sich doch bestimmt trotzdem, dass du hier bist.«

»Ja.« Ich habe genickt und nachdenklich aus dem Fenster in die sternenklare Septembernacht hinausgestarrt. »Vermutlich.«

Die Wahrheit ist: Ich habe meinen Dad kaum gesehen oder gesprochen, seit ich zurück bin. Er war immerhin fast die ganze Zeit im Krankenhaus, bei Mom. Und wenn ich bei Mom zu Besuch in der Klinik war, hat er die Chance meistens genutzt und sich draußen die Beine vertreten, war eine Kleinigkeit einkaufen oder kurz in dem Motel, in dem er geschlafen hat, wenn die Krankenschwestern ihn Abend für Abend aus Moms Zimmer hinauskomplimentiert haben, wie er es ausgedrückt hat.

»Glenn«, hat Viola vorgestern Abend sanft gesagt und nach meiner Hand gegriffen. »Ich habe mir zeit meines Lebens so sehr gewünscht, meinen Vater kennenlernen zu dürfen. Und ich bin unendlich froh, dass das Schicksal mich auf diese Insel geführt hat, wo ich immerhin meinen Großvater gefunden habe und nun weiß, wer mein Vater war. Aber trotzdem wünsche ich mir immer noch, ich hätte auch die Chance gehabt, ihn persönlich zu treffen. Nimm das nicht als selbstverständlich. Väter sind nicht ewig da. Manche sind nie da.«

Violas Worte verfolgen mich, als ich nun die *Cameron Lodge* betrete und der blonden Rezeptionistin zunicke, die leicht errötet und verlegen zurücklächelt. Ich muss an eine meiner Schreibschülerinnen denken, die auch immer so rot geworden ist, wenn ich sie angesprochen oder auch nur angesehen habe.

Entschlossen durchquere ich die Lobby und werfe einen Blick zum Restaurant, in dem die letzten Mittagsgäste noch ein paar der Tische belegen. Stella wirbelt in ihrer fröhlichen Art durch den Raum, und ich muss schmunzeln. Aidan hat wirklich Glück gehabt mit ihr! Sie steckt mitten in der heimlichen Planung seiner Überraschungsparty nächsten Freitag, und obwohl ich so meine Zweifel habe, ob Aidan bei all der Arbeit im Restaurant entspannt genug sein wird, um in seinen Geburtstag reinzufeiern, so finde ich es doch rührend, wie Stella sich für ihren Freund ins Zeug legt.

Ich öffne die Tür mit der Aufschrift »Privat« und gehe die Treppe hinauf, die in die Wohnung meiner Eltern führt. Sobald ich das Wohnzimmer betrete, kommt Johnnie Walker angesprungen und begrüßt mich mit einem fröhlichen Bellen.

»Aus, Junge! Nicht so laut!«, ertönt die Stimme meines Vaters aus der Fernsehecke, und ich entdecke Dad in seinem Lieblingssessel, die Fernbedienung in der Hand. Offenbar macht er nach dem Mittagessen noch eine Pause vor dem Fernseher und schaut seine liebste Tiersendung, die auch Johnnie Walker, dieser verrückte Hund, gern mit ihm guckt. Ich kraule ihn am Kopf und murmele: »Hi, alter Freund«, bevor ich auf die Sofaecke zugehe und mich dabei suchend im Raum umsehe.

»Hi, Dad.«

»Glenny. Setz dich, Junge«, sagt mein Vater und deutet auf das Sofa, auf dem Johnnies zerwühlte Lieblingsdecke liegt.

»Ähm … ist Mom nicht da?«, frage ich und bleibe zögernd neben Dads Sessel stehen.

Meine Mutter durfte gestern tatsächlich das Krankenhaus verlassen. Skye konnte ihre Schicht in der Klinik so legen, dass sie meine Eltern nach Feierabend in ihrem Wagen zurück nach Whale Island gefahren hat. Eigentlich hätten wir Geschwister die beiden gern alle zusammen in der Wohnung unserer Eltern willkommen geheißen, aber da sich meine Mutter unbedingt schonen und nicht zu viel Aufregung ausgesetzt werden sollte, habe ich mich zurückgehalten. Nur Aidan war gestern Abend hier und hat meine Eltern bekocht, wie ich weiß. Duncan wollte heute Morgen vorbeischauen, und ich bin jetzt an der Reihe.

»Heather hat sich nach dem Mittagessen hingelegt. Muss sich schließlich noch schonen«, brummt mein Vater und stellt den Fernseher aus. Sein Blick flackert kurz zu mir, dann sieht er aus dem Fenster. Ich betrachte ihn eingehend und stelle mit einem schmerzhaften Ziehen in der Herzregion fest, dass er alt aussieht. Viel älter als beim letzten Mal, als ich hier zu Besuch war. Im Juni, zur Geburt des kleinen James. Ja, mein Vater wirkt heute fast zerbrechlich, und das, obwohl er doch mit seinen fast zwei Metern ein Riese von einem Kerl ist, ein Mann wie ein Baum. Aber auch Bäume leben nicht ewig. Violas Worte geistern hartnäckig durch meinen Kopf, und mir wird schlagartig klar, dass sie recht hat. Dass ich meinen Vater nicht immer haben werde. Genauso wenig wie meine Mutter.

»Dad«, sage ich langsam und lasse mich auf das Sofa sinken. Er sieht mich fragend an.

»Ja?«

»Was würdest du sagen, wenn ich … zurück nach Whale Island ziehen würde?«

Mein Vater starrt mich an wie vom Donner gerührt. Und ich fühle mich genauso. Warum zum Teufel habe ich das gerade laut gesagt? Habe ich wirklich vergessen, warum ich nicht hierher zurückwill? Kann?

Doch es ist zu spät. Die Frage hängt zwischen meinem Vater und mir im Raum, und ich sehe so deutlich das hoffnungsvolle Funkeln in seinen Augen aufglimmen, dass es mir wehtut.

»Im Ernst?«, hakt er verblüfft nach. Ich räuspere mich.

»Na ja. Also … ich denke darüber nach. Es ist längst nichts entschieden.«

»Aber … du wolltest doch immer in der Stadt leben, Glenny.«

Ich schlucke. »Das stimmt. Das war immer mein Traum. Aber manchmal ändern sich Träume mit dem Älterwerden, nicht wahr?«

»Bist du denn in Halifax nicht glücklich?« Mein Vater mustert mich so aufmerksam und regelrecht besorgt, dass ich gegen aufsteigende Tränen ankämpfen muss. Wieder sehe ich Andy vor mir und schüttele langsam den Kopf.

»Nicht wirklich. Nein. Ich habe erst gemerkt, wie sehr mir meine Heimat fehlt, als ich in den letzten Tagen so viel Zeit hier verbracht habe. Die Insel wiederentdeckt habe. Es ist schön, wieder mit Skye zusammen zu sein, mit ihr zu lachen und herumzualbern, wie früher.«

Und mit Viola.

Mein Vater sieht mich nachdenklich an. »Aber was ist mit deinen Jobs in Halifax?«

Ich zucke mit den Schultern. »Na ja. Als Barista kann ich nicht nur dort arbeiten. Und … die Schreibkurse, die ich gegeben habe, die lassen sich auch online organisieren. Zumindest, wenn ich es schaffe, hier auf der Insel eine stabile Internetverbindung zu bekommen.« Ich grinse meinen Vater schief an, und er lacht heiser auf. Je mehr ich darüber rede und nachdenke, desto klarer wird mir, dass das wirklich eine Option sein könnte.

Dann jedoch sehe ich Jenny vor mir. Nein. Nein, keine Option, verdammt!

Mein Vater beugt sich plötzlich vor und greift nach meiner Hand.

»Aber du wirst trotzdem noch schreiben? Egal, ob du nun in Halifax wohnst oder hier?«

Überrascht mustere ich ihn. »Ähm … ja, sicher«, sage ich. »Ich … kann nicht anders, Dad. Ich liebe das Schreiben.«

Mein Vater nickt und sieht mich ernst an. »Ich weiß. Und ich finde es gut, dass du das machst.«

Ich bin so überrascht, dass mir der Mund offen stehen bleibt. »Was? Aber … ich dachte immer, dass du willst, dass ich etwas anderes mache. Einen richtigen Beruf.«

Dad schnaubt auf und erwidert: »Unsinn, Junge. Ich habe mir immer Sorgen um deine Finanzen gemacht, das ist wahr. Damals, direkt nach der Uni, als du dich dagegen gewehrt hast, bei einer Zeitung anzufangen oder Lehrer zu werden. Aber … dann hast du ja doch begonnen zu unterrichten – zumindest diese Schreibkurse zu geben –, und du hast nebenher in dem Coffeeshop gearbeitet. Du hast uns gezeigt, dass du sehr wohl auf eigenen Beinen stehen und trotzdem deinen Traum verfolgen konntest. Das war es, was ich wollte. Dass du für dich selbst sorgen kannst. Der Rest kommt auch noch, du wirst sehen. Du bist immer mit so einem Feuereifer dabei, wenn du schreibst, mein Junge. Das war schon so, als du Kind warst. Deine Mom und ich waren immer so stolz auf die Geschichten, die du dir ausgedacht hast. Wir haben einen ganzen Karton voll mit deinen frühen Werken hier im Flurschrank stehen. Irgendwann werden die viel wert sein, meinst du nicht?«

Er zwinkert mir zu, und ich muss tatsächlich ein paar Tränen wegblinzeln, während ich gegen einen hartnäckigen Knoten in meinem Hals anschlucke.

Heiser stoße ich hervor: »Dad – das hast du mir nie gesagt! Dass du stolz auf meine Schreiberei bist!«

Mein Vater wirkt regelrecht verlegen, als er ein wenig unbeholfen mit den Schultern zuckt und seine Hände knetet, während er mich schief anlächelt. »Das kann gut sein, Glenn. Und das tut mir von Herzen leid. Weißt du, ich habe in den letzten Tagen, als ich bei deiner Mutter am Bett saß, viel über das Leben und über vertane Chancen und Gelegenheiten nachgedacht. So ein paar Tage im Krankenhaus, die machen was mit einem. Auch als Besucher. Oder vielleicht besonders als Besucher. Man fühlt sich so machtlos, weißt du? Und man bekommt viel mit. Im Zimmer neben deiner Mom ist ein Mann in meinem Alter gestorben. Ich habe gesehen, wie sie ihn weggebracht haben. Das … das hat mich sehr mitgenommen.« Er räuspert sich, und ich bin erschüttert, als ich die Tränen sehe, die er rigoros wegzublinzeln versucht.

»Mir ist bewusst geworden, dass man nicht ewig Zeit hat für die Menschen und die Dinge, die im Leben wichtig sind. Und dir zu sagen, dass ich stolz auf dich und deine Schreibleidenschaft bin, das gehört eindeutig dazu. Ich bin stolz auf dich, Glenn. Selbst wenn du niemals einen Roman veröffentlichen solltest – was ich nicht glaube! –, werde ich immer stolz auf dein Talent sein.«

Mit einem mühsam unterdrückten Schluchzer stehe ich vom Sofa auf und umarme meinen Vater, der mit einem »Na, na, ist ja gut« ein wenig unbeholfen meine Schultern tätschelt. Johnnie Walker schiebt winselnd seine Schnauze zwischen uns und schaut mich besorgt an, sodass ich mich mit einem heiseren Lachen zu ihm hinabbeuge und ihn beruhigend hinter den Ohren kraule. Mein Vater streichelt unseren alten Hund ebenfalls, bevor er mir zuwispert: »Falls du wirklich glaubst, dass du hier, auf Whale Island, glücklich wirst, dann würden deine Mutter und ich uns von Herzen freuen, wenn du nach Hause ziehen würdest, mein Junge.«

Ich könnte laut heulen. Was würde ich darum geben, wenn es so einfach wäre!

»Dad, bitte – das bleibt erst einmal zwischen uns, ja?«, flüstere ich ihm rasch zu, als ich Schritte höre. »Ich will nicht, dass sich Mom umsonst Hoffnung macht.«

»Keine Sorge, das ist unser Geheimnis«, murmelt mein Vater, und ganz kurz lässt mich diese Tatsache verblüfft innehalten. Denn ich hatte noch nie ein Geheimnis mit meinem Dad. Von uns Geschwistern hatten Aidan und Skye immer den besten Draht zu ihm. Duncan und ich waren von Teenagerzeiten an diejenigen, die fort von Whale Island wollten, und vermutlich hat mein Vater, der diese Insel so sehr liebt wie ein eigenes Kind, uns das immer übel genommen. Vielleicht hatte er das Gefühl, dass wir seinen Lebensmittelpunkt und somit auch ihn selbst als langweilig und provinziell empfunden haben. Ja, womöglich lag das Problem nie darin, dass er nicht stolz auf mich war … sondern dass er das Gefühl hatte, dass ich mich für ihn, für unser damals noch sehr einfaches Hotel und für diese einsame Insel im Atlantik schämte.

Warum wird mir das eigentlich erst jetzt, mit Mitte dreißig, klar?

»Glenny!«, höre ich meine Mutter erfreut rufen und drehe mich zu ihr um. Johnnie springt sofort auf sie zu, tänzelt schwanzwedelnd um sie herum, als könne er es nicht fassen, dass sie wirklich wieder hier ist. Johnnie Walkers Freude über die Rückkehr meiner Eltern nach Whale Island war gestern Abend so groß, dass er vor lauter Aufregung auf den Teppich gepinkelt hat, wie Skye mir erzählt hat. Mom bückt sich jetzt zu ihm und gibt ihm geduldig seine Streicheleinheiten, bevor sie auf mich zukommt. Sie sieht immer noch blass aus, stelle ich besorgt fest – aber sie lächelt mich glücklich an.

»Hi, Mom«, sage ich und lasse mich bereitwillig umarmen.

Sie sieht mich an und zieht besorgt ihre Augenbrauen in die Höhe. »Hast du geweint?«

»Nein!«, lüge ich rasch. »Gelacht. Dad hat mal wieder seine schlechten Witze erzählt.«

»Vorsicht«, murmelt mein Vater mit einem schiefen Grinsen.

»Ach, Glenny«, seufzt meine Mutter und lässt sich auf das Sofa sinken. »Dass du auf Whale Island bist, das macht mich so glücklich! Ich wünschte nur, du würdest hier bei uns übernachten. In deinem alten Zimmer.«

»Nun lass den Jungen auch mal ein wenig Zeit mit seiner Schwester verbringen«, brummt mein Dad. Dann hüstelt er und fügt mit leicht hochgezogenen Augenbrauen hinzu: »Und mit dieser hübschen Viola.«

Verdutzt sehe ich meinen Vater an, als meine Mutter schon begeistert nachhakt: »Wie? Habe ich etwas verpasst? Gibt es da etwas, das ich wissen sollte, Glenny?«

»Nein«, lache ich mit einem entschiedenen Kopfschütteln auf. »Überhaupt nicht, Mom. Viola und ich, wir sind nur befreundet.«

»Na ja, die besten Beziehungen fangen mit Freundschaft an, aber das heißt ja nicht, dass daraus nicht mehr werden kann«, wirft meine Mutter ein, und ich merke, dass sie Blut geleckt hat. Himmel, steh mir bei. »Glaubt mir, Viola behandelt mich, als wäre ich ihr Bruder oder ihre gute Freundin«, beharre ich mit Nachdruck, um Mom von falschen Ideen abzubringen. »So sehr, wie sie in meiner Gegenwart schon vom jungen Tom Cruise geschwärmt hat.«

Meine Mutter schnalzt mit der Zunge. »Dabei siehst du tausendmal besser aus, als es Tom Cruise je getan hat.« Mit schief gelegtem Kopf mustert sie mich nachdenklich. »Eigentlich schade, sie scheint mir eine besonders nette junge Frau zu sein.«

»Ja«, murmele ich. »Das ist sie.«

»Gibt es denn momentan jemanden in deinem Leben?«

Ich unterdrücke ein tiefes Aufseufzen und versuche, nicht an Andy zu denken. Verdammt, verdammt, verdammt!

»Nein, Mom. Und das ist nicht schlimm, okay? Jetzt bin ich erst einmal hier, bei euch. Wie wäre es, wenn wir mal wieder Karten spielen? Das haben wir so lange nicht mehr gemacht.«

»Eine hervorragende Idee, Glenny«, sagt mein Vater und rappelt sich ein wenig schwerfällig aus seinem Sessel auf, um unsere abgegriffenen Spielkarten zu holen, die meine Familie bereits durch so manch verregneten Herbstsonntag und verschneiten Winterabend begleitet haben. Während ich die Karten mische, versuche ich, weder an Jenny zu denken, noch an Viola – und erst recht nicht an Andy.

25

Viola

»Hey, Glenn, bist du endlich fertig im Bad? Du brauchst länger als Viola oder ich, weißt du das?« Skyes ungeduldiges Hämmern gegen die Badezimmertür lässt mich grinsen, während ich vor der Frisierkommode in meinem Zimmer das Wimpertuschen-Bürstchen sinken lasse.

»Gle-henn!«

»Ja! Ist ja gut.« Die Badezimmertür öffnet sich, wie es scheint – zumindest ist Glenn jetzt im Flur zu hören, während Skyes Stimme im Bad verschwindet.

»Danke!«

»Gern geschehen. Und, zu meiner Verteidigung: Hin und wieder muss ich mich tatsächlich rasieren, Schwesterherz!«

»Was du nicht sagst, Glenny-Boy?«, dringt Skyes spöttische Antwort gedämpft aus dem Badezimmer. »Was meinst du, wie viel Arbeit Viola und ich mit unseren Beinen haben? Viola noch mehr als ich, immerhin sind ihre länger.«

Ich pruste leise los, während ich meine Wimpern zu Ende tusche.

»Immer das letzte Wort«, höre ich Glenn im Flur knurren, während die Holzdielen unter seinen Schritten quietschen und die Tür zu seinem Zimmer hinter ihm zufällt.

Mit einem prüfenden Blick betrachte ich mich im Spiegel. Ich schminke mich selten so aufwendig wie heute: Im Alltag lege ich nur Wimperntusche auf, aber die auch wirklich fast immer, weil ich von Natur so helle Wimpern habe, dass ich sonst sehr farblos aussehe. Heute allerdings habe ich sorgfältig Lidschatten in einem schimmernden Goldbraun aufgetragen und meine Lippen mit pfirsichfarbenem Gloss betont. Mein Haar habe ich nach dem Waschen aufwendig geföhnt, was mir normalerweise ebenfalls zu zeitaufwendig ist. Jetzt fallen mir meine rostroten Strähnen in sanften Wellen über die Schultern.

Warum ich so einen Aufwand betreibe, kann ich selbst nicht wirklich sagen. Oder, doch, wenn ich ehrlich zu mir selbst bin, kann ich das: Seit ich vor ein paar Tagen mit Tim und Luigi telefoniert habe und Luigi mir dringend geraten hat zu testen, ob Glenn wirklich nicht auf Frauen steht, kann ich an nichts anderes mehr denken.

»Wie soll ich das denn testen?«, habe ich verlegen gefragt und die Frage bereut, sobald ich sie ausgesprochen hatte, denn natürlich haben mich meine Freunde mit hochgezogenen Augenbrauen kopfschüttelnd angesehen, und ich habe bei der Vorstellung Hitzewallungen und Herzrasen bekommen.

Und, nein, natürlich werde ich gar nichts testen. Glenn und ich sind Freunde, Punkt. Nach unserer Motorradtour im Regen hat er sich einen halben Tag lang zurückgezogen und seine komische Laune ausgelebt, die offenbar durch Andys Anruf ausgelöst worden war. Wobei er bei unserer Begegnung mit Jenny ja auch schon so merkwürdig drauf gewesen war. Keine Ahnung, was ihn da geritten hatte! Danach jedoch war alles wieder wie immer zwischen uns. Gestern Abend haben wir zum ersten Mal gemeinsam ein Gericht aus meinem Reiseblog gekocht – thailändische gebratene Nudeln, die Glenn geliebt hat und zu denen er ganz viel von mir über Thailand hören wollte –, und danach haben wir uns *Dirty Dancing* angesehen. Und Glenn hat sich mit keiner Silbe darüber beschwert, was mir einmal mehr klargemacht hat, dass er sich eindeutig genauso für Patrick Swayze begeisterte wie ich. Beim Film musste ich an Tim und mich damals bei *Shakespeare in Love* denken und wie sich Tim dabei überwunden und mir endlich die Wahrheit über sein Gefühlsleben offenbart hatte. Gegen Ende des Films war ich gestern drauf und dran, Glenn zu fragen, ob er schwul ist, um endlich klare Verhältnisse zu schaffen – immerhin hat mich Tims Geständnis damals gewissermaßen erlöst. Ganz klar: zu wissen, definitiv keine Chance zu haben, kann ein Segen sein.

Doch als ich mich gestern fast überwunden hatte, nach der Wahrheit zu fragen, ist Glenn bei der letzten Szene des Films aufgesprungen, hat mich mit sich gezogen, und wir haben angefangen, mitten im Wohnzimmer zu *The Time Of My Life* zu tanzen. Wir hatten so viel Spaß, dass wir wohl sogar die berühmte Hebefigur ausprobiert hätten (was meiner heilenden Rippe ganz sicher nicht gut bekommen wäre!), wenn Skye nicht vorher zur Haustür hereingekommen wäre und sich darüber aufgeregt hätte, dass wir den Film ohne sie geschaut hatten. Die nächste Stunde haben wir zu dritt auf ihrem Sofa verbracht, die Tanzszenen des Films noch einmal geschaut und von Patrick Swayze geschwärmt. Zumindest Skye und ich haben geschwärmt, während Glenn etwas stiller geworden ist und sich irgendwann ins Bett verabschiedet hat. Ich vermute, dass der schöne Patrick ihn an den schönen Andy erinnert hat. Die Gelegenheit, Glenn auf das Thema Andy und Männer im Allgemeinen anzusprechen, war vorbei, aber ich rief mir wieder ins Gedächtnis, wie Skye im Krankenhaus von ihrem einwandfreien *Gaydar* gesprochen hatte, der ihr sagte, einen schwulen jüngsten Bruder zu haben. Sie kennt Glenn so viel besser und vor allem schon so viel länger als ich. Und mein *Gaydar* hat bereits bei Tim spektakulär versagt. Also ist wohl klar, wie Glenns Gefühlsleben aussieht, und ich kann den Rat meiner *famiglia,* das selbst auszutesten, eigentlich getrost ignorieren.

»Viola?«

Als ich Glenns Stimme im Flur höre, wende ich mich vom Spiegel ab und gehe zur Zimmertür. Ich öffne und sehe ihn vor mir, mit halb geöffnetem weißem Hemd, und darunter … nichts, nur Haut. Sehr schöne Haut. Ein wenig Brusthaar, dunkel, nicht zu viel. Ich merke erst, dass ich sprachlos seine Brust anstarre, als sich Glenn räuspert und ich rasch in seine Augen sehe. Was nichts besser macht, denn er sieht mich auch irgendwie … ungläubig an. Sein Blick gleitet langsam an mir hinab, und sofort wird mir bewusst, dass ich zum ersten Mal, seit ich auf Whale Island bin, einen Rock trage: Es ist mein geliebter enger Jeansrock mit dem ausgefransten Saum, den ich zuletzt im warmen Sommerwetter von Québec angezogen habe, vor meinem Unfall. Wegen der herbstlich kühlen Temperaturen habe ich den Rock heute mit weinroten Strumpfhosen und meinen schwarzen Ballerinas kombiniert; obenherum trage ich ein dunkelrotes Spitzentop, das ich in Montreal gekauft habe, und darüber eine schlichte schwarze Strickjacke. Verlegen zupfe ich am Saum der Jacke, während Glenns Blick wieder zu meinem Gesicht hinaufwandert.

»Ja? …«, frage ich ihn, was er mit einem ratlosen »Hm?« beantwortet. Ich muss schmunzeln. »Glenn … du hast an meiner Tür geklopft.«

Er wird ein wenig rot, was ich ganz entzückend finde. Rasch kratzt er sich am glatt rasierten Kinn und sagt: »Ach so … Ja. Richtig. Ähm … du kannst nicht zufällig Knöpfe annähen?«

Überrascht lache ich auf. »Doch, ja, kann ich. Welche Knöpfe soll ich denn annähen?«

Glenn deutet auf sein offenes Hemd, wo mittig ein Knopf am letzten Faden hängt. »Skye ist gerade im Bad, und wie ich sie kenne, braucht sie da drinnen länger.«

»Das habe ich gehört!«, dringt Skyes entrüstete Stimme aus dem Badezimmer. »Ich bin nur wegen deinem Herumgetrödel noch hier drinnen. Außerdem solltest du dich schämen, du verwöhntes Nesthäkchen, dass du keinen Knopf annähen kannst!«

»Ich kann andere Dinge«, bemerkt Glenn laut, wobei er mich ansieht und frech grinst. »Zum Beispiel den Genitiv richtig benutzen. Es heißt ›wegen deines Herumgetrödels‹, liebste Schwester.«

»Ich komme gleich raus und nähe dir den Knopf an eine Stelle, wo's wehtut«, ruft Skye, bevor die Dusche angeht. Glenn lacht leise auf.

»Komm rein«, sage ich und öffne meine Zimmertür weiter, damit er eintreten kann. »Lass mich den Knopf schnell annähen, bevor sie rauskommt und ihre Drohung wahr macht, du Grammatik-Besserwisser.«

»Haha«, murmelt Glenn und betritt mein Zimmer. Zögernd sieht er mich an, und ich sage betont geduldig: »Aber das Hemd müsstest du schon ausziehen, sonst nähe ich dir den Knopf am Ende auf die Brust und nehme Skye diese Aufgabe ab.«

Glenns leises Lachen beschleunigt schon wieder meinen Herzschlag, während ich rasch mein Reisenähset aus meinem Koffer hole. Als ich mich umdrehe, steht er ohne Hemd da. Wortlos reicht er mir den weißen Stoff, und ich schlucke schwer und greife danach.

»Das haben wir gleich«, murmele ich und setze mich mit heißem Kopf auf die Kante meines Betts, froh darüber, mich auf die kniffelige Aufgabe konzentrieren zu dürfen, den Faden durchs Nadelöhr zu bekommen.

»Hoffentlich freut sich Aidan auch wirklich«, meint Glenn leise, und als ich aufsehe, merke ich, dass er am Fenster steht und ernst hinaussieht. Ich betrachte seinen Rücken und bin ein paar Herzschläge lang nicht in der Lage, zu antworten. Dann aber dreht sich Glenn zu mir um und erwischt mich beim Starren, und prompt steche ich mir mit der Nähnadel in den Zeigefinger.

»Au!« Erschrocken schiebe ich mir die Fingerspitze zwischen die Lippen, schmecke das Blut, schließe mit einem Kopfschütteln die Augen. »Verdammt«, wispere ich.

Glenn steht plötzlich vor mir und greift nach meiner Hand, betrachtet prüfend meine blutende Fingerkuppe.

»Warte, ich hole ein Pflaster«, verkündet er, und bevor ich widersprechen kann, hat er mein Zimmer verlassen. Ich versuche noch, über den Anblick seines nackten Oberkörpers hinwegzukommen, als er bereits zurück ist, sich vor mich hinkniet und meine Hand vorsichtig in seine nimmt. Dabei merke ich, dass er flüchtig zu mir aufsieht, aber ich halte meinen Blick konzentriert auf meine Hand in seiner gerichtet. Das ist mir alles zu viel. Ich wünschte, Tim oder Luigi wären hier und würden mich aus dieser Situation retten.

Glenn klebt sorgfältig das Pflaster um meine Fingerkuppe und sagt leise: »Tut mir leid. Nur wegen meines blöden Knopfs.«

»Wo wir wieder beim sehr korrekt eingesetzten Genitiv wären«, bemerke ich spöttisch und grinse ihn an, bevor ich hinterherschiebe: »Schon gut, im Vergleich zur Rippe und Gehirnerschütterung ist das wirklich nichts.«

»Wie geht es deiner Rippe eigentlich? Tut sie noch weh?«, fragt Glenn und steht auf, bleibt aber neben dem Bett stehen.

»Solange ich nicht zu fest umarmt werde und sich niemand

auf mich schmeißt, ist alles gut«, erwidere ich lachend. Erst als die Worte meinen Mund verlassen haben, wird mir bewusst, dass ich auf der Kante eines breiten Ehebetts sitze und Glenn dicht neben mir steht. Mit einem Mal wünsche ich mir so sehr, dass er sich mit seinem ganzen Gewicht über mich wirft, Rippe hin oder her, dass ich mir schon wieder in den Finger steche – diesmal zum Glück ins Pflaster.

»So, ich muss mich jetzt mal konzentrieren«, murmele ich, während Glenn mich nur schweigend mustert und sich vermutlich im Stillen fragt, was mit mir nicht stimmt. Das tue ich auch.

»Ich freue mich auf dein Essen«, sagt er schließlich leise, und seine Stimme klingt ein wenig belegt. Mit einem schiefen Lächeln sehe ich ihn an, schaue dann aber rasch wieder auf den Knopf hinab, damit es nicht zu weiteren Unfällen kommt.

Ich habe den ganzen Tag in der Küche verbracht und für die Party gekocht und gebacken, und ich muss sagen, dass ich mit dem Ergebnis sehr zufrieden bin. Zum Glück habe ich vorgestern einen Shoppingtrip mit Skye ins nächste größere Einkaufszentrum auf dem Festland gemacht und konnte in einem großen Supermarkt viele der Gewürze und anderen Zutaten wie Glasnudeln und Sojasoße kaufen, die ich für meine exotischeren Gerichte gebraucht und im Inselladen nicht bekommen habe. Glenn und auch Skye haben bereits hier und da genascht und sind aus dem Schwärmen gar nicht mehr herausgekommen.

»Viola, warum machst du nicht beruflich etwas mit Kochen?«, hat Skye gefragt und mich begeistert angesehen. »Das hier ist göttlich!«

»Danke dir«, habe ich mit einem erfreuten Lächeln erwidert. »Das Rezept habe ich aus Kambodscha mitgebracht.«

Skye hat sich mit glänzenden Augen zu mir gesetzt, und die

nächste Stunde verging wie im Fluge, während ich noch eine australische (oder doch neuseeländische?) Pavlova-Torte gebacken und nebenher Geschichten aus Asien und Down Under erzählt habe.

»So, fertig«, sage ich jetzt und halte Glenn sein Hemd hin.

»Du bist ein Schatz«, murmelt Glenn, und als er nach dem Stoff greift, streifen seine Finger meine. Wir sehen uns an, und für den Bruchteil einer Sekunde frage ich mich, warum ich je gedacht habe, dass Glenn schwul ist.

Aber dann ist der Moment vorbei, denn Skye stürmt ins Zimmer und bittet mich, ihr mit dem Reißverschluss ihres Kleides zu helfen, und Glenn macht ihr ein Kompliment und fragt, ob ihr Kleid auch von Club Monaco sei (wie sein Hemd). Und tatsächlich ist es das, wobei Skye das Stück aus dem Secondhandgeschäft in Scott's Harbour hat, und sie beginnen eine Diskussion über Kleidermarken – und einmal mehr denke ich, dass Luigi sich wunderbar mit Glenn verstehen würde und Skyes *Gaydar* vermutlich doch richtig funktioniert.

Eine Stunde später kauert Glenn so dicht hinter mir, dass ich seine Körperwärme an meinem Rücken und seinen Atem in meinem Nacken spüre. Ich habe überall eine Gänsehaut und versuche, gleichmäßig zu atmen und mich nicht zu bewegen, während wir im Dunkeln hinter Stellas Esstisch hocken.

»Jetzt bloß nicht husten«, wispert er mit tiefer Stimme dicht an meinem Ohr, und ich muss meine Lippen fest zusammenpressen, um nicht in albernes Gekicher auszubrechen.

»Hör auf«, flüstere ich und gebe mein Bestes, um meine Fassung zu bewahren.

»Ich mache doch gar nichts«, murmelt er betont unschuldig, und die Tatsache, dass ich meinen Kopf ein wenig zu ihm gedreht habe und sein warmer Atem mein Gesicht liebkost, verbessert diese Situation nicht unbedingt. Mein Herz hämmert jetzt so heftig gegen meinen Brustkorb, dass ich mir fast Sorgen um meine lädierte Rippe mache.

»Dann hör auf mit dem nichts machen«, flüstere ich kurzatmig und grinse ihn im Halbdunkel an.

»Hey, ihr zwei, seid still!«, kommt ein Wispern von meiner anderen Seite. Skye sieht mich im schwachen Licht mit dramatisch aufgerissenen Augen an und legt einen Finger auf ihre himbeerroten Lippen. Dabei hat sie eben die ganze Zeit leise mit Ian Baker getuschelt, der auch hier ist und Skye so nervös sein lässt, dass sie mir fast leidtut.

»Sorry«, flüstere ich, während Glenn hinter mir leise lacht.

»Hoffentlich erschrickt sich Aidan nicht zu sehr«, murmelt Greta leise.

»Hast du dich damals, bei deiner Überraschungsparty, sehr erschrocken?« Das war Isla, und jetzt kommt Skyes geraunte Antwort: »Quatsch, sie war viel zu beschäftigt damit, deinen Onkel heiß zu finden, Süße.«

»Hey«, zischt Greta empört, aber ich höre genau, dass Duncan unterdrückt auflacht und murmelt: »Ach komm, du musst zugeben, dass das stimmt, Honey. Und du hast dir die ganze Zeit Gedanken gemacht, warum ich dir die Augen verbunden hatte.«

»Stimmt, du hast bestimmt geglaubt, Duncan hätte sich als Christian Grey entpuppt, oder?«, prustet Skye leise, bevor sie anscheinend von jemandem einen Ellbogen in die Seite bekommt, denn sie grunzt unterdrückt auf, während ich merke, dass sich Glenn hinter mir mit einem lautlosen Lachen Tränen von den Wangen wischt.

»Mann, ich hätte nicht gedacht, so viel hier auf der Insel verpasst zu haben«, flüstert er. »Christian Grey? Ernsthaft, Duncan?«

»Quatsch …«, beginnt Greta mit hektischem Flüstern, doch da wispert Duncan betont cool: »Ein Gentleman genießt und schweigt«, was allgemeines Prusten auslöst.

»Leute, habt ihr schon mal gehört, dass man LEISE sein sollte, wenn man jemanden gelungen überraschen will?«, zischt Jenny jetzt, und ich presse bemüht meine Lippen aufeinander, um keine lauten Lachgeräusche von mir zu geben.

»Bloß gut, dass wir Mom erst später dazuholen, die Aufregung täte ihr bestimmt nicht gut«, brummt jetzt Duncan leise, und um uns herum hört man zustimmendes Gemurmel, bis Skye neckend wispert: »Du meinst, es ist besser, dass sie nichts von deiner Sado-Maso-Vorliebe erfährt, Bruderherz?«

»Skye!«, stöhnt Duncan hörbar entgeistert auf, während Feli und Isla es schaffen, in einer Mischung aus Ekel und Faszination sehr leise, aber eindeutig hysterisch vor sich hin zu quietschen.

»O ja, gut, dass Mom sich das hier nicht anhören muss«, flüstert Glenn dicht hinter mir, wobei ich das Lächeln deutlich in seiner Stimme höre.

»Stimmt, für Moms Herz wäre das hier wirklich noch nichts gewesen«, murmelt Skye, und ich muss daran denken, dass Heather und Graham in diesem Moment in ihrer Wohnung im oberen Stockwerk der *Cameron Lodge* auf den kleinen James aufpassen und darauf warten, dass wir ihnen Bescheid geben und sie zur Party dazustoßen können.

Heather ist am vergangenen Sonntag tatsächlich aus dem Krankenhaus entlassen worden, und ganz Whale Island hat sich mit den Camerons gefreut. Die Fährkapitänin Dottie hat extra das Signal ertönen lassen, als sie am Pier von Whale Island angelegt hat und Skye mit ihren Eltern im Wagen über die Rampe von Deck gefahren ist. Am Pier standen etliche Insulaner und haben Glenns Mutter zugewunken und gejubelt, als wäre sie die Königin von Whale Island. Eine ganz entzückende Königin. Ich habe sie bisher nur einmal kurz kennengelernt, genau wie Glenns Dad. Beide sind absolut liebenswerte, herzliche Menschen – und sie hängen offensichtlich sehr aneinander. Dass Graham Cameron unfassbar erleichtert war, weil er seine Heather wieder zu Hause auf der Insel hatte, war mit Händen greifbar. Die beiden scheinen eine wirklich innige Beziehung zu haben, auch nach all diesen Jahren. Nach vier Kindern. Wie wunderschön es sein muss, so etwas erleben zu dürfen.

»Habt ihr gehört, dass mal wieder ein Hurrikan-Ausläufer auf dem Weg zu uns ist?«, fragt jetzt Duncan leise, und es kommt zustimmendes Gemurmel von Jenny und Ian, während ich erschrocken wispere: »Im Ernst? Ein richtiger Hurrikan?«

»Nein, nur ein Ausläufer«, wispert Glenn hinter mir. »Kein Grund zur Panik. Ich halte dich fest, damit du nicht weggeweht wirst.«

»Wie nett von dir«, gebe ich leise zurück. »Das machst du nur, weil ich so gut Knöpfe annähen kann, oder?«

»Nein, wegen deines köstlichen Essens. Mit Genitiv.«

Ich muss schon wieder lachen, und Jenny flüstert streng: »Hey, ihr zwei Quasselstrippen da hinten, geht es auch leiser?«

»Wo bleiben Dad und Stella denn bloß?«, jammert jetzt Isla in genervtem Tonfall. »Ich muss aufs Klo!«

»Hoffentlich sind sie nicht in der Vorratskammer«, murmelt Skye, und das allgemeine unterdrückte Gegluckse und das gequälte Stöhnen von Isla und Feli sagen mir, dass das ein Insider war – und nicht unbedingt einer, den die Töchter über ihre Eltern hören wollen. Ich muss leise auflachen und spüre, wie Glenn sich über meine Schulter beugt und mir ins Ohr wispert: »Ich hoffe, du wirst trotzdem noch einmal im *Four Whales* essen gehen.«

»Oh, absolut«, versichere ich leise. »So schnell bekommt man mich nicht von köstlichem Essen fort.«

»Apropos«, murmelt Glenn, und ich spüre, wie er seinen Arm ausstreckt und an mir vorbeilangt, zur Tischplatte, von wo verlockender Essensduft zu uns hinabströmt. »Meinst du, ich schaffe es noch, eine der Frühlingsrollen zu essen, bevor …?«

»Nein!«, zische ich streng, greife nach seiner Hand und halte sie entschlossen fest. Seine Finger fühlen sich warm und stark an, und augenblicklich kriecht Hitze in meinem Körper empor.

»Sie kommen«, wispert plötzlich jemand hektisch – ich glaube, es ist Jenny –, und alle werden mucksmäuschenstill und lauschen angestrengt. Ja, draußen sind nun tatsächlich Schritte zu hören. Ein Hund bellt – aha, Johnnie Walker ist mit von der Partie. Mir wird bewusst, dass ich Glenns Hand immer noch festhalte, doch irgendwie gehorchen mir meine Finger nicht, und ich lasse nicht los, was Glenn aber nicht im Geringsten zu stören scheint.

»Aus, Junge, was ist denn los mit dir?«, hören wir Aidans Stimme, begleitet von schweren Schritten auf der Verandatreppe. Feli und Isla scheinen Mühe zu haben, ein Lachen zu unterdrücken, denn ich höre ganz in meiner Nähe erstickte Laute. Johnnie Walker bellt noch immer, und Stellas Stimme ertönt auf der Veranda: »Vielleicht ein Elch?«

»Süße, hier gibt es doch keine Elche, die sind nur auf dem Festland. Aber …« Weiter kommt Aidan nicht, denn er öffnet schwungvoll die Eingangstür und macht das Licht an.

Johnnie Walker stürzt mit einem lauten Kläffen in den Raum und auf uns alle zu, die wir jetzt hinter dem Esstisch hervorspringen und brüllen: »Überraschung!«

Aidan blinzelt ins helle Licht und starrt uns fassungslos an, und in den zwei Sekunden, die er braucht, um zu verarbeiten, dass hier eine Überraschungsparty auf ihn wartet, wird mir klar, dass er eigentlich müde ist. Er wirkt völlig fertig von einem langen Tag im Restaurant, aber er scheint sich blitzschnell in den Griff zu bekommen, als Stella mit einem Strahlen neben ihn tänzelt und ihm einen langen Kuss auf die Lippen drückt.

»Wir feiern in deinen Geburtstag rein, *amore mio!* Was sagst du dazu?«

»Super«, versichert Aidan und lächelt erst Stella breit an, dann uns alle. »Wow, die Überraschung ist euch echt gelungen, Leute. Und … woher habt ihr denn das viele Essen? Gibt es hier einen Catering-Service, von dem ich nichts weiß?«

Lachend stürmt seine Familie um den Tisch herum und auf ihn zu, und irgendwie werde ich mitgerissen, befinde mich mitten in der Traube aus fröhlichen Menschen und fühle mich plötzlich so zu Hause, dass ich nicht weiß, ob ich weinen oder lachen soll.

26

Als sich die erste Aufregung gelegt hat, stoßen auch Heather und Graham mit dem schlafenden James im Kinderwagen zu uns, und wenig später taucht Rae auf, die zu meiner Überraschung Gottlieb im Schlepptau hat.

»Ich hatte auch versucht, ihn zu überreden mitzukommen«, sage ich mit einem Kopfschütteln, und Rae nickt.

»Oh, das war mir klar. Ich kenne ihn lang genug, um zu wissen, welche Argumente funktionieren.«

»Du musst mir unbedingt verraten, welche das sind«, bemerke ich mit einem Grinsen, und Rae lacht leise auf. Dann betrachtet sie anerkennend das Essen, das wir auf dem hölzernen Tisch im Wohnzimmer aufgebaut haben, bevor Aidan und Stella aus dem Restaurant gekommen sind, und meint: »Du hast da ein wirkliches Talent, Viola, das weißt du, oder?«

Überrascht mustere ich sie und lächele verlegen. »Ach, das habe aber bei Weitem nicht alles ich gemacht«, erkläre ich rasch.

»Aber die hier, die hast du gemacht, oder?« Gottlieb ist neben mich getreten und hält eine der Frühlingsrollen mit süß-scharfer Soße hoch.

»Ja, die sind von mir«, bestätige ich und freue mich wirklich, als mein Großvater begeistert hineinbeißt und mit vollem Mund genüsslich aufseufzt: »Sooo gut! Dorothy hätte ihre Freude an dir und deinen Rezepten gehabt, mein Kind.«

Rae mustert mich eingehend. »Das stimmt. Sie hat auch gern gekocht.«

»Wirklich?«, hake ich interessiert nach. Bisher haben Gottlieb und ich sehr ausführlich über meinen Vater geredet, und er wollte so gut wie alles über mich und meinen Lebensweg wissen. Von Dorothy habe ich noch nicht so viel erfahren, auch wenn wir natürlich darüber gesprochen haben, wie Gottlieb sie damals hier auf der Insel getroffen hat: Er wollte eigentlich nur seinen Freund Jimmy besuchen, der als kanadischer Soldat in Deutschland gewesen war und Gottlieb in Hamburg kennengelernt hatte. Doch aus dem Besuch beim Freund wurde viel mehr, denn Gottlieb verliebte sich Knall auf Fall in die Schwester seines Freundes, nämlich in Dorothy. Wegen ihr hat er seine Heimatstadt Hamburg für immer verlassen, um sich auf Whale Island ein Zuhause aufzubauen und eine Familie zu gründen. Sein guter Freund Jimmy allerdings ist nur wenige Jahre, nachdem Gottlieb hergezogen ist, an Krebs gestorben.

»Ja, Dorothy war eine wunderbare Köchin«, murmelt Gottlieb nachdenklich und leckt sich ein wenig Soße von den Fingern. »Und sie hatte damals auch schon so eine Art Food-Blog, genau wie du.« Er sieht mich mit schief gelegtem Kopf und traurigem Lächeln an. Überrascht ziehe ich meine Augenbrauen hoch.

»Tatsächlich?«

»Ja. Allerdings noch ohne Internet.« Gottlieb lacht leise auf, und auch Rae schmunzelt in ihr Weinglas. Auf meinen ratlosen Blick erklärt mein Großvater: »Dorothy hat Rezepte gesammelt – im Grunde genommen wie du. Nur hat sie nicht die Welt bereist, sie ist so gut wie nie von Whale Island fort gewesen.«

Bis auf ihre traurige Reise zu den Philippinen, denke ich.

»Aber dafür hat sie lange als Kellnerin in einem kleinen Café gearbeitet, das es heute nicht mehr gibt«, fährt mein Großvater fort. »Das war auf halbem Weg zwischen unserem Haus und der *Cameron Lodge*.«

»Richtig, das *Lighthouse View Café*«, erinnert sich Rae versonnen. »Ein hübscher kleiner Laden war das.«

»Ja, und dort gingen damals recht viele Touristen ein und aus. Dorothy hat mit vielen von ihnen geplaudert. Sie war immer sehr kontaktfreudig. Bevor …« Gottliebs Gesichtsausdruck wird ernst, er atmet tief durch und sieht mich an. »Bevor wir deinen Vater verloren haben.« Er räuspert sich, und ich trete dichter neben ihn und lege ihm eine Hand auf die Schulter, um ihm zu zeigen, dass er nicht allein ist. Er hat jetzt mich. Seine Enkelin.

Gottlieb lächelt mich an, dann sagt er: »Tja, auf jeden Fall ist Dorothy damals mit vielen Touristen ins Gespräch gekommen – zahllose Kanadier, viele Amerikaner, aber auch ein paar Europäer. Und sie hat sich oft die Lieblingsrezepte der Leute erzählen und aufschreiben lassen. Das war so ein Tick von ihr.«

»Warum erzählst du mir das denn erst jetzt?«, frage ich Gottlieb mit glänzenden Augen. »Wie spannend! Großmutter hatte eine internationale Rezeptsammlung!«

»Ja, das könnte man so sagen.« Gottlieb nickt bedächtig.

»Hast du die noch irgendwo?«

»Hm, vielleicht. Da müsste ich wohl mal suchen.« Mein Großvater beugt sich vor und angelt sich eine weitere Frühlingsrolle vom Büfett. Ich tausche einen Blick mit Rae, und diese nickt schmunzelnd.

»Das müsstest du wohl, Gottlieb«, bestätigt sie regelrecht vergnügt. »Deine Enkelin wird dir bestimmt dabei helfen. Sag mal, steht das Haus eigentlich noch, in dem damals das Café untergebracht war?«

»Warum fragst du verrückte Frau mich das? Du weißt doch sonst immer alles!«, grummelt Gottlieb, und wenn ich die beiden nicht kennen würde, würde mich sein schroffer Ton erschrecken. So aber weiß ich, wie ich das zu nehmen habe, und auch Rae lacht unbekümmert auf.

»Soweit ich es in Erinnerung habe, ist das Café damals abgebrannt, stimmt das, Gottlieb?«

»Bis zu den Grundmauern, ja. Weil jemand eine Pfanne mit Öl auf dem Herd vergessen hat«, grollt Gottlieb und leckt sich erneut die Finger ab.

»Und das Land, auf dem das Café damals stand …?«

»Ist mein Land, ja. Hab das damals an die Besitzer vom Café verpachtet. Sheila und Brant sind zurück nach Halifax gezogen, nachdem sie alles abgefackelt hatten. Sei es drum. Genug der Fragen, Rae! Lass uns lieber schauen, dass wir noch einen Wein auftreiben.«

»Aber gern, du alter Brummbär«, meint Rae und zwinkert mir im Vorbeigehen vergnügt zu. Nachdenklich sehe ich den beiden nach und bin in Gedanken noch beim abgebrannten Café, als Stella neben mich tritt und mich zufrieden anstrahlt.

»Dein Essen ist der Hammer, weißt du das?«

»Danke dir«, lächele ich und werde verlegen – erst recht, als Aidan hinter seine Freundin tritt und ihr die Arme um die Taille legt. Eingehend mustert er mich über Stellas Schulter hinweg und sagt mit Nachdruck: »Meine Liebste hat völlig recht – wie immer, eigentlich.«

»Hört, hört«, lacht Stella auf, aber Aidan redet unbeirrt weiter: »Besonders der Bohneneintopf und die gebratenen Nudeln mit Garnelen sind unfassbar gut, Viola. Hast du eine Ausbildung in der Küche gemacht?«

»Nein, überhaupt nicht«, winke ich lachend ab. »Ich habe viel gekellnert, näher bin ich den Restaurantküchen nie gekommen. Aber ich habe immer schon wahnsinnig gern gekocht und gebacken – und auf meinen Reisen Rezepte für meinen Blog gesammelt.«

»Tja, und das ist immer noch die wichtigste Zutat für besonders gelungenes Essen«, meint Stella und sieht ihren Aidan verliebt an. »Wenn man etwas mit Leidenschaft und Liebe macht, dann kann nur etwas Gutes dabei herauskommen.«

Aidan lächelt sie an, und als Stella sich zu ihm umdreht und die beiden anfangen, sich zu küssen, wende ich mich diskret ab. Da allerdings löst sich Aidan schon wieder von seiner Freundin, und ich merke, dass Stella ihn besorgt mustert.

»Ist alles in Ordnung?«, wispert sie, und ich will wirklich nicht lauschen, aber ich stehe noch zu nahe, um zu überhören, wie Aidan mit einem tiefen Seufzen antwortet: »Ja, es ist alles in Ordnung, Süße … aber … ich bin hundemüde. Der Tag war so anstrengend.«

Er merkt, dass ich nach wie vor neben ihnen stehe, und auch wenn ich mich halb abgewandt habe, ist klar, dass ich alles gehört habe. Entschuldigend sehe ich ihn an, und er erwidert meinen Blick und lächelt matt.

»Ich freue mich wirklich über diese Party«, schiebt er rasch erklärend hinterher. »Es ist nur … alles sehr viel momentan. Das Restaurant … es läuft besser, als wir je gedacht hätten. Was ja positiv ist – aber dadurch haben wir natürlich immer viel zu tun. Neulich ist meine Souschefin Salomé wegen einer Magenverstimmung zwei Tage ausgefallen, da dachte ich, ich schaffe es nicht mehr.«

Aidan hebt sein Weinglas und nippt daran. Stellas sorgenvoller Blick entgeht mir nicht.

»Es ist vielleicht doch alles zu viel, mit Mittags- und Abendtisch«, sagt sie leise, und ich merke an Aidans gereizter Reaktion, dass das ein wunder Punkt ist, den sie öfter besprechen.

»Wir können nicht das Hotel voller Gäste haben, und dann bieten wir kein Mittagessen an!«

»Sie können im Inselladen etwas zu essen bekommen«, erinnert Stella ihn geduldig, aber Aidan winkt nur ab und deutet auf sein fast leeres Glas.

»Ich gehe das mal auffüllen. Bis gleich.« Und er gesellt sich zu dem Grüppchen, das aus Duncan, Glenn und Ian besteht. Auch Souschefin Salomé und ihr Verlobter Raphaël sind nun hier und stoßen gerade mit Joe und Will von der Bank vorm Inselladen an.

Stella mustert mich ernst und seufzt. Dann sagt sie, jetzt auf Deutsch: »Ich mache mir in letzter Zeit ein wenig Sorgen um Aidan. Er übernimmt sich. Sein Hang zum Perfektionismus, der wird ihm noch einmal zum Verhängnis. Und dann auch noch die Sorge um seine Mutter … Heather will sich immer überall einbringen, aber sie muss sich schonen.« Stella seufzt erneut auf, bevor sie sich einen Ruck zu geben scheint und sagt: »Na komm, dieser Abend ist nicht zum Trübsalblasen da. Ahh, na, wer sagt es denn?« Sie sieht mit einem Strahlen zur Eingangstür des Blockhauses hinüber, wo gerade die Fährkapitänin Dottie mit ihrem Mann Hank und der schüchterne rothaarige Verkäufer aus dem Inselladen hereinkommen, gefolgt von Graham Cameron mit einem merkwürdigen Gebilde im Arm. Ist das etwa … oh, der Dudelsack, von dem ich schon gehört habe!

»Musik!«, ruft Stella ausgelassen und fasst mich mit glänzenden Augen am Arm. »Komm, jetzt zeigen wir dir, was Jigs & Reels sind, und wie wir hier auf Whale Island feiern!«

O ja, feiern können sie, die Insulaner. Und sie können Musik machen. Graham Cameron spielt abwechselnd auf dem Dudelsack und auf einem Akkordeon keltisch angehauchte, schnelle

Folk Songs, und seine Kinder begleiten ihn – Duncan und Skye spielen fantastisch Geige, wie ich zu meinem Erstaunen feststelle, und Aidan Gitarre. Sie singen alle, mal abwechselnd, dann einzeln, und stampfen mit den Füßen im schnellen Rhythmus der Musik. Sogar Stellas schüchterne Tochter Feli lässt sich nach der ersten halben Stunde davon überzeugen, sich mit ihrer eigenen Gitarre zu den Musikern zu gesellen, und als sie zu singen beginnt, wird mir klar, warum sie eine Studioaufnahme mit Jackson Porter machen wird. Ihre Mutter und sie werden Sonntag ganz früh Richtung New York aufbrechen, wie ich mitbekommen habe.

Ehe ich michs versehe, finde ich mich mitten in einem schnellen Tanz wieder, der mich an amerikanischen Square Dance erinnert und direkt aus der alten Heimat Schottland mitgebracht worden zu sein scheint: Die anderen Feiernden und ich fassen uns immer wieder an den Händen, während wir in bestimmten Abfolgen aufeinander zu- und dann wieder voneinander forttanzen, uns mal in die eine Richtung drehen, dann in die andere – es wirkt alles wahnsinnig kompliziert, und mir schwirrt der Kopf. Dennoch macht es auch riesigen Spaß, und das, obwohl ich ständig in die anderen hineinlaufe, mich falsch drehe, über meine und andere Füße stolpere, bis mir Lachtränen über die Wangen laufen. Da Glenn zu Beginn des Tanzes ganz in meiner Nähe stand, begegnen wir uns bei dieser Formation, die ich noch nicht ganz durchschaue, immer wieder, und jedes Mal, wenn er meine Hand berührt, werde ich noch unkoordinierter, als ich es ohnehin bin. Je mehr ich lache, desto breiter grinst auch Glenn, und Stella und Greta lassen sich ebenfalls anstecken.

»Ihr könnt das viel besser als ich!«, rufe ich den beiden auf Deutsch über die schnelle Musik hinweg zu und höre gerade noch, wie Greta fröhlich zurückbrüllt: »Alles Übungssache, wenn du länger auf Whale Island bist, kannst du das genauso!«, bevor sie wieder von mir forttanzt.

Länger auf Whale Island sein – das klingt immer schöner, denke ich, bevor ich von meinem Großvater in die nächste Drehung gewirbelt werde. Ja, sogar Gottlieb tanzt, und das sehr viel geschickter als ich!

Als ich gerade beginne, mich ein wenig in den einzelnen Abläufen der Tänze zurechtzufinden, fordert Graham Cameron seinen jüngsten Sohn mit Nachdruck auf, sich zu ihnen in die Ecke des Wohnzimmers zu gesellen, wo die Mikrofone und Notenständer aufgebaut worden sind.

»Ja, genau, Glenn, wieso machst du keine Musik?«, ruft Isla ihrem Onkel zu.

»Stimmt, das kannst du nämlich viel besser als tanzen«, bemerkt Aidan, der gerade seine Gitarre stimmt, und grinst seinen Bruder frech an. Glenn wehrt sich ein wenig, und schließlich schafft er es, sich über seine fröhlichen Familienmitglieder hinweg Gehör zu verschaffen: »Leute, ihr habt etwas vergessen! Ich bin der *Piano Man* – aber hier gibt es leider kein Klavier.«

Ich merke, dass Glenn hofft, somit um eine Musikeinlage herumzukommen, aber er hat nicht mit seinen angeheiterten Familienmitgliedern gerechnet.

»Gar kein Problem«, verkündet Graham fröhlich und packt seinen jüngsten Sohn spielerisch an der Schulter. »Kommt, Leute, wir ziehen ins *Four Whales* um – da gibt es ein Klavier. Und Whiskey. Irgendwie ist die Flasche, die ich mitgebracht habe, schon leer.«

27

Glenn und auch Aidan sind erst skeptisch, aber als klar wird, dass der Sekt zum Anstoßen um Mitternacht ohnehin noch im Kühlschrank des *Four Whales* lagert, lassen sich die Brüder überzeugen. Es ist offensichtlich, dass keiner der beiden ein Spielverderber sein möchte. Ein wenig besorgt mustere ich Aidan, der jetzt, da ich sein Gespräch mit Stella mitbekommen habe, tatsächlich ziemlich erschöpft auf mich wirkt.

Ausgerüstet mit Taschenlampen und einigen Tellern, auf denen noch Essen vorhanden ist, wandern wir alle durch den nächtlichen Wald und versuchen, nicht zu viel Krach zu machen, immerhin sind viele der kleinen Cottages entlang des Waldweges von Gästen der *Cameron Lodge* bewohnt.

»Ich wusste gar nicht, dass du der *Piano Man* bist«, sage ich, als Glenn im Dunkeln neben mir herläuft. Ich sehe ihn an, und der Schein des Mondes fällt auf sein Gesicht, lässt seine Augen dunkel schimmern. Er lächelt leicht und nickt.

»Du darfst mich Elton nennen«, bemerkt er trocken, und ich lache auf.

»Wow, was für eine Ehre, Elton«, erwidere ich und merke, dass mir die Gläser Weißwein, die ich schon getrunken habe, eindeutig zu Kopf gestiegen sind. »Luigi ist ein riesiger Elton-

John-Fan. Er war schon auf zig Konzerten, und es ist so schlimm, dass Tim immer eifersüchtig wird, wenn Musik von Elton läuft.«

Glenn lacht leise auf. Verdammt, ich mag sein Lachen so gern. Es kriecht unter meine Haut und lässt sie brennen, trotz der kalten Nachtluft, die uns einhüllt.

Im *Four Whales* ist es still und dunkel – allerdings nur so lange, bis die Musiker sich in einer Ecke neben der Bar häuslich eingerichtet haben und erneut loslegen. Raphaël, der Barmann des *Four Whales*, schenkt Getränke aus, und ich setze mich auf einen Barhocker neben Salomé. Wir sind gerade in eine Unterhaltung über das Essen in Québec, wo sie herkommt, vertieft, und ich erzähle ihr von meinem Essensblog, als Klaviermusik das Restaurant erfüllt. Erstaunt drehe ich den Kopf und erkenne Glenn, der in einer Ecke des Raums an dem dunkelbraunen Holzklavier sitzt, das mir bisher gar nicht aufgefallen ist. Skye steht neben ihm und hält ihm ein Mikrofon hin, doch noch ehe Glenn auch nur ein Wort singt, erkenne ich das Lied sofort: Es ist *Halleluja*, das wunderbare Lied von Leonhard Cohen, das ich allerdings am liebsten in der Version von Rufus Wainwright mag.

Glenn hält seine Augen geschlossen, während er singt: »… her beauty in the moonlight overthrew you …«

Atemlos rutsche ich vom Barhocker, lasse den Gin Tonic stehen, den Raphaël gerade für mich gemixt hatte, und gehe durch den Raum, näher zum Klavier.

»… every breath we drew was Hallelujah …«, singt Glenn, die Augen immer noch geschlossen, und ich bleibe in sicherem Abstand stehen und starre ihn an. Wer hätte gedacht, dass er so singen kann? Vom Klavierspielen ganz zu schweigen. Mein Gesicht beginnt zu brennen, ohne dass ich etwas dagegen unternehmen könnte.

»Ihr zwei, ihr würdet ein tolles Paar abgeben«, höre ich da eine Stimme neben mir sagen, und noch während das letzte »Halleluja« verklingt und der Raum in begeistertes Klatschen ausbricht, starre ich Jenny verdutzt an.

»Ähm, ja?«, murmele ich und klatsche ebenfalls, den Blick wieder auf Glenn gerichtet, der sich mit einem zurückhaltenden Lächeln vom Klavierhocker erheben will, jedoch von seiner Mutter wieder zurückgedrückt wird. Heather Cameron laufen Tränen der Rührung über das Gesicht, und sie sagt mit Nachdruck etwas zu ihrem Sohn. Glenn scheint seiner Mutter den Wunsch nicht abschlagen zu können, denn er lächelt sie liebevoll an und beginnt wieder zu spielen. Diesmal sind es die Worte von Calum Scott, die er singt, und ich beginne leise, die Melodie von *You are the Reason* mitzusummen. Ich bekomme eine Gänsehaut, als die Worte »There goes my mind racing, and you are the reason …« durch das Restaurant schweben. Genau in diesem Moment sieht Glenn vom Klavier auf, sein Blick wandert durch den Raum und findet mich. Atemlos starre ich ihn an, während meine Wangen glühen.

»I'd climb every mountain, and swim every ocean, just to be with you …«

»Und, seid ihr es?«

Jennys Stimme lässt mich den Kopf drehen und sie ratlos anstarren. »Bitte, was?«

Ich merke, dass sie auch ein wenig betrunken ist, genau wie ich. Mit schwerer Zunge wiederholt sie: »Du und Glenn! Seid ihr ein Paar?«

Verständnislos schüttele ich den Kopf und lache dann auf. »Nein!«, sage ich, ein wenig zu laut, sodass Rae und die Fährkapitänin Dottie uns überrascht mustern. »Ich … er …« Ich werfe einen Blick in die Richtung des Klaviers, aber Glenn sieht mich nicht länger an, sondern schaut konzentriert auf seine Finger auf den Tasten hinab, während er singt: »Cause I need you to see ... That you are the reason ...«

»Warum denn nicht?«, hakt Jenny nach. »Hast du einen Freund in Deutschland?«

»Ich ... nein!«, erwidere ich und wünsche mir mein Glas mit Gin Tonic herbei. Sehnsüchtig sehe ich kurz zur Bar hinüber, doch Jenny lässt nicht locker.

»Oder ... ach!« Jenny mustert mich eingehend, beugt sich dann ein wenig vor und wispert verschwörerisch: »Stehst du auf Frauen?«

Ich reiße meine Augen weit auf und pruste dann leise los. »Nein, ich stehe auf Männer!«, beteuere ich vehement. Und dann rutscht mir hinterher: »Und Glenn auch!«

Jetzt weiten sich Jennys Augen ungläubig, und sie ist es, die mich verblüfft mustert. Dann beginnt sie zu lachen und schüttelt den Kopf.

»Glenn? Nein.«

»Doch«, wispere ich hektisch, während erneut alle beginnen zu klatschen. Da steht plötzlich Dottie neben mir und sieht mich aus großen braunen Augen an.

»Ihr redet über Glenn?«, fragt sie, und ich merke, dass ihr Gesicht ein wenig rot gefleckt wirkt.

»Ähm ... ja«, sage ich zögerlich und wünsche mich weg. Zur Bar, zu meinem Glas, um genau zu sein.

»Er soll auf Männer stehen«, sagt Jenny leicht lallend zu Dottie und bricht dann in haltloses Gekicher aus. Dotties Augen weiten sich ebenfalls, während sie mich mustert.

»Wer sagt das denn?«

»Ähm ... Skye?« Warum ich das als Frage formuliere, weiß ich selbst nicht.

Beide Frauen prusten gemeinsam los.

»Ach ja. Schwestern können so blind sein«, seufzt Jenny. »Ich habe auch so eine. Sie schenkt mir bis heute Dinge wie Gesichtsroller mit Quarzsteinen oder elektrische Pfeffermühlen zu Weihnachten. Als ob ich jemals so einen Schickschnack benutzen oder am Ende noch kochen würde!«

Ratlos starre ich Jenny an, während der Raum langsam anfängt, sich um mich herum zu drehen. Was geht hier vor sich? Ich habe zu viel getrunken, um dem Gespräch folgen zu können. Was wollen mir Dottie und Jenny sagen?

»Aber … woher wollt ihr denn wissen, dass er nicht schwul ist?«, hake ich schließlich nach und muss Halt an der Wand neben mir suchen.

Jenny zögert, aber da antwortet Dottie bereits: »Weil ich mit ihm geschlafen habe.«

Jetzt starren Jenny und ich Dottie sprachlos an. Das Gesicht der Fährkapitänin verfärbt sich nun dunkelrot, und sie fächert sich mit einer Hand Luft zu, während ihr Blick nervös durch den Raum huscht. »Natürlich bevor ich Hank kennengelernt habe«, fügt sie in einem hektischen Wispern hinzu. »Wir … Glenn und ich waren auf der Highschool eng befreundet. Sehr lange nur platonisch. Und dann, kurz vor unserem Abschluss … ist es passiert.« Sie räuspert sich und starrt auf ihre Hände, die nervös ihr Weinglas hin- und herdrehen. »Na ja, es ist nichts aus uns geworden, wie man sieht, aber …« Sie hebt den Blick und sieht mich fest an. »Glenn ist vieles. Aber ganz bestimmt nicht schwul.«

28

Glenn

»Du bist gar nicht schwul!«

Es gibt Dialoge, mit denen rechnet man einfach nicht. Auch nicht, wenn man die Fantasie eines Schriftstellers hat.

Ich war gerade auf der Toilette und wollte zurück ins *Four Whales* gehen, um vielleicht sogar noch ein paar Stücke auf dem Klavier zu spielen, denn, ganz ehrlich, es macht wirklich Spaß, nach so langer Zeit wieder mit meiner Familie Musik zu machen. Und Viola scheinen die Lieder auch gefallen zu haben, zumindest hat sie mich immer wieder ganz versunken angestarrt – so intensiv, dass ich Mühe hatte, mich auf meine Finger auf den Tasten zu konzentrieren.

Aber jetzt gerade bin ich es, der Viola im Flur, zwischen Lobby und Restaurant, vor den Türen zu den Toiletten, anstarrt. Und zwar ziemlich verständnislos anstarrt.

»Wie bitte?«

Sie holt zitternd Luft und streicht sich eine lange rote Strähne aus der Stirn. Dass ihr Haar heute Abend in besonders schönen Wellen über ihre Schultern fällt, ist mir schon aufgefallen, als ich sie um Hilfe mit dem Annähen meines Knopfes gebeten habe.

»Was hast du gesagt?«, hake ich heiser nach, weil sie mich

nur schweigend mustert, offenbar nicht weiß, was sie sagen soll.

»Du … du bist nicht schwul«, wiederholt sie, jetzt nicht mehr ganz so vorwurfsvoll wie beim ersten Mal. Eine gewisse Unsicherheit schwingt plötzlich in ihrer Stimme mit, und in ihren Augen toben die aufgewühlten Gefühle, machen deutlich, wie durcheinander sie gerade ist. Ihre Wangen haben sich rot verfärbt, sie verschränkt die Arme vor der Brust und wippt unruhig auf ihren Zehen auf und ab.

»Schwul?«, hake ich langsam nach, weil ich glaube, nicht richtig verstanden zu haben. Sie nickt nur, die Lippen zu einer schmalen Linie zusammengepresst, und ich starre sie ehrlich ratlos an, während meine eigenen Gedanken zu all den Momenten galoppieren, die Viola und ich in den letzten Tagen gemeinsam verbracht haben. Zu all den wunderschönen Momenten. Ich sehe uns wieder gemeinsam im *Four Whales* sitzen, bei diesem spontanen Dinner, das sich plötzlich so sehr nach romantischem Date angefühlt hat. Viola und ich, auf meinem Motorrad, ihre Arme um meinen Oberkörper geschlungen. Wir zwei auf dem Sofa, beim Fernsehen. Wir beim Tanzen. Kochen. Essen. Reden. Lachen.

Und die ganze Zeit über hat sie gedacht, ich sei schwul? Während ich mich Tag für Tag stärker zu ihr hingezogen gefühlt habe? Was zum Teufel hat sie dazu gebracht, das zu glauben?

Ich weiß ganz ehrlich nicht, ob ich das unfassbar komisch oder unfassbar frustrierend finden soll.

»Viola«, sage ich leise und bemühe mich darum, ruhig zu sprechen. »Wann habe ich jemals behauptet, schwul zu sein?«

Viola starrt mich sichtlich fassungslos an, bevor ihr Blick auf ihre Füße flattert und sie ratlos auf ihrer Unterlippe herumkaut. Schließlich holt sie tief Luft und stößt hervor: »Ähm … also … Das hast du nicht. Nicht direkt.«

»Nicht direkt?«, hake ich nach und verschränke die Arme vor der Brust, während ich sie ungläubig mustere. »Aber indirekt? Habe ich mich so schwul verhalten?« Ich lache leise auf, obwohl ich immer noch nicht weiß, ob ich das komisch finde. Doch, natürlich habe ich ein paar gute schwule Freunde in Halifax, und ich hatte noch nie ein Problem damit, mit ihnen Zeit zu verbringen, weil ich da einfach keinerlei Vorurteile habe. Aber … das heißt noch lange nicht, dass ich mich zu ihnen hingezogen fühle – oder zu irgendwelchen anderen Kerlen!

Wirke ich schwul?

»Na ja …«, murmelt Viola, und ich reiße meine Augen weiter auf, beuge mich näher zu ihr.

»Wie bitte? Das musst du mir jetzt bitte genauer erläutern.«

Fast hilflos sieht sie mich nun doch an, und das Rot in ihren Wangen vertieft sich noch mehr, was ich so süß finde, dass ich Mühe habe, mich auf meine Irritation zu konzentrieren.

»Also … dein Rufus-Wainwright-T-Shirt zum Beispiel«, schleudert sie mir entgegen, nun doch wieder vorwurfsvoll, und ich muss verblüfft auflachen.

»Ist das dein Ernst?«, frage ich sie ungläubig. »Ich mag seine Musik und hab mir das T-Shirt als Erinnerung an ein unvergessliches Konzert gekauft! Rufus Wainwright ist mein Held, seit er einige Shakespeare-Sonette vertont hat.«

Ihr fassungsloser Blick spricht Bände. Okay, so sehen mich viele Leute an, wenn ich von der Vertonung von Shakespeare-Sonetten anfange, aber ich finde die immer noch ziemlich cool!

Langsam schüttele ich den Kopf. »Ganz ehrlich, Viola – findest du das nicht ziemlich engstirnig, von so einem T-Shirt darauf zu schließen, ob man auf Männer oder Frauen steht? Ich meine … nur weil du Filme mit Jodi Foster schaust, bist du doch nicht lesbisch!« Ich stutze kurz und hake nach: »Oder … bist du lesbisch?«

»Nein! O Mann! Das hat mich Jenny gerade auch schon gefragt!« Viola rauft sich ihre Haare, während ich daran denken muss, wie oft ich mich im Stillen gefragt habe, ob sie womöglich gar nicht auf Männer steht. Immer wenn wir nur zu zweit waren und ich dachte, aus uns könnte doch eigentlich mehr werden … und dann hat sie mich wieder wie einen Bruder behandelt und endlos von ihren tollen schwulen Freunden in Hamburg erzählt, auf die ich fast eifersüchtig bin, ohne sie zu kennen. Dabei habe ich nie ihr platonischer Freund sein wollen – und schon gar nicht ihr schwuler platonischer Freund, Himmel noch mal!

Da merke ich, dass Viola noch nicht fertig ist. Sie deutet mit dem Zeigefinger auf mich und sagt mit Nachdruck: »Aber gerade eben – das Lied von Calum Scott. *You Are the Reason.*«

»Ja?«

»Calum Scott ist offen homosexuell, genau wie Rufus Wainwright. Ich meine – du hast heute noch kein Lied von einem heterosexuellen Sänger gespielt!«

Ungläubig lache ich auf. »Kunststück, bei sage und schreibe zwei Stücken! Außerdem hat sich meine Mutter das Lied von Calum Scott gewünscht – und ich wusste nicht einmal, dass er schwul ist. Interessiert mich auch nicht! Und selbst wenn ich jetzt gleich noch etwas von Elton zum Besten gegeben hätte – was hat das mit meiner sexuellen Orientierung zu tun, Viola? Ernsthaft! Ich liebe sowohl *Hallelujah* – das übrigens vom heterosexuellen Leonard Cohen geschrieben worden ist! – als auch *You Are the Reason*. Wenn das schwul auf dich wirkt, dann tut es mir leid, echt.«

Langsam bin ich doch eher angefressen als amüsiert.

»Du hast nichts dagegen gehabt, mit mir *Sex and the City* zu schauen!«, wirft sie mir an den Kopf.

Ich schnaube entgeistert. »Ja, und? Erstens geht es in der

Serie um Sex – was sollte ich dagegen haben? Und zweitens: Ich habe eine ziemlich dominante ältere Schwester, die mich als Teenager dazu verdonnert hat, mir auf DVD zig Staffeln von *Sex and the City* und dann auch noch *Ally McBeal* mit ihr anzusehen, als wir mit Pfeifferschem Drüsenfieber eine Woche lang zu Bettruhe verdonnert waren – und zwar zu zweit in ihrem Zimmer, weil wir die anderen Familienmitglieder nicht anstecken sollten! Glaub mir, dank meiner Schwester kenne ich mich besser mit solchen Serien aus als viele Frauen. Aber das macht mich noch lange nicht schwul, sondern einfach ... keine Ahnung ... tolerant! Oder leidensfähig, wie auch immer du es nennen willst!«

»*Top Gun*!«, stößt Viola da hervor.

»*Top Gun*?«, wiederhole ich ratlos und starre sie fragend an.

»Ja, *Top Gun*! Als ich an unserem ersten Abend auf dieser Insel Tom Cruise erwähnt habe, da hast du so einen versonnenen Gesichtsausdruck bekommen.«

Ein paar Sekunden lang mustere ich sie ungläubig, dann pruste ich leise los.

»Glenn! Was ist daran so lustig?«

»Viola. Ich hatte nicht wegen Tommy Boy einen ›versonnenen Gesichtsausdruck‹«, sage ich und male mit meinen Fingern Anführungszeichen in die Luft, »sondern wegen Kelly McGillis.«

Viola betrachtet mich aus großen Augen, und ich fahre in bemüht ruhigem Tonfall fort: »Um genau zu sein, hat mich die Konstellation in dem Film damals an meine erste Liebe erinnert.«

»Ach«, sagt Viola, und nun ist sie es, die mich ratlos anstarrt. »Aber nicht ... Dottie?«

Erschrocken erwidere ich ihren Blick. »Woher weißt du das mit Dottie?«, wispere ich und sehe nervös Richtung Lobby.

»Von Dottie.« Viola lacht trocken auf. »Sie hat erzählt, dass ihr auf der Highschool platonisch befreundet wart, bis kurz vor eurem Abschluss doch mehr aus euch geworden ist.«

Dottie. Verdammt. Ich schließe kurz meine Augen und versuche, das in mir aufsteigende schlechte Gewissen in Schach zu halten, während ich Dottie vor mir sehe, wie sie mit siebzehn aussah. Wie sie mich angeschaut hat. Die Enttäuschung und der Schmerz in ihrem Blick.

Manchmal habe ich das Gefühl, dass sie mich heute immer noch so ansieht. Immer nur flüchtig, wenn sie glaubt, dass keiner es merkt – vor allem ich nicht. Ich bin so ein Arschloch.

»War sie deine erste Liebe?«, flüstert Viola, weil sich Schritte nähern. Salomé kommt leicht schwankend den Gang hinunter und sieht uns kurz fragend an, bevor sie uns kichernd zunickt und hinter der Tür mit der Aufschrift »Ladies« verschwindet.

»Nicht hier«, murmele ich irritiert, greife kurz entschlossen nach Violas Hand und ziehe sie weiter fort vom Restaurant, den Flur hinab, an den Toiletten vorbei, durch die Hintertür und hinaus in die kühle Nacht.

Sobald die Tür zuschlägt und wir von Stille und Dunkelheit eingehüllt werden, wende ich mich Viola zu und atme tief durch. Ich merke, dass sie mich im schwachen Licht, das durch die Fenster des Hotels nach draußen fällt, abwartend mustert.

»Das mit Dottie …« Ich fahre mir mit beiden Händen durch die Haare, bevor ich meinen Atem laut entweichen lasse und dann mit fester Stimme sage: »Ich rede nicht gern über die Sache mit Dottie, weil … weil ich ihr damals sehr wehgetan habe. Es stimmt, wir waren jahrelang platonisch befreundet, und, ganz ehrlich, es hätte auch so bleiben sollen. Weil ich … nie in Dottie verliebt war. Aber sie offenbar in mich, was ich allerdings erst zu spät kapiert habe.« Ich lache trocken auf. »So, wie ich vieles erst später kapiert habe. Zu spät. Denken ist leider nicht unbedingt die Stärke hormongebeutelter Teenager.«

Viola sagt nichts, sondern hört mir nur schweigend zu, also fahre ich rasch fort, bevor mich der Mut verlässt, um die ganze Geschichte zu erzählen.

Nein, nicht die ganze. Die ganze Geschichte, die darf niemals auf dieser Insel erzählt werden. Aber den Teil, den sie kennen sollte, um mich zu verstehen. Teilweise zu verstehen. Ach, wie auch immer.

»Das mit Dottie … Ich hätte mich nie dazu hinreißen lassen dürfen, mit ihr zu schlafen. Das ist nur passiert, weil ich mich trösten musste. Weil mir selbst das Herz gebrochen worden war, und weil ich einfach Ablenkung gesucht und mich wie ein Arschloch verhalten habe. Dottie hatte das nicht verdient.«

»Und von wem musstest du dich ablenken?«, kommt gewispert die unvermeidbare Frage. Ich sehe Viola ruhig an und erwidere dann leise: »Von meiner Lehrerin.«

Sie reißt ihre braunen Augen weit auf und starrt mich erschrocken an.

»Von deiner Lehrerin?«, wiederholt sie, lauter als mir lieb ist, und bevor ich weiß, was ich tue, mache ich einen Schritt auf sie zu und lege ihr einen Finger auf die Lippen, um ihr klarzumachen, dass sie bitte nicht so laut sein soll.

Ich hatte nicht damit gerechnet, was diese Berührung ihres weichen Mundes mit meinem Finger und mit dem Rest meines Körpers machen würde. Fast erschrocken halte ich die Luft an, bevor ich meinen Finger schnell wieder in Sicherheit bringe. Ich schiebe meine Hände in die Taschen meiner Hose und fahre mit rauer Stimme fort: »Dottie ist die Einzige, die das damals mitbekommen hat, weil sie … weil sie tatsächlich mein bester Kumpel war.«

Ich atme tief durch und schließe kurz die Augen, während

ich wieder Suzanne Lincoln vor mir sehe, mit ihren blonden Locken und roten Lippen. Sie hatte tatsächlich eine gewisse Ähnlichkeit mit Kelly McGillis in *Top Gun*, überlege ich flüchtig und versuche, die Bilder nicht wieder zu deutlich vor meinem inneren Auge aufsteigen zu lassen: Suzanne und ich in ihrem Klassenzimmer.

»Du ... und deine LEHRERIN?«, wiederholt Viola, leiser diesmal, aber nicht weniger schockiert. »Wie alt war sie denn?«

Ich räuspere mich, während ich mir verlegen mit beiden Händen die Haare raufe.

»Suzanne Lincoln war vierundzwanzig und ... sie war nur ein halbes Jahr lang als Aushilfslehrerin an unserer Schule.«

»Sie war vierundzwanzig, und du warst wie alt?«, hakt Viola leise nach und mustert mich mit einem Ausdruck, von dem ich mir nicht sicher bin, ob er mehr Entsetzen oder mehr Faszination widerspiegelt. Genau diese Mischung spüre auch ich immer noch, wenn ich an Suzanne Lincoln denke.

»Siebzehn. Es war mein letztes Jahr an der Highschool.« Ich lege den Kopf in den Nacken und starre an den dunklen Sternenhimmel hinauf, wo sich deutlich die Milchstraße abzeichnet, der schwarzen Nacht über Whale Island sei Dank.

»Und ... diese Suzanne Lincoln ... hat dich verführt?«

Viola starrt mich fragend an, und ich seufze leise auf. »Ja, kann man so sagen«, murmele ich schließlich, während ich nun doch wieder die Bilder von damals vor mir sehe. »Ich war noch völlig naiv und unerfahren.«

Viola schnaubt hörbar aufgebracht, und ich beeile mich, hinterherzuschieben: »Aber ... es war nicht so, wie sich das jetzt anhört.«

»Nein?« Erneut verschränkt sie die Arme vor der Brust und sieht mich fragend an. »Sondern?«

»Also ... klar, sie war meine Lehrerin, aber ... Suzanne war gerade selbst erst mit der Uni fertig. Das war ihr erster Job als Lehrerin, und … na ja. Ich hätte auch Nein sagen können.«

»Hey, du warst ihr Schüler! Du warst minderjährig! Das ist strafbar!« Ich bin fast überrascht, dass Viola plötzlich so aufgebracht ist.

»Ja, ich weiß«, bestätige ich rasch. »Und, glaub mir, ich habe mich damals selbst sehr mies gefühlt. Es ist auch nur ein Mal passiert. Ganz am Ende des Schuljahres, kurz vor den Sommerferien. Danach ist Suzanne weggegangen, hat eine Stelle in den Rocky Mountains bekommen. Und ich bin aufs College gegangen. Ich habe nie wieder von ihr gehört, was wohl auch besser so war. Und das mit Dottie … Ich hatte jahrelang nicht kapiert, dass sie in mich verliebt war. Dann ist Suzanne … Miss Lincoln abgereist, und ich war so fertig, dass ich … dass ich Dotties Anwesenheit ausgenutzt habe. Sie war so lieb, und sie war DA, und … in dem Moment habe ich verstanden, dass sie nicht nur meine platonische Freundin sein wollte. Gerade deshalb hätte ich Nein sagen müssen, als sie mich geküsst hat. Aber … ich habe es nicht getan, weil ich einfach so froh war, Ablenkung von Suzanne zu bekommen. Von Miss Lincoln. Wie auch immer.« Ich seufze tief auf. »Ich habe Dottie damals so wehgetan, und dafür schäme ich mich immer noch.«

»Kommst du deshalb so selten nach Hause?«

Überrascht sehe ich Viola an, denke über ihre Frage nach. Schließlich nicke ich langsam. »Auch deshalb, ja. Wobei sie ja zum Glück längst Hank hat. Der ist sowieso viel besser für sie, als ich es je gewesen wäre. Nur leider … leider haben wir nie zu der unbeschwerten Freundschaft zurückgefunden, die wir mal hatten.«

Kurz muss ich an Dottie und mich denken, damals, bevor die Hormone alles kaputtgemacht haben. Wir waren schon in der Grundschule die besten Freunde gewesen, haben gemeinsam die Insel auf unseren Fahrrädern unsicher gemacht, haben im Sommer auf der Wiese hinter der *Cameron Lodge* mit unseren insgesamt drei Brüdern (ihr Bruder Stuart wohnt inzwischen in Toronto) und mit Skye Baseball gespielt und im Winter, wenn es so kalt wurde, dass die Deep Bay zufror, Eishockey. Dottie war kein typisches Mädchen, sie war wilder als wir Jungs und mindestens so hart im Nehmen.

Aber ein weiches Herz, das leicht brach, hatte sie trotz allem, wie ich mit siebzehn lernen musste. Beklommen schlucke ich, als ich an Dotties Tränen denke. Nachdem ich mit ihr geschlafen hatte und danach völlig unbeholfen versuchte, ihr möglichst schonend klarzumachen, dass ich nicht in sie verliebt war.

Ich war so ein riesiger Vollidiot!

»Und du hast deiner Familie nie von Miss Lincoln erzählt?«, fragt Viola jetzt leise neben mir, und ich sehe sie an. Mit einem schnellen Kopfschütteln lache ich leise auf.

»Um Gottes willen, nein. Außer Dottie weiß niemand davon. Also … zumindest nicht von mir. Aber ich bezweifele, dass Suzanne … Miss Lincoln vielen davon erzählt hat.« Ich mache eine kurze Pause, bevor ich hinzufüge: »Tja, jetzt weißt du, warum ich so ein Shakespeare-Fan bin.«

Verdammt, diese Worte haben meinen Mund verlassen, bevor ich es verhindern konnte. Natürlich sieht mich Viola jetzt fragend an und hakt nach: »Wieso?«

Verlegen starre ich auf meine Sneakers und überlege, ob ich ihr die ganze Wahrheit sagen kann. Es würde ja reichen, ihr zu erklären, dass Suzanne meine Englischlehrerin war und wir bei ihr *Romeo und Julia* gelesen und als Theaterstück geprobt haben. Dass ich der Romeo war und sie mir hinterher, kurz vor Ende des Schuljahres, gestanden hat, dass sie die ganze Zeit eifersüchtig auf Lizzy Luis war, die die Julia gespielt hat.

Aber irgendwie habe ich das drängende Bedürfnis, nach all diesen Jahren, in denen ich das, was zwischen Suzanne und mir geschehen ist, als Geheimnis mit mir herumgetragen habe, endlich jemandem davon zu erzählen. Und bevor ich weiter darüber nachdenken kann, ob es wirklich so klug ist, Viola mit Details zu belasten, sprudeln die Worte schon wie von selbst aus mir heraus: »Der gute William hat von einem Poster an der Wand aus zugeschaut, als meine Englischlehrerin mich auf ihrem Schreibtisch entjungfert hat.«

Sobald ich das ausgesprochen habe, könnte ich mich ohrfeigen, denn Viola reißt ihre Augen so entsetzt auf, dass ich prompt ein heißes Gesicht bekomme. Mit einem verlegenen Lachen räuspere ich mich.

»Na ja. Dass ich gern Shakespeare lese, liegt aber wirklich nicht daran.«

Viola starrt mich immer noch an, dann fragt sie mit belegter Stimme: »Und ... das mit Dottie ... davon weiß deine Familie auch nichts?«

Mit einem tiefen Seufzer schüttele ich den Kopf. »Nein. Meine zwei großen Fehltritte, von denen meine liebe Sippe nichts ahnt.«

Und noch ein dritter, von dem sie zum Glück erst recht nichts ahnt, füge ich im Stillen hinzu. Wenn das anders wäre, könnte ich nie mehr nach Whale Island kommen, denke ich und krümme mich innerlich bei der Vorstellung, was wäre, wenn jemand von diesem dritten Fehltritt erfahren würde.

»Darum also hat deine Familie dich bisher für schwul gehalten«, murmelt Viola jetzt nachdenklich und starrt ebenfalls in den schwarzen Nachthimmel hinauf, wo das Band der Milchstraße schimmert und funkelt.

»Bitte was?« Fassungslos starre ich Viola an. »Meine Familie? Wieso ...?«

Viola erwidert meinen Blick ein wenig alarmiert, dann schlingt sie demonstrativ ihre Arme um ihren Oberkörper und sagt: »Mann, mir ist jetzt wirklich kalt, lass uns mal reingehen.«

»Stopp«, sage ich und halte sie entschlossen am Handgelenk fest. »Wieso denkt meine Familie, dass ich schwul bin?«

29

»Ähm …«, windet sich Viola und weicht meinem Blick aus.

»Wer von ihnen hat das behauptet? Aidan?« Ich mache einen weiteren Schritt auf sie zu und mustere sie prüfend. Viola schüttelt mit einem heiseren Lachen, das mich unter anderen Umständen auf falsche Gedanken gebracht hätte, den Kopf.

»Nein, nein, nicht Aidan.«

»Sondern?« Ich stehe jetzt so nah vor ihr, dass ich die Wärme ihres Körpers spüren kann. Da erkenne ich auch die Gänsehaut auf ihren Armen. Verdammt, sie friert wirklich. Kein Wunder, sie trägt ja nur dieses weinrote Spitzenträgertop, das mich schon den ganzen Abend um den Verstand gebracht hat. Wo die schwarze Strickjacke geblieben ist, die sie zu Beginn der Party noch darübergezogen hatte, weiß ich nicht. Ich weiß nur, dass ich jetzt nichts dagegen hätte, sie in meine Arme zu ziehen und zu wärmen.

Und ihr das Top auch noch auszuziehen.

»Dir ist ja wirklich kalt«, murmele ich und lasse meine Finger leicht über ihre Haut wandern. Viola erschaudert merklich.

»Ja. Komm, lass uns reingehen«, wispert sie und will sich abwenden, aber ich halte sie erneut an der Hand fest, bevor ich mich selbst daran hindern kann. Fast erschrocken sieht sie auf unsere Hände hinab, dann schaut sie mir in die Augen.

»Warum hast du dich eben eigentlich so darüber aufgeregt, dass ich nicht schwul bin?«, frage ich und klinge mit einem Mal etwas heiser. »Ich meine … was hat das mit dir zu tun?«

Wir starren uns mehrere Herzschläge lang schweigend an, und ich kann nicht verhindern, dass mein Blick immer wieder zu ihren Lippen hinabgleitet, die heute in einem verführerischen Pfirsichton glänzen.

Sie schluckt schwer und schlägt die Augen nieder, dann erwidert sie mit ebenfalls belegter Stimme: »Glenn … Ich …«

In dem Moment wird die Hintertür aufgerissen, und Skye streckt ihren Kopf raus. O Mann, meine Schwester hatte schon immer ein Händchen für bescheidenes Timing!

»Hey, *Piano Man*, du wirst gesucht«, ruft sie mir fröhlich zu, bevor sie innehält und erstaunt die Augen aufreißt, als sie offenbar bewusst wahrnimmt, wie wir zwei hier draußen stehen: dicht voreinander, meine Hand um Violas geschlungen. Als ich die offensichtliche Verblüffung auf Skyes Gesicht erkenne, geht mir ein Licht auf.

»Skye«, sage ich in vorwurfsvollem Tonfall und lasse Violas Hand los, wende mich meiner Schwester zu. »Hast DU etwa Viola gegenüber behauptet, ich sei schwul?«

Überrascht starrt Skye mich an. »Ich … ähm …«, stammelt sie und macht einen Schritt zu uns heraus, während die Tür hinter ihr zufällt. »Hey, das … also, das war nur so eine Vermutung, Glenny«, sagt sie in beschwichtigendem Tonfall.

»Eine Vermutung, ja?«, hake ich nach und will gern weiterhin amüsiert darüber sein, aber irgendwie bin ich jetzt doch ein wenig angepisst. Das hier ist meine Schwester, die mich kennen sollte wie keine andere Frau auf dieser Welt. Wir sind in unserer Kindheit und Jugend gemeinsam durch dick und dünn gegangen – und sie hat wirklich vermutet, ich sei schwul?

»Na ja … Du hast dich nie so für Frauen interessiert wie Aidan und Duncan«, verteidigt sich Skye hilflos, und ich schnaube auf.

»Wie bitte? Nur, weil ich mein Zimmer nicht mit Postern von Cameron Diaz und Angelina Jolie zugekleistert habe, heißt das doch nicht, dass ich mich nicht für Frauen interessiert habe!«

»Du hast auch nicht heimlich den Playboy nach Hause geschmuggelt und unter der Matratze versteckt, wie Aidan«, sagt Skye und grinst mich schief an, aber ich bleibe todernst, als ich erwidere: »Doch, Skye, das habe ich, aber ich habe mich geschickter angestellt und ihn immer entsorgt, bevor Mom die Betten neu bezogen hat. Ich war einfach cleverer als meine älteren Brüder!«

Skye starrt mich sprachlos an. Dann räuspert sie sich und sagt, fast kleinlaut: »Du hattest auf der Highschool nie eine Freundin. Also … außer Dottie, und das war platonisch.«

Ich spüre genau Violas Blick auf mir, als ich betont ruhig erwidere: »Du hattest auf der Highschool auch keinen Freund, Skye. Bist du lesbisch?«

»Aber ich hatte auf dem College einen Freund und danach noch einige, leider immer ziemlich blöde Beziehungen!«

Ich lache leise auf. »Die hatte ich auch. Und meine erste College-Freundin hast du damals doch sogar kennengelernt, als du mich besucht hast – Diane! Weißt du nicht mehr?«

»Doch, natürlich, die hatte doch so ein wieherndes Lachen und war ständig eingeschnappt«, murmelt Skye mit einem Augenrollen, und ich schnaube auf.

»Sie war nicht ›ständig eingeschnappt‹, sondern hat mitbekommen, dass du dich über ihr Lachen lustig gemacht hast,

Skye! Und genau das war der Grund, warum ich dir von da an keine meiner Freundinnen mehr vorgestellt habe: Du hättest eh an keiner von ihnen ein gutes Haar gelassen!«

Skye reißt ihre Augen weit auf, als sie mich anstarrt. »An keiner von ihnen? Wie viele Freundinnen hattest du denn auf dem College, Glenn Cameron?«

»Das gehört jetzt nicht hierher«, knurre ich ungeduldig und weiche Violas Blick aus.

»Na ja, immerhin ist das College nicht wirklich aufschlussreich, was sexuelle Orientierung angeht!«, verteidigt sich meine Schwester stur weiter, und ich starre sie ungläubig an.

»Wie bitte?«

»Ja! Ich meine, selbst ich habe auf einer College-Party mal ein Mädchen geküsst.«

Ich muss sie so entgeistert mustern, dass sie rasch hinterherschiebt: »Das war nach den ersten Tequila-Shots meines Lebens, und es war eine Wette. Ich bin nicht lesbisch.«

»Was du nichts sagst«, murmele ich und werfe wieder Viola einen Blick zu, die jedoch stur auf ihre Füße starrt und sich offenbar weit wegwünscht.

»Ich habe übrigens, trotz gelegentlicher Tequila-Shots, die ich anscheinend besser vertragen habe als du, auf dem College keinen einzigen männlichen Kommilitonen geküsst«, sage ich mit Nachdruck zu Skye. »Und nur, weil ich dir nicht am laufenden Band neue Freundinnen vorgestellt habe, heißt das nicht, dass ich wie ein Mönch gelebt habe. Oder wie Freddie Mercury.«

»Aber selbst Freddie Mercury war mal mit einer Frau zusammen«, wirft Skye fast triumphierend ein. »Bevor er gemerkt hat, dass er schwul ist!«

»Skye! ICH. BIN. NICHT. SCHWUL!«

»Okay, okay, ich habe es kapiert! Kein Grund, so laut zu

werden. Du meinst also …« Skye bricht ab und starrt mich ernst an. »O Gott. Ich bin dein Aidan.«

»Wie bitte?« Ratlos mustere ich sie.

»Aidan hat früher viele der Typen vergrault, die sich für mich interessiert haben, weil er immer in den Beschützermodus geschaltet hat und überhaupt grundsätzlich der Meinung war, keiner von ihnen wäre gut genug für mich«, erklärt sie ernst. »Na ja, bei allen hat er es nicht geschafft … und bei manchen wünsche ich mir, er hätte sie rechtzeitig vergrault, aber egal. Was ich sagen will: Habe ich dir früher etwa Mädchen und Frauen schlechtgeredet? Wie diese Diana?«

»Diane«, seufze ich. »Keine Ahnung, was Aidan bei dir angerichtet hat, aber, nein, ich kann dich beruhigen: Außer Diane hast du mir niemanden schlechtgeredet. Danach habe ich dir ja niemanden mehr vorgestellt.« Ich grinse sie an, bin dabei aber nicht wirklich fröhlich. »Aber, ja, du hast mich tatsächlich immer wie eine Glucke beschützt, auch zu einer Zeit, als ich längst nicht mehr in deinen Puppenwagen gepasst habe und mich auch nicht mehr von dir habe bemuttern lassen.«

Mit einem Mal erinnere ich mich so deutlich an unsere Kindheit und daran, wie Skye für mich »Brei« gekocht (beziehungsweise zerstampfte Kekse mit Wasser gemischt) und mich in einer Höhle aus Stühlen und Decken gefüttert hat, dass ich fast wehmütig werde. »Wenn ich geahnt hätte, dass du das zum Anlass nimmst zu glauben, dass ich schwul bin …«

»Tut mir leid, Süßer.« Skye hebt beschwichtigend die Hände. »Aber, ganz ehrlich, du hast nun einmal immer so ein Geheimnis aus allem gemacht. Darum dachte ich … du kommst vielleicht so selten nach Hause, weil du dein Privatleben in Halifax von uns trennen willst. Von wegen … Andy und so.«

»Andy?« Fassungslos starre ich Skye an. »Mein Mitbewohner Andy?«

»Ja.« Skye zuckt mit den Schultern und sagt leise: »Ich dachte … er wäre vielleicht nicht nur dein Mitbewohner, sondern … dein Freund. Und dass du deshalb so mitgenommen warst, als ihr euren Streit hattet und du ausgezogen bist.«

Ein paar Herzschläge lang mustere ich meine Schwester ungläubig. Dann räuspere ich mich und erkläre betont ruhig: »Andy war mein rein platonischer bester Freund. Du hast ihn doch auch einmal kennengelernt, als du mich besucht hast.«

Skye nickt. »Ja, klar. Ein netter Kerl. Er hatte damals aber auch keine Freundin, als ich dich besucht habe. Also dachte ich …«

»Nein, er ist auch nicht schwul«, sage ich und bemühe mich wirklich darum, gelassen zu bleiben. »Er ist ganz und gar hetero, Skye. Das kann ich dir versichern, weil ich zum einen über die Jahre mehr als einmal nachts mit Ohrstöpseln schlafen musste, wenn er Damenbesuch hatte, und zum anderen … habe ich ihn leider sehr eindeutig in Aktion gesehen, als ich vor drei Wochen nach Hause gekommen bin und ihn mit dem Gesicht zwischen den Oberschenkeln meiner Freundin erwischt habe.«

30

Viola

Skye und ich starren Glenn an wie vom Donner gerührt. Ich komme mit den ganzen Entwicklungen und Erkenntnissen dieses Abends nicht mehr hinterher. Sprachlos sehe ich Glenn an, dessen Augen im schwachen Lichtschein, der durch die Fenster der Lodge nach draußen fällt, aufgebracht funkeln.

Ich kann nicht glauben, dass ich bis vor einer halben Stunde noch geglaubt habe, Glenn stehe auf Männer. Jetzt, nach alldem, was er mir offenbart hat, sehe ich ihn in einem völlig anderen Licht. Er ist nicht mehr nur der platonische Kumpel, mit dem ich ungezwungen eine ganze Staffel *Sex & the City* geschaut, über peinliche Szenen in *Top Gun* gelacht und zu *Take My Breath Away* getanzt habe. Nein, plötzlich ist er Glenn, der von seiner Lehrerin unter einem Shakespeare-Poster verführt wurde, der daraufhin mit seiner besten Freundin Dottie und danach mit wer weiß wie vielen anderen Frauen geschlafen hat, und der zuletzt eine Freundin in Halifax hatte, die er in flagranti mit seinem Mitbewohner erwischt hat. Weshalb er jetzt vorübergehend bei seiner Schwester wohnt, weil er von dem Mitbewohner verständlicherweise die Schnauze voll hat, wie er Skye gerade mit wenigen Worten klarmacht.

Skye starrt ihren jüngeren Bruder sichtlich erschüttert an,

bevor sie einen Schritt auf ihn zumacht und ihn in ihre Arme zieht.

»Hey, Süßer, das war mir nicht klar«, sagt sie und hält ihn innig fest. Betroffen wende ich den Blick ab, weil ich das Gefühl habe, diesen Geschwister-Moment zu stören. Doch Glenn löst sich schon wieder von Skye und klopft ihr mit einem schiefen Lächeln auf den Arm.

»Schon okay. Hailey war nicht die Liebe meines Lebens. Sie hat noch nie ein Stück von Shakespeare gelesen. Keine Ahnung, wie sie überhaupt durch die Highschool gekommen ist, ohne es mit dem guten alten Will zu tun zu bekommen.«

Sofort sehe ich wieder Glenn und diese Miss Lincoln unter dem Shakespeare-Poster vor mir. Als Glenns Blick zu mir flackert, weiß ich, dass er sich auch fragt, ob ich daran denke. Vermutlich bereut er es schon, dass er mir so viel erzählt hat.

Skye ist der Blick ihres Bruders nicht entgangen, merke ich, denn mit einem Mal sieht auch sie mich nachdenklich an. Dann lächelt sie und sagt: »Mensch, tut mir echt leid, dass ich mit meiner dummen Theorie für so viel Verwirrung gesorgt habe. Mein *Gaydar* hat zum ersten Mal versagt.«

Glenn schnaubt mit einem Kopfschütteln. »Skye, bei aller Liebe: Wenn du dachtest, Andy und ich wären schwul, dann kann ich dir versichern, dass dein *Gaydar* garantiert schon öfter versagt hat.«

Skye ignoriert würdevoll die Bemerkung ihres Bruders und sagt an mich gewandt: »Viola, wir wissen jetzt also, dass Glenn zwar blendend aussieht und sehr nett ist, aber trotzdem nicht schwul. Es gibt sie also doch, die heterosexuellen, attraktiven Kerle, die keine Arschlöcher sind.«

Verschwörerisch zwinkert sie mir zu, und ich merke, dass mir die lästige Hitze schon wieder in die Wangen steigt. Glenns

Blick hängt so deutlich an mir, dass ich ihn genau spüre, obwohl ich Skye ansehe und betont unbekümmert auflache.

»Gut, dass wir das geklärt haben«, bemerke ich.

»Ja. Sehr gut, oder?«, fragt Skye, und die Art, wie sie zwischen Glenn und mir hin- und hersieht, gefällt mir nicht. »Ich … ähm … gehe dann mal wieder rein, denn ich habe euch ja eben unterbrochen.«

Eilig will sie sich abwenden, und ich frage mich entsetzt, ob sie jetzt wirklich verschwindet und mich mit Glenn hier draußen allein zurücklässt – nur er und ich unter dem funkelnden Sternenhimmel, und er ist nicht schwul! Nein, das geht nicht. Aber noch ehe ich mich dazu gezwungen sehe, ein Fluchtmanöver einzuleiten, öffnet sich die Hintertür schon wieder, und Heather schaut heraus.

»Da seid ihr alle! Es ist fast Mitternacht, wir wollen für Aidan singen! Himmel, Viola, bist du nur mit diesem winzigen Oberteil draußen? Kind, du holst dir ja den Tod!«

»Ach was, der Tod erwischt Viola jetzt erst einmal nicht«, sagt Skye resolut und grinst mich breit an.

»Hoffen wir es«, lache ich auf, und während ich ihr folge, sehe ich zur Seite und merke, dass mich Glenn immer noch nachdenklich mustert, bevor auch er mit uns ins Hotel hineingeht.

Im *Four Whales* haben sich alle in der Nähe des Klaviers versammelt, und sobald Glenn den Raum betritt, wird er sofort von Heather und Stella zum Instrument gezogen. Er lässt sich nicht lange bitten, sondern nimmt mit diesem leicht verlegenen Lächeln, das ich schon immer so sexy fand, auf dem Klavierhocker Platz und legt die Finger auf die Tasten. Doch dieses Lächeln ist jetzt so viel mehr als noch vorhin, als Glenn *You Are the Reason* gespielt und gesungen hat. Die Art, wie seine schlanken Finger locker auf der Tastatur ruhen, nehme ich nun völlig anders wahr – denn jetzt weiß ich, dass diese Finger schon einige Frauenkörper berührt haben. Keine Männerkörper. Also – zumindest nicht SO.

Jetzt weiß ich, dass es nicht länger ein aussichtsloser Traum, eine unmögliche Fantasie meinerseits ist, diese Finger auf meinem Körper zu spüren.

Ich merke, wie meine Wangen schon wieder heiß werden – vor allem, als ich den Blick von der Klaviertastatur und Glenns Händen losreiße und weiter oben der stummen Frage in seinen graugrünen Augen begegne.

Erschrocken wende ich mich ab, und zum Glück ruft Graham Cameron gerade mit dröhnender Stimme: »Es ist gleich so weit – Aidan, bist du bereit?«

»Klar«, kommt Aidans Antwort, und als ich mich nach ihm umsehe, entdecke ich ihn ganz in meiner Nähe, zwischen Stella und Isla stehend. Er hält die Hände von beiden, wie ich gerührt feststelle. Stella hält außerdem ihre Tochter Feli fest, während Islas andere Hand die ihrer Mutter Jenny hält.

Jennys Blick begegnet meinem, und mir wird bewusst, dass sie erneut beobachtet haben muss, wie Glenn und ich uns angesehen haben, denn sie betrachtet mich aufmerksam. Ihre Worte von vorhin fallen mir wieder ein: »Ihr zwei, ihr würdet ein tolles Paar abgeben.«

Mir wird noch wärmer, und mit einem verlegenen Lächeln drehe ich mich wieder zum Klavier um, nur um dort erneut in Glenns ernste Augen zu sehen.

»Zehn, neun, acht …«, beginnt Graham in diesem Moment glücklicherweise den Countdown herunterzuzählen, und erleichtert über die willkommene Ablenkung stimme ich mit ein: »Sieben, sechs, fünf …«

Sobald das »eins« verklungen ist, fängt Glenn an, auf dem

Klavier *Happy Birthday* zu spielen, und alle Gäste stimmen aus vollem Hals mit ein. Als das letzte »to you…« verklungen ist, drängen sich alle lachend und juchzend um Aidan, er wird wieder und wieder umarmt, geküsst, beglückwünscht. Diskret bewege ich mich ein wenig an den Rand der Gruppe, weil ich Aidan schließlich kaum kenne und nicht zu den ersten Gratulanten zählen muss, aber mit einem Mal ist jemand hinter mir und lässt mich nicht weiter zurückweichen. Ich weiß, ohne mich umdrehen zu müssen, dass es Glenn ist, der von hinten seine Hände auf meine nackten Oberarme gelegt hat und mich an Ort und Stelle hält.

»Wo willst du denn hin?«, fragt er leise, nah an meinem Ohr, und sein warmer Atem streift meinen Hals, meine nackte Schulter. Ich kann ein leichtes Erschaudern nicht unterdrücken und antworte hastig, um davon abzulenken: »Ich … wollte die Familie zuerst gratulieren lassen.«

»Blödsinn«, höre ich Glenn murmeln. »Du wolltest den Trubel nutzen und diskret das Weite suchen, habe ich recht?«

»Absolut nicht«, wehre ich mich empört und höre Glenns heiseres Lachen, was dazu führt, dass meine Arme von einer Gänsehaut überzogen werden.

»Wo ist eigentlich dein schwarzes Jäckchen geblieben?«, fragt er, denn da seine Hände immer noch auf meinen Armen liegen, spürt er meine Gänsehaut natürlich deutlich.

»Keine Ahnung«, wispere ich, bevor wir plötzlich vor Aidan stehen, weil sich Rae und Gottlieb, die ihm gerade gratuliert haben, abwenden und Platz für uns machen. Ich merke genau, dass beide uns ansehen, und dass der Blick meines Großvaters überrascht zu Glenns Händen auf meinen Armen wandert, während Rae nur wissend und überhaupt nicht überrascht lächelt. Das macht mich plötzlich fast wütend, denn – Himmel, hätte sie mir nicht sagen können, dass Glenn nicht schwul ist?

Sie, die angeblich so viel weiß, wusste das doch ganz sicher auch. Und sie wusste bestimmt, dass ich dachte, er sei schwul. Und sie weiß, wie durcheinander ich jetzt bin, das merke ich sofort, als ich in ihre weisen bernsteinfarbenen Augen sehe.

Entschlossen schüttele ich Glenns Hände ab und mache einen großen Schritt auf Aidan zu. »Happy Birthday!«, sage ich und klopfe ihm mit einem schiefen Grinsen unbeholfen auf den Oberarm, weil ich nicht weiß, wie ich mich ihm gegenüber verhalten soll, aber Aidan ist anscheinend so im Gratulier-Modus, dass er mich spontan in seine Arme zieht und kurz an sich drückt.

»Schön, dass du mit uns feierst, Viola«, sagt er und lächelt mich freundlich an, bevor er sich Glenn zuwendet und ihn mit einem »Super gespielt, Brüderchen!« ebenfalls umarmt.

Nachdem ich den Pflichtteil also hinter mir habe, will ich eigentlich tatsächlich diskret verschwinden, wie Glenn ganz richtig gemutmaßt hatte – vor allem, weil er nun von Isla und Feli in Beschlag genommen wird und mich ausnahmsweise aus dem Blick lässt. Doch ich komme nicht weit, denn als ich mich dem Ausgang des Restaurants zuwenden will, kommt gerade Stella mit einem Servierwagen herein, auf dem eine Torte mit vielen brennenden Kerzen thront. Gleichzeitig ploppt es an der Bar, und ich erkenne, dass Raphaël anfängt, Sektgläser zu füllen.

»Du wolltest hoffentlich nicht schon weg?«, höre ich Stella auf Deutsch fragen, als sie mit der Torte an mir vorbeieilt. Ich weiß nicht, was ich sagen soll, aber schaffe es ohnehin nicht zu antworten, weil die übrigen Gratulanten die Torte erblickt haben und ein Chor aus »Oh!« und »Ah!« den Raum erfüllt. Während Glenn und ich draußen waren, müssen einige Hotelgäste zur Party gestoßen sein, erkenne ich jetzt. Es sieht den Camerons so ähnlich, dass sie Aidans Geburtstagsfeier nicht rigoros als geschlossene Gesellschaft deklarieren, sondern die Gäste herzlich in ihrer Mitte aufnehmen – so wie sie auch mich aufgenommen haben.

»Nein, nein, natürlich nicht …«, lüge ich Stella notgedrungen an.

»Na, was ist denn mit dir los?«, lässt mich da eine weitere Frage auf Deutsch herumfahren, und ich sehe Greta vor mir stehen. Ihr Baby hatte im privaten Wohnbereich von Heather und Graham geschlafen, aber während ich mit Glenn meine Aussprache hatte, musste Greta nach oben, denn der kleine James hat sich über das Babyfon gemeldet und hungrig nach einem Mitternachtssnack gebrüllt, wie ich am Rande mitbekommen habe. Jetzt ist Greta wieder hier, und sie sieht mich mit einem prüfenden Lächeln fragend an. »Du wirkst ein wenig … angespannt.«

»Ach was«, winke ich gut gelaunt ab und will das Thema wechseln, als plötzlich Skye neben uns steht. Sie legt mir eine Hand auf die Schulter und sagt ernst: »Hör mal, mir tut das so leid, dass ich dir wegen Glenn etwas Falsches eingeredet habe.«

»Was denn? Habe ich was verpasst?«, fragt Greta neugierig. Ich unterdrücke einen Seufzer und schüttele schnell den Kopf, doch zu meinem Horror antwortet Skye, die schon ein paar Gläser »mit Umdrehung« intus zu haben scheint, wie Luigi es nennen würde: »Ich hatte der armen Viola den Floh ins Ohr gesetzt, dass Glenn schwul sei – dabei ist er das gar nicht!« Sie reißt ihre hellblauen Augen weit auf und kichert, bevor sie schlagartig ernst wird und bekümmert hinzufügt: »Es tut mir so leid, dass ich das behauptet habe … und dass ich womöglich euch beiden dadurch im Weg gestanden habe!«

»Uns beiden?« Ungläubig starre ich Skye an. »Wie meinst du das?«

Skye legt den Kopf schief und grinst breit. »Ach, komm – ich habe euch doch eben da draußen gesehen! Das war doch mehr als nur eine harmlose Unterhaltung über Glenns sexuelle Orientierung!«

»Skye ...«, stöhne ich auf, und Greta, die uns bisher nur mit immer größer werdenden Augen zugehört hat, sagt jetzt ernst: »So hat das bei Duncan und mir auch angefangen – Skye hat mir ständig erzählt, dass da was zwischen uns ist, bis sogar ich das kapiert habe.« Sie lächelt mich bedeutungsschwer an. Ich lächele nicht zurück.

»Quatsch«, sage ich dann mit Nachdruck. »Wir sind befreundet, mehr nicht!«

»Klar, weil du ja bisher auch dachtest, Glenny sei schwul«, sagt Skye, als sei dies das Logischste der Welt.

»Glenn ist schwul?« Wir fahren herum, als wir eine Stimme hinter uns hören, und zu meinem völligen Entsetzen sehen wir in Islas und Felis überraschte Gesichter.

»Nein! Ist er nicht!«, sagt Skye hastig. »Ich hatte das falsch vermutet ...«

»Du dachtest, Glenny sei schwul?«, meldet sich zu allem Überfluss nun auch Heather zu Wort, und sie starrt uns über Islas und Felis Köpfe hinweg ungläubig an. Noch ehe Skye reagieren kann, ruft ihre Mutter schon: »Ach, deshalb hat er nie eine Freundin mit nach Hause gebracht! Glenny! Glenny? Das hättest du doch sagen können!«

Ich merke, wie sich Heather umsieht und nach ihrem Sohn Ausschau hält, und wünsche mich sehr weit weg. Wie unangenehm – der arme Glenn! Als nun auch noch Graham, der bisher Stella beim Verteilen der Tortenstücke zur Hand gegangen ist, aufmerksam zu uns herübersieht und fragt: »Was ist mit Glenn?«, da bin ich wirklich kurz davor, das Weite zu suchen. Immerhin habe ich das Ganze heute Abend ausgelöst – selbst wenn das Gerücht nicht auf meinem Mist gewachsen ist.

»Nichts ist mit Glenn!«, ruft Skye hastig, doch Isla hakt ratlos nach: »Aber … ist er jetzt schwul oder nicht?«

»Mein Sohn ist schwul?« Einen Moment lang fürchte ich, dass Graham den Stapel Teller fallen lässt. Seine Gesichtsfarbe unter dem grauen Vollbart wird ein paar Nuancen blasser, während sein Blick hektisch durch den Raum wandert, über den sich mit einem Mal Schweigen gesenkt hat. Glenn war in der Nähe des Klaviers in eine Unterhaltung mit Gottlieb und Rae vertieft, merke ich – doch jetzt starrt er mit weit aufgerissenen Augen zu unserer Gruppe herüber. Sein Blick fällt flüchtig auf mich, bevor er zu seinem Vater schnellt.

»Nein! Nein, das bin ich nicht, Dad.« Er räuspert sich und kommt auf uns zu, bleibt vor Graham stehen. »Nur weil ich nicht ständig mit neuen Freundinnen nach Hause gekommen bin wie meine Brüder, heißt das doch nicht, dass ich nicht auf Frauen stehe, verdammt!«

»Ständig neue Freundinnen?«, hakt Stella mit einer kleinen Grimasse nach und sieht Aidan kritisch an, was ein paar der Anwesenden mit einem Kichern kommentieren, sodass die angespannte Stimmung ein wenig aufgelockert wird. Aidan grinst Stella flüchtig an und murmelt: »Er übertreibt völlig, glaub mir …«

»Also …« Graham räuspert sich und tätschelt Glenn die Schulter, während sich seine Gesichtsfarbe langsam wieder normalisiert. »Es ist natürlich nicht so, dass … dass ich ein Problem damit hätte, wenn du schwul wärst, Junge.«

»Sicher, Dad?« Zu meiner Erleichterung grinst Glenn spöttisch und ist endlich nicht mehr so ernst.

»Dein Vater und ich, wir würden unsere Kinder IMMER lieben, Glenny, das solltest du doch wissen!«, ereifert sich Heather jetzt geradezu empört. »Und wir hatten noch nie Probleme mit verschiedenen … ähm …«

»… sexuellen Orientierungen?«, hilft Glenn ihr in ruhigem Tonfall auf die Sprünge, und Heather nickt energisch, während sich ihre Wangen ein wenig rot färben. »Ja. Genau.«

Ein Räuspern lässt uns alle aufblicken. Joe und Will, die beiden alten Herren vom Inselladen, haben sich von ihren Stühlen erhoben und sehen sich in der Menge aus Gästen um. Alle mustern sie fragend. Endlich scheint sich einer der beiden – Joe? Oder Will? – ein Herz zu fassen und sagt: »Es gibt da etwas, das wir euch schon länger erzählen wollten. Und irgendwie … passt es jetzt gerade.«

Er sieht seinen Freund fast hilfesuchend an, und der nickt und sagt langsam, aber mit fester Stimme: »Genau. Also … Joe und ich … wir sind ein Paar.«

Er reckt sein Kinn ein wenig, als wolle er uns alle warnen, etwas Kritisches dazu zu sagen oder gar zu lachen. Doch niemand lacht, und niemand macht eine negative Bemerkung. Zwar gucken alle ein wenig verblüfft aus der Wäsche, doch dann ruft Heather zu meiner Erleichterung in regelrecht euphorischem Tonfall: »Ach, ihr zwei, das freut mich richtig! Dass ihr zusammengehört, das war uns allen doch immer klar, oder nicht?«

Sie sieht sich um, und alle anderen nicken zustimmend, ein paar Gäste klatschen, viele strahlen, und Ian ruft: »Ihr passt auch einfach toll zusammen, ihr zwei!«

Sogar mein Großvater lächelt, was mich sehr rührt. Das Thema Homosexualität war in seiner Generation ja noch keine Selbstverständlichkeit.

Joe und Will werden von einigen Anwesenden in die Arme genommen, es fließen sogar ein paar Tränen der Rührung.

»Ich würde ja gern sagen, dass ich das geahnt habe, aber … das habe ich tatsächlich nicht«, seufzt jemand neben mir, und ich merke, dass Skye dortsteht und mit feuchten Augen die beiden Liebenden mustert. »Mein *Gaydar* ist wirklich eine Katastrophe! Joe und Will – sie waren beide mal mit Frauen verheiratet! Tja, wer hätte das gedacht?«

Sie sieht mich an und grinst schief. »Hey, ist alles okay bei dir?«, hakt sie dann sanft nach.

Ich beeile mich zu nicken, um bloß keine weiteren Gerüchte entstehen zu lassen. »Ja! Na klar!«

Prüfend sieht sie mich an, und mir fallen Glenns Worte ein, die er bei unserem viel zu romantischen Abendessen im *Four Whales* – hätte ich damals geahnt, dass er nicht auf Männer steht! – über seine Schwester gesagt hat: Dass sie die Emma von Whale Island ist und sowohl bei Stella und Aidan als auch bei Greta und Duncan ihre Hände im Spiel hatte. Mir wird heiß, und ich will mich schon abwenden und mit einer Ausrede das Weite suchen, als plötzlich ein klingelndes Geräusch das Restaurant erfüllt. Erstaunt sehen wir uns alle um und merken, dass Duncan an der Bar steht und mit einem kleinen Löffel an sein Sektglas schlägt.

»Also, eigentlich ist dies natürlich der Ehrentag meines Bruders – an dieser Stelle noch einmal Happy Birthday, lieber Aidan …«

Duncan prostet Aidan zu, der mit einem Grinsen nickt und »Danke!«, ruft.

»Aber … da es gerade um das Thema Liebe geht …« Er nickt in die Richtung von Joe und Will, die völlig erlöst wirken, weil sie ihr Geheimnis nicht mehr mit sich herumtragen müssen, und natürlich, weil alle Anwesenden besagtes Geheimnis so positiv aufgenommen haben. Gerührt lächele ich die beiden alten Herren an, die ich doch gar nicht persönlich kenne, und wende meine Aufmerksamkeit dann wieder Duncan zu.

»Also … zum Thema Liebe würde ich euch bei dieser Gelegenheit gern wissen lassen, dass ich Greta vor ein paar Tagen gefragt habe, ob sie sich vorstellen könnte, mich zu heiraten – und sie hat, so unglaublich das auch ist, Ja gesagt!«

Ein Juchzen klingt durch den Raum, und ich merke, dass das Stella ist, die die Torte im Stich lässt und sich stattdessen auf ihre Freundin stürzt, sie fest umarmt. Greta lacht und nimmt sowohl die Glückwünsche von Stella als auch die von Skye, Aidan, Heather, Graham, Glenn und all den anderen entgegen, während Duncan genauso umarmt und herzlich beglückwünscht wird. Greta wird nach ihrem Ring gefragt, und Duncan erklärt mit einem fast verlegenen Lächeln, dass es noch keinen gibt, weil er es wegen der Arbeit im Hotel nie in ein ordentliches Schmuckgeschäft geschafft hat, aber trotzdem nicht weiter mit dem Antrag warten wollte.

»Dachtest du, sie nimmt sich einen anderen?«, fragt Aidan mit liebevollem Spott, bevor er seinen Bruder fest in seine Arme schließt.

Ich beobachte das Geschehen mit einem wehmütigen Ziehen im Herzen. Diese Gruppe Menschen ist wirklich etwas Besonderes, wird mir einmal mehr klar.

Doch als ich merke, dass mich Glenn über die Köpfe der anderen hinweg ernst mustert, wende ich mich rasch ab – und laufe fast in meinen Großvater hinein.

»So schön dieser Abend auch ist … ich muss ins Bett«, sagt er mit einem kleinen Lächeln.

»Ich bringe dich nach Hause!«, erkläre ich sofort. Gottlieb schaut mich erstaunt an, winkt dann aber gutmütig ab.

»Lass mal, Viola, das musst du nicht. Feiere du ruhig weiter … Rae will mich fahren. Sie muss auch zur Fähre. Außerdem hast du ja gar kein Auto – oder hast du einen neuen Wagen angemietet, den du an Elchen vorbei ins Unterholz lenken kannst?«

Sein spöttisches Lächeln lässt mich kurz grinsen, doch dann

werde ich wieder ernst. »Bitte«, wispere ich. »Skye und … Glenn werden sicher noch eine Weile feiern wollen, aber ich … ich bin müde und würde gern nach Hause. Ganz allein zurück zum Haus von Skye möchte ich aber auch nicht. Kann … kann ich nicht heute mal bei dir übernachten?«

Mein Großvater sieht mich ehrlich erschüttert an, und ich fürchte schon, dass er Nein sagen wird, aber er wendet nur fast abwehrend ein: »Aber Kind … Ich habe ja nur ein Schlafzimmer! Zumindest nur ein Schlafzimmer, das man nutzen kann.«

Ich zögere und hake dann leise nach: »Was ist denn mit dem alten Zimmer meines Vaters?«

Dass Gottlieb nicht gern an das Zimmer erinnert wird, ist offensichtlich, und ich könnte mich dafür ohrfeigen, dieses Thema angeschnitten zu haben. Aber – hey, immerhin war er auch mein Vater, nicht nur sein Sohn!

Gottlieb scheint das ebenfalls gerade bewusst zu werden, denn jetzt seufzt er leise und sagt: »Peters Zimmer ist ziemlich vollgestopft mit allem möglichen Zeug. Ich müsste da dringend mal ausmisten. Vorher schafft man es nicht bis zum Bett.« Er grinst mich flüchtig an, und ich greife spontan nach seiner Hand.

»Ich kann auch auf dem Sofa im Wohnzimmer übernachten. Glaub mir, auf meinen Reisen habe ich schon einige Male sehr viel unbequemer geschlafen. Das macht mir überhaupt nichts aus.«

Mit schief gelegtem Kopf mustert Gottlieb mich noch zwei Herzschläge lang, bis plötzlich Rae neben uns auftaucht und uns fragend mustert.

»Na, ihr zwei, bereit für den Heimweg?«, erkundigt sie sich, ganz so, als hätten wir uns schon darauf geeinigt, dass ich mitfahre. Woher sie wissen kann, dass wir überhaupt darüber gesprochen haben, ist mal wieder eines der vielen großen

Rätsel rund um Rae MacLaughlin. Stumm sehe ich meinen Großvater an, und als Gottlieb schließlich nickt und mich aufmunternd anlächelt, atme ich erleichtert auf.

»Danke«, wispere ich.

»Keine Ursache. Hoffentlich hast du keine Stauballergie«, brummt Gottlieb, doch er greift nach meiner Hand und drückt sie mit Nachdruck, bevor er Rae aus dem Restaurant folgt. Als ich meinen Blick nervös durch den Raum gleiten lasse, merke ich, dass Glenn gerade erneut von Feli und Isla in Beschlag genommen wird und flüchte mich dankbar aus dem *Four Whales*, ohne dass er es mitbekommt.

31

Als Rae am Haus meines Großvaters hält, sieht sie sich zu mir um und sagt mit einem ruhigen Lächeln: »Liebe Viola, du hast gar keinen Grund mehr, um dich vor Gefühlen zu verstecken.«

Erschrocken starre ich Rae an, spüre verlegene Röte in mein Gesicht kriechen und murmele: »Ähm – ja. Danke, Rae.«

Doch sie ist noch nicht fertig. »Und … Gottlieb?«

Mein Großvater räuspert sich und sieht sie fragend an. »Ja, Rae?«

»Peter hatte wunderbare Träume. Träume, die immer noch in Erfüllung gehen können.«

Ich merke, dass er sie sprachlos mustert, und da ich nicht weiß, wie ich mich verhalten soll, hake ich mich sanft bei ihm unter und gehe mit ihm auf die Stufen zu, die uns aus dem Bus führen.

»Diese verrückte Frau«, murmelt Gottlieb, als der gelbe Bücherbus rumpelnd Richtung Fähranleger verschwindet und wir den roten Rücklichtern nachdenklich hinterhersehen.

»Was meinte sie damit … mit den Träumen meines Vaters?«, frage ich zaghaft, aber Gottlieb scheint jetzt nicht weiter darüber sprechen zu wollen, denn er schüttelt nur den Kopf und wendet sich zum Gehen.

»Komm, Fiete wartet sicher schon sehnsüchtig und wird dringend nach draußen müssen«, brummt er und geht los. »Hoffentlich hat er nicht schon auf den Boden gepinkelt. So spät wie heute bin ich seit einer Ewigkeit nicht mehr nach Hause gekommen.«

Schweigend laufe ich neben ihm her, durch das kniehohe Gras der Wiese vor seinem Haus. Über uns, im unendlichen Schwarz, schimmert die Milchstraße, und als ich den Kopf in den Nacken lege und verlangsame, weil ich andächtig nach oben sehe, schießt mit einem Mal ein goldener Sternenschweif über den Nachthimmel.

»Oh, eine Sternschnuppe!«, rufe ich überrascht und bleibe stehen, sehe andächtig nach oben.

»Wünsch dir etwas«, sagt mein Großvater leise, und diese Worte überraschen mich wirklich, denn ich hatte ihn nicht für jemanden gehalten, der an Sternschnuppenwünsche glaubt. Aber andererseits glaubt er, dass seine Frau als Wal an seinem Haus vorbeizieht. Was weiß ich schon?

Fast ratlos starre ich zum Himmel hinauf und frage mich ein paar Herzschläge lang, was ich mir wünschen soll. Bis vor Kurzem war mein üblicher Wunsch in solchen Situationen immer: Ich möchte fünfunddreißig und vielleicht noch älter werden.

Jetzt bin ich fünfunddreißig. Womöglich stimmt das mit dem Familienfluch und einem frühen Tod also gar nicht. Was könnte ich mir wünschen?

Gesundheit, die ist immer wichtig. Aber … ungefragt flackert Glenns Lächeln vor meinem inneren Auge auf.

Nein! Was will Glenn hier, wenn ich über Sternschnuppenwünsche nachdenke? Fast trotzig denke ich ein paar Mal entschlossen »Gesundheit«, bevor ich mich Gottlieb zuwende und frage: »Wer ist denn heute Abend eigentlich auf der Fähre? Ich meine … Dottie war ja schon nicht mehr ganz nüchtern.«

Gottlieb lacht leise auf und meint: »Da war sie wohl nicht die Einzige. Es gibt tatsächlich einen jungen Mann vom Festland, der einspringt, wenn sie verhindert ist. Und freie Tage hat sie natürlich auch.«

»Klar«, murmele ich gedankenverloren und nicke.

»Ich habe beobachtet, dass du dich mit Dottie und Jenny unterhalten hast«, bemerkt mein Großvater fast zögerlich. »Hatte das etwas mit … dieser Anspannung zwischen Glenn und dir zu tun?«

»Anspannung?«, frage ich und sehe ihn überrascht an. Das hat er gemerkt?

»Hm, ja. Ich habe euch zwei beobachtet, als alle Aidan gratuliert haben. Als ihr … von draußen zurückkamt.«

Meine Wangen werden heiß, da hilft auch die kühle Nachtluft nichts.

»Ich … Glenn und ich … wir sind nur befreundet«, sage ich rasch.

»Mhhm«, murmelt Gottlieb, und ich glaube, ein vages Lächeln um seine Mundwinkel zucken zu sehen. Doch da ich meinen Blick jetzt wieder entschlossen auf die Milchstraße richte, kann ich mich auch verguckt haben.

»Ich denke, Rae hat eben Glenn und dich gemeint«, bemerkt Gottlieb da plötzlich, als er langsam die Treppenstufen zu seiner überdachten Veranda hinaufgeht. »Jetzt, da geklärt wäre, dass er nicht schwul ist. Wobei Rae das mit Sicherheit nie geglaubt hat.«

Jetzt schmunzelt er ganz eindeutig, während seine Verandalampe anspringt und meinen Großvater in goldenes Licht hüllt. Von drinnen hören wir Fiete aufgeregt kläffen.

»Und du?«, frage ich rasch, um irgendetwas einigermaßen Unverfängliches zu sagen.

»Dafür kannte ich Glenn nie gut genug, hab ihn nur hin und wieder von Weitem gesehen«, meint Gottlieb mit einem gedankenverlorenen Blick zum Sternenhimmel hinauf. »Die Cameron-Kinder sind ja erst geboren worden, als Peter schon erwachsen war.« Er stockt, als er den Namen seines Sohnes erwähnt, dann fügt er mit einem Schmunzeln hinzu: »Aber ein gut aussehender Kerl ist er. Das steht fest.«

Ich murmele irgendetwas vor mich hin, während ich seinem prüfenden Blick ausweiche und ebenfalls die Stufen zur Veranda hinaufgehe.

»Du hast es geglaubt«, stellt Gottlieb jetzt geradezu nüchtern fest, und ich verharre auf der Stelle und sehe ihn stumm an.

»Du hast geglaubt, er sei schwul und käme daher nicht infrage.«

»Infrage?«, hake ich lahm nach, obwohl nun wirklich klar ist, worauf mein Großvater hinauswill. Fast mitleidig lacht er leise auf.

»Ja. Infrage.« Mit einem leisen Seufzer streckt er seine Hand aus und tätschelt liebevoll meine Wange, bevor er ernst bemerkt: »Dorothy hat immer gesagt, die Liebe ist nichts für Feiglinge.«

Schweigend starre ich ihn an. »Hat sie das?«, hake ich mit belegter Stimme nach und räuspere mich. Als er langsam nickt, sage ich: »Tja, mag sein. Aber … vermutlich bin ich ganz einfach ein Feigling.«

»O nein, Viola. Du hast auch meine Gene. Und Dorothys. Du bist ganz sicher kein Feigling«, grollt Gottlieb, was mich kichern lässt. Dann jedoch werde ich wieder ernst.

»Nein, wirklich – ich glaube, in all den Jahren, in denen ich fest davon ausgegangen bin, jung zu sterben, da … da habe ich einfach nie gelernt, mich auf eine richtige Beziehung einzulassen. Mein Herz zu öffnen und jemanden hineinzulassen. Ich … ich glaube, ich kann das nicht. Und ich bin mir auch nicht sicher, ob ich das will.«

»Weil es dir Angst macht.«

Ich nicke mit einem schwachen Lächeln. »Mag sein. Ja. Single sein, das kann ich. Hin und wieder kurze, belanglose Beziehungen. Nichts für die Ewigkeit.«

»Für die Ewigkeit«, murmelt Gottlieb gedankenversunken, und sein Blick richtet sich auf den dunklen Atlantik, der im Licht der Sterne schwarzblau schimmert. Ich vermute, dass er dort seine Dorothy sieht, die ins Meer gegangen ist. Ohne Vorwarnung werden meine Augen feucht.

»Es ist doch viel zu schmerzhaft, jemanden in sein Herz zu lassen und dann wieder zu verlieren«, schluchze ich leise auf, und mein Großvater schaut mich sichtlich erschüttert an. »Ich meine … warum tut man sich das freiwillig an? Nimm meine Mutter und Peter. Sie hat ihm immer hinterhergetrauert, obwohl sie sich nur eine Nacht kannten. Diese eine Nacht hat gereicht, um nicht nur mich zu zeugen, sondern auch um Mama bis zu ihrem eigenen Tod vor Sehnsucht zerfließen zu lassen, sobald die Sprache auf meinen Vater kam. Das ist doch Mist!«

Plötzlich bin ich richtig wütend, entziehe meine Hand den von Arthritis gekrümmten Fingern meines Großvaters und trete an das Verandageländer heran, das dringend neue Farbe benötigt – wie überhaupt das ganze Haus. »Wozu dieses ganze Theater? Diese Suche nach der großen Liebe? Entweder man ist unglücklich, weil man sie nicht findet … oder man ist unglücklich, weil man sie gefunden hat, aber sie einem wieder genommen wird.«

Immer mehr Tränen laufen über mein Gesicht. Gottlieb tritt neben mich an das Verandageländer und legt eine Hand auf meine Schulter.

»Du hast die dritte Möglichkeit vergessen«, sagt er ernst.

»Ha, genau – das Happy End!«, schnaube ich zynisch und frage mich, wann ich so geworden bin. War ich schon immer so, hatte aber bisher mir selbst gegenüber immer die praktische Ausrede, dass ich eh nicht alt würde, somit also gar nicht nach der Liebe fürs Leben Ausschau halten musste? Und jetzt, da ich plötzlich davon ausgehen darf, doch nicht unbedingt jung zu sterben – jetzt muss ich mir vor Augen halten, wohin die Liebe meiner Meinung nach unweigerlich führt, damit ich das nicht vergesse? Den traurigen Schimmer der Sehnsucht in Mamas Augen in Erinnerung behalte, wenn sie von Peter erzählt hat? Verstecke ich mich jetzt hinter einem Schutzschild aus Zynismus, um nicht verletzt zu werden?

»Ganz genau«, brummt Gottlieb jetzt. »Das Happy End. Ich weiß wirklich nicht, was es da zu schnauben gibt.«

»Na, schau dich doch an! Hat das mit Dorothy und dir so ein glückliches Ende genommen?« Die Worte drängen voll Bitterkeit aus meinem Mund, bevor ich sie aufhalten kann. Gottlieb sieht mich ernst an. Er schluckt mühsam, und ich könnte schwören, seine hellblauen Augen feucht schimmern zu sehen, bevor er rasch an mir vorbei und erneut hinaus auf den Atlantik sieht. Verdammt, ich wollte meinen Großvater nicht traurig machen!

»Ja, schau dir mich an, Viola«, sagt er dann zu meiner Überraschung jedoch mit fester Stimme. »Schau dir all die glücklichen Jahre an, die ich mit deiner Großmutter hatte. Und mit deinem Vater. Überleg doch mal: Wenn ich damals nicht meinen Freund Jimmy auf dieser Insel besucht hätte, mich nicht Hals über Kopf in deine Großmutter verliebt hätte, mich nicht entschieden hätte hierzubleiben – dann hätte es Peter nie gegeben. Und ohne Peter hätte es dich nie gegeben. Wir zwei, wir würden heute Abend nicht weit entfernt von Deutschland auf dieser Insel mitten im Atlantik stehen und das Prusten eines Wals hören.«

Ich reiße meine Augen weit auf, als mir klar wird, was das Geräusch ist, das sich vor ein paar Sekunden in das gleichmäßige Rauschen der Brandung gemischt hat.

»Das … ist ein Wal?«

»Nicht irgendein Wal«, sagt Gottlieb und lächelt mich so ruhig an, dass ich hilflos aufschluchze.

»Aber … Dorothy … sie ist viel zu früh von dir gegangen!«

»Ja«, bestätigt Gottlieb traurig. »Und Peter erst recht. Aber das macht die glücklichen Jahre, die wir gemeinsam hatten, nicht weniger wertvoll oder schön.«

»Hast du es ihr nie übel genommen?«, wispere ich und sehe hinaus auf das dunkle Meer, wo der Buckelwal noch einmal prustet. »Dass sie dich verlassen hat?«

Ich weiß, dass das nur eine Theorie ist. Man konnte nie genau sagen, ob es ein Unfall war … oder Selbstmord. Aber irgendwie glaube ich nicht an einen Unfall. Und als mein Großvater nun antwortet, ist mir klar, dass er das auch nicht tut: »Nein. Sie wollte bei deinem Vater sein. Eine Mutter will immer bei ihren Kindern sein. Wie hätte ich ihr das verübeln können?«

Mit einem Schluchzen wende ich mich ihm zu und lasse mich in seine Arme ziehen, weine gegen Gottliebs knochige Schulter, spüre seine eigenen Tränen, die auf meinen Kopf fallen.

»Ich frage mich immer, was geschehen wäre, wenn er nicht mit seinem Kollegen getauscht hätte«, wispere ich in das Hemd meines Großvaters, das ganz schwach nach Mottenkugeln und nach Old Spice riecht. »Wenn er nicht mit dem Schiff untergegangen wäre. Hätte er meiner Mutter geschrieben, wie er es versprochen hatte? Hätten die beiden eine Fernbeziehung begonnen? Sich gegenseitig besucht? Und ... was hätte Peter dazu gesagt, dass er Vater wurde?«

»Ganz bestimmt hätte er sich gefreut«, sagt Gottlieb heiser. »Peter wollte immer eine große Familie haben. Vier Kinder.« Er lacht leise auf.

»Und wo wollte er wohnen?«

»Na, hier natürlich!« Er sieht mich an und wischt sich mit seinem Ärmel ein paar Tränen von seinen Wangen. »Das war immer sein Plan: Eine Basis auf Whale Island, wie er es nannte. Immer, wenn er einige Wochen oder manchmal sogar Monate am Stück bezahlten Urlaub hatte – weil er an Bord ja sieben Tage die Woche arbeiten musste, daher hatte er auch lange am Stück frei –, dann ist er heimgekommen. Und er hätte hier gern eine Familie gehabt.«

»Vielleicht wäre meine Mutter wirklich hergezogen«, wispere ich wehmütig.

»Vielleicht«, murmelt mein Großvater mit rauer Stimme.

»Dann wäre ich hier aufgewachsen«, flüstere ich.

»Ja«, bestätigt Gottlieb ernst. »Dann hättest du Glenn schon als Kind kennengelernt.«

Ich muss leise auflachen. »Da bist du aber sehr geschickt wieder zum Ausgangsthema zurückgekommen«, bemerke ich trocken.

Ein Lachen meines Großvaters ist die Antwort, was wirklich guttut nach unserem ernsten Thema. »Also, meen Dern, lass dir eines sagen.« Gottlieb fasst mich an den Schultern und sieht mich eindringlich an. »Wenn du bisher so durchs Leben gewandert bist, ohne dich Herz über Kopf in jemanden zu verlieben, dann kann das nur bedeuten, dass bisher nicht der Richtige dabei war. Denn wenn die Liebe so richtig zuschlägt, dann gibt es kein Vertun und kein Verstecken – da ist Widerstand zwecklos, egal ob man glaubt, bald zu sterben oder nicht! Als ich Dorothy getroffen habe, da wusste ich, dass ich verloren war. Whale Island oder auf ewig unglücklich. Also habe ich mich für sie und für Kanada entschieden – und ich habe diesen Schritt nie bereut. Trotz allem.«

Erneut das Prusten des Wals. Ich bekomme eine Gänsehaut. Besonders, als mein Großvater ernst hinzufügt: »Manchmal muss man sich trauen, Viola. Und auf ein Happy End hoffen. Mehr als hoffen, das geht nicht. Wissen kann es niemand. Hundertprozentige Sicherheit gibt es nicht. Schiffe gehen unter, Autos verunglücken, Menschen sterben. Lass dir von einem alten Mann sagen: Diese Reise durchs Leben ist unfassbar beängstigend. Aber auch unfassbar schön. Allerdings siehst du nur die Hälfte, wenn du nicht hin und wieder anhältst und aussteigst, um die Aussicht zu genießen – weil du Angst vor dem hast, was dich dort erwarten könnte.«

»Du meine Güte, du klingst ja fast so weise wie Rae«, versuche ich mich an einem kleinen Witz, während mir vor lauter Gefühls-Tohuwabohu schon wieder neue Tränen über das Gesicht rinnen.

»Tja«, lacht Gottlieb auf. »Ich kenne die verrückte Frau ja auch wirklich lang genug! So, und jetzt muss ich endlich Fiete rauslassen, der arme Kerl bekommt sonst da drinnen einen Nervenzusammenbruch.«

32

Am nächsten Morgen niese ich tatsächlich vor mich hin, und das, obwohl ich eigentlich keine Stauballergie habe – aber die Masse an Staub, die sich auf den Fensterbänken und in den Buchregalen in Gottliebs Wohnzimmer türmt, die lässt meine Nase auch ganz ohne Allergie protestieren. Als ich die Beine vom Sofa schwinge und mir mit einem unterdrückten Stöhnen den Rücken reibe, nehme ich mir im Stillen vor, heute das Haus meines Großvaters gründlich zu putzen.

Natürlich ist Gottlieb zunächst dagegen, aber ich bestehe resolut darauf – wohl auch, weil ich den Moment hinauszögern will, wenn ich zu Skyes Haus zurückmuss. Immerhin habe ich hier überhaupt keine Sachen – die Zähne konnte ich mir heute Morgen nicht putzen, sondern habe nach dem Frühstück nur ein paar Pfefferminzdrops gelutscht, um mich nicht so ungepflegt zu fühlen. Duschen ging natürlich – wobei ich bei der Gelegenheit entschieden habe, das Badezimmer meines Großvaters ganz besonders gründlich sauber zu machen! –, aber ich trage nach wie vor meine Klamotten von gestern Abend. Immerhin habe ich beim Weg aus dem *Four Whales* noch mein Jäckchen wiedergefunden, das über einer Stuhllehne hing, sodass ich mich heute Morgen nicht nur im roten

Spitzentop mit einem Staublappen durch Gottliebs Wohnzimmer vorwärtsarbeite.

»Kann es sein, dass du ganz einfach nicht zurück zu Glenn willst?«, erkundigt sich mein Großvater mit Unschuldsmiene, während ich den Putzeimer mit Wasser und Reinigungsmittel fülle.

»Kann es sein, dass dieser Boden seit einer halben Ewigkeit keinen Wischmopp mehr gesehen hat?«, frage ich ungerührt, was Gottlieb leise aufschnauben lässt.

»Ja, mag sein. Komm, Fiete, wir gehen spazieren. Geben wir dem Putzteufel Platz zum Austoben.«

Das Lächeln auf seinen Lippen entgeht mir nicht, als mein Großvater mit einem aufgeregt kläffenden Fiete unter seinem Arm das Zimmer verlässt.

Bis er zurückkommt, habe ich mich in den ersten Stock vorgearbeitet und das Badezimmer mit viel Kraft- und Putzmittelaufwand wieder zum Glänzen gebracht. Ob mein Großvater damit einverstanden wäre, dass ich auch in Peters Zimmer gehe, weiß ich nicht. Daher habe ich lange vor der geschlossenen Tür gestanden und mit mir gehadert – bis ich mir gut zugeredet habe, dass es sich immerhin um das Zimmer meines Vaters handelt. Und so stehe ich nun in dem vollgestopften, verstaubten Raum und sehe mich atemlos um. In der Mitte des Zimmers stapeln sich Kartons und Kisten, entlang der Wände sind Regale, die vor Büchern und Schallplatten überquellen. Fasziniert trete ich näher an die Plattensammlung heran, ziehe einzelne Cover heraus. Mein Vater hatte eine coole Sammlung, die sogar heute noch aktuell wirkt: Bruce Springsteen, Pink Floyd, Bob Dylan, Bob Marley und viele andere. Neugierig sehe ich mich im Zimmer um und entdecke zu meiner Begeisterung unterhalb der Dachschrägen tatsächlich auch einen Plattenspieler. Ob der noch funktioniert?

Und ob er noch funktioniert. Ich kann gar nicht sagen, wie lange ich völlig hingerissen eine Platte nach der anderen aufgelegt habe, bis ich bei John Mellencamp hängen bleibe und mit ihm *Jack and Diane* singe, während ich andächtig Papas Bücher durchforste. Er muss viel gelesen haben – als Junge anscheinend gern Abenteuerromane wie *Die Schatzinsel*, *Zwanzigtausend Meilen unter dem Meer* und *Robinson Crusoe*, später dann Thriller und Krimis, die oft in exotischen Ländern spielten, aber auch Biografien von Nelson Mandela und John Lennon. Fasziniert blättere ich durch staubige Seiten, arbeite mich von Regalfach zu Regalfach, bis ich zu einer großen Kiste komme, die auf dem Fußboden vor einer Kommode steht. In der Hoffnung, dass mir Gottlieb nicht den Kopf abreißen wird, weil ich hier herumwühle, öffne ich vorsichtig den Deckel – und starre staunend in ein Meer aus Fotografien. Überwältigt ziehe ich ein Bild nach dem anderen heraus – sie sind teilweise in Schwarz-Weiß, aber auch viele in Farbe, mit der Zeit leicht gelbstichig geworden. Auf ein paar Bildern ist mein Vater zu sehen – mal an Deck dieses oder jenes Schiffes, in einer Funkbude, mit Kopfhörern auf den Ohren, den Blick konzentriert auf viele verschiedene Schalter und Rädchen vor sich an der Wand gerichtet. Er ist mit einigen anderen Männern zu sehen – alles augenscheinlich Seeleute, teilweise im Alter meines noch so jung wirkenden Vaters, teilweise älter, manche sehr grobschlächtig, andere in adretter Offiziersuniform. Männer beim Grillen an Deck, beim Kartenspielen an einer Theke oder nebeneinander an der Reling lehnend und in die Kamera strahlend. Und dann gibt es jede Menge Fotos, die mein Vater bei den verschiedenen Landgängen in unterschiedlichsten Ländern aufgenommen haben muss: Bilder von lachenden dunkelgelockten Kindern in bunten Klamotten – ich schätze, das könnte Mexiko oder ein anderes lateinamerikanisches Land sein. Aufnahmen von afrikanischen Märkten, dann sogar Safari-Bilder mit Löwen und Elefanten. Irgendwann begreife ich, dass mein Vater auf den Rückseiten der Bilder Daten und Orte notiert hat, und ich blättere atemlos durch seine Aufnahmen und Notizen: »März 1983, Mombasa«, »Juni 1984, Dubai«, »August 1984, Singapur«, »September 1984, Taipei« und so weiter und so fort.

Erst als ich an der Zimmertür ein Räuspern höre, merke ich, dass mein Großvater zurück ist. Im nächsten Moment springt Fiete mit einem aufgeregten Kläffen ins Zimmer, leckt über meinen nackten Arm. Ich sehe zu Gottlieb auf, frage zögernd: »Ich … ich hoffe, es ist dir recht, dass ich … mir seine Sachen ansehe?«

Einen Moment lang sagt mein Großvater nichts, und ich fürchte schon, dass ich zu weit gegangen bin, aber dann macht er zwei langsame Schritte ins Zimmer hinein und erwidert leise: »Natürlich. Ich hatte ganz vergessen, dass es diese Kiste mit Peters Fotos gibt. Ich … ich war schon so lange nicht mehr hier, in seinem alten Zimmer.«

Behutsam lege ich das Foto, das ich mir gerade angesehen habe – mein Vater mit zwei dunkelhäutigen Schönheiten an einem Strand (»Copacabana, April 1985«) zurück in den Karton. Dass mein Vater auch an der Copacabana war, nur viele Jahre vor mir, macht mich merkwürdig glücklich. Ob er dort auch Caipirinhas getrunken hat?

»Peter … mein Vater … er hat fantastische Fotos gemacht«, sage ich andächtig. »Er hat dein Talent geerbt.«

»Ja, Peter war ein begnadeter Fotograf«, murmelt Gottlieb und nickt. »Er hat seine Aufnahmen sogar selbst entwickelt. Hat sich unten im Keller eine Dunkelkammer eingerichtet, aus der er tagelang nicht herauskam, wenn er bei uns an Land war.« Bei der Erinnerung lacht er leise auf. »Dorothy hat sich immer beschwert, dass er all ihre Wäscheklammern zum Trocknen seiner Bilder gemopst hat.«

Als ich Gottlieb ansehe, merke ich, dass seine Augen feucht schimmern. Er bückt sich und greift ebenfalls in den Karton, zieht ein paar Bilder heraus, schaut sie durch. Nachdenklich blicke ich immer noch auf das Foto, das ich eben noch in den Händen gehalten habe und das im Karton ganz oben auf dem Berg Fotos liegt. Copacabana, April 1985. Schließlich überwinde ich mich und frage meinen Großvater zögernd: »Meinst du … dass mein Vater in jedem Hafen ein Mädchen hatte? So, wie man es von Seemännern sagt?«

Gottlieb lässt das Foto, das er gerade betrachtet hat (»New Orleans, Dezember 1985«), sinken und sieht mich ernst an. Schließlich lächelt er flüchtig, nickt und meint: »Ein wenig ist an dem Klischee mit Sicherheit dran. Immerhin war Peter jung und alleinstehend. Es hat keine Ehefrau auf ihn gewartet, nicht einmal eine Freundin. Daher …« Er macht eine Kopfbewegung in die Richtung des Kartons, zu den Strandschönheiten der Copacabana »… daher gehe ich davon aus, dass Peter mit Sicherheit nicht unbedingt wie ein Mönch gelebt hat, auch wenn er uns, seinen Eltern, selbstverständlich nie so viel von seinen Begegnungen erzählt hat.«

Er hält inne und starrt mich an, mit einem Schlag ernst. Seine Augen weiten sich ein wenig, während er wirkt, als wäre ihm gerade ein Geistesblitz gekommen. Nachdenklich murmelt er: »Moment mal … Gerade fällt mir ein …«

Aufmerksam wendet er seinen Blick ab, lässt ihn über die Regalbretter wandern, bis er das gefunden zu haben scheint, nach dem er Ausschau gehalten hat. Gottlieb geht auf das Regal zu, reckt sich und zieht einen weiteren Karton aus einem der oberen Fächer. Eine Staubwolke hüllt ihn ein, lässt uns beide husten und Fiete winseln. Geistesabwesend streichele ich dem kleinen Hund über den Kopf, bis er sich mit einem zufriedenen Seufzer neben mich auf den Holzfußboden plumpsen lässt. Gottlieb hat den Deckel des Kartons abgenommen und starrt ernst hinein.

»So lange her«, murmelt er, bevor er den Karton langsam absetzt. Ich recke meinen Hals und kann so den Inhalt erkennen: Es sind Briefe und Postkarten.

»Von … ihm?«, hake ich atemlos nach.

»Ja.« Nachdenklich wühlt Gottlieb in dem Karton, bevor er nach einem Umschlag greift. »Treffer«, murmelt er, als er einen gefalteten Brief auf dünnem Luftpostpapier herauszieht, und ich erkenne die Tränen in seinen Augen. Ein paar Sekunden lang starrt er stumm auf das Papier in seinen Händen.

»Ist das etwa …?«

»Ja.« Gottlieb sieht mich an, und eine Träne löst sich aus seinem Augenwinkel. »Das hier ist der Brief, den Peter uns aus Dubai geschrieben hat. Sein allerletzter Brief. Bevor … sein Schiff untergegangen ist. Frag mich nicht warum, aber ich … ich hatte tatsächlich einen Teil dieses Briefs verdrängt. Dabei ist der so wichtig! Wie konnte ich den einfach vergessen?« Gottlieb starrt wieder auf das Papier, schüttelt fassungslos den Kopf. »Dieser letzte Brief von Peter … er war für mich nur seine Todesnachricht. Der Name des Schiffs, mit dem er in den Tod gerissen worden ist. Seine letzten Worte an uns. Ich … ich hatte den Teil verdrängt, der die Verbindung zu dir ist, Viola.«

In seinem Blick liegt so viel schlechtes Gewissen, dass ich unruhig vom Boden aufstehe, zu ihm gehe. »Was meinst du?«, hake ich sanft nach, und da reicht mir mein Großvater den Brief und schluchzt leise auf. »Lies selbst, Kind, lies selbst.«

Meine Hände zittern leicht, als ich nach dem dünnen Luftpostpapier greife und ungläubig auf die fremde Schrift starre. Die Handschrift meines Vaters, die ich schon auf den Rückseiten der vielen Fotos gesehen habe. Ich hätte nie gedacht, überhaupt einmal zu erfahren, wer mein Vater war – und nun lese ich seine Worte, die er 1987 an seine Eltern in Kanada geschrieben hat:

Dubai, 19. Februar 1987 Nr. 65

Liebste Mom, liebster Dad,
ich hoffe, es geht euch gut? Bei mir ist alles in Ordnung. Ich bin nach wie vor auf der MS Omega, wir liegen noch bis heute Abend in Dubai, darum will ich diesen Brief schnell an euch absenden. Viel Zeit habe ich heute leider nicht, aber für einen kurzen Gruß muss es reichen. Die Fahrt durch den Suez-Kanal war ruhig und verlief problemlos, aber die Hitze hier geht mir auf den Zeiger. Manchmal sehne ich mich ganz schön nach Whale Island, wo jetzt vermutlich Schnee liegt? Unsere nächsten Häfen werden Colombo und Singapur sein, dann geht es Richtung Philippinen – die Hitze wird also nicht besser werden.

Was ich euch noch schreiben wollte, bevor ich für heute Schluss mache: Ich habe in Hamburg, vor Auslaufen der MS Ariane, eine ganz besondere Frau kennengelernt, an die ich immer noch denken muss. Noch hat sie nicht auf meinen Brief geantwortet, aber das wird sie ganz sicher noch, das weiß ich. Ich möchte euch Marlies eines Tages unbedingt vorstellen. Sie ist wirklich etwas Besonderes. So, Mom, jetzt musst du dir nicht ständig Gedanken um mich machen – ich werde schon noch in den Hafen der Ehe einlaufen, das kannst du mir glauben! Aber heute muss ich erst einmal aus einem anderen Hafen auslaufen, haha.

Ich liebe euch, ihr zwei, und ich vermisse euch. Passt auf euch auf!
Euer Peter

Tränen laufen über mein Gesicht, als ich den Blick endlich von dem eng beschriebenen Papier heben kann und meinen Großvater ansehe. Gottlieb hat ein riesiges kariertes Stofftaschentuch aus seiner Hosentasche gezogen und wischt sich damit unter seinen Augen entlang, bevor er heiser sagt: »Da siehst du es, Viola. Deine Mutter war nicht einfach ein Mädchen in irgendeinem Hafen. Peter war offenbar hin und weg von ihr, denn er hat uns vorher noch nie von einer Bekanntschaft geschrieben.«

»Du ahnst gar nicht, was mir das bedeutet«, wispere ich überwältigt. »Die ganze Zeit, seit ich erfahren habe, was mit meinem Vater geschehen ist, habe ich mich gefragt, warum er sich nicht bei meiner Mutter gemeldet hat. Ob womöglich ein Brief verloren gegangen ist … oder ob sie ihm einfach nicht so viel bedeutet hat wie umgekehrt.«

»Warum hast du denn nichts gesagt?« Erschüttert sieht Gottlieb mich an. »Dann wäre mir altem Tattergreis vielleicht früher wieder eingefallen, was Peter damals geschrieben hat!«

Gerührt starre ich meinen Großvater an, mache dann einen Schritt auf ihn zu und schlinge meine Arme um ihn. »Du bist kein alter Tattergreis!«, sage ich mit Nachdruck, was Gottlieb mit einem heiseren Lachen kommentiert, in das sich ein Schluchzer mischt. Eine Weile stehen wir still, mitten in diesem vollgestopften Raum, und vergießen in stummem Einvernehmen ein paar Tränen, während draußen das Nebelhorn beginnt, wehmütige Töne von sich zu geben.

»Hm, offenbar ist Nebel aufgezogen«, bemerkt Gottlieb, als ich mich aus seiner Umarmung löse, und tupft sich erneut mit dem Taschentuch über das Gesicht. »Also … wenn du möchtest, kannst du natürlich wieder hier übernachten. Ich meine … im Nebel willst du bestimmt nicht zu Skyes Haus zurück, habe ich recht?«

Nachdenklich sehe ich meinen Großvater an, nicke dann mit einem langsamen Lächeln. »Das wäre wunderbar. Ich müsste nur … kannst du mir ein paar saubere Anziehsachen leihen?«

Zu meiner Überraschung grinst mein Großvater schief und sagt: »Ich war gerade einkaufen.« Er deutet auf die Tüte, die er neben der Zimmertür abgelegt hat. »Hab dir im Inselladen eine Zahnbürste besorgt und im Souvenirladen ein T-Shirt. Du wolltest doch bestimmt sowieso ein Shirt mit Walschwanz-Motiv haben, oder?«

Gerührt sehe ich Gottlieb an. »Du bist ja süß«, sage ich und sehe neugierig in die Tüte. Das Shirt ist grünblau und wunderschön.

»Ich liebe es, vielen Dank!« Begeistert betrachte ich den schwarzen Walschwanz auf dem weichen Stoff.

»Die Farbe war Peters Lieblingsfarbe«, erklärt Gottlieb leise. »Meeresgrün. Passend, oder?«

Ich sehe ihn an und nicke langsam. »Ja. Allerdings.« Mit einem wehmütigen Lächeln wende ich mich wieder dem vollen Raum zu, das T-Shirt in der einen, den Brief meines Vaters immer noch fest in der anderen Hand. Dass ihm die Begegnung mit meiner Mutter also genauso viel bedeutet hat wie Mama – mein Gott, wenn sie das gewusst hätte! Energisch muss ich blinzeln und schlucken, um nicht schon wieder in Tränen zu zerfließen.

»Kann ich … also, da in der Ecke, unter all diesen Kisten ist doch irgendwo Peters altes Bett, oder?«, frage ich und sehe Gottlieb fragend an. »Könnte ich hier oben übernachten?«

»Hier? Ach du meine Güte. Ich bin mir nicht sicher, ob wir das Zimmer so schnell entrümpelt und geputzt bekommen«, murmelt Gottlieb mit einem Kopfschütteln. Enttäuscht sehe auch ich mich wieder um und begreife, dass er recht hat. An einem Tag ist das nicht zu schaffen.

»Aber … ich habe eine andere Idee«, sagt Gottlieb jetzt zu meiner Überraschung, und als ich ihn fragend ansehe, merke ich, dass in seinem Blick etwas aufglimmt. Mit einem Schmunzeln in den Mundwinkeln fügt er hinzu: »Wobei … eigentlich ist es nicht meine Idee, sondern, mal wieder, die Idee unserer Inselhexe.«

»Rae?« Ratlos starre ich Gottlieb an. Er nickt.

»Ja. Na los, komm mal mit.«

33

Gottlieb und ich gehen nach draußen, wo die Landschaft tatsächlich von grauen Nebelschlieren verschluckt worden ist. Fröstelnd ziehe ich meine Strickjacke fester um mich, als ich meinem Großvater durch das feuchte Gras folge, über die Wiese, auf den Atlantik zu, der im Grau des Nebels seine tosenden Wellen gegen die Klippen donnern lässt.

»Wohin wollen wir denn?«, frage ich ihn erstaunt, doch Gottlieb lächelt nur und meint: »Das wirst du gleich sehen.«

Wir nähern uns einer kleinen Hügelkuppe, und als wir um diesen Hügel herumgehen, an ein paar gewaltigen Felsbrocken und einigen Kiefern mit weit ausladenden Ästen vorbei, entdecke ich plötzlich etwas, das mein Herz schneller schlagen lässt. Erstaunt frage ich: »Ist das … ein … Häuschen?«

Gottlieb lächelt vor sich hin, während er vorausgeht, einen schmalen Pfad einschlägt, der auf der einen Seite von den Klippen begrenzt wird, die zum Atlantik abfallen. Dieser Pfad führt um die Hügelkuppe herum, und als ich meinem Großvater folge, erkenne ich zu meinem Erstaunen, dass mein erster Eindruck nicht getäuscht hat: Dort steht ein dunkelblaues Häuschen in recht modern wirkender kubischer Form mit Flachdach – aber, nein, Moment – ist das …

»Ein Container?«, frage ich meinen Großvater fassungslos, als wir uns nähern. »Ist das ein Seecontainer?«

»Und ob«, lächelt Gottlieb.

Tatsächlich. Das Häuschen besteht aus einem typischen länglichen Container, der allerdings ringsum weiße Sprossenfenster und an der Vorderseite ein angebautes Deck aus Holz hat – und oben, auf dem Flachdach, thront eine Art Aufbau, ein zweites Stockwerk, ebenfalls in Würfelform. Doch dieser Würfel nimmt nur die Hälfte der Fläche ein, die andere Hälfte bildet eine Dachterrasse, mit einem hölzernen Geländer und einer Außentreppe, die auf die untere Veranda mündet. Sprachlos starre ich zu dem oberen Stockwerk hinauf, dessen zum Meer zugewandte Seite nur aus Fensterfront besteht. Das gibt es doch nicht!

Gottlieb sieht sich zu mir um und lächelt mich mit unübersehbarem Stolz an.

»›Peter hatte wunderbare Träume. Träume, die immer noch in Erfüllung gehen können.‹ Das hat Rae gestern Abend gesagt. Und ich habe endlich kapiert, was sie damit gemeint hat.« Er deutet auf das Häuschen und erklärt mit belegter Stimme: »Peter hat Container geliebt, wie man sieht.« Er lacht leise auf. »Dorothy und auch ich haben ihn erst für verrückt erklärt, als er uns eröffnet hat, dass er günstig einen 40-Fuß-Container ergattert hat und ihn vom Hafen in Halifax mit der Hilfe eines befreundeten LKW-Fahrers bis nach Whale Island bringen lassen wollte. Er ist damals noch gar nicht selbst zur See gefahren, sondern war noch auf dem College. Aber er wusste schon, dass er mal auf Containerschiffen arbeiten wollte, dieser verrückte Junge.«

Mit einem Kopfschütteln mustert Gottlieb das Häuschen, fährt mit kratziger Stimme fort: »Dorothy fand den Container zunächst so hässlich und die ganze Idee dermaßen abwegig, dass sie darauf bestanden hat, den ›Kasten‹, wie sie ihn nannte, von unserem Haus aus nicht sehen zu können. Also hat sich Peter diese Stelle ausgesucht – von unserem Haus nicht zu erkennen, dafür mit einem fantastischen Blick über den Atlantik.« Er atmet tief durch, und ich merke, dass er sich verstohlen eine Träne aus dem Augenwinkel wischt. »Bald darauf hat er dann wirklich mit der Seefahrt begonnen, und jedes Mal, wenn er im Urlaub an Land war, hat er an seinem Container gearbeitet. Hat die Fenster und Türen eingelassen, die Innenarbeiten gemacht, hat das obere Stockwerk, die Dachterrasse und schließlich das Deck vor dem Haus gebaut. Bei seinem letzten Besuch hier bei uns … im Herbst 1986 … da hat er die letzten Arbeiten fertigbekommen: Er hat den Holzofen eingebaut und das Häuschen dunkelblau gestrichen, wie den Atlantik.«

Gottlieb seufzt tief auf. »Zum Glück hat er tatsächlich ein paar Nächte in seinem fertigen Häuschen schlafen können, bevor er wieder aufs Schiff musste. Er hat seinen Traum also noch fertig erleben dürfen. Und … weder Dorothy noch ich haben da weiterhin behauptet, dass dies ein hässlicher Kasten sei. Wir waren so beeindruckt von Peters Idee und davon, wie er sie umgesetzt hat.«

Gerührt starre ich das Häuschen an. Ein absolut entzückendes »Tiny House« mit einem Ausblick, der wirkt wie aus einem Film.

»Komm«, sagt Gottlieb und streckt seine Hand nach mir aus. »Ich zeige es dir von innen.«

Hand in Hand gehen wir die Veranda hinauf, und ich sehe mich geradezu ehrfürchtig um. »Das hat er alles selbst gebaut?«, frage ich leise, während meine Hand über das glatt geschliffene Holz des Geländers gleitet.

»Ja«, bestätigt mein Großvater mit rauer Stimme. »Für die

untere und die obere Veranda hat er größtenteils recyceltes Holz verwendet. Es war ihm wichtig, dass möglichst wenig Bäume dafür gefällt wurden. Wobei – das Holz für die Innenverkleidung hat er von der Baustelle der *Cameron Lodge* bekommen – das Hotel ist nämlich zu derselben Zeit entstanden, als Peter den Container hergebracht und mit der Arbeit daran begonnen hat: 1980.«

1980, denke ich und versuche, mir meinen jungen Vater hier vorzustellen, wie er an seinem Containerhaus arbeitet. Gottlieb öffnet die Holztür und geht voraus in das kleine Zauberreich meines Vaters. Ich hatte modrigen Geruch erwartet – immerhin steht dieses Containerhaus ganz offenbar seit fünfunddreißig Jahren leer. Doch es riecht überhaupt nicht muffig, sondern wunderbar nach Holz. Staunend sehe ich mich um. Obwohl es tatsächlich winzig hier drinnen ist und von der länglichen Form an einen Campingbus erinnert, so ist im Inneren nichts von dem Industrielook zu sehen, den ich aufgrund der Außenfläche aus Metall erwartet hatte. Nein, das Häuschen ist mit Holz verkleidet – Fichtenholz, wie mir Gottlieb erklärt –, wodurch es sehr freundlich und hell wirkt. Ja, sogar heute, an diesem nebeligen Tag, ist es kein bisschen düster, denn durch die vielen großen Sprossenfenster fällt reichlich Tageslicht. Rechts vom Eingang, am einen Ende des länglichen Raums, lädt ein blaues Ecksofa neben dem schwarzen Holzofen dazu ein, durch die Fensterfront und über die Veranda hinweg direkt aufs Meer hinaus zu träumen. Es gibt zwar keinen Fernseher, aber auch hier ein überquellendes Bücherregal, wie schon im Zimmer meines Vaters, und direkt neben dem Regal einen kleinen Schreibtisch, der an der Wand hängt und den man offenbar hochklappen kann, wenn man den Platz anderweitig nutzen will. Links vom Eingang zieht sich eine Küchenzeile an der vom Meer abgewandten Seite entlang, und unterhalb des Fensters, das wiederum zur Veranda zeigt, ist eine Arbeitsplatte angebracht, die durch zwei Barhocker gleichzeitig als Tisch mit wunderbarer Aussicht auf den Atlantik gedacht zu sein scheint. Neben einer Tür, die offenbar in ein winziges Badezimmer führt, geht eine schmale Holztreppe nach oben, und als ich dorthin sehe, erkenne ich, dass das obere Stockwerk fast ganz von einem Futonbett eingenommen zu werden scheint. Vom Bett aus muss man durch das große Fenster, das ich von außen gesehen habe, einen unfassbaren Ausblick haben. Dieses Haus ist winzig, so viel steht fest, aber alles scheint seinen Platz zu haben und wirkt so wunderbar durchdacht und liebevoll ausgearbeitet, dass mir Tränen in die Augen schießen.

»Wie wunderschön«, flüstere ich angetan.

Gottlieb sieht mich an und nickt langsam. »Ja. Er hatte wirklich viele Talente und Interessen. So tolle Ideen. Zum Glück hat sich Peter nicht von unserer Skepsis abschrecken lassen, und bald haben Dorothy und ich gemerkt, dass das hier ein kleines Juwel wird.«

»Habt ihr … es noch genutzt, als er nicht mehr da war?«, frage ich leise. Mein Großvater schüttelt ernst den Kopf.

»Nein. Wir konnten nicht. Es tat einfach zu weh. Vor allem … weil es ein Container ist. Und Peter ist mit einem Containerschiff untergegangen.« Er schluckt, und ich mustere ihn betroffen. Dann aber räuspert sich Gottlieb und fügt mit einem heiseren Lachen hinzu: »Andererseits hat unser Junge diese Metallkisten nun einmal geliebt. Ich habe immer gedacht, dass wir es irgendwann als Gästehäuschen nutzen könnten. Aber … dann ist Dorothy gestorben. Und … ich habe keine Gäste mehr bekommen. Weil ich nicht wollte. Ich wollte allein sein, habe all unsere Freundschaften einschlafen lassen. Nicht einmal mein Bruder aus Deutschland ist mehr zu Besuch gekommen, wie wir es eigentlich immer mal geplant hatten, sobald Hans in Rente war.«

»Du hast einen Bruder in Deutschland?«, frage ich ungläubig. »Und … ich habe somit einen Großonkel?«

Gottlieb sieht mich an und nickt ernst. »Allerdings, meen Deern. Und Hans wohnt sogar in Hamburg.«

»Nein!«

Jetzt lacht Gottlieb kurz auf. »Doch. Tja, aus seinem Besuch hier wird leider nichts mehr, denn er hatte vor ein paar Jahren einen schweren Schlaganfall und lebt im Pflegeheim, der alte Junge.« Gedankenverloren starrt Gottlieb in die Ferne, während ich ungläubig über die Tatsache nachdenke, dass ich in all diesen Jahren einen Blutsverwandten in meiner Heimatstadt Hamburg hatte.

»Hat Hans Kinder?«

Gottlieb schüttelt den Kopf. »Nein. Ob du es glaubst oder nicht: Hans ist schwul.« Er schmunzelt, als ich meine Augen ungläubig aufreiße. »Ja, allerdings. Und das war bei uns in der Familie nie ein Problem. Genauso wenig, wie es bei den Camerons ein Problem geworden wäre, wenn Glenn wirklich schwul wäre – da bin ich mir ganz sicher. Aber … er ist ja gar nicht schwul.«

»Wir reden jetzt gar nicht über Glenn, sondern über Hans«, erinnere ich meinen Großvater betont ruhig. Gottlieb lächelt flüchtig und nickt.

»Richtig. Hans hat lange glücklich mit seinem Partner Carl zusammengelebt, doch der ist schon vor zehn Jahren gestorben.«

»Aber … wenn Hans nicht mehr reisen kann, dann solltest du ihn dringend besuchen«, sage ich und sehe Gottlieb aufgeregt an. Mit meinem Großvater nach Hamburg zu reisen – das wäre es! Doch er winkt mit einem müden Lächeln ab.

»Ach, weißt du, ich glaube nicht, dass ich in meinem Leben noch einmal nach Deutschland komme. In meinem Alter sind lange Reisen eine Tortur. Aber ich schreibe Hans oft Briefe, schicke ihm manchmal ein paar meiner Fotos. Von den Walen und so. Hin und wieder telefonieren wir auch. Na ja, recht selten. Hans kann seit dem Schlaganfall schwer sprechen, und ich … ich rede ja ohnehin nicht gern so viel.«

Betroffen mustere ich Gottlieb, der erneut gedankenverloren aus dem Fenster in den Nebel über dem Atlantik starrt. Ein paar Herzschläge lang scheint er gedanklich bei seinem Bruder in Hamburg zu sein, doch dann sieht er mich wieder an und sagt ruhig: »Wenn du länger hier bei mir bleiben möchtest, Viola … dann darfst du sehr gern hier, in Peters Containerhaus, wohnen. Es sei denn … es ist dir zu klein? Oder … zu einsam?«

»Weder zu klein noch zu einsam«, sage ich glücklich. »Es ist perfekt.«

Am Abend dieses ereignisreichen Tages sitze ich völlig erschöpft, aber sehr glücklich in eine weiche Decke gehüllt auf dem blauen Sofa und sehe hinaus auf den Atlantik, über dem sich der Nebel gelichtet hat. Immer noch ein wenig ungläubig schaue ich mich hin und wieder um, betrachte den hübschen kleinen Raum, der auch dank der weißen Holzfront der Küchenzeile so angenehm hell und einladend wirkt. Mein Vater hat das hier wunderbar hinbekommen, denke ich zum x-ten Mal und werde mal wieder von einer Welle der Wehmut erfasst. Wie gern ich ihn kennengelernt hätte, diesen faszinierenden Mann mit den vielen Talenten! Lionel Richie singt gerade *Stuck on You*, denn ich habe den Plattenspieler aus Peters altem Zimmer mitnehmen dürfen. Er hat seinen Platz auf dem ausgeklappten Wandschreibtisch gefunden, und die Klänge der Musik hüllen mich ein, während ich zufrieden an meinem Glas Rotwein nippe, das ich mir zur Feier des Tages eingeschenkt habe. Den ganzen restlichen Nachmittag über habe ich mit Feuereifer dieses Juwel von einem Häuschen geputzt, und mein Großvater hat mich nach Kräften dabei unterstützt, während Fiete auf der Veranda saß und den Möwen hinterhergebellt hat. Noch bevor die Dunkelheit kam, konnten wir die Bettwäsche, die ich letzte Nacht auf dem Sofa in Gottliebs Haus benutzt hatte, in dieses Häuschen tragen und das Bett oben im Schlafloft beziehen. Ich habe für meinen Großvater und mich hier, in der winzigen Küche meines Vaters, gekocht – die Suppe »Phò« aus Vietnam –, und schließlich habe ich Gottlieb wieder zu seinem Haus hinüberbegleitet, weil er müde wurde.

»Bist du sicher, dass ich nicht Fiete bei dir lassen soll, als Gesellschaft?«, hat mein Großvater mich ein wenig besorgt gefragt, doch ich habe lachend abgewunken.

»Danke für das liebe Angebot«, habe ich gesagt und mich nach Fiete gebückt, um ihn hinter den Ohren zu kraulen. »Aber erstens will Fiete sicher hier, bei dir, im großen Haus bleiben – ihr zwei gehört doch zusammen! Und zweitens macht es mir nichts aus, allein zu sein. Ich habe doch meine Reisen auch immer allein gemeistert. Wirklich, ich bin ein großes Mädchen.«

Ich habe meinen Großvater tapfer angelächelt und versucht, die nagende Sehnsucht in meiner Herzregion zu ignorieren. Nicht weiter über das Stimmchen in meinem Kopf nachzudenken, das mir zuwisperte, dass ich nicht länger allein sein wollte.

Heute Abend war ich in diesem wunderhübschen Häuschen, das mein Vater mit seinen eigenen Händen ausgebaut und gestaltet hatte, und ich würde mich nicht vom Gefühl der Einsamkeit erdrücken lassen. Hey, ich hatte doch nun sogar einen Großvater! Und Rae hatte ich auch. Meine verrückte entfernte

Verwandte. Noch dazu einen Großonkel in Hamburg. Ich war wirklich gar nicht mehr allein auf dieser Welt!

Nein, hier draußen, in diesem kleinen Containerhaus am Meer ganz allein zu sein, das macht mir nichts aus, sage ich mir mit Nachdruck und nippe erneut an meinem Glas Wein – nur um es im nächsten Moment fast vor Schreck fallen zu lassen, als auf der Veranda das tanzende Licht einer Taschenlampe auftaucht. Schritte kommen über die Eingangsstufen herauf, eine dunkle Gestalt nähert sich der Haustür. Ich erkenne nur einen Schatten, weil mich die Taschenlampe so blendet. Verwirrt kneife ich die Augen zusammen, stehe vom Sofa auf. Ist das noch einmal Gottlieb? Oder … mein Herz setzt einen Schlag aus.

Glenn?

Ich habe Glenn seit heute Nacht, auf der Geburtstagsparty, nicht mehr gesehen. Den ganzen Tag habe ich nur in Gottliebs Haus und dann hier, im Häuschen meines Vaters, herumgewerkelt, und ich habe nach wie vor nichts von meinen Sachen bei Skye abgeholt.

»Liebe ist nichts für Feiglinge«, höre ich meinen Großvater in meinem Kopf sagen. Ja, ich weiß. Aber manchmal kann man nicht über seinen Schatten springen.

Als es an der Haustür klopft, wird mir sofort klar, dass es nicht Gottlieb sein kann – er wäre sicher so hereingekommen, nachdem er mich schon auf dem Sofa hat sitzen sehen. Also … wirklich Glenn?

»Herein!«, sage ich und versuche, meiner Stimme einen möglichst festen Klang zu verleihen. Die Tür öffnet sich – und Skye schaut herein.

Ihre hellblauen Augen weiten sich, als sie ihren Blick neugierig durch den Raum wandern lässt, bevor sie wieder mich ansieht und sagt: »Hey, du. Darf ich reinkommen?«

»Ja, natürlich!« Mir wird bewusst, wie ich aussehe – Gottlieb hat eine uralte Jogginghose aus der hintersten Ecke seines Schranks für mich ausgegraben, zu der ich aber immerhin das wunderschöne neue Wal-T-Shirt trage. Dorothys alte Kleider hat er nach ihrem Tod leider an eine Wohltätigkeitsorganisation gespendet, meinte er, und die meines Vaters verstauben in den Tiefen seines alten Zimmers, wo ich nicht weiter zum Putzen und Aufräumen gekommen bin. Ich möchte die Sachen meines Vaters in den nächsten Tagen unbedingt auch weiter durchsehen – aber für heute habe ich genug Staub inhaliert.

Verlegen zupfe ich an der schlabberigen Hose herum und grinse Skye schief an. »Mit dir habe ich gar nicht gerechnet«, sage ich wahrheitsgemäß und versuche, nicht näher darüber nachzudenken, wie es gewesen wäre, wenn nicht Skye geklopft hätte, sondern Glenn.

»Tja, dafür haben wir heute irgendwie mit dir gerechnet, meine Liebe«, erwidert Skye ruhig, während sie die Tür hinter sich schließt. Sie hält eine Tasche hoch, die mir erst jetzt auffällt, und fügt hinzu: »Als mir klar wurde, dass du heute Nacht wohl auch nicht zurückkommst, habe ich ein paar deiner Sachen eingepackt.« Sie legt die Tasche auf das Ende des Sofas. »Den Rest musst du allerdings selbst holen.« Mit bedeutungsschwerem Blick verschränkt sie die Arme vor der Brust und mustert mich ernst.

O nein. Ich wollte es mir doch wirklich nicht mit Skye verderben!

»Ähm – danke dir«, murmele ich betreten. »Wie hast du mich hier draußen überhaupt gefunden?«

Skye schnaubt leise. »Ich habe deinen armen Großvater aus dem Bett geklingelt. Zumindest sah er so aus, als wäre er schon im Bett gewesen. Ich konnte ja nicht ahnen, dass du gar nicht in seinem Haus schläfst.«

»Letzte Nacht habe ich das noch getan«, erkläre ich rasch. »Aber dann ... dann hat er mir heute dieses Häuschen hier gezeigt, das mein Vater Anfang der Achtziger ausgebaut hat.«

»Ja. Das ... das ist der Wahnsinn«, sagt Skye und sieht sich mit so viel ehrlicher Begeisterung um, dass ich vor Stolz zu strahlen beginne, trotz des schlechten Gewissens, das mich erfüllt.

»Ist das ein echter Seecontainer?«

»Ja. Irre, oder? Ich kann es immer noch nicht glauben, was mein Vater hier geschaffen hat. Und, weißt du was? Gottlieb hat mir erzählt, dass auch Holz, das beim Bau der *Cameron Lodge* übrig geblieben ist, hier im Inneren verbaut wurde!« Zur Unterstreichung meiner Worte klopfe ich leicht an das helle Fichtenholz.

»Im Ernst?« Skye sieht sich andächtig um und sagt mit einem langsamen Lächeln: »Dann hast du ja hier einen winzigen Teil der *Cameron Lodge*. Du meine Güte, Viola, was für ein hübsches kleines Haus!«

»Finde ich auch.« Ich strahle sie an, und sie erwidert zum Glück mein Lächeln – ganz so, als hätte ich ihre Gastfreundschaft nicht mit Füßen getreten. »Hey, es ... es tut mir so leid, dass ich einfach verschwunden bin«, sage ich jetzt leise.

Skye sieht mich ernst an, seufzt dann tief auf. »Kann ich so eines haben?«, fragt sie und deutet auf mein fast leeres Weinglas. »Gefüllt, meine ich?«

»Aber sicher!«, lache ich auf und wende mich meiner Mini-Küche zu.

34

»So, jetzt mal raus mit der Sprache«, sagt Skye ernst, nachdem wir mit Rotwein auf das Tiny House angestoßen haben. »Warum versteckst du dich hier vor Glenn?«

»Ich verstecke mich überhaupt nicht vor Glenn!«, entrüste ich mich, obwohl Skye natürlich völlig recht hat. Aber das kann ich ja nicht einfach so zugeben. Also rede ich noch ein wenig um den heißen Brei herum, bis Skye mir Wein nachschenkt und ich irgendwann so weit bin, dass ich mit einem tiefen Seufzer zugebe: »Okay, vielleicht … vielleicht verstecke ich mich vor Glenn. Seit ich weiß, dass er nicht auf Männer steht.«

Skye sieht mich zwei Sekunden lang ernst an, bevor sie losprustet. »Mann, mir tut das immer noch so leid mit der ganzen Verwechslungsgeschichte! Ich dachte wirklich … Egal. Lassen wir das. Ich musste mir heute noch ganz schön was von Glenn anhören, kann ich dir sagen!«

»Mhhm«, murmele ich und seufze erneut auf, bevor auch ich schief lächeln muss. »Kann ich verstehen.«

»Aber, hey, es hatte doch echt auch etwas Gutes – Joe und Will haben endlich den Mut aufgebracht, um sich zu outen! War das nicht geradezu filmreif?«

»O ja, das stimmt«, bestätige ich.

Skye grinst noch ein wenig in ihr Weinglas, bevor sie einen großen Schluck nimmt und mich wieder ernst ansieht. »Aber zurück zu dir. Du hast dich so gut mit Glenn verstanden – solange du dachtest, er sei schwul. Und jetzt gehst du ihm aus dem Weg. Das sagt mir, dass du dir nicht eingestehen willst, dass du ihn sehr magst. Mehr, als man einen platonischen Freund mag.«

Verlegen winde ich mich auf dem Sofa. »Hm, kann sein«, murmele ich ausweichend.

Skye sieht mich streng an. »Und warum sagst du ihm das nicht?«

Ich lache auf. »Ja, klar. So was wie ›Hey, Glenn, wie cool, dass du nicht schwul bist! Wie wäre es mit uns?‹«, versuche ich einen Witz, doch Skye lacht nicht. Stattdessen nickt sie langsam und meint: »Man könnte es eleganter formulieren, aber ja, so ungefähr.«

Mit einem weiteren tiefen Seufzer sehe ich in mein Glas, das sich schon wieder gefährlich geleert hat, und nehme einen weiteren Schluck Wein. Dann sage ich leise, ohne den Blick zu heben: »Ich bin mit einer Mutter groß geworden, die ihrer großen Liebe zeit ihres viel zu kurzen Lebens hinterhergetrauert hat. Für mich waren Liebe und romantische Gefühle automatisch mit unerfüllter Sehnsucht und vielen Tränen verbunden. Mama hat ihren Herzschmerz wegen meines Vaters wirklich zelebriert. Sie hat immer wieder die Geschichte von ihrem Kennenlernen erzählt, hat laut darüber nachgedacht, warum er wohl nicht zurückgekommen ist und so weiter. Sie hatte kaum andere Beziehungen, weil der Geist meines Vaters – von dem wir ja gar nicht wussten, dass er tatsächlich längst tot war! – immer anwesend war. Mama hat wohl bis zu ihrem Tod immer irgendwie gehofft, dass Peter doch noch zurückkäme.«

»Wie traurig«, flüstert Skye betroffen, und ich merke, dass sie sich verstohlen eine Träne aus dem Augenwinkel wischt.

»Ja. Und darum … darum hängt Liebe für mich automatisch mit Kummer und Schmerz zusammen. Vor allem, seit ich Mama auch noch so früh verloren habe. Und … weil ich dann dachte, dass ich selbst ebenfalls früh sterben müsste, habe ich natürlich nie wirklich versucht, die große Liebe zu finden. Wozu, wenn man eh früh das Zeitliche segnet? Ich hatte ein paar sehr kurze Beziehungen – eigentlich waren es gar keine wirklichen Beziehungen, eher Affären. Wie gesagt: Ich konnte niemanden richtig in mein Herz lassen, weil ich solche Angst davor hatte.«

»Und mit Glenn – willst du nicht nur ins Bett«, schlussfolgert Skye. »Sonst hättest du ja genau das schon haben können. Seit du weißt, dass er nicht schwul ist, meine ich.« Sie grinst mich flüchtig an, bevor sie ernst hinzufügt: »Du hättest gestern keinen Grund gehabt abzuhauen, wenn es nur um Sex ginge. Habe ich recht?«

Ich schlucke und nicke dann langsam. »Ja. Hast du. Ich … ich habe mich in den letzten Tagen so gut mit Glenn verstanden. Wir konnten wunderbar reden und lachen und … es war so entspannt mit ihm. Und gleichzeitig habe ich mich so zu ihm hingezogen gefühlt, dass ich immer wieder gedacht habe: ›Ich wünschte, er wäre nicht schwul‹.«

»Tja, der Wunsch hat sich aber mal so was von erfüllt«, bemerkt Skye.

»Ja«, bestätige ich. »Allerdings. Aber … da wären wir wieder bei meiner Angst. Ich glaube nicht, dass ich das kann, Skye. Und ich will es auch nicht einfach darauf ankommen lassen, weil ich fürchte, dass ich am Ende feststelle, mich wirklich nicht öffnen zu können, und dann verderbe ich auch noch unsere Freundschaft. Dann doch lieber weiterhin platonisch.«

Skye schüttelt lachend den Kopf. »Meine liebe Viola, so, wie mein Bruder dich gestern Abend immer wieder angesehen hat, kann ich dir sagen, dass er ganz sicher nicht nur platonisch mit dir befreundet sein will.«

»Meinst du wirklich?«, frage ich atemlos und starre Skye mit wild hämmerndem Herzen an. »Hat er was zu dir gesagt?«

»Glenn zu mir?« Skye lacht auf und schüttelt einmal mehr den Kopf, bevor sie ihr Weinglas leert. »Natürlich nicht. Er hat mir noch einige Vorwürfe wegen dem falschen Gerücht gemacht und sich dann schlecht gelaunt mit seinem Laptop in sein Zimmer verkrümelt.«

»Wegen des falschen Gerüchts«, murmele ich, ehe mir klar wird, was ich da mache. Skye sieht mich ungläubig an.

»Ernsthaft? Fängst du jetzt auch so an wie mein Klugscheißer von Bruder?« Ich muss auflachen, als sie das fragt, und Skye rollt schmunzelnd die Augen gen Containerdecke und fährt fort: »Jedes Mal, wenn er sich heute im Wohnzimmer oder in der Küche hat blicken lassen, und du warst immer noch nicht aufgetaucht, ist seine Laune noch weiter in den Keller gerutscht.«

»Ach komm«, mache ich. »Du übertreibst. Vielleicht lief es mit seinem Manuskript nicht so gut.«

»Ich übertreibe gar nicht, und mit dem Manuskript scheint es tatsächlich zur Abwechslung hervorragend zu laufen.« Skye mustert mich nachdenklich. »Wirklich, Viola – du solltest euch zwei eine Chance geben. Glenn ist ja nun wirklich nicht der Draufgängertyp, der leichtfertig dein Herz brechen würde. Also … glaube ich. Soweit ich das bisher mitbekommen habe.« Skye runzelt die Stirn. »Tja … anscheinend hat er ja seine bisherigen Liebesbeziehungen einfach alle sehr gut vor uns geheim gehalten – warum auch immer. Im Grunde genommen weiß ich gar nicht, ob er ein Herzensbrecher ist.«

Sie seufzt schwer auf, und ich muss an Glenn und Miss Suzanne Lincoln unter dem ernsten Blick von William Shakespeare denken. An Glenn und Dottie. Wenn Skye wüsste! Meine Wangen beginnen zu glühen, und ich greife rasch nach der Weinflasche, um das Thema wechseln zu dürfen. »Oh, leider fast leer«, seufze ich auf. »Gottlieb hat mir den Wein zum Einzug geschenkt. Natürlich nur eine Flasche – er konnte ja nicht ahnen, dass ich heute noch Besuch bekomme.«

Ich grinse Skye an, bevor ich den Rest der Flasche auf unsere Gläser verteile. »Aber, sag mal – was läuft denn da eigentlich zwischen diesem Ian Baker und dir?«

Skye muss sich nicht lange bitten lassen, über Ian zu reden, und so höre ich gebannt zu, als sie erzählt, wie sie Ian schon in ihrer Jugend hier auf Whale Island heimlich angehimmelt hat.

»Er hat mich nie beachtet«, erklärt sie mit einem Grinsen und lässt ihren Kopf auf die Armlehne des Sofas sinken. Sie hat ihre Knie angewinkelt und liegt fast, während ich es mir am anderen Ende des Sofas im Schneidersitz bequem gemacht habe.

»Ian hat oft mit Aidan auf dem Feld hinter der Kirche Baseball gespielt und im Winter Eishockey, wenn die Deep Bay zugefroren war – oder drüben, in Scott's Harbour, auf der Eisfläche, die es dort im Winter gibt. Ian war bei uns zum Mathelernen und Fernsehen, er hat mit uns zu Abend gegessen und manchmal bei Aidan übernachtet. Und ich habe für ihn geschwärmt, seit ich ungefähr vierzehn war und er sechzehn. Aber er hat mich immer nur wie die kleine Schwester seines besten Freundes behandelt – bis er zum College ging und nach Neufundland zog. Danach habe ich ihn nur noch ein, zwei Mal gesehen, als er zu Besuch herkam – bevor seine Eltern von Whale Island weggezogen sind, und er irgendwann nicht mehr auf die Insel gekommen ist. Das letzte Mal, als er hier war, hatte er seine bildhübsche Verlobte dabei.« Sie grinst mich an und ergänzt mit hochgezogenen Augenbrauen: »Inzwischen seine bildhübsche Ex-Frau.«

»Und inzwischen wirkt er auch nicht mehr so, als sähe er in dir nur die Schwester seines Freundes«, bemerke ich. Skyes Augen weiten sich ein wenig, und sie setzt sich aufrechter hin.

»Findest du wirklich?«, hakt sie ein wenig atemlos nach. Ich nicke mit Nachdruck.

»Ja. Er hat dich gestern Abend immer wieder angestarrt. Und zwar nicht so, wie man eine platonische Freundin anstarrt.«

»Apropos platonisch: Da gab es gestern noch einen zweiten Mann, der jemanden ganz und gar unplatonisch angeschmachtet hat«, bemerkt Skye süffisant, doch ich winke energisch ab.

»Nicht ablenken, wir sind jetzt bei Ian und dir!«

Skye lacht leise auf, bevor sie tief seufzt. »Hach. Ian und ich. Das wäre es wirklich.«

»Aber warum unternimmst du denn nichts, wenn du so verrückt nach ihm bist? Du wirkst nicht wie eine Frau, die einfach Däumchen dreht und darauf wartet, dass der Mann den ersten Schritt macht.«

Skye grinst mich schief an. »Wirke ich nicht?«

»O nein.« Ich grinse zurück.

»Hm. Tja. So selbstbewusst bin ich bei Männern aber gar nicht – vermutlich, weil ich einfach schon so oft ins Klo gegriffen habe«, gesteht sie dann überraschend kleinlaut, und die nächste halbe Stunde vergeht wie im Fluge, während sie mir von ihrem untreuen Ex-Freund im College und von einem Typen erzählt, mit dem sie im Sommer ein Date hatte, das sehr unschön endete, als er ihr an die Wäsche wollte, obwohl sie Nein gesagt hatte. Alles in allem hat sie tatsächlich kaum gute Erfahrungen mit Männern gemacht, denn da war ja auch noch der unmögliche Chefarzt Dr. Jeff Montgomery, der ihr das Herz sehr gründlich gebrochen hat.

»Was, wenn Ian sich auch als Arschloch entpuppt?« Skye sieht mich ernst an. »Ich meine … wer weiß schon, warum seine Ehe in die Brüche gegangen ist?«

»Aber Süße«, sage ich bedrückt und rücke näher an sie heran, greife nach ihrer Hand. »Klar, ich kenne diesen Ian gar nicht, und den brutalen Typen dieser Welt sieht man oft nicht auf den ersten Blick an, wie sie sind. Aber meinst du wirklich, dass dein Bruder so gut mit ihm befreundet gewesen wäre, wenn er ein Arschloch wäre?«

Skye schüttelt den Kopf und lächelt fast erleichtert. »Nein, nein, ganz sicher nicht. Das habe ich mir auch schon gesagt. Trotzdem ist da diese tief sitzende Angst in mir, dass Ian auch anfangen könnte, an mir herumzumäkeln, so wie Jeff es immer getan hat.«

»Er muss aber absolut kein Jeff sein«, sage ich voller Zuversicht. »Und kein untreuer College-Simon. Und kein Hunter-Vollidiot, der dich als frigide bezeichnen würde. Nur weil du in deinem Leben schon ein paar faule Äpfel erwischt hast, bedeutet das nicht, dass du …« Mir fehlt der passende Vergleich, also stoße ich spontan hervor: »Dass du keinen hervorragenden Apfelkuchen abbekommen kannst!«

Skye sieht mich amüsiert an und prustet los. »Hast du Ian gerade mit Apfelkuchen verglichen?«

Lachend nicke ich. »Ja. Bitte nimm das nicht zu bildlich.«

»Ich versuche es.« Kichernd schüttelt Skye den Kopf, bevor sie hinzufügt: »Irgendwie habe ich auch deshalb Angst, bei Ian den ersten Schritt zu machen, weil wir uns schon so lange kennen. Er ist ja fast wie ein entferntes Familienmitglied. Nächsten Sonntag will Mom ihn zum Essen einladen – das wird wie früher werden, wenn er nach der Schule mit Aidan zu uns gekommen ist. Was, wenn ich ihm sage, was ich für ihn empfinde – und er hat doch keine Gefühle für mich? Oder was, wenn wir es versuchen, und es wird eine Katastrophe?«

»Tja, meine liebe Skye«, sage ich leise. »Die Liebe ist nichts für Feiglinge. Das hat meine Großmutter immer gesagt.« Skye sieht mich groß an. Ich nicke ernst. »Du musst es versuchen. Spring ins kalte Wasser. Vielleicht ist es wärmer, als du denkst.«

»Erst Apfelkuchen, dann warmes Wasser«, murmelt Skye und lächelt mich schief an. »Aber deine Großmutter hatte recht. Die Liebe ist echt nichts für Feiglinge. Wenn ich mich allerdings tatsächlich traue, Viola Willmers, dann kannst du das wohl auch, oder?«

»Ich weiß es nicht«, gebe ich ehrlich zu. »Ich fürchte, ich bin tatsächlich ein Feigling.«

»Das werden wir ja noch sehen«, sagt Skye.

35

Am nächsten Tag bin ich gerade dabei, zur Musik der *Eagles* (*Hotel California* – eine weitere wunderbare Platte aus der Sammlung meines Vaters) im Tiny House herumzuräumen, als mein Handy mit einer Nachricht brummt. Mein Herz macht einen Hüpfer, weil ich mich einen Moment lang frage, ob das womöglich ein Lebenszeichen von Glenn ist – bis mir bewusst wird, dass er zum einen meine Nummer gar nicht hat und ich mich zum anderen ja dringend bei ihm melden müsste, nicht umgekehrt. Energisch verdränge ich jeden Gedanken an Glenn und seine graugrünen Augen und greife nach meinem Telefon. Es ist eine Nachricht von Skye:

> Hey, Süße! Lust auf ein Abendessen im *Four Whales?* Habe Tisch für 2 um 19 Uhr reserviert (Ich kenne den Küchenchef, haha!). Hoffe, du kannst! Bis später, Skye.

Ein breites Lächeln stiehlt sich auf mein Gesicht, als ich beginne, eine Antwort zu tippen:

> Noch ein Mädelsabend? Gern! Super Idee! Bis später (und Gruß an den Küchenchef ☺). Viola

Ich verbringe den Tag in einer Blase des Glücks, indem ich mich im Häuschen meines Vaters einrichte und staunend einen raffinierten Stauraum nach dem anderen entdecke: In jeder der Treppenstufen in das Loft hinauf verbirgt sich eine Schublade, und was ich in der Küchenzeile für eine normale Fußbodenblende gehalten habe, ist eine weitere breite, flache Schublade, die sich wunderbar zum Stauen von Konserven eignet. Alles ist mit so viel Liebe zum Detail ausgearbeitet, dass ich mich wirklich frage, warum mein Vater nicht Schreiner geworden ist, statt zur See zu fahren. Dann wäre er auch nicht mit dem blöden Schiff untergegangen!

Andererseits … gäbe es mich dann ebenso wenig, weil Peter Müller ja nie nach Hamburg gekommen und Marlies Willmers den Kopf verdreht hätte. Außerdem war es nun einmal genau das, was mein Vater offenbar wollte: reisen und möglichst viel von der Welt sehen. Gottlieb hat mir erzählt, dass mein Vater schon als kleiner Junge stundenlang vor dem Globus saß, der in ihrem Wohnzimmer stand, und sich die Namen der exotischen Orte eingeprägt hat, die er als Erwachsener bereisen wollte.

»Mit zehn Jahren konnte er dir jede noch so unbekannte Hauptstadt eines Landes aufsagen«, hat mein Großvater voller Wehmut gesagt. »Er war geradezu besessen von Geografie – und von Schiffen. Peter konnte Stunden damit verbringen, auf den Atlantik hinauszusehen und mit dem Fernglas nach Containerschiffen Ausschau zu halten, die wir hin und wieder am Horizont vorbeiziehen sahen. Und das Funken hat es ihm auch früh angetan. Peter liebte es, in die Coast Guard Station zu gehen und zuzuhören, wenn die Jungs dort über Funk mit den Fischerbooten kommunizierten. Er durfte dann ab und an etwas sagen, was ihn vor Stolz fast platzen ließ.«

Ich versuche, mir vorzustellen, wie mein Vater als Kind über diese Insel lief und von der großen, weiten Welt träumte.

Andächtig packe ich den Karton mit seinen Fotos aus, den ich aus Gottliebs Haus mitgenommen habe – natürlich mit seiner ausdrücklichen Erlaubnis.

»Aber natürlich, das sind doch die Fotos deines Vaters«, hat er mir mit Nachdruck gesagt, und so habe ich den Karton dankbar in mein Containerhaus getragen. Eine ganze Weile war ich wieder versunken in die faszinierenden Motive aus aller Welt, bis ich ein besonders schönes Foto von meinem Vater in den Händen hielt: Es zeigt ihn, mit von der Sonne hellblond gebleichtem Haar und vor Abenteuerlust funkelnden Augen, auf einem Felsbrocken sitzend, den Blick knapp an der Kamera vorbei auf das blau funkelnde Meer gerichtet. Ich habe ein paar Sekunden gebraucht, bis ich begriffen habe, dass das der Felsbrocken neben dem Container-Haus ist. Irgendwie machte mir dieses Bild plötzlich einmal mehr klar, dass das hier wirklich das Häuschen meines Vaters war, dass er sich genau hier bewegt hat, auf diesem Sofa gesessen, oben in dem Futonbett geschlafen hat.

Und er war jünger, als ich es jetzt bin, als er zum letzten Mal hier war.

Voller Wehmut habe ich das Foto auf dem ausgeklappten Wandschreibtisch angelehnt, sodass ich das Gefühl haben kann, dass er hier bei mir ist. Mein mir fremder und dennoch merkwürdig vertrauter Vater.

Erst als ich am frühen Abend beginne, mich zurechtzumachen, werden mir zwei Dinge klar: Ich habe immer noch nur einen Teil meiner Klamotten – und leider ist der Teil, der sich zum Ausgehen eignet, noch in Skyes Haus. Und: Sie könnte Glenn mitbringen! Würde Skye das tun? Ihn einfach mit ins *Four Whales* schleppen? Nein, bestimmt nicht – sie hat immerhin einen Tisch für zwei erwähnt. Außerdem würde Glenn mich nach der peinlichen Aktion von vorgestern Abend bestimmt gar nicht zum Essen treffen wollen!

Immerhin habe ich von Skye gestern meinen Kulturbeutel bekommen, sodass ich in dem winzigen, aber erneut durch raffinierte Stauoptionen bestechenden Badezimmer wenigstens meine leicht getönte Tagescreme und einen Hauch Rouge auflegen kann, weil ich als Rothaarige ja sonst gern an eine Wasserleiche erinnere – ausnahmsweise auch ohne Nahtoderfahrung. Ein wenig Wimperntusche trägt ebenfalls dazu bei, mich nicht so farblos wirken zu lassen, und schließlich gebe ich mir noch die Mühe und zaubere meine Lieblingsfrisur: Meine seitlichen Haarpartien zwirbele ich locker zurück und stecke sie am Hinterkopf fest, sodass mein restliches Haar weiterhin offen über meine Schultern fällt, aber ich trotzdem das Gesicht frei von lästigen Strähnen habe. Zwar gibt die saubere Wäsche, die Skye mir mitgebracht hat, nur ein schlichtes weißes T-Shirt und Bluejeans her, aber zum Glück habe ich in meinem Kulturbeutel meine Lieblingsschmuckstücke dabei, die ich bei meinen diversen Reisen angesammelt habe. Nach kurzer Überlegung entscheide ich mich für die farbenfrohen Hängeohrringe aus Bangkok: Sie sind aus thailändischer Seide gewebt und mit Troddeln und Perlensträngen in Gelb, Blau und Türkis versehen. Dazu schlinge ich mir noch die ebenfalls türkisfarbene Holzperlenkette aus Australien um den Hals und betrachte mich zufrieden im Spiegel. Genau richtig für einen Abend mit meiner neuen Freundin im *Four Whales!*

Das Problem ist nur, dass von meiner neuen Freundin nichts zu sehen ist, als ich wenig später mit nassem Regenschirm die *Cameron Lodge* betrete. Mein Großvater hat mir zwar sein Auto geliehen und mich besorgt gebeten, vorsichtig zu fahren, weil sich tatsächlich der Ausläufer von Hurrikan »Isobel« nähert, aber die wenigen Schritte vom Parkplatz zur Lodge haben gereicht, um meinen Schirm auf die Probe zu stellen. Ich lehne ihn in eine Ecke der Lobby, wo noch einige andere Schirme geparkt worden sind, schäle mich aus meiner feuchten Jeansjacke und sehe mich nervös um. Zu meiner Erleichterung ist kein Mitglied der Cameron-Familie in der Lobby des Hotels, sodass ich ungestört hindurcheilen kann. Mir ist völlig klar, dass die arme Familie überhaupt nichts dafürkann, dass ich ihren Sohn beziehungsweise Bruder für schwul gehalten habe – aber peinlich ist es mir immer noch, und ich möchte jetzt nicht die freundliche Heather an das Thema erinnern oder den wortkargen, aber ebenso warmherzigen Graham. Oder Aidan und Duncan.

Oder, noch schlimmer, Glenn selbst.

Aber keiner der Camerons ist zu sehen – wie gesagt, nicht einmal Skye selbst. Ein wenig ratlos bleibe ich am Eingang zum *Four Whales* stehen und blicke mich im gut besuchten Restaurant um, das erneut von den wunderschönen, schottisch angehauchten Folk-Musik-Klängen eingehüllt wird, wie schon bei meinem letzten Besuch. Als ich mit Glenn ziemlich romantisch an einem Zweiertisch saß. Bei der Erinnerung werden meine Wangen heiß. Wenn ich damals geahnt hätte, dass der gut aussehende Mann mir gegenüber sehr wohl an Frauen interessiert ist!

Genervt über mich selbst, atme ich tief durch. Nur er generell an Frauen interessiert ist, heißt das ja noch lange nicht, dass er ausgerechnet an MIR interessiert ist. Es gibt da draußen immerhin noch viele andere nicht männliche Wesen, auf die Glenn stehen könnte. Suzanne Lincoln zum Beispiel. Nein, jetzt nicht an Shakespeare denken!

»Hallo, Viola!« Gretas Stimme reißt mich aus meinem Gedankenwirrwarr.

»Hi, Greta!« Ich lasse mich von ihr mit einer Umarmung und einem Küsschen auf die Wange begrüßen. »Schön, dich mal wieder zu sehen.«

»Ja, wir sollten uns dringend gemütlich zusammensetzen, mit Stella! Eine Art deutschen Mädels-Stammtisch gründen.« Sie grinst mich an, und ich kann mir den Gedanken nicht verkneifen, wie es wäre, wenn ich wirklich für immer hier auf der Insel bleiben würde. Wenn ich ein fester Bestandteil dieser Gemeinschaft würde.

»Das wäre schön«, sage ich mit einem breiten Lächeln.

»Tja, heute muss ich leider arbeiten – ich springe für Stella ein, die mit Feli seit heute Mittag in New York ist.« Sie wirft einen prüfenden Blick an mir vorbei durch die Lobby, wo der Regen immer heftiger gegen die Scheiben der bodentiefen Fenster prasselt. »Die zwei haben Glück gehabt und konnten heute Morgen noch fliegen. Inzwischen werden immer mehr Flüge gecancelt, habe ich gehört.«

»Oha«, murmele ich erschrocken und sehe ebenfalls wieder nach draußen. Hoffentlich komme ich nachher noch sicher zurück zu Gottlieb!

»Hoffen wir, dass es uns hier auf Whale Island nicht zu sehr erwischt«, meint Greta jetzt und lächelt mich beruhigend an.

Ich nicke. Dann fällt mir wieder ein, warum ich hier bin. »Skye wollte einen Zweiertisch reservieren. Ist sie schon hier?«

»Skye? Nein, aber der Tisch ist fertig!« Gut gelaunt schnappt sich Greta zwei der Speisekarten und fasst mich am Ellbogen. »Na komm, ich habe extra einen gemütlichen Tisch in der hintersten Ecke für euch geblockt!«

Erleichtert lächele ich sie an, während ich mit ihr durch das volle Restaurant gehe. Ganz kurz hatte ich schon befürchtet, dass ich Skye falsch verstanden haben könnte. Dass sie doch nicht heute Abend meinte … Oder dass ihr etwas dazwischengekommen ist und ich allein an meinem Zweiertisch sitzen muss.

Aber … allein wäre wohl gar nicht so verkehrt gewesen, wird mir mit einem Schlag klar, als wir uns dem Tisch in der Ecke nähern und ich erkenne, wer dort bereits sitzt und gedankenverloren aus dem Fenster in den Regen starrt: Glenn.

36

Ich bleibe wie angewurzelt stehen, wenige Schritte vom Tisch entfernt. Greta hält ebenfalls an, mustert mich ernst. Nun hat auch Glenn uns bemerkt. Ich spüre seinen Blick deutlich auf mir, doch ich kann nur Greta anstarren.

»Was …? Skye hatte gesagt, sie würde mit mir hier essen …«

»Hat sie das?«, fragt Greta ruhig, und ich begreife, dass sie mehr weiß, als sie zugibt. »Das kann eigentlich nicht sein, denn sie hat heute Nachtschicht in der Klinik.«

Immer noch ohne Glenn anzusehen zücke ich mein Telefon und starre auf das Display:

»Hey, Süße! Lust auf ein Abendessen im *Four Whales*? Habe Tisch für 2 um 19 Uhr reserviert (Ich kenne den Küchenchef, haha!). Hoffe, du kannst! Bis später, Skye.«

Okay. Sie hat nicht wirklich geschrieben, dass sie selbst hier sein würde. Sie hat nur von einem »Tisch für 2« geschrieben. Verdammt, Skye!

»Moment mal«, höre ich jetzt Glenns Stimme, und sie klingt so vertraut, dass mein Herz vor Aufregung schneller zu hämmern beginnt. »Skye kommt gar nicht?«

Greta sieht Glenn betont unschuldig an, merke ich. »Ähm … nein? Hat sie dir nicht gesagt, dass sie heute Abend arbeitet?«

»Nein!« Glenn sieht regelrecht entrüstet aus. »Sie hat mir einen Zettel auf dem Küchentisch hinterlassen, auf dem sie etwas von ›Tisch für 2 um 19 Uhr im *Four Whales*‹ gekritzelt hat, und ›sehe dich später‹.«

»Ja«, sage ich und halte mit einem schwachen Lächeln mein Telefon hoch. »So ungefähr war das bei mir auch. Ich dachte, ich treffe Skye hier um 19 Uhr.«

Glenn starrt mich sprachlos an, ich erwidere seinen Blick stumm. Eigentlich sollte ich wegschauen, aber ich kann nicht. So viel Ungesagtes hängt zwischen uns, und ich habe plötzlich das dringende Bedürfnis, wieder mit ihm zu reden, so, wie wir in den letzten Tagen so oft geredet haben. Bevor sich alles zwischen uns geändert zu haben scheint.

Ich habe diesen Mann vermisst. Mein Gott, Viola!

»Hach, da hat Skye ja mal wieder ein lustiges Chaos verzapft«, lacht Greta betont fröhlich auf, während sie mich subtil zu dem freien Stuhl an Glenns Tisch zu bugsieren versucht.

»Zum Brüllen komisch«, murmelt Glenn todernst, ohne aufzuhören, mich anzusehen.

»Na ja, jetzt seid ihr hier, und zwar zu zweit, also genau passend für diesen gemütlichen Tisch – machen wir also das Beste daraus, oder? Wir haben heute so köstlichen Heilbutt reinbekommen, den müsst ihr probieren – es ist unglaublich, was Aidan daraus zaubert!«

»Heilbutt klingt toll«, bemerke ich leise und lasse mich widerstandslos auf den freien Stuhl sinken.

»Wusste ich es doch!« Greta strahlt uns an. »Dazu vielleicht einen Weißwein?«

»Gern«, nicke ich und werde unter Glenns durchdringendem Blick unruhig.

»Bringe ich sofort!«

Ein Glas Wein brauche ich jetzt wirklich ganz, ganz dringend. Oder zwei. Wobei ich ja noch fahren muss.

Greta will davoneilen, als Glenn trocken bemerkt: »Und richte meiner Schwester bei deinem Update, das du ihr garantiert gleich schickst, gern aus, dass ich ihr das heimzahlen werde. Wenn sie das nächste Mal nicht mit ihrer Fehlermeldung bei Netflix klarkommt, dann soll sie bitte nicht auf mich zählen.«

»Okay«, erwidert Greta unbekümmert. »Das ist es ihr mit Sicherheit wert.«

»Was genau ist ihr Netflix wert?«, hakt Glenn nach und sieht Greta mit hochgezogenen Augenbrauen an.

Greta lacht regelrecht vergnügt auf. »Na, das hier.« Sie deutet auf unseren Tisch. »Ihr beide!«

Wir beide. Mir wird noch heißer, als mir ohnehin bereits war. Ich glaube schon, dass Glenn etwas Scharfes erwidern wird, aber es scheint ihm tatsächlich ebenfalls die Sprache verschlagen zu haben. Schweigend sehen wir uns über den Tisch hinweg an, während Greta geschäftig Richtung Bar eilt.

Glenn räuspert sich und nimmt einen Schluck von seinem Wasser. Verstohlen mustere ich ihn. Muss er so gut aussehen? Mit seinem schlichten weißen Hemd und dem leicht zerzausten dunkelbraunen Haar, das mal wieder so wirkt, als habe er gerade seinen Motorradhelm abgenommen – was vermutlich auch stimmt.

»Du wohnst jetzt also bei Gottlieb«, stellt Glenn ruhig fest, und in seiner Stimme kann ich deutlich einen gewissen Vorwurf mitschwingen hören. Ich schlucke und wünschte, mein Wasserglas wäre ebenfalls bereits gefüllt, denn mein Mund fühlt sich mit einem Mal staubtrocken an.

»Nicht direkt bei Gottlieb«, erwidere ich leise. »Sondern in einem kleinen Häuschen auf seinem Grundstück.«

»Ach?« Erstaunt zieht Glenn seine Augenbrauen hoch, und mir wird klar, dass Skye ihm anscheinend keine Details von unserem gestrigen Abend erzählt hat. Vielleicht haben sie sich heute noch nicht gesprochen – das würde auch den Zettel auf dem Tisch erklären.

»Ja. Es ist ein Haus, das mein Vater aus einem Seecontainer gebaut und mit einem Aufbau aus Holz ergänzt hat – unter anderem aus übrig gebliebenem Holz vom Bau der *Cameron Lodge!*«

Glenns Augen weiten sich überrascht. »Wow«, sagt er leise und stützt sein Kinn auf seine gefalteten Hände. »Aus einem Seecontainer? Wie cool. Und wo steht dieses Häuschen?«

»Ungefähr dreihundert Meter von Gottliebs Haus entfernt, auch direkt am Meer. Der Blick ist einmalig. Heute Morgen hat mich das Wellenrauschen geweckt – es war so laut, dass ich im ersten Moment dachte, ich wäre auf einem Schiff.«

Bei der Erinnerung an mein heutiges Erwachen muss ich lächeln, weil es so wunderschön war, oben in dem kleinen Aufbau zu liegen und durch das Panoramafenster auf den Atlantik hinaus zu träumen.

Glenn sieht mich nachdenklich an. »Dann wirst du also erst einmal dortbleiben?«

Ernst erwidere ich seinen Blick. »Fürs Erste, ja. Ich habe noch keine großen Pläne gemacht. Irgendwie habe ich das In-die-Zukunft-Planen in den letzten Jahren tatsächlich verlernt. Keine Ahnung, wie lange ich hierbleibe. Als Touristin darf ich noch bis Ende November in Kanada sein.«

»Du bist doch eigentlich sogar Kanadierin, oder? Also, eine halbe zumindest.« Glenn legt den Kopf ein wenig schief, während er mich eingehend betrachtet. Langsam nicke ich.

»Dann leg dir mal ein paar Holzfällerhemden zu«, bemerkt er mit einem vagen Schmunzeln. »Wenn du möchtest, schenke ich dir meine Bryan-Adams-CDs, die noch in meinem Kinderzimmer hier oben in der Lodge lagern müssten.«

Ich muss lachen, als ich mich an unsere Unterhaltung in Skyes Küche erinnere – vor einer gefühlten Ewigkeit, als alles noch einfacher zwischen uns war. Eine Kellnerin tritt an unseren Tisch und füllt mein Wasserglas, bevor sie uns zwei Speisekarten reicht, das Tagesgericht – den Heilbutt an warmem Kartoffelsalat – empfiehlt und uns dann wieder allein lässt.

»Ja, eigentlich bin ich wohl halbe Kanadierin, aber dafür muss ich erst einmal klären, wie das rechtlich ist – immerhin ist mein Vater tot. Vermutlich könnte ein DNA-Test beweisen, dass ich Gottliebs Enkelin bin, und er hat ja inzwischen selbst die kanadische Staatsbürgerschaft. Das dauert bestimmt alles sehr lange, bis dahin muss ich eine andere Option finden, falls ich bleiben will.«

»Und, willst du?« Glenn mustert mich eingehend, und ich winde mich ein wenig unruhig auf meinem Stuhl.

»Ich weiß es ganz ehrlich nicht«, erkläre ich leise. »Zwar fühle ich mich hier so wohl, aber … was sollte ich hier arbeiten?«

»Das *Four Whales* sucht eine Kellnerin, weil mal wieder jemand erkannt hat, wie weit weg von der Zivilisation man sich hier befindet und dann abgesprungen ist.« Glenn betrachtet mich wieder über seine gefalteten Hände hinweg. Erstaunt erwidere ich seinen Blick.

»Echt?«

Er nickt langsam. »Ja. Echt.«

»Hm.« Nachdenklich sehe ich mich im Restaurant um. Hier zu arbeiten, das könnte ich mir tatsächlich vorstellen. Es wäre eine eindeutige Verbesserung im Vergleich zu den anderen Jobs als Kellnerin, die ich im Laufe der Jahre schon hatte.

»Ist dein Containerhaus denn winterfest?«

Ich sehe wieder Glenn an und könnte in seinen graugrünen Augen versinken. Wie habe ich es bloß den ganzen gestrigen Tag ohne ihn ausgehalten? »Ähm … ich glaube schon. Gottlieb hat etwas von einer Isolierung erzählt, und es gibt einen Holzofen.«

»Das ist ein Vorteil.« Glenn grinst mich so plötzlich an, dass ich überrascht zurücklächele. »Und bevor du festfrierst, lässt dein Großvater dich vielleicht ins große Haus.«

Jetzt lache ich auf, bevor ich kontere: »Oder ich mache mir warme Gedanken, dann friere ich nicht fest.«

Wieso habe ich das jetzt gesagt? Glenn wird schlagartig ernst, und ich schiebe hinterher: »Oder … ich dusche heiß.«

Er starrt mich so intensiv an, dass meine Wangen zu glühen beginnen.

»Körnerkissen«, wispere ich und nehme einen Schluck Wasser. »Warmes Körnerkissen. Gut gegen kalte Füße.«

»Mhhm«, murmelt Glenn, und ich bin so erleichtert, Greta mit dem Weißwein auftauchen zu sehen, dass ich ihr freudig entgegenstrahle.

»Yay, der Wein!«

»Oh, den brauche ich jetzt auch«, brummt Glenn.

37

Glenn

Sie treibt mich in den Wahnsinn. Seit sie plötzlich an diesem verdammten Tisch für zwei aufgetaucht ist, fühle ich mich, als wäre ich auf einem Boot, unter mir die stürmische See. Völlig ausgeliefert und aus dem Gleichgewicht geraten.

Während Greta uns jetzt Wein einschenkt und unschuldig mit uns über den heraufziehenden Hurrikan-Ausläufer plaudert, als wäre nichts geschehen, kann ich nicht aufhören, Viola anzustarren. So wie sie ihr rostrotes Haar heute Abend trägt – die seitlichen Partien zurückgesteckt, den Rest offen und unbändig –, gefällt sie mir besonders gut. Zu gut. Hin und wieder schaut sie mich an, während sie sich mit Greta unterhält, und jedes Mal, wenn sie merkt, dass ich sie ständig ansehe, weiten sich ihre braunen Augen ein wenig. Ihre Wangen sind rosig, aber das könnte auch Rouge sein, überlege ich und wünsche mir Greta einerseits ganz weit weg – und andererseits wünsche ich mich selbst ebenfalls weit weg. Mann, so verwirrt habe ich mich wirklich lang nicht mehr gefühlt! Aber seit vorgestern, seit sie mich so schockiert angesehen hat, als sie kapierte, dass ich auf Frauen stehe und nicht auf Männer … seitdem kann ich nur noch an sie denken. An die Art, wie sie in der Nacht, während ich ihr viel zu viel von Suzanne Lincoln und Dottie erzählt habe, immer wieder flüchtig auf meinen Mund gestarrt hat. Als sei ihr plötzlich klar geworden, dass ich tatsächlich schon Frauen geküsst habe. Es wieder tun werde. Hat sie darüber nachgedacht, dass sie mich gern küssen würde?

Mit einem unterdrückten Stöhnen fahre ich mir über das Gesicht. Das ist alles zum Wahnsinnigwerden! Wir haben uns doch bisher so ungezwungen verstanden, haben uns unterhalten und gelacht und sogar getanzt, Himmel noch mal! Dabei habe ich sie da auch schon anziehend gefunden, die ganze Zeit. Vom ersten Tag an. Was war anders?

Ihr Verhalten war anders. Ja. Sie hat sich mir gegenüber immer so unbekümmert benommen, hat mich wie ihren Bruder oder wie einen ihrer guten und – ha! – schwulen Freunde in Deutschland behandelt. Im Nachhinein ist mir sonnenklar, warum es zwischen uns so zwanglos war: Weil sie mich nicht als einen potenziell als Liebhaber/Freund/was auch immer infrage kommenden Kerl gesehen hat, sondern eben nur als platonischen Kumpel.

Doch diese Leichtigkeit zwischen uns, die hat sich vorgestern Nacht in der Sekunde aufgelöst, als ihr klar wurde, wie meine sexuelle Orientierung wirklich aussieht. Wenn ich nicht so perplex gewesen wäre, hätte ich es wohl komisch finden können, wie ihr förmlich die Gesichtszüge entgleist sind, als ihr aufgegangen ist, wie falsch sie bisher mit ihrer Annahme lag.

Wie wenig platonisch hier alles zu werden drohte. Weiterhin droht. Ich bilde mir diese Spannung zwischen uns doch nicht ein? Diese Art, wie sie mich immer wieder verstohlen mustert, dann mit einem verlegenen Lachen auf ihre Hände starrt, auf ihr Weinglas, aus dem Fenster, auf meinen Mund, in meine Augen, wieder ein nervöses Lachen …

Ich schlucke und versuche, meine Gedanken unter Kontrolle zu halten. Dieser Abend läuft schon aus dem Ruder, bevor er überhaupt begonnen hat.

Greta ist inzwischen verschwunden, wir sind wieder allein an unserem Tisch für zwei.

»Also dann«, sage ich mit belegter Stimme und räuspere mich fast ärgerlich, während ich mein Weinglas hebe. »Auf … ähm …« Mein Kopf ist wie leer gefegt. Fast hätte ich »auf uns« gesagt, konnte mich aber im letzten Moment noch davon abhalten.

»Auf Skye«, meint Viola, während sich ihre Wangen noch rosiger färben. Das ist ganz sicher nicht nur Rouge.

Ich schnaube leicht. »Im Ernst? Nachdem sie uns so an der Nase herumgeführt hat?«

Viola zuckt mit den Schultern, lächelt sichtlich verlegen. »Na ja … Sie meint es ja nur gut.«

»Klar.« Ich muss lachen. »Ich sage ja: die Emma von Whale Island!«

Viola wird ernst und starrt mich an. Da wird auch mir die Tragweite dieser Aussage bewusst, da Emma in Jane Austens berühmtem Roman nun einmal versucht hat, Liebespaare zusammenzubringen und … das bedeutet, dass ich uns quasi als Liebespaar sehe.

Was wir nicht sind. Zumindest noch nicht.

»Auf … dein Containerhaus!«, fällt mir da zum Glück ein, und ich lächele sie fast triumphierend an. Sichtlich erleichtert nickt Viola.

»Genau. Auf mein Containerhaus.«

Wir stoßen an und nippen am Wein, und bevor ich mich weiter um Kopf und Kragen reden oder auch nur denken kann, kommt zum Glück unsere Kellnerin und nimmt unsere Bestellung auf. Wir ordern beide den angepriesenen Heilbutt – ich kann mich jetzt ganz ehrlich nicht mit der Speisekarte auseinandersetzen, und ich merke, dass es Viola ähnlich geht.

»Das da draußen, das ist also der Beginn des Hurrikan-Ausläufers«, bemerkt Viola und dreht ihr Weinglas zwischen ihren Fingern hin und her. Sie hat so schmale, schlanke Finger mit sehr kurz geschnittenen Nägeln – zum Glück. Wenn ich etwas bei Frauen nicht ausstehen kann, sind es lange Krallen. Vermutlich, weil ich da einmal unschöne Erfahrungen mit einer Ex-Freundin gemacht habe, weil sich lange Krallen in manchen Situationen als wirklich unangenehm entpuppen können. Jetzt bloß nicht daran denken.

»Ja«, sage ich heiser und muss mich schon wieder räuspern. Wenn das so weitergeht, denkt sie noch, ich sei erkältet. »Ein Hurrikan-Ausläufer.«

Du meine Güte, Glenn, du kannst dich so toll ausdrücken! Ein echter Shakespeare!

»Ich habe noch nie einen Hurrikan-Ausläufer mitbekommen«, sagt Viola und sieht mich ernst an.

»Hm«, mache ich. Reden wir jetzt wirklich über das Wetter? Dabei gäbe es doch so viel Wichtigeres zu sagen.

»Warum bist du einfach abgehauen?«, frage ich, bevor ich es mir anders überlegen kann.

Viola starrt mich regelrecht erschrocken über den Rand ihres Glases hinweg an, das sie gerade zu ihrem Mund führen wollte. Sie zögert, nippt am Wein, stellt das Glas langsam ab und weicht meinem Blick aus. Die Röte in ihren Wangen vertieft sich, und ich muss mich sehr zusammenreißen, um nicht meine Hand auszustrecken und ihre rosige Haut zu berühren. Ich merke, dass sie nicht weiß, was sie erwidern soll. Stattdessen zupft sie fast hilflos an ihrer Serviette herum, die zu einem Wal gefaltet auf ihrem Teller thront.

»Ist es etwas Religiöses?«, frage ich, halb im Scherz, und sie sieht mich verblüfft an.

»Etwas Religiöses?«, hakt sie ratlos nach.

»Ja. Wohnst du nur mit alleinstehenden homosexuellen Männern unter einem Dach, aber nicht mit heterosexuellen?«

Sie rollt ihre Augen, während um ihren Mund ein winziges Schmunzeln zuckt.

Nicht auf ihren Mund starren, Glenn.

»Nein, nichts Religiöses.«

»Dann ... warst du so bitter enttäuscht, weil ich, nach Luigi und Tim, kein weiterer schwuler Freund für dich sein kann?«

Viola starrt mich an. Ein paar weitere Sekunden verstreichen, in denen sie nichts sagt, bis sie schließlich ein wenig gepresst hervorstößt: »Eigentlich reichen mir Luigi und Tim als Freunde. Schwul hin oder her.«

Autsch. Warum ich mich so zurückgestoßen fühle, kann ich selbst nicht sagen. Dabei will ich doch gar nicht ihr platonischer Freund sein!

Was willst du dann, Glenn?

Ich atme tief durch, während Viola rasch hinterherschiebt: »Aber befreundet sein können wir natürlich trotzdem. Auch wenn du nicht schwul bist.« Nach einer kurzen Pause schiebt sie ein wenig unsicher hinterher: »Oder?«

Schweigend mustere ich sie. Ihr Atem geht eindeutig zu schnell für jemanden, der nur am Tisch sitzt und sich unterhält. Ihre nervösen Finger haben den Wal inzwischen zerlegt und die Serviette zu einer Kugel zusammengeknüllt.

Unsere Kellnerin taucht mit einem Brotkorb und einem Schälchen Butter auf, und der Korb hat kaum die Tischdecke berührt, als Viola mit einem »Oh, Brot!« so enthusiastisch nach einer Scheibe Baguette greift, als hätte sie seit Wochen nichts zu essen bekommen. Ich weiß, dass ich ihr nach wie vor eine Antwort schulde, und ich weiß, dass mein Schweigen sie wahnsinnig macht. Das merke ich an der Art, wie sie sich fahrig eine Strähne hinter das Ohr streicht und beim Griff nach ihrem

Messer fast ihr Weinglas umgestoßen hätte. Da ich es ihr immer noch übel nehme, dass sie einfach so von Aidans Geburtstagsparty verschwunden ist, lasse ich sie zappeln. Ich stütze meine Ellbogen auf die Tischdecke, lege mein Kinn auf meine gefalteten Hände und beobachte stumm, wie Viola ihre Baguettescheibe isst.

»Willst du nichts essen? Ist noch warm«, sagt sie und schiebt sich ein undamenhaft großes Stück Teig in den Mund.

»Wie schön«, antworte ich ruhig. »Wie dein Körnerkissen. Oder die Dusche. Oder … deine Gedanken?«

Das Rosige ihrer Wangen wird nun eher rot, während sie mit gesenktem Blick weiterkaut.

»Apropos warme Gedanken«, sage ich schließlich langsam, was dazu führt, dass mich Viola regelrecht verstört ansieht. Ich erwidere ihren Blick und kann es nicht verhindern, ihre Lippen anzustarren, an denen ein kleiner Krümel hängt. Gerade als ich meine Hand ausstrecken will, um diesen Krümel wegzuwischen, höre ich ein Lachen, das mir sehr bekannt vorkommt. Ein wenig unwillig reiße ich meinen Blick von Violas Mund los und sehe Jenny ins Restaurant kommen. Sie ist offenbar mit ein paar Kollegen von ihrer Organisation *Second Chance for Whales* hier, zumindest erkenne ich bei den drei Männern das aufgestickte Wal-Logo auf ihren dunkelblauen Poloshirts. Gerade kommt Aidan aus der Küche, begrüßt die vierköpfige Gruppe und gibt seiner Ex-Freundin einen flüchtigen Kuss auf die Wange. Ich starre die beiden an, Aidan und Jenny, und als habe sie meinen Blick gespürt, sieht Jenny jetzt durch den Raum zu unserem Tisch hinüber. Sie lächelt mich an und nickt mir zu, bevor sie Aidan folgt, der ihre Begleiter und sie an einen Tisch am entgegengesetzten Ende des Restaurants bringt.

Ich merke, dass sich Viola ein wenig ratlos umgedreht hat, um mitzubekommen, wen ich erblickt habe.

»Aidan und Jenny«, erkläre ich und greife nach meinem Weinglas, um einen großen Schluck zu nehmen. Für die Nerven.

Viola hat sich wieder zu mir umgedreht und nickt nun. »Finde ich total cool, dass die beiden so ein entspanntes Verhältnis haben«, sagt sie. »Und dass sie beide als Eltern für Isla da sind.«

»Ja«, murmele ich. »Total cool.« Dann räuspere ich mich und habe tatsächlich mit einem Mal Mühe, unseren Gesprächsfaden wiederzufinden.

»Ähm … wo waren wir stehen geblieben?«

Als Viola mich über den Tisch hinweg anstarrt, wird mir klar, dass ich ihr immer noch eine Antwort auf ihre Frage schulde, ob wir nicht trotzdem platonische Freunde sein können, auch wenn ich nicht ein Luigi oder Tim für sie sein kann. Und ich habe etwas von warmen Gedanken erzählt.

»Wir waren beim Brot«, sagt Viola leise.

»Richtig. Brot.« Mit einer raschen Bewegung lange ich in den Korb und rupfe eine Baguettescheibe auseinander, die inzwischen abgekühlt ist. Dabei versuche ich, nicht in die Richtung zu sehen, wo sich Jenny und die anderen gesetzt haben und Aidan sich verabschiedet, um zurück in die Küche zu eilen. Dabei stößt er fast mit Duncan zusammen, der sich vor der Tür zur Küche gerade mit seiner Greta unterhalten hat. Meine Brüder wechseln flüchtig ein paar Worte, bevor Aidan in der Küche verschwindet und Duncan Greta mit Nachdruck einen Kuss auf die Lippen drückt, ehe er mit langen Schritten in die Lobby verschwindet. Ich würde gern schreien. Verdammt. Aidan und Duncan hätten Viola längst gesagt, dass sie sich das mit der platonischen Freundschaft abschminken kann und dass sie sich ab jetzt in ihrem Containerhaus keine warmen Gedanken mehr zu machen braucht, weil ich dafür sorgen werde, dass ihr nicht kalt wird. Aber ich bekomme überhaupt keine sinnvollen Wörter mehr heraus, was für einen Möchtegern-Schriftsteller echt bitter ist. Als ich Greta mit zwei Tellern auf unseren Tisch zukommen sehe, sage ich daher nur betont ruhig zu Viola: »Wenn du das willst, können wir platonisch befreundet sein, obwohl ich nicht schwul bin.«

Sie sieht mich fast überrascht an, aber ich weiche ihrem Blick aus und leere mein Weinglas, während Jennys helles Lachen schon wieder durch das Restaurant zu uns getragen wird.

»Der Heilbutt!«, verkündet Greta gut gelaunt und stellt die Teller vor uns ab. »Darf es mehr Wein sein?«

»Eigentlich gern, aber ich muss noch fahren«, sage ich bedauernd. Viola sieht mich immer noch ein wenig unschlüssig an – oder ist sie am Ende enttäuscht wegen der Freundschaftssache? Nein, ganz sicher nicht, dann hätte sie sich ja nicht bei ihrem Großvater im Containerhaus vergraben müssen!

Nachdem auch Viola dankend ein zweites Glas Wein abgelehnt hat, weil sie mit Gottliebs Wagen gekommen ist, wünscht uns Greta einen guten Appetit und eilt zum Nachbartisch, wo es ein Problem mit einer Lebensmittelunverträglichkeit zu geben scheint, wie ich aus der Diskussion der älteren Dame mit der zunehmend verzweifelten Kellnerin herausgehört habe.

Als ich Viola wieder ansehe, merke ich, dass ihr Blick sorgenvoll an der Fensterfront hängt, die einige Meter von unserem Ecktisch entfernt ist. Der Regen schlägt unbarmherzig gegen die Scheiben, und jetzt, da eines der schottischen Lieder zu Ende ist und das nächste noch nicht begonnen hat, hört man den Wind um die Lodge heulen.

»Und, hast du eine gute Regenjacke dabei?«, frage ich ruhig, obwohl ich mich sehr gut an ihre Jeansjacke erinnern kann, die Greta ihr an unserem Tisch abgenommen und zur Garderobe gebracht hat.

»Nein, nur einen Schirm«, gesteht Viola kleinlaut, und ich muss ein Grinsen unterdrücken.

»Der wird nicht viel bringen«, bemerke ich, während ich nach meinem Besteck greife und den Heilbutt begutachte. Er duftet köstlich, so viel steht fest. Mein Bruder ist einfach ein Genie am Herd.

»Wir werden sehen.« Viola reckt ihr Kinn, plötzlich fast trotzig. »Außerdem habe ich einen Parkplatz in der Nähe der Lodge erwischt. Guten Appetit.«

»Guten Appetit«, erwidere ich, bevor ich mich dem Heilbutt zuwende. Und, ja, er ist genauso köstlich, wie er duftet!

»Du bist also gerade erst frisch getrennt?«

Violas Frage führt dazu, dass ich die Gabel auf halbem Weg zum Mund wieder sinken lasse. Sie mustert mich aufmerksam. »Ja«, erwidere ich.

Abwartend sieht sie mich an, und als ich nichts weiter sage, sondern mir das Stück Fisch in den Mund schiebe, hakt sie nach: »Und … du bist sicher, dass du darüber hinweg bist? Ich meine … auch wenn Hailey noch nie etwas von Shakespeare gelesen hat?«

Ich lache leise auf und lasse meine Gabel auf den Teller sinken. Viola hat sich tatsächlich ihren Namen gemerkt.

»Ja, ich bin mir sicher, dass ich über Hailey hinweg bin. Vermutlich, weil ich nie … wirklich verliebt in sie war.« Ich räuspere mich, nehme einen Schluck Wasser und füge hinzu: »Es war eine eher … oberflächliche Beziehung.«

Nur Sex, denke ich, sage es aber nicht laut. Manchmal lerne sogar ich aus Fehlern, und nach ihrem offensichtlichen Schock wegen meiner Shakespeare-Erfahrung mit Suzanne will ich ihr diese Details ersparen.

»Aber du hast immer so … wütend gewirkt, und verletzt, sobald die Sprache auf diesen Andy kam.« Viola mustert mich ernst, und ich erwidere ihren Blick ebenso ernst.

»Ja. Aber nicht, weil mein Herz wegen Hailey gebrochen

worden wäre. Sondern weil mein bester Freund mein Vertrauen mit Füßen getreten hat. Andy und ich waren seit über vierzehn Jahren befreundet. Wir sind in der Uni und im Job gemeinsam durch dick und dünn gegangen, haben uns jahrelang eine Wohnung geteilt. Ich hätte niemals erwartet, von ihm so getäuscht zu werden. Und … das Schlimmste daran ist, dass er ebenfalls keine Gefühle für Hailey hat. Es war auch für ihn nur Sex, hat er zumindest behauptet. Und dafür hat er unsere Freundschaft aufs Spiel gesetzt.«

Ich atme tief durch und versuche, nicht schon wieder an die Situation zu denken, die mir den Boden unter den Füßen weggerissen und mein Grundvertrauen in die Menschheit erschüttert hat. Wie konnte Andy mich nur so hintergehen?

Viola sieht mich ernst an.

»Das tut mir leid«, sagt sie schließlich leise. »Wie geht es denn Hailey jetzt? Ich meine … war das mit dir für sie auch nur Sex? Und mit Andy? Oder … ist sie von euch beiden ausgenutzt worden?«

Sprachlos starre ich sie an. So habe ich ehrlich gesagt noch nicht darüber nachgedacht. Langsam antworte ich: »Ich glaube nicht, dass Hailey viel für mich empfunden hat. Sonst hätte sie mich wohl nicht mit meinem besten Freund betrogen, oder? Aber vielleicht war sie in Andy verliebt. Keine Ahnung. Meine Menschenkenntnis scheint ja nicht so gut zu sein, sonst hätte ich immerhin früher gemerkt, dass Andy nicht so ein feiner Kerl ist, wie ich immer dachte.«

Die Tatsache, meinen besten Freund verloren zu haben, nimmt mich immer noch gewaltig mit, merke ich. Andy war für mich in Halifax der Ersatz für die Brüder, die ich dort nicht hatte. Für Duncan, der so lange aus unserem Leben verschwunden war. Und für Aidan, den ich über die Jahre hinweg meinerseits immer mehr aus meinem Leben ausgeschlossen habe.

»Hm«, macht Viola ernst, und wir sehen uns noch ein paar Herzschläge lang an, bevor wir uns unseren Tellern zuwenden und schweigend weiteressen. Ich merke, dass Viola jetzt immer wieder besorgt zur Fensterfront schaut. Bei jeder Musikpause nimmt sie den zunehmend stärker heulenden Wind mit geradezu ängstlicher Miene wahr, und in mir rührt sich der Beschützerinstinkt.

»Ich kann dich nach Hause fahren«, sage ich zusammenhangslos und nippe an meinem Wasserglas. »Falls du dich nicht traust, bei dem Wetter zu fahren, meine ich. Ich bin solche Stürme gewohnt, die haben wir hier öfter.«

»Ich komme aus Hamburg«, erwidert Viola betont ruhig. »Glaub mir: Ich kann bei Regen und Sturm Auto fahren.«

Ich will ihr sagen, dass das da draußen ein aufziehender Hurrikan-Ausläufer ist, und eigentlich sollte man bei dem wohl gar nicht mehr fahren, egal ob man nun aus Hamburg oder Nova Scotia kommt. Aber noch bevor ich dazu komme, steht plötzlich Aidan an unserem Tisch.

»Hi, ihr zwei.« Die Art, wie er mich bedeutungsschwer anlächelt, gefällt mir nicht. Er denkt hoffentlich nicht, dass das hier ein Date ist?

»Hi, Bruderherz«, erwidere ich. »Der Heilbutt ist der Hammer.«

»O ja!«, pflichtet Viola mir bei und tupft sich ihre Lippen mit ihrer Stoffserviette ab.

Nicht. Auf. Ihre. Lippen. Starren.

»Das höre ich gerne«, grinst Aidan sichtlich erfreut, obwohl er solche Komplimente mit ziemlicher Sicherheit zigmal im Laufe eines Abends bekommt. »Ich hatte mir schon fast Sorgen gemacht, dass es dir nicht schmeckt, weil du diesmal gar keine Fotos schießt, Viola.«

»Oh, das hätte sie bestimmt gern getan, aber ihre Kamera ist noch in Skyes Haus, während Viola seit gestern bei ihrem

Großvater wohnt«, kann ich mir nicht verkneifen. Viola und Aidan sehen mich gleichermaßen verdutzt an.

»Ach so«, murmelt Aidan und klingt ein wenig ratlos. »Na dann … Ich will euch auch gar nicht lange stören – genießt das Essen und habt noch einen schönen Abend.«

Sein flüchtiges Zwinkern in meine Richtung ist Viola ganz sicher nicht entgangen, denn ihre Wangen werden schon wieder rosiger. Aidan verschwindet mit langen Schritten, nimmt im Vorbeigehen ein paar Komplimente vom Nachbartisch entgegen und arbeitet sich charmant lächelnd und so selbstbewusst, wie ich es gern wäre, Richtung Küche voran. Mit einem Räuspern lege ich mein Besteck auf meinen leeren Teller und sehe Viola an.

»Nachtisch?«

38

Sie starrt mich flüchtig an, senkt dann schnell wieder den Blick und schüttelt den Kopf. »Nein, nein, ich … ich sollte zusehen, dass ich nach Hause komme.«

Wieder ein besorgter Blick zur Fensterfront. Jennys Lachen schallt erneut durch den Raum zu uns herüber, und ich merke, dass sie sich von ihrem Tisch erhoben hat und Anstalten macht zu gehen. Schon? Erstaunt beobachte ich sie, und dann erhebe ich mich ebenfalls spontan. So spontan, dass ich bereits stehe, als ich mich mit einem inneren Kopfschütteln fassungslos frage, was zum Teufel ich vorhabe. Ich kann es beim besten Willen nicht sagen, aber jetzt stehe ich, und ich kann mich schlecht wieder setzen, ohne wie der größte Idiot des Universums zu wirken. Der ich eindeutig bin, so viel ist sonnenklar.

»Bin sofort wieder da«, murmele ich an Viola gewandt, bevor ich durch das Restaurant gehe, Richtung Lobby, wo praktischerweise meine Mutter steht und sich mit einem Gast unterhält. Ich tue so, als würde ich Mom ansteuern, und als ich die Tür des Restaurants fast gleichzeitig mit Jenny erreiche, gebe ich mich überrascht.

»Hi«, sage ich und nicke ihr zu. Sie grinst mich an.

»Hi, Fremder. Alles okay?«

Ich nicke, mustere sie ernst. Ihre grünen Augen funkeln noch genauso wie damals. Eigentlich scheint Jenny kaum älter geworden zu sein.

»Du gehst schon?« Ich mache eine vage Kopfbewegung zu der Gruppe an dem Tisch, den Jenny gerade verlassen hat.

»Ja. Das Wetter draußen sieht nicht gut aus. Der Hurrikan-Ausläufer scheint uns schneller und stärker zu treffen, als bisher vorhergesagt wurde.«

»Die Vorhersagen stimmen doch eh selten«, murmele ich und werfe einen Blick durch die Lobby, wo ich durch die Fenster neben der Eingangstür im Licht der Außenlaternen die schwarzen Umrisse der Baumwipfel erkenne, die vom Wind gebogen werden.

»Isla ist allein zu Hause, ich muss zu ihr, bevor am Ende die Straßen nicht mehr passierbar sind. Die Schule wird morgen auf jeden Fall ausfallen, so viel steht fest.« Jenny berührt mich flüchtig am Arm, ihr Lächeln vertieft sich. »Nettes Date hast du da.« Sie schaut in die Richtung, wo Viola sitzt.

Noch bevor ich widersprechen und ihr erklären kann, dass das kein Date ist, sondern nur eine von Skye eingefädelte Frechheit, fügt sie mit einem wissenden Lächeln hinzu: »Dass Syke ernsthaft geglaubt hat, du seist schwul. Schwestern!« Sie zwinkert mir zu, und ich kann sie nur anstarren, unfähig zu einer Reaktion. Da wendet sich Jenny schon mit einem »Habt noch einen schönen Abend!« zum Gehen.

Ich verharre einen Moment auf der Stelle, schaue Jenny hinterher, ohne so recht zu wissen, was ich jetzt machen soll. Eigentlich wollte ich ja zu Mom, aber die hat sich gerade abgewandt und ist zum Empfangstresen geeilt, um dort etwas mit der Rezeptionistin zu besprechen.

»Hey«, höre ich jetzt eine vertraute Stimme neben mir, und ich drehe mich zur Seite und sehe Viola dort stehen, ihre Handtasche über der Schulter. »Ich werde jetzt fahren, bevor der Sturm noch schlimmer wird.«

»Ja«, murmele ich und bin überrascht, wie sehr mich die Enttäuschung durchzuckt. Zusammen einen Nachtisch zu essen, das wäre wirklich schön gewesen. Wieder gemeinsam zurück zu Skyes Haus zu fahren. Mit ihr auf dem Sofa zu sitzen, ungezwungen zu reden, Serien zu schauen. Und mehr zu machen. Endlich mehr. Die Sehnsucht nach mehr durchzuckt mich regelrecht schmerzhaft. Aber wenn sie mehr mit mir machen wollte, als nur fernzusehen, dann würde sie nicht darauf bestehen, zum Haus ihres Großvaters zurückzufahren. Oder?

»Okay. Warte, ich hole dir deine Jacke«, murmele ich und wende mich ab, gehe zur Garderobe, wo Violas Jeansjacke neben meiner Lederjacke hängt. Dass ich bei meiner heutigen Klamottenwahl selbst nicht an das heraufziehende schlechte Wetter gedacht habe, ist mehr als deutlich. Genervt über mich selbst, greife ich nach meinem Motorradhelm und nicke unserer Kellnerin zu, die mir mit einem breiten Lächeln einen schönen Abend wünscht. Viola ist bereits in die Lobby gegangen, steht ein wenig unschlüssig mitten im Raum und sieht mir abwartend entgegen. Ich habe mir meine Jacke schon angezogen, helfe ihr in ihre Jeansjacke. Als sie mir dabei kurz den Rücken zuwendet und in den zweiten Ärmel schlüpft, schiebt sie sich zeitgleich mit der anderen Hand ihr langes Haar über den Jackenkragen, und ich atme den Duft ihres Shampoos ein. Mann, das ist doch nicht normal, wie gern ich sie rieche, oder?

Und dass ich mich schon jetzt, nach gerade mal drei Wochen, gar nicht mehr daran erinnern kann, wie Haileys Haar roch, das ist irgendwie auch nicht normal. Manchmal habe ich sogar Mühe, mich genau an ihr Lächeln und an ihre Augen zu erinnern. Wenn ich an sie denke, sehe ich hauptsächlich Andy mit dem Kopf zwischen ihren Schenkeln.

Während wir die Lobby durchqueren, blicke ich mich noch einmal nach meiner Mutter um, kann sie aber nicht entdecken. Ist womöglich besser so – sie wäre zu besorgt, wenn sie mitbekäme, dass ich bei dem Wetter noch zu Skyes Haus zurückfahren will.

Sobald wir die Eingangstür geöffnet haben und uns der heulende Wind entgegenschlägt, weiß ich, dass das nichts wird. Du lieber Himmel, das Wetter hat sich wirklich rasend schnell verschlechtert! Hoffentlich schafft es Jenny noch heil zu ihrem Haus und zu Isla.

Trotz allem hat Viola ihren Schirm – einen Knirps, was will sie denn damit? – aus einer Ecke der Lobby geholt, spannt ihn auf und wirft mir einen regelrecht trotzigen Blick zu. Ich muss mir ein Lachen verkneifen, bleibe abwartend unter dem Vordach des Hotel-Eingangs stehen und beobachte sie. Viola macht einen Schritt in den Regen hinaus, dann noch einen. Sie sieht mich triumphierend über ihre Schulter hinweg an – und genau in diesem Moment wird ihr kleiner Schirm von einer Windbö gepackt und gnadenlos umgestülpt. Ich muss auflachen, bevor ich einen Schritt in den Regen mache, sie am Ellbogen packe und entschlossen zurück unter das schützende Vordach ziehe.

»Hiergeblieben. Das ist zu gefährlich. Und dieses Mini-Ding von einem Schirm ist wirklich überhaupt nicht für Inseln im Nordatlantik geeignet.«

»Hm«, murmelt sie und sieht mich mit hochgezogenen Augenbrauen an, während ich immer noch ihren Ellbogen festhalte, obwohl wir jetzt beide wieder unter dem schützenden Vordach stehen. »Interessante Regenjacke hast du da übrigens. Gut geeignet für das Wetter auf einer Insel im Nordatlantik.«

Ich muss auflachen. »Touché«, erwidere ich leise. »Es hat noch nicht geregnet, als ich losgefahren bin, und ehrlich gesagt habe ich nicht an den Hurrikan-Ausläufer gedacht.«

»Sondern?«

An dich, will ich spontan antworten, doch ich fange mich rechtzeitig und stoße ein »An mein Manuskript« hervor. Was ja in dem Zusammenhang nicht gelogen ist. Zögernd lasse ich ihren Arm los.

»Kommst du gut voran?« Ihre ehrlich interessierte Frage schießt mir mitten ins Herz, völlig ohne Vorwarnung. Ich muss an unsere Abende in Skyes Haus denken, an unsere ungezwungenen Gespräche über Gott und die Welt. Mann, wie ich diese Gespräche vermisse! Und diese Frau.

»Ja, es läuft ganz gut«, erwidere ich und freue mich über das Lächeln, das ihr Gesicht erhellt. Dass mein Blick wie von selbst erneut zu ihrem Mund flackert, kann ich absolut nicht verhindern.

»Glenn!«, ertönt da die Stimme meiner Mutter hinter uns, und ich merke, dass Mom die Tür zur Lobby aufstößt und entsetzt zu uns herausschaut. Neben ihr taucht Johnnie Walker bellend im Türrahmen auf. »Sag mir bitte, dass du nicht ernsthaft vorhast, bei diesem Wetter da draußen mit deiner Höllenmaschine zu fahren!«

»Hi, Mom«, seufze ich leise und ringe mir ein schuldbewusstes Lächeln ab. Violas Blick durchbohrt mich voll stiller Schadenfreude. »Ähm, ich hatte nicht gedacht, dass das Wetter so schnell so schlecht wird.«

»Dabei bist du hier aufgewachsen, Junge! Du müsstest es besser wissen!« Ihr Blick fällt auf Viola und wird weicher, als sie sagt: »Und du armes Mädchen – in Jeansjacke! Dein Großvater hat gerade angerufen. Du sollst auf keinen Fall mehr nach Hause fahren, hat er gesagt. Draußen bei ihm auf der Landzunge peitscht der Sturm noch heftiger als hier. Es ist viel zu gefährlich.«

»Aber …«, beginnt Viola ratlos.

»Kommt doch bitte mal kurz rein, ich kann die Tür nicht offen stehen lassen, der Wind ist zu stark!«, ruft meine Mutter, und ich lege eine Hand auf Violas Rücken und lasse sie dort liegen, als wir gemeinsam zurück in die Lobby gehen. Sobald die Eingangstür hinter uns zufällt und der heulende Wind draußen leiser wird, entspannen sich Violas Schultern merklich. Das Wetter macht ihr wohl mehr Angst, als ich zunächst gedacht hatte. Aber klar, sie fürchtet vermutlich nach wie vor einen zu frühen Tod. Und mit Hurrikan-Ausläufern ist auch wirklich nicht zu spaßen. Ich hatte tatsächlich verdrängt, wie wild und stürmisch es hier draußen auf Whale Island zugehen kann!

»So«, sagt meine Mutter und mustert uns prüfend. »Ihr habt also im *Four Whales* gegessen?« Ich nicke und überlege, wie ich Mom diese Situation erklären soll. Sicherlich denkt auch sie jetzt, dass das hier ein bewusstes Date war – kein Einmischen meiner Schwester in mein Privatleben. Oder weiß meine Mutter am Ende sogar Bescheid?

»Du hättest ja mal Hallo sagen können, wenn du schon in der Lodge bist, Glenny«, sagt Mom jetzt in hörbar gekränktem Tonfall, und ich antworte schuldbewusst: »Das habe ich vorhin versucht, aber du warst am Empfang beschäftigt.«

Zum Glück ist das nicht gelogen.

»Ja, ist schon gut, ich weiß, dass du es nicht böse gemeint hast«, erwidert sie und tätschelt meine Wange, nur um mir mit der anderen Hand entschlossen den Motorradhelm zu entreißen. »Aber glaube nicht, dass ich dich heute noch gehen oder fahren lasse! Du kannst in deinem alten Zimmer schlafen.«

»Okay«, sage ich ergeben, denn mir ist klar, dass meine Mutter sich auf keinen Fall aufregen soll.

Bei Moms Worten richtet sich Viola, die Johnnie Walker gekrault hatte, auf und sieht erst mich an, dann meine Mutter.

Unruhig nestelt sie an ihrem Haar herum, das durch ihr kurzes Regen-Intermezzo feucht geworden ist. Ich würde gern näher an sie herantreten und erneut den Duft ihres Shampoos inhalieren.

»Und für dich haben wir sogar ein Hotelzimmer frei, Viola, weil heute eine angekündigte Reisegruppe wegen des Wetters canceln musste«, sagt meine Mutter jetzt in beruhigendem Tonfall. »Es sei denn …«

Sie hält inne und sieht unschlüssig von mir zu Viola, bevor sie wieder mich fragend mustert. Ich brauche zwei Sekunden, bevor ich begreife, was sie nicht zu fragen wagt: Ob wir gemeinsam in einem Zimmer übernachten wollen. Als ich Viola flüchtig ansehe, merke ich, dass ihre Wangen erneut rosig geworden sind und sie meine Mutter aus leicht geweiteten Augen anstarrt. Mein Gesicht wird ebenfalls heiß, und ich will gerade eilig erklären, dass ein eigenes Zimmer für Viola absolut angebracht ist, als es mit einem Schlag schwarz um uns herum wird. Johnnie Walker bellt neben mir aufgeregt, und überraschte Schreie sind aus dem Restaurant zu hören, gefolgt von einem Klirren – vermutlich ist eine der Kellnerinnen in der plötzlichen Dunkelheit mit ihrem Tablett irgendwo hineingelaufen oder hat es fallen gelassen.

»Ach nein, auch das noch«, stöhnt meine Mutter auf. Da die Notbeleuchtung über den Fluchttüren angegangen ist, kann ich sie im schwachen Licht neben mir gerade so erkennen. »Bestimmt ist wieder ein Baum auf die Stromleitung gestürzt!«

Ich spüre Violas ratlosen Blick auf mich gerichtet, und ich sehe sie an und erkläre: »Die Stromleitungen sind überall auf der Insel oberirdisch. Und wenn es einen Sturm gibt, wie jetzt, dann stürzt schon mal ein Baum auf die Leitungen, was zu Stromausfall führt.«

»Oh«, macht sie ernst.

»Keine Sorge, hier drinnen sind wir sicher«, beruhige ich sie, und ehe ich mich daran hindern kann, greife ich im schwachen Licht nach ihrer Hand und drücke sie. Ihre Finger fühlen sich kalt und erschreckend schmal an zwischen meinen. »Außerdem haben wir doch immer noch einen Generator, oder, Mom?«

»Ja, aber der braucht immer ein bis zwei Minuten, ehe er richtig läuft«, seufzt meine Mutter, und ich merke, dass sie sich abwenden will, also sage ich rasch: »Mom, wir bräuchten bitte ein eigenes Zimmer für Viola, okay?«

»Ähm, ja, sicher«, erwidert meine Mutter, und ich könnte schwören, leichte Enttäuschung in ihrer Stimme zu hören. Ihr Blick huscht flüchtig zu unseren Händen, die sich immer noch festhalten, dann wendet sie sich dem Empfangstresen zu und ruft der Mitarbeiterin zu: »Charlotte, kannst du bitte nachsehen, welches Zimmer wir der jungen Dame hier anbieten können? Geht aufs Haus.«

»Nein, nein, ich zahle für die Übernachtung!«, wehrt sich Viola, doch ich drücke ihre Hand und sage leise: »Vergiss es. Du hast keine Chance.«

Von meiner Mutter ist ein Schnauben zu hören, als sie etwas von »So weit kommt es noch!« murmelt. Dann sagt sie, dass sie im Restaurant nach dem Rechten sehen muss, bevor sie in die Richtung des *Four Whales* eilt, wo sich das Tohuwabohu etwas gelegt zu haben scheint. Von hier aus sieht es sogar recht romantisch aus, da das Lokal nur von den flackernden Kerzen erhellt wird, die schon den ganzen Abend über auf allen Tischen brannten.

In diesem Moment gehen in der Lobby und im Restaurant die Lampen wieder an. Aha, der Generator hat es geschafft.

»Halleluja«, seufze ich auf und blinzele im hellen Lichtschein. Violas Blick ist ernst auf mich gerichtet, flackert kurz zu unseren Händen, die sich nach wie vor festhalten, dann wieder zu meinem Gesicht. Sie lächelt leicht. Ich lächele zurück.

»Okay, hier hätten wir einmal den Schlüssel zu Zimmer 25«, reißt mich Charlottes Stimme aus meinen mal wieder abdriftenden Gedanken. Als wir uns zur Rezeption umdrehen, lösen sich unsere Hände voneinander, und ich vermisse das Gefühl von Violas Haut an meiner augenblicklich.

»Danke«, sagt sie und greift nach dem Schlüssel.

»Leider funktionieren die Lampen in den Zimmern nicht, nur eine Notbeleuchtung über der Zimmertür«, erklärt die Rezeptionistin. »Der Generator schafft es nicht, die Stromversorgung für das Restaurant und alle Zimmer aufrechtzuerhalten, daher kann man keine Lampen und keinen Fernseher nutzen, aber immerhin Wasser und Toilettenspülung – allerdings bitte in Maßen, damit die Versorgung nicht kollabiert. Für die Beleuchtung bekommen Sie die hier mit.«

Sie reicht Viola eine batteriebetriebene Laterne. Viola nickt mit einem Lächeln. »Alles klar. Vielen Dank.«

Unschlüssig bleiben wir dann in der Lobby stehen, Viola mit ihrer Laterne in der Hand, und sehen uns an.

»Tja, jetzt, da wir nicht mehr schnell nach Hause müssen …«, meine ich langsam und sehe über Violas Schulter in das wieder normal beleuchtete Restaurant. »Wollen wir noch einen Drink an der Bar nehmen?«

Viola zögert nur kurz, nickt dann. »Gern.«

39

Und so sitzen wir kurz darauf an der Bar des *Four Whales*, Viola einen Gin Tonic vor sich, ich ein Bier. Wir plaudern ein wenig mit Raphaël, der gekonnt Drinks mixt und nebenher von seiner Zeit in Montreal erzählt, wo er lange gelebt hat. Ich erzähle ein wenig von Halifax und Viola von Hamburg. Schließlich stößt auch Salomé dazu, die sich bereits bei der Überraschungsparty für Aidan sehr gut mit Viola unterhalten hat. Sie schwingt sich auf den Barhocker neben ihr, und die beiden Frauen sind bald in eine angeregte Unterhaltung über ihre liebsten asiatischen Gerichte vertieft. Eine Hand legt sich auf meine Schulter, und ich sehe Aidan neben mir stehen. Er hat seine Kochuniform schon ausgezogen, die Küche hat geschlossen. Nur die Bar serviert munter weiter, denn es sitzen außer uns noch einige Hotelgäste hier – und vermutlich ein paar hängen gebliebene Restaurantgäste, die wohl auch hier werden übernachten müssen, so wie Viola. Aber da ja eine ganze Reisegruppe gecancelt hat, dürfte das hoffentlich kein Problem sein.

»Na, konntet ihr in der Küche noch normal zu Ende kochen?«, erkundige ich mich bei ihm. Aidan nickt und zieht seinen Barhocker nah an meinen heran, bevor er sich daraufsetzt und bei Raphaël einen Whiskey bestellt.

»Ja, zum Glück haben wir bei der Renovierung einen ganz neuen Generator angeschafft, der einen guten Job macht, wie es scheint«, meint er und reibt sich mit einer Hand über das Gesicht. Er sieht erschöpft aus, grinst mich jetzt aber dennoch schief an. Leise fragt er: »Ich habe gehört, dass ihr die Nacht hier verbringt?«

»Ja«, bestätige ich knapp und wappne mich innerlich für das, was jetzt kommt. Ich kenne meinen Bruder nun einmal sehr lang und sehr gut.

»In einem Zimmer?«

Ich sehe Aidan mit hochgezogenen Augenbrauen an und erwidere leise: »Ich schlafe in meinem alten, durchgelegenen Bett bei Mom und Dad. Das sollte deine Frage beantworten, oder?«

»Und darf ich fragen, warum du dir das bei Mom und Dad antust und nicht bei Viola im Hotelzimmer übernachtest?« Aidan mustert mich mit leicht schief gelegtem Kopf skeptisch.

Ich räuspere mich und werfe einen schnellen Blick über meine Schulter. Zum Glück ist Viola immer noch in ihre Unterhaltung mit Salomé vertieft. Inzwischen geht es um ihre liebsten Inseln in Thailand, schnappe ich auf, bevor ich mich wieder Aidan zuwende.

»Weil wir bisher nur platonisch befreundet sind«, raune ich meinem Bruder mit Nachdruck zu und nehme einen großen Schluck Bier.

»Mhhmmmm«, macht Aidan lang gezogen und nippt an seinem Glas.

»Was soll denn ›Mhhm‹ heißen?«, frage ich gereizt. »Jenny und du, ihr seid auch platonisch befreundet.«

Aidan sieht mich an, als wäre ich ein Vollidiot. Bin ich vermutlich auch. »Jenny und ich sind platonisch befreundet, nachdem wir festgestellt haben, dass alles andere bei uns nicht funktioniert.«

»Ja. Ihr musstet das ausprobieren. Vielleicht … wissen wir das vorher schon.«

Aidan lacht leise auf und schüttelt seinen Kopf. »Glenny, glaub mir – so, wie ihr euch eben beim Abendessen angesehen habt, seid ihr beide nicht wirklich an einer platonischen Freundschaft interessiert.«

»Klar, du musst es ja wissen«, knurre ich ungeduldig und beginne, das Etikett von meiner Bierflasche zu knibbeln.

»Kann es sein, dass du einfach Schiss davor hast, den ersten Schritt zu machen?«

»Kann es sein, dass du als älterer Bruder ständig glaubst, dich überall einmischen zu müssen und alles besser zu wissen?«

»Tja, das weiß ich tatsächlich besser.« Aidan stößt mich leicht mit dem Ellbogen in die Seite, sodass ich fast das Gleichgewicht verliere und vom Barhocker rutsche. Ich werfe ihm einen genervten Blick zu und nehme würdevoll schweigend einen großen Schluck Bier – nur um mich im nächsten Moment fast zu verschlucken, denn Aidan hält mir auf Höhe meines Oberschenkels etwas auf seinem Handteller entgegen. Ich erkenne sofort, was er aus seiner Jeanstasche gezogen hat, und sehe mich mit heißem Kopf nach Viola um, die zum Glück gedanklich immer noch in Thailand zu sein scheint.

»Spinnst du?«, zische ich, greife nach Aidans Fingern und schließe sie um die silbern glänzende Kondompackung. »Läufst du immer mit Kondomen in der Hosentasche rum?«

Aidan schüttelt mit einem leisen Lachen den Kopf, dann öffnet er die Finger wieder und schiebt mir mit Nachdruck die kleine Packung in die Hand.

»Nicht in der Hosentasche, nein. Ich habe ein Geheimversteck in der Küche.«

Meine Augenbrauen schießen in die Höhe, als ich nachhake: »In der Küche? Falls Stella und du ... von einem Hurrikan überrascht werdet, oder was?«

»Schön wäre es«, brummt Aidan, und mir fällt wieder ein, dass Stella ja seit heute Morgen für drei Tage in New York ist.

»Was ist mit der Küche?«, hören wir Duncans Stimme, und er steht so plötzlich dicht neben Aidan und mir auf unseren Barhockern, dass nun Aidan sich an seinem Whiskey verschluckt und ich nicht mehr dazu komme, das verräterische Päckchen in meiner Hand verschwinden zu lassen.

»Habe ich irgendetwas verpasst?«, fragt Duncan, dessen Adleraugen die silberne Folie natürlich nicht entgangen ist – so schnell konnte ich die Finger gar nicht darum schließen.

»Ja«, erwidere ich trocken. »Aidans Kondomlager in der Küche.«

»Wie bitte?« Unser ältester Bruder sieht erst mich, dann Aidan so ehrlich entsetzt an, dass ich heiser auflachen muss. Aidan bedenkt mich mit einem »Schönen-Dank-auch!«-Augenrollen, bevor er Duncan beschwichtigend angrinst und sagt: »Glenn übertreibt. Ich habe zwei, drei für den Notfall dort deponiert.«

»Was für ein Notfall könnte das in der KÜCHE sein?«, erkundigt sich Duncan leise und klingt dabei so sehr nach ehrlich entsetztem General Manager, dem gedanklich sein Reinigungsprotokoll abhandenkommt, dass ich mit einem leisen Lachen die Stirn auf den Tresen der Bar sinken lasse.

»Vergiss es, Bruderherz«, knurrt Aidan und rammt mir dann schon wieder den Ellbogen in die Seite.

»Aua!«

»Und wieso hältst du überhaupt ein Kondom in der Hand?«, will Duncan jetzt von mir wissen, und ich bin froh, dass er die Worte nur wispert.

»Weil er es braucht. Auch wenn er das noch nicht wahrhaben will«, sagt Aidan ruhig, um dann mit einem schiefen Grinsen hinzuzufügen: »Es reicht ja, wenn wir in Sachen Familienplanung so planlos sind.«

»Also ich bin heilfroh, dass Greta und ich damals kein Kondom hatten«, murmelt Duncan und ist in Gedanken kurz bei seinem Baby, merke ich, bevor er mich ernst ansieht und sagt: »Aber das bedeutet natürlich auf gar keinen Fall, dass du das nachmachen solltest, Glenn.«

»Schönen Dank für eure wertvollen Tipps«, bemerke ich leise und schaue verstohlen über meine Schulter, wo es immer noch um Thailand geht.

»Ich muss gleich nach James sehen«, fällt Duncan da ein, und er sieht sich um – ganz sicher sucht er Greta.

»Schläft er bei Mom und Dad in der Wohnung?«

»Ja, genau.«

»Da, wo du heute nicht schlafen solltest«, sagt Aidan leise zu mir.

»Duncan, was kann ich dir geben?«, erkundigt sich Raphaël, und Duncan sieht ihn mit einem schweren Seufzen an. »Ich brauche jetzt einen puren Gin auf Eis, bitte. Bombay Sapphire.«

»Kommt sofort.« Raphaël salutiert und wendet sich pfeifend dem Flaschenregal zu.

»Hey, ich habe dir noch gar nicht gesagt, wie cool ich es finde, dass du dich mit Greta verlobt hast«, sage ich zu ihm, in der Hoffnung, von Viola und mir abzulenken. Duncan nickt mit einem zufriedenen Lächeln.

»Ich bin auch unfassbar glücklich, dass sie Ja gesagt hat«, lacht er auf. »O Mann, ich war echt unsicher, ob ich es noch einmal wagen soll zu heiraten«, seufzt er dann. »Meine dritte Hochzeit! Das war nie mein Lebensplan.«

»Leben ist das, was passiert, während du damit beschäftigt

bist, Pläne zu machen«, zitiere ich John Lennon, und Duncan grinst mich an.

»Das ist wahr. Aber das mit Greta, das muss einfach klappen. Diese Ehe darf ich echt nicht vergeigen. Weil ich nämlich nicht weiß, wie ich jemals ohne Greta leben sollte.«

»Du wirst das nicht vergeigen«, versichere ich ihm rasch. »Du liebst sie, sie liebt dich. Was soll da schiefgehen?«

»Eben. Greta und du, ihr werdet zusammen uralt«, sagt Aidan mit Nachdruck. »Das spüre ich.«

»Ach, so was spürst du neuerdings?«, lacht Duncan auf. »Bist du etwa auch mit Rae verwandt?«

»Nee, ich nicht.« Aidan wirft einen bedeutungsschweren Blick an mir vorbei auf Viola, die sich hinter mir gerade mit Salomé über etwas amüsiert. Duncan beugt sich näher zu mir und fragt leise: »Habe ich irgendetwas zwischen dir und … ihr … verpasst?«

»Nein«, stöhne ich leise. »Hast du nicht. Aidan denkt nur, da könnte mehr sein …«

»Ich denke, da SOLLTE mehr sein«, bekräftigt Aidan mit Nachdruck, und ehe ich weiß, was er da tut, öffnet er meine Finger und schiebt zwei weitere glatte, silberne Päckchen hinein.

»Aidan!«, stoße ich ungläubig hervor. »Drei?«

Aidan zuckt mit den Schultern und meint mit einem amüsierten Schmunzeln: »Es dauert, bis so ein Hurrikan-Ausläufer durchgezogen ist. Bis der Strom wieder da ist. Bis die Straßen befahrbar sind.«

»Wo er recht hat …«, murmelt Duncan und starrt in meine Hand, dann in meine Augen und zwinkert mir flüchtig zu. Ich muss auflachen – allerdings nur so lange, bis ich eine vertraute Stimme hinter Duncan höre: »Na, Jungs, was führt ihr im Schilde?«

Wir zucken alle drei synchron zusammen.

»Mom! Gar nichts!«, beeile ich mich ihr zu versichern, aber ihr Blick ist bereits auf meine Hand gefallen, die ich schon wieder nicht schnell genug geschlossen habe.

»Oh.« Sie sieht mich groß an, dann, ebenfalls über meine Schulter, in Violas Richtung, und sie nickt mit einem zufriedenen Lächeln.

»Sehr schön«, sagt sie und tätschelt mein Knie. »Dann muss ich dein Bett ja gar nicht mehr beziehen. Bis morgen, Glenny.«

»Ähm, Mom, ich habe nicht gesagt, dass ich heute Nacht nicht bei euch …«, beginne ich leise, aber meine Mutter hat sich schon Duncan zugewandt, um mit ihm über ein Problem mit den Hotelzimmern zu sprechen.

»Ja, ich komme schon«, murmelt mein Bruder, während Raphaël ihm seinen Drink reicht.

»Trink ruhig aus, ich warte an der Rezeption auf dich«, beruhigt ihn Mom und zwinkert mir ein letztes Mal zu, bevor sie davoneilt.

»Sie arbeitet schon wieder ziemlich viel mit«, bemerke ich ein wenig sorgenvoll. »Sollte sie sich nicht schonen?«

»Hm, sag ihr das mal«, stöhnt Duncan leise und nimmt einen großen Schluck vom Gin. »Unsere Mutter lebt für dieses Hotel. So. Ich gehe dann mal. Und dir …« Er sieht bedeutungsschwer auf meine Finger, die ich fest um die Kondompackungen geschlossen habe. »Dir wünsche ich eine gute Nacht, Brüderchen.«

Er grinst mich breit an, und ich bedenke ihn mit einem Augenrollen.

»Schönen Dank euch beiden«, zische ich unterdrückt. »Dass Mom das mitbekommen musste …«

»Ach komm, das freut sie doch tierisch«, bemerkt Aidan

süffisant. »Und Arbeit ersparst du ihr auch noch, weil sie dein altes Bett nicht beziehen muss.«

»Genau«, pflichtet Duncan ihm bei. »Du hast doch gemerkt, wie ihre Augen angefangen haben zu glänzen. So sieht sie sonst nur aus, wenn Rae ihr neue Regency-Heftchen vorbeibringt.«

»Haha«, brumme ich leise und leere meine Bierflasche mit zwei Zügen.

»Ach, was ich noch sagen wollte«, meint Duncan, der sich schon halb abgewandt hatte, und sieht mich ernst an. »Ich habe zwar keine Ahnung, wie Skye auf den Gedanken gekommen ist, dass du schwul sein könntest …«

»O bitte, nicht schon wieder das Thema …«, seufze ich genervt auf.

»Lass mich ausreden«, unterbricht mich Duncan mit Nachdruck. »Ich hoffe, du hättest es uns erzählt, wenn du wirklich schwul wärst. Es ist nämlich nicht so, dass das in irgendeiner Weise ein Problem gewesen wäre. Das ist mein Ernst.«

Ich starre Duncan schweigend an, während Aidan zustimmend murmelt: »absolut«.

»Danke euch«, sage ich mit einem leichten Kopfschütteln. »Falls ich mich jemals entscheiden sollte, es doch mit Männern zu versuchen, werdet ihr sofort davon erfahren.«

Aidan lacht leise auf. »Aber heute Nacht solltest du es auf jeden Fall mit einer Frau versuchen«, raunt mir Duncan mit einem Augenzwinkern zu, und trotz meiner allgemeinen Fassungslosigkeit muss ich wieder auflachen.

In diesem Moment merke ich, dass Viola sich auf ihrem Barhocker zu uns umgedreht hat, und schon höre ich sie dicht – viel zu dicht – hinter mir fragen: »Na, worüber amüsiert ihr euch?«

»Ähm …«, mache ich wenig intelligent und überlege noch,

was ich antworten könnte, als ich versuche, mich auf dem Barhocker zu ihr umzudrehen und gleichzeitig diskret meine Hand mit den Kondomen in meine Hosentasche zu schieben. Leider kippelt dabei der Hocker ein wenig zur Seite, und als ich mich reflexartig an der Kante der Theke festhalten will, rutschen mir die silberfarbenen Päckchen zwischen den Fingern hervor und fallen auf den Boden.

Warum um alles in der Welt muss ich mich hier heute Abend zum Volltrottel von Whale Island machen?

Starr vor Schreck sehe ich auf den Boden und hoffe noch, dass Viola nichts mitbekommt, aber natürlich tut sie das. Ich merke, dass auch sie aus weit aufgerissenen Augen dorthinstarrt, und als ich den Blick hebe, sehe ich Duncan und Aidan, die offenbar nicht wissen, ob sie sich vor Lachen krümmen, sich für ihren jüngeren Bruder fremdschämen oder mir in irgendeiner Weise beistehen sollen. Aidan scheint sich für Letzteres zu entscheiden, wobei es dann doch nicht so wahnsinnig hilfreich ist, als er sagt: »Ähm … du hast da was verloren, Glenn.«

»Danke dir, Bruderherz«, zische ich wütend, und dann gleite ich vom Barhocker und sammele die drei Packungen wieder ein. Ohne Viola anzusehen schiebe ich sie rasch in meine Hosentasche und greife nach meiner Bierflasche, um einen Schluck zu nehmen – nur um festzustellen, dass sie leer ist. Als ich höre, wie Viola sich räuspert, wende ich mich ihr doch zu, wobei ich mich für mein heißes Gesicht und wild rasendes Herz verfluche.

»Hör mal, das … das war eine dumme Aktion von …«, setze ich hilflos an, aber als ich Violas Blick begegne, breche ich ab. Denn da ist etwas in ihren Augen – ein Glimmen, das ich dort noch nicht gesehen habe –, das mich daran hindert, noch ein schlaues Wort über die Lippen zu bringen.

»Ich werde in mein Zimmer gehen«, sagt sie jetzt ruhig, rutscht von ihrem Barhocker und nimmt einen letzten Schluck von ihrem Gin Tonic. Salomé steht inzwischen hinter der Theke und albert mit ihrem Raphaël herum.

Toll, denke ich. Viola ist sauer und geht. Aber da fügt sie völlig gelassen hinzu: »Du weißt ja – Zimmer 25.«

Und mit einem letzten bedeutungsschweren Blick wendet sie sich ab und marschiert aus dem *Four Whales*.

Ich sehe ihr völlig perplex hinterher. Neben mir höre ich ein leises Pfeifen und dann Aidans eindeutig bewundernde Stimme: »Die ist ja cool.«

»Hey, spar dir deine Kommentare«, fahre ich ihn leise an, aber im Grunde genommen finde ich, dass er recht hat.

»Ist doch wahr! Sie hätte peinlich berührt im Erdboden versinken oder uns entrüstet zum Teufel wünschen können!« Aidan sieht mich ehrlich begeistert an und klopft mir auf die Schulter. »Viola ist ein Volltreffer!«

»Schön, dass ich deinen Segen habe«, bemerke ich sarkastisch, wobei auch ich nicht aufhören kann, über Violas gelassene Bemerkung und das Leuchten im Braun ihrer Augen nachzudenken.

»Und meinen«, bemerkt Duncan mit einem Grinsen und stellt sein leeres Glas auf den Tresen. »Und Moms. Und noch dazu hast du drei Kondome. Also, sieh zu, dass du in Zimmer 25 kommst, Glenny-Boy. Bevor sie es sich anders überlegt.«

40

Viola

Was habe ich mir bloß dabei gedacht, das zu sagen? Vor seinen Brüdern? Halten die mich jetzt alle für eine, die mit jedem ins Bett springt?

Unruhig laufe ich in Zimmer 25 hin und her. Die batteriebetriebene Laterne steht auf dem Nachttischchen und wirft ihren sanften Schein auf das breite Ehebett mit dem hübschen Quilt in verschiedenen Blautönen. Das muss eine von Heather Camerons selbst gemachten Patchworkdecken sein, denn Skye hat mal erwähnt, dass ihre Mutter nach der Renovierung der Lodge alle Hotelzimmer mit ihren eigenen Quilts ausgestattet hat. Der Gedanke, dass Glenn und ich auf dieser Decke … Nein, ich muss den Quilt entfernen, bevor er kommt. Irgendwie habe ich das Gefühl, seiner Mutter zu nahe zu treten, wenn wir es auf ihrer Patchworkdecke … Ich kann den Gedanken nicht zu Ende führen, wende mich mit heißem Gesicht vom Bett ab und mache ein paar große Schritte durch das Zimmer.

Wahrscheinlich kommt er gar nicht, und ich mache mir hier völlig umsonst Gedanken um den Quilt seiner Mutter. Bestimmt hält er mich nach meiner Reaktion unten in der Bar für leicht durchgeknallt.

Aber … warum hatte er Kondome in der Hand, wenn nicht, um für den Fall der Fälle mit mir gerüstet zu sein? Hat er seine Brüder vielleicht gebeten, ihm auszuhelfen? Immerhin ist Glenn in dem Glauben in die *Cameron Lodge* gekommen, hier seine Schwester zum Abendessen zu treffen. Logisch, dass er da nicht gut ausgerüstet aufgetaucht ist.

Mir wird heiß, als ich an die drei silbernen Päckchen auf dem Fußboden des Restaurants denke. Und an Glenns entsetzten Gesichtsausdruck. Dass ihm das Ganze sehr unangenehm war, war nicht zu übersehen. Was ich zu ihm gesagt habe – das mit Zimmer 25 –, kam völlig spontan und unüberlegt heraus. Vielleicht weil ich ihn vor seinen Brüdern nicht blöd dastehen lassen wollte. Und … weil ich in dem Moment ganz einfach gehofft habe, dass die Kondome nicht für irgendeine Frau gedacht waren, sondern für mich. Der Gin Tonic hat mir Mut gemacht.

Aber jetzt verdünnisiert sich mein Mut gerade. Ich bin mir selbst nicht mehr sicher, was ich will. Beim Abendessen war ich so hin- und hergerissen – einerseits hat mich Glenn mit seinen graugrünen Augen völlig verrückt gemacht, aber andererseits … Warum ist er plötzlich aufgestanden und zu Jenny gegangen? Zur Ex seines Bruders? Ich fand das sehr merkwürdig, wie er sich verhalten hat – genau wie neulich, am Inselladen. Da hat er überhaupt nicht begeistert davon gewirkt, sie zu sehen. Und bei Aidans Party hat er gar nicht mit ihr geredet, soweit ich das mitbekommen habe.

Ein Klopfen an meiner Zimmertür lässt mich so sehr zusammenzucken, dass ich mich fast an der Ecke der Kommode stoße. Jeglicher Gedanke an Jenny verschwindet augenblicklich, wird von wilder Hoffnung und purer Angst verdrängt. Will ich das wirklich?

Ja.

Mit heftig hämmerndem Herzen atme ich einmal tief durch, straffe dann meine Schultern und gehe zur Tür, um aufzumachen.

Glenn steht im schwach beleuchteten Flur und sieht mich mit einem unsicheren Lächeln an. Mit einer Hand fährt er sich durch sein dunkles Haar, die andere steckt in seiner Hosentasche – ich muss automatisch dorthin sehen. Glenn entgeht das nicht, denn er zieht mit einem verlegenen Grinsen die Hand heraus, öffnet die Finger, um zu demonstrieren, dass er nicht wieder irgendwelche Päckchen festhält, und sagt dann mit kratziger Stimme: »Ich muss mich wirklich für meine Brüder entschuldigen. Sie bringen mich immer in die schlimmsten Situationen.«

Ich muss lachen. »Ich finde deine Brüder eigentlich sehr nett«, erwidere ich und lehne mich seitlich in den Türrahmen. Glenn nickt langsam und erwidert: »Du musstest auch nicht mit ihnen aufwachsen.«

Sein Lächeln ist ansteckend, wir grinsen uns flüchtig an, bevor wir schlagartig beide wieder ernst werden. Uns betrachten, er immer noch im Flur, ich im Türrahmen.

»Möchtest du reinkommen?«, frage ich schließlich leise und mache einen Schritt rückwärts, hinein in mein spärlich beleuchtetes Zimmer.

»Gern.« Glenns Stimme ist ein raues Wispern, das mir eine Gänsehaut bereitet.

Er kommt einen Schritt ins Zimmer und schließt die Tür hinter sich, ohne den Blick von mir abzuwenden. Um die Intensität zu lockern, kann ich mir nicht verkneifen zu fragen: »Du hast nicht zufällig ein Kondom dabei, oder?«

Glenn lacht kurz auf, bevor er ernst erwidert: »Nicht nur eins.«

»Deine Brüder haben es gut mit dir gemeint.«

»Oder mit dir«, bemerkt Glenn und mustert mich mit hochgezogenen Augenbrauen und einem langsamen Lächeln, das mir den Atem stocken lässt.

»Oder mit mir«, kann ich nur leise flüstern, weil meine Stimme plötzlich nicht mehr so funktioniert, wie sie soll. Das muss sie allerdings auch gar nicht, weil Glenn jetzt dicht bei mir ist, mein Gesicht mit seinen Händen umfasst. Ich halte den Atem an, starre auf seine Lippen, die meinen mit einem Schlag so nah sind.

»Nur als Vorwarnung«, murmelt Glenn ernst. »Ich bin nicht schwul.«

Erneut muss ich auflachen, und auch um seinen Mund zuckt wieder dieses langsame Lächeln, das mich irre macht. »Okay. Danke für den Hinweis«, wispere ich.

»Nur damit du dir darüber im Klaren bist, wohin das hier führen könnte«, raunt er leise, legt einen Arm um meine Taille und zieht mich enger an sich.

»Könnte?«, frage ich und schlinge meine Arme um seinen Hals.

»Wird. Wohin das hier führen wird«, wispert Glenn, und mir wird schwindelig vor Verlangen.

»Dabei dachte ich, wir könnten platonisch befreundet sein«, flüstere ich und starre auf Glenns Mund, der meinem jetzt so nah ist, dass ich seinen warmen Atem auf meinen Lippen spüre.

»Hast du das wirklich gedacht?«, murmelt Glenn.

»Seit ich weiß, dass du nicht schwul bist, nicht mehr wirklich«, gebe ich zu. Glenn lacht auf.

»Ich auch nicht. Allerdings nicht erst seit Aidans Party. Du hast mich vom ersten Tag an verrückt gemacht.«

Ich lehne mich eine Spur zurück und sehe ihn überrascht an. »Wirklich? Habe ich das?«

»Und ob«, erwidert Glenn, und sein Blick flackert kurz zu meinen Augen, bevor er erneut meinen Mund betrachtet. »Während du dachtest, ich wäre dein neuer schwuler platonischer Freund, hatte ich … unpassende Gedanken, wenn ich dich gesehen habe.«

»Unpassende Gedanken?« Ich lehne mich noch eine Spur zurück, ziehe meine Augenbrauen in die Höhe und sehe ihn amüsiert an.

»Mhhm«, murmelt Glenn, und die Art, wie er mich betrachtet – ernst und intensiv und überhaupt nicht zu Scherzen aufgelegt –, lässt mein Lächeln ersterben und Hitze in meine Wangen kriechen.

»Bitte zeig mir, was du Unpassendes gedacht hast.«

Habe ich das wirklich gerade laut gesagt? Fast erschrocken über mich selbst, starre ich Glenn an. Glenn erwidert meinen Blick und hebt seine Augenbrauen eine Spur.

»Nichts lieber als das«, raunt er leise, was mir eine Gänsehaut über den Körper jagt, und bevor ich noch dazu komme zu reagieren, beugt er sich entschlossen vor und küsst mich. Und … mein Gott, der Mann kann küssen!

»Liebe ist nichts für Feiglinge«, hallen die Worte meiner Großmutter in meinem Kopf wider, und ich beschließe in diesem Moment, endlich kein Feigling mehr zu sein. Stattdessen bewege ich meine Lippen hungrig gegen Glenns, kralle mich in seinem Hemd fest und fange schließlich mit ungeduldigen Fingern an, seine Knöpfe aufzuzerren. Als sich ein Knopf vom Stoff löst und auf den Boden fällt, murmele ich schwer atmend: »Den nähe ich auch wieder an«, was Glenn mit einem kurzen Lachen kommentiert, bevor er mich weiterküsst. Als er mich ebenfalls von meinem T-Shirt befreit hat, dränge ich mich mit einem Stöhnen gegen seinen Körper, fahre mit meinen Händen unter sein halb offenes Hemd, über seine Haut, lasse ihn unter meiner Berührung erschaudern. Glenn sieht mich schwer atmend an, in seinen Augen liegt ein Glanz, den ich noch nie bei ihm gesehen habe.

»Viola, du treibst mich in den Wahnsinn«, flüstert er, bevor er seine Finger in den Bund meiner Jeans schiebt und mich noch dichter an sich zieht, mich wieder küsst und gleichzeitig meinen Hosenknopf öffnet. Bald hängt meine Jeans auf Kniehöhe und seine auch, und wir sinken an Ort und Stelle auf den Teppich – teilweise, um nicht vor lauter Stoff zu stolpern, teilweise, weil wir keinen Schritt mehr gehen wollen oder können, sondern das erste Kondom hier und jetzt, auf dem Fußboden, brauchen. Ich hätte mir also nicht so viele Gedanken um die schöne Patchworkdecke auf dem Bett machen müssen.

»Geht es deiner Rippe gut?«, flüstert Glenn besorgt, als wir etwas später gemeinsam auf dem Teppich liegen, er immer noch halb über mir, aber jetzt regelrecht kollabiert. Sein Atem geht nach wie vor schnell und streift heiß meinen seitlichen Hals. Ich könnte jetzt sagen, dass es meiner Rippe gut geht, aber dass sich mein Rücken so anfühlt, wie sich wohl jeder Rücken anfühlt, wenn man auf einem Fußboden leidenschaftlichen Sex hatte. Doch ich will auf gar keinen Fall, dass Glenn aufsteht, sondern möchte unbedingt weiterhin sein Gewicht auf mir spüren, seine warme Haut an meiner, ihn mit meinen Oberschenkeln fest umschlungen halten.

»Alles wunderbar«, flüstere ich daher und küsse ihn seitlich auf den Hals, wo sein Puls nach wie vor rast.

Glenn stöhnt leise auf und dreht sein Gesicht zu mir. Seine dunkelbraunen Haarsträhnen hängen ihm verschwitzt in die Stirn.

»Das ging viel zu schnell«, murmelt er jetzt und beugt sich über mich, um mich zärtlich auf die Lippen zu küssen. »Und warum wir es nicht bis in das Bett geschafft haben, das einen Meter von uns entfernt steht, ist mir ein Rätsel.«

»Echt? Mir nicht.« Ich grinse ihn an, während er sich ein wenig auf seine Unterarme stützt und mich regelrecht andächtig betrachtet. Eigentlich müsste es mir peinlich sein, so entblößt unter ihm zu liegen, aber das ist es mir nicht. Er streckt seine Hand aus und fährt damit sacht über meine linke Brust, was mich erschaudern lässt.

»Dir ist es kein Rätsel?«, hakt er heiser nach. Ich schüttele mit einem langsamen Lächeln den Kopf.

»Nein. Wir konnten es einfach keinen Augenblick länger aushalten. Da war der Meter bis zum Bett nicht mehr drin.«

Glenn grinst breit und nickt, bevor er sich zu mir hinabbeugt und gegen meine Lippen flüstert: »Und weißt du, was das Beste ist?«

»Nein«, murmele ich und küsse ihn ungeduldig, schlinge meine Schenkel fester um ihn und meine Arme ebenfalls. Lachend löst er sich von mir, sieht mir bedeutungsschwer in die Augen und wispert: »Wir haben noch zwei Kondome.«

41

Das dunkle Wasser droht alles zu verschlingen. Es ist überall, es zieht und zerrt an dem ächzenden Schiff, über dem wütende Wellen unbarmherzig zusammenschlagen. Voll Panik klammern sich Leute an der Reling fest, während das Wasser höher steigt – sie stehen im Wasser, überall ist Wasser! Die rötlichen Locken der Frau werden durcheinandergewirbelt, während sie in ihre Hand spricht. Und da ist noch mehr Haar. Blondes Haar. Es ist unter Wasser, treibt wie ein heller Vorhang im Schwarzblau des tobenden Atlantiks. Die Frau geht unter, kann sich nicht über Wasser halten. Dann etwas Weißes, es taucht unter ihr durch, hebt sie hoch. Was ist das …?

Mit einem Schrei fahre ich in die Höhe, sehe mich heftig atmend um. Hinter mir höre ich ein leises Stöhnen, dann ein Decken-Rascheln, und noch während ich versuche zu begreifen, was geschehen ist, schlingt sich ein Arm von hinten um meinen nackten Oberkörper.

»Hey«, höre ich Glenns kratzige Stimme, spüre seinen warmen Atem an meiner Schulter. »Ganz ruhig.« Er richtet sich weiter auf, sieht mich verschlafen an. »Hast du schlecht geträumt?«, fragt er sanft und schiebt mir mit einer Hand zärtlich eine Strähne aus der Stirn.

Benommen nicke ich. »Ja«, wispere ich und versuche, mein wild hämmerndes Herz unter Kontrolle zu bekommen.

Aber … das war kein normaler Albtraum. Alles hat sich so … real angefühlt. Ich schließe kurz die Augen, um mich zu sammeln und die Bilder in meinem Kopf zu sortieren. Das Schiff … Im Wellengang … Eine blonde Frau … Und eine rotgelockte …

»Dottie«, stoße ich hervor und öffne meine Augen, starre Glenn an. Er mustert mich überrascht.

»Dottie?«, fragt er ratlos. »Du hast von Dottie geträumt?«

Ich reibe mir über das Gesicht, sehe an Glenn vorbei zum Fenster. Es ist bereits hell, merke ich erst jetzt – durch den Spalt zwischen den Vorhängen fällt schwaches Tageslicht. Da wird mir klar, was ich im Traum gesehen habe.

»Die Fähre!«, stoße ich hervor und sehe Glenn wieder an. Als ich seinen nackten Oberkörper wahrnehme, flackern ganz flüchtig die Bilder der letzten Nacht vor meinem inneren Auge vorbei. Was für ein Glück, dass wir drei Kondome hatten!

Aber meine Gedanken sind sofort wieder bei dem, was ich gerade im Schlaf erlebt habe. Irgendwie weiß ich, dass das kein normaler Traum war. Ich weiß, dass … dass …

»O Gott«, stoße ich hervor und springe aus dem Bett, stolpere fast über den Quilt, der auf den Boden gerutscht ist, laufe zum Fenster. Sorgenvoll starre ich hinaus, während ich höre, wie Glenn ebenfalls aufsteht. Schon steht er hinter mir, umschlingt mich von hinten mit seinen Armen, und kurz genieße ich das Gefühl seines warmen, nackten Körpers an meiner Rückseite.

»Was ist denn bloß los?«, murmelt er besorgt. »Ist es wegen des Sturms? Schau mal, es sieht schon nicht mehr so schlimm aus.«

Das stimmt, der Wind scheint sich ein wenig beruhigt zu haben. Nachdem er uns die ganze Nacht über wachgehalten hat (okay, der Wind ist nicht allein schuld an meinem Schlafmangel), heult er jetzt längst nicht mehr so wild um die Lodge. Dennoch sehe ich, wie sich die Äste der Bäume nach wie vor heftig hin- und herbewegen, und es regnet immer noch.

Wieder zucken die Bilder meines Traums in meiner Erinnerung hoch: Die Fähre, in Schieflage. Hilflos in der Brandung.

»Glenn«, sage ich und drehe mich zu ihm um, starre ihn panisch an. »Bitte halt mich nicht für verrückt, aber ... ich mache mir Sorgen, dass die Fähre in Gefahr ist.«

Glenn schaut mich ernst an. Dann nickt er und dreht sich um, beginnt, seine Klamotten vom Boden aufzusammeln. »Ich halte dich überhaupt nicht für verrückt«, sagt er, während er eilig in seine Boxershorts steigt. »Immerhin bist du mit Rae MacLaughlin verwandt.«

Das Hotel ist noch still, als wir in die Lobby hinabeilen, doch zu meiner Erleichterung steht Heather bereits an der Rezeption. Sie hilft immer aus, wenn die Angestellten, die die Fähre nehmen müssen, nicht kommen können.

Die Fähre. Ich schlucke.

»Guten Morgen, ihr zwei!« Heather strahlt erst mich, dann ihren Sohn an, und unter normalen Umständen würde ich in dieser Situation verlegen erröten, aber dafür ist jetzt einfach keine Zeit.

»Hi, Mom«, sagt Glenn, dem die Eile ebenso bewusst ist. Dass er meinen Traum überhaupt nicht infrage stellt, sondern mich und meine Panik so ernst nimmt, rührt mich – und ängstigt mich zugleich. Kann es sein, dass ich wirklich anfange, Träume zu haben, die die Zukunft zeigen? So wie Rae?

Eigentlich wäre es mir lieber, wenn ich Schwachsinn geträumt hätte und die Fähre normal fahren würde. Bitte, ich möchte unbedingt falschliegen!

»Kannst du bitte mal versuchen, Dottie zu erreichen?«

»Dottie?« Heather sieht ihren Sohn erstaunt an. Auch sie hat jetzt gemerkt, wie alarmiert wir sind, und ihr vorher so zufriedenes Lächeln erlischt. »Ist etwas passiert?«

»Hoffentlich nicht«, erwidert Glenn, und ich merke, dass ihm in diesem Moment klar geworden ist, dass er seine Mutter eigentlich nicht stressen sollte. Besorgt mustere auch ich Heather und füge rasch hinzu: »Es ist bestimmt nichts. Nur … also …«

»Kann ich mal versuchen, Hank auf dem Festnetz zu erreichen?« Glenn hat noch keine Antwort von seiner Mutter bekommen, als er schon an ihr vorbeireicht und nach dem Telefonhörer greift.

»Geht nicht«, sagt Heather bekümmert. »Der Sturm muss die Telefonleitung heruntergerissen haben, die Telefone sind tot.«

Glenn lässt den Hörer, den er schon abgehoben hatte, mit einem tiefen Seufzer wieder sinken.

»Na gut, dann versuche ich es mit dem Handy bei Hank«, brummt er wenig hoffnungsvoll und beginnt zu wählen. Kurz danach klickt er frustriert aufs Display, murmelt etwas von »Er geht nicht dran«, wählt dann erneut und lässt sein Telefon schließlich sinken. »Und Dottie hat natürlich keinen Empfang, klar.« Glenn schnaubt ungeduldig. »Wie sieht es draußen überhaupt aus? Gibt es Schäden ums Hotel herum?«

»Dein Dad und die Jungs sind gerade draußen und schauen nach dem Rechten«, erklärt Heather. Ich vermute, mit den »Jungs« meint sie Aidan und Duncan. Unter anderen Umständen hätte ich schmunzeln müssen, aber mir ist nicht nach Schmunzeln zumute. Im Gegensatz zu anderen Albträumen, die mit dem beginnenden Tag verblassen und an Bedeutung verlieren, sitzt mir dieser noch immer heftig in den Knochen, lässt mich einfach nicht los.

Als würde er genau verstehen, wie es mir geht, greift Glenn nach meiner Hand und sieht mich ernst an. Dann fragt er entschlossen: »Hast du deinen Autoschlüssel dabei?«

»Ihr wollt jetzt mit dem Auto fahren?« Heather sieht ihren Jüngsten entsetzt an. »Ich weiß nicht, ob die Straßen schon befahrbar sind, Junge! Da könnten noch Stromleitungen herunterhängen – der Generator läuft weiterhin, der Strom ist noch nicht zurück!«

Ein Bild von Glenn und mir im schwach beleuchteten Zimmer 25 flackert vor meinem inneren Auge auf, wird jedoch wieder von dem Bild verdrängt, das mich eben aus dem Schlaf gerissen hat: Die schief im Wasser hängende Fähre.

»Bitte, wir … müssen dringend schauen, ob an der Fähre alles in Ordnung ist.« Ich sehe Heather ernst an und hoffe, dass meine Worte sie nicht zu sehr aus der Ruhe bringen. Heather erwidert meinen Blick und schluckt schwer. Ich schaue Glenn an und klopfe auf meine Handtasche, die ich mir umgehängt habe. »Ich habe den Autoschlüssel hier.«

»Sehr gut«, sagt Glenn.

»Aber ihr fahrt ganz langsam, Glenny, hörst du?« Heather sieht bekümmert von mir zu ihrem Sohn.

»Versprochen, Mom.« Glenn beugt sich vor und drückt ihr einen Kuss auf die Wange. Als er sich bereits abwenden will, fragt er noch: »Ist Skye eigentlich schon zurück auf die Insel gekommen?«

Heather schüttelt den Kopf. »Nein. Ich habe keine Ahnung, wann sie kommt – ich habe versucht, sie anzurufen, aber ich komme nicht bei ihr durch.«

Glenn nickt, greift entschlossen nach meiner Hand. »Komm, lass uns fahren.«

Glenn lenkt das Auto meines Großvaters vorsichtig Richtung

Ortskern von Whale Island und weicht immer wieder vereinzelt auf der Straße liegenden Ästen aus. Ich bin viel zu aufgewühlt, um selbst zu fahren. Als wir bereits an der Kirche und dem verlassenen roten Schulhaus vorbeigekommen sind, sehen wir vor uns das Souvenirgeschäft und den Inselladen – und dahinter den Pier der Fähre, wo aber keine Fähre liegt. Dafür hat sich dort eine Menschentraube versammelt, was mein Herz dazu veranlasst, sich angstvoll zusammenzuziehen. Glenn wirft mir einen schnellen Seitenblick zu, dann parkt er am Straßenrand und schiebt gegen den immer noch heftigen Wind bereits die Fahrertür auf. Ich steige ebenfalls schnell aus und beginne zu rennen. Glenn holt mich ein, er greift im Laufen nach meiner Hand, wir eilen gemeinsam auf den langen Pier hinaus. Dort stehen viele Insulaner um einen Pick-up versammelt, und ich bin überrascht darüber, wie viele ich kenne: Der rothaarige Ronan aus dem Inselladen, gemeinsam mit seinen Eltern Birdie und Lloyd. Neben ihnen das Ehepaar aus dem Souvenirladen – das sind die Eltern von Duncans verstorbener Frau Amy, wie ich mal mitbekommen habe. Da stehen auch Joe und Will, halten sich an den Händen, genau wie Glenn und ich. Einige andere kenne ich noch nicht – aber wen ich sofort erkenne, ist Hank, der große blonde Mann von Dottie. Er steht in der Mitte der Menschentraube, in der geöffneten Beifahrertür des Pick-ups, und hält ein Funkgerät in der Hand, das durch ein Kabel mit dem Inneren des Wagens verbunden ist. Flüchtig nehme ich die lange Antenne auf dem Pick-up wahr, die nicht einfach für normalen Radioempfang spricht. Hank redet aufgeregt in das Funkgerät und hält dabei den Blick aufs Meer hinaus gerichtet. Erst jetzt wird mir bewusst, dass auch die anderen alle auf den Atlantik blicken, obwohl sie so dicht bei Hank stehen – aber niemand sieht ihn an.

Als ich ebenfalls den Blick aufs Meer richte, wird mir klar, warum. Entsetzt bleibe ich stehen und umklammere Glenns Hand fester, während ich an den Horizont starre: Immer wieder versperren hohe Wellen einen klaren Blick, aber ich erkenne trotzdem, dass dort draußen die Fähre schwimmt. Aber … schwimmt sie wirklich? Oder … steckt sie fest? Da sind doch Felsen?

»Was ist passiert?«, höre ich schon Glenn fragen, und Joe und Will drehen sich zu uns um.

»Dottie ist in Seenot geraten«, erklärt Joe und sieht uns aus weit aufgerissenen Augen an. »Sie hatte das Okay, dass die Fähre auslaufen durfte, also ist sie nach Scott's Harbour gefahren. Aber auf dem Rückweg hat der Wellengang noch einmal zugelegt, und eine gewaltige Welle muss den Bug der Fähre so unglücklich getroffen haben, dass ein Loch in den Rumpf gerissen worden ist.«

Entsetzt halte ich die Luft an, während die Bilder aus meinem Traum vor meinem inneren Auge toben.

Plötzlich begreife ich auch, warum die rotgelockte Frau in meinem Traum in ihre Hand gesprochen hat. Das war Dottie … mit ihrem Funkgerät.

»Um zu verhindern, dass die Fähre vollläuft und sinkt, hat Dottie sie mit dem Bug voran zwischen die Felsen da draußen gesteuert – eine echte Meisterleistung bei dem Seegang!« Joe deutet hinaus, und ich sehe erstaunt zu der Fähre hinüber. Jetzt wird mir klar, dass sie tatsächlich feststeckt – sie hat sich zwischen den Felsen verkeilt! Der feststeckende Bug sorgt dafür, dass das Schiff über Wasser bleibt – noch.

»Was, wenn der Rumpf auseinanderbricht? Bei dem Seegang?«, formuliert Glenn meine stumme Frage und starrt mit gefurchter Stirn entsetzt hinaus auf den tobenden Atlantik.

»Das fragen wir uns alle«, murmelt Joe bedrückt. »Die Jungs von der Coast Guard sind auf dem Weg.«

»Da sind sie!«, ruft in diesem Moment jemand voller Erleichterung, und auch ich erkenne das weiß-rote Boot der Coast Guard, das sich durch die Dünung auf die Fähre zukämpft.

Ich höre, wie Hank ins Funkgerät ruft: »Dottie, sie kommen, sie sind gleich bei euch!«

Aus dem Funkgerät hören wir jetzt Dotties Stimme, von Rauschen und Knacken verzerrt: »Gott sei Dank, das Wasser steigt immer höher! Okay, ich bereite die Leute auf die Evakuierung vor. Wir lassen das Rettungsboot zu Wasser. Over.«

»Passt auf euch auf, Honey!«, ruft Hank noch ins Funkgerät, und dann, etwas leiser: »Ich liebe dich. Over and out.«

Ein Rauschen ist die Antwort, Dottie antwortet nicht mehr. Bedrückt starre ich zu dem großen Mann hinüber, der sich jetzt verstohlen mit dem Ärmel seiner Wetterjacke eine Träne von der Wange wischt.

Ich spüre, wie Glenn erneut nach meiner Hand greift, sie fest mit seinen warmen Fingern umschließt.

»Wie viele Leute sind an Bord?«, fragt er Joe leise.

»Fünf Passagiere, plus Dottie.« Joe macht eine Pause und fügt hinzu: »Skye ist auch dabei.«

Glenns Finger schließen sich fester um meine, während er leise flucht. »Verdammt, sie hätte es besser wissen müssen! Bei dem Wetter!«

Ob er Dottie oder seine Schwester meint, ist mir nicht klar. Vermutlich beide. Ich drücke seine Hand, sehe ihn an. Glenn erwidert meinen Blick, starrt mich ernst an. Dann beugt er sich schnell vor und küsst mich auf den Mund, und all die süßen Erinnerungen an die vergangene Nacht flackern flüchtig in meinem Gedächtnis auf, bevor die Sorge um die Menschen auf der Fähre wieder überhandnimmt.

»Wäre es nicht besser, die Evakuierung mit dem Rettungshubschrauber durchzuführen?«, fragt Glenn jetzt, und ich merke, dass er mit Hank spricht. Der hat das Funkgerät sinken lassen und starrt mit sorgenvollem Blick hinaus auf den wilden Ozean.

»Der ist bei einem anderen Einsatz«, sagt er ernst.

»Habt ihr einen eigenen Rettungshubschrauber hier auf der Insel?«, hake ich nach, aber Glenn schüttelt den Kopf.

»Nein, in Notfällen wird der vom Festland angefordert.«

Atemlos verfolgen wir vom Pier aus, wie sich das Boot der Coast Guard der Fähre nähert. Der Wellengang ist so hoch, dass das Boot immer wieder unseren Blicken entschwindet. Ungläubig frage ich mich, wie die Evakuierung bei dieser stürmischen See klappen soll. Wie wollen Dottie und die anderen ein Rettungsboot zu Wasser lassen? Und wie werden sie an Bord des Coast Guard Schiffs kommen?

Abgesehen vom heulenden Wind ist es geradezu unheimlich still auf dem Pier, während alle gebannt verfolgen, was sich auf dem Atlantik abspielt. Leider sieht man nervtötend wenig, nicht nur wegen der hohen Wellen, sondern vor allem, weil das Rettungsboot auf der Seite der Fähre, die von uns abgewandt ist, zu Wasser gelassen worden sein muss. Auch das Coast Guard Boot ist so um die Fähre herumgefahren, dass man von hier aus kaum etwas von den Jungs an Deck erkennen kann. Alle scheinen kollektiv den Atem anzuhalten, Hank umklammert nach wie vor fest das Funkgerät.

Und dann setzt sich das Coast-Guard-Boot in Bewegung, hält auf Whale Island zu. Aus Hanks Funkgerät hören wir eine Männerstimme, die sagt: »Hank, Hank, bitte kommen.«

»Ja! Hier Hank!«, brüllt Dotties Mann regelrecht ins Funkgerät und starrt mit weit aufgerissenen Augen dem Boot entgegen.

42

»Hier ist Ian. Wir haben sie. Alle fünf Passagiere plus Dottie sind bei uns an Bord. Over.«

Die Menschentraube atmet gemeinsam auf, ein Jubel geht durch die Menge, Leute fallen sich in die Arme. Hank sagt heiser: »Danke dir, Ian. Over and out.« Dann lässt er das Funkgerät sinken und schluchzt heiser auf. Eine Frau – richtig, das ist Birdie vom Inselladen – tritt neben ihn und nimmt ihn fest in ihre Arme.

Gerührt will ich mich Glenn zuwenden und etwas sagen, doch in dem Moment hören wir Stimmen hinter uns.

»Hey, was ist denn passiert?« Schwere Schritte kommen rasch über den Pier näher, und als ich mich umdrehe, sehe ich Duncan und Aidan auf uns zurennen. Im Hintergrund steht Aidans schwarzer Pick-up, und gerade steigt Greta aus und folgt den Männern. Glenn erklärt seinen Brüdern in knappen Worten, was geschehen ist, während sich das Coast-Guard-Boot weiter dem Insel-Hafen nähert.

»Skye ist an Bord?«, hakt Duncan ungläubig nach und starrt mit gefurchter Stirn der Fähre entgegen. »O Mann, gut, dass wir das erst jetzt erfahren. Dass Mom es noch gar nicht weiß. Keine Ahnung, was das gesundheitlich wieder mit ihr gemacht hätte.«

»Dottie hätte noch nicht fahren dürfen, das Wetter war nicht gut genug«, stöhnt Aidan auf, so leise, dass Hank es nicht hören kann.

»Jeder macht Fehler«, murmelt Glenn.

»Und sie hat die Fähre in den letzten Jahren immer fehlerfrei durch Wind und Wetter gesteuert«, wirft Joe ein, der in Hörweite steht. »Außerdem hatte sie das offizielle Okay, dass sie fahren durfte.«

»Ja«, bestätigt Aidan mit einem Seufzer. »Ich weiß. Aber ... verdammt, die Vorstellung, dass Skye es nicht geschafft hätte ...« Er bricht ab und fährt sich flüchtig über die Augen. Greta ist neben ihn getreten, ich sehe, wie sie Aidan über den Arm streicht, bevor ihre Hand nach Duncans greift und sie drückt, so wie ich Glenns nach wie vor umklammert halte. Das scheint ihr in diesem Moment auch aufzufallen, denn sie wirft einen Blick auf unsere Hände, sieht mir ins Gesicht, und flüchtig blitzt ein zufriedenes Lächeln darin auf, all den Umständen zum Trotz. Ich lächele zurück, bevor wir alle beobachten, wie das Boot der Coast Guard sich langsam dem Pier nähert und so abdreht, dass es seitlich anlegen kann.

Während ich atemlos das wegen des Wellengangs herausfordernde Anlegemanöver verfolge, spielen sich in meinem Kopf wieder und wieder die Szenen aus meinem Albtraum ab. Ich kann einfach nicht fassen, dass ich von dem Fährunglück geträumt habe! Meine Arme werden von einer Gänsehaut überzogen.

In dem Moment wird die Gangway vom Coast Guard Boot herabgelassen, und als Erster verlässt Ian Baker das Boot. Über seiner dunkelblauen Uniformjacke trägt er eine leuchtend orangefarbene Schwimmweste, und auch die Passagiere, die hinter ihm die Gangway betreten, haben noch ihre Schwimmwesten umgeschnallt. Alle wirken sehr bleich, als sie nacheinander von Bord kommen. Ian ist am Fuß der Gangway stehen geblieben und sorgt dafür, dass alle sicher den Pier betreten. Ein paar andere Mitglieder der Crew stehen an Deck, zwei winken Hank zu. Der jedoch hat nur Augen für Dottie, die jetzt von Bord kommt. Hank stürmt auf sie zu und reißt sie in seine Arme, Dottie vergräbt schluchzend ihr Gesicht in seiner Wetterjacke. Skye betritt nun auch den Pier, sie strahlt längst nicht so fröhlich wie sonst, sondern bekommt nur ein zittriges Lächeln zustande, als sie uns erblickt. Unsicheren Schritts kommt sie auf uns zu, und ihre drei Brüder umringen sie sofort und umarmen sie alle gleichzeitig, bis sie lachend ruft: »Ich bekomme keine Luft!«

»Jag uns bitte nie wieder so einen Schrecken ein, hörst du?« Duncan sieht seine Schwester streng an, bevor er sie erneut an sich zieht und ihr einen Kuss auf die Stirn drückt.

»Das tut mir alles so leid«, meldet sich Dottie zu Wort und wendet sich mit bleichem Gesicht uns zu. »Die Unterbrechung des Fährverkehrs war heute Morgen aufgehoben worden, darum bin ich losgefahren. Erst als ich schon auf dem Rückweg nach Whale Island war, kam die Meldung rein, dass der Sturm doch noch einmal stärker wurde, dass man die Fähren wieder andocken sollte. Aber da hatte ich ja schon mehr als die Hälfte der Strecke zurückgelegt, und ich dachte: Das schaffen wir. Aber dann kam diese Monster-Welle und hat uns so unglücklich am Bug getroffen, dass ich gleich wusste: Jetzt ist es passiert.« Sie schluchzt leise auf, wischt sich mit zittrigen Händen über die Wangen. »Ich dachte, wir sinken, wir gehen unter! Dann habe ich wie von selbst gehandelt, habe die Felsengruppe gesehen, um die ich sonst einen Bogen mache, und war mir sicher, dass das unsere einzige Chance war, eine Weile über Wasser zu bleiben: Indem ich den Bug zwischen die Felsen laufen lasse, damit wir über der Wasseroberfläche gehalten werden. Denn unser Rettungsboot – mit dem wären wir bei dem Seegang niemals bis zur Insel gekommen, ohne zu kentern!«

»Du hast genau richtig gehandelt«, beruhigt Hank sie sanft, obwohl er selbst noch ganz zittrig wirkt. Da tritt mit einem Mal Ian hinter die beiden, legt Dottie eine Hand auf die Schulter und sagt mit fester Stimme: »Dottie, du hast diese Leute gerettet. Wenn du die Fähre nicht so geschickt auf die Felsen gesetzt hättest, dann wärt ihr mit Mann und Maus im Meer versunken, bevor wir euch erreicht hätten. Oder ihr wärt mit eurer Nussschale von Rettungsboot auf den Wellen da draußen unterwegs gewesen, wenn ihr es rechtzeitig alle ins Boot geschafft hättet. Glaub mir, ich habe schon erlebt, wie schnell Fähren absaufen können. Du hast alles richtig gemacht.«

»Aber … wenn ich ein bisschen länger in Scott's Harbour gewartet hätte … Dann hätte ich noch rechtzeitig gehört, dass der Fährverkehr erneut unterbrochen werden soll!«

»Du konntest doch nicht ahnen, dass sich das Wetter noch einmal verschlechtern würde! Außerdem wolltest du deine Passagiere nun einmal nicht warten lassen, Dottie«, sagt Skye und streicht ihr mit einem schiefen Lächeln über die Wange.

»Warum warst du überhaupt schon in Scott's Harbour?«, fragt Duncan seine Schwester ernst. »Du konntest doch gar nicht wissen, dass der Fährverkehr schon wieder lief, oder?«

»Ich habe es im Krankenhaus nicht länger ausgehalten«, sagt Skye und senkt den Blick.

»Jetzt sag nicht, dass Jeff schon wieder Annäherungsversuche gemacht hat?« Aidan sieht sie mit hochgezogenen Augenbrauen an.

Skye wird ein wenig rot, dann rollt sie mit den Augen und sagt: »Doch, hat er.« Sie sieht erst Greta und dann mich an, grinst schwach und meint: »Aber ich bin nicht darauf eingegangen!«

»Na, Gott sei Dank«, murmele ich und lächele erleichtert, während auch Greta hörbar aufatmet.

»Hey, Ian.«

Ian Baker wollte sich gerade abwenden, als Skye ihn anspricht. Gespannt mustere ich sie. Mit immer noch zittrig wirkenden Fingern öffnet sie die Schnallen ihrer Schwimmweste und streift sie ab, während Ian sie fragend mustert.

»Ja?«

»Jetzt, da du mich aus einem Rettungsboot gezogen hast und miterleben durftest, wie ich in völliger Panik aussehe … würdest du heute Abend im *Four Whales* mit mir essen gehen? Ich habe nämlich eben, als ich dachte, ich würde mitten im stürmischen Atlantik ertrinken, erkannt, dass man manche Dinge im Leben nicht ewig auf die lange Bank schieben darf.« Sie wirft mir einen flüchtigen Blick zu, bevor sie wieder Ian ansieht, der sie sichtlich verblüfft anstarrt.

»Aidan wird dir auch bestimmt kein Abführmittel ins Essen mischen. Oder, Aidan?«

Aidan schüttelt schmunzelnd den Kopf. »Auf die Idee würde ich nie kommen«, sagt er im Brustton der Überzeugung, was Duncan leise auflachen lässt. »Ich hoffe nur, dass der Generator bis heute Abend durchhält. Oder dass wir bis dahin wieder regulären Strom haben.«

»Ach, ist mal wieder ein Baum auf die Leitung gestürzt?« Skye schaut ihren Bruder fragend an, und als dieser nickt, sieht sie wieder Ian an. »Also, für den Fall, dass das *Four Whales* heute Abend öffnen kann: Sagen wir 19 Uhr?«, fragt sie, und Ian, der von seinen Kollegen gerufen wird, kann nur nicken. Er wirkt ehrlich überrascht – aber positiv, das merke ich deutlich.

»Ähm … soll ich dich abholen?«

»Du darfst mich gern abholen«, erwidert Skye vergnügt, bevor sie plötzlich ernst wird und mit einem flüchtigen Blick auf den Atlantik hinaus ergänzt: »Oh, mir fällt gerade ein, dass ich sowieso gar kein Auto mehr habe. Das ist nämlich noch da draußen auf der Fähre. O Gott. Meint ihr, die Versicherung zahlt dafür? Oder die Provinz Nova Scotia? Wer übernimmt denn den entstandenen Schaden?«

»Abwarten«, brummt Ian ernst. »Hoffen wir erst einmal, dass die Fähre gar nicht untergeht, sondern zwischen den Felsen verkeilt bleibt. Sobald der Seegang sich beruhigt hat, fahren wir wieder raus und sehen uns das Ganze an. Vielleicht kann man die Autos retten.« Er grinst Skye schief an. »Aber ganz abgesehen davon, wann du dein Auto womöglich zurückbekommst: Ich hole dich um kurz vor 19 Uhr ab.«

»Klingt gut«, lächelt Skye und wendet sich Greta zu. »Du reservierst uns doch einen Tisch?«

»Aber ja«, bestätigt Greta. »Den gemütlichen Zweiertisch, der sich so gut für erste Dates eignet.« Sie wirft Glenn und mir einen bedeutungsschweren Blick zu, und ich grinse verlegen.

»Ach ja!« Skyes Augen weiten sich, und während Ian, immer noch ein wenig verdattert, zum Boot zurückgeht, wendet sich Glenns Schwester begeistert uns zu. »Wie war denn euer Abend?«

»Und eure Nacht?«, schiebt Aidan mit Unschuldsmiene hinterher, worauf Skye ein entzücktes Quietschgeräusch von sich gibt. Ich spüre heiße Röte in mein Gesicht steigen, während plötzlich alle Blicke auf Glenn und mich gerichtet sind. Glenn räuspert sich und sieht mich an, dann schmunzelt er und meint: »Stürmisch.«

Mit heißem Kopf lache ich leise auf und starre verlegen meine Füße an, während Skye dicht neben mich tritt, mir einen Ellbogen in die Seite rammt und verschwörerisch flüstert: »Er ist also wirklich nicht schwul?«

»Skye, du bist unmöglich«, kichere ich, bevor ich mit Nachdruck den Kopf schüttele. »Absolut nicht schwul«, murmele ich, was Skye mit einem zufriedenen Glucksen kommentiert.

»Dad!«, hören wir da eine Mädchenstimme, und wir drehen uns zu Isla um, die über den Pier auf uns zugerannt kommt.

»Isla?« Alarmiert sieht Aidan seiner Tochter entgegen.

»Was ist hier los?«, fragt Isla atemlos, als sie bei uns ankommt, und in knappen Worten erklärt ihr Aidan die Situation, bevor er besorgt nachhakt: »Was machst du hier, Isla?«

»Habt ihr Mom gesehen?« Isla sieht erst ihren Vater, dann uns alle der Reihe nach aufgelöst an.

»Nein«, sagen Glenn und ich wie aus einem Mund, bevor er rasch hinzufügt: »Also … gestern Abend, im *Four Whales*, da war sie. Ist sie … etwa nicht zu Hause angekommen?«

Ich spüre sofort die Anspannung, die von ihm Besitz ergreift.

»Doch, gestern Abend ist sie zurückgekommen«, erklärt Isla hastig. »Aber … heute Morgen wollte sie zum Whale Sanctuary fahren und nach dem Rechten sehen. Und seitdem ist sie nicht zurückgekommen. Ihr Telefon springt gleich auf Voicemail. Also bin ich eben zur Deep Bay gegangen …«

»Isla, du sollst doch bei diesem Wetter nicht allein über die Insel laufen!« Aidan packt seine Tochter an den Schultern und starrt sie sorgenvoll an. »War sie nicht da? Beim Whale Sanctuary?«

»Nein!« Aus Islas Augen schießen Tränen. »Ihr Auto stand da, und … ich habe nach ihr gerufen, aber konnte sie nirgendwo sehen! Auf den Küstenpfad habe ich mich nicht getraut, da lag ein umgestürzter Baum.« Aufgelöst schluchzt das Mädchen.

»Verdammt«, flucht Aidan leise, und ich erkenne deutlich die Sorge in seinem Blick. »Wir müssen sie suchen«, sagt er, und Duncan und Glenn stimmen sofort zu.

In dem Moment bekomme ich schon wieder eine Gänsehaut. Noch während die Brüder beginnen zu diskutieren, in welchen Autos wer fährt, flackern wieder die Bilder vor meinem inneren Auge auf. Mein Traum. Da war nicht nur die Fähre in stürmischer See. Nein, da war auch eine blonde Frau. Sie war im Wasser, kämpfte verzweifelt gegen das Ertrinken. Und … da war etwas Weißes, das unter ihr durchtauchte. Ein … Belugawal?

»Glenn«, wispere ich panisch und greife nach seiner Hand. Fragend sieht er mich an. »Ich glaube … Jenny ist im Wasser. In der Deep Bay, bei den Belugas. Ich habe davon auch geträumt.«

Glenns Augen weiten sich vor Schreck, er starrt mich sprachlos an. Aidan, der dicht neben uns steht, hat mich gehört.

»Was sagst du da?«

Glenn sieht seinen Bruder an und erklärt knapp: »Viola hat von der Fähre geträumt. Und von Jenny. Wir müssen uns beeilen.«

Aidan starrt mich geradezu schockiert an, dann dreht er auf dem Absatz um und rennt los, zu seinem Pick-up. Wir anderen folgen ihm.

43

Das Besucherinformationszentrum an der Deep Bay ist natürlich geschlossen, denn bei diesem Wetter gibt es hier keine Touristen. Und wie sollen sie auch herkommen, jetzt, da die Fähre ausgefallen ist? Ganz kurz überlege ich, wie es jetzt überhaupt weitergeht, ohne Fähre, aber dann bin ich in Gedanken sofort wieder bei Jenny. Wir rennen hintereinander auf die Bucht zu, rufen Jennys Namen. Vergeblich. Aidan und Duncan eilen voraus, dicht gefolgt von Glenn. Sie steigen über den umgestürzten Baum, laufen den Küstenpfad entlang, der die Deep Bay säumt und bei gutem Wetter zu wunderschönen Spaziergängen einlädt. Jetzt stürmt es jedoch nach wie vor, und leichter Regen peitscht in unsere Gesichter. Greta, Skye, Isla und ich folgen den Männern vorsichtig über den umgestürzten Baum hinweg, obwohl Aidan uns zugerufen hat, wir sollten lieber auf der anderen Seite bleiben. Niemand hört auf ihn, aber wir passen gut auf Isla auf.

Und dann sehen wir es: Mitten in der Deep Bay treibt ein Boot – mit dem Boden nach oben.

»Da! Das Ruderboot!« Aidans Stimme droht zu brechen, als er auf das kleine Boot zeigt.

»Das ist das Boot des Whale Sanctuarys!«, kreischt Isla voll

Panik, und sie fängt an, hysterisch zu schreien. Glenn ist mit wenigen Schritten bei ihr, er zieht sie in seine Arme und redet leise auf sie ein, in beruhigendem Tonfall. Bestürzt beobachte ich die Szene, versuche, mich zu sammeln. Die Bilder aus meinem Traum sind so lebhaft, dass ich nicht weiß, was ich tun soll.

Aber dann ist mir mit einem Schlag klar, wo wir suchen müssen.

»Lasst uns am Rande der Bucht schauen, wo das Netz verläuft!«, rufe ich und renne schon los, weiter den Pfad entlang. Die anderen begreifen natürlich sofort, was ich meine: Das Netz, das unter Wasser gespannt worden ist, um die Deep Bay vom offenen Meer abzugrenzen. Glenn hat mir neulich erklärt, dass im Wasser Betonelemente versenkt wurden, an denen das lange Netz befestigt worden ist. Zusätzlich wird es auf beiden Seiten der Bucht an den jeweiligen Uferböschungen von starken Verankerungen in den Felsen gehalten.

Als wir uns der einen Seite der Bucht nähern, wo das Netz befestigt ist, sehe ich plötzlich eine orangefarbene Schwimmweste – doch sie treibt allein auf dem Meer, ohne einen Körper darin. Entsetzt halte ich den Atem an und kneife die Augen gegen den Regen etwas zusammen, um die Bucht besser erkennen zu können. Und dann entdecke ich tatsächlich den blonden Haarschopf im Wasser, ganz dicht am Netz.

»Da ist sie!«, schreie ich, und ehe ich mehr sagen kann, haben Aidan, Duncan und Glenn schon ihre Telefone auf den Boden geworfen und ihre Schuhe von den Füßen gekickt, um sich ohne zu zögern ins Meer zu stürzen. Es ist offensichtlich, dass sie sich hier auskennen und vermutlich als Kinder oft von der Uferböschung ins dunkle Wasser gesprungen sind, aber ich erschrecke bei dieser Aktion trotzdem und schlage mir atemlos eine Hand vor den Mund – erst recht, als plötzlich etwas

Weißes zwischen den Männern und dem blonden Haarschopf auftaucht.

»Ein Beluga!«, schreie ich auf und weiß nicht, ob ich Angst haben oder angetan sein soll. Tun Belugawale Menschen etwas zuleide? Die drei Schwimmer scheinen auch zu zögern, sehe ich, aber da dreht der Wal schon ab und schwimmt auf Jenny zu. Und ehe wir am Ufer so recht begreifen, was der Wal macht, taucht er unter Wasser – und im nächsten Moment wird Jenny ein wenig nach oben gehoben. Genau wie in meinem Traum. Wir sehen ihren Kopf und ihren Oberkörper ein Stück aus dem Wasser steigen, bevor sie langsam zurückgleitet.

»Mom!«, schreit Isla aus Leibeskräften. Da dreht Jenny tatsächlich den Kopf, sieht in unsere Richtung.

»Sie lebt! Sie lebt!«, ruft Skye erleichtert, und Isla bricht in Tränen aus.

Die drei Schwimmer sind jetzt bei ihr angekommen. Atemlos beobachten wir, wie sie Jenny umringen, sich dabei am Netz festhalten. Sie diskutieren über etwas, dann taucht Aidan ab. Als er wieder hochkommt, sagt er etwas zu den anderen, woraufhin Glenn und Duncan gemeinsam ebenfalls unter Wasser tauchen. Zu meiner Verblüffung sehen wir abermals den Beluga – nein, jetzt sind es sogar beide!

»Alba und Luna!«, schluchzt Isla neben mir auf. »Hast du gesehen, wie einer von den beiden Mom eben hochgehoben hat?«

»Ja, das habe ich«, sage ich ehrfürchtig. »Ich dachte, nur Delfine machen so etwas, wenn Menschen in Not geraten.«

»Dachte ich auch«, wispert Isla.

»Was machen sie da bloß so lange?«, fragt Greta hörbar nervös.

»Sieht so aus, als hätte sich Jennys Fuß im Netz verfangen«, vermutet Skye, und wir sehen hilflos zu, wie Aidan erneut abtaucht, dann Duncan, schließlich Glenn – und der scheint endlich Erfolg zu haben, denn nun hören wir erleichterte Ausrufe, und dann schwimmt Aidan auf dem Rücken los, zieht Jenny mit sich, die ebenfalls auf dem Rücken liegt. Auf halber Strecke löst Glenn seinen Bruder ab, zieht seinerseits Jenny, und ich sehe genau, dass Duncan ihn auch ablösen will, aber Glenn schüttelt den Kopf und schwimmt entschlossen weiter. Eilig klettern Skye, Greta, Isla und ich über die abschüssige Böschung hinab, rutschen dabei alle ein paar Mal auf dem glitschigen Untergrund aus, bis wir der Wasserlinie ganz nah sind. Keuchend steigen die Männer aus dem Atlantik und helfen Jenny gemeinsam heraus, die sich erschöpft auf den erstbesten Felsen sinken lässt und liegen bleibt.

»Mom!« Isla rennt schluchzend zu ihr, wirft sich über sie, umschlingt sie mit ihren Armen. Auch Skye eilt zu ihrer Quasi-Schwägerin, ganz die Krankenschwester, die sofort anfängt, sie durchzuchecken, soweit das an Ort und Stelle geht.

»Was hat sie denn bloß hier in der Deep Bay gemacht?«, höre ich Greta fragen, als Duncan auf sie zukommt und sie schwer atmend in seine Arme zieht, trotz seiner nassen Klamotten – und Greta scheint das keine Sekunde zu stören.

»Sie hat sich Sorgen um das Netz gemacht«, keucht Duncan gegen Gretas Schulter. »Sie dachte, es hätte sich vielleicht durch den Sturm irgendwo losgerissen und wollte es kontrollieren. Dabei ist ihr Boot gekentert, weil der Wellengang sogar hier in der Bucht zu hoch war. Sie hat sich am Netz festgehalten, und dabei hat sich ihr Fuß in einer Masche verfangen. Also hat sie die Schwimmweste ausgezogen, um unter Wasser tauchen zu können und ihren Fuß zu befreien – aber das hat nicht geklappt.«

Duncan sieht Greta ernst an. Dann gleitet sein Blick zu mir. »Und du hast das im Traum gesehen, ja?«

Ich komme mir ein wenig dumm vor, aber ich nicke. »Ja«, wispere ich. »Ich habe eine blonde Frau unter Wasser gesehen. Und einen Beluga.«

»Der Wal hat sie immer wieder hochgehoben und über Wasser gehalten, als sie keine Kraft mehr hatte, hat Jenny erzählt.« Duncan sieht mich mit einem Kopfschütteln an. »Ich weiß nicht, was ich unglaublicher finden soll: den Beluga mit dem Helfersyndrom – oder die Tatsache, dass wir eine zweite Rae MacLaughlin auf Whale Island haben.«

Aidan und Glenn tragen Jenny über den unebenen Küstenpfad – Aidan hält von hinten ihren Oberkörper mit seinen Armen umschlungen, während Glenn vorausgeht, mit dem Rücken zu Jenny, seine Hände in ihren Kniekehlen. Duncan geht wiederum vor Glenn, hält Äste aus dem Weg, bietet immer wieder an, seinen jüngsten Bruder abzulösen, doch der weigert sich stur – und Aidan sowieso. Isla läuft dicht hinter ihrem Dad, schaut immer wieder besorgt an ihm vorbei, um erkennen zu können, wie es ihrer Mutter geht. Skye, Greta und ich rutschen und taumeln auf dem unebenen Pfad hinter dem Trüppchen her, und ich atme erleichtert auf, als wir endlich den Parkplatz des Besucherinformationszentrums erreichen, wo die Brüder Jenny vorsichtig auf die hintere Bank von Aidans Pick-up legen. Aidan zieht eine Decke aus dem Fußraum und breitet sie über seiner Ex-Freundin aus.

»Ich fahre mit, sie hat ein paar Schürfwunden, die ich verarzten muss«, erklärt Skye resolut, schiebt sich an ihren Brüdern vorbei und nimmt auf dem Beifahrersitz des Pick-ups Platz. »Komm, Isla, du passt noch rein«, sagt sie zu ihrer Nichte, und die steigt rasch in das Fahrzeug. Wir sehen zu, wie Aidan den Wagen wendet und davonbraust, zu Jennys Haus, vermute ich.

»Kommt, fahren wir zur *Cameron Lodge*«, sagt Glenn hörbar erschöpft und sieht erst Duncan und Greta an, dann mich. Er lächelt mich schwach an, ich grinse schief zurück. Was für ein Tag!

»Du zitterst ja«, sage ich besorgt zu ihm und greife nach seiner Hand. Sie ist eiskalt.

»Ja, der Atlantik hat im September nicht unbedingt ideale Badetemperatur«, bemerkt Duncan mit einem heiseren Lachen und schlingt bibbernd die Arme um sich. »Sind in Gottliebs Kofferraum zufällig auch Decken?«

Tatsächlich hat mein Großvater zwei alte Wolldecken in seinem Wagen – er scheint auf Winterstürme vorbereitet zu sein. Dankbar hüllen sich Glenn und Duncan jeweils in eine Decke ein, während ich am Steuer von Gottliebs Wagen Platz nehme und uns zurück zur Lodge fahre.

Als wir am Hotel angekommen sind, verabschieden sich Duncan und Greta rasch von uns – Duncan muss dringend aus den nassen Klamotten raus, und Greta will nach James sehen, der bei seinen Großeltern im Hotel geblieben ist.

»Na dann, ihr zwei, genießt den Rest dieses stürmischen Tages … ohne Strom«, bemerkt Greta und grinst Glenn und mich an, bevor sie hinter dem bibbernden Duncan hereilt, durch den Regen, auf das Hotel zu.

Glenn und ich sehen uns an, und ich muss lächeln … doch Glenn wirkt nicht nur durchgefroren, sondern auch ziemlich angespannt. Alarmiert greife ich nach seiner kalten Hand, frage vorsichtig: »Ist alles okay?«

»Mhhm«, murmelt Glenn ausweichend und starrt mit gefurchter Stirn zur Lodge hinüber. »Ich muss auch dringend aus den nassen Sachen raus. Und am besten heiß duschen – falls der Generator das noch schafft.«

Mir liegt die Frage auf der Zunge, ob ich mit ihm in die

Dusche steigen darf. Der Wunsch danach ist mit einem Mal so übermenschlich groß, dass die Worte förmlich aus meinem Mund drängen wollen – doch da sieht mich Glenn schon ernst an und sagt: »Du solltest dringend nachsehen, ob bei Gottlieb alles okay ist.«

Gottlieb. Ach du Schande. Vor lauter Sex, Fährunglück und Jenny habe ich gar nicht mehr an meinen Großvater gedacht.

»Ja, natürlich«, sage ich daher rasch und versuche, meine Enttäuschung darüber, dass ich nicht wieder mit Glenn zurück ins Bett – oder in die Dusche! – darf, hinunterzuschlucken. Das ist doch jetzt wirklich nebensächlich, Himmel noch mal! Jetzt muss ich erst einmal nach meinem Großvater sehen.

»Fahr schön vorsichtig, ja?« Glenn beugt sich vor und drückt mir einen kalten Kuss auf die Lippen, bevor er sich schon abwendet und mit der Wolldecke um seinen Schultern auf die Lodge zumarschiert.

44

Zum Glück ist bei meinem Großvater alles in Ordnung. Erleichtert atme ich auf, als ich um sein Haus herumgehe und ihn auf der Rückseite finde, wo er dabei ist, einen Teil der Holzverschalung, die sich anscheinend von der Hauswand gelöst hat, mit energischen Hammerschlägen festzunageln. Der Regen hat mittlerweile aufgehört, und zwischen den grauen Wolkenbergen brechen tatsächlich ein paar zögerliche Sonnenstrahlen hervor.

»Da bist du ja«, sagt Gottlieb und lächelt mich an, während Fiete mir bellend entgegenspringt. »Hat der Sturm dich nicht weggepustet.«

»Nein, hat er nicht«, bestätige ich und bücke mich, um Fiete auf meinen Arm zu nehmen und kräftig zu kraulen. »Und ihr zwei seid auch nicht weggeweht worden.«

»Ach was«, winkt Gottlieb ab und treibt einen weiteren Nagel mit wenigen kräftigen Schlägen in die Wand. »Fiete und ich haben schon so vielen Stürmen getrotzt, nicht wahr, alter Junge?«

Ein Winseln ist die Antwort. Ich lächele auf den kleinen Hund hinab.

»Und du – du hast die Nacht in der *Cameron Lodge* verbracht, ja?« Gottlieb scheint seine Arbeit an der Hauswand beendet zu haben, denn er schiebt den Hammer in die ausgeleierte Tasche seiner Arbeitshose und kommt mit forschendem Blick auf mich zu. Ich nicke und versuche, möglichst gelassen zu wirken. Da mir das mit Sicherheit nicht gelingt, frage ich rasch: »Hast du überhaupt mitbekommen, was heute los war, Gottlieb?«

Erst muss ich mir etwas Trockenes anziehen, damit ich mir nicht den Tod hole, wie Gottlieb mehrfach betont. Leider ist der Strom noch nicht wieder da, sodass eine heiße Dusche nicht infrage kommt, denn mein Großvater hat ja keinen Generator. Aber dafür lodert in dem alten Holzofen in Gottliebs Wohnküche ein herrlich wärmendes Feuer, als ich mit frischen Anziehsachen aus meinem Container-Haus herüberkomme. Und dank der heißen Ofenplatte hat Gottlieb es sogar fertiggebracht, eine Kanne Kaffee und ein paar Spiegeleier zu zaubern. Ich merke, dass ich völlig ausgehungert bin. Klar, seit unserem Abendessen im *Four Whales* vor einer halben Ewigkeit habe ich keinen Bissen mehr zu mir genommen – aber dafür reichlich Sex gehabt, mich um eine Fähre und eine ertrinkende Frau gesorgt.

Zwischen meinen gierigen Bissen versuche ich, Gottlieb alles zu erzählen – zumindest alles, was die Fähre und Jenny betrifft. Dass ich die Nacht mit Glenn verbracht habe, verschweige ich. Gottlieb hört gespannt zu, schüttelt immer wieder den Kopf und stellt ein paar Fragen. Er schenkt mir gerade Kaffee nach, als es an der Tür klopft. Fiete springt bellend von Gottliebs Schoß, und Gottlieb will sich schon erheben und seinem Hund zur Tür folgen, als wir diese bereits wieder zufallen hören und sich Schritte nähern. Völlig irrational hoffe ich auf Glenn – aber ich weiß, dass er nicht einfach so dieses ihm fremde Haus betreten würde.

Stattdessen kommt Rae in die Wohnküche. Verblüfft starre ich sie an. Rae sieht anders aus als sonst. Blasser, finde ich.

»Rae!« Gottlieb schiebt seinen Stuhl ein wenig zurück und mustert sie erstaunt. »Wie bist du denn hergekommen? Die Fähre sitzt doch noch auf den Felsen, wie mir Viola gerade erzählt hat. Du fliegst tatsächlich auf einem Hexenbesen, habe ich recht?«

»Ach, du verrückter Mann«, murmelt Rae mit einem kurzen Lachen, bevor sie sich auf einen freien Stuhl an unserem Tisch sinken lässt. »Ich habe einen der Fischer gebeten, mich von Scott's Harbour rüberzubringen. Natürlich ohne den Bus.«

»Und wie bist du vom Hafen hergekommen?«, frage ich und mustere sie besorgt. Irgendwie gefällt mir Rae nicht.

»Per Anhalter. Der alte George hat mich mitgenommen.« Rae mustert mich eingehend. »Du hast also davon geträumt, hm?«

Starr vor Schreck sehe ich Rae an.

»Wovon geträumt?«, fragt Gottlieb ernst.

Rae mustert mich unverwandt, ohne etwas zu erwidern. Ich räuspere mich, werfe Gottlieb einen schnellen Blick zu, sehe dann wieder Rae an. Schließlich nicke ich.

»Ja«, wispere ich. »Ich ... ich habe von der Fähre in Seenot geträumt. Von Dottie, mit dem Funkgerät in der Hand. Und ... ich habe eine blonde Frau unter Wasser gesehen, mit einem Belugawal. Jenny.«

Bei der Erinnerung an meinen Traum bekomme ich schon wieder eine Gänsehaut. Gottlieb holt hörbar Luft.

»Ach du meine Güte«, murmelt er leise, schiebt seinen Stuhl zurück und tritt ans Fenster, um hinauszustarren. Sicher denkt er an Dorothy, an ihren Traum vom untergehenden Containerschiff.

Rae sieht mich ernst an, dann greift sie nach meiner Hand, die neben meiner Kaffeetasse liegt. »Du musst keine Angst haben«, sagt sie leise. »Das ist keine Gabe, vor der man sich fürchten muss. Es ist ein Geschenk, Viola.«

Ohne Vorwarnung füllen sich meine Augen mit Tränen. »Ich weiß nicht«, flüstere ich überwältigt. »Ich finde das … unheimlich.«

Rae nickt ernst. »Ja. So ging es mir zu Beginn auch.«

»Wann hat es bei dir angefangen?«

»Da war ich jünger als du. Zwanzig. Und es begann genauso mit einem Traum.«

Fasziniert mustere ich Rae, vergesse für einen Moment, wie aufgewühlt ich mich fühle. »Was für ein Traum war das?«

Rae betrachtet mich nach wie vor ernst, dann lächelt sie langsam. »Dieser erste Traum war ein Traum, der mein Leben verändert hat. Ich habe von einer fahrenden Bücherei geträumt. Da hatte ich gerade meine erste Stelle in der damaligen Bücherei von Scott's Harbour bekommen. Die musste jedoch bald darauf schließen. Zu wenig Geld, und die Bücherei wurde zu wenig besucht. Die Leute lasen nicht mehr genug.« Rae seufzt leise und lächelt wehmütig. »Aber durch meinen Traum habe ich beschlossen, das nicht hinzunehmen. Ich habe es geschafft, das zuständige *Cape Breton Regional Library Board* von der Idee eines Büchereibusses zu überzeugen, der nicht nur für Scott's Harbour zuständig ist, sondern außerdem die umliegenden kleineren Gemeinden und eben auch Whale Island besucht. Die Kosten für so einen Bus waren natürlich sehr viel geringer als für ein ganzes Büchereigebäude.«

»Und all das wegen deines Traums?« Fasziniert mustere ich diese sonderbare Frau. Sie lächelt.

»Wer weiß – vielleicht wäre mir die Idee auch so irgendwann gekommen. Aber … ja, zu dem Zeitpunkt konnte ich die Idee mit der fahrenden Bücherei nur präsentieren und dafür kämpfen, weil ich diesen Traum hatte.«

Sie greift nach meiner Hand und drückt sie. »Darum … hör auf deine Träume, Viola.«

»Oh, das habe ich ja heute schon«, lache ich auf. »Der Traum war auch einfach nicht zu überhören.« Dann kommt mir ein Gedanke.

»Hast du … eigentlich gar keine Ahnung gehabt? Wegen der Fähre?«

Rae starrt mich ernst an. Dann senkt sie den Blick auf den Tisch, und ich merke, dass Gottlieb sich vom Fenster abwendet und Rae ebenfalls interessiert mustert.

»Ich … hatte ein schlechtes Gefühl, ja«, sagt Rae langsam und sieht mich wieder an. »Aber … keine so genaue Ahnung, wie du sie hattest. Darum habe ich niemanden gewarnt.« Sie räuspert sich, und man merkt, wie sehr sie das belastet. »Das passiert mir selten. Bei solchen … Unglücken … habe ich eigentlich sehr oft eine Ahnung. Aber … leider nicht immer.«

Sie sieht Gottlieb an, und das schlechte Gewissen ist förmlich mit Händen greifbar.

»Ach, Himmel noch mal, du verrückte Frau, das haben wir doch schon so oft durchgekaut«, knurrt Gottlieb, und ich sehe ihn überrascht an, weil er so ungeduldig wirkt. Mit schmerzverzerrtem Gesicht wendet er sich wieder dem Fenster zu, fügt dann mit rauer Stimme hinzu: »Selbst wenn du damals etwas von Peters Schiff geträumt oder geahnt hättest oder was auch immer … wir hätten ihn doch nicht warnen können. Und Dorothy hat ja sogar etwas geträumt, und es hat nichts gebracht, weil wir nicht wussten, auf welchem Schiff er war.«

Gottlieb wischt sich eine Träne aus dem Augenwinkel und lächelt mich schief an. »Man kann nun einmal nicht alles Schlimme im Leben verhindern, auch dann nicht, wenn man gewisse Ahnungen hat.«

»Das stimmt«, wispert Rae und sieht wieder mich an. »Aber eine Sache ist nun wirklich klar geworden, meinst du nicht, Viola?«

Fragend sehe ich sie an. »Was meinst du?«

»Dein Traum. Du hast offenbar die Gabe deiner Großmutter geerbt – und meine. Wir sind Frauen deiner Familie.«

Ein paar Sekunden lang starre ich sie sprachlos an. Dann begreife ich mit einem Schlag, und die Erkenntnis erschüttert mich.

»Dasselbe Schicksal wie die Frauen meiner Familie«, flüstere ich ehrfürchtig. Die Härchen an meinen Armen stellen sich auf. Rae nickt mit einem Lächeln.

»Ich bin mir sicher, dass diese Wahrsagerin damals genau das gemeint hat. Keinen frühen Tod.« Sie macht eine Pause und mustert mich nachdenklich. »Allerdings bin ich der Meinung, dass sie nicht nur diese Gabe gesehen hat.«

Erstaunt mustere ich Rae, während ich noch versuche, all das zu verarbeiten. »Sondern? Was denn noch?«

Rae lächelt und tätschelt meine Hand. »Das, meine Liebe, wirst du hoffentlich noch begreifen. Für heute nur noch einmal dies: Achte auf deine Träume. Sie weisen dir den Weg. Gottlieb, meinst du, ich könnte einen Kräutertee bekommen?«

Der Strom kommt den ganzen Tag über nicht zurück – aber wie sollte er auch? Die Stromgesellschaft kann nicht einmal einen Wagen mit Hebeleiter und die nötigen Fachleute schicken, weil es momentan keine Fährverbindung nach Whale Island gibt. Die Telefongesellschaft kann aus demselben Grund die Leitungen nicht reparieren, und so funktionieren die Festnetz- und Internetanschlüsse der meisten Insulaner weiterhin nicht – nur wenige Häuser im Ortskern von Whale Island, die vor der heruntergerissenen Leitung liegen, bilden eine Ausnahme. Aber immerhin hat man Handyempfang – zumindest an den Stellen der Insel, wo das generell der Fall ist, und das sind nicht besonders viele. Den ganzen Tag über werden die

Geräusche von Motorsägen über die Insel getragen – viele Insulaner sind mit ihren Autos losgefahren, um auf eigene Faust Bäume, die Straßen blockieren, zu beseitigen. Als Rae zurück aufs Festland muss, bringe ich sie in Gottliebs Auto bis zum Pier, wo sie sich wieder mit einem der Fischer verabredet hat, um zurück nach Scott's Harbour zu gelangen.

Vom Pier aus beobachte ich, wie das Boot der Coast Guard erneut nah am Wrack der Fähre auf den inzwischen wesentlich kleiner gewordenen Wellen tanzt – anscheinend, um den Schaden zu begutachten und womöglich herauszufinden, wie man die Autos retten und die Fähre bergen kann.

Ganz kurz spiele ich auf meinem Rückweg mit dem Gedanken, an der *Cameron Lodge* zu halten. Die Sehnsucht nach Glenn frisst sich durch mein Innerstes, ich bin unruhig und nervös, als ich mit den Fingern aufs Lenkrad trommele. Dann aber entscheide ich mich doch dagegen.

Unter anderem, weil ich immer noch ein wenig irritiert bin von den Ereignissen dieses Morgens. Und zwar nicht mehr nur von der Tatsache, dass ich vom Fährunglück und von Jenny und dem Beluga geträumt habe, sondern … besonders von der Art, wie Glenn sich verhalten hat. Wie er darauf bestanden hat, Jenny zu tragen. Wie er … sich offensichtlich um sie gesorgt hat.

Das haben alle, ganz klar. Aber … Mein Bauchgefühl, das sich schon gestern Abend im *Four Whales* zu Wort gemeldet hat, als Glenn zu Jenny gegangen ist, lässt mir keine Ruhe. Ich ahne, dass da etwas ist, von dem ich nichts weiß.

Und dennoch … er hat die Nacht mit mir verbracht. Und ich hatte wirklich nicht den Eindruck, dass er nicht gern bei mir war. Überhaupt nicht.

Ratlos fahre ich zu Gottliebs Haus zurück. Habe kurz die vage Hoffnung, dass Glenn zwischenzeitlich hier aufgetaucht ist, um mich zu sehen. Werde enttäuscht, natürlich.

Den restlichen Tag verbringe ich damit, meinem Großvater bei weiteren kleineren Reparaturarbeiten um sein Haus herum zu helfen. Mein Container-Häuschen hat den Sturm unbeschadet überstanden, zum Glück! Abends koche ich zum ersten Mal in meinem Leben auf der heißen Platte von Gottliebs Holzofen. Es gibt einen Gemüse-Eintopf, dessen Rezept ich aus Neuseeland mitgebracht habe, und Gottlieb haut voller Appetit rein und lobt mein Essen über alle Maßen.

»Ich bin todmüde von der ganzen Schufterei ums Haus herum«, stöhnt er dann, als wir gemeinsam den Abwasch erledigt haben. Gottlieb, der an Stürme und Stromausfall gewohnt ist, hat vorgesorgt und gestern mehrere große Wasserkanister gefüllt. Nicht nur sein Küchenwaschbecken kann man so nutzen, sondern auch die Toilette im Badezimmer, wo man den Spülkasten der Toilette von Hand mit einem Wassereimer füllen muss. Auch in meinem Containerhäuschen hat er schon Wasserbehälter deponiert, habe ich bereits gesehen. Trotzdem fragt er jetzt: »Bist du sicher, dass du nicht bei mir hier im Haus übernachten möchtest?«

»Nichts gegen dich und dein Haus«, erwidere ich mit einem Lächeln und trockne mir die Hände ab. »Aber ich liebe das Containerhäuschen. Und zum Schlafen brauche ich keinen Strom. Gute Nacht, Gottlieb.«

Das Licht meiner Taschenlampe tanzt über den Pfad, der mich an der Küste entlang zum Häuschen meines Vaters führt. Als ich mich der Veranda nähere, stelle ich erschrocken fest, dass dort jemand steht.

45

Der Schreck verflüchtigt sich in dem Moment, als sich der Mann umdreht und ich erkenne, dass es Glenn ist. Mein Herz fängt an zu rasen, meine Knie werden weich, mein Mund staubtrocken.

»Hallo!«, sage ich überrascht und gehe langsam die Stufen zu meiner Veranda hinauf.

»Hi.« Glenn sieht mich im Schein meiner Taschenlampe zögernd an. »Störe ich?«

Seine fast unsichere Frage lässt mich schmunzeln. »Nein, ich habe nur nicht mit dir gerechnet.«

Mit einem guten Schritt Abstand zwischen uns bleibe ich stehen und sehe ihn an. Glenn mustert mich ernst. Dann deutet er auf das Häuschen und sagt leise: »Das hier ... das ist der Wahnsinn. Ich wusste überhaupt nicht, dass dein Dad so etwas gebaut hat. Aus einem echten Seecontainer!«

Voll Stolz lasse ich meinen Blick ebenfalls über die dunkelblauen Wände gleiten. »Ja, irre, oder?« Ich grinse ihn schief an. Dann frage ich leise: »Willst du es von innen sehen?«

Glenn sieht mich einen Augenblick lang ernst an, bevor er langsam nickt. »Sehr gern«, sagt er mit einer rauen Stimme, die mir eine Gänsehaut über den Körper jagt.

Ich lasse ihn eintreten und den Lichtkegel meiner Taschenlampe einmal durch den kleinen Raum wandern, während ich zum Wandschreibtisch gehe und die batteriebetriebene Laterne einschalte, die Gottlieb dort für mich hingestellt hat. Glenn dreht sich andächtig um die eigene Achse und betrachtet eingehend das Containerhäuschen.

»Unfassbar cool.« Er sieht wieder mich an, lächelt. »Das hat dein Vater toll gemacht.«

»Finde ich auch«, wispere ich, plötzlich überwältigt von dem Gefühl, dass Glenn hier ist, in dem kleinen Containerhaus meines Vaters, und dass er es schön findet. Irgendwie macht mich das wahnsinnig glücklich. So glücklich, dass ich Angst bekomme. Mit einem Mal ist da wieder die Erinnerung an Jenny. An die Art, wie Glenn besorgt um sie schien. Ich sollte ihn darauf ansprechen, überlege ich, doch ich fürchte mich vor dem, was ich als Antwort bekommen könnte. Also frage ich stattdessen das Erstbeste, das mir in den Sinn kommt: »Wie ist die Situation in der *Cameron Lodge?* Es können ja momentan keine Gäste abreisen und keine neuen ankommen, oder?«

»Doch«, sagt Glenn leise und macht einen Schritt auf mich zu. Mein Herz rast noch schneller, und ich halte mich an der Ecke des Schreibtischs neben mir fest. »Zum Glück hat die *Cameron Lodge* ja so viel Werbung für Anreisen ohne Auto gemacht, dass die meisten Gäste in Scott's Harbour geparkt haben und vor dem Sturm zu Fuß auf die Fähre gegangen sind. Ein paar Fischer wollen morgen früh einen Shuttle organisieren und die Abreisenden auf ihren Kuttern ans Festland bringen, wo sie dann auch gleich die neu Ankommenden einsammeln.«

»Genial«, sage ich ehrlich begeistert. »Und der Generator läuft noch?«

Glenn nickt. »Ja, zum Glück. Duncan hat so einen großen Dieselvorrat angelegt, dass wir bis mindestens morgen Abend durchhalten. Und er will morgen früh mit einem der Fischer ans Festland übersetzen und Nachschub organisieren, für alle Fälle.«

»Okay«, murmele ich. »Wie lange dauert es denn wohl noch, bis der Strom wieder da ist?«

»Das kommt darauf an, wann der Truck der Firma auf die Insel kommt. Dafür muss die Fähre fahren. Hank meinte eben, dass *Nova Scotia Ferries* eine Ersatzfähre schicken will, aber die wird nicht vor morgen Nachmittag hier auftauchen.« Er mustert mich bedeutungsschwer. »Das heißt also: mindestens eine weitere Nacht ohne Strom. Vielleicht auch zwei.«

»Wie schrecklich«, murmele ich mit einem schiefen Lächeln, als ich an Glenn und mich und die schwache Laterne auf dem Nachttischchen in der *Cameron Lodge* denken muss.

»Ja, furchtbar«, bestätigt Glenn schmunzelnd. Sein Blick gleitet zu meinen Lippen, und ich halte den Atem an … als mir ein Gedanke kommt.

»Kann Skyes und Ians Date denn nun stattfinden?«

Glenn lacht leise auf. Nach einem weiteren Schritt steht er mit einem Mal dicht vor mir, greift nach meiner Hand, die immer noch die Ecke der Schreibtischplatte umklammert hält. Seine Finger sind wunderbar warm, und sofort muss ich an all das denken, was diese Finger letzte Nacht gemacht haben. Hitze durchflutet mich ohne Vorwarnung.

»Skyes und Ians Abendessen an einem gewissen Zweiertisch im *Four Whales* fällt heute Abend tatsächlich ins Wasser. Der Notbetrieb im Restaurant lässt leider kein Date zu, hat Aidan ihr verklickert. Allerdings ist meine liebe Schwester wild entschlossen, sich heute trotzdem mit Ian zu treffen – sie will keine Zeit mehr vergeuden, wie sie es nennt. Nach ihrem … Erlebnis heute.« Er räuspert sich, und ich nicke. Das kann ich nachvollziehen.

»Also wollen sich die beiden gleich in Skyes Haus auf ein Glas Wein und irgendwelche Snacks, für die sie den Herd nicht braucht, treffen.« Glenn macht eine Pause und fügt mit bedeutungsschwerer Stimme hinzu: »Vor dem Kamin.«

Ich lache leise auf. »Oha.«

»Ja«, nickt er. »Ich musste dringend aus dem Haus raus. Und … sollte am besten erst morgen wieder auftauchen. Es gibt Dinge, die möchte man bei seiner Schwester auf keinen Fall mitbekommen. Und Ian wohnt ja bisher nur zur Untermiete in einem Zimmer bei den McDougals, weil er noch nichts anderes hier auf der Insel gefunden hat. Darum können die beiden bei ihm nicht wirklich ungestört allein sein.«

Ernst sehe ich ihn an. »Deshalb bist du also hier?«, frage ich leise und versuche, nicht gekränkt zu klingen. Aber diese Vorstellung finde ich plötzlich schrecklich: Dass Glenn nur zu mir gekommen ist, weil er Skyes Haus verlassen musste.

Glenns Augenbrauen wandern leicht in die Höhe. »Du meinst … nur, weil ich Skye und Ian ihren Freiraum geben wollte?«, hakt er ruhig nach. Atemlos nicke ich.

»Dann hätte ich auch in die *Cameron Lodge* fahren können«, sagt er langsam. »Da gibt es sogar Strom. Und meine Mutter hätte mir sicherlich doch noch gern mein altes Bett bezogen. Oder ich hätte noch einmal in Zimmer 25 übernachten können.«

Bei der Erinnerung an Zimmer 25 und all das, was dort letzte Nacht geschehen ist, kriecht mir die Hitze ins Gesicht. »Hm. Verstehe«, murmele ich und bemühe mich um einen klaren Gedanken. Was schwierig ist, weil Glenn noch näher an mich herantritt, sodass sich unsere Körper nun berühren. Er beugt sich ein wenig zu mir herab, und ich spüre seinen Atem auf meinem Gesicht, als er sagt: »Also: Nein, ich bin nicht hier, weil ich nicht in Skyes Haus bleiben konnte. Sondern, weil ich den ganzen Tag über an dich denken musste und nicht wusste, wie ich die Nacht ohne dich überstehen sollte.«

Das genügt mir als Aussage. Erleichtert schlinge ich meine Arme um Glenns Hals, ziehe ihn noch dichter zu mir heran, um ihn endlich, endlich wieder zu küssen.

»O Mann Viola, ich hab dich vermisst«, murmelt er heiser gegen meinen Hals, als seine Lippen sich von meinen gelöst haben und hungrig über meine glühende Haut wandern. Ich will etwas wie »Ich dich auch« erwidern, kann aber nur stöhnen, weil Glenns Hände in diesem Moment unter meinen Pullover gleiten. Während er beginnt, die viel zu dicke Baumwolle ungeduldig nach oben zu schieben, wispere ich dann doch, nach Atem ringend: »Haben deine Brüder dich wieder gut ausgestattet?«

Glenn wirft mir einen ernsten Blick zu, bevor er meinen Pullover mitsamt dem T-Shirt darunter entschlossen über meinen Kopf und meine Arme schiebt, die sich ohne Widerstand in die Höhe bewegen. Er lässt meine Klamotten achtlos auf den Boden fallen.

»Ich bin durchaus in der Lage, ohne meine Brüder vorzusorgen«, murmelt er dann mit dunkler Stimme und klopft sich leicht gegen die Hosentasche, bevor er mich rücklings gegen die Wand schiebt.

»Gut zu wissen«, kann ich gerade noch hervorstoßen, als er mich erneut küsst und ich erst einmal nicht mehr dazu komme zu sprechen. Und natürlich schaffen wir es wieder nicht bis ins Bett – schon gar nicht, weil diesmal eine Treppe zwischen uns und dem Schlafzimmerloft liegt. Aber mit Glenn könnte ich mich wirklich an Fußböden gewöhnen.

46

Erneut schrecke ich aus tiefem Schlaf hoch, diesmal jedoch nicht, weil ich schlecht träume. Nein, zwar war da eindeutig ein Traum – aber kein Albtraum diesmal. Ein schöner Traum, glaube ich, weil ich mich nur schwach an etwas Konkretes erinnern kann – da waren eine … Wandtafel und … Steine in hohem Gras? Benommen versuche ich zu verhindern, dass mir die Bilder dieses Traums abhandenkommen, doch es gelingt mir nicht, denn da war noch etwas anderes. Etwas, das mich geweckt hat.

Mit hämmerndem Herzen sehe ich mich im schwachen Licht meines Häuschens um, bis ich begreife, was mich aus dem Schlaf gerissen hat: ein Schrei. Direkt neben mir.

Glenn wälzt sich im Bett, er hat die Decke, unter der wir beide gelegen haben, ganz zu sich gezogen, er stöhnt im Schlaf und schlägt mit den Armen um sich, und jetzt schreit er erneut auf, und seine Worte sorgen dafür, dass ich endgültig hellwach bin: »Jenny! Nein, Jenny!«

Regelrecht schockiert starre ich Glenn im milchigen Licht des frühen Morgens, das durch das Panoramafenster in mein winziges Schlafzimmer fällt, an. Als er erneut gequält aufstöhnt und sich auf die andere Seite wirft, stößt er mit dem Arm gegen meinen Oberschenkel, und ich zucke zusammen.

Das scheint ihn aufzuwecken. Heftig atmend bleibt Glenn ganz ruhig liegen, ich erkenne, dass er verwirrt blinzelt. Langsam richte ich mich auf, mustere ihn schweigend. Er reibt sich mit beiden Händen über das Gesicht, holt zitternd Luft. Dann lässt er den Atem hörbar entweichen, starrt mich an.

»Hey«, wispert er mit kratziger Stimme und setzt sich ebenfalls langsam auf. »Tut mir leid … habe ich dir wehgetan?« Er streckt seine Hand nach meinem Bein aus, wo er mich getroffen hat.

»Ist schon gut«, murmele ich benommen.

»Ich wollte dich nicht wecken«, sagt Glenn, und ich merke ihm deutlich an, dass er noch immer von seinem Traum verfolgt wird. Das Gefühl kenne ich nur zu gut. Fahrig greift er nach dem Glas, das auf meinem Nachttischchen steht, trinkt ein paar große Schluck Wasser. Ich muss an die letzte Nacht denken. An uns beide, schon wieder auf dem Fußboden. Dann, wenig später, im Kerzenschein auf dem Sofa. Schließlich sind wir in mein Schlafzimmer umgezogen, wo wir jedoch immer noch nicht an Schlaf gedacht haben.

Dementsprechend gerädert fühle ich mich. Eigentlich hätte ich gut sehr viel länger schlafen können – wenn ich nicht durch Glenns Schreie geweckt worden wäre.

Ich merke, dass Glenn hofft, nicht darüber sprechen zu müssen. Er versucht, mich mit sich auf die Matratze zurückzuziehen, will mich in seine Arme schließen, doch ich rücke ein wenig von ihm ab, bleibe entschlossen sitzen.

»Du hast im Schlaf Jennys Namen gerufen«, sage ich leise.

Glenn starrt mich schweigend an. Er setzt sich ebenfalls wieder richtig auf, reibt sich seufzend mit beiden Händen über das Gesicht. Dann sagt er langsam: »Ja. Ich habe das von gestern verarbeitet. Das war … keine alltägliche Situation. Das kalte Meer. Die Wellen. Der Belugawal.«

Schweigend mustere ich ihn. Schließlich nehme ich all meinen Mut zusammen, sage mit leicht bebender Stimme: »Vorgestern Abend, im *Four Whales* … Da bist du zu Jenny gegangen.«

»Ja.« Glenn klingt ein wenig irritiert. »Wir kennen uns schon ewig.«

»Du hast nicht begeistert ausgesehen, als wir sie vorm Inselladen getroffen haben.« Glenn schweigt. Ernst mustere ich ihn. »Irgendwie habe ich das Gefühl, dass … dass da etwas zwischen euch ist.«

Mehrere Herzschläge lang starrt mich Glenn stumm an. Schließlich lacht er leise auf, klingt dabei ein wenig bitter, als er leise murmelt: »Erst denkst du, ich sei schwul … und jetzt das?«

Ich schlucke, mustere ihn unverwandt. Mein Herz rast heftig in meinem Brustkorb. Bitte, bitte, lass mich falschliegen, wünsche ich mir innerlich.

»Da ist nichts zwischen Jenny und mir«, sagt Glenn jetzt mit rauer Stimme, aber er sieht mich nicht länger an, sondern starrt aus dem Fenster, wo sich der Atlantik im milchigen Licht des frühen Morgens blassrosa vor uns erstreckt. Unter anderen Umständen würde ich verzückt diesen Anblick in mich aufsaugen. Womöglich meine Kamera holen – wenn die nicht noch in Skyes Haus wäre. Würde ein Foto vom Meer machen. Und von Glenn, mit seinem zerwühlten Haar. Würde dann mit diesem Mann zurück auf die Matratze sinken und da weitermachen, wo wir irgendwann in den ganz frühen Morgenstunden, noch im Dunkel der sich verabschiedenden Nacht, aufgehört haben. Wann war das? Vor zwei Stunden? Drei? Höchstens.

»Aber … da war mal etwas.«

Glenns Worte reißen mich aus meinen abdriftenden Gedanken. Bitte was?

»Da … war was zwischen Jenny und dir?«, hake ich mit bebender Stimme nach. Glenn nickt, ohne mich anzusehen. Dann reibt er sich erneut mit den Händen über das Gesicht, lacht gequält auf.

»Verdammt. Ich wollte das nie einer Menschenseele offenbaren.« Ernst sieht er mich an. »Niemand weiß das, Viola«, sagt er, fast drängend. »Bitte versprich mir, dass du es niemandem verrätst.«

Ich schlucke schwer, starre ihn ratlos an. »Ja, klar«, versichere ich rasch, bevor ich nachhake: »Aber … was heißt das? Wann …?«

Mit einem tiefen Seufzer fährt sich Glenn durch sein zerwühltes Haar und sieht mich ernst an. Dann beginnt er, während draußen der junge Morgen heranbricht, zu erzählen: Wie er auf einer Uniparty vor vierzehn Jahren diese Studentin der Meeresbiologie kennengelernt hat. Wie sie, beide nicht ganz nüchtern, miteinander im Bett gelandet sind.

»Es war nur ein One-Night-Stand«, erzählt Glenn, ohne mich anzusehen. In seiner Stimme schwingt ein bitterer Hauch mit. »Aber … ich hätte sie gern wiedergesehen. Sie war mir nicht egal, und ich wollte sie richtig kennenlernen. Leider war sie am nächsten Morgen schon verschwunden, als ich aufgewacht bin, und … ich kannte nur ihren Vornamen. Jenny. Bevor ich überhaupt die Gelegenheit hatte, an der Uni Nachforschungen anzustellen, um sie wiederzufinden, stand ein Besuch auf Whale Island an – Aidan hatte Geburtstag, und weil er seit seiner Rückkehr von Prince Edward Island so schlecht drauf war, wollten meine Eltern, dass wir ihn gemeinsam feierten.« Glenn lacht bitter auf bei der Erinnerung. »Es wurde eine Party, die ich nie vergessen würde. Denn … da traf ich Jenny wieder.«

Überrascht starre ich ihn von der Seite an. Ohne meinen Blick zu erwidern, fährt er leise fort: »In dem Sommer hatten sich Aidan und Jenny hier auf der Insel kennengelernt. Sie hatte einen Sommerjob auf dem Whale-Watching-Boot und wohnte in einem der Cottages der *Cameron Lodge.*« Er seufzt tief auf. »Dann fing die Uni wieder an, Jenny kehrte nach Halifax zurück. Traf mich auf der Party. Das mit Aidan und ihr … das war nichts Ernstes. Sie fühlte sich als Single. Schlief mit mir. Aber … so ganz egal war mein Bruder ihr dann doch nicht, denn sie fuhr noch einmal auf die Insel zurück, um seinen Geburtstag mit ihm zu feiern. Und so kam es, dass ich, zwei Wochen nach meiner Nacht mit Jenny, ihr auf der Geburtstagsparty meines Bruders erneut gegenüberstand.«

»Ach du Schande«, flüstere ich.

»Ja«, sagt Glenn mit einem leisen Schnauben. »Genau. Darum … war ich nicht wild auf die Party neulich. Keine guten Erinnerungen an Aidans Geburtstagspartys.«

Ungläubig mustere ich ihn. »Wusste Jenny denn, dass Aidan dein Bruder ist?«

»Nein!« Nun sieht er mich doch an, schüttelt mit Nachdruck den Kopf. »Nein, sie war genauso erschüttert wie ich. Wir hatten auf der Party nur ein wenig über die Uni geredet … und später … gar nicht mehr viel.« Er räuspert sich, und ich versuche, keine Bilder von Jenny und ihm im Bett (oder womöglich auch auf dem Fußboden?) vor meinem inneren Auge hochsteigen zu lassen. Vergeblich.

»Und dass Aidan in dem Sommer hier auf der Insel eine neue Flamme hatte, das hatte ich auch nicht mitbekommen. Ich war in dem Sommer so beschäftigt mit meinem ersten Job als Barista, dass ich gar nicht nach Hause gefahren war.«

Ernst mustere ich Glenn. »Und dann?«, hake ich sacht nach.

Er lacht leise auf. »Tja. Und dann haben wir uns darauf geeinigt, dass wir niemals ein Wort darüber verlieren würden.«

Glenn atmet tief durch, und ich ahne, dass das noch nicht alles ist.

»Aber dann … habe ich erfahren, dass Jenny schwanger war.«

Ich brauche ein paar Sekunden, bis ich begreife, was Glenn mir sagen will. Entsetzt reiße ich meine Augen auf, stoße heiser hervor: »Warte mal … du meinst aber nicht, dass … dass Isla von dir ist, oder?«

47

Glenn atmet tief ein und aus. Dann sieht er mich ernst an und sagt: »Ich weiß es nicht, Viola. Seit Jahren schleppe ich diese Frage mit mir herum. Und … es bringt mich um, ehrlich.«

Mit einem Schlag schieben sich so viele Puzzleteilchen an ihren Platz. Darum war Glenn so selten hier, auf der Insel: Er ist Aidan aus dem Weg gegangen. Und Jenny. Und … Isla.

Jetzt wird mir auch klar, warum Jenny auf Aidans Überraschungsparty zu mir gesagt hat, dass Glenn nicht schwul ist. Sie wusste es also auch ganz sicher, genau wie Dottie!

»Aber … hast du Jenny denn nie danach gefragt?«, wispere ich fassungslos. Glenn lacht erneut bitter auf.

»Nein. Ich habe damals von Mom am Telefon erfahren, dass Aidan Vater wird. Und … ich hatte Jennys Nummer nicht. Habe sie in Halifax nie mehr gesehen. Als Nächstes habe ich dann gehört, dass sie an die Uni in Sydney gewechselt hat, um näher an Whale Island zu sein. Wegen Aidan. Da … da habe ich einfach im Stillen gehofft, dass sie wusste, was sie tat und sich ganz sicher war, dass Aidan der Vater ihres Babys war.«

Ich atme tief durch, staune über meine Erleichterung. »Dann ist doch alles klar, oder?«

Glenn sieht mich wieder ernst an, die Stirn in Falten gelegt.

»Nein, ist es nicht. Was, wenn Jenny selbst einfach nur gehofft hat, dass Aidan der Vater ist? Überleg doch mal: Um das wirklich zu klären, hätten wir Aidan stecken müssen, dass sie mit mir im Bett war, kurz nachdem sie Whale Island verlassen hatte. Und dass sie womöglich nicht von Aidan, sondern von mir schwanger war. Aidan und sie, sie hatten den ganzen Sommer zusammen verbracht. Mag sein, dass das nicht die große Liebe war, aber als Aidan erfahren hat, dass Jenny schwanger war, da ist er sofort in die Vaterrolle geschlüpft. Ohne sich zu beklagen. Wie sollte sie ihm da verklickern, dass das Kind eventuell von mir ist? Dass womöglich nur ein Vaterschaftstest absolute Klarheit bringen würde? Ich glaube ganz ehrlich, dass Jenny es selbst nicht genau weiß. Dass sie einfach hofft, dass Isla von Aidan ist, weil das für alle Beteiligten leichter zu verkraften ist.«

Ungläubig mustere ich ihn. Glenn seufzt tief auf. »Zwischendurch, in meinem Alltag in Halifax, da konnte ich das Ganze immer einigermaßen verdrängen. Ich habe Isla ja nur selten gesehen. Aidan ging in seiner Vaterrolle auf, und ich habe mir gesagt, dass es so das Beste für alle ist. Niemand brauchte die Wahrheit – die hätte bloß allen wehgetan. Aber dann … dann hat mich Isla diesen Sommer in Halifax besucht, als sie bei Jennys Eltern war. Ich war völlig baff, was für ein hübsches, kluges Mädchen aus dem Kind geworden war, das ich in Erinnerung hatte. Wir haben uns plötzlich so gut über alles Mögliche unterhalten. Und dann konnte ich nicht mehr aufhören, nach Ähnlichkeiten zu suchen.« Glenn schluckt schwer, starrt regelrecht beschämt auf seine Hände hinab, und ich würde ihn gern in die Arme nehmen. Aber ich kann nicht. Ich kann nur erschüttert zuhören.

»Ihre Vorliebe für grüne Paprika – wer mag die schon? Ich! Sonst kenne ich fast niemanden. Sie möchte gern Klavier lernen. Interessiert sich für Shakespeare. Mit dreizehn! Und sie hat in diesem Schuljahr einen extra Schreibkurs belegt, weil es sie so fasziniert, dass ich mich als Schriftsteller versuche. Als ich neulich etwas von ihr gelesen habe, habe ich gemerkt, wie gut sie schreibt. Sie hat echtes Talent. Dann … ihr rotes Haar. Woher ihr rotes Haar? Aidan ist schwarzhaarig, Jenny hellblond. Ich habe als Einziger der Familie einen rötlichen Stich in meinem Haar. Und … Isla hat auch so eine leicht schiefe kleine Zehe am linken Fuß. Wie ich.« Er deutet auf seine nackten Füße. Ich muss daran denken, wie begierig ich Gottlieb nach Ähnlichkeiten mit meinem Vater ausgequetscht habe, und weiß nicht, was ich sagen soll.

»Du bist doch auch ihr Onkel«, stoße ich heiser hervor. »Onkel können auch Ähnlichkeit mit ihren Nichten haben!«

Glenn nickt und starrt grimmig aus dem Fenster. »Ja. Klar.«

»Aber … du wirst diesen Gedanken nicht los«, stelle ich bemüht sachlich fest. »Und du … du kommst von Jenny nicht los.«

Glenn sieht mich ernst an. Dann nickt er langsam. »Das hast du gut erkannt«, wispert er mit rauer Stimme.

»Bist du … bist du in sie verliebt?«, frage ich leise, weil ich fürchte, dass ich die Wahrheit nicht ertrage. Nicht nach dieser zweiten Nacht!

Als Glenn nicht gleich antwortet, will ich mich abwenden, aber da streckt er seine Hand aus und greift nach meinem Arm. Unsicher sehe ich ihn an.

»In mir ist gerade alles sehr durcheinander«, gesteht er leise und mustert mich dabei ernst. »Aber … verliebt bin ich nicht in sie, nein. Damals, nach dem One-Night-Stand, da hatte ich gehofft, dass aus uns mehr würde. Aber … heute weiß ich, dass wir gar nicht zusammenpassen. Wir haben uns beide mit den Jahren verändert, ich bin nicht mehr der junge Student, der sie damals so toll fand. Außerdem … das hier, mit dir, das ist mir nicht egal, okay? Das war nicht nur Sex für mich.«

Ich muss eine Träne wegblinzeln, dann nicke ich und ringe mir ein schiefes Lächeln ab. »Für mich auch nicht«, wispere ich. Und dennoch fühle ich mich gerade, als würde mich ein zentnerschwerer Brocken in die Tiefe ziehen. Eine Weile schweigen wir beide. Schließlich räuspert sich Glenn und steht vom Bett auf. »Ich … ich muss mir draußen die Beine vertreten.«

»Okay.« Immer noch benommen von diesen ungeheuren neuen Entwicklungen, ziehe ich die Bettdecke enger um mich. Glenn geht ins Erdgeschoss, wo seine Klamotten verteilt sind. Schließlich erscheint sein Kopf noch einmal in der Öffnung des schmalen Treppenaufgangs, er sieht mich an und sagt ernst: »Danke für diese Nacht, Viola. Bis später.«

»Bis später«, erwidere ich und versuche, positiv zu klingen. »Und vergiss nicht, dass deine Schwester und Ian womöglich nackt vor dem Kamin liegen.«

Glenn erschaudert leicht und stöhnt mit einem kurzen Lachen auf, sagt dann jedoch: »Nein, ich habe gerade gesehen, dass mir Skye eine Nachricht geschickt hat. Gestern Nacht noch. Ian war so k. o. vom Rettungseinsatz, dass er nach dem zweiten Glas Wein nach Hause gegangen ist, um sich auszuschlafen.«

»Oh«, mache ich und bin ehrlich enttäuscht. Wenigstens bei Skye hatte ich auf mehr rosarote Neuigkeiten von der Liebesfront gehofft!

»Komm doch nachher vorbei und sprich mit ihr. Sie hat heute frei. Was auch besser ist – ihr Auto ist ja noch auf dem Wrack der Fähre.«

»Okay. Ich komme später rüber.« Ich nicke Glenn zu, und er verschwindet mit einem letzten Lächeln im Erdgeschoss. Die Tür fällt hinter ihm zu, und ich richte meinen Blick nachdenklich auf den Atlantik, der sich tiefblau und so friedlich, als habe es hier nie einen Hurrikan-Ausläufer gegeben, bis zum Horizont erstreckt.

Ich wünschte, auch in meinem Inneren wäre es so friedlich, doch ich habe das Gefühl, dass sich da gerade ein Sturm zusammenbraut.

Eine Weile beschäftige ich mich in meinem Containerhaus mal wieder mit dem Durchsehen alter Fotos meines Vaters, bis ich es nicht länger aushalte. Nachdem ich Gottlieb einen guten Morgen gewünscht habe, mache ich mich zu Fuß auf den Weg zu Skyes Haus. Der frische Wind wirbelt mein Haar durcheinander. Ich ziehe den Reißverschluss meiner Wetterjacke ganz nach oben und genieße das Gefühl, dass alle Sorgen und negativen Gedanken aus meinem Kopf gepustet werden.

Zumindest bis ich Skyes Haus erreiche und all die Sorgen und Ängste zurückkehren.

Was, wenn Jenny Gefühle für Glenn hat? Wenn sie sich nur, weil sie glaubte, vielleicht schwanger von Aidan zu sein, verboten hat, ihren One-Night-Stand mit ihm zu einer richtigen Beziehung werden zu lassen? So wie Glenn sich gestern um sie gesorgt hat, als sie im Wasser war, glaube ich nicht, dass er gar keine Gefühle mehr für sie hat. Was also, wenn er mit ihr spricht, und sie gesteht ihm, dass er ihre große Liebe ist, und … und dann muss ich zusehen, wie Glenn und Jenny glücklich werden, während ich mit gebrochenem Herzen einsam und allein wie eh und je in meinem Containerhaus sitze?

Andererseits hat sie mir auf der Party gesagt, dass Glenn und ich ein tolles Paar abgeben würden. Das sagt man doch nicht, wenn man sich selbst noch Hoffnung macht. Oder … wollte sie womöglich nur austesten, ob ich eine Rivalin darstelle oder harmlos bin?

Ich bleibe auf Skyes Veranda stehen und muss tief durchatmen, um die Panik zu vertreiben, die von mir Besitz ergreifen will. Darum ist es doch besser, sich nicht zu verlieben!

»Hi«, höre ich da Skyes Stimme und sehe auf. Sie kommt durch ihren Garten auf die Veranda zu, eine dreckverschmierte Schürze umgebunden, die Hände schwarzverkrustet von Erde, am Arm einen Korb mit Äpfeln, die sie offenbar gepflückt (oder, nach dem Sturm, womöglich am Boden aufgesammelt) hat. Sie strahlt mich an. »Ist alles okay?«

»Ähm, ja«, beeile ich mich zu sagen, bevor ich sie prüfend mustere. »Und bei dir?« Ich deute auf ihren Korb. »Waren faule Äpfel dabei? Oder … kannst du einen Apfelkuchen backen?«

Ich merke, dass sie sich sofort an unsere weinselige Unterhaltung von neulich Abend erinnert, und ihr Strahlen wird noch breiter. Mein Herz geht auf. Für einen Moment vergesse ich meine eigenen Sorgen.

»Ich kann einen wunderbaren Apfelkuchen backen, ganz ohne faule Äpfel«, sagt sie und grinst wie ein Honigkuchenpferd, während sie den Korb auf der obersten Stufe der Verandatreppe abstellt. »Ian und ich haben uns gestern so gut unterhalten, und es war so romantisch, nur bei Kerzenlicht und Feuerschein! Wir haben über Gott und die Welt geredet, ganz ungezwungen, und dann musste er nach Hause, um Schlaf nachzuholen. Kein Druck, keine komische Anspannung, nicht wie bei meinem verkorksten Internet-Date im Sommer … oder wie bei Jeff, der ja auch immer nur mit mir ins Bett wollte. Stattdessen hat mir Ian hier, auf der Veranda, zum Abschied einen Kuss gegeben. Ganz zart und romantisch, und sobald der Strom wieder da ist, holen wir unser Abendessen im *Four Whales* nach.«

Ihre blauen Augen funkeln vor Glück. »Ian hat mir gestanden, dass er schon früher, als wir Teenager waren, ein wenig in mich verknallt war, sich aber wegen Aidan nicht getraut hat, das zu zeigen.« Sie grinst noch breiter. »Das habe ich Aidan vorhin erst einmal unter die Nase gerieben, und er war ganz erschüttert. Dann hat er mir ausdrücklich seinen Segen wegen Ian gegeben – er meinte, dass ich bei Ian endlich mal einen Volltreffer gelandet hätte und er für seinen Freund die Hand ins Feuer legt. Und ich weiß jetzt übrigens auch, warum Ian sich scheiden lässt: Seine bildhübsche Ehefrau hat ihn betrogen – und zwar mehrfach. Nach dem ersten Mal, als sie beim Kurzurlaub mit Freundinnen fremdgegangen ist, hat er ihr verziehen und noch eine Chance gegeben. Aber als er sie dann vor ein paar Monaten mit ihrem Physiotherapeuten im Bett erwischt hat, war es vorbei.«

»Verständlich«, murmele ich. »Tja, da kann Ian ja von Glück reden, dass hier auf Whale Island eine Traumfrau wie du auf ihn wartet – jemand ganz ohne Arschloch-Tendenzen, die es ja auch bei Frauen gibt, wie man sieht!«

Ein Strahlen überzieht Skyes Gesicht, während sie nickt. »Ganz ehrlich: Ich hatte schon die Hoffnung auf ein Happy End aufgegeben. Aber jetzt wage ich wieder, davon zu träumen.«

»Ach, ich freue mich riesig für dich«, sage ich voller Inbrunst, und das meine ich genauso.

»Und bei euch?« Skye sieht mich prüfend an, und ich bemühe mich um ein unbeschwertes Lächeln.

»Alles bestens«, lüge ich betont fröhlich. »Wir haben zwei sehr schöne Nächte zusammen verbracht.«

»Na, das klingt doch vielversprechend!« Skye strahlt mich an. »Willst du zu Glenn? Er sitzt drinnen und schreibt. Ich muss noch schnell zu meinem Schuppen gehen und die hier wegbringen.« Sie deutet auf eine Gartenschere, die sie aus einer Tasche ihrer Schürze zieht.

Zögernd betrete ich Skyes Haus, wo ich einige Tage lang so selbstverständlich und ungezwungen ein und aus gegangen bin. Als ich ins Wohnzimmer komme, höre ich klassische Musik – das ist der Kanon in D-Dur von Johann Pachelbel, erkenne ich. Glenn hat mal erwähnt, dass er dazu besonders gut schreiben kann. Und tatsächlich sitzt er am Laptop und sieht auf, als er mich reinkommen hört.

»Hi«, sagt er leise.

»Hi«, erwidere ich und bleibe zögernd beim Sofa stehen. Ich muss daran denken, wie oft wir hier zusammen gesessen und uns Filme und Serien angeschaut haben. Als Glenn nichts sagt, sondern mich nur ernst mustert, erkläre ich hastig: »Ich werde oben mal meine Sachen packen. Dann kannst du auch endlich in das richtige Gästezimmer umziehen und musst nicht länger auf dem Schlafsofa campieren.«

Glenn erwidert nichts, sondern mustert mich schweigend. Eilig laufe ich die Treppe hinauf, um den Teil meiner Klamotten zu packen, den Skye mir noch nicht gebracht hat. Und natürlich meine Kameraausrüstung! Die ganze Zeit über lausche ich angespannt auf Schritte im Flur. Ich hoffe so sehr, dass Glenn mir folgt. Dass wir uns auch auf diesem Fußboden lieben. In diesem Bett.

Aber er kommt nicht, und so gehe ich enttäuscht mit meinem Gepäck ins Erdgeschoss. Das Wohnzimmer ist leer, aber der Kanon in D-Dur dringt nach wie vor aus den Laptoplautsprechern. Der Laptop hängt an einer Powerbank, erkenne ich. So hält er wohl noch ohne Strom durch.

Ich will eigentlich nicht schnüffeln. So etwas tue ich nicht. Aber … ich bin unfassbar neugierig, was Glenn schreibt. Und dass er mir bisher so gar nichts von seiner Romanidee erzählt hat, hat mich mehr gewurmt, als ich mir selbst gegenüber eingestehen wollte.

Rasch vergewissere ich mich, dass Glenn nach wie vor nicht zu sehen ist, und dass auch Skye noch im Garten ist, dann trete ich an den Laptop heran.

48

Glenn

Als ich aus dem Garten komme, wo ich Skye mit der klemmenden Tür ihres Schuppens helfen sollte, bleibe ich überrascht im Türrahmen stehen. Viola hat sich über meinen Laptop gebeugt, starrt auf den Bildschirm. Und auf meine überall verteilten Notizzettel. Nach wie vor dringen die wunderbaren Klänge des Streichorchesters aus den Lautsprechern, und normalerweise inspiriert und beruhigt mich der Kanon in D-Dur immer gleichermaßen. Doch jetzt gerade haben die Klänge nichts Beruhigendes – eher etwas Bedrohliches.

Viola hat meine Schritte gehört, sie dreht sich langsam zu mir um. Starrt mich mit bleichem Gesicht an.

»Was machst du da?«, frage ich überflüssigerweise. Es ist schließlich eindeutig, dass sie das Exposé zu meiner neuen Romanidee, das gerade auf dem Bildschirm zu sehen ist, überflogen hat. Und ich weiß sehr wohl, dass sie geschockt ist von dem, was sie dort gelesen hat. Aber ich bin auch geschockt – weil sie einfach so an meinen Laptop gegangen ist und mein Exposé gelesen hat, ohne mich zu fragen!

»Du schreibst über mich.« Viola starrt mich so fassungslos an, dass meine aufwallende Empörung sofort wieder abebbt. Am liebsten würde ich auf sie zugehen und sie fest in meine

Arme nehmen. Sie wirkt so verletzlich. Und verletzt. Verdammt, Glenn, das hast du ja toll hingekriegt!

Ich räuspere mich und versuche, eine vernünftige Antwort zustande zu bekommen. Was nicht so leicht ist, weil ich in ihrer Gegenwart, beim Blick in ihre braunen Augen, ständig an die letzte Nacht denken muss. Und an die Nacht davor. An das Gefühl ihrer Haut, an den Duft ihres Haars, an den Geschmack ihrer Lippen. An ihren schneller gehenden Atem, an ihr Stöhnen, an die Art, wie sie sich in meinen Schultern festgekrallt hat.

»Glenn!«

Ich atme durch und versuche, diese Erinnerungen in Schach zu halten. Das hier hat gerade nichts mit dem zu tun, was wir letzte Nacht getan haben. Leider.

»Meine Protagonistin heißt Juliet«, sage ich so ruhig wie möglich. »Nicht Viola.«

»Ach komm, verarschen kann ich mich allein!«, fährt mich Viola heftig an, und ich sehe sie erschüttert an. »Du hast ihr einen anderen Shakespeare-Namen gegeben, okay! Aber sie hat rote Haare und braune Augen, und ... Trommelwirbel! ... sie reist mutterseelenallein durch die Welt, auf den Spuren ihres Vaters, den sie nicht kennt, und sie ist überzeugt davon, bald zu sterben, weil ihr eine Wahrsagerin auf einem Jahrmarkt das vorausgesagt hat!«

Verdammt. Musste ich mein Exposé mit der Zusammenfassung meines Projekts auf dem Bildschirm geöffnet lassen, ehe ich in den Garten gegangen bin? Hätte ich nicht vorsichtiger sein können?

Und dann, Glenn?, frage ich mich im Stillen. Wäre es besser geworden, wenn ich ihr irgendwann den fertigen Roman zum Lesen gegeben hätte? Nein. Absolut nicht.

Ich atme tief durch, reibe mir mit den Fingern über beide Schläfen, wo es zu puckern beginnt.

»Ich … ich kann das erklären«, beginne ich lahm, wobei ich absolut keine Ahnung habe, was ich erklären soll. Wie ich es erklären soll. Denn, ja, ich habe Violas Lebensgeschichte zu einem Roman verarbeitet! Ich habe ihre Geschichte missbraucht. Ohne sie zu fragen. Viola starrt mich immer noch so ungläubig und verletzt an, dass sich mein Herz schmerzhaft zusammenzieht.

»Hör mal«, beginne ich und mache einen Schritt auf sie zu, aber sie weicht zurück, bis sie gegen den Esstisch stößt, auf dem mein Laptop steht. »Was du damals gesagt hast … dass ich über etwas schreiben sollte, das ich kenne … das stimmte. Das hat den Nagel auf den Kopf getroffen.«

»Du solltest DEINE Geschichte schreiben!«, fährt mich Viola aufgebracht an. »Nicht MEINE!«

Ich nicke langsam. »Ja. Ja, du hast recht. Aber … mein eigenes Leben kam mir so langweilig vor im Vergleich zu dem, was bei dir los ist. Mit deinen Eltern, die sich nur eine Nacht kannten, mit deinem Vater, der mit seinem Schiff untergegangen ist. Wie du ihn hier indirekt wiedergefunden hast, und einen Großvater und eine hellsichtige entfernte Verwandte noch dazu …«

»Glenn, das ist mein Leben. Kein Roman«, stößt Viola mit bebender Stimme hervor. »Willst du das hier wirklich an einen Verlag schicken? Willst du meine jämmerliche Lebensgeschichte vor allen ausbreiten?«

»Erstens ist deine Lebensgeschichte wirklich kein Stück jämmerlich«, sage ich entrüstet, was Viola ein wütendes Schnauben entlockt. »Und zweitens … es ist ein Roman, Viola, niemand würde glauben, dass das wirklich passiert ist.«

»Aber das alles IST wirklich passiert!«, schreit mich Viola wütend an. »Du hast es kein bisschen abgewandelt!«

»Im Exposé nicht«, gebe ich zerknirscht zu, denn sie hat ja

recht. »Aber ... im eigentlichen Manuskript habe ich vieles verändert.«

»Ach? Reist Juliet nicht mehr einsam und allein durch die Welt, bis sie nach einem Unfall auf einer kanadischen Insel strandet?«

»Doch ...«

»Und findet Juliet nicht mehr ihren leiblichen Großvater?«

»Doch«, murmele ich und frage mich verzweifelt, wie ich ihr klarmachen soll, warum ich das getan habe. Weil mich Viola und ihre ganze Story so wahnsinnig fasziniert haben! Weil ich an niemanden mehr denken konnte, außer an sie, Himmel noch mal!

Viola sieht mich an, und die Enttäuschung in ihrem Blick ist noch schlimmer als die Wut.

»Viola«, beginne ich noch einmal und versuche, die Worte zu finden, die ich ihr sagen will. Ich glaube doch, Schriftsteller zu sein, verflucht – warum fällt es mir dann so unfassbar schwer, in ihrer Gegenwart das auszudrücken, was ich für sie empfinde? All das in Worte zu verpacken, was sie mir bedeutet? Warum kann ich ihr nicht sagen, wie sehr sie alles für mich verändert hat? Dass dieses Buch im Grunde genommen nur meine Art war, mich mit ihr zu beschäftigen und über sie nachzudenken? Als ich angefangen habe, wie ein Besessener über sie zu schreiben, da hat Viola sich in meiner Gegenwart noch so cool und unbefangen verhalten, hat ständig von Tom Cruise und Patrick Swayze geschwärmt, dass ich mir bei ihr keinerlei Chancen ausgerechnet habe. Darum war dieses Manuskript meine Art, ihr so nah wie möglich zu sein.

Doch ich kann all das nicht einmal im Ansatz formulieren, denn Viola kommt mir mit ihren Worten zuvor. Und die schießen so ungewohnt scharf aus ihrem Mund, dass ich regelrecht zurückzucke. So kenne ich Viola nicht. Was habe ich bloß angerichtet?

»Wie wäre es, wenn du dein eigenes Leben zum Roman machst, Glenn Cameron? Also mir fällt da reichlich Stoff ein! Allein die Story mit deiner Lehrerin! Entjungfert unterm Shakespeare-Poster! Und dann Trost gesucht bei der besten Freundin, der du das Herz gebrochen hast. Drama pur! Aber der Höhepunkt des Romans wäre doch sicherlich die Stelle, an der du merkst, dass du es mit der Freundin deines Bruders getrieben hast und sie vielleicht von dir schwanger war. Dass eventuell du der Vater der hübschen Isla bist, nicht Aidan. Mein Gott, Glenn, was wäre das für ein Roman!«

Entsetzt starre ich Viola an, während ihre wütenden Worte erbarmungslos in mir widerhallen.

Doch im nächsten Moment wird alles noch um ein Vielfaches schlimmer, denn wir hören ein klägliches Wimmern, und als ich mich umdrehe, mich wie in einem schlechten Horrorfilm zu der Quelle des Geräuschs umsehe, steht Isla im Türrahmen des Hauseingangs und starrt mich aus weit aufgerissenen Augen völlig entsetzt an. Verflucht, warum ist sie hier? Es ist Dienstag, wieso ist sie nicht in der Schule? Ach, die Fähre fährt noch nicht, und die Schule soll keinen Strom haben, hat jemand erwähnt, wie mir siedend heiß einfällt. Hinter Isla steht Skye, die Hand noch auf dem Türknauf. Auch ihre Augen sind geweitet, sie blickt von mir zu Viola und wieder zu mir. Aus Islas Gesicht ist alle Farbe gewichen, merke ich … und aus Violas auch. Ich sehe sie nur flüchtig an, wie sie neben meinem Laptop steht und mich aus schreckensgeweiteten Augen anstarrt.

»Es … es tut mir leid«, wispert sie eilig, aber ich kann ihr jetzt nicht mehr zuhören. Zwischen uns ist wohl alles gesagt, fürchte ich.

»Du solltest besser gehen«, stoße ich gepresst hervor und wende mich von Viola ab und Isla zu. Ich merke, wie Viola zögert, dann aber greift sie nach ihrem Gepäck und geht eiligen Schritts durchs Wohnzimmer, auf die Haustür zu. Isla sieht sie gar nicht an, der Blick meiner Nichte – ist sie meine Nichte? – ist nur auf mich geheftet. Skye jedoch berührt Viola im Vorbeigehen am Arm, die Frauen tauschen eilig ein paar gewisperte Worte aus, dann verschwindet Viola nach draußen. Flüchtig sehe ich ihrem rot schimmernden Haar hinterher, bevor ich wieder Isla ansehe.

»Hör zu«, beginne ich langsam und räuspere mich umständlich. »Ich … also, was du gerade gehört hast, das muss dich sehr durcheinanderbringen …«

»Stimmt das?«, unterbricht mich Isla mit bebender Stimme. »Bist du wirklich mein Dad?«

Ich merke, wie sich Skyes Hände auf Islas Schultern legen, als ob meine Schwester fürchtet, dass das Mädchen zusammenklappen könnte. Wer von beiden mich ängstlicher anstarrt, Skye oder Isla, ist schwer zu sagen. O Gott, ich wünsche mich weit weg! Oder … ich wünsche Viola weit weg. Warum musste sie heute hierherkommen und ungefragt in meinen Unterlagen herumschnüffeln und dann auch noch mein riesiges, gut gehütetes Geheimnis einfach so ausplaudern? Ich hatte ihr vertraut, verdammt!

»Das … das kann ich dir nicht hundertprozentig sagen, Isla«, erwidere ich mit rauer Stimme. Isla wird noch blasser, was ich kaum für möglich gehalten hätte. Skye sieht mich fassungslos an, formuliert über Islas Kopf hinweg die lautlose Frage: »Was ist los?«

»Ich … ich sollte mit deiner Mom reden, Isla«, sage ich mit einem schweren Seufzer. »Und mit deinem Dad.«

»Du meinst … falls er wirklich mein Dad ist?«, hakt Isla mit bebender Unterlippe nach und starrt mich aus weit aufgerissenen Augen an. Ich schlucke.

»Isla, Honey, er ist bestimmt …«

Doch da wendet sich das Mädchen bereits mit einem erstickten Schluchzer ab und rennt an Skye vorbei aus dem Haus.

»Isla!« Mit wenigen Schritten bin ich an der Tür, will ihr hinterher, doch bei meiner Schwester mache ich kurz halt.

»Glenn Cameron.« Sie sieht mich mit einem Kopfschütteln ernst an. »Warum um alles in der Welt hatte ich tatsächlich den Verdacht, du könntest dich nicht für Frauen interessieren? Jenny, wirklich? Und … deine beste Freundin? Wen hat Viola gemeint – etwa Dottie?« Als ich nicht widerspreche, weiten sich ihre himmelblauen Augen noch mehr. »Und … deine Lehrerin?« Das letzte Wort wispert sie schockiert. »Welche? Doch nicht … Mrs. Carmichael?«

»Um Gottes willen, Skye!«, stoße ich entsetzt hervor, als ich an unsere Mathelehrerin denke. »Mrs. Carmichael war mindestens fünfzig, als ich mit der Highschool fertig war!«

»Na ja, heute würde mich nichts mehr umhauen, glaube ich«, murmelt Skye und mustert mich, nach wie vor absolut fassungslos. Ich stöhne leise auf.

»Suzanne Lincoln. Sie war Aushilfslehrerin. Nur ein Jahr lang.«

»Ach. Ja, ich erinnere mich.« Skye legt den Kopf schief und starrt mich an. »Sie hat dich unter einem Shakespeare-Poster entjungfert?«

Gequält schließe ich die Augen und reibe mir mit einer Hand über das Gesicht, bevor ich hervorstoße: »Skye, bitte … lass uns ein anderes Mal darüber reden. Und kein Wort zu Mom – das würde sie tatsächlich umbringen!«

»Das … und die Tatsache, dass du der Vater ihrer Enkelin bist«, wispert Skye und wirkt so ehrlich erschüttert, dass ich hilflos hervorstoße: »Skye, das ist nicht sicher. Ich … verdammt, ich muss dringend mit Jenny sprechen.«

Doch bevor ich es schaffe, auf meinem Motorrad bis zu Jennys Haus zu gelangen, holt mich auf halber Strecke schon Aidans schwarzer Pick-up ein. Wie um alles in der Welt hat er so schnell von der ganzen Sache erfahren? Oder … ist er zufällig hier?

Nein, ist er nicht, wird mir klar, als er mit gefurchter Stirn regelrecht aus seinem Pick-up springt, sobald der am Straßenrand zum Stehen gekommen ist. Leise fluchend halte ich an und stelle den Motor aus. Ich kann mir gerade noch den Helm von meinem Kopf zerren, als Aidan schon vor mir steht. In seinen hellblauen Augen toben so viele Emotionen, dass mir schlecht wird.

»Glenn«, beginnt er mit leicht bebender Stimme. »Sag mir bitte, dass das nicht stimmt, was Isla mir gerade erzählt hat!«

»Wie … wie hat Isla dich denn so schnell erreicht?«, hake ich matt nach, und als ich eine Bewegung schräg hinter ihm wahrnehme, merke ich, dass das Mädchen in diesem Moment ebenfalls den Pick-up verlässt, mich aus weit aufgerissenen Augen anstarrt. Geradezu ängstlich. Verflucht noch mal, wieso konnte Viola nicht ihren Mund halten?

»Ich war mit dem Wagen beim Inselladen, als Isla mir auf ihrem Fahrrad völlig aufgelöst entgegenkam«, knurrt mein Bruder. »Was jetzt gerade eigentlich ganz egal ist. Glenn, sag mir bitte, dass sich Isla verhört hat.« Aufgewühlt sieht er über seine Schulter, will wohl sichergehen, dass das Mädchen in genügend Abstand zu uns steht, uns nicht hören kann. Dann beugt er sich näher an mich heran und sagt mit bebender Stimme: »Sag mir bitte, dass es nicht wahr ist. Das kann nicht wahr sein. Du und … Jenny?«

Ich schlucke und starre auf meine Converse Sneakers hinab, doch Aidan packt mich am Arm und zischt mit nur halbwegs unterdrückter Wut: »Glenn, sieh mich an, verdammt! Sag mir, dass es nicht sein kann, dass du … dass du …« Er bricht ab, und zu meiner Bestürzung merke ich, dass meinem Bruder Tränen in die Augen schießen. Nun ist er es, der rasch auf seine Schuhe starrt, sich mit einer Hand ungeduldig über das Gesicht reibt. Ich fühle mich wie das größte Arschloch dieser Welt. Da ich gerade erst von Andy so hintergangen worden bin, kann ich sehr gut nachempfinden, was gerade in Aidan vorgeht. Wobei der große Unterschied ist, dass ich nicht wusste, wer Jenny ist, als ich mit ihr geschlafen habe!

»Es kann nicht sein, dass du … Islas Vater bist.« Aidan flüstert diese Worte geradezu, und als er seinen Blick wieder hebt, erkenne ich in seinen Augen, dass ihn das umbringen würde. Dass ich ihm mit dieser Tatsache alles nehmen würde. Okay, fast alles – es gibt ja nun auch Stella in seinem Leben. Aber bis vor Kurzem war Isla seine einzige große Liebe, wie er mal gesagt hat. Sein kleines Mädchen. In diesem Augenblick wird mir mit voller Wucht klar, was ich meinem älteren Bruder antun könnte.

»Aidan«, wispere ich und greife nach seinem Unterarm. Der dort tätowierte Schriftzug »Isla« auf seiner Haut scheint heiß unter meinen Fingern zu pulsieren. »Ich muss mit Jenny reden. Das hätte ich längst tun sollen. Aber … sie und ich, wir haben das Thema immer sorgfältig vermieden. Ausgeklammert. So getan, als wäre nie etwas gewesen.«

»Und … was genau ist da gewesen?« Aidan starrt mich ernst an.

»Wir … wir haben uns damals auf einer Uniparty kennengelernt«, sage ich leise. »Sie wusste nicht, dass ich dein Bruder bin, und ich hatte keine Ahnung, dass es Jenny in deinem

Leben gab. Wir waren beide nicht nüchtern. Es … ist nur einmal passiert.«

Aidan lacht kurz auf. »Tja. Einmal reicht, um Vater zu werden«, bemerkt er bitter. »Verdammt noch mal, Glenn. Das darf einfach nicht wahr sein.«

Nein, denke ich. Das darf es nicht.

49

Viola

Der Fahrtwind schlägt mir ins Gesicht, trocknet die Tränen auf meiner Haut.

»Ist dir nicht zu kalt, Kind? Hier im Steuerhaus ist noch Platz!«, höre ich den alten Fischer mit den buschigen weißen Augenbrauen über das Tuckern des Dieselmotors hinweg rufen.

Ich sehe mich nach ihm um, zwinge mich zu einem Lächeln, als ich erwidere: »Nein danke, ich stehe gern hier an Deck!«

Meine Finger umklammern die Reling fester, während sich mein Blick auf das Wrack der Fähre heftet, die immer noch zwischen den Felsen klemmt. Unglaublich, wie viel sich verändert hat, seit ich mit dieser Fähre nach Whale Island übergesetzt habe. Ich muss an Glenn und mich denken, damals, an Deck der Fähre. Wie ich mir voll stiller Sehnsucht gewünscht habe, er wäre nicht schwul. Fast muss ich lachen, weil das alles so unfassbar ironisch ist.

Glenn und schwul. Dabei hat er nicht nur mit seiner Lehrerin und mit seiner besten Freundin geschlafen, sondern zu allem Überfluss auch noch mit der Ex seines Bruders.

Gequält schließe ich die Augen, als ich an Islas Gesichtsausdruck denke. An das Entsetzen in ihrem Blick. An den Schock in Skyes Augen. Und an die Panik in Glenns.

Glenn. Der Verrat. Er hat meine Lebensgeschichte zu einer Romanidee verarbeitet. Ich schließe meine Augen, um die Tränen zurückzuhalten. Meine Finger umklammern die Reling so fest, dass meine Knöchel weiß hervortreten. Wie konnte er bloß? Will er das wirklich an Verlage schicken? Will er, dass alle lesen, was für ein verkorkstes Leben ich habe?

Als ich die Augen wieder öffne, erkenne ich, dass wir fast in Scott's Harbour sind. Und am Pier stehen zwei Gestalten, die mir sehr vertraut vorkommen.

»Viola?« Stella sieht mich erstaunt an, als der alte Fischer mir mit meinem Gepäck hilft. Mit meiner Handtasche und der Kameratasche balanciere ich über die schmale Gangway von Bord, nehme dann dankbar Koffer und Rucksack entgegen.

»Reist du etwa ab?« Stella tritt neben mich und starrt mich ungläubig an. Feli nickt mir in ihrer schüchternen Art zu und lässt sich dann von dem alten Fischer ihren riesigen Rucksack abnehmen. Die beiden scheinen mit demselben Boot nach Whale Island überzusetzen.

»Ähm, ja«, sage ich und bemühe mich darum, gefasst zu wirken. Mit einem Mal muss ich wieder an die Traurigkeit in Gottliebs Blick denken. Aber aufgehalten hat er mich nicht. »Wie war New York?«

Stella räuspert sich und wirft Feli einen raschen Blick zu, dann beugt sie sich näher zu mir und sagt: »Die Aufnahmen haben super geklappt, Feli war ganz euphorisch. Und die Stadt war genial. New York halt, was soll ich sagen? Aber dann …« Sie senkt ihre Stimme und sieht mich ernst an, bevor sie leise raunt: »Dann ist Feli zwischendurch einfach verschwunden. Ich wollte Schuhe kaufen, sie wollte im Hotel warten. Da war sie aber nicht, als ich zurückkam.«

Erschrocken mustere ich Stella. »Sondern?«, hake ich leise nach, obwohl ich die Antwort schon ahne.

»Bei … ihrem Vater. Sie ist einfach ins *Waldorf Astoria* marschiert und hat nach Enzo gefragt.« Stella atmet tief durch, ein paar hektische rote Flecken erscheinen an ihrem Hals. Sie sieht mich ernst an und fügt hinzu: »Feli hat gesagt, dass du ihr dazu geraten hast.«

Beklommen schlucke ich. Dann wispere ich: »Ja. Das stimmt. Weil … weil ich alles für die Chance gegeben hätte, meinen Vater kennenzulernen.«

Stellas Lippen werden zu einer schmalen Linie. Sie nickt und atmet tief durch, bevor sie leise erwidert: »Ja. Das verstehe ich. Aber … für Feli war das leider genau die Enttäuschung, vor der ich sie die ganzen Jahre bewahren wollte. Denn … Enzo wollte sie nicht kennenlernen. Der … der Mistkerl hat es fertiggebracht, meinem Kind zu sagen, er könne sich an keine Stella Minetti erinnern. Er hat sie gebeten zu gehen.«

Ungläubig starre ich Stella an. »O Gott«, flüstere ich betroffen. »Das tut mir so leid!«

Stella lächelt schief, wischt sich rasch eine Träne von der Wange und strafft dann energisch die Schultern. »Na ja. Du hast es ja nur gut gemeint, meine Liebe. Ich verstehe das, ehrlich. Aber hör mal … warum reist du so plötzlich ab?«

Ernst betrachte ich Stella. Dann antworte ich heiser: »Weil ich Mist gebaut habe – nicht nur bei der Sache mit Feli und Enzo. Aidan wird es dir erzählen. Es tut mir alles so schrecklich leid, Stella. Ich … ich muss los. Mach es gut.«

Und noch während mich Stella ratlos mustert, wende ich mich eilig ab und gehe mit meinem Gepäck auf den Parkplatz zu, auf den gerade ein gelber Schulbus rollt. Gottlieb hat mich bei meinem völlig überstürzten Aufbruch daran erinnert, dass ich auf dem Festland wohl spontan einen Mietwagen bekommen werde, aber dass ich vom Hafen in Scott's Harbour erst einmal bis zu der Mietwagenfirma gelangen muss.

»Du fährst auf gar keinen Fall per Anhalter«, hat er gepoltert. Aber zum Glück habe ich ja eine entfernte Verwandte, die auf dem Festland lebt und die mein besorgter Großvater angerufen hat. Rae steigt jetzt aus ihrem Bus und sieht mir seelenruhig entgegen.

Entschlossen marschiere ich auf den Bücherbus zu. Nur weg hier. Als ich Stella hinter mir rufen höre: »Aber … du kommst doch wieder, oder?« denke ich mit Tränen in den Augen: hoffentlich.

50

Glenn

»Ist das dein Ernst?«

Jenny sieht mich ungläubig an. Zum Glück hat sie sich von ihrem unfreiwilligen Bad in der Deep Bay gut erholt, aber jetzt ist sie doch wieder sehr blass um die Nase, als sie mir an Aidans Esstisch gegenübersitzt. Sie war nicht zu Hause, als wir sie gesucht haben, sondern im Whale Sanctuary – und so hat Aidan sie am Telefon gebeten, uns in seinem Cottage zu treffen. Isla ist bei dieser Aussprache zum Glück nicht anwesend: Aidan hat sie vorhin bei Greta und dem kleinen James abgeliefert. Greta wird das aufgelöste Mädchen hoffentlich ablenken können. Zu unseren Eltern konnte Aidan Isla schlecht bringen, denn dann hätten die beiden dieses ganze Drama mitbekommen, und wer weiß, was das mit Moms Herz angestellt hätte. Das hätte ich mir dann wirklich niemals verzeihen können.

»Du hast in all diesen Jahren Zweifel daran gehabt, wer von euch Islas Vater ist?«

Betreten starre ich erst Jenny an, dann Aidan, der meinen Blick ernst erwidert, bevor er seine Ex ansieht und heiser nachhakt: »Soll das heißen … dass … Glenn sich deswegen keine Sorgen hätte machen müssen?«

Wir sehen beide geradezu atemlos Jenny an, und ich hoffe so sehr, dass sich alles klärt, wie ich selten im Leben auf etwas gehofft habe.

»Musste er nicht, nein! Himmel, Glenn, wenn dich das so beschäftigt hat – dann hättest du mich doch vorher schon darauf ansprechen können!« Jenny sieht mich kopfschüttelnd an.

»Ja.« Betreten räuspere ich mich und fühle mich relativ bescheuert. Mal wieder. »Ich dachte … dass du nicht mit mir über unsere eine Nacht reden wolltest. Weil … das alles schon merkwürdig und schwierig genug war.«

Aidan schnaubt leise und reibt sich mit einer Hand über das Gesicht. »Ich fasse das immer noch nicht«, murmelt er dann. »Ich meine … so viele Studentinnen an der Uni in Halifax. Und ausgerechnet die Frau, die von mir schwanger ist … Wirklich, Glenn!«

Er sieht mich kopfschüttelnd an, und ich kann einen Augenblick lang nicht sagen, ob er das halb im Scherz oder absolut ernst meint. Ich glaube, Aidan weiß das selbst nicht wirklich. Auf jeden Fall lacht er nicht. Genauso wenig wie ich.

»Das war ja absolut keine Absicht«, murmele ich schließlich. »Wenn ich auch nur geahnt hätte, dass ihr zwei …« Mit einem Stöhnen lasse ich meinen Kopf in meine Hände sinken.

»Hast du denn gar nicht erwähnt, dass du in dem Sommer auf Whale Island warst?« Aidan mustert Jenny beinahe gekränkt.

Jenny sieht mich an, und ich muss flüchtig an unsere gemeinsame Nacht denken. Wir haben nicht viel geredet. Aber das können wir Aidan auf keinen Fall sagen.

»Wir haben nicht viel geredet«, sagt Jenny in diesem Moment, und ich stöhne innerlich auf. O Mann.

Aidan starrt mich finster an. Ich zucke entschuldigend mit den Schultern und räuspere mich. »Ja. Ähm … also, wir wussten so gut wie nichts voneinander. Ich kannte nicht einmal Jennys Nachnamen.«

»Und ich deinen logischerweise auch nicht, Glenn Cameron«, lacht Jenny auf. Aidan und ich lachen nicht. Ich hätte nie gedacht, jemals in so einer bescheuerten Situation zu landen!

»Ihr habt euch damals also bei meiner Geburtstagsparty wiedergesehen und begriffen, dass …«

Aidan zögert und überlegt wohl, wie er es formulieren soll, also vollende ich seinen Satz: »… dass unser One-Night-Stand eine absolut blöde Idee war? Ja. So war es.«

Mein Bruder mustert mich finster, bevor er Jenny ansieht. »Ich mache dir jetzt keine Vorwürfe und spare mir die Bemerkung, dass ICH nicht sofort nach deiner Abreise mit der nächstbesten Frau ins Bett gegangen bin.«

»›Nächstbeste‹?«, kann ich mir nicht verkneifen. Hey, ganz so willkürlich muss er unseren One-Night-Stand nun auch wieder nicht darstellen! Aidan bedenkt mich mit einem warnenden Blick, und ich beschließe, lieber meine Klappe zu halten.

»Wir hatten uns vor meiner Abreise darauf verständigt, dass wir keine Beziehung haben wollten«, erinnert ihn Jenny ruhig. »Immerhin wusste ich da noch nicht, dass ich schwanger war.«

»Richtig.« Aidan räuspert sich. »Womit wir beim eigentlich wichtigen Thema wären. Wie kannst du dir so sicher sein, dass Glenn nicht der Vater ist, Jenny? Ich meine … wie viel Zeit lag zwischen unserem … letzten Mal und zwischen eurer Nacht?«

»Zwei Wochen«, erwidert Jenny sachlich, und ich unterdrücke ein weiteres Stöhnen. Zwei Wochen.

»Und … könnte es dann nicht doch sein, dass …?« Aidan sieht sie geradezu ängstlich an.

»Nein.« Jenny schüttelt energisch den Kopf. »Aidan, du rechnest bei meiner Schwangerschaft falsch. Als ich in Halifax ankam, da habe ich mich schon komisch gefühlt. Ich habe kurz vor der Party, auf der ich Glenn getroffen habe, einen Schwangerschaftstest gemacht. Der positiv war. Das war Isla.«

Entgeistert starre ich sie an. »Und dann hast du mich auf der Party angesprochen?«, hake ich ungläubig nach. Jenny lacht leise auf.

»Ja. Guck nicht so entsetzt. Ich wollte mich von dem Schock ablenken. Und … mir darüber klar werden, ob ich in Aidan verliebt war oder nicht.«

»Indem du mit meinem Bruder geschlafen hast!«, fährt Aidan sie jetzt aufbrausend an, steht auf und läuft ein paar wütende Schritte durch sein Cottage.

»Du meine Güte, Aidan, ich wusste doch nicht, dass er dein Bruder ist.«

Aidan bleibt am Fenster stehen und starrt nach draußen. Ich sehe Jenny an, sie erwidert meinen Blick. Mit einem leichten Lächeln sagt sie: »Auf jeden Fall musst du dir wirklich keine Sorgen machen, Glenn. Du kannst nicht Islas Vater sein. Die beleidigte Leberwurst da vorne, die ist Islas Vater.«

»Von wegen beleidigte Leberwurst«, knurrt Aidan und dreht sich zu uns um. »Verdammt, ich wünschte, ihr hättet mich früher eingeweiht. Zu wissen, was ihr all diese Jahre lang vor mir verheimlicht habt, das … das tut echt weh, wisst ihr das eigentlich?«

Betroffen starre ich meinen Bruder an. Jenny schweigt ebenfalls und sieht ernst zwischen Aidan und mir hin und her. Entschlossen stehe ich auf und gehe auf ihn zu. Ich lege meine Hände auf seine Schultern und sage langsam: »Es tut mir leid, Aidan. Wirklich. Ich war zu feige. Und ich dachte … dass es besser für dich wäre, das nicht zu wissen. Wäre es vermutlich auch gewesen.«

»Nein«, murmelt Aidan stur. »Die Wahrheit kann zwar wehtun, aber sie ist immer besser als eine Lüge.«

Dann scheint ihm ein Gedanke zu kommen. »Hey, bist du etwa deshalb so selten zurück nach Whale Island gekommen? Wegen Jenny? Und Isla?«

Ich lasse meine Hände langsam von seinen Schultern gleiten und drehe mich zu Jenny um, die uns vom Esstisch aus beobachtet. »Ja«, gebe ich dann leise zu. »Es ist mir schwergefallen, sie hier zu sehen und mir nichts anmerken lassen zu dürfen. Nicht zu wissen, ob ich Islas Dad bin. Und außerdem … hatte ich eine Zeit lang den Wunsch, dass aus Jenny und mir mehr hätte werden können.«

Das so offen zuzugeben ist gleichzeitig eine riesige Überwindung und eine gigantische Erleichterung. Jennys grüne Augen weiten sich ein wenig, sie starrt mich sprachlos an.

»Das … das haut mich jetzt um«, gibt sie dann zu. »Glenn, ich hatte keine Ahnung!«

Ich zucke mit einem schiefen Grinsen die Schultern. »Wie gesagt, es war eine Zeit lang und ist längst vorbei. Wirklich. Inzwischen möchte ich … höchstens platonisch mit dir befreundet sein.« Bei meinen Worten muss ich an Viola denken und werde von nagender Sehnsucht überrollt.

Wo sie jetzt wohl ist?

»Aber … bis zum letzten Sommer war Jenny doch ohnehin nur in den Ferien hier. Du hättest trotzdem öfter kommen können.« Ratlos sieht mich Aidan an.

»Ich hatte dir gegenüber so ein schlechtes Gewissen«, gebe ich zu. »Und das mit Isla … das hat mir immer im Hinterkopf herumgespukt. Ich konnte dir kaum in die Augen sehen, ohne mich zu schämen. Na ja. Irgendwie war es da einfacher, in Halifax zu bleiben.«

»Wirklich, Glenn. Einfach mal aussprechen, was einen

beschäftigt, das hilft.« Aidan sieht mich mit einem Kopfschütteln an, bevor er plötzlich einen Schritt auf mich zumacht und mich in seine Arme zieht.

»Komm her, du«, murmelt er und klopft mir mit Nachdruck auf den Rücken. »Es wäre alles einfacher gewesen, wenn du wirklich schwul wärst.«

Ich lache gegen seine Schulter. »Da hast du recht. Manchmal wünschte ich wirklich, ich fände Männer anziehender. Dann hätte ich vermutlich ein viel stressfreieres Leben.«

»Weise Worte.« Aidan grinst mich an und nickt. »Lass uns in Zukunft mehr reden, okay?«

»Okay«, murmele ich und muss mich sehr um meine Fassung bemühen. Ich bin so erleichtert, dass ich die ganze Welt umarmen könnte. Aidan weiß es, und zwischen uns ist trotzdem alles so, wie es zwischen Brüdern sein sollte. Und – ich bin nicht Islas Vater!

»Apropos nicht schwul«, sagt Aidan und mustert mich prüfend. »Du musst mir dringend erzählen, was da mit deiner Lehrerin war. Oder hat Isla das falsch aufgeschnappt?«

»Nein, aber darüber will ich jetzt wirklich nicht sprechen«, stöhne ich gequält.

»Und über Dottie?«

»Aidan! Für heute reicht es.«

Aidan schnalzt mit der Zunge, und ich erwarte fast, dass er weiter auf dem Thema herumreitet, um sich gewissermaßen an mir zu rächen, aber das tut er nicht. Stattdessen fragt er ernst und beinahe zaghaft: »Was ist denn jetzt mit dir und Viola?«

»Hör bloß auf«, seufze ich leise und lasse meinen Kopf in meine Hände sinken, bevor ich wieder aufsehe und ihn ernst mustere. »Erst dachte ich, ich hätte einen Grund, auf sie sauer zu sein – dabei hat sie nur unfreiwillig dazu beigetragen, dass ich dir endlich die Wahrheit gesagt habe. Aber ich … ich habe ihr Vertrauen missbraucht. Ich habe wirklich Mist gebaut.«

Betroffen mustert mich Aidan. Da meldet sich Jenny zu Wort, die jetzt auch von ihrem Stuhl aufgestanden ist und durch das Cottage auf uns zukommt: »Aber Mist kann weggeschaufelt werden, Glenn. Es ist selten im Leben wirklich zu spät für etwas.«

Ich sehe sie an und nicke nachdenklich. In dem Moment hören wir Schritte auf der Veranda. Dann wird die Tür schwungvoll geöffnet, und Stella schaut uns an.

»Ha! Und ich hatte schon befürchtet, Aidan in flagranti zu erwischen!«, sagt sie und mustert uns drei der Reihe nach mit hochgezogenen Augenbrauen. »Warum zum Teufel gehst du nicht an dein Telefon?«

»Stella! Ihr seid schon hier?« Aidan stürzt auf seine Liebste zu und reißt sie förmlich in seine Arme. Die beiden waren zwei Nächte getrennt und benehmen sich, als hätten sie eine monatelange Fernbeziehung hinter sich.

Ich vermisse Viola mit einem Mal so sehr, dass es mir körperlich wehtut. Wenn ich daran denke, dass ich vorhin, als sie in Skyes Gästezimmer gepackt hat, schon im Begriff war, hinter ihr her in den ersten Stock zu gehen, bevor Skye mich gerufen und um Hilfe mit ihrer blöden Schuppentür gebeten hat … Dann lägen wir jetzt im Gästebett – oder auf dem Fußboden –, und alles wäre noch in Ordnung.

Wobei – nein. In Ordnung wäre dann nichts. Aber das Lügenkonstrukt wäre noch intakt. Viola wüsste nicht, dass ich über sie geschrieben habe. Aidan wüsste nicht, dass ich mit Jenny geschlafen habe. Aber im Grunde genommen bin ich ja unendlich erleichtert, dass er das jetzt weiß. Und dass ich weiß, wer Islas Dad ist.

Trotzdem würde ich jetzt sehr gern mit Viola auf dem Fußboden von Skyes Gästezimmer liegen.

»Und ob wir schon hier sind«, lacht Stella, als sie es schafft, sich von Aidan zu lösen. Nach Atem ringend erklärt sie: »Ich habe versucht, dich zu erreichen! Wir waren schneller in Scott's Harbour als gedacht. Und es war gleich ein Fischer zur Stelle, der uns mitgenommen hat.«

»Oh, ich muss mein Telefon im Auto liegen gelassen haben«, erwidert Aidan betroffen und klopft sich vergeblich gegen die Hosentaschen, wo offensichtlich kein Telefon ist. »Sorry, Süße. Dabei habe ich die Minuten gezählt, bis ihr endlich wieder auf Whale Island seid! Wie seid ihr denn vom Pier hergekommen? Ich wollte euch doch an der Fähre abholen!«

»Wir haben einen schönen Spaziergang gemacht – das Wetter ist ja herrlich heute. Mach dir keinen Kopf, *amore*.«

Sie küssen sich schon wieder. Ich wende mich diskret ab und merke, dass auch Jenny mit einem Schmunzeln auf die Haustür zusteuert. »Wir lassen euch mal allein«, sagt sie mit einem unterdrückten Lachen, und ich will ihr folgen, als Stella hinter uns vergnügt einwirft: »Ach was, Feli ist doch auch noch da. Sie wartet drüben, in unserem Cottage auf uns. Wir müssen unser Wiedersehen wohl oder übel später feiern.« Sie lächelt Aidan anzüglich an, bevor sie fragt: »Sagt mal … was gab es eigentlich so Ernstes zu besprechen?«

»Was meinst du?« Erstaunt sehe ich Stella an. Woher weiß sie das?

»Ich habe Viola getroffen. Sie hat erwähnt, dass sie Mist gebaut habe und dass du mir alles erzählen wirst.« Sie schaut dabei Aidan an. Aidan erwidert ihren Blick ernst, bevor er mich ansieht.

»Ich werde dir das gleich in Ruhe erzählen«, sagt er und legt Stella einen Arm um die Schultern.

»Wo hast du Viola getroffen?«, frage ich leise. Jennys Bemerkung geht mir nicht aus dem Kopf: Mist kann man wegschaufeln. Viola hat es nicht böse gemeint, sie hätte mein Geheimnis niemals absichtlich ausgeplaudert, das weiß ich genau. Und ich … ich wollte ihr auch nicht wehtun. Aber ich bin mir nicht sicher, ob sie das verstehen wird.

»Am Pier von Scott's Harbour«, reißt mich Stellas Stimme aus meinem Grübeln, und ich sehe sie erschrocken an. Ihr Gesichtsausdruck wird weich, als sie leise sagt: »Sie ist abgereist, Glenn.«

51

»Glenn Cameron«, höre ich eine Stimme hinter mir, als ich auf mein Motorrad steigen will. Ertappt sehe ich mich um und erkenne Rae, die von der Straße aus auf Skyes Haus zuläuft.

»Du willst doch hoffentlich nicht einfach zurück nach Halifax fahren, oder?«

Innerlich fluche ich. Warum muss Rae auch immer alles wissen? Okay, fast alles.

»Es ist besser so«, sage ich zögernd und nehme meinen Helm wieder ab, um besser sprechen zu können.

Die letzten Wochen hier auf der Insel, ohne Viola, waren die Hölle. Alles auf Whale Island erinnert mich an sie. Tausend Mal habe ich mich gefragt, warum ich nicht hinter ihr hergefahren bin, als sie die Insel verlassen hat und zum Flughafen aufgebrochen ist. Auf meinem Motorrad hätte ich sie locker einholen können – zumindest, wenn ich die Geschwindigkeitsbeschränkung wieder ein wenig außer Acht gelassen hätte, wie auf dem Hinweg. Aber ich habe es nicht getan. Weil ich ihr übel genommen habe, dass sie einfach so abgehauen ist. Weil ich unsicher war, ob sie mich überhaupt noch sehen und sprechen wollte. Weil … ich ein verdammter Vollidiot bin!

Ja, Mist kann man wegschaufeln, hat Jenny gesagt. Wenn man sich nicht so blöd anstellt wie ich.

So kann ich nicht hierbleiben. So will ich nicht hierbleiben. Als mein Boss aus dem Coffeeshop vorgestern angerufen und gefragt hat, wann ich endlich aus meinem verlängerten (unbezahlten!) Urlaub zurückzukommen gedenke, habe ich ihm versichert, dass er mich Montag für die nächste Schicht einteilen kann. Meine Auszeit ist zu Ende. Der Alltag ruft. Nächste Woche beginnt ohnehin der neue Kurs im Kreativen Schreiben, den ich geben werde. Fürs Erste, habe ich schon geklärt, kann ich bei einem meiner Barista-Kollegen unterkommen. Hoffentlich finde ich bald eine erschwingliche Unterkunft. Vielleicht wieder eine WG, wobei ich darauf eigentlich keine Lust mehr habe. Und mit vierunddreißig ist es wohl an der Zeit, Putzpläne und geteiltes Haushaltsgeld hinter sich zu lassen. Fragt sich nur, wie ich mit meinem mageren Einkommen eine eigene Wohnung in Halifax finanzieren soll, wo die Mieten ein wenig höher sind als hier in Cape Breton.

»Du willst wirklich abreisen, ohne dich von deinen Eltern zu verabschieden?« Tadelnd sieht Rae mich an, und ich überlege, ob es Sinn macht zu lügen. Zu sagen, dass ich noch an der *Cameron Lodge* vorbeifahren wollte. Aber ich weiß ja, dass sie es besser weiß. Also seufze ich nur und gebe kleinlaut zu: »Ich hatte Angst, dass sie versuchen würden, mich aufzuhalten. Ich glaube, weil ich diesmal für meine Verhältnisse so lange hier war, haben sie angefangen, sich Hoffnung zu machen, dass ich ganz bleiben könnte.«

Außerdem habe ich Vollidiot meinem Vater diesen Floh ja selbst ins Ohr gesetzt! Ich hätte einfach meine Klappe halten sollen. Hätte ahnen müssen, dass daraus nichts wird. Und das, obwohl ich mir endlich keine Sorgen mehr wegen Jenny und Isla machen muss.

»Und das wäre keine Option?« Rae sieht mich prüfend an. Ihre kurzen roten Haare, von Grau durchwebt, werden vom kühlen Wind durcheinandergewirbelt. Es ist inzwischen Oktober, und die Blätter der Ahornbäume hinter Skyes Haus leuchten blutrot.

»Ganz hierzubleiben?« Ich schüttele den Kopf und starre an Rae vorbei, auf den Atlantik hinaus, der genauso aufgewühlt ist, wie ich mich fühle. Hierbleiben, ohne Viola? Nein.

»Was sollte ich denn hier machen?«

»Schreiben kannst du überall«, bemerkt Rae sanft, was mich auflachen lässt.

»Ja, großartig«, murmele ich sarkastisch. »Man sieht ja, wohin mich meine tolle Schreiberei gebracht hat.«

»Was meinst du?«, hakt Rae nach. Ich sehe sie ungeduldig an.

»Ach, komm schon, Rae. Du weißt doch sowieso immer alles. Dann weißt du auch, dass Viola unter anderem deshalb abgereist ist, weil ... weil ich sie so verletzt habe. Mit meinem bescheuerten Romanprojekt. Das ich inzwischen übrigens von meinem Laptop gelöscht habe. Ich bin also wieder bei null, wie vorher auch schon.«

Bei der Erinnerung an meine rund 30 000 geschriebenen Wörter, die ich mit einem Schlag ausradiert habe, wird mir erneut übel. Es tat unfassbar weh, das alles einfach so zu löschen – aber der Schmerz war wohl die gerechte Strafe für mein unsensibles Verhalten Viola gegenüber.

Rae mustert mich ernst. »Manchmal ist es gut, eine neue Seite aufzuschlagen«, sagt sie leise.

»Ja.« Ich nicke und bemühe mich um Fassung. Nicht an Viola denken. »Darum werde ich jetzt nach Halifax zurückfahren und genau das tun, Rae: Eine neue Seite aufschlagen.«

»Das kannst du hier genauso«, bemerkt Rae gelassen. »Die neue Seite ist nicht vom Ort abhängig. Und auch nicht von einer Person. Man kann eine neue Seite aufschlagen, ohne alle Brücken abzubrechen.«

»Falls wir von derselben Person sprechen, Rae: Sie ist weg!«

Ich werfe ihr diese Wörter ziemlich heftig an den Kopf, aber Rae zuckt nicht einmal mit der Wimper. »Menschen gehen. Und kommen oft wieder.«

»Oft. Aber nicht immer. Oder weißt du genau, dass sie wiederkommt, Rae?« Aufmerksam mustere ich sie und werde plötzlich von wilder Hoffnung überrollt. Oh, bitte sag, dass sie zurückkommen wird!

Doch zu meiner Überraschung wird Rae sehr ernst und starrt mit gefurchter Stirn in die Ferne. Dann schüttelt sie langsam den Kopf, und kalte Angst umklammert mein Herz. Wenn sie jetzt sagt, dass Viola nie mehr nach Whale Island kommen wird, dann … Ja, was dann? Ich wollte doch sowieso nach Halifax zurück! Kann es mir nicht egal sein, ob Viola hier ist oder in Hamburg?

»Ich kann es dir nicht genau sagen«, sagt Rae leise, und ich sehe sie überrascht an, denn ihr Tonfall klingt so anders als sonst. Irgendwie … verletzlich. So habe ich Rae noch nie erlebt. Sie sieht mich ernst an. »Glenn, ich möchte dich um einen Gefallen bitten.«

Erstaunt mustere ich sie. »Ja?«

»Bitte vertritt mich eine Weile im Bücherbus. Du bist zwar kein Bibliothekar, aber du hast englische Literatur studiert und liest für dein Leben gern. Bessere Voraussetzungen gibt es nicht, und die Leute stehen nicht unbedingt Schlange, um im Herbst und Winter den Büchereibus durch die Provinz von Cape Breton zu fahren.«

Ungläubig mustere ich sie. »Aber … warum soll ich dich vertreten, Rae?« Ich klinge fast wie ein ängstlicher Junge, merke ich. Und genauso fühle ich mich auch plötzlich.

»Weil ich eine Weile wegmuss.« Rae sieht mich an und fügt dann geradezu sanft hinzu: »Ich bin krank, Glenn. Akute myeloische Leukämie. Der Arzt hat gesagt, dass ich sofort ins Krankenhaus muss.« Sie lächelt mich schief an, und ich versuche, mir den Schock nicht anmerken zu lassen. Benommen räuspere ich mich, bemühe mich zu begreifen.

»Rae …«, beginne ich heiser. »Das … tut mir so leid!«

Rae nickt und tätschelt meine Wange, wie sie es schon getan hat, als ich in meiner Kindheit die wundervolle Bücherwelt ihres Busses entdeckt habe. »Ich weiß, mein Junge. Und, keine Sorge, das ist kein Todesurteil! Es gibt eine gute Chance, dass ich es schaffe. Aber dafür werde ich nach Halifax fliegen, um mich da in der Klinik behandeln zu lassen, weil es dort Spezialisten gibt, die sie hier in Cape Breton nicht haben. Und eine gute Freundin von mir wohnt in Halifax, sie wird mich besuchen und mir beistehen.« Sie lächelt mich an, und die alte, zuversichtliche Rae blitzt durch. »Keine Sorge, Glenn. So schnell werdet ihr mich nicht los.«

Ich muss ein paar Tränen fortblinzeln. »Wissen es die anderen schon?«, frage ich heiser. »Mom? Dad? Gottlieb?«

Sie schüttelt langsam den Kopf. »Nein. Ich werde es ihnen nachher sagen. Morgen muss ich schon los. Ich darf jetzt keine Zeit verlieren, hat der Arzt gemeint.« Sie macht eine Pause und mustert mich ernst. »Ich glaube, dass ich deshalb nicht mehr so viel … ahne, wie ich es sonst getan habe«, erklärt sie leise. »Mein Körper kämpft gerade einen Kampf. Da müsst ihr eine Weile ohne meine verrückten Vorhersagen auskommen.«

Ich greife nach ihrer Hand und drücke sie. »Hauptsache, wir müssen nicht zu lange ohne dich auskommen, Rae. Ganz ehrlich: Ich glaube nicht, dass ich ein guter Ersatz für dich im Büchereibus sein werde.«

»Oh, das glaube ich schon, mein Lieber.«

52

»Mom«, seufze ich leise, als ich die Stufen in den Büchereibus hinaufsteige und mich umsehe. »Ist das nicht ein kleines bisschen übertrieben?«

Meine Mutter dreht sich mit einem breiten Lächeln zu mir um. »Ganz und gar nicht! Man kann es nicht weihnachtlich genug haben, Glenny!«

Ich bemühe mich darum, nicht zu skeptisch auszusehen, als ich die blinkende Lichterkette aus Rentieren und Weihnachtsmännern betrachte, die sich nun an den Regalkörben voller Bücher entlangwindet.

»Vor lauter Lichtern sieht man die Buchtitel ja kaum noch«, murre ich kopfschüttelnd. »Aber wenigstens singt die Lichterkette nicht.«

»Oh, sie kann auch singen!« Meine Mutter drückt einen Knopf, und schon schallt *Rudolph the Rednosed Reindeer* blechern und quietischig durch den Bus. Das klingt so schrecklich, dass selbst Mom ein wenig gequält zusammenzuckt und mit einem erneuten Knopfdruck dafür sorgt, dass sich unser Soundtrack wieder auf das Rauschen der Atlantikbrandung beschränkt.

»Vielen Dank«, bemerke ich mit einem schiefen Grinsen. »Mit den Lichtern kann ich leben. Aber nicht mit der Musik.«

»Schon gut, schon gut. Allerdings täte dir ein kleiner weihnachtlicher Touch auch ganz gut. Hier«, sagt sie und zieht aus ihrer Umhängetasche tatsächlich eine Weihnachtsmannmütze. Ich starre sie fassungslos an.

»Mom, willst du mich veräppeln? Ich fahre – übergangsweise! – den Büchereibus. Ich bin kein Santa Claus, der den Kindern Geschenke bringt.«

»Ach, nun wehr dich doch nicht so dagegen, ein wenig in Weihnachtsstimmung zu kommen, du Stoffel!«

Meine Mutter macht einen Schritt auf mich zu und versucht, mir die Mütze auf den Kopf zu stülpen, aber ich greife resolut nach ihrer Hand und entwende ihr den roten Filz. Mit einem resignierten Seufzer drückt sie mir stattdessen einen Kuss auf die Wange. Ihre Ohrringe – rot-weiß geringelte Miniatur-Zuckerstangen – schwingen übermütig hin und her. Ich muss lächeln. Dass es meiner Mutter inzwischen wieder richtig gut geht und sie sich voll und ganz von ihrem Herzinfarkt erholt hat, macht mich immer wieder unfassbar glücklich und dankbar. Ergeben setze ich mir doch noch die Mütze auf den Kopf.

»Für dich«, sage ich ernst. »Und ich trage sie nur fünf Minuten.«

»Ach, Glenny.« Meine Mutter strahlt mich an, und dann sieht sie sich im Bus um und bemerkt mit unüberhörbarem Stolz in der Stimme: »Du machst das hier ganz fantastisch, weißt du das? Erst neulich habe ich in Scott's Harbour bei Walmart die alte Rachel Zinck aus Winter Cove getroffen. Sie sagt, dass ein paar Frauen erst jetzt angefangen haben, regelmäßig Bücher auszuleihen, seit du der fahrende Bibliothekar bist.« Sie zwinkert mir vergnügt zu, und ich rolle mit den Augen.

»Na toll«, murmele ich kopfschüttelnd. »Was für eine Ehre. Dabei kann ich noch nicht einmal Vorhersagen liefern wie Rae.«

»Nein, aber du hast andere Vorzüge, mein Lieber.« Mom grinst erstaunlich süffisant, und ich sage entrüstet: »Also bitte. Ich versuche, hier einen seriösen Büchereiservice anzubieten. Vertretungsweise.«

»Na ja, und wenn dadurch eine Zielgruppe zum Lesen animiert wird, die vorher nicht so stark vertreten war, ist das doch eine tolle Sache!« Mom grinst noch breiter, und mir wird erst jetzt klar, dass sie recht hat: Bei meinem letzten Stopp in Winter Cove waren zwei junge Frauen da, die neue Büchereiausweise beantragen wollten und sich sehr lange kichernd in der Sektion der Liebesromane herumgedrückt haben.

»Wie auch immer«, murmele ich, ziehe mir die Mütze vom Kopf, selbst wenn die fünf Minuten noch nicht um sind, und werfe sie auf den geblümten Ohrensessel, wo ich schon als Kind gelesen habe. Sie fällt auf Raes rot getigerte Katze Brontë, die ich leihweise mit dem Bus übernommen habe. Ein empörtes Miauen ist die Antwort.

»Sorry, Süße«, murmele ich.

Meine Mutter streicht mir sacht über die Wange, als wäre ich immer noch ihr kleiner Junge.

»Wenn du sie so sehr vermisst, warum sagst du ihr das nicht?«

Erstaunt sehe ich Mom an. »Wie kommst du denn jetzt auf Viola?«, frage ich ein wenig unwirsch und wende mich ab. Entschlossen beginne ich, ein paar Bücher in der Thriller-Sektion neu zu ordnen, obwohl eigentlich nichts an der Reihenfolge auszusetzen ist.

»Ach, Schatz. So schwer zu durchschauen bist du wirklich nicht. Es ist offensichtlich, dass du leidest, seit sie weg ist. Darum verstehe ich nicht, warum du ihr nicht sagst, dass es dir leidtut.«

»Dass ich ihr Leben für einen Roman missbrauchen wollte?«,

frage ich bitter und ramme einen Grisham härter in die Lücke zwischen zwei Thrillern, als er oder irgendein anderes Buch es verdient hat. Normalerweise lasse ich meine Laune nicht an bedrucktem Papier aus, aber jetzt gerade ist mir die Weihnachtsvorfreude, die seit ein paar Tagen in der Luft liegt, in Kombination mit meiner verzweifelten Sehnsucht nach Viola zu viel. »Ich glaube nicht, dass sie mir das so einfach verzeiht, Mom.«

Bei der Erinnerung an den Schmerz und die Enttäuschung in Violas Augen wird mir mal wieder schlecht. »Außerdem will ich das nicht in einer E-Mail schreiben. Und ... am Telefon ist es auch bescheuert. Ach, es ist alles völlig aussichtslos, verdammt!«

Die Wut auf mich selbst und diese ganze verfahrene Situation droht mich zu überwältigen. Um die unschuldigen Bücher zu verschonen, versetze ich dem Fahrersitz einen Fausthieb, bevor ich meine Hände in die Taschen meiner Jeans schiebe, um keine Schäden am Bus anzurichten. Das hat dieser Bus nicht verdient. Und Rae erst recht nicht.

»Die Situation ist ganz und gar nicht aussichtslos, mein Lieber«, sagt meine Mutter und wirkt nach wie vor so weihnachtlich gut gelaunt, dass ich schreien könnte. Eigentlich mag ich Weihnachten. Aber nicht, wenn die Frau, an die man Tag und Nacht denken muss, einen Ozean weit entfernt und noch dazu sehr, sehr wütend auf einen ist. Aus gutem Grund.

»So, ich werde mal im Hotel nach dem Rechten sehen. Vergiss nicht, dass wir in einer Stunde bei Stella zum deutschen Weihnachtsessen eingeladen sind.«

»Wie könnte ich das vergessen«, murmele ich. »Ich bin ihr Nachbar, Mom.«

Seit Ian regelmäßig bei Skye übernachtet und ich ständig mit dem Kopf unter der Decke schlafen musste, wenn das Bettende meiner Schwester mal wieder rhythmisch gegen die Wand krachte, bin ich aus ihrem Haus ausgezogen. Aber in meinem alten Jugendzimmer habe ich es auf Dauer auch nicht ausgehalten – mit vierunddreißig wieder bei den Eltern einzuziehen hat irgendwie etwas sehr Demütigendes. Zum Glück hatte Duncan Mitleid mit mir und hat mir eines der Gästecottages zur Verfügung gestellt, da die Lodge jetzt, Ende November, nicht mehr ausgebucht ist. Es handelt sich um das Cottage, in dem im Sommer noch Jackson Porter gewohnt hat und das sehr nah am Angestelltenbereich der Lodge liegt. Somit wohne ich tatsächlich fast neben Stella und Feli.

»Oh, ich freue mich so auf deutsche Klöße und Rotkohl!« Meine Mutter strahlt mich an. »Dann sehe ich dich gleich, mein Schatz.«

Als sie die Stufen hinab verschwunden ist, schließe ich rasch die Tür, denn der Wind pfeift heute Abend bitterkalt um Whale Island. Zum Glück gibt es im Bus eine ordentliche Heizung, die Brontë und mich warm hält. Für morgen ist tatsächlich der erste Schneesturm der Saison angekündigt. Nachdenklich starre ich durch die Fenster des Büchereibusses, hinaus auf den stürmischen Atlantik, über dem sich ein anthrazitfarbener Himmel spannt. Irgendwie freue ich mich tatsächlich auf meinen ersten Wintersturm, den ich seit langer Zeit wieder hier erleben werde. Wenn alles dick verschneit ist, sieht Whale Island endgültig aus wie ein verzaubertes Fleckchen Erde. Dann gibt es nichts Schöneres, als mit einem guten Buch vor dem Kamin zu sitzen. Allerdings … sollte man nicht ganz allein vor dem Kamin sitzen. Wie auf Kommando miaut Brontë, und ich beuge mich zu ihr, streichele über ihr samtiges Fell.

»Ja, ich weiß, dass ich nicht ganz allein bin«, murmele ich. »Aber, nichts für ungut, altes Mädchen: Du bist zwar rothaarig, aber trotzdem nicht ganz mein Typ.«

Mit einem Seufzer wende ich mich meinem Laptop auf dem kleinen Klapptisch zu, der noch geduldig auf mich wartet. Bis Mom mit ihrer Weihnachtsdeko-Aktion ankam, habe ich an meinem Manuskript gearbeitet. Das mache ich nach Beendigung meiner täglichen Rundfahrten gern hier im Bus, weil mich die vielen Bücher, die entlang der Wände in ihren schlaglochsicheren Drahtkörben aufgereiht sind, irgendwie inspirieren. Und vom Parkplatz der Lodge aus habe ich zudem einen wunderbaren Ausblick auf den Atlantik, der auch immer für einen regen Gedankenfluss bei mir sorgt. Ja, ich muss sagen: Es läuft erstaunlich gut mit meinem neuen Projekt. Zwar tut mir die Erinnerung an all das, was ich umsonst geschrieben und dann wieder gelöscht habe, nach wie vor weh. Aber ich habe eingesehen, dass das keine Story war, die ich zu einem Roman verarbeiten durfte. Ja, die Lektion habe ich schmerzlich gelernt. Violas Geschichte gehört ihr und niemandem sonst.

Ich wünschte wirklich, ich könnte ihr das sagen. Ich könnte ihr von meinem neuen Roman erzählen. Könnte sie küssen.

»Vielleicht sollte ich ihr doch endlich eine E-Mail schreiben – immerhin kann ich mich schriftlich viel besser ausdrücken als mündlich«, sage ich zu Brontë, die sich nur gleichgültig weiter die Pfote leckt. Katzen sind leider nur bedingt emphatische Zuhörer.

Mit einem gequälten Seufzer lasse ich den Kopf hängen, massiere mir den Nacken, der mal wieder schmerzt, wie immer, wenn ich zu lange an meinem Laptop gesessen habe. Dann beschließe ich, den Büchereibus für heute zu verlassen und in mein Cottage zurückzukehren.

»Komm, altes Mädchen, wir machen Feierabend«, sage ich zu Brontë, verstaue meinen Laptop, schlüpfe in meinen Wintermantel, nehme die Katze auf den Arm, schalte die Weihnachtsbeleuchtung aus und verlasse den Bus. Ich habe mit

Duncan ausgemacht, dass ich den Büchereibus nach den täglichen Touren über das Festland von Cape Breton auf dem Parkplatz der *Cameron Lodge* parken darf, wo momentan ohnehin nicht so viel los ist. Im Dezember gibt es sehr viele Buchungen – Weihnachtsessen, Betriebsfeiern, Übernachtungen von Familien –, aber jetzt, Ende November, ist es noch ruhig. Trotz allem wurde unser Hotel schon festlich herausgeputzt: Lichterketten umrahmen alle Fenster im Erdgeschoss, und die große Tanne unweit des Haupteingangs funkelt im Glanz Hunderter kleiner Glühbirnen. Ich merke, dass Brontë aufmerksam schnuppert und vermutlich gern noch eine Runde jagen gehen würde, aber da sie erst neulich nachts nicht zurückgekommen ist und ich mir riesige Sorgen gemacht habe, dass ich Rae würde verklickern müssen, dass ihre Katze verschwunden ist, hat Brontë bei Einbruch der Dunkelheit nun Ausgehverbot.

»Morgen wieder, Mädchen«, murmele ich. »Sonst bringst du mich um meinen Schlaf. Du … und Viola.« Ich seufze tief auf, während ich dem Weg in das Wäldchen hinein folge. Im Vorbeigehen sehe ich flüchtig in die hell erleuchteten Fenster des momentan einzigen von Gästen bewohnten Cottages und stapfe kurz darauf die Eingangsstufen zu meinem eigenen Häuschen hinauf. Sobald ich im Inneren bin, lasse ich Brontë los, die mit einem empörten Miauen davonstolziert.

»Futter kommt gleich«, sage ich und lege meine Laptoptasche in die Ecke. Dann starre ich mich in dem hölzernen Spiegel an, der neben dem Eingang hängt.

»Da ist er, der fahrende Aushilfsbibliothekar, der sich vor lauter Einsamkeit mit einer Katze unterhält«, murmele ich meinem Spiegelbild zu und fahre mir seufzend mit einer Hand durch mein Haar, das heute Abend mal wieder ziemlich zerwühlt aussieht. Andere an meiner Stelle würden sich ganz sicher darüber freuen, offenbar der Grund dafür zu sein, dass junge Frauen Büchereiausweise beantragen und unnötig lange überlegen, welchen Liebesroman mit Happy-End-Garantie sie ausleihen sollen.

Aber ich freue mich nicht, weil ich die Hoffnung auf ein Happy End verloren habe.

53

Obwohl ich fast nebenan wohne, bin ich offenbar einer der Letzten, der zum Weihnachtsessen eintrifft, was mir einen nur zur Hälfte gespielten tadelnden Blick meiner Mutter einbringt.

»Hi, allerseits«, sage ich und schäle mich aus meinem Mantel, während Johnnie Walker mich bellend begrüßt. »Danke für die Einladung, Stella.«

»Sehr gern, Lieblingsnachbar«, erwidert Stella vergnügt. Sie stellt gerade eine Schüssel voll dampfender Klöße auf den langen Esstisch, auf dem sich so viele Gedecke quetschen, dass ich mich spontan frage, ob sie noch ein paar andere Insulaner eingeladen hat. Zu einem leuchtend roten Kleid trägt sie – ich muss lachen – einen Haarreif, auf dem ein golden glitzerndes Rentiergeweih thront.

»Ist was?«, fragt sie grinsend. »Habe ich etwas auf meinem Kopf?«

»Nein, schon gut«, erwidere ich schmunzelnd.

»Wie war das mit dem Lieblingsnachbarn?« Aidan kommt aus der Küchenecke, eine Rotweinflasche in der Hand, die er offenbar gerade entkorkt hat. »Ich wohne zwar zwei Häuser weiter, aber, hey, Nachbarn sind wir trotzdem!«

»Oh, natürlich bist du meine Nummer eins, was Nachbarn angeht«, beeilt sich Stella zu sagen, bevor sie nichts mehr sagen kann, weil mein Bruder sie küsst. Ganz ehrlich, wenn ich für jeden Kuss der beiden, den ich seit meiner Rückkehr auf diese Insel unfreiwillig miterleben musste, einen Dollar bekommen hätte, bräuchte ich nicht mehr zu arbeiten.

»Und was ist mit uns?« Salomé kommt mit einer Schüssel aus der Küche, in der sich dampfender Rotkohl türmt, und da sehe ich auch Raphaël, der mir freundlich zunickt.

»Was ist mit euch?«, fragt Aidan, der Stella loslässt und seine Souschefin mit hochgezogenen Augenbrauen mustert. »Falls ihr euch küssen wollt, nur zu. Da vorn hängt übrigens ein Mistelzweig.«

Er deutet auf den Hauseingang, durch den ich unbeschadet hindurchgekommen bin, und ich hoffe sehr, dass ich später daran denke, dieses Haus allein wieder zu verlassen, um peinliche Zusammenstöße unter dem Mistelzweig zu vermeiden.

»Ich meinte eher: Warum sind wir nicht deine Lieblingsnachbarn?« Salomé sieht Stella neckend an, doch bevor diese dazu kommt, sich zu verteidigen, tauchen Greta und Duncan aus dem Schlafloft auf, wo sie offenbar James ins Reisebett verfrachtet haben. Verdammt, ich hätte meinen kleinen Neffen gern noch wach zu Gesicht bekommen, denn er wird irgendwie mit jedem Tag süßer.

Greta will mich gerade von der Treppe aus begrüßen, als jemand brüllt: »Mistelzweig!«

Ratlos sieht Greta nach oben, und, tatsächlich, über der Treppe hängt auch eines dieser Dinger von einem hölzernen Querbalken des Blockhauses herab.

»Stella, wie viele davon hast du denn hier drinnen aufgehängt?«, spricht Greta lachend das aus, was auch ich mich frage, doch noch ehe Stella antworten kann, beugt sich Duncan, der eine Stufe hinter Greta steht, zu ihr vor und versucht, sie aus der Position zu küssen.

»Bitte, landet nicht im Krankenhaus«, murmele ich, als er fast das Gleichgewicht verliert, doch Greta dreht sich schon kichernd zu ihm um und zieht seinen Kopf zu sich herab.

Mit einem tiefen Seufzen sehe ich mich nach den anderen um, nur um Skye und Ian zu erblicken, die sich in eine Ecke von Stellas Wohnzimmer verkrümelt haben, wo sie wie zwei Teenager herumknutschen, auch ganz ohne Mistelzweig.

Ich unterdrücke ein Stöhnen und greife nach der Weinflasche, die Aidan auf dem Tisch abgestellt hat. »Ich schenke mir schon mal was ein«, murmele ich, und mein Vater tritt neben mich und brummt: »Ich habe auch schon meinen ersten Whiskey getrunken. Deine Mutter versucht ständig, mich unter einem der gefühlt eintausend Mistelzweige zu erwischen. Das ist doch nicht normal!«

Mit einem leisen Lachen schüttele ich den Kopf, während ich mir Wein einschenke. »Dad, bitte, ich möchte jetzt wirklich nicht über Mom und dich unter einem Mistelzweig nachdenken müssen.«

»Pass auf, Glenny, sonst bekommen wir alle wieder die Story zu hören, wie du beim Picknick entstanden bist.«

Aidan ist neben mich getreten, und ich sehe ihn mit dramatisch aufgerissenen Augen an. »Bitte, nicht das P-Wort«, wispere ich, was er mit einem heiseren Lachen quittiert.

Zum Glück ist zwischen Aidan und mir alles wieder in Butter. Wir haben uns einen Abend lang in der Gesellschaft von zwei Flaschen Wein ausgesprochen, dabei sogar ein paar Tränen vergossen (was wir niemals jemand anderem gegenüber zugeben würden!) und haben uns geschworen, in Zukunft immer über alles zu sprechen.

»Cheers«, sagt Aidan jetzt, der sich ebenfalls Wein eingeschenkt hat, und stößt mit mir an. »Auf Stellas Klöße.«

Zum Glück habe ich das Glas noch nicht ganz an den Lippen gehabt, denn kaum hat Aidan das ausgesprochen, sehen wir uns an, halb entsetzt, halb amüsiert, und dann prusten wir so sehr los, dass wir unsere Gläser wieder abstellen müssen.

»Sorry, das war ... blöd formuliert«, stößt Aidan nach Luft schnappend hervor, während ich mir Lachtränen von den Wangen wischen muss. »Ich bin aber auch kein Schriftsteller.«

»Darf ich mitlachen?«, fragt Stella, die eine weitere Schüssel – ausgerechnet mit noch mehr Klößen! – auf den Tisch stellt und uns amüsiert mustert.

»Schon gut, so komisch war das gar nicht«, beeilt sich Aidan zu sagen, bevor er Stella am Arm fasst, sie ein paar Schritte rückwärts zieht, wo im Durchgang zur Küche schon wieder ein Mistelzweig hängt – und sie küsst. Natürlich.

»Ich halte das hier wirklich nicht mehr lange aus«, brumme ich, als Raphaël neben mich tritt und mich mitleidig mustert. »Und dabei ist das erst der Beginn der Vorweihnachtszeit! Wie soll das in den nächsten Wochen weitergehen?«

In dem Moment geht die Tür des Cottages schwungvoll auf, und Jenny stapft herein, begleitet von Isla. Meine Nichte wickelt ihren grünen Wollschal ab und schüttelt ihre rot leuchtende Mähne, als sie mich erblickt und mich breit anlächelt.

»Hi, Onkelchen!«, sagt sie und kommt auf mich zu. Ich bin so unendlich froh, dass zwischen uns auch wieder alles völlig entspannt ist. Sie umarmt mich unbekümmert und drückt mir einen kalten Kuss auf die Wange.

»Endlich werde ich auch geküsst«, brumme ich mit einem schiefen Grinsen. Isla sieht mich erstaunt an. »Ach, Mistelzweig-Alarm. Pass bloß auf, wo du stehen bleibst. Und mit wem.«

»Igitt.« Isla schüttelt sich, und ich merke, dass sie Skye und Ian entdeckt hat, die immer noch knutschend in der Ecke stehen.

»Du sagst es«, seufze ich auf und lächele Jenny zu, die gerade ihre dicke Winterjacke ausgezogen hat und mich angrinst.

»Ich stehe leider nicht zur Verfügung, Glenn, du musst dir jemand anderen für den Mistelzweig suchen«, verkündet sie gut gelaunt, und einmal mehr wird mir klar, dass mit Jenny und mir alles sehr platonisch und auch sehr ungezwungen ist. Sie ist einfach generell ein ungezwungener Mensch. Und neuerdings kein Single mehr, wie Isla mir erzählt hat. Ein Mitarbeiter der *Second-Chance-for-Whales*-Organisation hat ihr Herz im Sturm erobert und ist daher in letzter Zeit sehr oft auf Whale Island gesehen worden.

»Wo ist denn Feli?«, fragt Isla jetzt, und Stella, die sich von Aidan befreien konnte und sich wieder ihren Klößen widmet, deutet auf die geschlossene Zimmertür. Oh, oh. Dicke Luft? Doch als auch Isla etwas sorgenvoll schaut, sagt Stella nur: »Sie hört sich seit Stunden ihre Studioaufnahme mit Jackson an, die er ihr geschickt hat.«

»Was, und das sagt mir niemand?«, kreischt Isla entzückt und stürzt auf die Zimmertür zu.

»Wir möchten die alle hören!«, ruft Duncan ihr hinterher.

»O ja, bitte!«, meldet sich Aidan in leidendem Tonfall zu Wort. »Wenn ich noch einmal *Last Christmas* hören muss, übergebe ich mich auf den Tisch.«

»Aidan!«, tadelt meine Mutter. »So ein schönes Lied!«

Es stimmt, im Hintergrund läuft der Klassiker von *Wham!*, und ich könnte schwören, dass ich den Anfang des Liedes gerade zum dritten Mal höre, seit ich hereingekommen bin. Aidan gibt leichte Würgegeräusche von sich, was Stella dazu verleitet, spitz zu bemerken: »Tja, Aidan, zu dumm aber auch, dass *AC/DC* keine jugendfreien Weihnachtslieder rausgebracht haben, die wir hören könnten!« Sie grinst ihn frech an, und er grinst zurück, als sie energisch ruft: »So, ihr Lieben, dann können wir uns langsam mal setzen!«

»Sonst werden die Klöße kalt«, murmelt Aidan und wirft mir einen verschmitzten Blick über den Tisch hinweg zu, was mich leise auflachen lässt.

»Was ist mit euch beiden denn heute Abend los?«, fragt meine Mutter argwöhnisch und sieht von meinem Bruder zu mir. »Habt ihr vorher heimlich zusammen etwas getrunken?«

»Ich bitte dich, Mom«, entgegne ich entrüstet, und dann rufe ich in die Zimmerecke: »Scarlett! Ian! Entweder ihr nehmt euch ein Hotelzimmer in der Lodge, oder ihr kommt gesittet zu uns an den Tisch!«

Aidan und Duncan lachen gemeinsam los, während mich Mom tadelnd ansieht und mein Vater mit einem leisen Stöhnen sagt: »Das ist mein kleines Mädchen ...«

»So klein nun wirklich nicht mehr, Dad«, bemerke ich und nehme auf dem Stuhl Platz, den Stella mir zugewiesen hat.

Skye und Ian haben sich tatsächlich voneinander gelöst und kommen an den Tisch, meine Schwester versonnen grinsend, Ian ein wenig verlegen.

»Na, ihr braucht wirklich keinen Mistelzweig mehr«, murmele ich und greife nach meiner roten Stoffserviette. Stella hat den Tisch sehr schön weihnachtlich gedeckt, das fällt sogar mir auf. Unter meinem Stuhl bewegt sich mit einem Mal etwas, und als ich nach unten sehe, erkenne ich Johnnie Walker, der sich mit einem zufriedenen Seufzer auf meine Füße legt. Er weiß genau, dass ich ihm hin und wieder Essen unter den Tisch fallen lassen werde, und die Gänsekeulen, die Aidan gerade aus der Küche geholt hat, riechen sicherlich nicht nur für mich verführerisch. Als sich langsam alle setzen – sogar die zwei Teenager sind aufgetaucht –, lasse ich meinen Blick den Tisch entlangwandern und bemerke: »Ähm, erwartet ihr noch jemanden? Da sind doch zwei Plätze zu viel gedeckt?«

Als würde ich eine Szene in meinem Roman schreiben, klopft es in diesem Moment an der Tür. Augenblicklich sehen alle mich an. Ratlos starre ich in die Runde.

»Ähm … also, ICH habe niemanden mehr eingeladen«, sage ich langsam. Irgendwie habe ich eine Ahnung. Vermutlich habe ich zu viel Zeit in Raes magischem Bücherbus verbracht. Ich werde langsam selbst merkwürdig.

»Kommt rein!«, ruft Stella, und ich merke, dass ihre Wangen sich ein wenig rosig färben. Aidan und Duncan, die mir gegenübersitzen, sehen mich ernst an. Meine Mutter reibt sich mit einem glückseligen Strahlen die Hände. Greta rutscht wie ein aufgeregtes Schulmädchen auf ihrem Stuhl hin und her – die Tatsache, dass sie ihr Haar zu zwei Zöpfen geflochten trägt, unterstreicht diesen Eindruck. Feli und Isla, die gerade noch aufgeregt über Jackson Porter getuschelt haben, starren mich ebenso gebannt an wie Jenny, Salomé und Raphaël. Skye und Ian halten auf dem Tisch ihre Hände ineinander verschlungen und sehen mich ebenfalls an, als wäre ich der Hauptdarsteller in einem Stück, das ich noch nicht kenne. Neben mir räuspert sich mein Vater und tätschelt mir ein wenig unbeholfen mein Knie, ganz so, als würde er sich stumm für das entschuldigen, was er mir als Mitwisser antut.

Langsam drehe ich mich zur Haustür um, die gerade geöffnet wird. Gottlieb Müller tritt ein, vor lauter Schal und Wollmütze kann man ihn kaum erkennen. Wie, Gottlieb ist aus Deutschland zurück? Diese Tatsache finde ich beinahe so unfassbar wie die, dass er vor zwei Wochen überhaupt spontan nach Hamburg gereist ist. Niemand von uns konnte glauben, dass er sich die Reise allein zutraute – und dass er einen gültigen Pass besaß! Aber, ja, Gottlieb war in Hamburg. Und jetzt ist er mit einem Mal wieder hier. Mit ihm kommen ein paar Schneeflocken hereingewirbelt – oh, es hat also angefangen zu schneien! – und dann …

Dann kommt sie herein.

Sie trägt eine karamellfarbene wattierte Jacke, die Hälfte ihres Gesichts wird von einem bunt gemusterten Schal verdeckt, auf ihrem Kopf sitzt eine Bommelmütze.

Ich habe das Gefühl, dass die Welt für einen Moment stillsteht. Die Blicke der anderen scheinen mich erwartungsvoll zu durchbohren. Doch ich sehe nur Viola. Ihre vertrauten braunen Augen, die mich sofort finden, meinen Blick festhalten.

Als ich nicht reagiere, springt Stella geschäftig auf und ruft: »Gottlieb! Viola!« Dann folgen irgendwelche deutschen Worte, sie eilt auf die zwei zu, nimmt ihnen Jacken, Schals, Mützen ab. Duncan und Aidan mustern mich immer noch ernst über den Tisch hinweg. Ich sehe sie nur flüchtig an. Diese Verräter. Hätten sie mich nicht vorwarnen können?

Nun stehen auch Skye und Greta auf, begrüßen Viola ebenfalls herzlich. Meine Mutter stupst mich leicht an, wispert mir zu: »Weihnachten ist die Zeit der Versöhnung, mein Schatz«, bevor sie sich Gottlieb und Viola zuwendet.

Es gibt Momente, da ist mir meine Familie einfach zu viel. Ich fühle mich wie der letzte Vollidiot. Stockstarr sitze ich am Tisch und weiß nicht, was ich tun soll. Aufstehen und sie begrüßen? Aber wie? Mit einer Umarmung? Kuss auf die Wange? Auf den Mund? Da hängt doch bestimmt wieder ein Mistelzweig in gefährlicher Nähe! Ehe ich auch nur ansatzweise einen vernünftigen Gedanken fassen kann, merke ich, dass sich der Trupp um Viola und Gottlieb am Tisch vorbeibewegt, zu den zwei freien Plätzen.

Natürlich ist einer der zwei freien Stühle neben mir. Völlig klar.

Immer noch spüre ich alle Blicke auf mir. Und auf Viola. Ich habe noch nicht einmal richtig Hallo zu ihr gesagt. Irgendwie scheint mich die Fähigkeit zu sprechen verlassen zu haben.

Ihr Duft steigt mir in die Nase, macht mich wahnsinnig.

Noch während Stella Gottlieb den Stuhl zurechtrückt und weiterhin auf Deutsch vor sich hin redet, bleibt Viola zögernd hinter ihrem Stuhl stehen, die Hand auf der Lehne. Verstohlen starre ich auf ihre Finger. Auf diese schlanken, zarten Finger, die mich mehrfach in den Wahnsinn getrieben haben. Ich schlucke schwer. Unter dem Tisch tritt mich jemand. Aidan. Oder Duncan. Ich kann die beiden jetzt nicht ansehen.

Ein Schrei ertönt, lässt uns alle zusammenzucken. James muss im Schlafloft aufgewacht sein. Ich merke, dass Duncan schon seinen Stuhl zurückschieben will, als ich spontan aufspringe. Viola weicht ein Stück zur Seite. Ich kann ihr aus dieser Nähe nicht in die Augen sehen.

»Bleib ruhig hier, ich schaue nach James«, sage ich eilig zu Duncan. Dass Greta mich völlig fassungslos anstarrt, entgeht mir nicht. Ich bin bisher ja wirklich nicht ständig mit James auf dem Arm durch die Gegend gelaufen – weil ich immer Angst habe, ihm irgendwie wehzutun. Oder dass er bei mir weint. Aber jetzt … jetzt ist mein Neffe der Ausweg aus dieser Situation, in die meine durchgeknallte Familie mich mal wieder hineinmanövriert hat.

Ohne noch jemanden anzusehen stürme ich mit heißem Kopf die Treppe hinauf ins Schlafloft. James liegt im Reisebett, das neben Stellas breitem Ehebett aufgestellt worden ist. Mit heftig hämmerndem Herzen beuge ich mich über das Bettchen, und augenblicklich verstummt der Kleine, sieht mich aus weit aufgerissenen Augen erstaunt an.

»Hallo, Süßer«, murmele ich und überlege, was ich jetzt machen soll. Von unten höre ich gedämpfte Stimmen, alle scheinen durcheinanderzureden. James verzieht sein Gesichtchen ein wenig und fuchtelt mit seinen geballten Fäusten wütend in der Luft herum. Gleich wird er wieder losbrüllen, wird mir klar, also greife ich kurz entschlossen in das Bettchen und hebe meinen Neffen heraus, vorsichtig darauf bedacht, seinen Kopf zu stützen, wie ich es bei Greta und Duncan tausendmal gesehen habe.

Als ich ihn behutsam an meine Schulter bette und beginne, gleichmäßig über seinen runden Rücken zu streicheln, wird James ganz ruhig. Verstohlen inhaliere ich seinen Duft. Fast so gut wie Violas. Aber nur fast.

Mit einem Seufzer lasse ich mich auf das Bett sinken und bleibe so sitzen, starre aus dem Fenster nach draußen, wo in der Dunkelheit vereinzelte Flocken gegen das Glas gewirbelt werden. Stumm frage ich mich, wie um alles in der Welt ich wieder aus dieser Situation herauskommen soll.

54

Viola

Alle Blicke am Tisch sind auf mich gerichtet, als Glenn die Treppe hinauf verschwunden ist. Ungläubig starre ich ihm hinterher. Was soll das? Mein Herz fühlt sich an, als habe jemand mit eisiger Hand danach gegriffen und zugedrückt.

Betreten lasse ich mich auf den Stuhl sinken, der neben Glenns verlassenem Platz steht. Ich hätte doch Nein sagen sollen, als Gottlieb mich gedrängt hat, mit ihm zur Einladung bei den Camerons zu kommen. Eigentlich wollte ich nicht – und das nicht nur, weil wir erst gestern am späten Abend von unserer Reise zurückgekehrt sind und trotzdem zunächst Fiete abholen mussten, der bei Joe und Will untergebracht gewesen war und sich vor Freude fast überschlagen hätte, als er Gottlieb wiedergesehen hat. Nein, die Angst, Glenn wieder zu treffen – und dann auch noch vor allen Leuten! –, hat mich unbarmherzig gepackt.

»Aber du bist doch bestimmt auch noch k.o. von der langen Reise«, habe ich versucht, meinen Großvater von der Idee abzubringen.

»Ach wo, mir ging es nie besser«, hat Gottlieb abgewunken. Tatsächlich hatte ihn sein Besuch in seiner Heimatstadt regelrecht beflügelt, wie es mir schien. Es war schön zu sehen, wie erleichtert er war, sich nach all den Jahren endlich zu der Reise überwunden zu haben. Doch das änderte nichts daran, dass ich keine große Lust hatte, mit ihm zum Essen bei Stella zu gehen.

Aber Gottlieb war unerbittlich. »Denk daran, was deine Großmutter jetzt gesagt hätte«, hat er mit Nachdruck beharrt, denn natürlich war ihm völlig klar, warum ich nicht zum deutschen Weihnachtsessen gehen wollte.

»Die Liebe ist nichts für Feiglinge«, habe ich gemurmelt und ergeben nach meiner Winterjacke gegriffen, die er mir stur hingehalten hat.

Und jetzt bin ich hier, und Gottlieb sitzt neben mir und tätschelt mitleidig mein Knie. Aidan und Duncan starren mich betreten wie zwei kleine Jungs nach einem misslungenen Scherz über den Tisch hinweg an, und ich würde gern heulen.

Da jedoch tippt mir jemand auf die Schulter, und als ich mich umwende, sehe ich in Skyes Gesicht. »Komm mal mit«, raunt sie mir zu, und ich nicke, froh über die Ablenkung. Ich folge ihr in die Küchenecke, während Stella betont fröhlich beginnt, Essen auf Teller zu verteilen und Aidan nach der Weinflasche greift, um auszuschenken.

»Hier«, sagt Skye, und drückt mir in der Küche ein Tablett mit zwei vollen Weingläsern, zwei Paar Besteck und einem großen Teller, gefüllt mit Klößen, Fleisch und Rotkohl, in die Hände. Ratlos starre ich sie an.

»Es war eine bescheuerte Idee«, sagt Skye entschuldigend. »Meine Idee, natürlich. Ich wollte euch auf die Sprünge helfen. Stella hatte eh geplant, uns zum vorweihnachtlichen deutschen Essen einzuladen, und als wir gehört haben, dass ihr gestern zurückkommen würdet … Es war dumm. Entschuldige.« Sie lächelt mich schief an. »Ich glaube, seit Ian und ich … Also … ich kann die meiste Zeit nicht mehr richtig klar denken.« Mit einem entschuldigenden Grinsen zuckt sie mit den

Schultern, und ich muss lachen. Mein Blick fällt auf einen Knutschfleck seitlich an ihrem Hals.

»Mhhm«, murmele ich. »Schön für euch, dass ihr so glücklich seid.«

»Das sind wir«, wispert Skye mit einem Funkeln in den himmelblauen Augen, das sie noch tausendmal hübscher macht als sie ohnehin ist. »Aber jetzt seid ihr dran. Los, rauf mit dir. Stella hat gesagt, dass ihr ausnahmsweise in ihrem Schlafloft essen dürft, solange ihr keine Weinflecken auf dem Bett hinterlasst. Oder … sonstige Flecken.«

»Skye …«, will ich widersprechen, während meine Wangen heiß werden, aber da beginnt sie schon, mich resolut Richtung Treppe zu schieben. Und da ich zwei volle Weingläser auf einem Tablett balanciere, kann ich mich nicht wehren.

Natürlich sind alle Blicke auf mich gerichtet, als ich auf weichen Knien ins Schlafloft hinaufgehe. Alle Gespräche sind verstummt, nur *Wham!* singt im Hintergrund *Last Christmas*. Ich bemühe mich, so würdevoll wie möglich Stufe um Stufe zu erklimmen. Jetzt bloß nicht zu allem Überfluss die Gläser umkippen und einen Rotweinwasserfall ins Erdgeschoss schicken!

Doch ich schaffe es tatsächlich, unfallfrei das Schlafloft zu erreichen, meiner jahrelangen Erfahrung als Kellnerin sei Dank, und während ich versuche, meine Nervosität in ihre Grenzen zu weisen, muss ich an die Ratschläge meiner *famiglia* denken, als ich vor zwei Tagen zum vorerst letzten Mal mit ihnen im Hamburger Hafen gestanden habe. Ein wenig wehmütig habe ich dem riesigen Containerschiff nachgeschaut, das sich langsam aus dem Hafen schob, der Elbe und dahinter der Nordsee entgegen. Zum sicher millionsten Mal habe ich mich gefragt, wie mein Vater es damals erlebt hat, mit seinem Schiff Hamburg zu verlassen.

»*Dio mio*, warum wir bei dieser Kälte hierherkommen mussten, ist mir ein Rätsel«, hat Luigi geseufzt und bibbernd von einem Fuß auf den anderen gestampft.

»Wir sind hergekommen, weil Viola dem Hafen Tschüss sagen wollte, ist doch klar«, hat Tim neben mir erwidert und einen Arm um meine Schultern gelegt. Ich habe ihn dankbar angelächelt.

»Wenn es dir so schwerfällt, dem Hamburger Hafen Tschüss zu sagen, dann solltest du wohl lieber hier in Hamburg bleiben«, hat Luigi bemerkt, und ich musste lachen.

»*Amore*, fang nicht wieder so an«, hat Tim leise gemahnt.

»Aber es ist doch wahr! Sie gehört doch hierher! Zu uns!« Luigi musste sich eine Träne aus dem Augenwinkel tupfen. Ich habe mich aus Tims Umarmung gelöst und Luigi näher an mich herangezogen, ihn fest gedrückt. Er schluchzte leise in mein Ohr.

»Wir haben uns doch darauf geeinigt, dass ihr mich besuchen kommt«, habe ich ihn sanft erinnert. »Im Sommer. Dann zeige ich euch alles. Ihr werdet die Insel lieben, das weiß ich.«

»Besonders gespannt bin ich auf den Schriftsteller. Den du liebst.« Tim hat mich mit hochgezogenen Augenbrauen über Luigis dunklen Lockenschopf hinweg angesehen. Ich habe leise geseufzt.

»Tim. Hör auf.«

»Nein, das tue ich nicht.« Tim hat mich mit einem energischen Kopfschütteln bedacht, und auch Luigi hat sich von mir gelöst und entschlossen mit seinem Zeigefinger vor meiner Nase herumgewedelt. »*Sì*, meine Liebe, Tim hat völlig recht: Wenn du schon Hamburg und deine *famiglia* verlässt, dann bitte schön für diesen gut aussehenden, leider heterosexuellen Kanadier. Wirklich. Mit der Vorstellung kann ich leben.«

»Dass sie lediglich zu ihrem Großvater zurückkehrt, mit der

Vorstellung könntest du also nicht leben, wie?«, ertönte eine Stimme, und wir haben uns zu Gottlieb umgedreht, der näher kam, die Hände tief in den Taschen seiner Winterjacke vergraben.

Ich konnte es nach wie vor nicht fassen, dass mein Großvater tatsächlich nach Hamburg gereist war – um seinen Bruder zu besuchen. Und, da war ich mir ganz sicher, außerdem, um mich zurück nach Nova Scotia zu holen. Das hat er zwar nie so zugegeben, aber mir war klar, dass er sich auch deshalb gerade jetzt, nach all den Jahren, dazu überwunden hatte, die Reise nach Hamburg auf sich zu nehmen. Mein Großvater hatte tatsächlich immer einen gültigen Pass besessen, wie er mir erklärt hatte – um im Notfall spontan nach Deutschland fliegen zu können. Mit dem Notfall meinte er vermutlich die Beerdigung seines Bruders. Umso schöner, dass er es nun nach Hamburg geschafft hatte, als Hans noch lebte. Wir haben ihn gemeinsam im Pflegeheim besucht, und die Brüder haben etliche Nachmittage zusammen im Aufenthaltsraum des Pflegeheims gesessen und Erinnerungen ausgetauscht – wobei Hans hauptsächlich zugehört hat, weil er seit seinem Schlaganfall kaum noch sprechen kann. Ich habe Gottlieb die Wohnung in Altona gezeigt, in der ich aufgewachsen bin und die mir lange gehört hat – bis vor einer Woche, als ich beim Notar meine Unterschrift unter den Kaufvertrag gesetzt habe. Jetzt habe ich keine Wohnung in Hamburg mehr – aber das Geld werde ich investieren, und ich bin mir ganz sicher, dass Mama das so gewollt hätte.

»Genau – immerhin habe ich jetzt einen Großvater!«, habe ich zu Luigi gesagt und mich bei Gottlieb untergehakt, der meine Freunde vergnügt angelächelt hat. Bei den dreien war es Liebe auf den ersten Blick gewesen – meine besten Freunde haben Gottlieb sofort ins Herz geschlossen, und umgekehrt war es ebenso. Hans haben sie auch kennengelernt, und sie haben versprochen, dass sie ihn weiterhin besuchen werden, wenn Gottlieb und ich wieder in Nova Scotia sind.

»Ja. Und das ist wunderbar, Violetta, denn du hast einen fabelhaften Großvater«, hat Tim mit Nachdruck gesagt und Gottlieb zugezwinkert. »Aber trotzdem: Lass dir den Schriftsteller bloß nicht entgehen.«

»Ich kann euch da wirklich nichts versprechen«, habe ich aufgeseufzt, während ich mich bei der Erinnerung an das letzte Mal, dass ich Glenn gegenübergestanden hatte, mal wieder innerlich krümmen musste. Zwei Monate waren seitdem vergangen – und immer noch durchlebte ich diesen furchtbaren Moment, als Isla mit einem Mal im Türrahmen gestanden hatte und mir klar geworden war, was ich getan hatte.

Immerhin wusste ich an dem Tag im Hamburger Hafen schon, dass sich alles gelöst hatte: Dass Jenny Glenn und Aidan klargemacht hatte, dass Isla wirklich Aidans Tochter ist. Zum Glück! Wenn ich so viel Kummer über diese wunderbaren Menschen gebracht hätte … damit hätte ich nur schwer leben können.

Ich musste auch an Stellas E-Mail denken. Sie hatte mir geschrieben, genau wie Greta und Skye. Alle drei hatten vom Alltag auf Whale Island berichtet. Greta hatte von den Hochzeitsvorbereitungen erzählt, die langsam begannen – im nächsten Sommer soll es so weit sein. Im Dezember will sie mit Skye und Stella nach Halifax fliegen und ein Brautkleid suchen. Skye hatte von Ian geschrieben. Wie glücklich sie mit ihm sei, und dass er sich als das absolute Gegenteil von ihren schrecklichen Erfahrungen mit Männern der Vergangenheit entpuppt habe. »Hervorragender Apfelkuchen!«, hatte sie mir mit einem zwinkernden Smiley geschrieben.

Die beste Nachricht war jedoch von Stella gekommen: Enzo

hatte sich doch noch einmal gemeldet. Anscheinend war der Schock einfach zu groß gewesen, als Feli plötzlich im *Waldorf Astoria* in Manhattan vor ihm stand. Er hatte Stella gebeten, mit Feli telefonieren zu dürfen. Sie langsam kennenlernen zu dürfen. Vielleicht will er im Frühjahr sogar zu Besuch nach Whale Island kommen. Stella konnte diese Entwicklung kaum glauben und hat mir in ihrer E-Mail überschwänglich gedankt, weil ich Feli dazu geraten hatte, Kontakt zu ihrem Vater aufzunehmen. Feli scheint nämlich mehr als glücklich darüber zu sein, ihren Dad kennenlernen zu dürfen. Es tat so gut zu lesen, dass ich tatsächlich auch etwas richtig gemacht hatte.

»Und dein Schriftsteller fährt jetzt tatsächlich den Büchereibus?«, riss mich Tims Frage aus meinen Gedanken.

Ich habe ihn angesehen und langsam genickt. »Ja«, habe ich gemurmelt und musste an die E-Mail denken, die vor drei Wochen von Skye gekommen war. Sie hatte mir von Raes Erkrankung berichtet und dass Glenn für sie einspringt und den Bibliotheksbus fährt, weil es sonst keine Vertretung für Rae gibt. Zu wissen, dass meine Verwandte so schwer erkrankt war, hat mich ziemlich erschüttert. Spätestens da begriff ich, dass ich wohl zurück nach Nova Scotia reisen sollte. Und dann kam ja auch noch Gottlieb nach Hamburg und hat durchscheinen lassen, dass er mich vermisst hatte und mich gern wieder bei sich auf Whale Island hätte. Da war endgültig klar, dass ich zurück nach Kanada musste. Und wollte! Immerhin würde ich meinen Großvater nicht ewig in meinem Leben haben, darum sollte ich die verbleibenden Jahre mit ihm dringend nutzen. Zu lange war ich ohne Familie durchs Leben gegangen – wenn man mal von *la famiglia* absah.

»Ihr werdet mir wahnsinnig fehlen, ihr zwei«, habe ich am Hamburger Hafen leise gesagt und meine Arme um die Schultern meiner besten Freunde gelegt. »Aber ich glaube, dass ich tatsächlich endlich den Ort gefunden habe, wohin ich gehöre. Und dass ich weiß, was ich mit meinem Leben machen möchte.«

»Und du weißt auch, mit wem du dein Leben verbringen möchtest«, hat Tim bemerkt und mich wissend angelächelt. »Du möchtest das nur noch nicht wahrhaben.«

»Mhhm«, habe ich gemacht und wollte etwas erwidern, als sich mein Blick auf das nächste Containerschiff heftete, das hoheitsvoll näher glitt – und mit einem Mal war die Erinnerung wieder da. Sie schob sich unverhofft wie ein fehlendes Puzzlestück in eine Lücke. Mein Traum. Der Traum, den ich vor über zwei Monaten gehabt hatte, in der Nacht auf Whale Island, als ich hochgeschreckt war, weil Glenn nach Jenny gerufen hatte.

Ja, ich hatte Seecontainer gesehen! Ganz eindeutig Seecontainer wie die, die nun an Bord des Frachters an uns vorbeizogen, mit einem mir unbekannten Ziel.

Richtig, das war es! Erleichtert habe ich tief ein- und ausgeatmet, meinen Atem in einer kleinen Wolke in die kalte Luft entweichen lassen. Plötzlich war die Sehnsucht nach Whale Island noch größer.

55

Und nun bin ich tatsächlich wieder hier und betrete mit einem vollen Tablett das Schlafloft. Glenn sitzt auf Stellas breitem Bett, das Baby an seiner Schulter, und sieht mich ungläubig an.

Ich erwidere seinen Blick schweigend. Keiner von uns rührt sich. Schließlich gebe ich mir einen Ruck und gehe langsam auf das Nachttischchen zu.

»Hast du Hunger?«, frage ich, als wäre das hier eine völlig normale Situation. Als hätten wir uns nicht vor über zwei Monaten zuletzt gesehen, bevor ich aufgelöst aus Skyes Haus gestürmt bin. Weil ich sein Exposé gesehen und unbeabsichtigt sein Geheimnis ausgeplaudert hatte.

Glenn mustert mich schweigend über das Köpfchen des Babys hinweg, das wieder eingeschlafen zu sein scheint. Er sieht so unfassbar gut aus mit seinem Wollpullover in Grün-Blau-Tönen, die seine Augen leuchten lassen. Und das Baby steht ihm. O Gott. Da sprechen gerade die Hormone aus mir!

Endlich fragt er leise, ohne auf das Essen einzugehen: »Wann bist du angekommen?«

»Vor knapp vierundzwanzig Stunden«, erwidere ich mit belegter Stimme und räuspere mich.

»O Mann«, murmelt Glenn mit einem leisen Schnauben. »Meine Familie lässt echt nichts anbrennen.«

Mit rasendem Herzen greife ich nach einem der vollen Gläser, nippe am Wein. »Möchtest du?«, frage ich und deute auf das zweite Glas.

»Lieber nicht, sonst wecke ich ihn auf«, sagt Glenn zögernd und wirft einen verstohlenen Blick auf den schlafenden James. Mein Herz schmilzt wie Butter in der Sonne.

»Du machst dich gut mit Baby«, kann ich mir nicht verkneifen. Natürlich fangen meine Wangen sofort an, verräterisch zu glühen – was bestimmt am Wein liegt. Rasch nehme ich noch einen Schluck.

Glenn sieht mich schweigend über das Köpfchen voll schwarzem Flaum hinweg an.

»Danke«, murmelt er schließlich ernst. Dann fügt er hinzu: »Es ist gut, dass ich endlich die Gelegenheit habe, mehr Zeit mit meiner Familie zu verbringen. Mit dem kleinen Mann hier zum Beispiel.« Schmunzelnd ergänzt er: »Und wenn Skye und Ian in dem Tempo weitermachen, werde ich bald weitere Neffen und Nichten haben – Skye wollte nämlich immer vier Kinder haben.«

Ich muss leise auflachen. »Die beiden wirken schwer verliebt«, wispere ich mit einem verstohlenen Blick Richtung Balustrade, hinter der man die Stimmen aus dem offenen Essbereich heraufsteigen hört. Glenn nickt.

»Ja«, sagt er und mustert mich ernst. »Das sind sie.«

»Schön.« Ich schlucke und setze mich vorsichtig auf das äußerste Ende von Stellas Bett, um durch die Bewegung der Matratze nicht James zu wecken.

»Du fährst jetzt also den Bücherbus?«

»Ja«, erwidert er mit rauer Stimme. »Ich kann es immer noch nicht fassen, dass Rae mir das zugetraut hat. Sie und das *Cape Breton Regional Library Board.*«

»Warum sollten sie nicht? Wer kennt sich denn wohl besser mit Büchern aus als du?«

»Hm, na ja.« Glenn schmiegt sein Gesicht flüchtig in den Haarflaum des kleinen James, und ich möchte so gern mit dem Baby tauschen.

»Ich hätte Rae gern besucht«, sage ich rasch. »Weil wir ja in Halifax zwischengelandet sind, vor unserem Anschlussflug nach Sydney. Aber … sie hatte mir vorher per E-Mail mitgeteilt, dass das momentan nicht geht. Ihr Immunsystem ist ganz runtergefahren, wegen der Chemotherapie. Weil praktisch alle Blutkörperchen abgetötet werden, um den Blutkrebs zu bekämpfen. Das ist ganz schön heftig.«

Ich muss an meine Internetrecherche zum Thema akute mayeloische Leukämie denken und bekomme eine Gänsehaut.

»Ja«, murmelt Glenn ernst. »Ich möchte sie auch besuchen, sobald es geht. Rae hat mir versprochen, mir Bescheid zu geben, wenn sie Besuch bekommen darf.«

Wir sehen uns schweigend an. Dann sage ich leise: »Ich werde Skye bitten, mich in ihrem Krankenhaus testen zu lassen, ob ich als Stammzellenspenderin infrage komme.«

Glenn reißt seine Augen weit auf. »Wie bitte? Braucht Rae eine Stammzellenspende?«

»Hoffentlich nicht«, sage ich rasch. »Aber für den Fall, dass die Chemo nicht anschlägt … ja. Und ich bin die einzige lebende Verwandte, die sie hat. Darum hat ihr Arzt gesagt, sie solle mich vorsorglich schon einmal bitten, damit es im Fall der Fälle schnell geht.«

»Wow.« Glenn starrt mich ernst an. »Wie gut, dass du hier auf Whale Island aufgetaucht bist, Viola.«

Überrascht mustere ich ihn, lächele schief. »Gut für Rae, meinst du?«, hake ich vorsichtig nach. Mein Herz schlägt mir bis zum Hals.

»Nicht nur für Rae.« Glenn räuspert sich. »Ich ... ich habe dich vermisst.«

Gerührt stelle ich mein Weinglas auf den Nachttisch, rücke näher an Glenn und James heran. Ich kann es nicht verhindern, dass mir Tränen in die Augen schießen, die ich hastig wegblinzele.

»Ich dich auch«, wispere ich mit belegter Stimme. »Und wie!«

Glenn streckt seine Hand aus, wischt mir sanft unter den Wimpern entlang. Seine Berührung geht mir durch und durch. Rasch greife ich nach seinen Fingern, umfasse sie fest mit meinen. Glenns Atem geht ein wenig schneller, als ich seine Hand an meine Lippen führe und ihn sacht auf die Fingerkuppen küsse. Als ich seine Finger loslasse, greift er nach meiner Hand, führt seinerseits meine Finger an seinen Mund, küsst mich zärtlich. Sein warmer Atem streift meine Haut, und ich muss mich sehr zusammenreißen, um mich nicht auf ihn zu stürzen und ihn richtig zu küssen. Wenn das Baby nicht wäre, würde ich das tun. Aber James ist wie ein Puffer zwischen uns. So süß er auch ist: Jetzt gerade wünsche ich ihn weit weg.

»Es tut mir so leid, dass ich über dich geschrieben habe«, stößt Glenn hastig hervor, und ich merke, dass er das loswerden will, dass es ihm schwer auf dem Herzen liegt. »Ich habe keinen Moment daran gedacht, dass ich dich damit verletzen könnte. Es war mir eher peinlich, weil ... weil das Manuskript deutlich gemacht hat, dass ich permanent an dich denken musste. Tag und Nacht. Ich habe mich dir so nah gefühlt, wenn ich über dein Leben geschrieben habe. Wenn ich versucht habe, deine Gedanken und Gefühle auf Papier festzuhalten. Das war wie ein Rausch. Ich konnte nicht mehr aufhören zu schreiben.«

Stumm höre ich ihm zu, nicke langsam. »Verstehe«, sage ich leise. »Jetzt, wenn ich das Ganze mit Abstand betrachte, kann ich das nachvollziehen. Aber an dem Tag, da war das einfach ein riesiger Schock. Es hat sich angefühlt wie ein gigantischer Verrat.«

»Ja. Das verstehe ich«, flüstert Glenn und wirkt sehr bewegt. Er räuspert sich. »Als du weg warst … da habe ich das ganze Manuskript gelöscht. Alles.«

Erschrocken starre ich ihn an. »Wirklich? Aber … du hattest doch so viel geschrieben!«

»Ja.« Er lächelt mich schief an. »Es war eine gute Übung. Aber dann war es an der Zeit, eine neue Seite aufzuschlagen. Ein leeres Blatt.«

Ungläubig mustere ich ihn. »Wow«, murmele ich schließlich und weiß nicht so recht, ob ich erleichtert sein soll, weil meine Lebensgeschichte nicht womöglich wirklich als Roman veröffentlicht wird … oder ob es mir leidtun soll, weil ich so heftig reagiert habe. So viel Arbeit, für nichts und wieder nichts!

Als könne er meine Gedanken genau lesen, sagt Glenn jetzt in beruhigendem Tonfall: »Keine Sorge, ich habe schon so viele Manuskripte für die Tonne geschrieben, da macht dieses keinen Unterschied mehr aus.«

Er lächelt flüchtig, und ich mustere ihn besorgt, weil ich noch weiß, wie verbittert er mir am Anfang, als wir uns gerade kennengelernt hatten, von seinen Schreibversuchen erzählt hat. Doch es liegt keine Bitterkeit in seinem Blick. Stattdessen wird sein Lächeln jetzt breiter, als er leise hinzufügt: »Ich schreibe momentan an einem neuen Roman.«

Überrascht mustere ich ihn. »Tatsächlich?«

»Ja.« Er nickt und wirkt sehr zufrieden. »Diesmal fühlt sich alles richtig an«, sagt er mit einem Glanz in seinen Augen, der mich merkwürdig glücklich macht. »Ich habe das Exposé an einen Agenten geschickt, der mir von einem ehemaligen

Schreibschüler – der tatsächlich schon etwas veröffentlicht hat! – empfohlen worden ist. Und … der Agent möchte sich demnächst mit mir in Halifax treffen und über das Projekt sprechen, das er als ›äußerst vielversprechend‹ bezeichnet hat.«

»Wow!« Ich muss mich sehr zusammenreißen, um nicht zu laut zu werden, denn der kleine James soll jetzt bitte nicht aufwachen. »Das ist ja großartig! Verrätst du mir, wovon dein neuer Roman handelt?«

Glenn nickt mit einem langsamen Lächeln. »Ich kenne da jemanden, der hat mir geraten, einen Roman über das zu schreiben, was ich kenne. Keine Sorge, diesmal bist es nicht du.« Er grinst mich schief an und fügt dann leise hinzu: »Diesmal bin ich es selbst.«

Verblüfft reiße ich meine Augen weit auf. »Du? Du meinst … eine Art Autobiografie?«

»Nein, nicht direkt. Es ist ein Roman, und ich ändere natürlich alle Namen. Es kommen auch fiktive Personen vor, die es hier nicht gibt. Aber die Hauptperson ist ein Junge, der mit drei Geschwistern auf einer Insel im Nordatlantik aufwächst. Der schon immer Schriftsteller werden wollte und sich früh durch das gesamte Büchersortiment des Büchereibusses gelesen hat. Der … von seiner Lehrerin verführt wurde. Und seiner besten Freundin das Herz gebrochen hat. Der die Insel verlassen hat, um in der großen Stadt sein Glück zu finden … und der dann doch zurückgekommen ist. Um zu bleiben. In der Hoffnung, dass die Frau, die er liebt, sich auch dazu entschließen wird, auf der Insel zu bleiben.«

Fassungslos starre ich Glenn an, und er erwidert meinen Blick mit einem fast unsicheren Lächeln, das mich innerlich schmelzen lässt.

»Ich liebe dich auch«, flüstere ich überwältigt. »Und es tut mir von Herzen leid, dass ich dein Geheimnis einfach so ausgeplaudert habe! Das hätte ich nie absichtlich gemacht, Glenn.«

Zu meiner unendlichen Erleichterung nickt Glenn und sagt mit rauer Stimme: »Das weiß ich. Ganz ehrlich: Nach dem ersten Schock war es eine gigantische Erleichterung. Dank dir habe ich endlich mit Jenny darüber gesprochen und weiß jetzt, dass ich mir in all diesen Jahren völlig umsonst Sorgen gemacht habe, dass ich Islas Dad sein könnte.«

»Das Gefühl kenne ich«, murmele ich ernst. »Wenn ich daran denke, wie lange ich mir Sorgen wegen Esmeraldas Prophezeiung gemacht habe …«

»Die Prophezeiung hatte aber auch etwas Gutes, denn sie hat vermutlich dazu geführt, dass du heute hiersitzt«, bemerkt Glenn sanft. »Wer weiß, ob du genau diese Reise durch Kanada gemacht hättest, wenn du nicht davon überzeugt gewesen wärst, dass sie die letzte deines Lebens sein könnte?«

Gerührt nicke ich. »Du hast recht«, flüstere ich, überwältigt von dieser Erkenntnis. Wer weiß, ob ich jemals nach Whale Island gekommen wäre, wenn ich nicht versucht hätte, vor meinem 35. Geburtstag von Kanadas Westküste bis zur Ostküste zu gelangen, unterbewusst wohl tatsächlich immer auf der Suche nach meinem unbekannten kanadischen Vater?

»Das hat Esmeralda gut gemacht. Aber … es tut mir so leid, dass ich einfach abgehauen bin.«

»Mir tut es verdammt leid, dass ich dir nicht zum Flughafen gefolgt bin, um zu verhindern, dass du abhauen kannst«, erwidert Glenn ernst.

»Ich habe dich die ganze Zeit so vermisst.«

»Ich habe dich mehr vermisst.«

»Ich hätte dir schreiben sollen.«

»Ich dir erst recht.« Glenn lächelt mich an.

»O Mann, Glenn, ich würde dich jetzt so gern küssen.«

Sein Lächeln wird breiter, und er streckt wieder eine Hand nach meiner aus, zieht meine Finger erneut an seine Lippen. Ich rücke so nah wie möglich an ihn heran, ohne den kleinen James zu wecken.

Ein Räuspern lässt uns herumfahren. Duncan steht sichtlich verlegen auf der obersten Treppenstufe des Lofts. »Ähm, entschuldigt. Ich … wollte meinen Sohn abholen.«

Er deutet auf das Baby, und ich muss lachen.

»Oh, wir werden ihn vermissen«, sagt Glenn mit einem Schmunzeln und löst das Baby vorsichtig von seiner Schulter. James gibt im Schlaf ein paar entzückende Schmatzgeräusche von sich und seufzt hörbar zufrieden auf. Glenn drückt ihm einen zarten Kuss auf die Stirn, bevor er ihn Duncan reicht, der neben uns getreten ist.

»Na ja, ich kann mir nicht vorstellen, dass ihr zwei ihn lange vermissen werdet«, murmelt Duncan und zwinkert mir neckend zu, was mich leise lachen lässt. »James hat nämlich leider die Angewohnheit, in den unpassendsten Momenten aufzuwachen. Greta und ich können ein Lied davon singen.«

Er stockt, weil ihm vermutlich aufgeht, was er da gesagt hat, und fügt mit einem schnellen Blick Richtung Geländer hinzu: »Allerdings kann ich euch generell nicht dazu raten, hier oben … äh … ihr wisst schon was zu machen. Da unten versuchen alle die ganze Zeit, möglichst viel akustisch von hier oben mitzubekommen. So still war unsere Familie seit einer Ewigkeit nicht mehr beim Essen. Wohl noch nie, wenn ich es mir genau überlege.«

Leise pruste ich los, und Glenn sagt mit einem Kopfschütteln: »Danke für den Ratschlag, Bruderherz. Wie schön, dass du mir diesmal wenigstens keine Kondome in die Hand drückst.«

»Das war Aidan«, erwidert Duncan trocken.

»Stimmt. Der mit dem Kondomlager in der Küche.« Glenn

grinst seinen Bruder an, und ich muss noch mehr lachen, sodass mir inzwischen Tränen über die Wangen rinnen.

»Ich gehe dann mal«, schmunzelt Duncan und will sich schon abwenden, als er noch einmal innehält und mich ansieht. »Sag mal, Viola ... Dein Großvater war der Einzige, der beim Essen nicht ganz so schweigsam war. Er hat erzählt, dass du ... Pläne mit nach Whale Island gebracht hast? Und vermutlich länger bleiben willst? Womöglich sogar ... für immer?«

Meine Wangen werden wieder heiß, als ich Glenns intensiven Blick auf mir spüre. Ich lächele Duncan an und nicke. »Ja. Das stimmt.«

Duncans Lächeln wird breiter. »Hervorragend«, sagt er hörbar zufrieden. »Ich finde deine Pläne genial.«

»Was denn für Pläne?« Glenn sieht mich neugierig an.

»Erzähle ich dir gleich in Ruhe«, sage ich und greife nach seiner Hand, drücke sie fest.

»Ja, wie gesagt, ich lasse euch jetzt endlich in Ruhe, ohne Baby und so weiter«, beeilt sich Duncan zu sagen. »Aber eines noch: Ich habe deinen Instagram-Account gesehen, Viola.«

Erstaunt sehe ich ihn an. »Ja?«

Er nickt. »Ja. Geniale Fotos von deinen Reisen. Und ich habe mich durch all deine Blogeinträge gelesen und dabei immer wieder Hunger bekommen, aber das ist ein anderes Thema.« Er lacht auf. »Was ich eigentlich sagen wollte: Ich suche für die *Cameron Lodge* dringend jemanden, der die Multimedia-Gestaltung übernimmt. Unsere Homepage wurde von einer Grafikagentur gestaltet, die uns allerdings horrende Rechnungen schickt, weshalb ich es mir momentan verkneife, Änderungen vornehmen zu lassen, neue Fotos einzustellen und so weiter. Hast du deinen Blog technisch selbst umgesetzt?«

Ich nicke. »Ja. Hat mir mein Freund Luigi in Hamburg beigebracht.«

»Könntest du dir vorstellen, die Homepage der Lodge zu betreuen? Und die Social-Media-Kanäle?«

»Welche Social-Media-Kanäle?«, fragt Glenn ratlos.

»Na die, die es bisher noch nicht gibt«, lacht Duncan auf. »Wir haben nur eine seit Jahren vernachlässigte Facebook-Seite, aber das war es schon. Die *Cameron Lodge* sollte dringend einen Instagram-Account bekommen. Und ich weiß, dass du die besten Fotos dafür schießen würdest, Viola.« Duncan lächelt mich an. »Es wäre nur eine Halbtagsstelle. Für eine volle Stelle fehlt uns momentan das Geld, aber das kann noch werden. Der Anfang ist finanziell immer schwierig, allerdings sieht es gut aus mit der Lodge. Wenn die nächste Saison so gut wird wie die letzte, dann sind wir aus dem Schneider.«

Ich sehe ihn an, und mein Herz droht vor lauter Glück zu platzen. »Das wäre genial«, sage ich mit einem Strahlen.

Duncan reicht mir die Hand, und wir schlagen ein. Auf seinem Arm rührt sich der kleine James mit einem leisen Grunzen.

»Okay, wir zwei sind weg«, flüstert Duncan, und er wendet sich ab und verschwindet leise die Treppe hinab ins Erdgeschoss.

Glenn sieht mich groß an. »Wow. Und schon bist du für die noch nicht wirklich existenten Social-Media-Kanäle der *Cameron Lodge* verantwortlich.«

Ich lache auf und rücke näher an ihn heran. »Halbtags zumindest«, erinnere ich ihn schmunzelnd. »Die zweite Hälfte des Tages werde ich nämlich anderweitig beschäftigt sein.«

»Womit? Von was für ominösen Plänen hat mein Bruder gerade gesprochen?«

Glenn sieht mich interessiert an, aber als sein Blick sich flüchtig zu meinen Lippen verirrt, umfasse ich sein Gesicht entschlossen mit meinen Händen.

»Später«, flüstere ich, und dann küssen wir uns.

Wir sinken rücklings auf Stellas Bett, Glenn zieht mich über sich, und wir küssen uns so lange, bis ich merke, wie seine Hände unter meinen Pullover gleiten und er sich an meinem BH zu schaffen macht.

»Wir können nicht … auf Stellas Bett …«, keuche ich leise in sein Ohr, was Glenn mit einem unterdrückten Stöhnen gegen meinen Hals beantwortet.

»Dann wieder auf dem Fußboden …?«, murmelt er, was mich fast verzweifelt auflachen lässt. Glenn grinst schief zu mir hoch. Im nächsten Moment schiebt er mich sanft, aber entschlossen von sich runter, steht auf und zieht mich hinter sich her. Ehe ich die Chance habe, mein zerwühltes Haar zu glätten, geht er voran, die Treppe hinab, meine Hand fest in seinem Griff. Alle Gespräche verstummen sofort, und vierzehn Paar Augen richten sich auf uns.

»Ihr könnt ruhig weiterreden«, sagt Glenn seelenruhig und durchquert mit langen Schritten das Zimmer. Ich grinse verlegen in die Runde, merke zu spät, dass mein T-Shirt halb aus meinem Jeansbund heraushängt, beschließe aber, dass mir das egal ist. Mein Großvater lächelt mich zufrieden an, bevor er sich seinem Weinglas zuwendet. Stella, Skye und Greta strahlen, als hätte ich gerade einen Oscar gewonnen.

Und genauso fühle ich mich auch.

»Gute Nacht, Leute!«, ruft Glenn, der mir in meine wattierte Jacke hilft und dann in seinen eigenen Mantel schlüpft.

»Gute Nacht!«, rufe auch ich gut gelaunt, als Glenn mir die Haustür aufhält, und ein mehrstimmiges »Gute Nacht!« schallt uns hinterher. Nur eine Person – natürlich Skye – ruft: »Mistelzweig!«

Glenn und ich verharren kurz im Türrahmen, den Blick nach oben gerichtet, bevor wir uns ansehen. Mit einem

Schmunzeln zieht mich Glenn an sich und drückt mir einen langen Kuss auf die Lippen, der den Raum hinter uns in kollektiven Jubel ausbrechen lässt. Selbst Johnnie Walker bellt begeistert. Lachend lösen wir uns voneinander, ich winke verlegen in die Runde und verlasse dann eilig mit Glenn das Cottage. Die Tür fällt hinter uns zu, wir sind allein in der dunklen Winternacht. Die eiskalte Luft verschlägt mir kurz den Atem, bevor dieser in einer warmen Wolke aus meinem Mund entweicht. Unter unseren Füßen knirscht eine dünne Schicht von frischem, völlig unberührtem Schnee. Über uns leuchten Millionen von Sternen am schwarzen Himmel, es fallen keine neuen Flocken, alles ist klar und still.

»Uff, ist das kalt«, bibbere ich in meinen Wollschal hinein.

»Kalt? Das ist noch gar nichts!«, lacht Glenn neben mir auf, schlingt einen Arm um mich und zieht mich eng an sich. »Aber keine Sorge«, murmelt er gegen meine Stirn, und sein Atem lässt meine Haut trotz der Kälte glühen. »Ich verspreche dir, dass ich dich den ganzen Winter über warm halten werde. Du wirst kein Körnerkissen brauchen.«

»Klingt gut«, erwidere ich ein wenig kurzatmig und versuche, mein wild hämmerndes Herz unter Kontrolle zu bringen. »Wohin gehen wir überhaupt?«

»In mein Cottage. Das ist gleich nebenan«, erwidert Glenn und lächelt mich von der Seite an.

»Na, Gott sei Dank«, stoße ich lachend hervor, und gemeinsam fangen wir an zu rennen, Hand in Hand. Denn wir können es gar nicht erwarten, endlich für uns zu sein.

EPILOG

»Viola? Wollen wir rübergehen?«

Ich drehe mich zu Glenn um, der im Türrahmen steht und mich schmunzelnd mustert.

»Ja, bin schon fertig.« Sorgfältig rücke ich den Bilderrahmen an der Wand zurecht. Mein Vater lächelt mich an. Ich hauche ihm einen Luftkuss zu, bevor ich mich Glenn zuwende.

»Du kannst es wirklich nicht erwarten, oder?«

»Nein«, lache ich auf, trete dicht vor ihn und drücke ihm einen Kuss auf die Lippen. Er sieht so gut aus in seinem dunkelblauen Anzug, mit der einzelnen cremefarbenen Rose am Revers und dem offenen weißen Hemd, ohne Krawatte. Verliebt schlinge ich meine Arme um seinen Hals, und er beugt sich mit einem heiseren Lachen weiter zu mir herunter. Wir küssen uns erneut, heftiger diesmal, bis sich Glenn mit einem leisen Stöhnen von mir löst und sagt: »Okay, entweder wir gehen jetzt schleunigst zur Hochzeit meines Bruders – oder ins Bett.«

»Nein, das können wir nicht machen«, erwidere ich und ringe nach Atem, während ich besorgt meine Frisur richte. »Ist mein Lippenstift verschmiert?«

»Mhhm. Warte, lass mich mal schauen …«, murmelt Glenn, beugt sich erneut vor und will mich wieder küssen, aber ich ducke mich kichernd unter seinem Arm hindurch und zücke den kleinen Kosmetikspiegel, der in meiner Handtasche steckt. »Okay«, sage ich, nachdem ich mich vergewissert habe, dass man mir nicht ansieht, wie wild ich herumgeknutscht habe. »Ist so kussecht, wie die Werbung verspricht.« Grinsend lasse ich den Spiegel zuschnappen und schiebe ihn zurück in meine Tasche. »Komm, lass uns gehen!«

Bevor ich die Tür hinter uns schließe, bleibe ich noch einmal auf der Veranda stehen und sehe andächtig hinein, in mein kleines Café, das übermorgen eröffnet werden wird.

In der Nacht, als Glenn im Schlaf nach Jenny gerufen hat, hatte ich einen Traum. Einen Traum, der sich erst später langsam zusammengesetzt hat, wie Puzzleteile, die irgendwann endlich ein Bild ergaben: Ich habe mich an die Fotos meines Vaters erinnert, die ich im Traum schön gerahmt an Wänden hängend gesehen habe. Dann kam die Erinnerung an eine große schwarze Tafel zurück, an der in bunter Kreide einige meiner weltweit gesammelten Gerichte vereint waren. Bilder von Kuchenglocken mit meinen Kreationen darunter. Die gerahmten Rezepte meiner Großmutter. Und schließlich, als ich mit Luigi, Tim und Gottlieb am Hamburger Hafen stand, rückte ein besonders wichtiges Puzzleteilchen an seinen Platz, denn ich sah dem vorbeifahrenden Containerschiff nach und wusste mit einem Mal wieder, was ich in meinem Traum gesehen hatte, aber was durch die vielen Ereignisse, die danach auf mich eingestürzt waren, regelrecht verschüttet worden war: ein Café – aus Containern.

Meine Hand gleitet nun, als ich im Eingang stehe, über die Außenwand des Seecontainers aus dunkelblauem Metall. Glenn hat mir dabei geholfen, in Halifax drei solcher Container zu kaufen und den Transport bis nach Whale Island zu organisieren. Das ganze Frühjahr über wurde hier gewerkelt, bis nicht mehr nur einfach drei Seefrachtcontainer vor uns standen, sondern das, was ich jetzt voller Stolz betrachte: mein *Container Café*. Genau wie das Häuschen meines Vaters haben auch diese Container rundherum weiße Sprossenfenster bekommen. Die drei Container stehen nebeneinander und sind zu einem einzigen großen Raum verbunden worden. Auf dem Flachdach ist eine hölzerne Dachterrasse entstanden, von der sich eine Holztreppe hinab auf das große Deck windet, das nach vorn, zum Meer hin, an das Café gebaut worden ist – Hank, der Mann von Dottie, hat wunderbare Arbeit geleistet. Hier, auf der unteren Veranda, haben vier der klassischen amerikanischen Picknicktische, bei denen die Holzbänke mit dem Tisch verbunden sind, Platz gefunden. Ein Sonnensegel ist halb darübergespannt, sodass manche Plätze im Schatten liegen, wenn die Sonne so heiß von einem wolkenlosen Julihimmel knallt wie heute. Auf der Dachterrasse stehen drei weitere Picknicktische, von denen man natürlich die allerbeste Aussicht auf den Atlantik hat.

Im Inneren hat Hank alles mit hellem Fichtenholz verkleidet, sodass mein ganzes Café wunderbar nach Wald duftet. Drinnen warten vier Tische mit bunt zusammengewürfelten Stühlen auf die ersten Gäste. In einer Ecke steht neben einem Holzofen für die kalte Jahreszeit ein Bücherregal, dessen Sammelsurium aus Romanen und Reiseführern zum Schmökern in dem Schaukelstuhl daneben einlädt. Oben auf dem Regal hat der Plattenspieler meines Vaters einen Ehrenplatz gefunden. Meine liebste Auswahl an Platten ist gut geschützt in einem Einbauschrank verborgen, und ich freue mich jetzt schon darauf, dass im Hintergrund die Lieder laufen werden, die schon mein Vater gehört hat, während ich meine Gäste bewirte. Eine hölzerne Theke zieht sich mittig durch den Raum, dahinter befindet sich die Küchenzeile. Die ganze Wand über Herd,

Spüle und Unterschränken wird von der großen Tafel aus meinem Traum eingenommen, an der die Gerichte stehen, die ich anbiete. Neben Sandwiches und Kuchen wird es wechselnde Tagesgerichte geben – und viele stammen von meinem Blog: Thailändisches Tom Kha Gai wird ebenso dabei sein wie die vietnamesische »Phò«-Suppe und der brasilianische Bohneneintopf – aber auch Mamas deutsche Kartoffelpuffer. Und natürlich wird die Pavlova-Torte Teil der täglichen Kuchenauswahl sein, denn sie ist Glenns absoluter Favorit.

Auf weiteren Regalbrettern reihen sich bunt zusammengewürfelte Tassen, Teller und Schälchen in der Gesellschaft von vereinzelten schönen Erinnerungsstücken, die mein Vater aus aller Welt mitgebracht hat, wie die geschnitzten Holzfiguren aus Westafrika oder der Miniaturnachbau eines Dau, dem typischen arabischen Segelschiff mit Trapezsegeln. Auch an anderen Stellen des Cafés erinnert viel an die Seefahrervergangenheit meines Vaters, so zum Beispiel das Messingfernrohr auf seinem hölzernen Stativ, das ich hinter einigen Kartons in Peters Jugendzimmer entdeckt und begeistert auf Hochglanz poliert habe. Es macht sich wunderbar am Eckfenster meines Cafés, genau wie der Sextant auf dem Buchregal, neben dem alten Kompass und der ebenfalls sorgfältig polierten Schiffsglocke, die mein Vater auf einem Flohmarkt in Halifax aufgetrieben hat, wie Gottlieb erzählt hat.

Um die Wandtafel herum und an den anderen Wänden, zwischen den Sprossenfenstern, hängen viele gerahmte Bilder: eine Auswahl der schönsten Fotos, die mein Vater in aller Welt gemacht hat. Ein paar Aufnahmen von meinen eigenen Reisen und auch einige von Gottliebs Fotos. Das kostbare Automatenfoto meiner Eltern habe ich vergrößern lassen und ebenfalls gerahmt. Das Foto, das ich im letzten September spontan von Glenn gemacht habe – im Pick-up, als ich gerade auf der Insel angekommen war –, ist auch dabei. Außerdem hängen diverse handgeschriebene Rezepte meiner Großmutter an den Wänden, nach denen ich einige der Pies und Kuchen backen werde. Auch ihren Meeresfrüchte-Auflauf und ein fantastisches Rezept für »Maccaroni & Cheese«, das sie von einer Familie aus Texas bekommen hat, habe ich ausprobiert und werde die Gerichte auf jeden Fall anbieten.

Auf der Theke haben die gläsernen Kuchenglocken Platz gefunden, die ich genauso im Traum gesehen habe. Morgen werde ich anfangen zu backen, damit übermorgen die ersten Muffins und Kuchen verkauft werden können. Den silbern glänzenden Kaffeevollautomaten hat Glenn ausgesucht und wird ihn bedienen – wenn ich schon einen Barista mit jahrelanger Berufserfahrung zum Freund habe, muss ich das auch ausnutzen. Allerdings wird er mir bald beibringen, wie ich die Milch richtig aufschäume, denn seine Abgabefrist rückt näher – bis September soll er die erste Fassung seines Romans an den Verlag schicken. Glenn sitzt momentan jeden Abend noch sehr lange an seinem Laptop und schreibt wie besessen, sodass ich hin und wieder zu drastischen Mitteln greifen muss, um ihn ins Bett zu bekommen. Bei der Erinnerung an vorgestern – an den ersten Striptease meines Lebens – wird mir heiß, und ich weiß nicht, ob ich lachen soll oder nicht. Glenn hat nicht gelacht – auch dann nicht, als ich mich in der Unterhose verheddert habe und fast gestürzt wäre. Nein, er hat sogar gemurmelt, dass er von jetzt an immer bis spät am Laptop sitzen werde, wenn ich zu solchen Maßnahmen greife. Bei der Erinnerung grinse ich.

»Woran denkst du?«, erkundigt sich Glenn amüsiert, der geduldig schräg hinter mir an der dunkelblauen Containerwand lehnt und mich mustert.

»Daran, dass ich mit dem Geld von meinem Wohnungsverkauf vielleicht lieber eine Striptease-Bar statt dieses Cafés hätte eröffnen sollen«, erwidere ich mit einer kokett hochgezogenen Augenbraue. »Dann hättet ihr Duncans Junggesellenabschied ordentlich feiern können, statt euch nur im *Four Whales* zu viele von Raphaëls Drinks zu genehmigen.«

Glenn lacht leise auf, bevor er sich vorbeugt und mir zuraunt: »Erstens macht Raphaël die besten Drinks von Kanada. Zweitens würde ich meinen ältesten Bruder ohnehin in keine Striptease-Bar bekommen. Und drittens: Ich finde, das war ein genialer Abend. Besonders der Teil nach dem *Four Whales.*«

»Stimmt«, pflichte ich ihm bei, als ich daran denke, wie Greta, Stella, Skye, Jenny, Salomé, Feli, Isla und ich Gretas Junggesellinnenabschied in Skyes Haus bei einem Filmabend mit *Magic Mike* gefeiert haben (was Feli und Isla sehr peinlich fanden, aber sie haben natürlich trotzdem fleißig mitgeguckt) – nur um dann von der Männer-Gruppe bestehend aus Duncan, Aidan, Glenn, Ian und Raphaël heimgesucht zu werden, die sich nach eigenen Worten ohne uns im *Four Whales* irgendwann gelangweilt hatten. Von da an wurde es also eine gemischte Party, und wir hatten so viel Spaß bei Karaoke, Stopptanzen (was nach zu vielen Drinks extrem schwierig ist) und Tabu (wird ebenfalls nicht leichter, je mehr man intus hat), dass wir beschlossen haben, uns regelmäßig alle zusammen abends zu treffen, auch ohne bevorstehende Hochzeit.

Als Glenn erneut versucht, mich zu küssen, winde ich mich kichernd aus seiner Umarmung und sage streng: »Mein Lippenstift!«

»Ist doch kussecht, haben wir festgestellt.«

»Komm jetzt, sonst schicken deine Brüder eine Suchmannschaft los«, werfe ich grinsend ein und schließe die Tür meines Cafés. Unfassbar, dass übermorgen die ersten Gäste hier durchgehen werden! Dass ich ihnen Kaffee und Kuchen, kalte Getränke und heiße Tagesgerichte werde servieren dürfen!

Glenn greift nach meiner Hand und drückt sie, bevor er vorangeht, über die Veranda, die Treppe hinab auf die Wiese. Hier bleibe ich noch einmal stehen und werfe einen Blick zurück: Mein blaues *Container Café* steht rund zwanzig Meter von den Klippen entfernt – weit genug, um es bei Wind und Wetter vor dem Atlantik zu schützen, aber trotzdem so, dass man einen fantastischen Blick aufs Meer hat.

Wir haben das Café an genau der Stelle errichtet, wo vor Jahren das *Lighthouse View Café* bis auf die Grundmauern abgebrannt ist. Als wir begannen, konkrete Pläne zu schmieden, sind wir über Gottliebs Grundstück gewandert und haben die perfekte Stelle gesucht. Dabei sind wir regelrecht über diese Grundmauern im hohen Gras gestolpert, und auf einmal war alles klar.

Klar wurde mir in dem Moment außerdem, was das für Steine im Gras waren, die ich in meinem Traum gesehen hatte.

Versonnen lasse ich meinen Blick vom *Container Café* nach links wandern, wo sich die Wiese mit vereinzelten Bäumen und Felsgruppen erstreckt, und jenseits einiger Kiefern erahnt man das Häuschen meines Vaters, in dem Glenn und ich momentan zusammenwohnen. Uns ist klar, dass das keine langfristige Option ist, weil es zu zweit einfach sehr eng ist. Aber noch gehen wir uns nicht auf den Geist – und sind sowieso die meiste Zeit im Bett oben im Schlafloft (oder auf dem Fußboden, wie Glenn neulich neckend meinte, als ich das Thema angeschnitten habe). Trotzdem haben wir schon überlegt, ob wir Hank bitten, uns ein Zimmer anzubauen. Oder wir organisieren uns einen weiteren Container als Anbau. Mal sehen. Eilig haben wir es nicht damit.

Noch rund dreihundert Meter weiter hinter unserem

Häuschen liegt Gottliebs Haus, das man von hier aus gar nicht sieht. Das war mir wichtig, damit mein Großvater weiterhin seine Privatsphäre hat, wenn hier bald – hoffentlich! – Gäste ein und aus gehen.

Natürlich habe ich mir als Allererstes seine Erlaubnis für mein *Container Café* eingeholt, immerhin ist das hier sein Grundstück – und ich hätte es auch niemals gewagt, die Fotos seines Sohnes und die Rezepte seiner Frau ohne seinen Segen zu verwenden. Gottlieb war begeistert und sehr gerührt – vor allem vom Namen des Cafés.

Außerdem habe ich natürlich mit den Camerons gesprochen und sie gefragt, was sie von der Idee halten. Zwar hatte mein Großvater beim Abendessen in Stellas Cottage selbst schon von meinem Vorhaben erzählt, weil er so angetan davon war. Aber ich wollte sichergehen, dass sich vor allem Aidan nicht daran störte – immerhin würde das Café eine gewisse Konkurrenz für das *Four Whales* darstellen. Okay, nicht dass ich mit Aidans Küche, die nach Michelin-Stern schreit, mithalten könnte – aber zumindest eröffne ich in Fußnähe zur *Cameron Lodge* ein Café, in dem auch ein paar warme Gerichte serviert werden sollen.

Aber Aidan war absolut begeistert. »Das ist genau das, was uns gefehlt hat«, hat er mir regelrecht erleichtert gestanden. »Wir werden in der Hochsaison nämlich sonst an unsere Grenzen kommen. Wir können nicht jeden Tag Frühstück, Mittagstisch und Abendessen servieren, wenn wir auf einem gleichbleibend hohen Niveau bleiben wollen. Darum wäre das die Lösung – wir könnten an drei Tagen die Woche mittags geschlossen bleiben, und die Gäste hätten trotzdem die Möglichkeit, direkt in der Nachbarschaft zum Hotel einen Mittagsimbiss nehmen zu können, ohne dafür bis zum Inselladen fahren zu müssen. Das ist perfekt!«

Und so war es besiegelt, und ich hatte Aidans Segen.

Ich hake mich bei Glenn unter und gehe mit ihm los, den hölzernen Radweg an der Küste entlang, der erst kürzlich bis zu meinem Café erweitert worden ist, sodass die Gäste hierher radeln können. Der Weg wird seit gestern von Solarlaternen gesäumt, damit bei Dunkelheit oder Nebel niemand zu dicht an die Klippen gerät.

Als wir die »grüne Grenze« zum Grundstück der *Cameron Lodge* überqueren, kann ich bereits das neue Tiny House erkennen, das dicht an der Küste steht: Dieses ist kein Container, sondern ein hölzernes Mini-Haus, das Hank gebaut hat, und das die neue Sauna der *Cameron Lodge* beherbergt. Zwar hat das Thema »Spa« noch lange die Gemüter einiger Cameron-Familienmitglieder erhitzt (weil alle immer noch an Duncans ehemalige Pläne für ein schickes Golfhotel mit Spa denken mussten), aber da das Hotel in der kalten Jahreszeit auch etwas bieten muss, hat man sich auf diese kleine Sauna am Rande der dramatischen Küste geeinigt. Vor dem Häuschen laden auf einer weitläufigen Veranda mehrere Deckchairs dazu ein, die Aussicht auf den wilden Ozean zu genießen, und ein hölzerner Hot-Tub nahe des Verandageländers wird an kühlen Herbst- und Wintertagen ganz bestimmt eine besondere Attraktion werden.

Doch bevor wir an dieser Sauna vorbeikommen, bleibe ich stehen und betrachte stolz den hölzernen Wegweiser am Rande des Radwegs, den abermals Hank geschnitzt und beschriftet hat und den ich gestern mit der Hilfe von Glenn, Gottlieb und Graham in den Boden gerammt habe: Der Pfeil nach rechts ist mit *»Cameron Lodge«* beschriftet, der nach links mit *»My father's dream: The Container Café«*.

Als wir die *Cameron Lodge* betreten, sind die meisten anderen Hochzeitsgäste anscheinend schon da.

»Na endlich, wir wollten schon einen Suchtrupp nach euch losschicken!«, bemerkt Stella augenzwinkernd, als sie uns erblickt. Ihr Brautjungfernkleid in blassem Rosa umfließt ihre weiblichen Rundungen und lässt ihre sonnengebräunte Haut golden schimmern. Mit ihrem hochgetürmten schwarzen Haar, in dem rosafarbene Rosen stecken, sieht sie aus wie eine griechische Göttin – mit italienischem Temperament. Skye, die jetzt ebenfalls in die Lobby der Lodge kommt, trägt dasselbe fließende Chiffonkleid in einem hellen Blau, das ihre Augen leuchten lässt. Aus ihrer dunklen Hochsteckfrisur schaut eine blaue Hortensienblüte hervor.

Mein eigenes Brautjungfernkleid ist zartgrün, und ein Blick in den bodentiefen Spiegel neben der Rezeption zeigt mir, dass die kleinen Birkenblättchen in meinem hochgesteckten Haar nach wie vor ordentlich sitzen. Und mein Lippenstift ist zum Glück immer noch nicht verschmiert, und das, obwohl Glenn auf halbem Weg zwischen meinem Café und der *Cameron Lodge* erneut ausführlich die Kussfestigkeit der Farbe getestet hat.

Stellas süffisantes Grinsen verrät mir, dass sie genau weiß, warum wir so lange gebraucht haben. »Ihr habt wirklich nur dic Fenster im *Container Café* geschlossen?«, fragt sie jetzt in neckendem Tonfall. »Weil das Wetter ja so übel aussieht?«

Ihr Blick nach draußen, wo die Sonne auf Whale Island hinabbrennt, macht klar, was sie von meiner Ausrede hält. Dabei wollte ich die Zeit zwischen Trauung und Feier einfach nur kurz nutzen, um mein Café zu besuchen, denn ich kann immer noch nicht glauben, dass ich es übermorgen eröffnen darf.

»Lass doch die beiden«, mischt sich da Heather ein, die hinter Stella getreten ist und ihr einen Arm um die Hüften legt. Heather sieht in ihrem Kleid aus blauer Seide wunderschön aus, und sie strahlt schon seit dem frühen Morgen dieses aufregenden Tages wie ein Honigkuchenpferd. »Wenn man verliebt ist, dann braucht man kleine Fluchten, wann immer es geht.«

»Mom, jetzt bitte keine Picknick-Storys«, wirft Glenn mit einem leisen Stöhnen ein, was seine Mutter, Stella und mich zum Lachen bringt.

»Ach, mein Kleiner«, sagt Heather und tätschelt ihrem Jüngsten liebevoll die Wange, was er geduldig über sich ergehen lässt. »Dass du deine große Liebe ausgerechnet hier, auf Whale Island, gefunden hast … das macht mich so glücklich!«

Zum x-ten Mal an diesem aufwühlenden Tag zückt sie ein Taschentuch und schnäuzt sich die Nase, während ich Glenn angrinse. Er lächelt zurück, beugt sich vor und murmelt gegen meine Lippen: »Das kann ich auch immer noch nicht fassen. Ausgerechnet hier.«

»Kommt, Kinder, das Essen wird gleich serviert«, hören wir jetzt Stella sagen. An Glenn und mich gerichtet wispert sie: »Wagt es nicht, jetzt wieder zu verschwinden. Und falls doch: Ich kann euch die Vorratskammer empfehlen. Nicht die Kühlkammer. Die Vorratskammer.«

Sie zwinkert uns gut gelaunt zu und eilt dann davon. Neben mir gluckst Glenn leise vor sich hin, und ich will etwas zu Stellas und Aidans Liebesleben sagen, als mein Blick auf Skye fällt, die ein wenig blass neben uns steht.

»Süße, ist alles okay?« Besorgt trete ich neben sie. Skye nickt tapfer, doch im nächsten Moment flüstert sie: »Ich kann da nicht rein. All die Essensgerüche. Es geht nicht.«

Und ehe ich etwas sagen kann, dreht sie sich hektisch um und rennt, von einer Wolke aus blauem Chiffonstoff umgeben, Richtung Toiletten. Ian bekommt das natürlich mit, denn er hat ja nur noch Augen für Skye, und ehe jemand anderes reagieren kann, stürzt er schon hinterher, auf die Damentoilette. In der Tür kollidiert er fast mit Bridget, Gretas Kollegin aus New York, die zur Hochzeit angereist ist.

»Ups, sorry, Notfall«, höre ich Ian murmeln, und Bridget meint nur lachend: »Ja, schon gut, ich verstehe!«

Genau. Skye ist schwanger. Es musste so kommen, meinte Glenn trocken, als wir vor wenigen Tagen davon erfahren haben. So verrückt nach Kindern, wie Skye ist, und so verrückt aufeinander, wie Ian und sie sind. Es wird ein Winterbaby, und wir sind alle schon ganz aufgeregt deswegen.

»Arme Skye«, meint Glenn leise und legt einen Arm um meine Schultern, während wir gemeinsam Richtung *Four Whales* gehen. »Hoffentlich kann sie später dabei sein, wenn Musik gemacht wird. Dann haben sich die Essensgerüche vielleicht verzogen.«

»Getanzt wird sowieso draußen, auf der Veranda«, sage ich. »Bei dem traumhaften Wetter. Aidan hat das Klavier extra nah an die Verandatür geschoben, damit du keine Ausrede hast.«

»Wie nett von ihm«, bemerkt Glenn trocken, aber er grinst dabei auf mich herab. »Ich werde natürlich wieder nur Lieder von schwulen Künstlern singen. Elton wäre stolz auf mich.«

Lachend drücke ich ihm einen flüchtigen Kuss auf die Lippen. Als wir das Restaurant betreten, halte ich andächtig den Atem an. Zwar habe ich als eine der Brautjungfern selbstverständlich fleißig mitgeholfen, den Saal zu schmücken, aber die Dekoration der langen Tafel, die sich durch die ganze Länge des Raums zieht, hat Stella als Restaurantmanagerin allein übernommen. Und sie hat das fabelhaft gemacht: Zwischen dem weißen Geschirr sind auf der blütenweißen Tischdecke überall Windlichter und kleine Vasen mit Rosenblüten verteilt. Unter der Zimmerdecke ziehen sich Lichterketten entlang, die das Restaurant in einen Sommernachtstraum verwandeln. Glenns

Hand greift nach meiner, seine Finger halten mich fest umschlungen, als wir unsere Plätze am Tisch ansteuern.

Aidan kommt aus der Küche geeilt, ganz professionell in seiner weißen Kochuniform. Beim Traugottesdienst in der Kirche von Whale Island hat er noch denselben dunkelblauen Anzug mit Rose am Revers getragen wie Glenn, immerhin sind die beiden gemeinsam mit Ian Duncans Trauzeugen. Doch Aidan wollte es sich trotzdem nicht nehmen lassen, heute für die Hochzeitsgesellschaft persönlich am Herd zu stehen. Ich mustere ihn fast ehrfürchtig, und beim Gedanken an meine eigene Café-Eröffnung übermorgen wird mir ein wenig schummerig. Aidan sieht mich an und scheint zu ahnen, woran ich denke, denn er zwinkert mir zu. Er hat versprochen, mir immer mit Rat und Tat zur Seite zu stehen, und dafür bin ich ihm unendlich dankbar. Während der Wintersaison habe ich tatsächlich einige Male als Kellnerin im *Four Whales* ausgeholfen, wenn es einen Personalengpass gab, und es hat mir wirklich Spaß gemacht, mit Stella und Aidan zusammenzuarbeiten – aber ich bin auch froh, dass sich dieses berufliche Kapitel meines Lebens nun endlich schließt und ein neues darauf wartet, geöffnet zu werden. Wobei mir das Kellnern ja durchaus erhalten bleibt – aber die meiste Zeit werde ich in meinem Café wohl mit Kochen beschäftigt sein. Je nachdem, wie erfolgreich der Laden läuft, werde ich eventuell sogar selbst eine Kellnerin engagieren müssen. Isla, die sich ihr Taschengeld aufbessern will, hat schon gefragt, ob sie in den Sommerferien bei mir jobben darf. Vielleicht werde ich Jenny und Aidan auf diese Option ansprechen – sobald ich genau einschätzen kann, wie viel zu tun ist.

»So, ihr Lieben, dann nehmt bitte Platz, wir servieren jetzt die Vorspeise«, verkündet Aidan gut gelaunt, und ein erwartungsvolles Raunen geht durch die Menge. Fröhlich suchen die Gäste, die noch mit ihren Sektgläsern im Restaurant oder draußen, auf der ebenfalls wunderschön geschmückten Veranda, herumgewandert sind, ihre Sitzplätze. Auf die Platzkarten sind kleine Wale gedruckt, erkenne ich jetzt, als ich mit Glenn um die lange Tafel herum und zu unseren Stühlen gehe.

Das Brautpaar sitzt mittig an einer der Längsseiten des Tisches. An Duncans Seite nimmt gerade Heather strahlend Platz, Graham sitzt schon auf dem Stuhl daneben und zerrt mit leicht leidendem Blick an seinem Krawattenknoten herum.

Neben Greta sitzen ihre Eltern, die aus Bali angereist sind und mit ihren Designerklamotten und der tiefen Bräune nicht so wirklich nach Whale Island passen. Man merkt ihnen an, dass sie sonst in Fünf-Sterne-Hotels zu Hause sind, und die Art, wie sie alles rund um die *Cameron Lodge* skeptisch in Augenschein nehmen, entgeht niemandem, aber heute stört sich keiner daran. Immerhin hat sich Gretas Vater auf Anhieb gut mit Duncan verstanden, und die zwei können sich von Hotelmanager zu Hotelmanager stundenlang über ihr Metier unterhalten. Gretas Mutter tut sich eindeutig schwerer damit aufzutauen, aber zu meiner Erleichterung stelle ich mit einem Blick auf meine Freundin fest, dass ihr die verhaltene Art ihrer Mutter den heutigen Tag kein bisschen zu verderben scheint: Greta strahlt vor Glück und sieht ganz und gar wie eine Braut aus, die weiß, dass ihr großer Traum in Erfüllung gegangen ist. Da es ihre zweite und sogar Duncans dritte Ehe ist, haben beide vorher daran gezweifelt, ob sie wirklich noch einmal heiraten sollten. Doch heute sind wohl auch die letzten Bedenken wie weggepustet, wird mir klar, als ich sehe, wie Duncan seine frischgebackene Ehefrau ansieht. Gretas hellblondes Haar ist zu einer geflochtenen Frisur hochgesteckt und mit vielen weißen Rosen gespickt, und sie trägt ein bezauberndes Kleid aus bodenlanger weißer Spitze, das ihre schlanke Figur betont – bis auf die Mitte, wo ihr Bauch wie ein kleiner Fußball hervorsteht. Ja, auch Greta ist wieder schwanger, und James, der gerade auf dem Schoß von Dottie ein paar Stühle weiter sitzt, wird im Herbst ein großer Bruder werden.

»Wenn das so weitergeht, kann die Grundschule von Whale Island wieder aufmachen«, hat Aidan letztens im Scherz gesagt, woraufhin Isla ehrlich entsetzt zu ihrem Vater gesagt hat: »Untersteht euch, ihr zwei! Feli und ich werden KEINE Windeln wechseln! Habe ich recht, Feli?«

Stellas Tochter hat erst Isla, dann ihre Mom und schließlich Aidan angesehen und heftig genickt – wobei die Teenager dann doch gemeinsam gekichert haben, weil sie im Grunde genommen wohl gar nichts gegen ein kleines Geschwisterchen einzuwenden hätten. So gern, wie sie in letzter Zeit James babysitten, wenn Duncan und Greta mal einen Abend zu zweit verbringen wollen.

Aidan hat Stella angesehen und mit einem ergebenen Seufzer gesagt: »Also, das mit der Familienplanung können wir zwei uns abschminken. Isla und Feli wollen keine Windeln wechseln.«

»Darüber reden wir noch mal«, hat Stella gelassen gekontert, und seitdem frage ich mich, ob die beiden tatsächlich auch noch einmal Eltern werden wollen. Wer weiß – vielleicht wird eine Grundschule auf der Insel wirklich wieder Sinn machen? Das verlassene rote Schulhaus scheint ja regelrecht darauf zu warten, dass wieder Leben einzieht. Neulich ist bereits das verwilderte Baseballfeld hinter der Kirche endlich wiederbelebt worden – Graham hat es mit seinem Aufsitzrasenmäher gemäht, und das erste Baseballspiel seit vielen Jahren fand an einem warmen Sommerabend statt: Glenn, Duncan, Aidan, Isla, Feli und ich gegen Ian, Dottie, Hank, Ronan vom Inselladen, Raphaël und Jenny. Natürlich habe ich eigentlich keine Ahnung von Baseball und habe mit dem Schläger sehr oft am Ball vorbeigeschwungen, aber Spaß hatte ich trotzdem – und so gut wie Feli, die zwei Homeruns für ihr Team geschlagen hat, werde ich ohnehin nie werden. Skye, Stella und Greta haben uns gemeinsam mit dem gefühlten gesamten Rest der Inselbevölkerung von den Seitenlinien angefeuert, und als im Anschluss auf der Wiese auch noch gegrillt wurde und Graham seinen Dudelsack geholt hat, wurde einstimmig entschieden, dass es im Sommer jede Woche ein Baseballspiel geben wird. Grahams Dudelsack kommt allerdings längst nicht nur nach Baseballspielen zum Einsatz, denn seit Beginn dieser Hauptsaison findet im *Four Whales* einmal pro Woche ein Livemusik-Abend statt, der großen Anklang findet. Über regelmäßige Livemusik im Restaurant hatten Duncan und seine Eltern schon länger nachgedacht, aber beschlossene Sache war es dann, nachdem die Hotelgäste, die im letzten September zu Aidans Überraschungsparty dazugestoßen waren, auf TripAdvisor am allermeisten von der fantastischen Musik und den neu gelernten keltischen Tänzen geschwärmt hatten.

»Da seid ihr ja«, begrüßt mich eine deutsche Stimme, als ich mich am Tisch niederlasse, und ich strahle Luigi und Tim an, die sichtlich gut gelaunt in der Gesellschaft von Gottlieb sitzen. »Na, steht das Café noch?«

»Ja«, bestätige ich fröhlich. »Und ich kann es nicht erwarten, es zu eröffnen.«

»Oh, wir auch nicht«, erklärt Tim mit Nachdruck, bevor er sein Sektglas hebt, um mit mir anzustoßen. Ich habe an meinem Platz nur ein gefülltes Wasserglas, also greife ich kurzerhand danach und lasse es gegen Tims und dann gegen Luigis Glas klirren. Dass meine besten Freunde aus Deutschland wirklich zu Besuch gekommen sind, macht mich immer noch wahnsinnig glücklich.

Als sie gehört haben, dass der Zeitraum, den sie ins Auge

gefasst hatten, mit der Hochzeit kollidierte, wollten sie erst später kommen, aber Duncan und Greta haben energisch darauf bestanden, meine *famiglia* dabeizuhaben. Und meine Freunde verstehen sich zum Glück hervorragend mit allen – vor allem mit Glenn, was mir natürlich besonders viel bedeutet. Luigi hat außerdem einen Narren an Stellas Vater, einem gut aussehenden Italiener, gefressen, der Deutsch mit einem entzückenden Akzent spricht, sich mit Luigi aber schon den ganzen Tag in ihrer Muttersprache unterhält. Denn, ja, auch Stellas Eltern sind angereist – immerhin kennen sie Greta, seit diese als junge Auszubildende Weihnachten bei ihnen in Offenburg verbracht hat, da ihre eigenen Eltern irgendwo sonst auf der Welt in einem weiteren Hotel lebten. Stellas Mutter ist Standesbeamtin und hat es sich nicht nehmen lassen, heute, in der Kirche, ein paar wunderschöne Worte zu sagen – auf Deutsch, von Stella ins Englische übersetzt. Greta hat geweint wie ein Schlosshund.

Mein Großvater sieht mich über den Tisch hinweg an und lächelt liebevoll. Ich kann mir kaum noch vorstellen, dass es eine Zeit in meinem Leben gab, als ich ihn nicht kannte. Fast jeden Abend essen Glenn und ich mit Gottlieb – mal kommt er zu uns ins Containerhäuschen, mal gehen wir in sein Haus. Während ich koche, spielen Glenn und mein Großvater gern Schach – etwas, das beide seit Jahren nicht mehr getan und erst an den langen Winterabenden wiederentdeckt haben. Die zwei sind ein so eingeschworenes Gespann geworden, dass ich hin und wieder witzele, dass sie, nach Will und Joe, das nächste männliche Traumpaar von Whale Island sind.

Wenn ich koche, sind das nicht länger nur meine Reise-Blog-Rezepte, sondern oft neue Gerichte, die ich hier, in Atlantikkanada, entdeckt habe, und von denen ich mit der Zeit bestimmt auch welche in meinem Café anbieten werde. Man muss sich ja weiterentwickeln – und es macht mir einfach wahnsinnig Spaß, neue Sachen auszuprobieren, Kreationen abzuwandeln und ihnen meine eigene Note zu verpassen. Vielleicht werde ich es sogar wie meine Großmutter Dorothy machen und meine Café-Gäste nach ihren Lieblingsrezepten fragen, habe ich mir überlegt. Ich würde ihre wunderbare Tradition gern fortsetzen, und ich könnte mir sogar vorstellen, einen neuen Blog zu beginnen, in dem ich unter anderem diese Rezepte festhalten würde – falls ich genügend Zeit dafür habe, denn neben meiner neuen Arbeit im Café kümmere ich mich ja seit letztem Jahr auch um die Homepage und den neuen Instagram-Account der *Cameron Lodge*, was mir viel Freude bereitet. Aber ein Blog wäre wirklich wieder schön – ich könnte ihn *Life at the Container Café* nennen. Neben Rezepten würde ich gern Alltagsgeschichten vom Inselleben teilen, denn allein Will und Joe, mit denen ich mich in den letzten Monaten gut angefreundet habe, haben so viel vom Leben auf Whale Island zu erzählen, dass ein einziger Blog dafür gar nicht ausreicht. Glenn hat dank ihnen auch schon reichlich Ideen für einen neuen Roman – bei dem die Hauptthelden zwei alternde Fischer sein sollen, die feststellen, dass sie sich lieben, und die dann sogar zusammen in ein Haus ziehen, so wie Joe und Will es im letzten Winter getan haben.

Glenn hat die beiden als Allererstes gefragt, ob es ihnen etwas ausmachen würde, wenn er einen Roman über zwei solche Männer schreiben würde (die selbstverständlich nicht Joe und Will heißen und auch ansonsten keine Ähnlichkeit mit ihnen haben werden). Die beiden waren stolz und gerührt und haben Glenn ihren Segen gegeben. Außerdem haben sie sich schon einige Male mit ihm zusammengesetzt, um ihm zu erzählen, wie es war, jahrzehntelang als Fischer zusammenzuarbeiten, umgeben von anderen Insulanern, die sie seit ihrer Kindheit kannten, mit ihren Ehefrauen zu Hause, die auf sie warteten – und tief in ihrem Inneren zu wissen, dass sie sich liebten. Doch als beide überhaupt so weit waren, sich ihre Gefühle für einander zu gestehen, wurde Joes Frau sehr krank, und während er sie jahrelang, bis zu ihrem Tod, pflegte, brachte er es nicht über das Herz, ihr seine Gefühle für Will zu beichten. So dauerte es noch einige Jahre – Jahre, in denen Wills Ehe endgültig den Bach runterging und seine Frau und er sich trennten – bis die zwei Fischer eine Chance bekamen, ihre Liebe tatsächlich zu leben. Erst nach der Beerdigung seiner Frau ging Joe zum ersten Mal zu Wills Haus, in dem er nun allein lebte, und verbrachte die Nacht bei ihm. Doch es sollte noch viele Jahre dauern, bis Whale Island von ihrer Liebe erfuhr.

Mein Blick gleitet die lange Tafel entlang, und ich lächele Joe und Will zu, die händchenhaltend neben Hank und Dottie sitzen. Dottie liest James gerade aus einem Pappbilderbuch vor.

Glenn hat mir erzählt, dass er sich überwunden hat und zu ihr gegangen ist, als ich in Deutschland war. Zum ersten Mal nach all diesen Jahren hat er sich ausführlich für sein Verhalten entschuldigt, sie haben über alles gesprochen und sich dann vorgenommen, ihrer guten Freundschaft von damals eine neue Chance zu geben. Ganz im Gegensatz zur Freundschaft zwischen Glenn und Andy, die nicht gerettet werden konnte. Zwar hat Glenn sich noch einmal mit Andy in Halifax getroffen, und sie haben in Ruhe über alles geredet, was passiert ist – doch beiden war wohl klar, dass ein Neuanfang nach so einem Vertrauensbruch schwer ist, vor allem über die weite Entfernung hinweg. Glenn hat mir versichert, dass es okay für ihn ist, weil er inzwischen auf Whale Island so tolle Freunde gefunden hat – und noch dazu seine große Liebe.

In diesem Moment huschen Isla und Feli an der langen Tafel entlang und suchen tuschelnd und kichernd ihre Plätze. Sie sind natürlich ebenfalls Brautjungfern – Isla in Meeresgrün,

Feli in Veilchenblau. Feli wird nächste Woche wieder nach New York fliegen – unter anderem, um einen weiteren Song mit Jackson Porter aufzunehmen, nachdem ihr erstes gemeinsames Lied ein internationaler Erfolg geworden ist. Doch ein weiterer Grund für ihren Trip in den Big Apple ist, dass ihr Vater Enzo sie eingeladen hat, eine Woche der Sommerferien bei ihm in Manhattan zu verbringen. Nachdem sie im Winter und im Frühjahr einige Male geskypt hatten, ist Enzo im April tatsächlich nach Whale Island zu Besuch gekommen, um seine Tochter richtig kennenzulernen. Für Stella und Aidan war das eine sehr merkwürdige Situation – vor allem hat Aidan sich große Sorgen gemacht, dass Stella womöglich ihre Gefühle für Enzo wiederentdecken könnte, wie sie mir bei einem Mädelsabend anvertraut hat. Die Befürchtung war jedoch völlig unbegründet, denn Stella hat nur noch Augen für ihren Aidan, und Enzo hat nicht mehr den Hauch einer Chance bei ihr. Doch dass Enzo seine Tochter eine Woche lang bei sich in New York City haben möchte, hat Stella gleichermaßen überrascht und gefreut.

»Ich bin so froh, dass Feli wirklich noch die Möglichkeit bekommt, ihren Vater kennenzulernen«, habe ich beim Mädelsabend zu Stella gesagt, und sie hat mich wissend angesehen und genickt.

»Das bin ich auch, Viola. Tausend Dank noch einmal, dass du sie darin bestärkt hast, Kontakt zu ihm aufzunehmen.«

»Ich hole dir mal etwas Richtiges zu trinken«, flüstert mir Glenn jetzt zu und deutet auf mein Wasserglas, bevor er sich der Bar zuwendet, wo Raphaël in seinem Element ist und gerade Jenny und ihren Freund Rick mit einem neuen Drink versorgt. In diesem Moment schwingt die Tür zur Küche auf, und Aidan kommt in der Gesellschaft von Salomé und einigen Kellnerinnen und Kellnern heraus. Alle tragen Teller, und Aidan serviert zuerst dem Brautpaar die köstlich duftende Vorspeise: goldbraun gebratene Jakobsmuscheln auf einem Gemüsepüree. Mir läuft das Wasser im Munde zusammen.

Glenn drückt mir gerade ein Glas Sekt in die Hand und setzt sich neben mich auf seinen Stuhl, als eine Bewegung an der Tür mich aufsehen lässt. Dort steht Skye, die sich bei Ian untergehakt hat und zu überlegen scheint, ob sie es wagen soll, den Raum zu betreten – und neben ihnen kommt nun Rae herein.

Mit einem breiten Lächeln sehe ich ihr entgegen, als sie auf die Tafel zusteuert und sich auf ihren Platz mir gegenüber sinken lässt. Ihre bernsteinfarbenen Augen funkeln mich vergnügt an.

»Na, habt ihr den Weg zurückgefunden?«, scherzt sie ausgelassen, bevor sie sich halb zu Aidan umdreht, der ihren Vorspeisenteller vor ihr abstellt. »Danke dir, mein Lieber. Oh, Jakobsmuscheln, köstlich!«

Ich sehe genau, wie Aidan ihr flüchtig die Schulter drückt und liebevoll auf sie herablächelt, um sich dann abzuwenden und die nächsten Teller zu verteilen.

Raes Haar ist nicht länger flammenrot. Nach ihren drei Zyklen der Chemotherapie und der unvermeidbaren Glatze ist es grau nachgewachsen, aber ihr Kurzhaarschnitt in Silber steht ihr hervorragend, vor allem, wenn sie große silberne Kreolen dazu trägt, wie heute. Rae hat ihre Krankheit erstaunlich gut überstanden und brauchte keine Stammzellenspende, weil schon nach dem ersten Zyklus der Chemotherapie keine Krebszellen mehr vorhanden waren. Trotzdem kann es sein, dass der Krebs zurückkehrt – und falls das der Fall ist, wird sie Stammzellen brauchen. Und ich werde spenden können, denn die Untersuchung meiner Stammzellen hat ergeben, dass ich als Spenderin kompatibel wäre.

»War ja irgendwie klar«, hat Glenn gesagt, als ich das Ergebnis bekommen habe. »Wenn du schon ihre Gabe geerbt hast, hätte ich jede Wette abgeschlossen, dass eure Stammzellen auch kompatibel sind.«

Bei all der Freude, dass ich als Spenderin infrage käme, hoffe ich natürlich, dass es niemals so weit kommen wird. Momentan sieht es gut aus. Raes letzte Knochenmarkuntersuchung war unauffällig, die Blutwerte sind gut.

»Ich fühle mich wie neugeboren«, hat sie mir erst neulich mit einem fröhlichen Zwinkern verkündet. Ihre Ahnungen sind zurück, sehr zur Erleichterung der Inselbewohner. Seit ein paar Wochen sitzt sie schon wieder selbst am Steuer des Büchereibusses, und ich glaube, Glenn vermisst seinen Aushilfsjob bereits ein wenig, auch wenn er das nicht zugeben würde.

»Wenn ich mal Urlaub mache, darfst du gern wieder einspringen«, hat Rae zu Glenn gesagt und augenzwinkernd hinzugefügt: »Viele weibliche Leserinnen würden sich sehr freuen. Erstaunlich, wie viele neue Büchereiausweise hinzugekommen sind, seit ich krank geworden bin!«

Ich habe das mit einem gut gelaunten Lachen kommentiert, während Glenn mit den Augen gerollt hat. »Warte mal ab, bis du erst ein berühmter Schriftsteller bist«, habe ich zu ihm gesagt. »Dann werde ich die Groupies verjagen müssen, die vor unserem Haus campieren.«

»Als ob Schriftsteller Groupies hätten«, hat Glenn mit einem amüsierten Kopfschütteln geantwortet. »Ich bin ja nicht Jackson Porter.«

Ich selbst habe nur noch selten Träume gehabt, die wahr geworden sind – und wenn, dann meistens sehr belanglose Dinge. Es ist zwar ganz lustig, wenn man träumt, dass der Liebste einen am nächsten Tag mit Blumen überrascht, und dann geschieht genau das, aber weltverändernd ist es nicht. Doch vor ein paar Wochen habe ich dann tatsächlich kurz nacheinander zwei Träume gehabt, die wichtig waren. Und die sich bewahrheitet haben. Ein schöner. Und ein trauriger.

Johnnie Walker ist gestorben. Als ich das im Traum gesehen habe, bin ich weinend aufgewacht. Ich habe Glenn davon erzählt. Er hat mich getröstet, und wir haben gehofft, dass ich falschlag. Doch als wir am folgenden Tag in die Lodge kamen, hat uns eine tränenüberströmte Heather erzählt, dass sie Johnnie morgens tot in seinem Körbchen gefunden hatten. Er war friedlich eingeschlafen, mit seinem geliebten gelben Gummistiefel zwischen seinen Pfoten.

»Er war auch wirklich schon uralt«, hat Heather geschluchzt. »Aber fehlen wird er uns trotzdem so sehr!«

Dass Duncan, Aidan und Glenn inzwischen Hundenachwuchs für die *Cameron Lodge* organisiert haben, wissen Heather und Graham noch nicht: Glenn und ich werden in den nächsten Tagen zum nächstgelegenen Tierheim auf dem Festland fahren, wo ein zotteliger kleiner Mischling auf uns wartet. Er ist vor Kurzem ausgesetzt gefunden worden – ganz in der Nähe der Stelle, wo ich im vergangenen September meinen Unfall hatte. Die drei Brüder diskutieren schon seit Tagen, nach welchem Whiskey der neue Hund benannt werden soll. Momentan sieht es so aus, als würde »Ballantine« das Rennen machen.

Trotz des ganzen Kummers um Johnnie Walker hatte ich an jenem Tag, als er Whale Island für immer verlassen hat, dennoch ein Glücksgefühl im Bauch: Denn in derselben Nacht, als ich den Traum von Johnnies Tod hatte, habe ich außerdem geträumt, dass Skye schwanger ist. Dass ich das wusste, bevor sie es ihrer Familie bei einem gemeinsamen Abendessen vor ein paar Tagen eröffnet hat, habe ich bis heute niemandem erzählt. Ich will die Leute um mich herum nicht überfordern.

Nur Rae weiß es mit Sicherheit. Ich sehe sie über den Tisch hinweg an und erwidere ihr wissendes Lächeln. Sie hebt ihr

Sektglas und prostet mir zu. Als ich mein eigenes Glas hebe, muss ich an unsere Unterhaltung vor Kurzem denken: Wir sind gemeinsam am Rande der Deep Bay entlanggeschlendert, den warmen Sommerwind auf unseren Gesichtern, und haben nach Alba und Luna Ausschau gehalten.

»Was hast du eigentlich damit gemeint, als du im letzten Herbst zu mir gesagt hast, dass hinter der Prophezeiung von Esmeralda vielleicht noch mehr steckt als das mit den Frauen in meiner Familie und der Gabe, mehr zu sehen als andere?«

Rae ist stehen geblieben, ihren Blick auf einen der weißen Belugawale geheftet, der gerade seinen Kopf aus dem dunklen Wasser reckte und zu uns hochzuschauen schien. Dann hat sie mich angelächelt.

»Diese Esmeralda hat damals doch gesagt, ›dasselbe Schicksal wie deine Mutter und wie die Frauen in deiner Familie‹, richtig?«

Langsam habe ich genickt. »Ja, genau.«

»Aber deine Mutter war nicht mit Dorothy und mir verwandt. Und sie hatte keine Träume, die wahr geworden sind. Oder?«

»Nein, hatte sie nicht.« Mein Herz hat nervös zu flattern begonnen. »Meinst du … es ging doch um Mamas frühen Tod?«

Rae hat lächelnd den Kopf geschüttelt – so energisch, dass ich verstohlen aufgeatmet habe. »Nein. Ganz und gar nicht. Aber du teilst das Schicksal deiner Mutter.«

Sie hat eine Pause gemacht und mich eingehend gemustert, bevor sie leise hinzugefügt hat: »Sie und du, ihr habt euch beide in einen Kanadier verliebt. In einen Mann von Whale Island. Aber es gibt einen wichtigen Unterschied: Bei deiner Geschichte sehe ich ganz klar ein Happy End, meine Liebe.«

ENDE

PLAYLIST

One Night in Bangkok – Murray Head
Africa – Toto
Romeo And Juliet – Dire Straits
Take My Breath Away – Berlin
The Time of My Life – Bill Medley, Jennifer Warnes
Hallelujah – Rufus Wainwright
You Are The Reason – Calum Scott
Kanon für Streichorchester in D-Dur – Johann Pachelbel, Lui Chan, Pierre Cochand, Kammerorchester Ensemble Classico
Jack and Diane – John Mellencamp
Stuck on You – Lionel Ritchie
Hotel California – Eagles

https://open.spotify.com/playlist/3Yn2NYgtHMax5ZkbrOxyim?si=94f1e47046444d41

ANMERKUNG

Diese Geschichte ist reine Fiktion, aber akute myeloische Leukämie ist sehr real, und viele Patient*innen haben weniger Glück, als es in diesem Roman der Fall ist, und sind auf eine Stammzellenspende angewiesen. Sich als mögliche Spender*in registrieren zu lassen ist einfach – leichter kann man kaum ein Leben retten! Mehr Informationen findet ihr hier: https://www.dkms.de/rund-um-die-spende

DANKE

Liebe Leser*innen, ich danke euch, dass ihr mit mir die Reise nach Whale Island gemacht habt, und hoffe, dass ihr auf der Insel genauso viel Spaß hattet wie ich beim Schreiben der Trilogie!

Zum Thema »Träume«, das ja in diesem Buch eine große Rolle spielt, möchte ich euch noch kurz von meiner Großmutter Charlotte erzählen. Im Ersten Weltkrieg hat meine Oma geträumt, dass ihr Vater unverhofft von der Front nach Hause käme, auf seinen Soldatenrucksack einen Blumenstrauß geschnallt, den ihm Kinder am Bahnhof geschenkt hatten. Meine Oma erzählte ihrer Mutter am nächsten Morgen von dem Traum und bekam zu hören, dass das leider unmöglich sei, denn die Kriegssituation ließe keine Heimaturlaube der Soldaten zu. Als meine Oma von der Schule kam, war ihr Vater da – und auf seinem Rucksack klemmte ein Blumenstrauß, den ihm Kinder am Bahnhof geschenkt hatten.

Ich selbst hatte als Teenager auch einen Traum, der wahr geworden ist – leider war es nichts Weltbewegendes, aber der Traum hat mich trotzdem bewegt und ist mir genau in Erinnerung geblieben: Ich war damals in der Oberstufe des

Gymnasiums und musste am Wochenende für eine Matheklausur am Montag lernen. Mathe war mein großes Angstfach, und ich brauchte dringend den Sonntag, um mir den Stoff noch einmal gründlich anzuschauen. In der Nacht zu Sonntag habe ich geträumt, dass gute Freunde meiner Eltern, mit deren Tochter ich wiederum befreundet war, am Sonntag spontan und unangekündigt zu Besuch kamen (was sie noch nie getan hatten!), Kuchen mitbrachten – und so meine Lernpläne torpedierten. Ich habe meinen Eltern sonntagmorgens beim Frühstück davon erzählt. Als es am frühen Nachmittag an der Tür klingelte und meine Mutter öffnete, hat sie sich zu mir umgedreht und gesagt: »Das gibt es nicht.«

Doch, das gab es. Wie gesagt: nichts Weltbewegendes (ich habe die Matheklausur nicht völlig vergeigt). Aber dennoch ist das Thema »Träume« für mich deshalb – und wegen meiner Großmutter – von großer Bedeutung.

Einer meiner größten Träume ist übrigens in Erfüllung gegangen: Ich darf für euch Bücher schreiben. Zu wissen, dass ihr, liebe Leser*innen, meine Geschichten lest und dass sie euch im besten Fall ein paar unvergessliche Lesemomente schenken, davon habe ich tatsächlich schon als Kind geträumt, als ich meinen Debütroman *Ein Heuschen am Schtrant* geschrieben habe.

Dass ich heute Romane schreibe, die wesentlich besser lektoriert sind als mein erstes Werk, verdanke ich meinem tollen Heyne-Team, allen voran Janina Dyballa und Dr. Diana Mantel, ohne die es auch diesen dritten Teil der Whale-Island-Reihe nicht gäbe. Ein großer Dank geht auch, wie jedes Mal, an meine Agentin Cornelia Heindl von der Agentur Gerald Drews, die mir immer dann, wenn die Zweifel drücken, gut zuspricht und mich dazu ermutigt weiterzuschreiben.

Danken möchte ich an dieser Stelle auch dem Schicksal, weil es meinen Vater, der ebenfalls als Funkoffizier auf Containerschiffen gearbeitet hat, immer wieder gesund zu meiner Mutter und mir nach Hause hat zurückkehren lassen. Ihr seid weiterhin eine so wichtige Stütze in meinem Leben, Papa und Mama – tausend Dank dafür.

Und mal wieder an letzter Stelle, aber ganz vorn in meinem Herzen: Danke Marco, Emilia und Matilda dafür, dass ich mein Leben mit euch teilen darf.